Alle Rechte, einschließlich das des vollständigen oder auszugsweisen
Nachdrucks in jeglicher Form, sind vorbehalten.

Der Preis dieses Bandes versteht sich einschließlich der gesetzlichen
Mehrwertsteuer.

Umwelthinweis:
Dieses Buch wurde auf chlor- und säurefreiem Papier gedruckt.

Sherryl Woods

Die Schwestern von Rose Cottage

Melanie

Seite 7

Maggie

Seite 129

Ashley

Seite 251

Jo

Seite 371

MIRA® TASCHENBUCH
Band 20038
1. Auflage: Januar 2013

MIRA® TASCHENBÜCHER
erscheinen in der Harlequin Enterprises GmbH,
Valentinskamp 24, 20354 Hamburg
Geschäftsführer: Thomas Beckmann

Copyright © 2013 by MIRA Taschenbuch
in der Harlequin Enterprises GmbH

Titel der nordamerikanischen Originalausgaben:

Three Down The Aisle
Copyright © 2005 by Sherryl Woods
erschienen bei: Silhouette Books, Toronto

What's Cooking?
Copyright © 2005 by Sherryl Woods
erschienen bei: Silhouette Books, Toronto

The Laws Of Attraction
Copyright © 2005 by Sherryl Woods
erschienen bei: Silhouette Books, Toronto

For The Love Of Pete
Copyright © 2005 by Sherryl Woods
erschienen bei: Silhouette Books, Toronto

Published by arrangement with
HARLEQUIN ENTERPRISES II B.V./S.àr.l.

Konzeption/Reihengestaltung: fredebold&partner gmbh, Köln
Umschlaggestaltung: pecher und soiron, Köln
Redaktion: Mareike Müller
Titelabbildung: iStock; Thinkstock / Getty Images, München; pecher und soiron, Köln
Satz: GGP Media GmbH, Pößneck
Druck und Bindearbeiten: CPI – Ebner & Spiegel, Ulm
Printed in Germany
Dieses Buch wurde auf FSC®-zertifiziertem Papier gedruckt.
ISBN 978-3-86278-496-7

www.mira-taschenbuch.de

Werden Sie Fan von MIRA Taschenbuch auf Facebook!

Sherryl Woods

Melanie

Roman

Aus dem Amerikanischen von
Renate Moreira

PROLOG

*D*ie Tränen auf ihrer Wange waren noch nicht getrocknet und die Wut noch nicht verraucht, als jemand – nein, nicht nur einfach jemand, sondern die halbe Sippe – an die Tür von Melanies Wohnung in Boston klopfte. Noch bevor sie sich von der Couch erhoben hatte, wurde die Tür bereits aufgestoßen, und ihre drei Schwestern stürzten wie zornige Furien in das kleine Apartment.

Wenn Melanie nicht so verzweifelt gewesen wäre, hätte sie über das entschlossene Verhalten ihrer Schwestern wahrscheinlich gelächelt. Und Jeremy konnte von Glück sagen, dass sie ihn bereits hinausgeworfen hatte. Die D'Angelo-Schwestern waren nämlich eindeutig etwas Besonderes. So unterschiedlich sie auch waren, zusammen waren sie eine geballte Energie, gegen die man nicht so leicht ankam. Nichts band sie außerdem enger zusammen als ein gemeinsamer Feind – und in diesem Fall war es der Mann, der Melanie sechs Monate lang belogen und betrogen hatte.

Maggie und Jo setzten sich neben ihre Schwester, tätschelten ihr die Hand – eine rechts, die andere links – und versuchten, sie aufzumuntern. Sie meinten, dass alles wieder gut werden würde, dass dieser Schuft sie sowieso nicht verdient hätte, und trösteten sie mit einer Flut gut gemeinter Worte. Leider redeten ihre Schwestern so lange auf sie ein, dass Melanie irgendwann am liebsten laut geschrien hätte.

Ashley war die Einzige, die nichts sagte, aber die leichte Röte auf ihren Wangen und die Tatsache, dass sie aufgeregt im Zimmer hin und her lief, verrieten nichts Gutes. Offensichtlich stand sie kurz davor zu explodieren. Ashley war die älteste der vier Schwestern und nahm ihre Verantwortung sehr ernst. Außerdem hatte sie das heftige Temperament des Vaters geerbt. Melanie beäugte sie daher misstrauisch.

„Ash, vielleicht solltest du mit diesem Hin- und Hergerenne aufhören und dich setzen", schlug sie beschwichtigend vor. „Wir werden ja allein vom Zugucken nervös."

Ihre Schwester zog die Brauen hoch. „Nein, ich versuche noch zu entscheiden, ob ich diesen Jeremy vor Gericht zerren oder ihn ausfindig machen und ihm eine ordentliche Tracht Prügel verabreichen soll."

Die anderen Schwestern tauschten vielsagende Blicke. Bei Ashley war nämlich keine der beiden Optionen gänzlich auszuschließen. Sie war Anwältin, hatte einen ausgeprägten Gerechtigkeitssinn und wurde zur Löwin, wenn es darum ging, ihre Schwestern zu verteidigen.

„Und wozu wäre das gut, Ash?", fragte Jo, die als die Friedensstifterin galt. „Wenn dein Name und das Motiv für deine Tat in die Schlagzeilen käme, würde das Melanies Schmerz nur noch verschlimmern und sie wäre vor der ganzen Welt blamiert. Dann wüssten alle, dass dieser Schuft es fertiggebracht hat, sie ein halbes Jahr lang anzulügen. Und willst du wirklich, dass Dad das herausfindet? Wahrscheinlich wirst du ihn dann wegen Mordes verteidigen müssen."

Ashley seufzte. „Ihr habt ja recht."

Die vier Schwestern schwiegen und dachten über Jos Warnung nach. Das Temperament ihres italienischen Vaters war berühmt-berüchtigt, und bisher hatte er den Männern, mit denen sie ausgegangen waren, immer wieder ordentlich Angst eingejagt. Ein Schuft und Lügner wie dieser Jeremy hätte nicht die geringste Chance gegen den Zorn ihres Vaters.

Ashley sah Melanie prüfend an. „Bist du sicher, dass ich nichts unternehmen soll? Es gibt diverse Wege, es diesem Kerl heimzuzahlen. Es muss nicht unbedingt Blut fließen."

„Ja, ich bin ganz sicher", beeilte sich Melanie rasch zu sagen. „Es ist schon schlimm genug, wenn ihr wisst, dass es Jeremy ein halbes Jahr lang gelungen ist, eine Frau und zwei Kinder vor mir geheim zu halten. Ich schäme mich, dass ich seinen Lügen so blind geglaubt habe."

„Und warum hat er es dir dann heute gestanden? Hatte er ein schlechtes Gewissen?", fragte Maggie.

„Wohl kaum", bemerkte Melanie. „Ich bin ihm über den Weg gelaufen, als er gerade mit seiner Frau neue Sportschuhe für die Kinder kaufte. Und selbst in dieser Situation hatte er noch die Frechheit, mich beiseitezuziehen und mir Lügen aufzutischen. Ihr kennt schon dieses Blabla, wie sehr ihn seine Ehe erdrücken würde und dass er nur noch aus Verantwortungsbewusstsein bei seiner Frau bliebe. Ich wäre wahrscheinlich sogar so dumm gewesen und hätte ihm auch das noch geglaubt, wenn seine Frau uns nicht entdeckt und ihm einen Blick zugeworfen hätte, der mir das Blut in den Adern gefrieren ließ. Man konnte ihr ansehen, dass sie die Situation sofort erfasst hatte. Es war bestimmt nicht das erste Mal, dass er eine Geliebte hatte. Ich frage mich bloß, was für eine Lüge er erfunden haben muss, damit sie ihn heute noch mal wegließ. Er kam, um zu retten, was noch zu retten war."

„Du hast doch hoffentlich kein Wort von dem geglaubt, was er dir erzählt hat, oder?", fragte Ashley.

„Natürlich nicht. Außerdem wusste ich, dass ihr inzwischen auf dem Weg zu mir wart, und habe ihn so schnell wie möglich hinausgeworfen." Sie seufzte. „Mensch, wie dumm ich war! Ich hätte bereits vor Monaten begreifen müssen, was da vor sich ging."

Jo lächelte und stieß Melanie freundschaftlich in die Rippen. „Du bist wohl doch leicht begriffsstutzig, was? In Mathe warst du auch keine Leuchte."

„He, das ist nicht lustig, kleine Schwester", protestierte Melanie. „Was soll ich bloß tun? Ich kann doch jetzt bei *Rockingham Industries* nicht mehr weiterarbeiten. Ich hätte mich niemals mit einem Kollegen einlassen sollen. Allein bei dem Gedanken, dass ich ihn dort wieder sehen werde, krampft sich mir der Magen zusammen. Oh verflixt, noch gestern habe ich alles getan, um ihm so oft wie möglich zu begegnen. Unter allen möglichen Vorwänden bin ich in sein Büro gelaufen."

„Was du im Moment brauchst, ist Abstand", riet Maggie mit nachdenklichem Gesichtsausdruck. „Und ich weiß auch schon, welcher der geeignete Ort dafür ist."

„Ich muss einen anderen Job finden", korrigierte Melanie ihre Schwester. „Ich weiß, dass ich bei *Rockingham* nicht gerade Karriere gemacht habe, aber immerhin konnte ich mit diesem Sekretärinnenjob meine Miete bezahlen."

„Du musst dich nicht sofort auf die Suche begeben", warf Ashley ein. „Falls du knapp bei Kasse bist, leihe ich dir gern etwas."

„Das sagt die gut verdienende Anwältin, die sich vor Geld nicht mehr retten kann und keine Zeit hat, es auszugeben", bemerkte Jo. „Aber von uns kannst du natürlich auch etwas bekommen."

„Klar", stimmte Maggie sofort zu.

Ashley nickte. „Also gut, das wäre geklärt. Und ich weiß auch schon, an welchen Ort Maggie denkt. Du solltest in Großmutters Cottage fahren, Melanie. Du weißt doch, wie gut es uns dort gefallen hat. Es gibt keinen besseren Platz auf der Welt, um seine Gedanken und Gefühle zu ordnen."

„Damals waren wir Kinder", wandte Melanie ein. „Wir haben unsere Sommerferien dort verbracht. Kein Wunder, dass es uns dort gefallen hat. Aber seit wir erwachsen sind, ist keiner von uns mehr hingefahren. Nicht mal Mom. Wahrscheinlich sind Garten und Haus in einem erbärmlichen Zustand."

„Das wäre doch nur ein weiterer Grund, dort endlich mal Urlaub zu machen", erwiderte Ashley, die sich offenbar für Maggies Idee erwärmt hatte. „Ein paar Renovierungsarbeiten sind genau das, was deine

Laune aufbessern würde. Das Haus ist bestimmt ein Vermögen wert. Vielleicht könnten wir Mom überreden, es zu verkaufen."

„Das wird sie nicht tun", sagte Maggie. „Du weißt doch, wie sehr sie daran hängt."

„Nun, das ist im Moment auch nicht so wichtig", wehrte Ashley ab.

„Was ist denn wichtig?", fragte Jo. „Ich verliere langsam den Überblick."

„Dass Melanie etwas zu tun hat. Das Haus zu renovieren und den Garten in Ordnung zu bringen, das wird sie am Tag beschäftigen, und abends wird sie dann so erschöpft sein, dass sie sofort einschläft", erklärte Ashley. „Und wir werden sie abwechselnd am Wochenende besuchen, um ihr Gesellschaft zu leisten."

„Falle ich euch so zur Last, dass ihr es kaum erwarten könnt, mich loszuwerden?", fragte Melanie.

Sie war nicht sicher, ob sie in einem Haus wohnen wollte, in dem sie sich und ihren Gedanken ganz allein überlassen war. Das Landhaus ihrer Großmutter lag an den Ufern der Chesapeake Bay in Virginia. Obwohl sich die Region in den letzten Jahren weiterentwickelt hatte, war dort nach Bostoner Standard noch immer tiefste Provinz. Sie bezweifelte, dass es dort ein Kino oder gar ein vernünftiges Einkaufszentrum gab.

„Es ist doch keine Verbannung", scherzte Ashley.

„Aber warum sollte ich Jeremy die Genugtuung geben und davonlaufen?", widersprach Melanie. „Er ist doch derjenige, der gegen jegliche Regeln der Moral verstoßen hat."

„Das stimmt", warf Jo ein.

Ashley warf beiden Schwestern einen strengen Blick zu. „Was schlagt ihr also vor? Soll sie ihm Tag für Tag bei der Arbeit begegnen? Hört sich das für euch etwa nach Spaß an?"

Melanie musste zugeben, dass sich das eher nach Hölle anhörte.

„Nun komm schon, Melanie. Du weißt, dass ich recht habe", beharrte Ashley. „Du brauchst Abstand. Und es gibt dir Gelegenheit, in aller Ruhe zu überlegen, was du als Nächstes tun willst. Es wird langsam Zeit, dass du etwas mit deinem College-Abschluss anfängst. Du hast dein Talent bei *Rockingham* nur verschwendet. Glaub mir, so eine Auszeit ist das Beste, was dir passieren kann. Vielleicht kommst du so auf neue Ideen und wirst endlich einen Job finden, der wirklich für dich passend ist."

Mit all dem Liebeskummer und ihrem verletzten Stolz konnte Melanie im Moment nicht so recht sehen, wieso diese erzwungene Auszeit ihr etwas Gutes bringen sollte. Sie musste allerdings zugeben, dass Ashley oft recht hatte. „Wenn du das sagst", meinte sie ohne rechte Überzeugung.

„Ist es dir lieber, wenn du hier in dieser Wohnung herumhängst und dich in Selbstmitleid ertränkst?"

„Nein", erwiderte Melanie bestimmt. Sie hatte noch nie etwas von Selbstmitleid gehalten und würde ganz bestimmt nicht jetzt damit anfangen. Schon gar nicht wegen Jeremy, diesem Schuft und Lügner. Wie hatte sie bloß so auf ihn hereinfallen können? Charme und gutes Aussehen bedeuteten noch lange nicht, dass ein Mann Charakter besaß.

„Gut. Dann wäre ja alles geklärt", fand Ashley. „Wir werden dir packen helfen. Du kannst gleich morgen früh abreisen. Es ist eine lange Fahrt, und du willst doch bestimmt bei Tageslicht ankommen."

„Ich habe ja noch nicht mal meine Kündigung eingereicht", protestierte Melanie, obwohl sie absolut keine Lust hatte, sich in der Firma zu zeigen und sich der Gefahr auszusetzen, Jeremy in die Arme zu laufen.

„Du kannst die Kündigung faxen", bemerkte Ashley knapp. „Falls jemand Fragen stellt, kann er sich ja an Jeremy wenden. Der kann bestimmt einiges erklären. Vielleicht feuern sie diesen Windhund sogar. Oder sag ihnen, sie sollen mich anrufen. Ich werde denen ein paar Dinge über sexuelle Belästigung am Arbeitsplatz erzählen."

„Es war keine …", begann Melanie, wurde jedoch sofort von ihrer großen Schwester unterbrochen.

„Aber es war nahe dran", korrigierte Ashley. „Hat er dir nicht immer wieder die Aussicht auf eine Arbeit in deinem Bereich vor die Nase gehalten?"

„Ja", gab Melanie zu, war jedoch immer noch nicht überzeugt. „Aber …"

„Kein Aber", meinte Ashley und beendete damit das Thema.

Melanie seufzte. „Also gut. Wie soll ich es aber anstellen, von Mom den Schlüssel zu bekommen, ohne ihr die ganze hässliche Geschichte erzählen zu müssen?" Diese Frage war der letzte Strohhalm, an den sie sich klammerte, um dieser Reise vielleicht doch noch ausweichen zu können. Ihre Mutter mochte zwar nach außen wie eine sanfte Südstaatenschönheit wirken, sie hatte aber den gleichen eisernen Willen wie ihr Vater. Auch sie könnte Jeremys Leben in eine Hölle verwandeln. Sie hatte sich so von dem Film *Vom Winde verweht* beeinflussen lassen, dass sie drei ihrer Töchter mit Namen der Filmfiguren bedacht hatte. Nur Jo war diesem Schicksal entgangen. Wahrscheinlich war ihr der Name Scarlett erspart geblieben, weil ihre Mutter sich selbst stets in der Rolle der Scarlett gesehen hatte.

„Mach dir keine Sorgen um Mom." Ashley öffnete ihre Handtasche und zog einen Schlüssel heraus. „Ich habe den Ersatzschlüssel", erklärte sie triumphierend.

Melanie, Jo und Maggie sahen sie überrascht an. „Warum?"

„Er ist so eine Art Talisman für mich", erklärte sie. „Wenn mein Leben zu stressig und hektisch wird, schaue ich den Schlüssel an und sage mir, dass es noch ein anderes Leben außer dem im Gericht gibt. Wisst ihr, es gibt Tage, an denen ich auch am liebsten in Grandmas Landhaus fahren würde, wenn ich nur könnte."

„Aber du bist seit Jahren nicht mehr dort gewesen", warf Melanie ein.

Ashley winkte ab. „Es reicht schon zu wissen, dass das Haus noch existiert."

Melanie seufzte. Sie hoffte, dass auch ihr das Haus helfen würde. Bei der Erinnerung an den verächtlichen Blick von Jeremys Frau zweifelte sie allerdings daran.

1. KAPITEL

Jeden Morgen, wenn Mike mit seiner Tochter zur Arbeit fuhr und sie am alten Lindsey-Landhaus vorbeikamen, bedrückte ihn der jämmerliche Zustand dieses Anwesens. Die Fliegengittertür auf der Veranda war von Vandalen beschädigt worden, die Farbe blätterte ab, und wenn der Wind wehte, klapperte ein schlecht befestigter Fensterladen.

Das Haus befand sich auf einem Grundstück, von dem man einen wundervollen Ausblick direkt auf die Chesapeake Bay hatte. Dass jemand solch ein Anwesen einfach sich selbst überließ und schutzlos Wind und Wetter aussetzte, war in seinen Augen eine sträfliche Schande. Wenn die Besitzer es nicht mehr nutzen wollten, sollten sie es an jemanden verkaufen, der sich anständig darum kümmerte.

Doch wenn schon der Zustand des Hauses Mike bedrückte, so trieb ihm der verwilderte Garten fast die Tränen in die Augen. Am liebsten wäre er sofort mit Gartenschere, Harke und Spaten aus dem Wagen gestiegen. Gartenarchitektur war seine Leidenschaft, und er wusste, dass dieses Fleckchen Erde mal ein Prachtstück von Garten gewesen sein musste. Jemand hatte sich einst liebevoll um die Rosen gekümmert, die jetzt mühsam um ihr Überleben kämpften. Jemand hatte lange darüber nachgedacht, wo die Lilien stehen sollten, und sich für einen Platz unter den nach Osten gerichteten Fenstern entschieden, damit ihr Duft im Frühling in das Haus strömte.

Doch jetzt wurden die Rosen, die lange nicht mehr geschnitten worden waren, von wilden Ranken fast erstickt, und Geißblatt machte sich bei den Lilien breit. Die Farbe des Holzzaunes blätterte ab, und an einigen Stellen war er von Büschen beschädigt, die sich hemmungslos ausbreiteten. Einige Blumen kämpften noch gegen das wuchernde Unkraut. Doch das Unkraut brauchte nur auf die Zeit zu setzen, um den Kampf zu gewinnen. Es brach Mike fast das Herz, die Verwahrlosung dieses einst so wunderschönen Gartens mit ansehen zu müssen.

Bereits vor sechs Jahren hatte er es kaufen wollen, doch der Makler meinte damals, der Besitzer wäre nicht an einem Verkauf interessiert. Aber wie es aussah, war der Besitzer überhaupt nicht an dem Haus und dem wundervollen Grundstück interessiert …

„Daddy", begann Jessie plötzlich neben ihm, „warum hältst du hier an? Dieses Haus macht mir Angst."

Mike schaute zu seiner sechsjährigen Tochter hinüber, die im Moment wie das Ebenbild eines blauäugigen, blondhaarigen Engels wirkte. Ihr Gesicht war sauber, die Haare gekämmt, und die Kleidung war weder verschmutzt noch zerrissen. Der Morgen hatte ausnahmsweise richtig gut begonnen. Es hatte noch nicht mal Probleme bei der Auswahl der Kleidung gegeben und auch keine Diskussion über die Rühreier, weil die Cornflakes ausgegangen waren. Tage wie diese waren selten, und Mike hatte gelernt, dafür dankbar zu sein.

Das bedeutete natürlich nicht, dass er auch nur eine Sekunde der Zeit hergeben würde, die er mit seiner Tochter bisher verbracht hatte. Jessie war sein Ein und Alles. Sie hatte schon viel zu viel in ihrem jungen Leben mitmachen müssen. Da ihre Mutter sogar in der Schwangerschaft Drogen genommen hatte, musste sie bereits als untergewichtige Neugeborene einen Entzug durchmachen. Mike war schockiert gewesen, als der Arzt ihn mit der Wahrheit konfrontiert hatte. Er hatte nicht bemerkt, dass seine Frau Linda drogensüchtig gewesen war. Geschickt hatte sie das vor ihm geheim gehalten.

Nach der Geburt von Jessie hatte er sechs Monate lang darum gekämpft, dass Linda eine Entziehungskur machte. Immer wieder versuchte er, ihr zu erklären, dass sie nicht nur ihr eigenes Leben zerstörte, sondern auch das ihrer Tochter und das ihres Ehemannes. Doch die Drogen waren mächtiger als die Liebe zu ihm und ihrem Kind.

Irgendwann hatte er dann zermürbt aufgegeben. Er reichte die Scheidung ein, bekam das Sorgerecht für Jessie und verließ seine Frau. Lindas Familie wusste, wo er und das Kind zu finden waren, aber Linda selbst war nicht mehr Teil seines Lebens.

Lindas leidgeprüfte Eltern hatten schweren Herzens eingesehen, dass es keinen anderen Weg mehr gab. Sie besuchten ihn und ihr Enkelkind regelmäßig, doch Lindas Name wurde nur selten vor Jessie erwähnt. Jetzt, da sie älter war, versuchte Mike stets, ihre Fragen nach der Mutter so ehrlich wie möglich zu beantworten, aber es brach ihm fast das Herz, den Schmerz in den Augen seiner kleinen Tochter zu sehen.

Alleinerziehender Vater zu sein war schon schwer genug, aber mit Jessies launischem Temperament fertig zu werden, das war eine Herausforderung, die wirkliche Engelsgeduld erforderte. Als Baby hatte sie Tag und Nacht geschrien, jetzt war sie unberechenbar und zickig. Er wusste nie, wann ihre gute Laune in Hysterie oder Tobsuchtsanfälle umschlagen würde. Meistens brachte er die Kraft auf, ihre Capricen auszugleichen, doch auch für ihn gab es Momente, in denen er nahe an einem Zusammenbruch war. Was hatte man seiner wunderschönen Tochter nur angetan!

Das war auch einer der Gründe, warum er sich in Irvington an der Chesapeake Bay niedergelassen hatte. Hier ging alles noch ein wenig gemächlicher zu als in einer Großstadt. Da er sich am Ort einen guten Ruf aufgebaut hatte, suchte er sich nur die Kunden aus, die verstanden, dass Jessie für ihn immer an erster Stelle kam.

„Wir müssen uns jetzt beeilen!", bemerkte Jessie streng. Obwohl sie erst sechs Jahre alt war, konnte sie Forderungen mit der Würde einer Königin stellen. Dann senkte sie die Stimme und fügte hinzu: „Ich glaube, hier gibt es Gespenster, Daddy!"

Mike lächelte sie an. Es war nicht das erste Mal, dass sie sich negativ über dieses Haus äußerte, aber dass hier Gespenster hausen sollten, war etwas völlig Neues. „Wie kommst du denn darauf, Liebling?"

„Am Fenster hat sich etwas bewegt. Ich habe es genau gesehen." Ihre Unterlippe bebte, und Panik stand in ihrem Blick.

„Hier lebt niemand", beruhigte Mike sie. „Das Haus steht leer."

„Aber es hat sich etwas bewegt", beteuerte Jessie mit erstickter Stimme. Offensichtlich war sie den Tränen nahe. Ob sie tatsächlich etwas gesehen hatte oder nicht – ihre Angst war echt. „Wir müssen jetzt fahren."

Mike gab Gas und fuhr weiter in Richtung Schule. Jede noch so logische Antwort hätte die Anspannung jetzt nur erhöht, und die gute Stimmung, die zwischen ihnen geherrscht hatte, wäre zerstört gewesen.

Sobald sie sich ein Stück vom Haus entfernt hatten, entspannten sich Jessies Schultern, und sie lächelte zaghaft. „Jetzt sind wir in Sicherheit", erklärte sie erleichtert.

„Wenn du bei mir bist, bist du immer in Sicherheit", beruhigte Mike sie.

„Ich weiß, Daddy", erwiderte sie. „Aber ich mag dieses Haus nicht. Ich möchte nicht mehr dorthin. Nie mehr. Versprochen?"

„Wir müssen aber doch jeden Tag dort vorbeifahren", erinnerte Mike sie.

„Aber nur ganz, ganz schnell. Okay?"

Mike seufzte und wusste, dass Widerstand zwecklos war. „Also gut."

„Ich wünsche dir einen schönen Tag, Liebling", sagte er ein paar Minuten später, als er Jessie vor dem Schultor absetzte. „Ich hole dich heute Nachmittag hier wieder ab."

Er hatte früh bemerkt, dass sie immer und immer wieder bestätigt haben wollte, dass er auch ganz bestimmt zurückkehren würde. Der Psychologe, mit dem er gesprochen hatte, war der Meinung, dass Linda der

Grund für Jessies Unsicherheit wäre. Jessie war von ihrer Mutter im Stich gelassen worden, und das war nicht ohne Auswirkung auf ihr junges Leben geblieben. Mike hatte sich schon früher des Öfteren gefragt, ob es nicht besser gewesen wäre, wenn man ihr erklärt hätte, ihre Mutter sei bei der Geburt gestorben. Aber er hätte diese Worte nie über seine Lippen gebracht. Vielleicht hatte er insgeheim gehofft, dass Linda ihr Leben doch noch in Ordnung bringen und zu ihnen zurückkehren würde.

„Bye, Daddy!" Jessie lief ein paar Schritte vor und drehte sich dann noch ein letztes Mal um. „Du gehst doch nicht wieder zu dem alten Haus zurück, oder? Ich will nicht, dass dieses Gespenst dich holt."

„Mich wird kein Gespenst bekommen", versprach Mike und zeichnete mit dem Zeigefinger ein Kreuz über sein Herz zum Beweis, dass er wirklich meinte, was er sagte. „Ich habe mich mit Gespensterabwehrspray eingesprüht."

Jessie kicherte. „So ein Blödsinn", lachte sie, aber die Erleichterung war ihr anzumerken. Dann winkte sie ihm kurz zu und rannte einer Freundin hinterher. Mike schaute ihr nach und wünschte sich, er könnte ihre Ängste immer so leicht vertreiben. In manchen Nächten gab es keinen Trost. In manchen Nächten hatte sie Albträume, die so schlimm waren, dass sie unfähig war, darüber zu sprechen, und sie beruhigte sich erst wieder, wenn er sie einige Zeit in seinen Armen gehalten hatte.

Als Jessie aus seinem Blickfeld verschwunden war, setzte er sich wieder hinter das Lenkrad und ging in Gedanken seine Termine für den heutigen Tag durch. Statt jedoch zu dem neu gebauten Haus an der Bay zu fahren, dessen Garten er planen sollte, fuhr er noch mal zu dem Lindsay-Haus zurück.

Hatte Jessie tatsächlich jemanden gesehen in dem Haus, das ihn von Anfang an fasziniert hatte? Oder hatte Jessie ihn einfach nur mit ihrer blühenden Fantasie angesteckt? Was immer es war, es würde nur einige Minuten dauern, bis er Gewissheit hätte.

Melanie stand in der Küche ihrer Großmutter und versuchte gerade, die vielen Spinnweben zu entfernen, als sie das Gartentor quietschen hörte. Eine leichte Unruhe überfiel sie.

Bereits vor zehn Minuten hatte sie geglaubt, einen Wagen vor dem Haus vorfahren zu hören, doch als sie schließlich durch die Gardinen des Schlafzimmerfensters hinausgeschaut hatte, sah sie nur noch einen Wagen wegfahren. In Boston hätte sie diesem Vorfall keine Beachtung geschenkt, aber hier war das seltsam beunruhigend.

Mit klopfendem Herzen schlich sie sich zu dem Fenster im Wohnzimmer, das sie erst vor einer halben Stunde geöffnet hatte.

„Was ist denn hier los?", hörte sie eine männliche Stimme rufen.

Erschrocken lehnte sie sich an die Wand.

„Ist jemand hier?", rief der Mann und rüttelte am Türknauf.

Das war nicht gut. Das war ganz und gar nicht gut. Ihr Handy lag noch im Schlafzimmer. Ein weiterer Beweis dafür, dass sie im Moment ihren Verstand nicht ganz beisammenhatte. Der nächste Nachbar wohnte gut vierhundert Meter entfernt, und obwohl heute Morgen einige Boote auf dem Wasser waren, war es fraglich, ob jemand früh genug zu ihr eilen könnte, sollte sie um Hilfe schreien müssen.

Sie überlegte, was Ashley wohl tun würde. Ihre furchtlose ältere Schwester hätte wahrscheinlich schon eine Lampe in der Hand und würde kampfbereit an der Tür stehen. Melanie griff nach der Tischlampe, die einen schweren Marmorsockel hatte, und fühlte sich augenblicklich sicherer.

„Wer ist da?", fragte sie und hoffte, ihre Stimme entrüstet klingen zu lassen. „Sie haben ungebeten ein Privatgrundstück betreten. Ich hoffe, Sie wissen, dass Sie sich strafbar machen!"

„Sie auch!"

Melanie war schockiert angesichts dieser unverschämten Bemerkung, riss die Tür auf und starrte den Störenfried finster an. Es war erstaunlich, wie viel mutiger sie mit einer Lampe in der Hand und ein wenig Entrüstung im Ausdruck geworden war.

„Ich mache mich ganz sicher nicht strafbar", erklärte sie und schluckte.

Der Mann, der vor ihr stand, war mindestens ein Meter neunzig groß und hatte beeindruckend breite Schultern. Obwohl es erst April war, hatte seine Haut bereits eine leichte Bräunung, und die Sonne hatte helle Strähnen in sein braunes Haar gezaubert. Sein T-Shirt spannte sich über dem muskulösen Brustkorb und seine schmalen Hüften sowie die durchtrainierten Oberschenkel kamen in den verwaschenen Jeans perfekt zur Geltung.

Noch vor einiger Zeit hätte ein derart gut aussehender Mann ihren Herzschlag beschleunigt, aber durch die Ereignisse der letzten Zeit waren solche Typen schlicht und ergreifend ihre Feinde geworden. Zu ihrem Ärger bemerkte sie allerdings, dass ihr Herz doch einen kleinen Satz machte.

„Cornelia Lindsey ist tot", erklärte der Mann und sah sie unverwandt mit seinen blauen Augen an.

„Ich weiß", bestätigte Melanie, „sie war meine Großmutter. Sie starb vor genau sieben Jahren, im April."

Er nickte. „Das stimmt. Sie sind also eine Lindsey?"

„Eigentlich bin ich eine D'Angelo. Melanie D'Angelo. Meine Mutter war eine Lindsey, bis sie meinen Vater heiratete."

„Die Nachbarn erzählten mir, dass Cornelia eine Südstaatlerin war. Und wo kommen Sie her? Sie hören sich nicht an, als ob Sie aus dieser Gegend stammen würden."

„Das tue ich auch nicht. Ich bin aus Boston."

„Haben Sie einen Ausweis da?"

Sie betrachtete ihn mit einer Mischung aus Humor und Misstrauen. „Keinen, auf dem mein Familienstammbaum abgedruckt wäre. Und wer bitte sind Sie? Der hiesige Sheriff oder so etwas Ähnliches?"

„Nur ein Nachbar. Dieses Haus steht schon sehr lange leer, und jetzt tauchen Sie aus heiterem Himmel auf. Ich möchte nur sichergehen, dass Sie auch wirklich hierhergehören. Wenn Sie sind, wer Sie sagen, werden Sie meine Vorsicht zu schätzen wissen."

Es war offensichtlich, dass dieser Mann nicht von ihrer Türschwelle weichen würde, bis sie ihm bewiesen hatte, wer sie war. Nun, er hatte ja recht. Sie sollte ihm eigentlich dankbar sein, dass er ein wachsames Auge auf das Landhaus ihrer Großmutter warf.

„Bleiben Sie hier", murmelte sie, stellte die Lampe zurück auf den Tisch und ging dann zur anderen Seite des Raumes hinüber. Nachdem sie ihren Ausweis aus der Handtasche sowie einige gerahmte Fotos vom Kaminsims genommen hatte, kehrte sie wieder zu ihm zurück.

Melanie zeigte ihm zuerst ihren Ausweis und dann ein Foto, auf dem ein kleines Mädchen mit Sommersprossen und hellblondem Haar zu sehen war. „Das bin ich mit sechs", erklärte sie und zeigte ihm dann die restlichen Fotos. „Und das sind meine Schwestern Maggie, Ashley und Jo mit unserer Mutter. Und dies hier ist meine Großmutter mit uns allen. Das Foto wurde kurz vor ihrem Tod aufgenommen. Kannten Sie sie?"

„Nein", erwiderte er, nahm das Foto in die Hand und betrachtete es eingehend.

Zu ihrer Überraschung schaute er ihre hübschen, langbeinigen Schwestern kaum an, sondern sein Interesse richtete sich auf etwas anderes.

„Ich habe es gewusst", murmelte er und sah sie dann mit gerunzelter Stirn an. „Sie sollten sich alle schämen."

Melanie zuckte unter seinen empörten Worten zusammen. „Wie bitte?"

„Der Garten", erklärte er ungeduldig. „Sie haben ihn völlig verkommen lassen."

Melanie seufzte. Das konnte sie wohl kaum leugnen. Er war so zugewachsen, dass sie nur mit Mühe zur Veranda vorgedrungen war. „Ja, das habe ich bemerkt", meinte sie kleinlaut.

Die Falten auf seiner Stirn vertieften sich. „Und was haben Sie jetzt vor?"

Melanie zuckte die Schultern. Sie hätte ihm sagen können, dass ihn dieser Garten überhaupt nichts anging, aber sie brachte im Moment nicht die Energie auf, mit einem Fremden über etwas so Nebensächliches zu streiten. Im Grunde genommen war es ja wirklich eine Schande, den einst so schönen Garten derart verkommen zu lassen.

„Ich weiß es noch nicht", gab sie schließlich zu. „Irgendetwas werde ich wohl tun müssen. Aber zuerst mal muss ich das Haus von all den Spinnweben und toten Käfern säubern."

Der Mann betrachtete sie mit unverhüllter Verachtung. „Warten Sie nicht zu lange. Jetzt ist gerade die richtige Jahreszeit, um den Garten wieder in Ordnung zu bringen." Er griff in die Gesäßtasche seiner Jeans und zog eine Visitenkarte heraus. „Rufen Sie mich an, wenn Sie sich entschieden haben. Die Arbeit sollte fachmännisch erledigt werden, und irgendetwas sagt mir, dass Sie Ihre Finger noch nie schmutzig gemacht haben." Er warf einen Blick auf ihre schmalen, gepflegten Hände. „Ich werde Ihnen zeigen, was zu tun ist, damit Sie nicht alles noch schlimmer machen."

Bevor sie sein Angebot ablehnen oder sich auch nur äußern konnte, hatte er sich umgedreht und war den fast zugewachsenen Weg zum Gartentor hinuntergelaufen. Hin und wieder blieb er stehen, um sich einen Rosenbusch genauer anzuschauen oder ihn von einer Geißblattranke zu befreien. Dabei schimpfte er vor sich hin, und Melanie hörte, dass seine Äußerungen für Kinderohren nicht unbedingt geeignet gewesen wären.

Verärgert über seine Unverschämtheit war ihr erster Impuls, seine Karte zu zerreißen. Ein unbestimmtes Gefühl hielt sie jedoch zurück, und sie las die Karte genauer. In der linken Ecke befand sich eine schlichte Zeichnung, doch die Kombination aus Seegras und Rosen berührte ihr Herz. Sie erinnerte sie an Zeiten, in denen der Garten ihrer Großmutter das Schmuckstück der ganzen Gegend gewesen war. Der Fremde hatte völlig recht. Ihre Großmutter wäre entsetzt gewesen über den jämmerlichen Zustand des Anwesens.

Dann glitt ihr Blick von der Zeichnung auf den Namen.

Stefan Mikelewski, Landschaftsarchitekt stand auf der Karte, darunter befand sich nur noch die Telefonnummer.

Also gut, er hatte sich schroff und fast beleidigend verhalten, aber er schien tatsächlich ein Fachmann zu sein. Sie konnte seine Hilfe also gut gebrauchen.

Melanie steckte die Karte ein, holte ihre Handtasche und beschloss, einkaufen zu fahren. Sie brauchte Lebensmittel, und zudem würde sie garantiert ein Vermögen für Reinigungsmittel und Putzutensilien ausgeben.

Als sie am Vorabend angekommen war, hatte sie nur rasch das Schlafzimmer, in dem sie und ihre Schwestern immer geschlafen hatten, notdürftig gesäubert und das Bett mit der frischen Wäsche bezogen, die sie mitgebracht hatte.

Die kommende Woche würde sie damit verbringen dürfen, das Haus von oben bis unten zu putzen. Und das, obwohl sie diese Arbeit nicht ausstehen konnte.

Melanies Handy klingelte genau in dem Moment, als sie in Irvington vor dem kleinen Einkaufszentrum parkte, in dem es glücklicherweise auch ein nettes Café gab. Nichts konnte sie momentan mehr aufbauen als ein guter Kaffee.

„Na, geht es dir schon besser?", hörte sie Ashley gut gelaunt fragen.

„Erinnerst du dich, dass du gesagt hast, ich würde vom Putzen so erschöpft sein, dass ich keine Zeit mehr zum Grübeln hätte?", meinte Melanie leicht sauer. „Nun, ich habe gestern Abend zwei Stunden gebraucht, um mir einen Pfad durch den Garten zur Haustür zu bahnen."

„Oh, oh", bemerkte Ashley nur.

„Du kannst dir keine Vorstellung davon machen, in welchem Zustand Großmutters Haus ist. Der Garten ist am schlimmsten."

„So schlimm?"

„Noch schlimmer."

„Und wie ist das Wetter?"

„Lenk nicht ab. Ich will, dass du weißt, wie wütend ich im Moment auf euch alle bin. Ich komme mir wie Aschenputtel vor, die alles erledigen muss, wozu ihre bösen Stiefschwestern keine Lust haben."

„Ach komm, ich finde, dass alles ganz super läuft", entgegnete Ashley.

„Du träumst wohl", erwiderte Melanie.

„Du denkst doch kaum noch an Jeremy, nicht wahr?", vermutete Ashley. „Ich muss mich jetzt beeilen, ich werde bei Gericht erwartet. Ich nehme dich in den Arm. *Ciao*, Schätzchen."

Melanie steckte ihr Handy in die Handtasche und musste widerwillig zugeben, dass ihre Schwester recht hatte. Sie hatte im Laufe des Morgens nur ein einziges Mal und auch nur flüchtig an diesen Schuft Jeremy gedacht. Ob jetzt die Begegnung mit Stefan Mikelewski oder die Herausforderung, Grandmas Haus zu putzen, dafür verantwortlich war, das konnte sie allerdings schwer entscheiden.

„Schieb es dem Putzen zu", murmelte sie zu sich selbst, nachdem sie aus dem Wagen gestiegen war und auf das Café zuging. Es war leichter, über den Kampf mit Staubwedel und Schrubber nachzudenken, als an ihre Reaktion auf den attraktiven Hünen, der sich als Landschaftsarchitekt entpuppt hatte. Vielleicht hatte lediglich seine Arroganz ihr Blut dermaßen in Wallung gebracht, doch sie kannte sich und ihre Reaktion auf gut aussehende Männer nur zu gut und wünschte sich ein baldiges Wiedersehen mit diesem Fremden.

Während sie eine riesige Zimtrolle verschlang und zwei Tassen Kaffee trank, beruhigte sie sich mit der Aussicht, dass es Tage dauern würde, bis sie mit dem Inneren des Hauses fertig wäre und sich dem Garten widmen könnte. Bis dahin hatte sie noch Zeit genug, um zu entscheiden, ob sie die Hilfe dieses Mannes benötigte und ob sie einem weiteren Treffen mit dem verwirrend attraktiven Mr Mikelewski gewachsen wäre.

Oder vielleicht sollte ich nach Boston zurückfahren und das Ganze einfach vergessen, überlegte sie einen Moment lang.

Das ist doch eine Alternative, die sich sehen lassen kann, dachte sie glücklich – bis sie sich an den Grund erinnerte, warum sie hierhergekommen war. Sie schluckte und entschloss sich, tapfer zu sein und hierzubleiben.

Weder Schmutz noch Unkraut und schon gar keine vorwurfsvollen Blicke von Mr Mikelewski könnten schrecklich genug sein, um sie wieder zurück in die Stadt zu treiben, in der Jeremy zufrieden mit seiner Frau und den beiden Kindern lebte – eine Familie, die er ihr ein halbes Jahr lang verschwiegen hatte.

Die Erinnerung an diese Demütigung war Grund genug, um hier die Stellung zu halten, beschloss sie. Sie würde den Schmutz von Jahren aus Rose Cottage verbannen, und mit jedem Eimer Schmutzwasser, den sie ausgoss, würde sie ein weiteres Stück Erinnerung an Jeremy aus ihrem Gedächtnis wegspülen.

2. KAPITEL

Es war jetzt eine Woche her, seit er Melanie D'Angelo getroffen hatte, doch er konnte das Bild nicht vergessen, wie sie ihm mit der schweren Lampe in der Hand und einem entschlossenen Ausdruck auf dem Gesicht gegenüberstand. Zwar hatte er Misstrauen in ihren kornblumenblauen Augen gesehen, und ihre Wangen waren leicht gerötet gewesen, trotzdem hatte sie seine Fragen und Vorwürfe wegen der Vernachlässigung des Gartens stoisch über sich ergehen lassen. Das hatte ihn beeindruckt, um nicht zu sagen, fasziniert. Dank dieses unerwarteten Zusammentreffens fühlte er sich seither noch mehr zu dem Lindsey-Haus hingezogen.

Es war der Ausdruck in ihren Augen gewesen, der ihn am meisten berührt hatte, denn neben dem Misstrauen hatte außerdem eine Verletzlichkeit darin gelegen, die in jedem Mann den Beschützerinstinkt wachrief. Doch genau das konnte er im Moment nicht gebrauchen. Er hatte schon genug Aufregungen in seinem Leben. Da war kein Platz für eine Frau, selbst wenn sie so hübsch, gut gebaut und verführerisch war wie diese Fremde.

Er brauchte keine Frau in seinem Leben, schon gar keine, die Komplikationen mit sich bringen würde. Und Melanie D'Angelo war dafür bestens geeignet. Das sagte ihm sein Gefühl.

Nein, er hatte ohnehin mehr Arbeit, als er schaffen konnte. Er brauchte keine weiteren Aufgaben, besonders keine, die nicht bezahlt wurden. Außerdem hatte sie bisher nicht angerufen, also benötigte sie seine Hilfe für den verwilderten Garten wohl nicht. Das Beste wäre, wenn er Melanie D'Angelo und das Lindsey-Haus so schnell wie möglich vergessen würde. Jemand anders sollte sich um dieses Problem kümmern.

Doch dann erinnerte er sich an das Foto, das sie ihm gezeigt hatte. Sicher, er hatte sich die hübschen Teenager, die attraktive Mutter und die lächelnde Großmutter angesehen, aber sein Herz hatte vornehmlich schneller geschlagen wegen der wunderbaren Rosen, der Lilien und all der anderen Blumen, die diesen Garten in ein kleines Paradies verwandelt hatten. Jemand – offensichtlich Cornelia Lindsey – hatte den Garten mit viel Liebe gehegt und gepflegt. Ihre Nachkommen sollten sich schämen, ihr Vermächtnis so verkommen zu lassen.

Jeden Tag, wenn er am Lindsey-Haus vorbeifuhr, guckte er, ob Melanie D'Angelo vielleicht einen Rosenbusch beschnitten oder auch nur in einem einzigen Beet das Unkraut gejätet hatte, aber bisher hatte sich nichts getan. Obwohl er wusste, dass er sich zurückhalten sollte, ärgerte es ihn, dass sie mit der Arbeit noch nicht mal angefangen hatte. Es war fast so, als würde sie ihn absichtlich provozieren wollen. Dabei war das natürlich absurd. Warum sollte die Meinung eines Wildfremden überhaupt wichtig für sie sein? Wahrscheinlich lag ihr der Garten überhaupt nicht am Herzen, und sie würde in ein paar Tagen bereits wieder abgereist sein.

Als er irgendwann, ohne lange nachzudenken, in die Einfahrt des Hauses einbog, entschuldigte er sich damit, dass er als guter Nachbar verpflichtet war, sich nach Melanies Befinden zu erkundigen. Schließlich hatte er sie eine Weile nicht gesehen, und so ein Hausputz stellte eine nicht unbeachtliche Gefahrenquelle dar. Jeder wusste doch, dass die meisten Unfälle im Haushalt passieren.

Als sie auf sein Klopfen nicht reagierte, machte er sich auf die Suche nach ihr. Er war so mit dem Blick auf die wundervolle Bucht und auf den vernachlässigten Garten beschäftigt, dass er sie fast übersehen hätte. Sie saß auf einer Gartenschaukel am Ende des Rasens, der allerdings diese Bezeichnung nicht mehr verdiente, da er seit Jahren weder gemäht noch gepflegt worden war. Und sie sah so einsam, verlassen und unglücklich aus, dass er am liebsten wieder kehrtgemacht hätte. Doch etwas Unbestimmtes hielt ihn zurück.

„Melanie?", rief er behutsam, um sie nicht zu erschrecken, aber sie zuckte trotzdem zusammen und goss dabei Tee aus der Tasse auf ihre langen, nackten Beine.

„Oh, das tut mir leid", entschuldigte er sich, als er zu ihr trat, und reichte ihr ein Taschentuch.

„Wollen Sie es sich zur Gewohnheit machen, mich zu Tode zu erschrecken?", fragte sie ärgerlich.

„Offensichtlich." Er zuckte die Schultern. „Entschuldigen Sie. Soll ich wieder gehen?"

Sie nahm sich Zeit mit ihrer Antwort und schien seine Frage ernsthaft zu überdenken. „Nein, ich denke nicht", entschied sie schließlich. „Und da Sie schon mal da sind, können Sie sich auch setzen." Sie rutschte zur Seite, um ihm Platz zu machen.

Mike zögerte, da die Schaukel nicht sehr breit war.

„Wenn Sie sich nicht setzen, muss ich aufstehen", erklärte sie. „Ich bekomme noch Nackenschmerzen, wenn ich die ganze Zeit zu Ihnen hochsehen muss."

Da es außer dem wuchernden Gras keine andere Alternative gab, setzte Mike sich neben sie und gab sich dabei Mühe, sie nicht zu berühren. „Wie ich sehe, haben Sie noch nicht sehr viel Arbeit in den Garten investiert", bemerkte er spöttisch, da er dachte, Angriff sei das beste Mittel zur Verteidigung.

„Ich weiß noch nicht mal, wo ich anfangen soll", gestand sie nun. „Außerdem habe ich immer noch mit dem Haus zu tun."

Er betrachtete sie skeptisch.

Sie ging unwillkürlich in die Verteidigung. „He, gucken Sie mich nicht so an. Ich habe gearbeitet. Und wie! Ich habe sogar das Wohnzimmer frisch gestrichen und neue Vorhänge genäht. Das Problem ist nur, dass danach alle anderen Räume furchtbar aussahen und das Projekt ausgeufert ist. Ich habe seit Tagen nichts anderes getan als gestrichen."

Er hielt seine Überraschung nicht zurück. „Sie haben die ganzen Räume frisch gestrichen, seit ich Sie das letzte Mal gesehen habe?"

„Die meisten", erklärte sie. „Die Schlafzimmer im Obergeschoss sind noch nicht fertig."

„Wie haben Sie das denn geschafft?"

Sie lächelte. „Sagen Sie mir jetzt nicht, dass Sie tatsächlich von dem beeindruckt sind, was ich getan habe."

Mike wollte nicht eingestehen, dass es so war. Er zuckte mit den Schultern. „Noch habe ich Ihre Arbeit ja nicht gesehen."

„Ach, kommen Sie schon. Geben Sie es doch zu. Sie haben gedacht, ich würde keinen Finger rühren, um hier irgendetwas in Ordnung zu bringen. Wahrscheinlich haben Sie sogar geglaubt, dass ich mich vor der Arbeit drücke und so schnell wie möglich wieder abfahren werde."

„Um ehrlich zu sein, dieser Gedanke ist mir gekommen, ja. Und warum sind Sie nicht einfach abgefahren?"

„Es gibt keinen Ort, an dem ich momentan sein möchte", gestand sie.

In ihren Augen lag wieder die gleiche Verletzlichkeit, die ihm schon bei ihrer ersten Begegnung aufgefallen war. Am liebsten hätte er sie jetzt in die Arme gezogen und getröstet, aber er war klug genug, es nicht zu tun.

„Stimmt etwas nicht mit Ihrem Zuhause?", erkundigte er sich.

„Wenn Sie mein Elternhaus meinen, damit ist alles in Ordnung", wich sie aus.

„Leben Sie denn immer noch bei Ihren Eltern?"

Sie warf ihm einen ärgerlichen Blick zu. „Haben Sie vor, mich mit

Fragen zu löchern?"

„Aus rein nachbarschaftlichem Interesse."

„Also schön, dann lassen Sie es mich ganz deutlich sagen. Ich will im Moment weder über Boston noch über meine Vergangenheit sprechen."

Mike konnte ihr Verhalten nur zu gut verstehen. „In Ordnung. Das bringt uns wieder zu diesem Haus und dem Garten zurück."

Sie schenkte ihm den Anflug eines Lächelns. „Mr Mikelewski …"

„Mike."

„Also gut, Mike. Sie haben anscheinend einen Narren an diesem Garten gefressen. Und wenn ich erst abgefahren bin …"

Er warf ihr einen erstaunten Blick zu. Obwohl er damit gerechnet hatte, dass sie bald abreisen würde, überraschte es ihn, wie tief ihre Worte ihn enttäuschten. „Sie werden also nicht bleiben?"

„Nein. Ich halte mich bloß vorübergehend hier auf."

„Wenn Sie lediglich einen kurzen Urlaub geplant haben, ist es noch wichtiger, dass Sie mein Angebot annehmen", erklärte er. „Sie brauchen unbedingt Hilfe mit diesem Garten."

Sie schaute ihn nachdenklich an und nickte. „Ich werde daran denken. Aber nur zu Ihrer Information, ich bin nicht hier, um Urlaub zu machen. Man kann es eher einen unfreiwilligen Rückzug nennen."

„Und wie lange soll der dauern?"

„Das weiß ich noch nicht."

Er runzelte die Stirn. „Aber was wird aus dem Haus und dem Garten, wenn Sie wieder gehen? Überlassen Sie dieses wundervolle Anwesen dann wieder sich selbst?"

„Um ehrlich zu sein, habe ich darüber überhaupt noch nicht nachgedacht", gab sie zu. „Im Moment plane ich noch nicht mal meinen Nachmittag, ganz zu schweigen die nächste Woche oder den nächsten Monat."

„Es tut gut, sich mal eine Weile hängen zu lassen", meinte er. Er hatte das auch in den ersten Wochen getan, nachdem er sich von Linda getrennt hatte. Allerdings hatte er ein Baby zu versorgen gehabt, was seine ganze Aufmerksamkeit erfordert hatte. Er sah die Frau, die neben ihm saß, prüfend an. „Aber das zu seinem Lebensstil zu erklären ist gefährlich."

„So?" entgegnete sie spitz. „Sie scheinen ja Erfahrung damit zu haben."

Mike dachte über ihre Bemerkung nach, bevor er antwortete. „Jeder braucht Ziele", bemerkte er schließlich.

Neugierig sah sie ihn an. „Und was sind Ihre Ziele?"

Die Unterhaltung wurde Mike langsam zu ernst und vor allem viel zu persönlich. Er lächelte. Es war wohl Zeit zu gehen, bevor er etwas sagte, was er hinterher bereuen könnte. „Ich habe nur ein Ziel … zumindest, was Sie betrifft. Ich möchte gern diesen Garten in Ordnung bringen." Er erhob sich und winkte ihr kurz zu. „Bis demnächst."

Auf dem Weg zurück zum Wagen konnte Mike seine Neugierde nicht zügeln und musste einen Blick ins Wohnzimmer werfen. Er stellte erstaunt fest, dass Melanie tatsächlich gestrichen hatte. Die Wände erstrahlten in sonnigem Gelb und Türen und Fenster waren weiß gestrichen. Neue Vorhänge hingen an den Fenstern, und auf dem Tisch stand in einem blau-weißen Keramikkrug ein frischer Blumenstrauß. Wenn sie jeden Raum mit so viel Hingabe renoviert hatte, würde Rose Cottage wieder zum Leben erweckt werden.

Unwillkürlich stieg in ihm die Frage auf, was man wohl tun musste, um wieder ein Leuchten in ihre schönen blauen Augen zu zaubern.

„Das ist nicht meine Aufgabe", wies er sich hastig zurecht, denn solche Gedanken waren verflixt gefährlich. Vor allen Dingen für einen Mann, der sich geschworen hatte, keine Beziehung mehr zu einer Frau einzugehen, die ihm oder seiner Tochter das Herz brechen könnte.

Melanie fühlte sich inspiriert. Ihre Arbeit hatte sich gelohnt. Das Wohnzimmer von Rose Cottage war ein wahres Schmuckstück geworden, und jetzt war sie bereit, auch den Rest des Hauses in Angriff zu nehmen.

Ihr eigenes Zimmer wollte sie in Farbnuancen des Meeres halten – Blau, ein sanftes Grün, Grau. Hier und da durfte es auch ein Hauch von Orange oder gar Pink sein, das sich in einem Bild oder in einem Kissen wiederfand. Schließlich wurde die Bucht bei Sonnenuntergang in ein Farbenspiel von Pink und Orange getaucht.

Sie verließ gerade ein Antiquitätengeschäft in der Nachbarstadt Kimarnock, in dem sie günstig einen blauen Glaskrug erstanden hatte, als sie Mikes Pick-up auf der anderen Seite der Straße entdeckte. Ihr Herz machte vor Aufregung einen kleinen Satz, und sie wollte schon hastig davonlaufen, als er aus einem Geschäft kam und sie entdeckte.

Lächelnd kam er auf sie zu und betrachtete sie. „Sie sehen aus, als ob Sie zufrieden mit sich wären", stellte er freundlich fest.

Sie öffnete ihre Tasche und zeigte ihm den Krug, den sie gerade gekauft hatte. „Ich habe ein Schnäppchen gemacht." Sie hielt den Krug gegen das Licht. „Ist er nicht wunderschön?"

„Außergewöhnlich", antwortete er, aber sein Blick lag auf ihr und nicht auf dem Krug.

Melanies Herz stockte. „Sie schauen ja gar nicht den Krug an."

Er zuckte die Schultern und wendete pflichtbewusst den Blick auf das tiefblaue Glasgefäß, das in der Sonne funkelte. „Er ist ganz nett. Mit Blumen wäre er noch hübscher."

Sie lachte. „Können Sie an nichts anderes als an Gärten und Blumen denken?"

„Klar."

„Und das wäre?"

„Essen Sie mit mir zu Mittag, und ich werde es Ihnen verraten", lautete seine Antwort.

Er schien ebenso überrascht zu sein wie Melanie, dass er diese Einladung ausgesprochen hatte. Einen Moment dachte sie daran, sein Angebot abzulehnen, aber die Aussicht auf eine weitere einsame Mahlzeit im Haus war nicht sehr verlockend.

„Gern", nahm sie schließlich an. Was hatte sie schon zu verlieren?

Als sie das Restaurant betraten, das Mike für sie ausgesucht hatte, war es schon voll besetzt. Die Gäste waren teils Einheimische, teils Touristen, Letztere waren leicht an ihren Kameras, Landkarten und Reiseführern zu erkennen.

Mike entdeckte einen freien Tisch im hinteren Teil des Lokals. Während er sie dort hinführte, blieb er immer wieder bei Gästen stehen und stellte Melanie vor. Bis sie schließlich an ihrem Tisch saßen, war sie so vielen Leute begegnet, die ihre Großmutter kannten, dass ihr von all den Namen ganz wirr im Kopf war.

Eine hübsche, blonde Kellnerin Ende zwanzig brachte ihnen die Speisekarte und eine Karaffe Wasser. Melanie fiel auf, dass sie Mike ein warmes, vielversprechendes Lächeln schenkte, er schien es jedoch gar nicht zu bemerken.

„Die Hamburger sind hier ausgezeichnet", erklärte Mike, ohne sich die Mühe zu machen, die Speisekarte anzuschauen.

„Und wie ist der Caesar-Salat mit den gegrillten Hähnchenstreifen?", wollte Melanie wissen. Als Antwort zog er nur die Augenbrauen hoch. Sie lachte. „Das ist wohl nichts für Sie, was?"

„Ich verbrenne eine Menge Kalorien bei meiner Arbeit. So ein paar Salatblättchen und eine kleine Hühnerbrust machen mich nicht satt."

„Die Pommes frites, die als Beilage serviert werden, sind da ja willkommene Energiespender."

„Natürlich", erklärte er trocken. „Aber den richtigen Energiekick gibt mir eigentlich erst der Schokoladen-Milchshake."

Obwohl Melanie in den letzten Tagen kaum Appetit gehabt hatte, lief ihr plötzlich das Wasser im Mund zusammen. „Ich nehme das Gleiche."

„Den Shake?"

„Nein, alles", erwiderte sie kurzerhand.

Seine Augen weiteten sich. „Das ganze Menü?"

„Hamburger, Pommes frites und Shake", bestätigte sie. „Und sollte der Kuchen hier hausgemacht sein, werde ich auch noch ein Stück als Dessert essen."

Als die Kellnerin zurückkehrte, streifte sie Melanie nur mit einem flüchtigen Blick, bevor sie ihre ganze Aufmerksamkeit auf Mike richtete. „Wie geht es dir? Ich habe dich und Jess schon lange nicht mehr gesehen."

Mike schien ihre Frage unangenehm zu sein. „Wir hatten viel zu tun." Er wies auf Melanie. „Darf ich dir Melanie D'Angelo vorstellen? Sie wohnt im Lindsey-Haus. Cornelia Lindsey war ihre Großmutter. Melanie, das ist Brenda Chatham. Die Besitzerin dieses Restaurants."

Brenda nickte Melanie nur kurz zu, bevor sie Mike wieder ein strahlendes Lächeln schenkte. „Was ist mit dem Abendessen, das ich dir versprochen habe? Ich habe ein tolles neues Rezept für Barbecue-Rippchen."

Mike runzelte die Stirn. „Danke, aber ich habe im Moment sehr viel zu tun. Deshalb wäre es auch gut, wenn du unsere Bestellung aufnehmen könntest, damit ich so schnell wie möglich zu meiner Arbeit zurückkomme."

Brenda gab sich keine Mühe, ihre Enttäuschung zu verstecken. „Das Übliche?"

Mike nickte. „Für Melanie auch. Wie willst du deine Hamburger, Liebling?"

Melanie begriff sofort, warum er dieses Kosewort benutzte. Offensichtlich wollte er Brenda vormachen, sie wären ein Paar, damit sie die Hoffnung auf ein Rendezvous mit ihm endlich aufgab.

„Medium", sagte sie zu Brenda.

Nachdem Brenda gegangen war, schaute Mike sie entschuldigend an. „Danke, dass Sie nicht protestiert haben. Aber Brenda hat die verrückte Idee, dass wir ein Paar werden könnten. Ich habe bereits mehrfach versucht, sie vom Gegenteil zu überzeugen, aber sie gibt einfach nicht auf."

„Haben Sie ihr schon mal gesagt, dass Sie einfach nicht an ihr interessiert sind?"

Er sah sie erschrocken an. „Wäre das nicht schrecklich unhöflich?"

Melanie musste lachen. „Eigentlich finde ich es nur ehrlich, vorausgesetzt, dass Sie wirklich nicht interessiert sind. Schließlich ist sie eine attraktive Frau."

Er warf einen Blick zur Küche hinüber und zog die Brauen hoch. „Kann sein."

Sollte es tatsächlich Männer geben, die eine Blondine mit großen, braunen Augen und einer makellosen Figur nicht beachteten? Melanie schüttelte den Kopf. Zumindest war sie bisher keinem begegnet. Aber vielleicht hatte sein mangelndes Interesse auch mit dieser Jess zu tun, die Brenda erwähnt hatte. „Wer ist Jess?"

„Meine Tochter", erklärte er. „Sie ist sechs. Die meisten Leute nennen sie Jessie."

Melanie musste plötzlich an Jeremy denken, der sie sechs Monate lang angelogen und die Tatsache vor ihr geheim gehalten hatte, dass er Frau und Kinder besaß. „Warum haben Sie mir nicht gesagt, dass Sie eine Tochter haben?"

Er runzelte die Stirn. „Das ist kein Geheimnis. Jeder in der Stadt weiß, dass ich ein Kind habe."

„Ich nicht."

„Na schön, dann wissen Sie es jetzt. Ich habe eine Tochter."

„Und eine Frau?"

„Nein", stieß er gepresst hervor. „Aber lassen Sie uns über etwas anderes reden."

„Und über was?"

„Über Boston und warum Sie nicht dorthin zurückwollen", schlug er vor.

Melanie begriff sofort, worauf er hinauswollte. Sie hatte Themen, über die sie nicht sprechen wollte, und er ebenso. Aber so schnell wollte sie nicht aufgeben, sie wollte wissen, welchen Platz die Mutter von Jess in seinem Leben einnahm.

„Noch eine letzte Frage, und dann ist Ihr Privatleben tabu für mich, in Ordnung?"

Er warf ihr einen grimmigen Blick zu. „Sie können fragen, aber es kann sein, dass ich nicht darauf antworte."

„Sind Sie von Jessies Mutter geschieden?"

„Ja."

Sie war erleichtert. Er war also kein zweiter Jeremy. Doch die Anspannung in seinen Schultern und der Ausdruck in seinen Augen verrieten ihr, dass er noch etwas vor ihr verbarg.

Und wenn schon? ermahnte sie sich. Schließlich wollte sie mit diesem Mann keine Beziehung anfangen. Sie würde nur wenige Wochen hierbleiben, und sie war im Moment sowieso nicht bereit, einen Mann in ihr Leben zu lassen.

Nachdem Brenda die Hamburger gebracht hatte, aßen sie eine Weile schweigend, bis Melanie erneut einen Versuch startete. „Darf ich Ihnen noch eine persönliche Frage stellen?" Als er nicht sofort den Kopf schüttelte, fuhr sie fort: „Brenda ist eine attraktive Frau, und sie scheint ganz nett zu sein. Warum sind Sie eigentlich nicht an ihr interessiert?"

„Mein Leben ist auch so schon kompliziert genug. Ich brauche keine Beziehung."

Melanie konnte das verstehen. „Ich vermute, Sie wissen immer genau, was ein Rosenstock braucht, mit einer Frau ist das nicht so einfach, stimmt's?"

Ein amüsiertes Lächeln spielte um seinen Mund. „Besser hätte ich es nicht sagen können."

Obwohl sie seine Einstellung nachempfinden konnte, war es eigentlich schade, dass er so wenig von Frauen zu halten schien. Rosen schienen ihm näherzu tehen. „Glücklicher Rosenstock", murmelte sie.

Mike sah sie befremdet an. „Was haben Sie gesagt?"

Oh nein, hatte sie das tatsächlich laut gesagt? „Nichts", wehrte sie rasch ab und spürte, wie ihre Wangen heiß wurden.

„Ich dachte, Sie hätten was über Rosen gesagt."

Sie sah ihn mit gespielter Unschuld an. „Wirklich? Ich habe gerade daran gedacht, in welch schlechtem Zustand die Rosen im Garten meiner Großmutter sind. Vielleicht habe ich laut gedacht."

Er lächelte. „Ich glaube, jetzt sind Sie nicht ganz ehrlich. Vielleicht schwindeln Sie ja auch nur ein wenig, um meine Gefühle zu schonen."

Sie runzelte die Stirn. „Sind Sie immer so unmöglich?"

Er musste lachen. „So behauptet man zumindest." Dann erhob er sich, nachdem er Geld auf den Tisch gelegt hatte. „Wir müssen gehen, Liebling."

Sie wollte gerade aufbrausen, als sie sah, dass Brenda auf sie zukam. Noch bevor sie reagieren konnte, hatte Mike sich vorgebeugt und ihr einen Kuss auf die Lippen gehaucht. Sie war so schockiert, dass sie keinen Ton herausbringen konnte. Ihre Lippen prickelten, und in ihrem Bauch breitete sich eine erregende Wärme aus. Benommen griff sie zu ihrem Milchshake, um den Rest auszutrinken. Er war immer noch kalt, aber nur halb so frostig wie Brendas Blick. Melanie hatte das Gefühl, dass sie sich gerade ohne eigenes Zutun den ersten Feind in dieser Stadt geschaffen hatte.

3. KAPITEL

Es war der Fliederduft, der Melanie in der zweiten Aprilwoche an einem regnerischen Samstagmorgen aus dem Haus trieb. Es war Jahre her, seit sie diesen Duft das letzte Mal wahrgenommen hatte, und er erinnerte sie wie immer an ihre Großmutter. Cornelia hatte die Fenster stets weit geöffnet, um den süßen Duft hereinzulassen, und überall hatte sie Vasen mit geschnittenem Flieder in den Räumen verteilt.

Jetzt wucherte wilder Efeu an den Fliederbüschen hoch und nahm ihnen fast die Luft zum Atmen. Melanie verstand zum ersten Mal, warum Mike sich so über die Vernachlässigung des Gartens aufgeregt hatte. Die einst prachtvollen Büsche würden bald absterben, wenn nicht schnell etwas geschah.

Entschlossen, den Flieder zu retten, nahm sie den Schlüssel des Gartenschuppens aus dem Schlüsselkasten. Nachdem sie die Tür des Schuppens geöffnet hatte, betrachtete sie eingehend die große Auswahl der zur Verfügung stehenden Geräte, die zwar in gutem Zustand, aber mit Spinnweben überzogen waren. Sie griff nach einer Gartenschere, wischte sie mit einem Tuch ab und ging dann zum ersten Fliederbusch hinüber.

Ungeachtet des feinen Landregens begann sie, die Ranken abzuschneiden und in eine der leeren Biotonnen zu werfen. Dann riss sie die Wurzeln aus dem Boden – eine noch schwierigere Arbeit, die sie schwitzend und stöhnend verrichtete. Sie hatte bereits zwei Fliederbüsche von dem lästigen wilden Efeu befreit, als ein Wagen die Einfahrt hinauffuhr. Eine Tür wurde zugeschlagen, gefolgt von leisem Gemurmel und herzzerreißenden Schreien.

„Nein, Daddy! Nein!"

Melanie ließ die Gartenschere fallen und lief zur Einfahrt hinüber. Sie sah, wie Mike versuchte, ein strampelndes, schreiendes Mädchen aus dem Wagen zu ziehen.

„Was um alles in der Welt ist denn hier los?", fragte sie.

Mike hob rasch den Kopf und schlug sich dabei am Türrahmen an.

„Kommen Sie nicht auf falsche Gedanken", meinte er. „Meine Tochter hat aus irgendeinem Grund Angst vor diesem Haus. Sie glaubt, dass es hier Gespenster gibt."

Melanie bemerkte, wie mitgenommen er aussah, und schaute dann zu dem unglücklichen Kind hinüber, dessen Schluchzen jetzt langsam verstummte.

Sie schob Mike zur Seite und lächelte das Mädchen an. „Darf ich mal? Ich nehme an, das ist Jessie?"

„Richtig."

Melanie schaute in die tiefblauen, verweinten Augen des Mädchens. Feines blondes Haar umgab das hübsche, kleine Gesicht.

„Bist du ein Geist?", flüsterte Jessie ängstlich.

Melanie musste ein Lächeln unterdrücken. „Ich glaube nicht. Willst du mich testen?"

Jessie schaute sie fasziniert an. „Wie denn?"

„Komm, zwick mich."

„Wirklich?" Jessie schaute fragend zu ihrem Vater, der lediglich mit den Schultern zuckte.

„Tut dir das nicht weh?", fragte sie besorgt.

„Nicht, wenn ich ein Geist bin."

Jessie zwickte Melanie vorsichtig in den Arm.

„Au", rief Melanie und verzog schmerzhaft das Gesicht.

„Entschuldige", flüsterte Jessie betroffen.

„Macht nichts. Wenigstens wissen wir jetzt, dass ich kein Geist bin."

„Sieht so aus", meinte Jessie, obwohl sie immer noch nicht hundertprozentig überzeugt schien.

„Möchtest du mit mir ins Haus gehen?", fragte Melanie. „Wir können ja nach Gespenstern suchen. Und falls wir tatsächlich eins finden, wird dein Vater es für immer verjagen. Was hältst du davon?"

Jessie nickte schüchtern und streckte ihr die Arme entgegen. Melanie öffnete den Sicherheitsgurt, hob das Mädchen aus dem Wagen und stellte es auf den Boden. Sofort ergriff das Kind ihre Hand.

Sie gingen durch das Gartentor, und Melanie bemerkte Mikes erstauntes Gesicht, als er die offene Biotonne mit den abgeschnittenen Ranken sah.

„Wie ich sehe, haben Sie gearbeitet", stellte er fest.

„Seit Stunden."

„Das ist immerhin ein Anfang", brummte er.

Melanie sah ihn entrüstet an. „Ist das alles, was Sie dazu zu sagen haben?"

Ein leichtes Lächeln spielte um seine Lippen. „Das ist alles, was Sie getan haben?"

Da Jessie die beiden erschrocken ansah, verkniff Melanie sich eine scharfe Bemerkung. „Warum sind Sie hier, Mike?", fragte sie stattdessen. „Nur um mich zu ärgern?"

„Eigentlich will ich zu einer Gärtnerei in White Stone fahren. Ich dachte, Sie hätten vielleicht Lust mitzukommen, damit Sie Ideen bekommen, was Sie pflanzen könnten."

Melanie warf ihm einen skeptischen Blick zu. „Finden Sie nicht, dass ich in diesem Garten zuerst mal Ordnung schaffen sollte, bevor ich etwas Neues pflanze?"

„Es schadet doch nichts, wenn Sie sich ein paar Ideen holen. Nehmen Sie das Foto mit, das Sie mir gezeigt haben. Ich gehe inzwischen mit Jessie zur Schaukel hinüber."

Melanie überlegte. Da er keinen Cent für seinen Rat oder seine Hilfe verlangte, musste es ihm tatsächlich ein Anliegen sein, diesem Garten wieder zu seiner alten Pracht zu verhelfen. Das war wirklich ein netter Zug von ihm, und es wäre stur und dumm, sein Angebot abzulehnen. Trotzdem läuteten bei Melanie die Alarmglocken. Mike mochte geschieden sein, aber etwas an seinem Verhalten bei diesem Mittagessen in Brendas Restaurant verriet ihr, dass seine Exfrau nicht nur irgendwo in der Nähe war, sondern auch noch Probleme bereiten könnte. Und Melanie hatte absolut keine Lust, sich erneut Konfliktsituationen dieser Art auszusetzen.

Sie würde jetzt mit ihm in die Gärtnerei fahren, weil sie sich tatsächlich einige Anregungen holen wollte. Aber sie schwor sich, dass sie danach den Kontakt zu ihm abbrechen würde.

Gleichzeitig musste sie allerdings zugeben, dass Mike bisher keine Annäherungsversuche persönlicher Art gemacht hatte. Doch jedes Mal, wenn sie ihm in die Augen schaute, wünschte sie sich plötzlich Dinge, denen sie eigentlich nie mehr Platz in ihrem Leben gewähren wollte. Und das war nicht gut. Das war ganz und gar nicht gut.

„Ich habe Jessie versprochen, ihr das Haus zu zeigen", erklärte sie ihm. „Wir wollen auf Gespensterjagd gehen."

Er lächelte. „Dann gehen wir mal hinein."

„Hiermit ernenne ich Sie offiziell zum Geisterjäger", erklärte sie mit ernstem Ton in der Stimme.

Er nickte. „Ich nehme den Auftrag an."

Jessie schaute ihren Vater an. „Hast du Angst, Daddy?"

„Nein", beruhigte er sie. „So alte Gespenster können mir doch gar nicht das Wasser reichen."

Während Mike Jessie herumführte und mit theatralischen Gesten in Schränken und hinter Türen nach Gespenstern suchte, wusch Melanie sich die Hände und bürstete ihr Haar.

„Keine Geister", rief Mike kurz darauf von unten hinauf. „Wir gehen jetzt zur Schaukel."

„Ich komme gleich", rief Melanie zurück.

Nachdem sie sich umgezogen hatte, holte sie das alte Foto vom Garten. Draußen hörte sie Jessies unbeschwertes Lachen. Offensichtlich hatte die Gespensterjagd mit ihrem Vater alle Ängste vertrieben.

Melanie ging nach draußen und machte sich auf die Suche nach den beiden. Sie fand Vater und Tochter unten an der Bucht. Das Mädchen saß auf Mikes Schultern und quietschte vor Vergnügen.

„Nein, Daddy, nein!", rief sie kichernd.

„Du willst nicht baden gehen?", zog er sie auf und machte einen weiteren Schritt zum Wasser hin.

„Nein!"

Melanie beobachtete sie eine Weile und fühlte sich plötzlich überflüssig. Seltsamerweise empfand sie ein ähnliches Gefühl wie an dem Tag, als Jeremy ihr gestand, dass er eine Familie hatte. Abgesehen von der Verzweiflung und der Wut, die damals in ihr aufgestiegen waren, hatte sie doch gespürt, dass er etwas Wichtiges besaß, das in ihrem Leben fehlte. Etwas, was sie vielleicht nie haben würde.

Genau in diesem Moment drehte Mike sich um, und das Lachen auf seinen Lippen erstarb. Prüfend betrachtete er sie. „Ist etwas nicht in Ordnung?"

Melanie zwang sich zu einem Lächeln. „Wie kommen Sie darauf? Mir geht es bestens."

„Du hast mich gerettet", erklärte Jessie. „Daddy wollte mich ins Wasser werfen, aber das ist noch viel zu kalt."

„Oh, ich glaube nicht, dass du wirklich in Gefahr warst", beruhigte Melanie die Kleine. „Ich bin sicher, dass dein Vater stets gut auf dich aufpasst."

Jessie nickte. „Das tut er, aber er ist keine Mom. Moms wissen nämlich, dass es noch zu früh zum Baden ist."

Auch wenn er nichts sagte, sah Melanie, wie diese Bemerkung ihn schmerzte.

„Dein Dad weiß solche Dinge auch", versicherte Melanie der Kleinen. „Mein Dad hat mich und meine Schwestern jeden Sommer mit nach Cape Cod genommen. Glaub mir, er wusste alles übers Baden. Meine Mom hingegen hat sich noch nicht mal die Zehen nass gemacht."

Jessie schaute sie aufmerksam an. „Kein einziges Mal?"

„Nie", versicherte Melanie. „Du siehst also, du solltest deinem Vater

37

dein ganzes Vertrauen schenken. Er weiß wirklich 'ne Menge."

Jessie nickte. „Vor allem über Blumen und Pflanzen", verkündete sie stolz. „Er legt für andere Leute die Gärten an."

„Hast du auch einen eigenen Garten?", fragte Melanie.

Jessie nickte. „Ich werde jetzt einen bekommen. Ich will Tomaten und Möhren haben. Die Möhren sind für die Kaninchen."

Melanie lachte. „Und ich dachte, sie wären für dich."

„Für mich, aber die Kaninchen mögen sie viel lieber als ich." Sie schaute Melanie prüfend an. „Was wirst du denn in deinem Garten pflanzen?"

„Ich weiß es noch nicht", gab Melanie zu. „Dein Dad wird mir noch helfen, es herauszufinden."

„Du solltest auch ein Möhrenbeet anlegen", riet Jessie ihr. „Es gibt hier so viele Kaninchen, und ich kann sie unmöglich alle alleine füttern."

Melanie lachte leise. „Ich werde mal darüber nachdenken."

„Ich glaube, wir werden uns vor allem auf Blumen konzentrieren", warf Mike ein und schaute sie an. „Und vielleicht noch einen Kräutergarten anlegen."

Melanie dachte, wie glücklich ein Kräutergarten ihre Schwester machen würde. „Klar, warum nicht … und Tomaten wären auch nicht schlecht", meinte sie und stellte sich vor, wie es wäre, Mozzarella mit Tomaten und frischen Basilikumblättern aus dem eigenen Garten zu essen.

Mike lächelte. „Ich glaube, Sie beginnen zu begreifen, was für Möglichkeiten ein Garten bietet."

„Wie lange braucht eine Tomatenpflanze, bis man die erste reife Tomate ernten kann?", erkundigte sie sich.

„Ungefähr sechzig Tage. Das hängt von der Sorte und dem Wetter ab", erwiderte er.

„Zu lange", seufzte sie.

„Vielleicht bleiben Sie ja doch länger."

Sie schüttelte den Kopf. „Das ist leider nicht möglich."

„Wartet Ihre Arbeit auf Sie?"

„Nein."

„Ihr Freund?"

„Nein."

„Was hindert Sie dann daran zu bleiben, bis die erste Tomate reif geworden ist?"

„Meine Geldreserven sind begrenzt", gestand sie ehrlich. „Früher oder später muss ich nach Boston zurückkehren und mir einen neuen Job suchen."

„Suchen Sie sich doch hier Arbeit", schlug er vor. „In der Saison gibt es hier genug zu tun. Brenda beklagt sich immer, dass sie keine vernünftige Hilfe finden kann."

Melanie lachte. „Ich bezweifle, dass Brenda Lust hätte, ausgerechnet mich einzustellen."

Er rieb sich das Kinn. „Da haben Sie recht. In welchem Berufszweig haben Sie denn bisher gearbeitet?"

„Ich habe einen College-Abschluss in Marketing, aber ich habe nach dem College als Sekretärin gearbeitet."

„Sie haben einen Abschluss in Marketing und arbeiten als Sekretärin? Ist es denn so schwer, einen Einstiegsjob in der Marketingbranche zu finden?"

„Eigentlich sollte die Sekretärinnenstelle nur vorübergehender Art sein. Man hatte mir versprochen, dass ich so bald wie möglich eine Stelle in der Marketingabteilung bekommen würde", erklärte sie. „Aber leider ist das nicht eingetreten." Sie konnte es selbst nicht fassen, dass sie so dumm gewesen war, nur zu hoffen und zu warten, statt selbst die Initiative zu ergreifen.

Die Leitung von *Rockingham Industries* hatte ihr die Aussicht auf einen Marketingjob als Köder vor die Nase gehalten. Erst jetzt wurde ihr klar, dass sie eine so gute Sekretärin gewesen war, dass man sie gar nicht gehen lassen wollte. Was war sie nur für eine Närrin gewesen!

„Sie werden schon noch das Richtige finden", tröstete Mike sie und ergriff Jessies Hand. „Aber jetzt lasst uns losfahren, sonst wird es zu spät. Die Blumen warten auf uns."

„Und die Samen und Tomatenpflanzen", fügte Jessie hinzu.

„Und Melanie bekommt natürlich auch Tomatenpflanzen. Wer weiß, vielleicht knackt sie ja den Jackpot einer Lotterie und kann bei uns bleiben, bis die Tomaten reif sind."

Jessie strahlte. „Das wäre toll."

4. KAPITEL

Mike konnte kaum über die Tatsache hinwegkommen, dass Jessie Melanie so rasch ins Herz geschlossen hatte. Das Mädchen hatte sich den ganzen Tag über von ihrer besten Seite gezeigt. Er hatte allerdings immer wieder die bittere Erfahrung gemacht, dass ihre gute Laune innerhalb weniger Sekunden umschlagen konnte. Und als er jetzt vor dem Eiscafé parkte, befürchtete er, dass genau das passieren könnte.

Seit Melanie vorgeschlagen hatte, nach dem Besuch der Gärtnerei noch irgendwo einen Eisbecher zu essen, hatte Jessie über nichts anderes als über die verschiedenen Eissorten und Verzierungen gesprochen. Es war unglaublich, wie geduldig Melanie mit seiner Tochter umgegangen war. Er selbst wäre zeitweise am liebsten aus dem fahrenden Wagen gesprungen.

„Habt ihr beide euch denn jetzt entschieden?", fragte er genervt, nachdem sie ausgestiegen waren. Glücklicherweise war das Wetter eher kühl und regnerisch, und sie hatten das Café fast für sich alleine. Wie oft war er hier gewesen und hatte mit dem ungeduldigen Kind Schlange stehen müssen.

„Ich nehme Schokoladeneis mit Karamellsoße und ganz viel Schlagsahne", bestellte Melanie sofort. „Und wie ist es mit dir, Jessie?"

„Ich nehme das Gleiche."

„Eine gute Wahl", lobte Melanie. „Und was möchten Sie, Mike?"

Mike konnte es kaum fassen, wie unkompliziert sich Jessie bei Melanie verhielt. „Ich schließe mich euch an. Geht ihr schon mal an den Tisch. Ich bringe euch das Eis."

„Kommt gar nicht infrage", widersprach Melanie. „Das Eis war meine Idee, und ich werde es bezahlen."

Jessie schaute sie an. „Männer müssen doch immer bezahlen, wenn sie mit Frauen ausgehen, nicht wahr, Daddy?"

„Das hier ist aber kein Rendezvous, und deshalb gelten andere Regeln", erwiderte Melanie bestimmt.

Mike ließ sich allerdings nicht beirren. „Aber nahe dran", meinte er. „Es sei denn, Sie wollen mit mir darum Armdrücken." Er ließ die Muskeln seines Oberarms spielen und bemerkte, dass sie wie gebannt auf seinen Arm starrte.

„Angeber", murmelte Melanie und hatte Mühe, den Blick von seinem Bizeps loszureißen. „Ich werde diese Wette nicht annehmen, da ich Sie nicht kompromittieren will." Sie schaute ihn herausfordernd an. „Aber wir werden diese Debatte später noch weiterführen."

Mike nickte. Er hatte ein Glitzern in ihren Augen gesehen, das er nie zuvor bemerkt hatte. Sie war offenbar eine Frau, die ihre Unabhängigkeit liebte. Vielleicht sollte er sie nicht noch mehr herausfordern.

Melanie führte Jessie zum Tisch, und erneut wunderte sich Mike, wie umgänglich seine Tochter war. Vielleicht hatte der Kleinen die ganze Zeit über die Mutter gefehlt, die Nähe und das Verständnis einer Frau. Vielleicht war er der Grund für den Zirkus, den sie so oft veranstaltete. Alleinerziehender Vater zu sein war nicht einfach, und er wusste, dass er viele Fehler gemacht hatte.

Plötzlich bemerkte Mike, dass er fast ein wenig eifersüchtig auf Melanie war, dabei sollte er sich lieber freuen und dankbar sein.

Als er mit den Eisbechern an den Tisch kam, plauderte Jessie gerade munter über die Schule und ihre Freunde. Mike erfuhr in fünf Minuten mehr, als er in zwölf Fahrten von der Schule nach Hause erfahren hatte. Erneut drohte das hässliche Gefühl der Eifersucht in ihm aufzusteigen, aber er verdrängte es und konzentrierte sich stattdessen auf sein Eis.

„Ich habe mich bekleckert", rief Jessie plötzlich entsetzt.

„Das ist doch nicht so schlimm", beruhigte Melanie das Mädchen und wischte den Klecks Eis ab, der in Jessies Schoß geplumpst war.

„Doch, das ist schlimm. Mein Kleid ist schmutzig", entgegnete Jessie aufgebracht und schleuderte den Löffel durch den Raum. „Ich hasse Eiscreme."

Einen Moment lang schien Melanie über den Wutausbruch des Kindes schockiert zu sein, und Mike erwartete fast schon, dass sie sich hastig mit dem Gang zur Toilette entschuldigen würde. Zu seiner Überraschung ergriff Melanie jedoch nicht die Flucht, sondern schob nur gelassen ihren eigenen Eisbecher zur Seite.

„Ich habe auch genug vom Eis", erklärte sie, obwohl sie den Becher noch nicht mal zur Hälfte aufgegessen hatte. „Jessie, warum gehen wir beide nicht nach draußen und warten dort auf deinen Vater?"

Mike wollte widersprechen, aber sie schüttelte nur leicht den Kopf.

„Komm, Jessie. Ich glaube, ich habe nebenan eine nette Buchhandlung gesehen. Sollen wir uns dort mal umgucken?"

Jessie schluchzte leise und wischte sich mit der Faust die Tränen aus den Augen. Offensichtlich hatte sie sich noch nicht entschieden, ob sie die Szene weiterführen oder den Vorschlag mit der Buchhandlung annehmen sollte. Schließlich jedoch erhob sie sich vom Stuhl und ergriff

Melanies Hand. „Bekomme ich ein Buch über Krebse?", fragte sie erwartungsvoll.

„Wenn wir eins finden."

Jessie strahlte. „Da gibt es sogar ganz viele. Ich habe zwei, aber ich weiß, dass es noch mehr gibt."

„Die werden wir uns mal anschauen", versprach Melanie.

Mike blickte ihnen nach, als sie den Raum verließen, und war sich nicht sicher, ob er seufzen oder lachen sollte. Er konnte Melanie nicht erlauben, seine Tochter zu bestechen, wenn sie mal wieder ihre zickigen Wutanfälle bekam. Aber er musste zugeben, dass diese Methode ausgesprochen wirkungsvoll war.

Vielleicht war es aber auch gar nicht das versprochene Buch gewesen, das Jessie beruhigt hatte. Melanie war einfach klug gewesen und hatte seine Tochter abgelenkt. Vielleicht sollte er sich ein Beispiel daran nehmen. Er konnte noch etwas lernen.

Wie war es möglich, dass eine alleinstehende Frau in so kurzer Zeit begriffen hatte, wie man mit Jessie umgehen musste, während er sich seit Jahren vergeblich abmühte, mit den Ausbrüchen seiner Tochter umzugehen?

Wahrscheinlich, weil für Melanie noch alles neu ist, entschied er im Stillen, während er weiter sein Eis löffelte. Sie hatte noch endlose Geduld und gute Nerven, weil sie nicht jeden Tag mit Jessies Launen umgehen musste. Er hingegen war mit den Nerven und auch mit seiner Geduld bisweilen am Ende. Vielleicht sollten er und seine Tochter öfters mal eine Pause voneinander einlegen. Andererseits hatte er Schuldgefühle, sie mit Babysittern allein zu lassen, weil sie bereits ohne Mutter aufwachsen musste. Aber war sein Verhalten vielleicht falsch gewesen? Wäre es besser für sie gewesen, wenn sie auch andere Bezugspersonen gehabt hätte?

Was immer es auch sein mochte, weshalb Melanie diese endlose Geduld hatte, er war ihr sehr dankbar dafür. Zu schade, dass sie nicht hier blieb. Der Sommer mit den langen Ferien stand vor der Tür, und er brauchte dringend jemanden, der sich während seiner Arbeitszeit um Jessie kümmerte. Wenn Melanie bereit wäre, diesen Job zu übernehmen, würde er sie sofort einstellen. Jessie wurde mittlerweile in keiner Kindertagesstätte der Umgebung gern gesehen, und sie mit zur Arbeit zu nehmen, das hatte sich als äußerst anstrengend für beide herausgestellt.

Die Versuchung, Melanie dieses Angebot zu unterbreiten, war geradezu unwiderstehlich groß. Lediglich die Erkenntnis, dass es dabei nicht allein um Jessie ging, hielt ihn zurück. So wohl gefühlt wie an diesem Tag hatte er sich schon lange nicht mehr. Melanies Gegenwart schien nicht nur bei seiner Tochter etwas zu bewirken.

Er hatte einen Geschmack davon bekommen, wie es wäre, eine richtige Familie zu haben, und er musste zugeben, dass es ihm gefiel. War es möglich, dass er die ganzen Jahre nur darauf gewartet hatte, eine Frau wie Melanie kennenzulernen? Jemand, der sie beide so annahm, wie sie waren.

Nein, sagte er sich entschieden. Natürlich nicht!

Doch als er diese Worte in Gedanken aussprach, wusste er, dass er sich selbst etwas vormachte. Irgendetwas hatte sich an diesem Tag verändert. Wenn er an Melanie dachte, fiel ihm nicht mehr nur der Garten von Rose Cottage ein, sondern er spürte vor allem, dass sie in der Lage wäre, sein und Jessies verletztes Herz zu heilen.

Jessie war ein ziemlich schwieriges kleines Mädchen. Das hatte Melanie schon erkannt, bevor Mike es auch nur angedeutet hatte. Wutausbrüche am Ende eines langen Tages waren gar nicht so ungewöhnlich für Kinder in diesem Alter, aber Melanie waren bereits vorher einige Dinge aufgefallen. Vor allem die Art, wie vorsichtig Mike mit seiner Tochter umging. Es war klar, dass er fast alles tun würde, um einen ihrer Anfälle zu vermeiden. Da Jessie ein intelligentes Kind war, hatte sie das sofort begriffen und spielte nun seine Angst und seine Schuldgefühle, die er als alleinerziehender Vater besaß, erbarmungslos aus.

Trotz aller Probleme fühlte Melanie sich jedoch zu dem sechsjährigen Mädchen hingezogen. Sie hatte noch nicht sehr viel Kontakt zu Kindern gehabt, aber Jessies Fantasie und ihre spontane, offene Art faszinierten sie. Außerdem tat es ihrem Selbstwertgefühl gut, dass das Mädchen sie so unverhüllt bewunderte.

Natürlich wusste Melanie, dass sie sich weder zu sehr an das Mädchen gewöhnen sollte, noch durfte sie zulassen, dass Jessie emotional von ihr abhängig wurde. Einen Ausflug wie heute würde sie auf keinen Fall wiederholen.

Trotzdem genoss sie es, dass die Kleine sich in der Kinderabteilung des Buchladens an sie schmiegte, während sie auf dem Boden saßen und einige Bücher durchblätterten.

„Mir gefällt das hier am besten", meinte Jessie, nachdem sie sich ein Dutzend Bücher angeschaut hatten. „Willst du es mir wirklich kaufen?"

„Natürlich", erwiderte Melanie. „Ich schenke es dir."

Jessie sah sie fragend an. Etwas schien sie plötzlich zu bedrücken. „Du und mein Dad, ihr seid Freunde, nicht wahr?"

„Ja", antwortete Melanie, obwohl sie nicht wusste, worauf das Kind hinauswollte.

„Dann ist ja alles in Ordnung", antwortete Jessie erleichtert. „Von einer Fremden dürfte ich nämlich nichts annehmen."

„Nein, das dürftest du tatsächlich nicht", stimmte Melanie ihr zu. „Aber falls es dich beruhigt, kann ich deinen Vater ja noch fragen."

Jessie schaute sehnsüchtig auf das Buch. „Und wenn er Nein sagt?"

„Überlass das nur mir", erwiderte Melanie mit einer Zuversicht, die eigentlich fehl am Platze war. Sie hatte an diesem Tag vieles als Selbstverständlichkeit genommen. Schon allein, dass sie das Kind in die Buchhandlung gelockt hatte, um einen erneuten Wutanfall zu vermeiden, hätten so manche Eltern nicht toleriert. Mike hingegen hatte nach anfänglichem Zögern sogar erleichtert ausgesehen. Sie hatte das Gefühl, dass er sich Jessie gegenüber in letzter Zeit oft ohnmächtig gefühlt haben musste.

Plötzlich sprang Jessie auf. „Daddy, schau nur, was für ein Geschenk Melanie mir machen will!"

Melanie sah in Mikes Augen und entdeckte darin einen Ausdruck, der nichts Gutes verhieß. Wahrscheinlich hatte sie ihre Befugnisse jetzt tatsächlich überschritten. „Sie hat mir die ganze erste Seite allein vorlesen können. Ich dachte, da hätte sie es verdient", entschuldigte sie sich.

„Du hast die ganze erste Seite allein gelesen?", fragte er erstaunt und nahm Platz.

Jessie nickte stolz. „Alles." Eifrig setzte sie sich und griff zu dem Buch. „Chadwick", begann sie und schaute dann ihren Vater an. „Erinnerst du dich noch an Chadwick, Daddy? Das ist ein Krebs."

Mike lächelte stolz. „Ich erinnere mich."

Jessie las langsam, aber korrekt den ersten Satz und suchte dann wieder den Blick ihres Vaters. „Ist das so richtig?"

Sein Lächeln wurde breiter. „Du liest perfekt. Du hast das Buch wirklich verdient, aber ich werde es bezahlen." Er holte Geld aus der Tasche und reichte es ihr. „Lauf zur Kasse, und bezahle es."

„Danke!", erwiderte Jessie glücklich und rannte los.

„Ich hätte es ihr auch gekauft", meinte Melanie. „Ich habe sie schließlich erst auf die Idee gebracht."

„Ich weiß, aber so herum ist es besser."

„Warum?"

„Weil ich erst gar nicht anfangen will, mich auf Sie zu verlassen."

„Es geht hier nur um ein Buch, Mike, nicht um eine Beziehung."

Mike schaute sie ernst an. „So ist es. Und deshalb machen Sie Jessie bitte keine weiteren Versprechungen mehr. Nicht, wenn Sie Rose Cottage schon bald wieder verlassen."

Plötzlich begriff sie, worauf er hinauswollte. „Ihre Exfrau hat Jessie im Stich gelassen, nicht wahr? Sie vergleichen mich mit ihrer Mutter."

Sein Gesichtsausdruck wurde noch finsterer. „Sie sind nicht wie Linda", entgegnete er bitter. „Aber auch Sie werden gehen. Das haben Sie selbst gesagt. Und ich muss mein Kind vor dieser Art Enttäuschungen schützen. Sie hat schon genug durchgemacht."

Er erhob sich und ging, bevor Melanie noch die Chance hatte, etwas zu antworten. Und da dies weder der richtige Zeitpunkt noch der richtige Ort war, um das Thema weiter zu diskutieren, folgte Melanie ihm einfach.

Die Fahrt zu ihrem Haus verlief schweigend. Jessie war auf dem Rücksitz eingeschlafen, und Mike half Melanie nur rasch, die Pflanzen auszuladen, nachdem er in ihrer Einfahrt geparkt hatte.

„Gießen Sie alle Pflanzen regelmäßig", riet er ihr. „Ich werde Ihnen helfen, sie einzupflanzen, wenn ich Zeit habe."

„In Ordnung", versprach sie. „Danke, dass Sie mich mitgenommen haben."

Er nickte ihr kurz zu, setzte sich dann wieder hinter das Lenkrad und fuhr los. Melanie schaute ihm nach und fragte sich, wie sehr seine Exfrau ihn verletzt haben musste, dass er ihr nicht vertrauen konnte. Aber konnte man ihm sein Verhalten übel nehmen? Schließlich würde sie ja früher oder später tatsächlich abreisen. Sie schüttelte den Kopf und seufzte. Es gab nur einen Weg, sie durfte sich erst gar nicht auf ihn und Jessie einlassen.

Melanie war nicht überrascht, als Mike am Montagmorgen, gleich nachdem er Jessie zur Schule gebracht hatte, wieder vor ihrer Tür stand.

„Haben Sie eine Minute Zeit?", fragte er.

„Klar. Kommen Sie herein. Ich habe gerade Kaffee gemacht. Möchten Sie auch eine Tasse?"

„Kaffee hört sich gut an."

Er nahm am Küchentisch Platz, doch als Melanie ihm einen Becher reichte und ihm gegenüber Platz nahm, wich er ihrem Blick aus.

„Ich nehme an, dass Sie mir noch mal sagen wollen, dass ich Jessie nicht zu nahe kommen soll", begann sie. „Ich habe darüber nachgedacht, und ich finde, dass Sie recht haben."

„Eigentlich bin ich gekommen, um mich zu entschuldigen", korrigierte er und suchte ihren Blick. „Ich habe mich verhalten, als ob Sie etwas Unrechtes getan hätten. Dabei waren Sie den ganzen Tag über reizend zu Jessie. Die meisten Leute wären nach Jessies Wutanfall in der Eisdiele geflüchtet."

„Das war doch nicht so schlimm. Im Großen und Ganzen ist Jessie ein wunderbares Kind."

„Sie ist ein äußerst schwieriges Kind", verbesserte er. „Ich nehme an, das haben Sie gemerkt."

„Sie ist ein Scheidungskind. Es ist normal, dass solche Kinder Probleme machen."

„Ja, das und …" Er schien Mühe zu haben, die richtigen Worte zu finden. „Nun, ihre Mutter war drogenabhängig, auch in der Schwangerschaft. Jessie musste direkt nach der Geburt einen Entzug durchmachen."

„Oh, Mike. Das tut mir wirklich leid."

„Glücklicherweise hat sie keine bleibenden Schäden zurückbehalten. Aber sie ist sehr unausgeglichen. Sie haben ja selbst miterlebt, wie sie aus der besten Laune heraus, von einer Sekunde zur anderen, einen Wutanfall bekommen kann. Es ist so, als würde man mit einer Zeitbombe leben. Nur leider weiß ich nie, wann sie hochgeht."

Melanie hatte großes Mitgefühl für beide. „Das muss sehr anstrengend sein."

Er runzelte die Stirn. „Ich bin nicht hierher gekommen, um mich bemitleiden zu lassen. Ich wollte Ihnen nur erklären, warum ich vorgestern so reagiert habe. Es ist auch so schon schwer genug mit Jessie. Sie kann keinen zusätzlichen emotionalen Stress gebrauchen, und es ist Stress für sie, wenn Menschen in ihr Leben kommen und wieder gehen."

Melanie hätte ihm gern erwidert, dass das zum Leben gehört. Auch Kinder müssen lernen, dass Menschen kommen und gehen. Aber sie brachte es nicht übers Herz. Jessie hatte in ihrem jungen Leben schon viel mitgemacht, und man sollte tatsächlich vermeiden, ihr noch mehr Schmerz zuzufügen. Bevor Melanie ihm jedoch antworten konnte, war er bereits aufgestanden.

„Nun, das ist alles, was ich sagen wollte. Es ist wohl besser, wenn ich jetzt gehe. Ein Auftraggeber bekommt heute neue Pflanzen geliefert, und ich muss dafür sorgen, dass sie so schnell wie möglich in die Erde kommen. Mitte der Woche könnte ich dann bei Ihnen anfangen."

„Wann immer Sie Zeit haben", erklärte sie. „Ich weiß Ihre Hilfe sehr zu schätzen."

Melanie begleitete ihn zum Ausgang. Als sie an der Tür standen, legte sie kurz die Hand an seine Wange. „Sie sind ein großartiger Vater, besonders, wenn man die schwierigen Umstände betrachtet. Ich hoffe, Sie wissen das."

Überrascht schaute er auf. „Warum sagen Sie mir das?"

„Sie erinnern mich an meinen eigenen Vater, und glauben Sie mir, es gibt keinen besseren auf der ganzen Welt. Sie sind fürsorglich, aufmerksam und vergöttern Ihre Tochter. Es mag sein, dass Jessie ihre Mutter vermisst, aber sie kann sich sehr glücklich schätzen, einen Vater wie Sie zu haben."

Einen Moment lang wirkte Mike verlegen. „Ich weiß nicht, was ich sagen soll."

Melanie lächelte. „Ich habe Ihnen ein Kompliment gemacht. Danke würde als Antwort schon reichen."

Doch zu ihrem Erstaunen sagte er nichts, sondern beugte sich vor und berührte ihren Mund mit seinen Lippen. Es war ein Kuss so leicht wie der Flügelschlag eines Schmetterlings, aber trotzdem breitete sich eine prickelnde Wärme in ihr aus.

Dann verließ er das Haus. Er war schon halb auf der Straße, als er sich noch einmal umschaute und Melanie dabei ertappte, wie sie mit den Fingerspitzen ihre Lippen berührte. Er winkte.

„Danke", rief er.

Jetzt war sie an der Reihe, verlegen zu sein. „Gern geschehen", flüsterte sie, aber nur, weil er sie nicht mehr hören konnte.

Zweck ihres Aufenthaltes in Rose Cottage war, sich von den Gefühlen zu verabschieden, die sie einst für Jeremy empfunden hatte, und ihr Leben wieder in die Normalität zurückzuführen. Doch unvermittelt hatte ein unschuldiger, kurzer Kuss mehr Gefühle in ihr geweckt, als Jeremy es je fertiggebracht hatte. War das nicht sonderbar?

Zweifellos.

Und sehr gefährlich.

In der stillen Hoffnung, dass Schweiß und harte Arbeit ihn den Kuss vergessen lassen würden, hatte Mike den ganzen Tag wie ein Besessener geschuftet. Er hatte aus einem Impuls heraus gehandelt, und um ganz ehrlich zu sein, hatte er Melanie ein wenig durcheinanderbringen wollen.

Aber der Spaß war zum Eigentor geworden. Seine Gefühle hatten bereits den ganzen Tag verrücktgespielt, und er konnte Melanies Duft einfach nicht vergessen.

„He, Mike, das war eigentlich unsere Arbeit", rief Jeff Clayborne ihm jetzt zu.

„Ich helfe nur ein wenig aus", erwiderte Mike und legte eine Pause ein, um sich mit einem Taschentuch den Schweiß von der Stirn zu wischen.

„Wenn du uns noch mehr hilfst, sind wir bald arbeitslos", erwiderte Jeff. „Hör auf, Mann. Ich habe eine Kanne Eistee dabei. Komm wir trinken erst mal etwas."

Mike kannte Jeffs Tee. Er war so süß, dass er fast wie Sirup schmeckte. Mike schüttelte es bei dem Gedanken.

„Ich werde jetzt eine Pause machen, aber den Tee kannst du alleine trinken. Ich habe noch eine Flasche Mineralwasser in meinem Laster." Er holte sich die Flasche aus der Kühlbox und ging dann zu den anderen, die im Schatten einer Eiche Platz genommen hatten.

Jeff sah ihn prüfend an. „Ist irgendwas mit dir?"

„Nein. Warum?"

„Normalerweise arbeitest du nur so hart, wenn du ein Problem mit Jessie hast. Wenn bei dir dagegen alles gut läuft, stehst du herum und gibst Befehle."

„Sehr witzig", kommentierte Mike. „Aber du liegst völlig falsch. Mit Jessie geht alles bestens."

„Dann hat es wohl etwas mit deiner neuen Freundin zu tun", bemerkte Jeff mit unschuldiger Miene.

Mike wusste sofort, welche Wendung dieses Gespräch nehmen würde, und fragte sich, wie es sich bloß so schnell herumgesprochen haben konnte, dass er einen halben Tag mit Melanie verbracht hatte.

„Und was soll das für eine neue Freundin sein?", fragte er und versuchte so gelassen wie möglich zu klingen.

„Ich habe gehört, sie hat blonde Haare, große blaue Augen und schöne lange Beine", bemerkte Jeff.

„Ach, hör doch auf", schnaubte Mike.

„Ich habe gehört, dass sie neu in der Stadt ist und dass sie Cornelia Lindseys Enkeltochter sein soll. Am Samstag seid ihr mit Jessie in der Gärtnerei gewesen, anschließend habt ihr noch ein Eis gegessen, und danach wart ihr im Buchladen nebenan."

„Wie gut, dass hier niemand die Nase in die Angelegenheiten anderer Leute steckt", brummte Mike.

Jeff lachte. „Tja, mein Junge, du hast dir den falschen Ort ausgesucht, wenn du darauf Wert legst, dein Privatleben geheim zu halten. Du weißt doch, wie viele Leute dich in den letzten Jahren verkuppeln wollten, meine Frau eingeschlossen. Es ist ganz normal, dass sie neugierig sind, wenn du selbst mal einen Versuch startest, unter die Haube zu kommen. Die Angestellten vom Buchladen haben Pam und mich natürlich sofort angerufen."

„Melanie hat absolut nichts mit meinem Privatleben zu tun", log Mike. „Sie ist eine Kundin. Auf jeden Fall so etwas Ähnliches", fügte er hinzu.

„Wie kann jemand ‚so etwas Ähnliches' wie eine Kundin sein?", zog Jeff ihn auf. „Nimmst du deswegen im Moment keine Aufträge mehr an?"

„Ich helfe ihr mit dem Garten ihrer Großmutter."

Jeff sah seinen Freund amüsiert an. „Und sie bietet dir natürlich eine Gegenleistung für deine Hilfe. Wie sieht die Bezahlung denn aus? Ein Abendessen? Ein Schäferstündchen im Heu?"

Mike warf ihm einen finsteren Blick zu. „Behalt deine schmutzige Fantasie für dich. So ist es nicht."

Jeff hielt abwehrend die Hände hoch. „Okay, okay. Reg dich nicht auf. Es war nur Spaß."

„Ja, aber das ist die Art von Spaß, die einen Ruf ruinieren kann. Hör also auf damit."

Jeff sah ihn prüfend an. „Mann, du hast wirklich was für die Frau übrig, nicht wahr?"

„Nein, überhaupt nicht", wehrte sich Mike.

Jeff betrachtete ihn eingehend und begann dann zu lachen. „Oh, Junge, du kannst vielleicht schlecht lügen."

Mike starrte ihn an. Jeff hatte ja recht, aber musste er sich deswegen so aufspielen? Er erhob sich langsam, leerte den Rest seines Mineralwassers und schaute seinen Freund an. „Du weißt nicht, wovon du redest", sagte er ruhig.

Jeff lachte. „Oh doch, das tue ich. So wie du habe ich mich auch verhalten, als ich Pam kennengelernt habe, und kurz darauf stand ich dann mit ihr vor dem Altar."

Mike schüttelte den Kopf. „Das wird nicht passieren", widersprach er. Das hatte er getan und schwer dafür bezahlen müssen. Solch einen Fehler machte man nur ein Mal. Allerdings hatte dieser Fehler ihm Jessie beschert, und sie war das Beste, was er im Leben hatte.

Jeff warf ihm einen prüfenden Blick zu. „Du hast die Hoffnung, dass Pam jetzt endlich aufhört, sich in dein Leben einmischen zu wollen, nicht wahr?"

„Die Hoffnung stirbt zuletzt", spottete Mike.

„Ha! Du hast ihr jetzt erst recht einen Grund geliefert. Sie wird nicht Ruhe geben, bis sie dich mit dieser Enkelin von Cornelia Lindsey zum Standesamt geschleppt hat."

Mike stöhnte. „Hast du denn gar keinen Einfluss auf deine Frau?"

Jeff warf ihm einen mitleidigen Blick zu. „Junge, du hast wirklich keine Ahnung von Frauen, gib es zu."

„Da magst du recht haben", brummte Mike.

5. KAPITEL

Am Montagabend begann es zu regnen. Es hörte bis Dienstag nicht mehr auf, und nach einer kurzen Unterbrechung goss es dann bis Mittwoch weiter. Dicke graue Wolken hingen über dem Land, und der endlose Regen verwandelte Garten und Hof in ein Schlammbad.

Melanie saß trübsinnig in der Küche, trank eine Tasse Tee, aß einen der frisch gebackenen Schokoladenkekse und bereute es, nach Rose Cottage gekommen zu sein. Ihr war langweilig. Sie fühlte sich einsam. Aber das Schlimmste von allem war, sie träumte erneut von einem Mann, den sie nicht haben konnte.

Es war für sie nämlich keine Frage, dass Mike trotz seines Junggesellenstatus für sie nicht erreichbar war. Er schien nur für seine Tochter da zu sein, und vielleicht noch für den Groll, den er gegen seine Exfrau hegte. Das Letzte, was Melanie in ihrem Leben aber gebrauchen konnte, war ein Mann, dessen Herz nicht frei war. Aus welchem Grund auch immer.

Sie sollte ihre Sachen zusammenpacken und wieder nach Boston zurückkehren, bevor die Erinnerung an diesen einen Kuss ihren gesunden Menschenverstand gänzlich zerstörte. Sie sollte sich endlich darum kümmern, ihren Traumjob zu finden, sollte vielleicht auch in ein neues Apartment ziehen und neue Hobbys finden, damit sie endlich davon abkam, ständig auf die falschen Männer hereinzufallen. Die D'Angelo-Schwestern waren zur Selbstständigkeit erzogen worden. Sie brauchte keinen Mann in ihrem Leben.

Andererseits sehnte sie sich danach, eines Tages eine Ehe wie ihre Eltern zu führen. Auch heute noch trat ein Glänzen in Colleen und Max D'Angelos Augen, wenn sie sich sahen. Ihre Liebe war mit den Jahren nicht verblüht, sondern vielmehr tiefer und reifer geworden.

Aber obwohl Melanie sich gern gesagt hätte, dass es Zeit wurde, wieder nach Boston zu fahren, wusste sie doch, dass es eine Schande wäre, Rose Cottage zu verlassen, ohne den Garten in Ordnung gebracht zu haben. Sie hatte das Foto, das Mike so faszinierend gefunden hatte, immer wieder eingehend betrachtet. Daraus war der Wunsch erwachsen, ihn wieder in der alten Pracht erblühen zu lassen. Es war das Mindeste, was sie zum Andenken an ihre Großmutter tun konnte.

Wenn es allerdings noch lange so weiterregnete, würde sie bis zum Sommer warten müssen, bis der Boden wieder trocken genug war, um überhaupt etwas pflanzen zu können. Derart lange wollte sie aber nicht warten, es wurde Zeit, dass sie ein neues Leben begann. Und zwar in Boston. Dort, wo sie hingehörte.

Sie biss in den etwas zu dunkel gewordenen Keks und warf ihn angewidert zur Seite. Wenn sie doch nur Maggies Talent zum Kochen und Backen hätte! Stattdessen war sie die totale Katastrophe. Wer außer ihr brachte es fertig, sogar Kekse aus Fertigteig zu verderben?

Melanie versank immer tiefer in ihre düstere Stimmung, doch irgendwann klopfte jemand an die Haustür. Zuerst zuckte sie erschrocken zusammen, war aber dann so erleichtert bei der Aussicht auf eine Ablenkung, dass sie fast überstürzt zur Tür gerannt wäre. Doch als sie durch das Fenster Mike und Jessie auf der Veranda stehen sah, zögerte sie einen Moment. Die prickelnde Erregung, die sich in ihrem Bauch ausbreitete, war eine echte Warnung. Sie freute sich viel zu sehr, die beiden zu sehen. Eine kluge Frau hätte in einem solchen Zustand die Tür nicht geöffnet.

Da sie aber schon immer dazu tendiert hatte, auf ihr Herz und nicht auf ihren Verstand zu hören, ließ sie die beiden herein. „Seid ihr mit dem Boot gekommen?", fragte sie und schaute Jessie an, die ebenso durchnässt war wie ihr Vater. „Kommt, gebt mir eure Mäntel. Ihr solltet etwas Warmes trinken. Wie wäre es mit einer heißen Schokolade, Jessie?"

Jessie schenkte ihr ein dankbares Lächeln. „Ich liebe heiße Schokolade und Daddy auch."

Melanie sah ihn an. „Stimmt das?", fragte sie und führte die beiden in die Küche. Dort hängte sie die nassen Mäntel auf den Wäscheständer, der neben der Hintertür stand.

„Sind Sie sicher, dass Sie keinen Kaffee oder Tee wollen?", fragte sie ihn.

„Was am einfachsten für Sie zu machen ist. Wir sind auf dem Weg nach Hause und wollten nur nachsehen, ob die Fluten Sie noch nicht davongetragen haben."

„Wie Sie sehen, bin ich immer noch hier. Da ich im Haus mit der Arbeit fast fertig bin, habe ich aus lauter Langeweile Kekse gebacken." Sie wies auf den Teller mit dem Gebäck. „Ich habe Sie etwas zu lange im Backofen gelassen, aber nehmt euch, wenn ihr wollt."

Jessie warf ihrem Vater einen erwartungsvollen Blick zu. Als er nickte, nahm sie sich einen Keks und biss dann hinein. Melanie wartete auf eine Bemerkung über den leicht angebrannten Rand, aber Jessie setzte sich auf einen Küchenstuhl und schien ganz zufrieden zu sein.

Melanie schaute zu Mike hinüber. „Und was ist mit Ihnen? Haben Sie ausreichend Mut, um auch einen zu probieren? Oder schrecken Sie schon von dem Anblick zurück?"

Er lachte. „Um ehrlich zu sein, sehen die meinen Keksen ziemlich ähnlich. Stimmt es, Jessie?"

„Hm", bestätigte Jessie mit vollem Mund. „Daddy lässt alles anbrennen."

„Nicht alles", protestierte er entrüstet. „Das Müsli musst du ausklammern."

Jetzt lachte Melanie. „Da ihr anscheinend keine hohen Ansprüche habt, kann ich es ja wagen, euch zum Abendessen einzuladen."

„Heute Abend?", fragte Jessie freudig. „Dad wollte Ravioli aus der Dose machen."

„Das könnte ich übertrumpfen", bot Melanie an und suchte Mikes Blick. „Wie wäre es mit Spaghetti, selbst gemachter Tomatensoße und Knoblauchbrot? Ich habe die Soße zwar eingefroren, weil ich auf Vorrat gekocht habe, aber das ist immer noch besser als Nudeln aus der Dose."

„Alles ist besser als das", pflichtete Mike ihr bei. „Wenn wir zum Abendessen bleiben, gibt es allerdings keine Kekse mehr, Jessie. Sonst verdirbst du dir den Appetit."

Jessie wollte widersprechen, doch dann schien ihr ein anderer Gedanke zu kommen.

„Kann ich fernsehen?", fragte sie.

Melanie warf Mike einen fragenden Blick zu, und als er nickte, ging sie mit Jessie ins Wohnzimmer und stellte ihr das Kinderprogramm ein.

„Ich bin wirklich nur vorbeigefahren, um nach Ihnen zu schauen", erklärte Mike, als Melanie in die Küche zurückkam. „Und nicht, um uns zum Abendessen einzuladen."

„Glauben Sie mir, ich bin heilfroh, Gesellschaft zu haben", gestand Melanie.

„Zu viel Zeit zum Nachdenken?", fragte er.

„Viel zu viel."

„Melanie, möchten Sie … Ach was, sollen wir uns nicht duzen? Irgendwie bringe ich das ‚Sie' kaum noch über die Lippen."

Melanie nickte nur.

„Gut, also möchtest du nicht darüber reden, was dich hierher nach Rose Cottage gebracht hat?"

Sie schüttelte den Kopf. „Es ist schon schlimm genug, dass ich so in

Selbstmitleid versinke. Ich möchte Sie …, ich meine, ich möchte dich nicht auch noch mit meinen Problemen belasten. Ich würde lieber dir zuhören. Erzähl mir etwas von deinem letzten Projekt und was dich hierher ans Ende der Welt getrieben hat. Du bist doch nicht von hier, oder?"

„Ans Ende der Welt?", fragte er. „Ist das nicht etwas übertrieben?"

„Es ist nicht Boston."

„Aber offensichtlich hat dir Boston in letzter Zeit auch nicht besonders gefallen", erinnerte er sie. „Vielleicht solltest du diesem Ort hier eine Chance geben."

„Das tue ich", erwiderte sie. „Zumindest für eine gewisse Zeit. Aber jetzt möchte ich etwas über dich wissen. Bist du hier geboren?"

„Nein. Ich stamme aus Richmond. Ich hatte mich dort auch selbstständig gemacht, aber als Linda und ich uns trennten, wurde mir klar, dass Jessie und ich einen Ortswechsel brauchten."

„Warum bist du gerade hierher gekommen?"

„Hier ist es schön. Das Städtchen liegt am Wasser, und hier wird viel gebaut. Gerade das Richtige für einen Landschaftsarchitekten. Es war eine gute Wahl, und es gefällt mir, Teil einer kleinen, expandierenden Gemeinde zu sein."

„Warst du früher schon mal hier, oder bist du einfach nur hier durchgefahren?"

„Hier wohnt ein Freund von mir, Jeff Clayborne. Er betreibt eine Gärtnerei."

„Die Gärtnerei, in der wir neulich waren?", vermutete Melanie.

„Richtig. Er war gerade wegen eines Auftrags unterwegs, sonst hätte ich ihn dir vorgestellt." Mike warf ihr einen vielsagenden Blick zu. „Allerdings hat er schon von dir gehört."

Sie sah ihn überrascht an. „Wirklich?"

„Der Klatsch blüht hier. Als ich ihn am Montag traf, wusste er bereits, dass ich mit Jessie und dir Eis essen und in der Buchhandlung war."

„Tja, das ist wohl der Nachteil in einer Kleinstadt, nicht wahr? Hier weiß jeder über jeden Bescheid."

Mike zuckte mit den Schultern. „Klatsch gibt es auch in der Großstadt. Zumindest in der eigenen Familie, bei den Nachbarn und bei den Arbeitskollegen."

Melanie dachte daran, wie viel Angst sie vor Gerüchten gehabt hatte, die um sie und Jeremy kursierten, und musste ihm recht geben. „Klatsch gibt es wohl überall dort, wo es Menschen gibt."

„Also, was sagen denn die Leute in Boston so über dich?", wollte er wissen.

„Schwer zu sagen", wich Melanie aus. „Ich gebe mir Mühe, ihnen nicht zu viel Stoff zum Reden zu geben."

„Du hast erzählt, dass es keinen besonderen Mann in deinem Leben gäbe. Stimmt das?"

„Ja, das stimmt."

Er betrachtete sie aufmerksam. „Etwas sagt mir aber, dass das noch nicht die ganze Wahrheit ist. Du bist zu hübsch, um allein zu sein."

„Es war der falsche Mann, und nun ist es zu Ende. Das ist die ganze Geschichte."

„In Kurzform", gab er zu. „Aber eines Tages würde ich gern die ungekürzte Version hören."

„Warum?"

„Machen Freunde das nicht so? Erzählen sie sich nicht ihre Geheimnisse?"

Sie lachte. „Freundinnen tun das vielleicht. Ich bin allerdings nicht sicher, ob ich jemals einem Mann ein Geheimnis anvertrauen würde. Aber jetzt habe ich genug von deinen Versuchen, mich auszuhorchen. Warum reden wir nicht darüber, ob du einen Salat zubereiten kannst?"

Mike lächelte. „Ich bin ein ausgezeichneter Salatzubereiter. Schließlich muss man dabei nicht kochen."

„Wunderbar", fand sie. „Dann übernimmst du den Salat, und Jessie kann den Tisch decken."

Mike wollte protestieren, aber Melanie schnitt ihm das Wort ab. „Das Geschirr ist alt. Es ist nicht schlimm, wenn etwas zerbricht."

„Meinetwegen, dann soll sie den Tisch decken."

Melanie sah ihn neugierig an. „Hat sie denn zu Hause keine Aufgaben, die sie übernehmen muss?"

„Doch. Sie macht ihr Bett selbst. Und ich habe ihr beigebracht, Wäsche zu waschen. Mit dem Sortieren hat sie allerdings noch Probleme. Deswegen komme ich manchmal in die Verlegenheit, pink angehauchte Boxershorts tragen zu dürfen."

„Die hätte ich gern gesehen", scherzte Melanie spontan.

Er warf ihr einen amüsierten Blick zu. „Wirklich?"

Sie zog die Brauen hoch, als sie das Glitzern in seinen Augen sah. „Du weißt, wie ich das gemeint habe, nicht wahr?"

„Natürlich", bestätigte er, konnte aber nicht verhindern, dass sein Lächeln noch breiter wurde. Dann erhob er sich. „Wo ist das Zeug für den Salat?"

„Ich weiß nicht, wo du ‚das Zeug' aufbewahrst, aber bei mir findest du es im Kühlschrank."

Er runzelte die Stirn. „Ich meinte die Salatschüssel."

„Ah, die steht hier im Schrank."

Sie hatte sich gerade umgedreht und die Schranktür geöffnet, als Mike hinter sie trat und über ihren Kopf hinweg nach der großen Schüssel griff. Sie spürte, wie seine Hüften ihren Po berührten, und gegen ihren Willen wurde sie schlagartig von einem starken Verlangen durchströmt.

Er stellte die Schüssel auf die Ablage, rückte aber nicht von ihr ab. Stattdessen seufzte er.

„Ich habe mir geschworen, dass ich es nicht mehr tun würde", murmelte er, bevor er ihr Haar zur Seite schob und einen Kuss auf ihren Nacken hauchte. „Aber du riechst so unheimlich gut. Seit ich dich am Montag geküsst hatte, kann ich diesen Duft einfach nicht mehr aus meinem Kopf vertreiben. Er macht mich richtig verrückt."

Melanie spürte, dass ein Schauer durch ihren Körper lief. Daran war nicht nur sein Kuss schuld, sondern auch die Hilflosigkeit, die in seiner Stimme mitschwang. Sie wusste genau, wie man sich fühlte, wenn man etwas abgeschworen hatte, aber zu schwach war, dem zu widerstehen.

Sie selbst musste all ihre Willenskraft zusammennehmen, um sich jetzt nicht in seine Arme zu werfen und ihn leidenschaftlich zu küssen. Was er sich wünschte, war nur zu eindeutig. Sie spürte seine Erregung, hörte das Verlangen in seiner Stimme.

Schließlich rückte er langsam – und leider viel zu früh – von ihr ab.

„Entschuldige", murmelte er und vermied es, sie anzusehen.

Melanie hatte bereits zu lange zu viel bedauert. „Du brauchst dich nicht zu entschuldigen", beruhigte sie ihn. „Wir sind beide erwachsen. Manche Dinge passieren eben. Man darf sie nur nicht überbewerten."

Mike schaute sie an. „Schließlich war es nur ein harmloser Kuss, nicht?"

„Nur ein harmloser Kuss", bestätigte sie, obwohl der Kuss alles andere als harmlos gewesen war.

Er nickte. „Vielleicht ist es besser, wenn wir jetzt Jessie holen, bevor ich noch mal auf dumme Gedanken komme."

Melanie lachte und der Bann war gebrochen – zumindest für den Moment.

Zwei Tage später parkte Mike in der Einfahrt des Rose Cottage und ging in Gedanken versunken auf das Haus zu. Er hatte sich nie als Mann gesehen, der gern mit dem Feuer spielte, aber offensichtlich hatte er sich getäuscht. Er spielte mit einem ganzen Inferno, wenn er auch nur in Melanies Nähe kam, denn sie entfachte seine Leidenschaft von einer Sekunde auf die andere.

Seit er in diese Stadt gezogen war, lebte er in selbst auferlegter Enthaltsamkeit, und es war nur natürlich, dass er früher oder später bei einer Frau Feuer fangen würde.

Er fragte sich allerdings, warum das nun ausgerechnet bei Melanie passiert war. Er spürte, dass die Wunden von ihrer letzten Beziehung noch nicht ganz verheilt waren und dass sie deswegen noch sehr verletzlich war. Eine Affäre kam daher nicht infrage, aber mehr konnte er ihr nicht bieten, da sie ja wieder nach Boston zurückkehren wollte. Also gab es nur eins, er musste die Finger von ihr lassen.

Er wusste, dass er keine andere Wahl hatte, trotzdem zog es ihn gegen alle Vernunft doch wieder zu ihr hin. Ich bleibe auch nicht lange, beruhigte er sein Gewissen. Er würde ihr einfach erklären, dass es trotz der zaghaften Sonne, die sich seit dem gestrigen Nachmittag und auch an diesem Morgen wieder zeigte, zu nass zum Pflanzen war. Dann würde er wieder gehen. So einfach war das.

Als niemand die Tür öffnete, ging er in den Garten und fand sie bei den Rosenbüschen. Sie hielt eine Gartenschere in der Hand, und in ihrem Gesicht stand ein wild entschlossener Ausdruck. Der Anblick entsetzte ihn derart, dass er auf sie zu rannte und ihr die Gartenschere aus der Hand riss, bevor sie noch mehr Schaden anrichten konnte.

Sie sah ihn an, als ob er verrückt geworden wäre. „Was ist denn los?", fragte sie entrüstet. „Du hast doch immer gesagt, dass man diese Büsche dringend zurückschneiden müsste."

„Zurückschneiden, nicht abmurksen!", herrschte er sie an.

Sie warf ihm einen finsteren Blick zu. „Ich will doch diese Büsche nicht abmurksen. Wie kommst du denn darauf?"

„Der Himmel schütze mich vor Dilettanten", murmelte er unwirsch. „Wo sind die Gartengeräte?"

„Im Schuppen dort drüben", erklärte sie widerwillig und folgte ihm, als er leise vor sich hin schimpfend losging.

„Wenn du schon über mich schimpfen musst, dann hab wenigstens den Mut, es laut zu tun", verlangte sie ärgerlich.

„Glaub mir, was ich sage, willst du bestimmt nicht hören", erwiderte er, riss die Schuppentür auf und schaute sich die reiche Auswahl an hochwertigen Gartengeräten an. Ein weiterer Beweis, dass Cornelia Lindsey Gärtnerin mit Leib und Seele gewesen war.

„Schon mal davon gehört, dass Spinnweben und Staub entfernt werden können?", kritisierte er, als er eine Gartenschere sah, die sich perfekt für seine Zwecke eignete.

Melanie warf ihm einen ärgerlichen Blick zu. „Im Haus ja, nicht im Gartenschuppen."

„Es gelten überall die gleichen Regeln." Er schüttelte den Kopf. „Aber das spielt jetzt auch keine Rolle. Komm mit, und steh mir nicht im Weg."

„Wenn du so charmant bist wie eben, wenn du Jessie etwas beibringen willst, dann wundert es mich nicht, wenn sie den Aufstand probt", entgegnete Melanie kühl.

Da ihre Bemerkung die Wahrheit traf, entschloss sich Mike, sie zu ignorieren, und ging einfach weiter.

„Jetzt guck zu, und lern was", forderte er sie auf, als sie zu dem Rosenbusch kamen, bei dem Melanie bereits mit dem Beschneiden begonnen hatte.

„Was machst du denn anders als ich? Für mich sieht das völlig gleich aus", sagte Melanie, nachdem sie ihn eine Weile beobachtet hatte, wie er vorsichtig jeden Zweig erst betrachtete und dann beschnitt. „Es dauert nur länger."

Er verdrehte die Augen. „Das ist einer jener Momente, in denen Geduld belohnt wird. Du hättest den Strauch zerstört, wenn ich nicht gekommen wäre. Siehst du hier? Da kommen neue Triebe. Und da auch."

Er zeigte ihr, worauf sie achten und wo sie den Schnitt ansetzen musste. Nachdem er den ganzen Busch zurückgeschnitten hatte, reichte er ihr die Schere. Melanie nahm sie entgegen und wandte sich dann dem nächsten Strauch zu. Sie griff zu einem Zweig und wollte ihn gerade abschneiden, als er einen kleinen Schrei ausstieß.

„Was ist denn nun schon wieder?", fragte sie irritiert. „Da ist doch kein Leben mehr drin."

„So? Dann schaue ihn dir bitte noch mal genauer an." Er zeigte ihr einen winzig kleinen Trieb. „Siehst du? Wenn du den Zweig darüber abschneidest, werden bald neue Blätter kommen."

„Das wird ja ewig dauern", seufzte sie, befolgte aber seinen Rat. „Und was ist mit diesem Zweig?", fragte sie unsicher.

Er lächelte. „Das wirst du mir jetzt sagen."

Sie beugte sich vor, um sich den Zweig genauer anzusehen, und bot ihm dabei einen Moment lang einen Blick auf ihren hübschen Po. Er war so fasziniert, dass er fast ihre fragende Miene übersehen hätte, als sie auf die Stelle zeigte, an der sie den Zweig zurückzuschneiden gedachte.

„Sieht gut aus", lobte er und freute sich über den Triumph, der bei seinen Worten in ihren Augen aufblitzte.

Sie beschnitt noch einige andere Zweige, bevor sie sich umdrehte und ihn stirnrunzelnd ansah. „Du könntest mir eigentlich helfen, weißt du?"

„Ich helfe doch."

„Wie?"

„Ich passe auf. Wer weiß, wie viel Schaden du sonst anrichten würdest, wenn ich nicht aufpassen würde."

„Sehr witzig. Was glaubst du, wie viele Rosenbüsche und -stöcke hier im Garten stehen?", fragte sie nachdenklich, wischte sich den Schweiß von der Stirn und hinterließ dabei einen feinen Schmutzstreifen.

Mike musste sich zusammenreißen, um nicht näher zu treten und den Schmutz mit seinem Taschentuch abzuwischen.

„Genug, um dich für einige Zeit von Problemen fernzuhalten", erklärte er fröhlich. „Wer arbeitet, sündigt nicht. Wie wäre es mit Eistee? Es ist ganz schön heiß geworden."

„Ich bin überrascht, dass dir das auffällt, wo du nur im Schatten herumstehst und nichts tust."

Er ignorierte ihren Spott. „Mach ruhig weiter. Ich werde dir Eistee und ein Sandwich bringen."

„Du setzt genug Vertrauen in mich, um mich ganze zehn Minuten allein zu lassen?", fragte sie mit gespieltem Erstaunen.

„Eigentlich sind es dreißig. Ich werde uns nämlich Mittagessen aus der Stadt holen." Er warf ihr einen strengen Blick zu. „Und es wird nicht ausgeruht, wenn ich weg bin. Ich erwarte, dass du zumindest noch einen Rosenstrauch beschnitten hast, bis ich zurück bin."

„He, hast du vergessen, dass das mein Garten ist?", rief sie ihm hinterher.

Er lachte. „Nein. Genau deswegen machst du ja die Arbeit."

Ich sollte sie immer wütend machen, dachte er bei sich, als er mit dem Laster in die Stadt fuhr. Dann lässt sie sich nicht von mir küssen, wenn ich mal wieder zu sehr in Versuchung gerate.

„Du bist gemein und arrogant", warf Melanie ihm vor, als sie später mit Mike im Garten auf der Schaukel saß und die leichte Brise genoss, die von der Bucht herüberwehte. „Ich könnte dich dafür hassen."

„Das ist nett", murmelte er. Ihre Worte schienen ihn nicht sonderlich zu beeindrucken. Dann warf er ihr einen Seitenblick zu. „Der Vorgarten sieht schon ganz gut aus, nicht wahr?"

Melanie konnte sich kaum in seine Blickrichtung drehen. Fast jeder Muskel ihres Körpers schmerzte. Obwohl sie sich Mühe gab, den Garten mit seinen Augen zu sehen, konnte sie nur ein paar zurückgeschnittene Rosenbüsche sehen und noch viele, bei denen die Arbeit erst noch erledigt werden musste.

„Bist du sicher, dass die wieder wachsen?", fragte sie. „Sie sehen so nackt aus."

Er lachte. „Und wie die wachsen werden! Du wirst in diesem Sommer so viele Rosen haben, dass ihr Duft dich überwältigen wird."

Ihr Blick wurde melancholisch. „Wirklich schade, dass ich dann nicht mehr hier sein werde."

„Bleib hier", schlug er vor und konnte gleichzeitig nicht verstehen, warum er ihr diesen Vorschlag machte. War er denn von allen guten Geistern verlassen? Hatte er vergessen, wie gefährlich sie für seinen Seelenfrieden war?

„Ich sagte dir doch schon, dass das nicht geht."

„Nein", erwiderte er geduldig. „Du hast mir nur gesagt, dass du nicht willst, nicht, dass es nicht geht."

„Das ist doch das Gleiche."

„Nicht wirklich. Das ist eine Entscheidung, die du für dich getroffen hast."

Melanie seufzte. Er hatte recht. Sie hatte die Entscheidung getroffen, wieder nach Boston zurückzugehen. Da war nun mal ihr Zuhause. Der Aufenthalt hier war nur eine Zwischenetappe, nichts weiter.

Als ob man ihr ein Zeichen geben wollte, dass friedliche Momente wie diese in ihrem Leben nicht andauern konnten, hörte man das laute Dröhnen eines starken Motors, dann das Schlagen von Wagentüren und kurz darauf unbeschwertes Gelächter.

„Ach, du meine Güte", murmelte Melanie und erkannte zuerst Ashleys Stimme, dann Maggies und schließlich Jos.

Mike sah sie besorgt an. „Was ist los?"

„Meine Schwestern", stöhnte sie und war sich bewusst, dass sich das anhören musste, als würde sich eine mittlere Katastrophe anbahnen. „Sie haben mir nicht gesagt, dass sie mich besuchen wollen."

Mike sah sie amüsiert an. „Und wo liegt das Problem? Sind die Betten nicht frisch bezogen?"

„Du weißt genau, dass es nicht darum geht", erwiderte sie und sprang wie von der Tarantel gestochen von der Schaukel. „Ich muss gehen, bevor sie …"

„… bevor sie mich sehen", beendete er den Satz.

„Ja, wenn du es genau wissen willst."

„Schämst du dich meinetwegen?", fragte er, und sein Gesichtsausdruck verriet, dass seine Frage nicht nur spaßig gemeint war.

„Red doch keinen Unsinn. Es ist nur so, dass sie sofort viel zu viel in deine Anwesenheit hineininterpretieren werden."

Er lachte. „Wirklich?"

„Du kennst meine Schwestern nicht", antwortete sie grimmig. „Bleib hier, und du wirst dich wundern. In wenigen Minuten wirst du dich in einem strengen Kreuzverhör befinden. Die Inquisition war nichts dagegen. Habe ich dir gesagt, dass Ashley Anwältin ist? Und zwar eine hoch angesehene Strafverteidigerin. Sie verliert nie."

„Ah, jetzt verstehe ich, worauf du hinauswolltest. Du befürchtest, dass sie denken könnten, wir hätten noch etwas anderes als Gartenarbeit gemacht." Er lächelte so verführerisch, dass ihre Handflächen feucht wurden. „Na ja, so verschwitzt, wie wir aussehen …"

„Genau", murmelte sie, und ihr Mund war plötzlich wie ausgetrocknet.

Er erhob sich ebenfalls und küsste Melanie so heftig, dass ihr der Atem stockte. Als er sie wieder losließ, brauchte sie einen Moment, um sich zu fangen.

„Warum hast du das getan? Hast du denn nicht verstanden, was ich dir gerade gesagt habe?"

„Jedes Wort", erklärte er und lief los, gerade als Ashley, Maggie und Jo aus dem Haus kamen. „Ich dachte, da sie bereits neugierig durch das Fenster in den Garten sahen, könnten sie auch gleich etwas gezeigt bekommen."

Melanie ballte die Hände zu Fäusten. „Du bist gemein", schimpfte sie ihm hinterher.

Er winkte nur und lief weiter.

Melanie blieb zurück. Sie seufzte. Er war wirklich gemein, aber so ungeheuer sexy, dass man ihm einfach nicht böse sein konnte.

Schließlich holte sie noch mal tief Luft und bereitete sich darauf vor, sich dem unausweichlichen Verhör ihrer Schwestern zu stellen.

6. KAPITEL

Du bist erst drei Wochen hier und hast bereits den heißesten Mann von ganz Virginia kennengelernt", zog Jo Melanie auf, nachdem Mike um die Hausecke verschwunden war.

„Heiß?", fragte Melanie unschuldig, fest entschlossen, sich nicht auf eine Diskussion über Mike einzulassen. „Was meinst du damit?"

„Oh nein, Jeremy hat dich verdorben", jammerte Maggie. „Er hat dich für den Rest deines Lebens ruiniert."

„Es ist noch viel schlimmer, dieser Mistkerl hat ihre Gefühle abgetötet", fügte Jo hinzu. „Wenn ein Mann mich so geküsst hätte wie dieser tolle Typ eben Melanie, wüsste ich mit Sicherheit, was heiß ist." Sie seufzte theatralisch. „Ach, er ist so sexy, so …" Sie hielt inne und sah Melanie an. „Wer ist das überhaupt? Vielleicht treffe ich ihn ja in der Stadt und kann diese Kusstechnik selbst ausprobieren."

Melanie spürte Ashleys neugierigen Blick, vermied es aber, sie anzuschauen. Ashley hatte sie schon immer durchschaut, und deshalb zwang Melanie sich, einen total neutralen Gesichtsausdruck beizubehalten.

„Er heißt Stefan Mikelewski, aber er zieht es vor, Mike genannt zu werden", erklärte sie widerwillig. „Und falls du ihm in der Stadt begegnen solltest, erwarte ich von dir, dass du auf die andere Straßenseite wechselst und ihn ignorierst. Du wirst ihn nicht deiner endlosen Fragerei aussetzen und schon gar nicht seine Kusstechnik ausprobieren."

Jo lachte und schaute die anderen beiden Schwestern triumphierend an. „Das habe ich mir gedacht. Du hast also doch etwas für ihn übrig."

Melanie versuchte, die Bemerkung zu überhören. „Warum seid ihr denn eigentlich alle drei hier? Ich habe gedacht, ihr wolltet euch abwechseln. Es wäre außerdem auch nett gewesen, wenn ihr vorher kurz angerufen hättet."

Ashley lächelte. „Hast du etwas zu verbergen, Mel? Vielleicht eine neue Beziehung? Deine Proteste haben bisher nicht sehr überzeugend geklungen."

Melanie schaute ihre Schwester ärgerlich an. „Nein, ich habe nichts zu verbergen, aber ich habe nicht genug eingekauft, um uns vier sattzubekommen. Und um ganz ehrlich zu sein, hätte ich eine kleine Stärkung gebrauchen können, bevor ich einer von euch, geschweige denn allen dreien gegenübertreten muss."

„Wir dachten schon, dass du versuchen würdest, uns abzuwimmeln, wenn wir dich vorher angerufen hätten", erklärte Maggie. „Aber wir wollten dich unbedingt sehen."

„Genau", fügte Ashley hinzu. „Und jetzt erzähl uns etwas über den attraktiven Mr Mikelewski, der es so eilig hatte, uns aus dem Weg zu gehen."

„Da gibt es nichts zu erzählen", verteidigte Melanie sich. „Und er wollte euch auch nicht aus dem Weg gehen. Er wollte sowieso gerade nach Hause fahren."

„Wer's glaubt, wird selig", meinte Ashley unbeeindruckt. „Du bist also überzeugt, dass du uns nichts mitzuteilen hast?"

„Was soll ich euch denn erzählen? Ich weiß selbst nicht sehr viel über ihn. Nur, dass er Landschaftsarchitekt ist und in Großmutters Garten vernarrt ist."

„Ist er geschieden? Oder gar verheiratet? Hat er Kinder? Weißt du überhaupt nichts über ihn?", fragte Ashley entsetzt.

„Er ist alleinerziehender Vater und hat eine ziemlich schwierige Tochter", antwortete Melanie widerwillig.

„Und wo ist seine Frau?"

„Ich habe keine Ahnung. Er erzählt nichts von ihr. Auf jeden Fall lebt sie nicht hier. Mehr weiß ich auch nicht." Nie würde sie ihren Schwestern von dem Suchtproblem dieser Frau erzählen, das ging sie nichts an. Es war ein Geheimnis, das Mike ihr anvertraut hatte und das sie für sich behalten würde.

„Bist du sicher, dass er nicht mehr an seiner Frau hängt?", fragte Maggie.

„Ja, ziemlich sicher", antwortete Melanie. „Aber ich glaube, dass er die Probleme seiner Vergangenheit noch nicht ganz verarbeitet hat."

„Ziemlich sicher? Probleme aus der Vergangenheit nicht verarbeitet?", wiederholte Maggie mechanisch. „Pass bloß auf, Melanie. Lass dich nicht noch mal wie bei diesem Jeremy hinters Licht führen."

„Hörst du mir überhaupt zu? Der Mann hat ungelöste Probleme, deswegen lasse ich mich ja nicht auf ihn ein. Für wie dumm hältst du mich eigentlich", entgegnete Melanie schroff.

„Aber durch zu viel Vorsicht verlierst du vielleicht die Chance, dir den tollsten Mann der ganzen Gegend zu angeln", warf Jo ein.

„Bin nicht interessiert", erwiderte Melanie bestimmt.

„Oh-oh", riefen die drei Schwestern skeptisch im Chor.

„Dann bist du blind und taub", fügte Ashley hinzu.

Melanie warf ihren Schwestern einen finsteren Blick zu. „Pizza oder Krebse?", fragte sie kühl. „Ich habe Hunger."

63

Einen Moment lang sah es so aus, als ob niemand auf ihre Frage eingehen wollte, aber dann schaute Ashley sie an. „Krebse natürlich. Wir sind schließlich am Meer. Pizza können wir auch in Boston bestellen." Gerade als Melanie erleichtert aufatmen wollte, fügte sie lächelnd hinzu: „Und zum Dessert kannst du uns ja noch ein paar Fragen über Mr Mikelewski beantworten."

Mike war immer noch etwas verwirrt, als er Jessie von der Schule abholte. Er wurde das Gefühl einfach nicht los, dass es ein Fehler war, Maggie geküsst und sie dann allein den Fragen ihrer Schwestern ausgeliefert zu haben.

„Daddy, du hörst mir überhaupt nicht zu", beschwerte sich Jessie.

„Was? Oh, entschuldige, Kleines."

„Ich sagte, ich habe eine Eins fürs Vorlesen bekommen. Die Lehrerin meint, ich wäre die Beste der ganzen Klasse. Das kommt, weil du und ich jeden Abend lesen."

Jetzt schenkte er ihr seine ganze Aufmerksamkeit. „Das kommt, weil du so fleißig bist", erklärte er. „Ich bin sehr stolz auf dich. Du hast eine Belohnung verdient. Was sollen wir heute Abend machen?"

„Zu Melanie fahren", antwortete sie wie aus der Pistole geschossen. „Ich möchte ihr von dem Vorlesen erzählen."

„Das müssen wir auf ein anderes Mal verschieben", bedauerte er. „Sie hat Besuch."

Jessies Gesicht verdunkelte sich. „Was denn für einen Besuch?"

„Ihre Schwestern sind heute Nachmittag überraschend gekommen. Sie sind den weiten Weg von Boston hierher gefahren."

„Wir könnten sie trotzdem besuchen", beharrte Jessie.

„Nicht heute Abend. Wir können ihr auch am Montag noch von der Zensur im Vorlesen erzählen, wenn ihre Schwestern wieder abgefahren sind."

„Aber ich will es ihr jetzt sagen."

Mike verlor langsam die Geduld. „Jessica Marie, hör sofort auf, oder mit der Belohnung ist es vorbei."

Sie hielt tatsächlich ihren Mund, aber eine dicke Träne kullerte ihr über die Wange, und Mike fühlte sich sofort schuldig. „Es tut mir leid, wenn du enttäuscht bist", sagte er ruhig. „Aber wie wäre es, wenn wir beide heute Abend essen gehen? Wir könnten in das *Crab Shanty* gehen und ein Dutzend Krebse essen."

„Ich mag keine Krebse", murrte Jessie.

Mike musste erneut kämpfen, um seine Geduld zu bewahren. „Natürlich magst du Krebse. Sie sind doch sonst dein Lieblingsessen. Du liebst es doch, sie mit dem Hammer zu zerschlagen, damit du an das leckere Krebsfleisch kommst."

„Vielleicht, aber nicht heute Abend", erwiderte sie trotzig.

Mike konnte sehen, dass sie gern Ja gesagt hätte, aber er spürte auch, dass sie lieber den Abend verderben würde, als nachzugeben. Diese Sturheit war ihm nicht fremd, es war ein Charakterzug, den er selbst besaß.

„Also gut", gab er schließlich nach, um es ihr leichter zu machen. „Dann sieh mir einfach zu, während ich esse. Du musst nichts essen, wenn du keinen Hunger hast."

„Aber es ist doch meine Belohnung", protestierte sie.

Er zuckte mit den Schultern. „Du kannst es dir ja noch überlegen", antwortete er und fuhr auf den Parkplatz des Restaurants, das eine große Auswahl an Meeresfrüchten bot. Normalerweise war es Jessies Lieblingsrestaurant, weil hier niemand darauf achtete, wenn sich jemand bekleckerte. Niemand brachte es nämlich fertig, Krebse zu essen, ohne sich zu bekleckern.

Sobald sie das Restaurant betraten, kam Lena Jensen auf sie zu und begrüßte sie mit einem strahlenden Lächeln. Lena führte das Restaurant mit ihrem Bruder bereits seit dreißig Jahren. Es gab niemanden in der Region, den sie nicht kannte, und keinen Klatsch, der nicht zu ihr vordrang.

„Es wird aber auch Zeit, dass du kommst, junge Dame", schalt sie Jessie. „Ich habe dich vermisst. Außerdem habe ich gehört, dass du heute beim Vorlesen die Allerbeste warst."

Jessie Augen weiteten sich vor Staunen. „Woher weißt du das denn?"

Lena winkte ab. „Ganz einfach. Mein Enkel ist in deiner Klasse", erinnerte sie Jessie und schaute dann Mike an. „Ich habe gehört, Sie helfen im Garten von Cornelia Lindseys Haus. Ihre Enkelin ist sehr hübsch, nicht wahr? Nun, ich habe sie noch nicht zu Gesicht bekommen, aber man hat es mir erzählt. Ich erinnere mich daran, dass Cornelia die Mädchen oft in den Sommerferien bei sich hatte. Ich kann mich daran erinnern, dass alle vier sehr hübsch waren. Es ist Melanie, die jetzt hier ist, nicht wahr?"

„Im Moment sind alle vier hier. Die anderen drei sind heute Nachmittag angekommen", erklärte Mike.

„Das ist aber nett", fand Lena. „Ich könnte mir vorstellen, dass sie bald hier eintrudeln werden. Sie waren immer so gerne hier. Ein Besuch bei mir war Pflicht. Das ist eine Tradition, die sie kaum brechen werden."

Mike unterdrückte ein Stöhnen. Er hoffte inständig, dass das nicht heute Abend geschehen würde. Melanie würde nicht erfreut sein, ihn hier zu treffen.

„Daddy, können wir jetzt endlich essen? Ich habe Hunger."

Er schaute auf Jessie, deren Laune sich gebessert hatte. „Lena, Sie brauchen uns keine Speisekarte zu bringen. Wir möchten ein Dutzend Krebse, eine Limonade und ein Bier. Es ist so ein schöner Abend. Wir werden uns draußen auf die Terrasse setzen."

„Geht nur", meinte Lena. „Ihr habt Glück. Die Saison hat gerade erst begonnen, aber wir haben heute Morgen ausgezeichnete Krebse bekommen."

Mike und Jessie gingen nach draußen und suchten sich einen Tisch, von dem aus man eine gute Sicht auf das Meer hatte. In einer oder zwei Stunden würde es hier von heimischen Gästen und Touristen nur so wimmeln, aber im Moment hatten Mike und Jessie das Restaurant noch ganz für sich. Lena brachte die Getränke und lief dann zurück, um die neu ankommenden Gäste zu begrüßen.

„Daddy, glaubst du, die Möwe da drüben ist allein?", fragte Jessie nachdenklich, als sie eine Möwe getrennt von den anderen auf dem Wasser schwimmen sah.

Mike schüttelte den Kopf. „Nein, ich glaube, sie braucht einfach nur ein wenig Ruhe. Vielleicht haben die anderen sie geärgert."

Jessie nickte. „Das glaube ich auch."

Mike betrachtete seine Tochter und bemerkte, dass sie immer noch nicht ganz zufrieden war. Etwas schien in ihrem Kopf herumzugehen. „Bedrückt dich etwas, Kleines?"

„Ich habe nur nachgedacht", gestand sie. „Es wäre schön, wenn ich auch Schwestern hätte."

Mike schluckte. „Wirklich? Wie kommst du denn darauf?"

„Melanie hat Schwestern. Und meine Freunde in der Schule haben Schwestern und Brüder. Manchmal ärgern sie einen, aber es ist immer noch besser, hin und wieder geärgert zu werden, als allein zu sein."

„Du fühlst dich allein?", fragte er. Seine Kehle war plötzlich wie zugeschnürt. Er hatte sich immer eingeredet, dass sie beide genug füreinander wären. „Ich dachte, Lyssa Clayborne wäre deine beste Freundin. Habt ihr euch etwa gestritten?"

Das Mädchen schüttelte den Kopf. „Freunde zählen nicht. Die leben nicht im gleichen Haus."

„Dann fühlst du dich also allein", schloss Mike.

Als ob sie gespürt hätte, dass sie ihren Vater verletzt hatte, schüttelte Jessie den Kopf. „Ich sage nur, dass es schön sein muss, Schwestern zu haben. Wahrscheinlich sind Schwestern besser als Brüder. Aber Brüder wären auch okay."

Er lächelte. „Glaubst du, es gibt irgendwo ein Geschäft, wo wir uns ein paar besorgen könnten?"

„Daddy!" Jessie kicherte. „Man kann Schwestern doch nicht kaufen."

„Ach, ja richtig", spaßte Mike. „Das habe ich ganz vergessen."

„Nein, hast du nicht. Du wolltest mich nur aufziehen."

„Aber nur, weil ich dich so gern lachen höre", meinte er. „Leider kann ich dir nicht helfen, wenn es um Schwestern geht."

„Das ist schon in Ordnung", erwiderte Jessie. „Vielleicht bekommen wir eines Tages eine Mom und Schwestern."

Mike brannten plötzlich Tränen in den Augen, und er schaute rasch zur Seite. Es war schmerzlich, dass er seinem Kind niemals das würde geben können, wonach sie sich wirklich sehnte. Er atmete tief durch und wollte sich gerade wieder Jessie zuwenden, als er Melanie mit ihren Schwestern auf die Terrasse kommen sah. Sie entdeckte ihn zuerst und blieb wie angewurzelt stehen.

„Vielleicht sollten wir drinnen sitzen. Es ist kühl geworden", hörte er sie zu ihren Schwestern sagen.

Unglücklicherweise hatte eine ihrer Schwestern ihn bereits entdeckt und wusste genau, warum Melanie unbedingt zurück ins Innere des Lokals wollte.

„Oh nein, der Abend ist doch mild", widersprach sie. „Wir könnten uns doch zu deinem Freund und seiner Tochter setzen."

Noch bevor Melanie reagieren konnte, war sie bereits zu Mike und seiner Tochter hinübergelaufen und streckte ihm die Hand entgegen. Jo folgte ihr.

„Hallo, ich bin Ashley D'Angelo, Melanies ältere Schwester, und das ist Jo. Maggie steht noch bei Melanie und versucht, ihr zu erklären, dass es zu spät zum Davonlaufen ist."

Mike lächelte. „Und warum sollte sie davonlaufen wollen?", fragte er, obwohl er den Grund dafür genau kannte.

„Vielleicht können Sie mir das erklären", schlug Ashley vor. „Vielleicht hat das etwas mit dem Kuss zu tun, den wir vom Fenster aus beobachten konnten."

„So, haben Sie das?", fragte Mike unschuldig. „Ich hatte ja keine Ahnung."

Ashley lachte. „Sie sind ein schlechter Lügner, Mr Mikelewski, aber es sei Ihnen verziehen." Entschlossen schob sie den Nachbartisch an Mikes Tisch heran. „Sie könnten mir eigentlich dabei helfen", beschwerte sie sich.

Er schüttelte den Kopf. „Ich muss erst Melanies Einverständnis haben. Der Gedanke, mit mir an einem Tisch sitzen zu müssen, scheint ihr nicht sonderlich zu gefallen."

„Sie hat Angst, dass ich meine Nase in ihr Privatleben stecke", erwiderte Ashley ganz offen. „Aber sie wird darüber hinwegkommen."

Mike lachte, ihre Ehrlichkeit gefiel ihm. „Ganz im Ernst, ich würde Ihnen auch nicht über den Weg trauen. Sie erzählte mir, dass Sie eine ausgezeichnete Verteidigerin sind und mit Ihren taktisch ausgeklügelten Fragen jeden Lügner zu Fall bringen."

Ashley warf ihrer Schwester einen nachdenklichen Blick zu. „Wirklich? Ich frage mich, warum sie Ihnen das erzählt hat. Da Sie vorgewarnt sind, muss ich also taktisch noch klüger vorgehen."

Melanie, die sich jetzt mit Maggie zu ihnen gesellte, hatte die letzten Worte gehört. „Könnten wir uns bitte woanders hinsetzen?", bat sie und warf Mike einen entschuldigenden Blick zu.

„Nicht meinetwegen", erwiderte Mike. „Außerdem kann Jessie es kaum erwarten, dir eine Neuigkeit zu erzählen. Sie wollte nämlich unbedingt, dass wir bei dir vorbeifahren, aber ich habe sie stattdessen zu einer Feier hier im Restaurant überredet."

Alle vier Frauen schauten jetzt gespannt die kleine Jessie an. So viel Aufmerksamkeit machte das Mädchen verlegen, und einen Moment lang befürchtete Mike, dass sie vor Schüchternheit kein Wort herausbringen würde. Aber dann nahm Melanie am Tisch Platz, und Jessie stand auf und kletterte auf ihren Schoß.

„Weißt du was?", begann sie aufgeregt.

„Was?"

„Ich habe eine Eins fürs Vorlesen bekommen. Ist das nicht toll?", antwortete Jessie.

„Das ist großartig", stimmte Melanie ihr zu. „Kein Wunder, dass ihr etwas zu feiern habt."

„Daddy hat uns Krebse bestellt, weil es so viel Spaß macht, mit dem Hammer draufzuhauen."

Maggie lachte. „Hört sich gut an."

Mike schaute sie an. „Sie haben keine Ahnung. Der sicherste Platz ist das andere Ende des Tisches. Weit entfernt von Jessie."

Melanie nickte und stellte ihre Schwestern vor.

„Ich habe Daddy gerade gesagt, dass ich mir auch Schwestern wünsche", verkündete Jessie. „Und eine Mom."

Mike verschluckte sich fast an seinem Bier und stellte das Glas rasch wieder ab. „Ja, wir haben alle unerfüllbare Träume", erklärte er, als die drei Schwestern ihn belustigt anschauten.

„Was ist daran unerfüllbar?", fragte Ashley.

Melanie warf ihrer Schwester einen warnenden Blick zu. „Lass den Mann in Ruhe. Er steht nicht vor Gericht."

„Ich bin ja nur neugierig", meinte Ashley. „Du nicht?"

„Nein, ich nicht", erwiderte Melanie bestimmt.

„Ha!", riefen die Schwestern im Chor.

„Wenn ihr euch nicht benehmt, werde ich euch zu Fuß nach Hause laufen lassen", drohte Melanie.

„Ja, dann haben wir Mike wenigstens ganz für uns allein", freute Jo sich. „Wer weiß, was wir dann für Geheimnisse aus ihm herauskitzeln können."

Melanie wandte sich Mike zu. „Ignorier sie einfach. Ich liebe sie, aber sie sind schreckliche Nervensägen. So etwas wie Feingefühl ist ihnen völlig fremd."

Er lachte. „Ich glaube, ich werde schon mit deinen Schwestern fertig."

„Das glaubst aber auch nur du."

Um seine Aussage zu beweisen, wandte er sich Ashley zu. „Wie steht es denn mit Ihrem Privatleben?"

„Als ob sie Zeit für eines hätte", murmelte Maggie.

„Ah, dann ist es wohl nicht sehr aufregend", kommentierte Mike. „Ich habe einige Freunde, denen ich Sie gern vorstellen würde. Die Jungs sind zwar ein wenig raubeinig, aber ich bin sicher, dass Sie ihre Ecken und Kanten schnell abgeschliffen hätten."

„Ich bin nicht hier, um nach einem Mann Ausschau zu halten", bemerkte Ashley. „Wenn ich jemanden suchte, würde ich sicher einen passenden Kandidaten in Boston finden."

Mike sah sie spöttisch an. „Wenn ich es nicht besser wüsste, würde ich sagen, dass Sie ein Snob sind, Miss D'Angelo. Haben Sie etwas gegen Männer, die mit den Händen arbeiten?"

„Nicht, wenn sie Armani-Anzüge tragen", zog Maggie ihre Schwester auf.

Ashley zog die Brauen hoch. „Ich bin kein Snob", verteidigte sie sich. „Aber das ist uninteressant. Ihnen ist mein Privatleben ja sowieso egal. Sie wollten vermutlich nur Ihre Aussage untermauern."

„Nein", widersprach Mike. „Schließlich sind Sie Melanies Schwester. Ich möchte, dass Sie glücklich werden."

„Und was ist mit Melanie?", forderte sie ihn heraus. „Wollen Sie sie auch glücklich machen?"

„Ich gebe mir die größte Mühe", meinte er. „Natürlich wäre sie noch viel glücklicher, wenn ich aufhören würde, ihr wegen eures Gartens auf die Nerven zu gehen."

„Das stimmt", pflichtete Melanie ihm bei. „Jetzt, wo meine Schwestern da sind, kannst du dir doch von ihnen helfen lassen. Sie sind genauso dafür verantwortlich, dass der Garten verkommen ist."

„Gute Idee", fand Mike. „Um wie viel Uhr soll ich morgen früh kommen? Sagen wir um sieben? Wenn wir alle zusammenarbeiten, geht es schneller."

Ashley schaute auf ihre manikürten Nägel. „Keine Chance, Mr Mikelewski. Bezahlt Sie meine Schwester nicht für die Arbeit?"

„Nein. Ich bin ein Freiwilliger."

Überraschung spiegelte sich in Ashleys Augen wider. „Wirklich? Und Sie sind Landschaftsarchitekt?"

„Genau."

„Warum bieten Sie dann Ihre Dienste umsonst an?"

„Ich habe Mitleid mit dem Garten eurer Großmutter", erklärte er. „Ich möchte, dass er wieder in der alten Pracht erblüht."

„Sagte ich euch doch", murmelte Melanie.

Seltsamerweise scheint sie nicht ganz zufrieden mit meiner Antwort zu sein, dachte Mike. Er würde über ihre Reaktion nachdenken müssen, aber im Moment war es nur wichtig, die Fragen der kritischen Schwester abzuwehren.

„Und warum haben Sie meine Schwester dann geküsst?", fragte Ashley. „Wehe, Sie spielen nur mit ihr!"

„Ashley, jetzt reicht es aber", rief Melanie aus und errötete gleichzeitig heftig.

„Nein, es reicht definitiv noch nicht", erwiderte Ashley entschlossen. „Ich möchte nicht, dass dieser Mann dich ausnützt."

„Sie dürfen nicht mit Daddy schimpfen", warf Jessie ein, und Ashley wurde augenblicklich etwas vorsichtiger.

„Es tut mir leid, ich wollte nicht mit ihm schimpfen."

Jessie sah sie skeptisch an. „Warum hast du es denn getan?"

„Ich habe einen Moment lang meinen Kopf verloren, das ist alles."

„Wo ist er denn?", fragte Jessie. Alle lachten, und die Spannung löste sich augenblicklich auf.

„Schwer zu sagen", meinte Ashley. „Aber ich verspreche dir, dass ich meinen Mund nicht mehr aufmache, bis ich den Kopf wiedergefunden habe."

Die anderen lachten erneut.

Mike konnte nicht anders, ihm gefiel die Situation. Er bewunderte die Offenheit und Ehrlichkeit, mit denen die Schwestern einander behandelten. Da er ohne Geschwister aufgewachsen war, hatte er geschwisterliche Loyalität und Sticheleien nie erfahren.

„Meinetwegen brauchen Sie nicht den Mund zu halten", beruhigte er Ashley. „Ich kann viel vertragen, solange sie mit Jessie klarkommen. Sie beschützt mich genauso wie Sie Ihre Schwester."

Ashley sah ihn an und nickte. „Sie haben Glück, solch eine Tochter zu haben. Sie wird wissen, was sie an ihrem Vater hat."

Mike hörte die Anerkennung aus ihrer Stimme heraus. Was war passiert? Hatte Ashley ihm gerade ihren Segen gegeben? Er sah sich am Tisch um und spürte, dass die Blicke aller auf ihm lagen, und er wurde verlegen.

Er brauchte Ashleys verflixten Segen nicht. Schließlich war er nicht an einer ernsthaften Beziehung mit Melanie interessiert. Absolut nicht. Die Beziehung, an der er interessiert wäre, lag außerhalb der Möglichkeiten. Und Melanie war keine Frau für eine kurze Affäre.

„Vielleicht sollten wir das Thema wechseln", schlug Melanie vor.

„Welches schlägst du denn vor?", fragte Ashley lakonisch.

„Zumindest eines, das weniger Zündstoff birgt", erwiderte Melanie kurz angebunden. „Wie wäre es mit Politik oder Religion?"

Mike schaute sie erstaunt an, spürte dann aber, dass sie keine Witze machte. Sie war so verzweifelt, dass sie ihre Worte ernst meinte. Er konnte das verstehen. Umgeben von den D'Angelo-Schwestern und von seiner Tochter, die verkündet hatte, dass sie eine neue Mom wollte, war er selbst der Verzweiflung nahe.

Höchst amüsiert betrachtete Melanie am nächsten Morgen ihre verschlafenen Schwestern. Die drei waren keine Frühaufsteher, und es tat ihr fast leid, dass sie sie bereits um sieben Uhr aus dem Bett geworfen hatte.

„Ihr werdet euch besser fühlen, wenn ihr erst Kaffee getrunken habt", versicherte sie ihnen und hielt Maggie eine Tasse ihres Lieblingsgetränks unter die Nase.

„Was ist nur los mit dir?", murrte Maggie, als sie ihrer Schwester die Tasse aus der Hand nahm.

„Du willst dich rächen, nicht wahr?", vermutete Jo, während sie Melanie prüfend ansah. „Stimmt doch, oder?"

„Lasst es mich so ausdrücken, ich freue mich, dass ich die Gelegenheit bekomme, diesen Garten mit euch zusammen in Ordnung zu bringen."

„Könnte ich nicht später am Tag irgendetwas hier im Haus putzen?", bat Ashley und gähnte. „Es ist schon schlimm genug, frühmorgens im Gericht erscheinen zu müssen, habe ich da nicht wenigstens am Wochenende etwas Ruhe verdient?"

„Die Böden sind alle gewischt und poliert", bemerkte Melanie. „Die Wände sind frisch gestrichen und die Fenster geputzt. Dank meiner Arbeit sieht das Haus von innen wieder wie ein Schmuckkästchen aus. Es gibt nur noch im Garten einiges zu tun, und Mike meint, dass wir uns beeilen müssten, da jetzt gerade die richtige Zeit zum Pflanzen ist."

„Wo ist er denn eigentlich?", brummte Ashley. „Hast du uns nicht gesagt, dass er der Feldwebel der Gartenarbeit ist und dich antreibt?"

„Wenn er clever ist, bleibt er meilenweit von uns entfernt", erwiderte Melanie fröhlich. „Ich werde seinen Platz einnehmen. Und jetzt frühstückt bitte, meine Damen, das Unkraut jätet sich nicht von allein. Wenn wir bis zum Mittag fertig sind, lade ich euch in der Stadt zum Essen ein."

„Und wenn nicht?", fragte Maggie misstrauisch.

„Dann gibt es Käsetoast und Suppe aus der Dose", antwortete Melanie. „Und wir werden am Nachmittag weitermachen."

Ihre Schwester warf ihr einen resignierten Blick zu. „Warum haben wir dich nur hierher geschickt? Dieser Aufenthalt hat dich in eine gemeine, hinterlistige Hexe verwandelt."

Melanie lachte. „Wahrscheinlich, aber ich fühle mich von Minute zu Minute besser. Ich glaube, ich bekomme langsam wieder die Kontrolle über mein Leben zurück."

„Der Himmel möge uns helfen", murmelte Ashley und griff zur Kaffeekanne. „Also gut, frühstücken wir und bringen wir es hinter uns."

72

Eine halbe Stunde später hatte Melanie ihren Schwestern die verschiedenen Gartenarbeiten zugeteilt. Sie selbst hatte sich mit einer Tasse Kaffee auf die Schaukel gesetzt. Sie konnte verstehen, warum Mike es so liebte, andere zu beaufsichtigen. Es war sehr entspannend, in der warmen Sonne zu sitzen, während andere für einen arbeiteten.

Sie war allerdings nicht überrascht, als er gegen neun Uhr auftauchte und sich umschaute. „Wie ich sehe, warst du fleißig. Gute Arbeit", lobte er.

„Nicht ich. Ich beaufsichtige nur die anderen."

„Ich sehe niemand. Wen beaufsichtigst du denn?"

Sie schaute sich um und bemerkte erst jetzt, dass ihre Arbeiterinnen verschwunden waren. Sie hatten sich unbemerkt davongeschlichen.

„Eben waren sie noch hier", sagte sie mit einem Achselzucken. „Ich muss wohl mal einen Moment die Augen geschlossen haben, und sie haben die Gelegenheit genutzt und die Flucht ergriffen. Wo ist Jessie?"

„Bei einer Freundin. Ich dachte, ich schaue mal kurz vorbei und sehe nach, wie es hier so läuft."

„Du meinst, du wolltest dich davon überzeugen, dass ich noch lebe?"

Er sah sie verständnislos an. „Wie bitte?"

„Na ja, ob ich die Folter überlebt habe", erklärte sie. „Nun, sie haben mich so mit Fragen bombardiert, dass ich Löcher im Bauch habe und meine Geduld fast am Ende gewesen wäre."

Er lachte. „Das dachte ich mir. Ich war froh, als ich ihnen gestern entkommen war. Waren sie wenigstens zufrieden mit deinen Antworten?"

„Nicht sehr", gab Melanie zu. „Aber ich gebe mir Mühe. Du erschwerst allerdings meine Arbeit, weil du schon wieder da bist."

„Willst du, dass ich nicht mehr komme?"

Seine Worte bestürzten sie. „Willst du denn nicht mehr kommen?"

Er betrachtete ihr Gesicht. „Weich nicht aus, ich habe zuerst gefragt. Willst du, dass ich nicht mehr komme?"

Wollte sie das? Melanie wusste keine Antwort. Ihr Verstand sagte Ja. Ihn nicht mehr zu sehen war der einzig vernünftige Weg, Komplikationen zu vermeiden. Denn sowie er in ihrer Nähe war, sehnte sie sich nach Dingen, die definitiv im Moment auf der Liste ihrer Prioritäten nicht oben standen.

„So ganz werde ich auf dich noch nicht verzichten können", lenkte sie schließlich diplomatisch ein. „Woher soll ich wissen, welche Pflanzen sich miteinander vertragen? Das musst du schon in die Hand nehmen."

Er lächelte. „Da hast du recht, aber ich sollte wahrscheinlich verschwinden, bevor deine Schwestern wiederauftauchen", meinte er. Doch es war bereits zu spät.

„Wir haben Hunger", erklärte Maggie, während sie näher kamen.

„Ihr habt eure Arbeit doch noch nicht beendet", erwiderte Melanie streng.

„Das ist uns ziemlich egal", meinte Ashley ungerührt. „Wir fahren trotzdem zum Essen. Willst du mitkommen, oder hast du etwas Besseres vor?" Sie sah Mike strahlend an. „Guten Morgen, Mr Mikelewski. Wie geht es Ihnen? Haben Sie den gestrigen Abend unbeschadet überstanden?"

Melanie hätte Ashley am liebsten erwürgt, aber sie zwang sich zu einem Lächeln.

„Mike wollte gerade gehen", erklärte Melanie dann. „Ich werde mit zum Essen fahren."

„Oh, er kann doch gerne mitkommen!" Maggie wandte sich Mike zu und lächelte. „Oder haben Sie Angst vor so viel weiblicher Gesellschaft?"

Mike schenkte ihr sein charmantestes Lächeln. „Wie könnte man bei so viel Schönheit Angst bekommen? Aber leider muss ich unbedingt zu einem Kunden, vielleicht können wir ein anderes Mal wieder zusammen essen. Ich würde mich freuen, Melanies Schwestern noch besser kennenzulernen."

Er nickte den Schwestern zu und sah dann Melanie kurz an. „Also, bis morgen. Wenn es Probleme gibt, ruf mich einfach an, okay?" Er winkte noch mal und ging dann zu seinem Laster hinüber.

„Mann!" Jo stieß die Luft aus. „Der hat es voll drauf. Habt ihr dieses Lächeln gesehen? Wenn du ihn wirklich nicht willst, Melanie, sag mir bitte Bescheid. Ich glaube, dann ist ein längerer Urlaub hier in der Gegend fällig."

Melanie schüttelte den Kopf. „Also, wenn man euch so hört, könnte man denken, ihr hättet noch nie einen Mann gesehen. Kommt, lasst uns zum Essen fahren, aber bitte hört auf, dauernd von Mike zu reden."

Maggie und Ashley sahen sich vielsagend an. „Das wird schwierig", meinte Ashley entschlossen, und Maggie nickte zustimmend.

Melanie war nervös und fahrig, seit Mike an diesem Montagmorgen mit einer Ladung frischer Humuserde gekommen war. Wenn er es nicht besser gewusst hätte, würde er annehmen, dass sie Angst vor ihm hatte. Was mochten ihre Schwestern ihr nur eingeredet haben, seit er am Samstagmorgen weggefahren war?

„Hattest du mit deinen Schwestern ein schönes Wochenende?", fragte er und betrachtete sie neugierig.

„Es war ganz nett."

„Sind sie wieder abgefahren?"

„Ja, gestern Abend."

„Hast du gut geschlafen?"

Sie stutzte. „Sogar sehr gut, warum fragst du?"

„Du wirkst genauso nervös wie an dem Morgen, als ich dich zum ersten Mal sah. Es fehlt nur die Lampe in deiner Hand."

Melanie blickte ihn verständnislos an.

Er lachte leise. „Auch heute wirkst du so, als ob du mir nicht vertrauen würdest."

„Oh."

„Willst du nicht darüber reden?", fragte er.

„Über was?"

„Na, warum du so nervös bist?"

„Das bin ich doch gar nicht."

„Wenn du meinst." Er leerte die Schubkarre Humuserde auf einer vorbereiteten Stelle aus und ging zu seinem Laster zurück. Melanie folgte ihm schweigend und seufzte dann.

Mike stellte die Schubkarre ab und sah sie an. „Jetzt reicht es. Du hast doch was. Na, los. Raus damit."

„Ach, es ist nur Unsinn."

„Vielleicht, aber trotzdem bedrückt es dich, also sag schon, was es ist."

„Meine Schwestern finden, dass ich dich fragen soll, ob du noch an deiner Exfrau hängst."

Mike hielt kurz inne. „Wer will das wirklich wissen, du oder deine Schwestern?"

„Wir alle."

„Nein", stieß er hervor und hoffte, dass damit die Diskussion beendet wäre.

„Ist Jessie dein einziges Kind?"

Er sah sie ungläubig an. Wieso kam sie denn auf diese Frage? „Ja", erwiderte er angespannt. „Denkst du etwa, ich hätte irgendwo noch ein Kind im Wandschrank versteckt? Oder ich hätte es bei einer Frau gelassen, die drogensüchtig ist?"

Sie errötete. „Nein, natürlich denke ich das nicht. Ich wollte doch einfach nur sichergehen."

Er überlegte sich, ob ihre Fragen etwas mit dem Mann zu tun hatten, dessentwegen sie Boston verlassen hatte. Was, zum Teufel, hatte dieser Mann – und er spürte, dass ein Mann der Grund für ihre Fragen war – ihr nur angetan?

Forschend sah er sie an. „Hast du noch etwas auf dem Herzen?"

„Hast du das alleinige Sorgerecht für Jessie?"

„Ja."

„Ich verstehe."

Er warf ihr einen prüfenden Blick zu. „Was glaubst du denn zu verstehen?"

„Nichts, ich meinte nur … Ach, verflixt, ich weiß es nicht."

„Also gut, wenn du keine weiteren Fragen mehr hast und mir auch nicht helfen willst, den Humus zu verteilen, kannst du ja inzwischen irgendetwas anderes machen", erklärte er schroffer als beabsichtigt. „Irgendetwas sagt mir, dass deine Fragen mehr mit deiner Vergangenheit, über die du nicht reden willst, zu tun haben als mit mir."

Schmerz flackerte in ihren Augen auf, der rasch in Misstrauen überging. Sie wandte sich eilig ab und lief auf das Haus zu. „Ich bin drinnen, falls du mich brauchst", rief sie ihm über die Schulter zu.

Nachdem sie gegangen war, seufzte Mike. Das hatte er wieder mal großartig gemacht. Sie hatte doch nur vernünftige Fragen gestellt. Nun, außer der einen vielleicht, ob er noch weitere Kinder habe. Die war wirklich etwas daneben gewesen. Er hatte geglaubt, sie hätte bereits begriffen, wie er über seine Exfrau dachte, aber offensichtlich hatten ihre Schwestern ihr einen Floh ins Ohr gesetzt. Auf der anderen Seite konnte er den drei Frauen nicht übel nehmen, dass sie sich Sorgen um Melanie machten. Schließlich war sie erst kürzlich von einem Mann verletzt worden. Doch das machte es für ihn nicht einfacher, sich diesem Thema zu stellen, das er am liebsten für immer vergessen würde.

Verdammt, er hätte derjenige sein müssen, der Fragen stellt. Er hätte herausfinden müssen, warum sie so verletzt ist. Aber das würde jetzt noch einen Tag warten müssen. Zumindest jedoch, bis das Bedürfnis verflogen war, ins Haus zu laufen und sie in die Arme zu nehmen. Denn das würde die Probleme nur noch verschlimmern.

Melanie stand am Fenster und gab sich Mühe, nicht dauernd auf Mikes perfekten Oberkörper zu starren, während er den Humus im Garten verteilte. Was hatte sie sich bloß dabei gedacht, ihm diese Fragen zu stellen? Sein Privatleben ging sie doch nun wirklich gar nichts an.

Warum hatte sie sich so von ihren Schwestern beeinflussen lassen?

Die Antwort war offensichtlich. Sie wollte wissen, was los war. Schließlich wusste sie aus Erfahrung, wie blind sie Männern gegenüber sein konnte. Wie sonst hätte Jeremy es geschafft, ihr eine Ehefrau und zwei Kinder so lange zu verheimlichen?

Natürlich sah bei Mike alles ganz anders aus, denn schließlich wollte sie mit ihm gar keine Beziehung. Ihre Gefühle standen in diesem Fall nicht zur Debatte. Was spielte es also für eine Rolle, wenn er immer noch Gefühle für Jessies Mutter hätte?

Sie blickte nach draußen und seufzte, als sie seinen nackten, braun gebrannten Oberkörper sah. Sie machte sich selbst etwas vor. Also gut, sie begehrte ihn. Und ihre Schwestern hatten das natürlich sofort gemerkt. Deswegen hatten die drei sie nicht in Ruhe gelassen und ihr unzählige Fragen über Mike gestellt.

Eigentlich hätte sie nach draußen gehen und sich dafür entschuldigen sollen, dass sie ihre Nase in Dinge steckte, die sie nichts angingen. Die Wahrheit war jedoch, dass sie tatsächlich Antworten auf diese Fragen wollte. Sie musste sich schützen, bevor diese Sache mit Mike ihr möglicherweise doch aus den Händen glitt.

Natürlich würde er behaupten, er hätte alle ihre Fragen bereits beantwortet, aber er war so einsilbig gewesen, dass sein Verhalten nur noch weitere Fragen aufwarf.

Schließlich nahm sie all ihren Mut zusammen und ging wieder in den Garten. Er schaute auf, nickte und fuhr dann fort, die Erde mit einer Harke zu verteilen.

„Ich möchte mich bei dir entschuldigen", begann sie, „aber nicht für die Fragen. Es tut mir nur leid, dass meine Fragerei dir so unangenehm war."

„Das war sie."

„Aber ich habe nur ganz normale, berechtigte Fragen gestellt, Mike."

„Ja", gab er zu. „Aber ich habe keine anderen Antworten."

„Du hättest mir die Fragen ein wenig ausführlicher beantworten können."

„Hast du mir genauer erklärt, warum du hier bist und wer dich so verletzt hat?"

„Das ist nicht das Gleiche."

„Ist es nicht? Wie kommst du darauf?"

„Was mir passiert ist, ist vorbei. Beendet."

„Meine Ehe ist auch beendet."

„Nicht, solange du Jessie hast", bemerkte sie. „Jessie bindet dich für immer an ihre Mutter. Linda könnte jetzt eine Entziehungskur machen, damit sie wieder zu euch zurückkehren kann."

„Ich hoffe, dass sie einen Entzug macht", erklärte Mike. „Aber sie wird nicht mehr zu mir zurückkommen. Diese Tür ist geschlossen."

Er klang sehr sicher. Wie gerne hätte Melanie ihm geglaubt, denn ein Teil von ihr sehnte sich danach, ihm näherzukommen. Selbst wenn es nur für ein paar Wochen wäre. Der andere Teil wusste jedoch, in was für eine Gefahr sie sich begeben würde, und warnte sie.

Mike kam auf sie zu, blieb vor ihr stehen und zwang sie sanft, ihn anzusehen, indem er mit der Hand ihr Kinn hob. „Linda ist nicht das Problem", sagte er leise. „Hier geht es nur um dich und mich."

Bevor sie noch widersprechen und ihm sagen könnte, dass Ballast aus der Vergangenheit immer ein Problem darstellte, hatte er bereits seine Lippen auf ihren Mund gepresst.

Sie konnte nicht mehr denken, konnte nicht mal mehr an eine der Fragen denken, die sie ihm hatte stellen wollen. Sie spürte nur seine weichen, fordernden Lippen, die Wärme sowie den Duft seines Körpers und die Muskeln, die sich unter seiner sonnenwarmen Haut bewegten, als sie die Arme um ihn schlang.

Melanie wusste nicht, ob eine Ewigkeit oder nur der Bruchteil einer Sekunde vergangen waren, als er sie endlich wieder losließ und weiterharkte, als wenn nichts gewesen wäre.

Verflixt, wie schafft er es bloß, so gefasst und kühl zu sein, während ich selbst in Flammen stehe? fragte sie sich verwirrt.

Selbst wenn sie die Warnungen ihrer Schwestern nicht beachtet hätte, musste nach diesem Kuss ganz sicher der Alarm in ihrem Kopf losgehen. Sie steckte bereits bis zum Hals drin – und nicht nur in Humus, sondern in Treibsand – und darin konnte man schnell versinken.

7. KAPITEL

Ich muss aufhören, sie zu küssen, rief Mike sich zur Ordnung, nachdem er die Harke wieder in die Hand genommen hatte, um den Humus zu verteilen. Er spürte, wie misstrauisch Melanie ihn beobachtete. Und er hatte förmlich das Gefühl, die Fragen, die ihr auf den Lippen brannten, zu hören.

Über was er gerade nachdachte, war bestimmt eine von diesen Fragen. Aber was sollte er darauf antworten?

Oder was er von ihr wollte? Wenn er darauf die Wahrheit sagte, würde sie ihm sofort eine Ohrfeige verpassen. Oh ja, er wollte sie am liebsten auf der Stelle ins nächste Bett tragen und verführen, aber das wollte sie im Moment bestimmt nicht hören.

„Wir müssen miteinander reden", erklärte sie schließlich.

Kritisch sah er sie an. Das Letzte, woran er jetzt dachte, war reden. Was war nur mit den Frauen los, dass sie ständig reden mussten?

„Worüber?", fragte er vorsichtig.

„Ich kann nicht mit dir reden, wenn du halb na…" Sie wurde rot. „Wenn du mit der Arbeit beschäftigt bist. Zieh bitte dein T-Shirt an, und komm ins Haus. Ich habe gerade Eistee gemacht."

Ins Haus? Mike starrte sie an. Das war keine gute Idee. Im Haus war ihr Bett. Im Haus konnte kein zufällig vorbeispazierender Passant sehen, was sie gerade taten. Im Haus war es viel zu gefährlich.

„Ich bin schmutzig", protestierte er, da ihm nichts Besseres einfiel. „Warum bringst du den Tee nicht nach draußen? Wir könnten uns in die Schaukel setzen."

„Ich habe keine Angst davor, dass du Schmutz ins Haus trägst", erwiderte sie ungeduldig. „Außerdem ist es heiß hier draußen. Ich habe im Haus die Klimaanlage angestellt, und in der Küche ist es angenehm kühl."

„Gib mir eine Minute", bat er und hoffte, dass ihm etwas einfallen würde, mit dem er dieses wilde Verlangen, das ihn im Moment beherrschte, unter Kontrolle bringen konnte. „Geh schon vor. Ich komme nach."

Sie betrachtete ihn skeptisch, als ob sie befürchtete, er könnte sich einfach aus dem Staub machen. Das wäre keine schlechte Idee, dachte er. Feige, aber unter den gegebenen Umständen wahrscheinlich der beste Ausweg.

„Geh nur", wiederholte er. „Es wird nicht lange dauern."

Sie nickte und ging auf das Haus zu. Fasziniert schaute er ihr nach. Nie zuvor hatte der Hüftschwung einer Frau ihn so erregt wie der von Melanie. Viele Frauen bewegten sich bewusst sexy, um auf sich aufmerksam zu machen, aber er reagierte nie darauf. Wenn er jedoch Melanie zuschaute, würde er ihr am liebsten hinterherlaufen und ihr die Kleider vom Leib reißen. Nun, das war lächerlich. Er war wirklich zu lange allein gewesen.

Mike zog sein Hemd an und knöpfte es bis zum Hals zu, als ob er damit den Wunsch verdrängen könnte, es sich im Haus sofort wieder auszuziehen. Dann nahm er sich weitere zehn Minuten Zeit, um seine Begierde und seine Gedanken wieder unter Kontrolle zu bekommen.

Als er schließlich auf das Haus zuging, warnte er sich immer und immer wieder, was auf keinen Fall passieren durfte. Er würde darauf achten, dass er Melanie nicht zu nahe kam, und die Hände bei sich behielt. Er würde ihr höflich zuhören, nicken, wenn es angebracht war, und sich bei der erstbesten Möglichkeit, die sich bot, verabschieden.

Als er eintrat, sah er, wie sie unruhig in der Küche hin und her lief. Als sie ihn entdeckte, blieb sie stehen und sah ihn ernst an.

„Setz dich", bat sie und nahm selbst Platz.

Sie hatte bereits ein Glas für ihn hingestellt. Er nahm es rasch und setzte sich damit ihr gegenüber.

„Wie sollen wir jetzt damit umgehen?", fragte sie schließlich, die Hände auf dem Tisch gefaltet.

Mike tat so, als wüsste er nicht, worauf sie hinauswollte. „Womit umgehen?"

„Na, mit uns. Mit den Küssen." Sie errötete sanft, und obwohl er wusste, dass es der falsche Ansatz war, wurde er neugierig.

„Wie willst du denn damit umgehen?"

„Es muss aufhören", stieß sie hervor.

„Das ist nicht die korrekte Antwort auf meine Frage. Willst du damit aufhören?"

Ärger flackerte in ihren Augen. „Was soll ich dir denn darauf antworten? Wenn ich Ja sage, wirst du mich eine Lügnerin nennen, da es offensichtlich ist, dass ich mich ebenso zu dir hingezogen fühle wie du zu mir. Und wenn ich Nein sage, öffne ich dir Tor und Tür, was ich eigentlich gar nicht will."

Er warf ihr einen fragenden Blick zu. „Mit anderen Worten: Ich darf dich küssen, aber mehr kommt nicht infrage? Interpretiere ich das richtig?" Er musste das jetzt ganz deutlich aussprechen. Nur ein kleines Missverständnis, und sie könnten beide innerhalb weniger Minuten im Bett landen.

„Warum machst du es bloß so schwierig?", fragte sie leicht verärgert. „Wir sind beide erwachsen. Wir sollten doch wohl einen Weg finden, gefährliche Spiele zu unterlassen. Wir wissen doch beide genau, dass für uns eine Beziehung nicht möglich ist. Du hast deine Gründe. Ich habe meine. Lass uns aufhören, das Schicksal herauszufordern."

Mike konnte sich nicht zurückhalten, jetzt musste er eine Frage stellen. Schließlich war er auch nur ein Mann. „Dann bringe ich dich also in Versuchung?"

„Oh, jetzt hör aber auf", fuhr sie ihn an. „Das weißt du doch genau, oder würden wir sonst diese Unterhaltung führen?"

„Was hättest du denn getan, wenn du anders auf mich reagieren würdest?", fragte Mike.

„Ich hätte dir eine schallende Ohrfeige verpasst und dir jeden Gedanken an einen weiteren Kuss ausgetrieben", erklärte sie. Es hörte sich allerdings nicht so an, als ob sie ihren eigenen Worten wirklich Glauben schenken würde.

„Stattdessen hast du jetzt vor, diese Anziehungskraft zu Tode zu reden", zog er den Schluss. „Vielleicht sollten wir schriftlich ein Übereinkommen niederlegen, wie zukünftige Treffen auszusehen haben?"

Melanie seufzte. „Es hört sich so absurd an, wenn du es so ausdrückst."

„Es ist absurd. Ich denke, wir haben genug Selbstkontrolle über uns, damit nichts passiert, was wir nicht wollen."

„Du hast wahrscheinlich recht", gab sie zu.

Mike begriff langsam, was ihr Sorgen machte. „Du hast Angst, dass unsere guten Absichten sich trotz aller Vorsätze wegen dieser starken Anziehungskraft in Luft auflösen könnten, nicht wahr?"

„Genau."

„Das kann natürlich geschehen. Wir sind eben nur Menschen", gab er zu.

„Hör zu", begann sie. „Ich möchte nicht, dass die Dinge noch komplizierter werden, als sie es bereits sind. Und ich vertraue dir, dass du mir dabei hilfst."

Mike sah sie fassungslos an. Verflixt, er hatte nur die besten Absichten, aber er war nicht unanfechtbar. „Es ist wohl besser, wenn du mir nicht vertraust."

„Nun, ich tue es einfach", meinte sie und schien ziemlich zufrieden mit sich zu sein. „Und jetzt lass uns wieder an die Arbeit gehen."

Melanie war aufgestanden und zur Tür hinausgelaufen, bevor Mike noch wusste, wie ihm geschah. Diese Frau hatte soeben die ganze Verantwortung für das, was zwischen ihnen beiden passieren könnte, auf seine Schultern geladen. Sie hatte praktisch ein Schild mit der Aufschrift *Nicht berühren* an ihren Busen geheftet und erwartete nun, dass er es respektierte. Wenn sie vorgehabt hatte, seine Fantasie zu beflügeln, so hatte sie damit vollen Erfolg gehabt. Jetzt konnte er nur noch daran denken, wie er dieses Verbotsschild umgehen und sie ins Bett bekommen könnte. Diese Gedanken verdrängten alle vernünftigen Gründe, warum er die Hände von ihr lassen sollte.

Oh ja, er würde mit ihr schlafen. Daran gab es keinen Zweifel mehr.

Melanie war ziemlich stolz auf sich. Wenigstens ein Mal in ihrem Leben hatte sie die Initiative ergriffen, die Karten auf den Tisch gelegt und einem Mann auf den Kopf zugesagt, was sie wollte – oder in diesem Fall, was sie nicht wollte. Ihre Ehrlichkeit schien Mike am Anfang ein wenig bestürzt zu haben, aber am Ende konnte er nicht anders, als sie zu bewundern. Endlich eine Frau, die weiß, was sie will, muss er gedacht haben. Und natürlich war er dankbar, dass sie die Spielregeln festgelegt hatte. Schließlich wollte auch er sein Leben nicht unnötig verkomplizieren.

Sie verstand allerdings nicht, warum er sie trotzdem noch so misstrauisch beäugte. Er sollte doch erleichtert sein.

„Stimmt etwas nicht?", fragte sie schließlich und stützte sich auf der Harke ab, die sie in den Händen hielt.

„Es ist alles in bester Ordnung", erwiderte er missmutig.

„Warum guckst du mich denn dann so an?"

„Wie gucke ich dich denn an?"

„Als ob ich ein exotisches Tier wäre, das du noch nie zuvor gesehen hast."

Er lachte. „Du bist eine Frau. Das reicht schon. Männer, die klüger sind als ich, haben ihr ganzes Leben gebraucht, um Frauen auch nur annähernd zu verstehen."

„Es gibt keinen Grund, gleich so beleidigend zu werden."

Er schüttelte den Kopf. „Du verstehst nicht, was du angerichtet hast, nicht wahr?"

„Was denn?"

„Indem du ein Verbotsschild vor dir aufgestellt hast, kann ich nur noch daran denken, wie ich es umgehen kann."

Melanie schluckte und sah ihn entsetzt an. „Ehrlich?"

„Ganz ehrlich."

„Aber wir sind doch gerade übereingekommen …"

„Nicht ganz, Liebling. Du bist zu einer Entscheidung gekommen, ohne mich zu fragen."

„Aber ich habe dir doch gesagt, dass ich dir vertraue."

„Und ich habe dir gesagt, dass du mir besser nicht vertrauen sollst."

„Du willst dich doch aber gar nicht auf jemanden einlassen, der die Stadt bald wieder verlässt."

„Nein."

„Und ich will keine Beziehung, die nur Komplikationen und Ärger mit sich bringt."

„Das hast du bereits gesagt."

„Zweifelst du etwa an meinen Worten?"

„Ich glaube, dass du vom Verstand her völlig klar dahinterstehst."

„Ja, ich stehe dahinter", betonte sie.

„Dann hast du keine Ahnung, wie Männer denken. Du hättest mir nie sagen dürfen, dass ich noch nicht mal mehr in deine Nähe kommen darf. Jetzt werde ich natürlich erst recht Lust haben, dich zu erobern."

„Du willst also mit mir ins Bett, obwohl wir beide wissen, wie das für uns enden könnte?"

Er lächelte. „Ja."

„Das wird nicht passieren", erklärte sie fest entschlossen.

Sein Lächeln wurde noch breiter. „Willst du mich schon wieder herausfordern? Bitte, wenn du Lust dazu hast. Das macht das Spiel nur noch interessanter."

Melanie sah ihn fassungslos an und musste zugeben, dass er gut war. Er hatte es geschafft, dass auch sie jetzt nur noch an Sex denken konnte. „Du willst mich quälen", warf sie ihm vor.

„Ich denke, dass es genau andersherum ist. Du bist diejenige, die quält. Das hier ist ein verbales Vorspiel, Schätzchen."

Sie runzelte die Stirn. „Ziehen Sie nur nicht so voreilige Schlüsse, Mr Mikelewski. Im Moment würde ich dir nicht mal zu nahekommen, wenn du der einzige Mann auf Erden wärst."

Er lachte. „Oh, oh, jetzt hast du aber etwas zu dick aufgetragen." Er ging einen Schritt auf sie zu. „Soll ich dir zeigen, wie schnell sich deine Meinung ändern kann?"

Melanies Herz begann, schneller zu schlagen. „Nein, das kannst du nicht." Lügnerin, Lügnerin, rief eine Stimme in ihrem Inneren.

Sein Blick ruhte unverwandt auf ihrem Gesicht. „Bist du sicher?"

„Ganz sicher", erklärte sie, obwohl sie nie unsicherer gewesen war.

Mike legte die Harke zur Seite, und sein Gesichtsausdruck wurde plötzlich sehr ernst. „Denk darüber nach, Melanie. Denn wenn ich das nächste Mal vorbeikomme, werden wir nicht nur darüber reden. Dann werde ich austesten, wie stark dein Wille wirklich ist."

Als er an ihr vorbeiging, bebte sie am ganzen Körper. Melanie hätte ihre Reaktion gern auf ihre Wut geschoben, aber sie wollte sich nicht selbst belügen. Sie begehrte diesen Mann, ob es ihr passte oder nicht. Sie sehnte sich nach seinen Zärtlichkeiten und wollte mit ihm ins Bett. Verflixt, er hatte recht. Das ganze Gerede hatte die Lage nicht entschärft, sondern nur noch schlimmer gemacht. Jetzt war beiden die starke Anziehungskraft erst richtig bewusst geworden, und das Verlangen, sie endlich auszuleben, war fast übermächtig geworden.

Sie hatte sich gerade erst wieder gefangen, als er mit einer neuen Ladung Humus zurückkehrte. Nachdem er die Schubkarre abgestellt hatte, kam er lächelnd auf sie zu. „Mir ist eine wunderbare Idee gekommen. Da wir beide so viel gearbeitet haben, haben wir eine Belohnung verdient. Wie wäre es, wenn wir morgen Abend zusammen essen gehen. Ich werde für Jessie einen Babysitter besorgen."

Melanie schluckte. Wenn sie jetzt Nein sagte, würde sie als Feigling dastehen, wenn sie Ja sagte, ging sie ein großes Risiko ein. Ein Abendessen mit Mike würde extrem gefährlich sein.

Ihr verräterisches Herz hatte jedoch bereits entschieden. „Gern", antwortete sie. „Ich freue mich darauf. Allerdings möchte ich um acht Uhr wieder zurück sein."

Mike lächelte. „Hast du Angst, dass du nach acht schwach werden könntest?"

Melanie harkte rasch weiter. Darauf wollte sie ihm lieber keine Antwort geben.

8. KAPITEL

Nach einem ausgezeichneten Abendessen hatten sie draußen auf der Terrasse des Restaurants noch einen Espresso getrunken, und Mike hatte sein Wort gehalten und sie gegen acht Uhr wieder zum Rose Cottage gefahren.

Statt sich jedoch zu verabschieden, hatte er sie gebeten, noch ein wenig am Wasser spazieren zu gehen. Der Mond schien, die Sterne funkelten am Abendhimmel, und die Luft war lau.

„Es ist wunderschön", murmelte Melanie, überwältigt von der Schönheit dieser Frühlingsnacht.

„Wunderschön", wiederholte Mike mit seltsam gepresster Stimme.

Melanie drehte sich um und sah, dass er sie betrachtete. Ihr stockte der Atem.

„Mike", flüsterte sie.

„Sag nichts", hauchte er und strich mit dem Mund über ihre Lippen. „Bitte, sag nichts mehr."

Und dann vergaß er alle Regeln, die sie aufgestellt hatten, und küsste sie, als ob es kein Morgen mehr geben würde. Melanie hatte das Gefühl, allein durch seinen Kuss in Flammen aufzugehen. Sie hatte das Gefühl, dass sie ihr ganzes Leben nur auf diesen Mann gewartet hatte. Alle Zweifel verflogen, während die Leidenschaft wuchs.

„Ich begehre dich so sehr", hauchte Mike ihr ins Ohr. „Ich weiß, dass das nicht gut ist. Ich weiß, dass das nicht passieren sollte, aber ich glaube, ich kann keine Minute länger warten." Er suchte ihren Blick. „Was empfindest du? Sag mir nur ein Wort, und ich werde so tun, als ob das hier nie geschehen wäre."

So tun, als ob es nie geschehen wäre, während glühendes Verlangen durch ihren Körper strömte? Sie wusste, wie es war, wenn man einen Mann begehrte, aber noch nie in ihrem Leben hatte sie solch ein Verlangen empfunden. Niemals wieder würde sie dieses Gefühl vergessen.

„Hör nicht auf", flüsterte sie. „Hör nicht auf."

Er hob sie auf seine Arme, und in wenigen Minuten waren sie in ihrem Zimmer, in ihrem Bett. Nichts zählte mehr. Weder die Fehler, die sie in der Vergangenheit gemacht hatte, noch die Dinge, die Mike vielleicht vor ihr geheim hielt. Es zählten nur noch seine Zärtlichkeiten und sein Verlangen nach ihr.

Es machte Melanie Angst, dass sie in solch kurzer Zeit so starke Gefühle für Mike entwickelt hatte, aber sie wusste nicht, wie sie dagegen angehen sollte. Sie waren einfach da. Irgendwann würde sie sich der Realität stellen müssen, aber nicht heute Nacht. Heute Nacht gab es nur sie beide.

Mit seinen rauen Händen strich er sanft über ihre Haut, nachdem er ihr die Bluse ausgezogen hatte. Seine Augen wurden dunkel vor Leidenschaft, als er mit einer geschickten Bewegung ihren BH öffnete und sie nackt bis zur Taille vor ihm stand. Er umschloss eine Brustspitze mit dem Mund und saugte daran, bis sie hart und hoch aufgerichtet war. Heiße, wilde Lust durchfuhr sie, und sie stöhnte leise auf.

Schwer atmend ließ er sich schließlich aufs Bett fallen. „Es ist so lange her, dass ich mit einer Frau zusammen war. Ich muss mich zusammenreißen, um nicht einfach über dich herzufallen", murmelte er.

Melanie half ihm, das T-Shirt auszuziehen, und küsste dann seinen festen Bauch. „Worauf wartest du denn noch? Ich begehre dich auch."

Er lächelte. „So ungeduldig?"

„Wenn ich weiß, was ich will, warte ich nicht gerne darauf."

Er umfasste ihr Gesicht. „Und du weißt, was du willst, wenn es um mich geht?"

„Ich will dich jetzt."

„Und was ist danach?", fragte er ernst. „Bist du sicher, dass dir dieser Moment reicht?"

„Ja", erklärte sie. „Das Hier und Jetzt reicht mir."

Mike betrachtete sie skeptisch. „Das klingt sehr philosophisch, aber fühlst du auch tatsächlich so?"

Melanie setzte sich, leicht irritiert durch seine Fragen. „Glaubst du denn, ich würde mich selbst nicht kennen?"

„Nein, natürlich nicht, aber ich habe dich mit deinen Schwestern gesehen. Du kommst aus einer großen Familie, und du brauchst Nähe. Ich kann dir nur eine Affäre bieten."

„Wie willst du einschätzen können, was ich für mein Leben wünsche und was ich brauche?", entgegnete sie, obwohl sie wusste, dass ihre Unterhaltung rasch außer Kontrolle geraten konnte.

„Dann sag mir, was du dir wünschst."

Sie musste lachen. „Willst du dich jetzt darüber unterhalten?"

Er lehnte den Kopf zurück und verschränkte die Hände hinter dem Kopf. „Ja, ich denke schon."

„Bist du verrückt?"

Er lachte. „Wahrscheinlich." Er winkte ab. „Doch vielleicht kannst du mich ja davon überzeugen, dass du tatsächlich nur ein Abenteuer suchst, und wir beide werden dieses Bett zufrieden verlassen."

„Du bist unmöglich." Sie betrachtete sein Gesicht. „Aber du wirst in diesem Punkt nicht nachgeben, stimmt's?"

„Nein."

„Wolltest du nicht früh nach Hause fahren?"

„Jessie ist bestens versorgt. Es ist ausgemacht, dass der Babysitter bleibt, bis ich zurückkomme. Erzähl mir jetzt, was du dir wünschst, Melanie."

Sie seufzte und ließ sich neben ihn in die Kissen fallen. „Ich wünsche mir, dass du mit mir schläfst. Ich will deine Nähe, ich will dich in mir spüren, ich will mit dir die ganze Lust und Leidenschaft auskosten, die ich bereits bei unseren Küssen gespürt habe."

Mike schluckte nervös und hatte Mühe, sich zurückzuhalten.

„Und was ist mit später?", fragte er rau. „Was willst du für deine Zukunft?"

„Ganz ehrlich, ich habe keine Ahnung", gab sie zu. „Ich habe mir in letzter Zeit große Mühe gegeben, nicht über die Zukunft nachzudenken. Und ich habe festgestellt, dass es durchaus von Vorteil ist, wenn man in der Gegenwart lebt. Auf diese Weise hat man keine unrealistischen Erwartungen."

Sie spürte, dass er sie anschaute. „Und was ist mit dir?", fragte sie. „Was wünschst du dir für die Zukunft?"

„Ich möchte meiner Tochter ein richtiges Zuhause geben", sagte er, ohne zu zögern. „Und ich möchte der Arbeit nachgehen können, die mir Spaß macht."

„Sehnst du dich nicht nach einer Frau, die das Leben mit dir teilt?", fragte sie und sprach damit ihren geheimsten Wunsch aus.

„Nein, das wäre eine unrealistische Erwartung", meinte er.

„Weil du keiner Frau mehr vertrauen kannst?"

Er nickte. „Wenn es nur um mich ginge, könnte ich es vielleicht. Aber ich würde Jessie niemals dem Risiko aussetzen, dass sie noch mal von einem Menschen verlassen wird."

Sie stützte sich mit dem Ellbogen ab und schaute ihn prüfend an. „Weißt du, was ich glaube? Ich glaube, dass das gar nichts mit Jessie zu tun hat. Ich glaube, dass du nur Angst hast, dein Herz könnte noch mal gebrochen werden. Du bist zutiefst verletzt worden, weil der Frau, die du geliebt hast, die Drogen wichtiger waren als die Ehe und das Kind. Und diese Wunde, Mike, ist noch nicht verheilt."

Er wich ihrem Blick nicht aus. „Wahrscheinlich hast du recht", gab er schließlich zu. „Ich kann es nicht verstehen, wie ein Mensch so zerstörerisch sein kann, und ich muss zugeben, dass ich immer noch Groll in mir trage und ihr kaum vergeben kann."

„Das ist traurig", meinte Melanie.

„Bist du denn besser?", forderte er sie heraus. „Du bist doch auch nicht bereit, der Liebe eine neue Chance zu geben."

„Ich bin doch hier, oder etwa nicht?"

„Klar", stimmte er ihr zu. „Aber nur, weil du dich bei mir in Sicherheit wiegst. Ich habe dir deutlich zu verstehen gegeben, dass es mit mir nur den Moment und keine Zukunft gibt. Du bist ebenso ein Feigling, wie ich es bin, Melanie." Er schaute sie traurig an. „Nein, du bist noch schlimmer. Du redest ja noch nicht mal über die Gründe, warum du so bist."

Sie erschrak, als sie die Wahrheit in seinen Worten erkannte. „Das liegt daran, dass ich mich für das, was passiert ist, schäme", gestand sie. „Der Mann, mit dem ich eine Beziehung hatte, der Mann, den ich so gut zu kennen glaubte, der Mann, den ich liebte, war – wie sich am Ende herausstellte – verheiratet und Vater zweier Kinder."

Mike sah sie ungläubig an. „Wie es sich am Ende herausstellte? Du hast es vorher nicht gewusst?"

„Ich hatte keine Ahnung", erklärte sie. „Wahrscheinlich gab es Tausende von Anzeichen, aber ich habe sie alle nicht wahrgenommen, weil ich die Wahrheit nicht sehen wollte. So, jetzt weißt du es. Ich war ein Vollidiot."

Er strich ihr sanft über die Wange. „Du hast ihm vertraut, und er hat dich angelogen. Er ist der Idiot."

„Wenigstens weißt du jetzt, warum meine Schwestern so viele Fragen gestellt haben. Sie machen sich Sorgen, dass ich das Gleiche noch mal erlebe."

„Ich bin von Anfang an ehrlich zu dir gewesen", sagte er. „Vielleicht hätte ich mehr erklären sollen, aber ich habe dich über die Fakten unterrichtet."

„Und was jetzt?", fragte sie unvermittelt. „Benutzen wir uns jetzt nur, um unsere Körper zu befriedigen?"

„Hier wird niemand benutzt", widersprach Mike streng. „Wir versuchen nur, einen Weg für uns zu finden."

„Wenn wir so viel nachdenken müssen, ist es vielleicht nicht der richtige Weg", gab sie kleinlaut zu und stöhnte dann. „Ich kann es nicht fassen, dass ich halb nackt mit einem attraktiven Mann im Bett liege und tatsächlich vorschlage, dass wir das Ganze bleiben lassen."

„Ich auch nicht." Er warf ihr einen verführerischen Seitenblick zu. „Wir haben doch eigentlich alles geklärt und könnten dort weitermachen, wo wir aufgehört haben."

Melanie stieß ihm spielerisch in die Rippen. „Keine Chance. Zu viel Ehrlichkeit verdirbt die Stimmung."

Er lehnte sich über sie, den Mund nur wenig von ihren Lippen entfernt. „Ich glaube, wir hätten kein Problem, die Stimmung wiederherzustellen."

Ihr Herz machte einen Freudensprung, und eine prickelnde Wärme durchströmte sie. „Glaubst du?"

„Nein, ich weiß es", erklärte er und küsste sie, bis sie sich ihm erregt entgegenbog.

„Hm", murmelte sie, als sie schließlich wieder zu Atem kam. „Ich hatte wohl unrecht."

„Mit was?"

„Dass Ehrlichkeit die Stimmung verdirbt." Sie hatte keine Ahnung, warum sie so lange gezögert hatte, Mike etwas über ihre Vergangenheit zu erzählen. Jetzt gab es glücklicherweise keine Geheimnisse mehr, die stören würden.

Als der Morgen kam, stieg Mike vorsichtig aus dem Bett, ergriff seine Jeans und ging in die Dusche. Seit Langem hatte er sich nicht mehr so lebendig gefühlt. Guter Sex war das beste Lebenselixier.

Als er aus dem Badezimmer zurückkam, lag Melanie genüsslich ausgestreckt auf dem Bett, die Decke so um ihren Körper gewickelt, dass sie mehr offenbarte als verdeckte. Sein Körper reagierte sofort und durchkreuzte sein Vorhaben, zur Arbeit zu gehen und dies als einen ganz normalen Tag zu betrachten.

Er setzte sich auf den Rand des Bettes und strich mit der Hand über ihren festen, wohl gerundeten Po. Das leise Stöhnen, das sie daraufhin von sich gab, erinnerte ihn an all die erregten Laute, die sie im Laufe der Nacht von sich gegeben hatte.

„Wach auf, Liebling", murmelte er und hauchte einen Kuss auf ihre rechte Pobacke.

„Ist es schon Morgen?", fragte sie verschlafen.

„Allerdings."

„Gehst du jetzt?"

„Das hatte ich eigentlich vor."

Sie drehte sich um und blinzelte ihn an. „Hatte?", wiederholte sie voller Erwartung.

„Es sei denn, du bist daran interessiert, dass ich bleibe", entgegnete er.

„Zum Frühstück."

„Vielleicht noch ein wenig länger."

„Ah." Sie strich über sein noch feuchtes Brusthaar. „Du hast ja schon geduscht."

„Stimmt."

„Aber du bist nur halb angezogen."

„Nur halb", bestätigte er.

„Es wäre also nicht so schlimm, wenn ich dich dazu überreden könnte, dich wieder auszuziehen?", fragte sie amüsiert.

„Nein", gab er zu. „Ein Kuss würde mich schon überzeugen."

„Das ist einfach", erklärte sie, erhob sich halb und gab ihm einen dicken Kuss auf die Wange.

Mike lachte. „Etwas Besseres habe ich allerdings schon erwartet."

Sie fuhr mit den Händen durch sein Haar und küsste ihn so leidenschaftlich, dass jeder Gedanke an Arbeit verschwand. Es stellte sich nur noch die Frage, wie schnell er aus seiner Jeans kommen könnte.

Melanie war schon bereit für ihn, zog ihn auf sich und hieß ihn feucht und heiß willkommen. Erregt bog sie sich ihm entgegen, genoss seine Stöße, bis ein Schauder ihren Körper durchlief und sie zum Höhepunkt kam.

Du lieber Himmel, dachte er, als er schwer atmend auf sie niedersank, wie hatte ich vergessen können, dass heftiger, fordernder Sex ebenso befriedigend sein kann wie ein langes, lustvolles Liebesspiel?

Vor allem, wenn man eine Frau so sehr begehrte, wie es bei Melanie der Fall war.

Aber es war immer noch nicht genug. Mike wusste bereits jetzt, dass er sie schon in einer Stunde wieder begehren würde, jeden Tag, Monat für Monat …

Verflixt, was dachte er da?

Panik stieg in ihm auf, und er wäre am liebsten aus dem Bett gesprungen und geflüchtet. Lediglich das Wissen, dass Melanie solch ein feiges Verhalten nicht verdient hatte, hielt ihn zurück. Doch er blieb schweigsam.

Neben sich hörte er Melanie seufzen. „He, du kannst ruhig gehen", flüsterte sie. „Ich spüre doch, dass du in Gedanken bereits unterwegs bist."

„Nein, ich …", stammelte er, doch der Protest erstickte, als er den Humor in ihren Augen sah.

„Es ist alles in Ordnung. Wirklich. Geh nur, und bring Jessie zur Schule. Mir geht es gut. Keine Erwartungen. So war doch unsere Abmachung, nicht wahr?"

„Aber ich habe ein schlechtes Gewissen, wenn ich dich jetzt einfach so verlasse", meinte er.

„Für dein Gewissen bin ich nicht verantwortlich", erwiderte sie. „Aber du hast meine Erlaubnis. Geh nur."

Da er tatsächlich Jessie abholen und sie zur Schule bringen musste und da er Angst vor den starken Gefühlen hatte, die Melanie in ihm auslöste, stand er widerwillig auf und zog sich an.

„Ich rufe dich später an oder komme vorbei", versprach er und schaute sie an. „Vielleicht können wir drei etwas zusammen unternehmen."

Melanie schüttelte den Kopf. „Heute nicht."

„Warum? Hast du etwas vor?"

„Nein, aber ich glaube, wir beide brauchen ein wenig Abstand, damit wir noch mal über alles nachdenken können. Der Sex war großartig, aber was wir besprochen haben, ist auch wichtig, Mike."

Mike hielt einen Seufzer zurück. Sie hatte recht. „Ich werde trotzdem später anrufen."

„Das wäre nett", sagte sie, blieb aber reserviert.

Während er das Zimmer verließ, hallten ihre Worte in seinen Ohren wider. Das wäre nett. Nett? Dieses Wort hatte in ihrer Beziehung nichts verloren. Es war unglaublich, was zwischen ihnen passiert war. Und sie taten beide so, als wäre nichts geschehen. Was dachten sie sich bloß dabei?

9. KAPITEL

Melanie verbrachte den Tag in einer angenehmen Stimmung. Sie arbeitete ein wenig im Garten und fuhr dann in die Stadt, um einzukaufen. Als sie gegen Abend zurückkehrte, musste sie sich allerdings eingestehen, dass sie Sehnsucht hatte. Bist du verrückt, ermahnte sie sich. Was soll das? Du hast dich doch nicht etwa verliebt. Das Blut schien ihr bei diesem Gedanken schlagartig in den Adern zu gefrieren. Verliebt? Sie schluckte. Das konnte nicht sein! Energisch verdrängte sie die Gefühle, die jedes Mal in ihr aufstiegen, wenn sie an Mike dachte. Und sie musste verflixt oft an ihn denken.

Jetzt heißt es aufpassen, sagte sie sich. Wenn du so weitermachst, wirst du dir noch ein gebrochenes Herz einhandeln. Du musst dir zumindest einreden, dass er dir nichts bedeutet, wie willst du sonst unbeschwert wieder abreisen können?

Kaum hatte sie die Haustür hinter sich geschlossen, als das Telefon klingelte. Dankbar für alles, was sie von Mike ablenken konnte, nahm sie den Hörer ab. Aber als sie die Stimme ihrer Schwester hörte, brach sie in Tränen aus.

„Mel, was ist los? Melanie, erzähl mir alles", sagte Ashley, als Melanie nicht aufhören wollte zu schluchzen. „Verdammt, muss ich in den Wagen steigen und zu dir fahren?"

Dieser Vorschlag beruhigte Melanie sofort. „Nein", hauchte sie, noch immer unter Tränen.

„So ist es schon besser", meinte Ashley. „Und jetzt erzähl mir, was passiert ist."

„Ich glaube, ich habe mich in Mike verliebt", stieß sie hervor. Zum ersten Mal hörte sie diese Worte laut, und sie klangen absolut nicht falsch in ihren Ohren.

„Na, bravo!", rief ihre Schwester aus.

„Aber ich kann mich nicht in ihn verlieben", protestierte Melanie. „Das ist absurd. Ich kenne ihn doch kaum. Außerdem lebe ich nicht hier. Ich lebe in Boston."

„Im Moment nicht", verbesserte Ashley und versuchte, ein Lächeln zu unterdrücken. „Und ob es der Richtige ist, weiß man meistens schon nach kurzer Zeit."

„Aber das letzte Mal habe ich mich in den Falschen verliebt."

„Das kann man wohl sagen", erwiderte Ashley trocken. „Aber du bist eine kluge Frau. Du hast deine Lektion gelernt."

„Glaubst du? Woher weißt du das?"

„Gibt es Dinge, über die Mike nicht reden will?"

„Ja", seufzte sie.

„Und was ist es?"

„Er redet nicht über seine Ehe, zumindest nichts Genaueres. Er hat mir nur gesagt, dass er geschieden ist, dass seine Exfrau drogensüchtig war und dass er das alleinige Sorgerecht für Jessie hat."

„Das ist doch eine ganze Menge", urteilte Ashley. „Glaubst du ihm?"

„Ja."

„Wo ist dann das Problem?"

„Was ist, wenn ich mich wieder irre und er zu ihr zurückkehrt, sobald sie ihr Leben wieder im Griff hat?"

„Und was ist, wenn du ihm zu Recht vertraust?", fragte Ashley. „Was ist, wenn er wirklich mit seiner Exfrau fertig ist? Wenn er dich liebt?"

„Ich dachte, ihr traut ihm nicht", warf Melanie ein. Es ärgerte sie ein wenig, dass ihre große Schwester Mike plötzlich in Schutz nahm.

„So war das nicht gemeint. Wir wollten nur sicher sein, dass du dich dieses Mal gut über seine Vergangenheit informierst. Hör zu, Schätzchen, wir können diese Entscheidung nicht für dich treffen. Du bist die Einzige, die wissen kann, ob er einen Platz in deinem Leben einnehmen darf oder nicht."

Melanie dachte daran, wie sie sich in seinen Armen gefühlt hatte. Sie hatte Lust und Leidenschaft erlebt, aber auch Wärme und Geborgenheit.

Und dann war da auch noch Jessie. Trotz seiner Bedenken hatte er vorgeschlagen, dass sie zu dritt etwas unternehmen sollten. Mike erlaubte ihr, seine Tochter näher kennenzulernen. Er vertraute ihr also, dass sie nicht Jessies Herz brechen würde. Was konnte sie mehr verlangen?

„Ich bin ein Idiot", meinte sie schließlich.

„Nein, das bist du nicht", entgegnete Ashley mit schwesterlicher Loyalität.

„Mike würde bestimmt nicht mit dir übereinstimmen."

„Dann ist er der Idiot."

„Nein, das ist er nicht", verteidigte sie ihn.

Ashley lachte. „Wenn du so rasch zu seiner Verteidigung bereit bist, hast du wohl schon deine Antwort, kleine Schwester. Also, was hast du jetzt vor?"

Melanie lehnte sich gegen die Wand und rutschte dann mit dem Rücken hinunter, bis sie auf dem Boden saß. „Wenn ich das nur wüsste."

„Du wirst es schon noch herausfinden", versicherte Ashley. „Falls du Hilfe brauchst, melde dich. Wir kommen sofort."

Melanie lächelte. „Ich glaube, das hier muss ich allein durchstehen."

„Du weißt, dass wir dich lieb haben."

„Ich euch auch", erwiderte Melanie gerührt.

„Und etwas sagt mir, dass du in deinem Herzen auch noch Platz für Jessie und Mike finden wirst."

Etwas in Melanie sagte ihr, dass Ashley wohl recht haben könnte.

„Wann gehen wir wieder zu Melanie?", fragte Jessie. „Ich habe sie lange nicht mehr gesehen. Ich dachte, sie ist unsere Freundin."

„Das ist sie auch", antwortete Mike und trank einen Schluck Kaffee.

„Warum gehen wir dann nicht zu ihr?"

„Warum redest du eigentlich dauernd von Melanie?", fragte er, obwohl er seine Tochter nur zu gut verstehen konnte. Ihm fehlte Melanie auch.

„Sie ist so nett", erklärte Jessie selbstbewusst. „Und sie ist eine Frau. Sie kann Sachen, von denen du keine Ahnung hast."

„Und die wären?"

„Sie kann Haare flechten."

Mike schaute seine Tochter amüsiert an. „Ich wusste nicht, dass du dein Haar geflochten haben willst."

„Doch, das will ich."

„Woher weißt du, dass Melanie das kann?"

„Das hat sie mir erzählt, als wir neulich im Wagen zur Gärtnerei gefahren sind. Hast du denn nicht zugehört? Und sie sagt, sie kann mir meine Fingernägel lackieren", fügte Jessie aufgeregt hinzu.

„So etwas wirst du auf keinen Fall tun!", erwiderte Mike streng. Er hasste es, wenn Kinder aufgeputzt wie kleine Erwachsene herumliefen. Seine Tochter würde noch früh genug erwachsen werden. Er wollte, dass Jessie so lange wie möglich ein Kind blieb.

Jessies Augen füllten sich prompt mit Tränen. „Warum nicht?"

„Du bist erst sechs Jahre alt."

„Aber es ist doch nur zum Spaß", heulte sie.

Mike schaute sie hilflos an. Zöpfe? Lackierte Fingernägel? Wenn sie ihn bereits mit sechs Jahren mit solchen Dingen konfrontierte, wie sollte das erst werden, wenn sie ein Teenager war?

Er hatte sich geschworen, Melanie nicht so schnell wiederzusehen. Er wollte ihr nach dieser Liebesnacht Zeit lassen, damit sie über alles nachdenken konnte, aber für seine Tochter war er bereit, diesen Schwur zu brechen.

Siehst du! dachte er sarkastisch. Du suchst ja nur nach einer Ausrede, sie endlich wiederzusehen. Jessies Wunsch nach Zöpfen und lackierten Fingernägeln kommt dir da doch gerade recht.

„Nachdem ich dich zur Schule gefahren habe, werde ich kurz bei Melanie vorbeigucken", versprach er schließlich. „Wenn sie Zeit hat, können wir sie ja später besuchen. Dann könnt ihr beide mit euren Haaren und Nägeln machen, was ihr wollt."

Jessie vergaß ihre Tränen und strahlte. „Danke, Daddy! Danke."

Wenn er doch nur all ihre Tränen so schnell trocknen könnte und seinen Weg zum Glück ebenso leicht finden könnte!

Stattdessen hatte er das Gefühl, dass in der letzten Zeit der Boden unter seinen Füßen nachgab. Er war immer so überzeugt gewesen, dass eine neue Beziehung für ihn nicht möglich wäre, doch mittlerweile wünschte er sich, er könnte Melanie zum Bleiben bewegen. Aber ob sie das wollte?

Seufzend schob er den Gedanken zur Seite und wandte sich wieder seiner Tochter zu. Schön ruhig bleiben, ermahnte er sich, immer eins nach dem anderen. Und jetzt musste er erst mal Jessie in die Schule bringen.

Nachdem er sie vor der Schule abgesetzt hatte, fuhr er sofort zu Melanie. Er hatte sich vorgenommen, auf keinen Fall an Küsse oder Sex zu denken, aber bereits als sie die Tür öffnete und ihn anlächelte, löste sich sein Vorsatz in Luft auf. Es war für ihn unmöglich, diese Frau anzuschauen, ohne sie in seine Arme ziehen zu wollen.

„Hallo, ich wollte dich anrufen, aber ich hatte so viel zu tun", erklärte er nervös.

Sie lächelte. „Aber jetzt bist du da. Das reicht doch." Dann schaute sie ihn prüfend an. „Gibt es einen besonderen Grund, warum du vorbeischaust? Du siehst aus, als ob du etwas auf dem Herzen hättest."

Er nickte. „Ja, es ist wegen Jessie."

„Ist alles in Ordnung mit ihr?"

„Das hängt davon ab, wie wichtig Frisuren für euch Frauen sind."

Sie sah ihn verständnislos an. „Was meinst du damit?"

„Sie will ihr Haar geflochten haben, und sie meint, du könntest das."

95

„Klar."

„Und sie wünscht sich lackierte Fingernägel."

„Kann sie haben, wenn du nichts dagegen hast", erwiderte sie. „Bring sie einfach vorbei."

„Würde es dir heute Nachmittag passen? Du weißt doch, wie Kinder sind, wenn sie sich etwas in den Kopf gesetzt haben. Sie nerven dich so lange, bis sie bekommen, was sie wollen. Und Jessie ist da besonders schlimm."

„Kommt heute Nachmittag vorbei. Ich freue mich." Sie betrachtete ihn. „Hast du vor, während unserer Beauty-Session bei uns zu bleiben?"

„Du lieber Himmel, nein", stieß er entsetzt hervor. „Es sei denn, du brauchst mich. Ansonsten habe ich genug zu tun und kann meine Zeit besser nutzen, als euch beim Lackieren der Fingernägel zuzuschauen."

Melanie lachte. „Wir kommen ganz bestimmt ohne dich zurecht. Ich muss allerdings sagen, dass ich überrascht bin. Du wolltest doch nicht, dass Jessie eine Beziehung zu mir aufbaut."

Mike überlegte, wie er auf ihre Worte antworten sollte, und entschied sich dann für die Wahrheit. „Es ist bereits zu spät. Sie hat dich schon ins Herz geschlossen. Der Besuch bei dir war ihre Idee."

Mike stellte überrascht fest, dass Melanies Augen leuchteten. „Das freut mich. Ich habe sie auch sehr gern."

„Sei vorsichtig, in Ordnung? Kinder verschenken ihr Herz sehr schnell."

„Erwachsene manchmal auch", gab sie in einem Ton zurück, der ihn aufhorchen ließ.

Er betrachtete ihr Gesicht, konnte aber den Ausdruck nicht deuten. „Was meinst du damit?", fragte er vorsichtig.

„Das weiß ich selbst noch nicht", erklärte sie. „Ich versuche noch, es herauszufinden."

Ein winziger Funken Hoffnung glühte in Mike auf, aber er hütete sich davor, ihm zu viel Bedeutung zu schenken. „Sag mir Bescheid, wenn du es herausgefunden hast."

„Glaub mir, du bist der Erste, der es erfahren wird."

Er sah ihr in die Augen und entdeckte tiefe Sehnsucht darin. Es wurde Zeit, dass er verschwand, bevor er etwas tat, was er hinterher bereuen würde. „Also gut, dann bis später", sagte er.

Sie lächelte. „Bis später."

„So gegen halb vier. Ist das in Ordnung?"

„Das passt prima."

Er war plötzlich unfähig, sich zu bewegen oder auch nur den Blick von ihr zu nehmen.

„Gibt es noch etwas, was du mir sagen willst?", fragte Melanie.

„Nein, nichts." Er schüttelte rasch den Kopf und wandte sich ab.

Du bist unmöglich, schalt er sich. Du wirkst ja geradezu lächerlich. Er benahm sich wie ein liebeskranker Teenager, der Angst hatte, sich seinem Traummädchen zu nähern. Bei dieser Erkenntnis musste er schmunzeln, und als er seinen Lastwagen erreicht hatte, lachte er laut. Vielleicht war es Fügung gewesen, dass Jessie unbedingt die Zöpfe geflochten haben wollte. Irgendetwas hatte sich verändert. Und er war neugierig, wie sich die Sache weiterentwickeln würde.

10. KAPITEL

Melanie war gerade von der Drogerie nach Hause gekommen und packte Nagellack, Haarbänder sowie einige andere Dinge aus, die sie für die Beauty-Session mit Jessie gekauft hatte, als das Telefon klingelte.

„Hallo?", meldete sie sich.

„Spreche ich mit Melanie D'Angelo?", fragte eine ihr unbekannte Stimme.

„Ja."

„Hier spricht Adele Sinclair, die Rektorin der hiesigen Grundschule. Entschuldigen Sie bitte, wenn ich störe, aber es geht um Jessica Mikelewski."

Melanies Herz begann, vor Schreck schneller zu schlagen. „Was ist passiert? Geht es Jessie gut? Haben Sie ihren Vater schon angerufen?"

„Sie hat einen ihrer Anfälle", erklärte die Rektorin trocken.

„Anfälle? Was meinen Sie damit?"

„Melanie neigt zu cholerischen Temperamentsausbrüchen. Irgendetwas muss sie aufgeregt haben. Sie weint und schlägt um sich. Wir können sie einfach nicht beruhigen."

Während Mrs Sinclair sprach, konnte Melanie das verzweifelte Schluchzen des Kindes im Hintergrund hören. Obwohl ihr Mike von dem unberechenbaren Verhalten des Mädchens erzählt hatte und sie selbst einen ihrer Ausbrüche miterlebt hatte, überraschte es sie, dass Jessie so heftig reagierte. Sie war allerdings sicher, dass Jessie einen triftigen Grund dafür hatte.

„Ich habe versucht, den Vater zu erreichen", fuhr die Rektorin fort, „aber anscheinend hat sein Handy im Moment kein Netz, und Jessie hat sofort nach Ihnen gefragt. Sie stehen zwar nicht auf der Liste, die ihr Vater uns gegeben hat, aber da das Kind so verzweifelt nach Ihnen gefragt hat, habe ich eine Freundin angerufen, die noch die Telefonnummer vom Rose Cottage hatte. Ich hoffe, Sie haben Verständnis für meine Situation."

„Selbstverständlich, ich bin in fünf Minuten in der Schule", versicherte Melanie, obwohl ihr noch tausend Fragen auf der Zunge brannten. Zuerst mal musste sie zu Jessie, um sich selbst ein Bild von der Situation zu machen.

Rasch griff sie zu einem Pullover, da es draußen kühl und der Himmel bedeckt war, nahm ihre Handtasche sowie ihren Wagenschlüssel und lief hinaus.

Als Melanie fünf Minuten später das Schulhaus betrat, hörte sie Jessies Schluchzen. Sie folgte dem Geräusch und fand das Büro der Rektorin.

Kaum hatte sie die Tür geöffnet, rannte Jessie auf sie zu. Melanie kniete sich nieder, nahm das Kind in die Arme und murmelte beruhigende Worte, während sie zu der im Raum anwesenden Frau aufblickte, die Mrs Sinclair sein musste.

„Ich werde sie beide jetzt allein lassen", sagte die Rektorin erleichtert. „In der Zwischenzeit werde ich versuchen, Mr Mikelewski ausfindig zu machen."

Melanie nickte. „Es ist alles in Ordnung, Liebling", tröstete sie das Mädchen. „Ich bin ja jetzt hier. Willst du mir nicht sagen, was passiert ist?"

Jessie schüttelte den Kopf.

„Warum setzen wir uns nicht da drüben auf die Bank?"

„Nein", schluchzte Jessie. „Ich will nach Hause."

„Schatz, ich kann dich nicht nach Hause bringen."

„Warum nicht?"

„Weil die Schule dich nicht mit mir gehen lassen darf. Sie kennen mich doch gar nicht."

Jessie schaute sie mit Tränen in den Augen an. „Aber ich kenne dich", protestierte sie. „Ich habe ihnen doch gesagt, dass du meine Freundin bist."

„Leider reicht das nicht. Wir müssen warten, bis dein Dad kommt. Aber wenn du mir sagst, was passiert ist, kann ich dir vielleicht helfen." Ohne zu fragen, nahm sie das Mädchen auf den Arm und setzte sich mit dem Kind auf dem Schoß hin. Jessie entspannte sich ein wenig in ihren Armen, blieb aber schweigsam.

„Ist in der Klasse etwas passiert?", forschte Melanie.

„Nein", flüsterte Jessie.

„Draußen auf dem Schulhof?"

Jessie nickte, schaute Melanie aber nicht an.

„Hast du dich mit einem deiner Mitschüler gestritten?"

Wieder nickte sie zaghaft.

Melanie wagte einen Vorstoß. „Dich hat jemand beleidigt, nicht wahr?"

Jessie hob den Kopf und schaute sie erstaunt an. „Woher weißt du das?"

99

„Das spielt keine Rolle. Wer war es, und was hat er oder sie zu dir gesagt?"

Jessie schluchzte auf. „Es war Kevin Reed. Er hat behauptet, ich wäre noch ein Baby."

„Und warum sagt er so etwas? Er muss doch einen Grund genannt haben."

„Weil mein Daddy mich immer noch zur Schule bringt und auch wieder abholt. Ich mag es aber, wenn Daddy mich abholt. Deswegen bin ich doch kein Baby, oder?"

„Ach, mein Schatz, natürlich bist du deswegen kein Baby. Ich bin sicher, dass viele Daddys und Moms ihre Kinder in die Schule bringen. Kevin ist einfach nur gemein." Melanie spürte allerdings, dass noch mehr hinter dieser Geschichte stecken musste. „Ist sonst noch was passiert?"

„Hm-hm", gab Jessie zu.

„Was denn?"

„Kevins Dad bringt ihn nicht zur Schule. Deswegen war er so gemein zu mir", erklärte Jessie. „Er hat nämlich gar keinen Dad. Das habe ich ihm auch gesagt, und dann hat er mich geschlagen. Und er hat mich angeschrien, dass ich keine Mom hätte, und das wäre viel schlimmer, als keinen Dad zu haben."

Um Himmels willen! dachte Melanie.

Jessie warf ihr einen flehenden Blick zu. „Kannst du nicht meine Mom sein? Bitte!"

„Ach, Liebes, ich wünschte, ich könnte deine Mutter sein. Du bist ein wunderbares Mädchen, und jede Frau der Welt würde sich glücklich schätzen, deine Mutter zu sein …"

„Warum hat meine Mom mich dann verlassen?", fragte Jessie traurig.

„Ich glaube nicht, dass das eine Entscheidung war, die sie bewusst getroffen hat", versicherte Melanie und hatte das Gefühl, ein Minenfeld zu betreten. „Und es wird sie ganz bestimmt sehr traurig gemacht haben."

„Warum ist sie dann nicht bei mir geblieben?"

„Weil sie nicht konnte", entgegnete Melanie, obwohl ihr kein Grund einfiel, der wirklich überzeugend gewesen wäre. „Manchmal müssen Erwachsene Dinge tun, die schmerzlich sind, weil sie denken, keine andere Wahl zu haben. Das heißt aber noch lange nicht, dass deine Mom dich nicht geliebt hat. Ich wette, dass dein Dad dir das auch schon gesagt hat."

„Ja", gab Jessie kleinlaut zu.

„Wenn er das gesagt hat, kannst du es auch glauben."

„Meine Mom kommt mich niemals besuchen", stieß Jessie hervor. „Ich hätte viel lieber dich als Mom."

Plötzlich wurde Melanie von einem Schmerz erfüllt, der sie zu überwältigen drohte. Hinzu kamen Schuldgefühle, weil sie wusste, dass auch sie dieses kleine Mädchen bald verlassen würde.

„So einfach ist das alles nicht", sagte sie zögernd.

„Warum nicht?"

„Weil die Erwachsenen zu entscheiden haben, ob sie heiraten oder nicht."

„Magst du meinen Dad denn nicht?"

„Oh doch, du hast einen großartigen Dad", versicherte Melanie.

„Ich weiß, dass er dich auch mag", erklärte Jessie überzeugt. „Ich finde, du solltest ihn heiraten, damit du meine Mom werden kannst."

Jessies Hartnäckigkeit beeindruckte Melanie, aber dieses Thema war ihr viel zu heikel. Sie musste das Gespräch unbedingt in eine andere Richtung lenken. „Ich habe gehört, dass du dein Haar geflochten haben willst und dass ich dir die Fingernägel lackieren soll."

Jessies hübsches Gesicht hellte sich sofort auf. „Hat Daddy dich gefragt, ob ich heute zu dir kommen kann?"

„Das hat er."

„Darf ich?"

Melanie nickte, obwohl sie nicht sicher war, wie Mike reagieren würde, wenn er von diesem Vorfall in der Schule hören würde. So verständlich Jessies Reaktion auf die Bemerkungen des Jungen war, so würde sie doch sicherlich mit Konsequenzen rechnen müssen.

„Dann lass uns gehen", drängte Jessie. „Ich will zu dir."

„Ich darf dich nicht mitnehmen", erklärte Melanie zum zweiten Mal, aber ihre Worte stießen auf taube Ohren. Jessies Augen füllten sich erneut mit Tränen.

In diesem Moment betrat Mrs Sinclair den Raum. „Ich habe Mr Mikelewski erreichen können", berichtete sie. „Er ist auf dem Weg hierher. Kann ich Sie allein lassen? Ich hätte noch ein Telefonat zu führen."

Melanie nickte nur. Das kleine Mädchen hatte sich an sie geklammert und schluchzte erneut herzzerreißend. Ich habe mein Bestes gegeben, aber mein Bestes ist offensichtlich nicht genug. Jessie brauchte ihren Vater, das war eindeutig. Melanie strich ihr beruhigend über den Rücken und murmelte tröstende Worte, bis Jessie schließlich die Augen schloss und erschöpft einschlief.

Melanie hielt das Kind in ihren Armen und wiegte es leicht, bis sie Schritte im Korridor hörte. Instinktiv wusste sie, dass es Mike war. Im nächsten Moment öffnete sich die Tür, und Mike stürzte herein. Als er sie sah, atmete er erleichtert auf.

„Ist mit ihr alles in Ordnung?", fragte er, ging vor ihnen in die Hocke und strich Jessie eine Haarlocke aus dem verweinten Gesicht.

„Sie hat so viel geweint, dass sie vor Erschöpfung eingeschlafen ist", erklärte Melanie, als Mrs Sinclair ebenfalls eintrat. Sie schilderte Mike kurz den Vorfall auf dem Schulhof, und er schüttelte verständnislos den Kopf.

„Ich verstehe das nicht", meinte Mike betroffen und schaute Melanie an. „Hast du eine Ahnung, warum sie so reagiert hat?"

Melanie nickte. „Aber ich glaube, wir sollten die Kleine erst mal ins Bett bringen. Wir können später darüber reden."

„Okay, dann lass uns fahren."

„Warten Sie einen Moment", warf Mrs Sinclair scharf ein. „Wie Sie wissen, ist das nicht das erste Mal, dass Jessica sich in der Schule so aufführt. Ich kann es nicht zulassen, dass sie dauernd den geregelten Schulablauf stört. Sollte es noch ein weiteres Mal zu solch einem Vorfall kommen, wird das Konsequenzen haben. Offensichtlich braucht sie mehr Aufmerksamkeit, und wir können so schwierige Kinder hier nicht auffangen."

Mike sah sie empört an. „Sie wollen sie von der Schule verweisen? Sie ist doch erst sechs und kein rebellierender Teenager!"

„Aber sie stellt ein Problem dar, Mr Mikelewski. Ich bereite Sie ja auch nur vor, dass Sie vielleicht die Möglichkeit eines Schulwechsels in Betracht ziehen müssen."

„Ihr ging es doch so viel besser", erklärte er resigniert. „Ich verstehe das nicht."

„Ich glaube, ich verstehe es", meinte Melanie und drückte ihm die Hand. „Komm, lass uns fahren."

Er nickte, nahm Jessie dann auf den Arm und drückte sie zärtlich an sich. „Wir treffen uns bei mir."

Melanie nickte. „Ich fahre hinter dir her."

Eine Viertelstunde später lag Jessie bereits in ihrem Bett und Mike und Melanie saßen am Küchentisch bei einer Tasse Tee. Nachdem Melanie ihm erzählt hatte, was auf dem Schulhof vorgefallen war, tat Kevin ihm sogar leid. Der Junge hatte sich letztendlich nur gewehrt. Beide Kinder litten unter dem Verlust eines Elternteils und hatten wohl nicht begriffen, wie sehr sie sich gegenseitig verletzt hatten.

„Kinder in diesem Alter haben noch keine Ahnung, wie mächtig Worte sein können. In ihrer Grausamkeit liegt keine böse Absicht", sprach Melanie aus, was Mike dachte.

„Es ist alles meine Schuld", warf sich Mike vor.

„Wie kommst du denn darauf?"

„Ich hätte Linda zwingen sollen, sich von den Drogen abzuwenden. Ich hätte irgendetwas tun müssen, damit Jessie ihre Mutter behält."

„Und das wäre?", fragte Melanie skeptisch. „Was hättest du denn tun können?"

Er fuhr sich nervös mit der Hand durchs Haar. „Ich habe keine Ahnung."

„Du kannst niemandem helfen, der sich nicht helfen lassen will", erinnerte Melanie ihn. „Offensichtlich wollte deine Frau nicht wieder in ihr normales Leben zurück."

„Vielleicht sollte ich sie jetzt aufsuchen", begann er verzweifelt, einen Weg zu suchen, obwohl er ahnte, dass dies nicht die richtige Lösung war. „Vielleicht würde sie jetzt auf mich hören."

Melanie starrte ihn fassungslos an. „Ist es das, was du willst? Willst du, dass deine Frau zurückkommt?"

„Nein, natürlich nicht", antwortete er, ohne zu zögern. „Das ist sogar das Letzte, was ich will. Aber ich will, dass Jessie ihre Mutter zurückhat. Ich möchte, dass Jessie ein glückliches, sorgenfreies Kind ist. Jedes Kind hat ein Recht darauf, auch sie."

„Das wird sie auch sein", versicherte Melanie. „Es braucht nur ein wenig Zeit und Geduld."

„Du hast Mrs Sinclair doch gehört. Die Zeit läuft uns davon."

„Rede mit der Lehrerin. Erklär ihr die Situation. Sprich auch mit Kevins Mutter. Sie ist ebenfalls alleinerziehend und wird dein Problem verstehen. Sie kann sicherlich Einfluss auf Kevin nehmen, damit er Jessie in Zukunft in Ruhe lässt."

„Aber wenn es nicht Kevin ist, kommt etwas anderes", sagte Mike resigniert. „Jessie kann schlecht mit Enttäuschungen umgehen. Ihre Frustrationsschwelle ist sehr niedrig. Es reicht schon, wenn sie nicht den Farbstift bekommt, den sie will." Er schaute Melanie an und sah das Mitgefühl in ihren Augen.

„Es tut mir so leid", erklärte sie. „Ihr beide habt es wirklich nicht einfach."

„Mir tut es leid, dass du da mit hineingezogen wirst. Wieso bist du eigentlich in der Schule gewesen?"

„Jessie hat nach mir gefragt", berichtete Melanie.

„Wirklich?" Mike war nicht sicher, wie er diese Information einzuordnen hatte. Jessie vertraute normalerweise niemandem außer ihm. Ihre Beziehung zu Melanie musste bereits intensiver sein, als er angenommen hatte.

Melanie sah ihn besorgt an. „Mrs Sinclair hat mich angerufen. Was ist los? Ist es dir nicht recht, dass ich zu Jessie gefahren bin?"

„Im Gegenteil, ich bin sogar sehr froh, dass du dich um sie gekümmert hast. Ich habe noch nicht mal daran gedacht, dass ich in dem Gebiet, in dem ich jetzt einen Auftrag annahm, nicht zu erreichen bin."

Melanie schüttelte den Kopf. „Mach dir nur keine Vorwürfe. Du bist ein vorbildlicher Vater. An alles kann man nicht denken. Ich bin glücklich, dass ich helfen konnte."

„Zumindest siehst du jetzt, warum ich mich auf keine Beziehung einlassen will. Ich kann niemanden mit dieser Situation belasten. Jessie ist einfach zu schwierig. Es ist klug von dir, wieder abzureisen."

Melanie sah ihn ungläubig an. „Du glaubst, Jessie wäre eine Belastung für mich? Oder gar der Grund, warum ich nicht bei dir bleiben will?"

„Liegt das nicht klar auf der Hand?"

„Nicht für mich. Jessie hat einige Probleme, das stimmt, aber sie ist ein wunderbares, aufgewecktes Mädchen. Jede Frau könnte sich glücklich schätzen, euch beide zu bekommen."

„Wie kannst du das sagen, nach allem, was heute passiert ist?"

„Weil es die Wahrheit ist", betonte sie. „Du lieber Himmel, Mike, niemand ist perfekt. Es gibt keine Beziehung, in der stets alles glatt läuft. Es gibt immer irgendwelche größeren oder kleineren Probleme. Vor allen Dingen, wenn man Kinder hat. Es gibt keine Eltern, die sich noch nie wegen ihrer Kinder die Haare gerauft haben. Aber wenn man diese Schwierigkeiten gemeinsam meistert, macht das eine Beziehung nur noch stärker."

Mike wusste, dass sie ihn trösten wollte, aber er war nicht überzeugt. Niemand legt sich gern freiwillig eine Bürde auf. Die meisten flüchteten. Das hatte Linda getan, indem sie sich für die Drogen und gegen ihr Kind und ihre Ehe entschieden hatte. Und das hatte er getan, als er mit Jessie in eine andere Stadt zog und nicht mehr um Linda gekämpft hatte.

Vielleicht war Melanie eine stärkere Persönlichkeit. Vielleicht würde sie die ersten Hürden mit Jessie nehmen können. Aber er bezweifelte, dass das auf Dauer funktionieren könnte.

„Hör zu, Jessie wird bald aufwachen", meint er etwas zu schroff. „Vielleicht ist es besser, wenn du jetzt gehst."

Melanie schaute ihn einen Moment lang an, als ob sie ihm widersprechen wollte, doch dann erhob sie sich und ging mit traurigem Gesicht auf die Tür zu.

Mike hoffte, dass sie das Haus verlassen würde, bevor seine Gefühle überhandnahmen, aber er hatte zu früh gehofft. Kurz vor der Tür blieb sie stehen, umarmte ihn und küsste ihn fest auf den Mund. Es war nur ein kurzer Kuss, aber sein Herz schlug trotzdem schneller.

„Ich erwarte dich morgen nach der Schule mit Jessie", erklärte sie ruhig.

Er runzelte die Stirn. „Wieso?"

„Sie und ich haben doch eine Beauty-Session geplant. Da heute kein guter Tag dafür ist, verschieben wir das eben auf morgen. Ich werde das Versprechen, das ich ihr gegeben habe, nicht brechen." Sie warf ihm einen warnenden Blick zu. „Und du auch nicht."

„Komm schon, Melanie", protestierte er. „Willst du das wirklich noch durchziehen?"

„Natürlich", erwiderte sie bestimmt. „Jetzt erst recht. Ich erwarte euch um halb vier." Sie warf ihm einen strengen Blick zu. „Enttäusche deine Tochter nicht."

Das ist jetzt wirklich die Höhe, dachte Mike. Sie wusste genau, dass er Jessie nie enttäuschen würde.

„Wir werden pünktlich da sein", versicherte er schließlich.

Melanie strahlte ihn an. „Gut, ich freue mich schon."

Und dann hatte sie das Haus verlassen und ließ ihn mit dem seltsamen Gefühl zurück, dass er alles falsch begriffen hatte. Die Ereignisse des heutigen Tages schienen sie nicht abgeschreckt, sondern sogar ermutigt zu haben, sich auf ihn und Jessie einzulassen.

Trotz seines Kummers trat ein zaghaftes Lächeln auf sein Gesicht. Hatte er vielleicht einen Grund zu hoffen? Trotz des grauen Tages wirkte seine Küche plötzlich ein kleines bisschen heller.

11. KAPITEL

Melanie war immer noch entrüstet, als sie von Mike nach Hause zurückkam. Die Unterstellung, dass Jessie eine zu große Belastung für sie sein könnte, war einfach lächerlich. Dieser Mann war ein Idiot! Er war zwar ein liebevoller, fürsorglicher Vater, aber dennoch war er ein Idiot. Wie kam er nur auf den Gedanken, dass dies ein Grund sein könnte, warum sie nicht mit ihm zusammen sein wollte? Für wie oberflächlich hielt er sie eigentlich?

Sie konnte nicht sagen, dass ihre Wut mittlerweile ganz verflogen war, aber sie hatte über einiges nachgedacht. Ihr war inzwischen bewusst geworden, dass Mike einfach Angst hatte, erneut verlassen zu werden. Er hatte eine große Enttäuschung erlebt und sehr viel Verantwortung tragen müssen. War es da ein Wunder, dass er niemandem mehr Vertrauen schenkte?

Melanie seufzte und setzte sich ans Küchenfenster. Nein, sie war ja selbst so verletzt worden, dass sie keinem Mann mehr vertraute. Sie musste ihm Zeit geben. Als es schließlich pünktlich um fünfzehn Uhr dreißig klingelte, ging sie zur Tür und lächelte.

„Du kannst gerne bleiben, wenn du möchtest", erklärte sie freundlich, als Mike seine Tochter zur verabredeten Beauty-Session ablieferte. Sie spürte, wie bedrückt er war und dass er Jessie nur ungern allein ließ.

„Das kommt gar nicht infrage", lehnte er ab. „Ich bin sicher, dass ihr beide euch gut alleine amüsieren werdet."

„Das werden wir", versicherte Melanie ihm. „Und ich habe deine Handynummer. Ich werde dich anrufen, wenn irgendetwas sein sollte."

Er nickte. „Ich bringe dann später eine Familienpizza mit", versprach er. „Danke, dass du dir die Zeit für Jessie nimmst."

„Das mache ich gern", erwiderte Melanie. „Wir werden bestimmt viel Spaß haben."

Er wollte gehen, zögerte aber noch. „Wenn sie müde ist, kann sie ganz schön anstrengend werden."

Melanie sah echte Besorgnis in seinem Blick und spürte, wie sie ihn deshalb ins Herz schloss. Beruhigend legte sie die Hand auf seinen Arm. „Wir kommen schon klar", versicherte sie. „Ich werde Geduld mit ihr haben."

„Das weiß ich. Es ist nur so, dass ich sie nicht oft bei Fremden lasse."

„Ich bin keine Fremde."

„Ich weiß, und sie wollte auch unbedingt zu dir. Sie hatte schon

Angst, dass du sie nach dem gestrigen Vorfall nicht mehr bei dir haben willst."

„Mike, hör auf, dir Sorgen zu machen. Sie bleibt nur zwei Stunden bei mir, und da wir viel zu tun haben, wird die Zeit nur so verfliegen."

„Zwei Stunden", bestätigte er. „Ich verspreche euch, dass ich nicht länger fort sein werde. Ich habe es ihr gesagt, aber vielleicht braucht sie noch eine Rückversicherung."

„Ich werde es ihr noch mal sagen."

Er schien immer noch nicht beruhigt zu sein. „Vielleicht sollte ich doch dableiben. Ich könnte im Garten arbeiten und wäre zur Stelle, wenn irgendein Problem auftaucht."

Melanie spürte, wie schwer es ihm fiel, seine Tochter allein zu lassen. „Du kannst natürlich bleiben", erklärte sie. „Aber es würde dir guttun, mal etwas ohne Jessie zu machen."

„Ja, wahrscheinlich. Sie ist kein Kleinkind mehr", stellte er mit eigenartig trauriger Stimme fest.

Melanie musste ein Lächeln unterdrücken. „Nein, das ist sie nicht, aber sie wird noch eine ganze Weile dein kleines Mädchen bleiben."

Er lächelte. „Also gut, dann gehe ich jetzt. Ich werde mich wohl daran gewöhnen müssen, dass sie mich nicht mehr dauernd braucht."

Melanie nickte. „So ist es. Ich verspreche dir, dass ich gut auf sie aufpassen werde."

Sie schaute ihm nach, als er zum Wagen ging, aber erst als er losfuhr, wurde ihr klar, was gerade passiert war. Mike hatte ihr soeben das Wertvollste anvertraut, was er in seinem Leben besaß.

Die vielen Zweifel, die sie bisher gequält hatten, waren schlagartig verschwunden. Gerührt darüber, dass er ihr so viel Vertrauen schenkte, brach auch noch die letzte Mauer um ihr Herz zusammen. Sie liebte ihn, das wurde ihr plötzlich bewusst, und es gab kein Zurück mehr.

Als Mike zwei Stunden später mit einer Riesenpizza vor der Tür stand, fand er Jessie und Melanie in bester Laune vor. Die Haare seiner Tochter waren hübsch geflochten und ihre Nägel pinkfarben lackiert. Den Lippenstift hätte er ihr am liebsten sofort wieder abgewischt, doch er wollte kein Spielverderber sein. Schließlich hatte sie eine kleine Federboa um den Hals gewickelt, und ihre kleinen Füße steckten in roten Pumps, die ihr viel zu groß waren. Er konnte verstehen, dass man zu diesem Outfit einen Lippenstift brauchte.

Jessies Augen glänzten vor Glück, aber Mike spürte trotz seiner

Freude einen kleinen Stich in seinem Herzen, weil nicht er es war, der Jessie so glücklich gemacht hatte. Rasch jedoch verdrängte er diesen kindischen Gedanken und flüsterte Melanie ein Dankeschön zu, bevor er seine Tochter in den Arm nahm.

„Wow, du hast dich ja in eine wunderschöne junge Dame verwandelt", schwärmte er. „Wo ist denn mein kleines Mädchen geblieben?" Mit gespielter Strenge schaute er zu Melanie hinüber. „Raus mit der Sprache. Was hast du mit ihr getan?"

„Hier gibt es keine kleinen Mädchen", zog Melanie ihn auf. „Stimmt's, Jessie?"

„Ja genau, es gibt nur mich, Daddy. Aber ich darf mich nur so verkleiden, wenn ich hier bei Melanie bin", erklärte sie pflichtbewusst und schaute ihn dann erwartungsvoll an. „Darf ich oft hierher kommen?"

Mike schaute zu Melanie hinüber. „Das ist etwas, was ich noch mit Melanie besprechen muss."

„Frag sie jetzt gleich", forderte Jessie ihn auf.

„Nein", lehnte er entschlossen ab. „Wir essen erst mal die Pizza, bevor sie kalt wird."

„Aber …"

„Kein Aber, oder du darfst morgen nicht bei Lyssa übernachten."

Jessie sah ihn erstaunt an. „Wollen Jeff und Pam denn, dass ich bei ihnen schlafe?"

„Natürlich. Jeff hat gesagt, dass sich Lyssa schon wie verrückt freut." Mike hatte in der Pizzeria seinen Freund Jeff getroffen, und der hatte gemeint, dass es an der Zeit sei, Melanie mal vernünftig auszuführen. „Pizza allein reicht nicht, wenn du tatsächlich das Herz dieser Frau erobern willst", hatte er augenzwinkernd bemerkt und ihm angeboten, dass Jessie bei seiner Tochter übernachten könnte.

Jessie sah ihn nachdenklich an. „Ich freue mich auch, aber bist du dann nicht allein, Daddy?"

Mike schaute zu Melanie hinüber und hielt ihren Blick, bis eine zarte Röte auf ihren Wangen erschien. „Ich glaube nicht", murmelte er.

„Ich habe eine Idee", rief Jessie begeistert. „Du kannst ja bei Melanie schlafen, dann bist du auch nicht allein."

Mike hielt ein Stöhnen zurück. Kindermund! „Mach dir mal keine Sorgen um mich, Jessie. Ich habe für den Abend meine eigenen Pläne."

„Aber …"

Er warf ihr einen warnenden Blick zu. „Jessie!"

Sie seufzte. „Ich will ja nur, dass Melanie meine Mommy wird."

Mike sah zu Melanie hinüber und bemerkte, dass das Rot auf ihren Wangen dunkler geworden war. Und er fand sogar, dass so etwas wie Panik in ihren Augen aufgeflackert war. Offensichtlich war sie noch nicht offen für die Tatsache, dass er langsam genau wie seine Tochter zu denken begann. Er war inzwischen bereit, Jessie die neue Mommy zu geben, von der sie träumte. Denn er konnte sich nicht mehr vorstellen, dass Melanie jemals wieder aus seinem Leben verschwinden würde.

12. KAPITEL

*I*ch hätte mich niemals damit einverstanden erklären sollen, heute Abend mit Mike auszugehen, dachte Melanie, während ihr Herz raste und sich ihr Magen krampfhaft zusammenzog. Sie war nicht bereit, die Art von Gespräch zu führen, die Mike offensichtlich im Sinn hatte. Ganz besonders nicht, da seine Motive bestimmt nichts mit Liebe, sondern nur mit Jessie zu tun hatten. Er würde ihr die verlockendsten Versprechungen machen, alles, was sie sich schon immer gewünscht hatte – ein Zuhause, eine Familie –, und sie würde trotzdem Nein sagen müssen, weil er das Wichtigste von allem nicht bieten konnte: Liebe.

Aber vielleicht übertrieb sie jetzt. Vielleicht bildete sie sich ja alles bloß ein, und er wollte tatsächlich nur einen netten Abend mit ihr verbringen. Vielleicht hatte das Glitzern in seinen Augen nur etwas mit Sex und nichts mit einer festen Beziehung zu tun.

Sie hatte sich bereits wieder etwas beruhigt, als er ihr erklärte, dass sie den Abend bei ihm zu Hause verbringen würden.

„Ich habe ein Hähnchen in der Backröhre", verkündete er stolz. „Und zwar auf italienische Art. Ich hoffe, das magst du. Ich habe mich strikt an das Rezept gehalten."

„Hört sich gut an", erwiderte sie ehrlich. „Ich liebe die italienische Küche."

Sie waren schweigsam, als sie zu seinem Haus fuhren, aber es war ein angenehmes Schweigen. Melanie spürte, wie die Erregung langsam stieg. Sie hatte Sehnsucht nach Mikes Küssen, nach seinen Zärtlichkeiten und nach seinen Umarmungen.

„Hast du Jessie zu Jeff und Pam gebracht?", fragte sie.

„Ja, es ist das erste Mal, dass sie woanders übernachtet. Ich hoffe, es geht gut."

„Und wie fühlst du dich?", fragte Melanie.

Er schüttelte den Kopf. „Ich weiß, es ist lächerlich, aber wir waren so viele Jahre so eng miteinander verbunden, dass sie mir schon fehlt, obwohl ich sie erst vor knapp einer Stunde weggebracht habe."

„Das ist ganz normal", beruhigte Melanie ihn. „Das ist einer von vielen Abnabelungsprozessen, die du noch erleben wirst. Und ihr werdet sie beide mit Bravour bestehen." Sie lächelte. „Außerdem werde ich mein Bestes tun, um dich heute Nacht abzulenken."

„Das wird dir perfekt gelingen, da habe ich gar keine Bedenken", versicherte er ihr, parkte seinen Lastwagen und half ihr beim Aussteigen. Dann legte er die Hände um ihr Gesicht und küsste sie.

„Vielleicht sollten wir erst ins Haus gehen", schlug Melanie schließlich atemlos vor.

Er lachte. „Ja, das wäre vielleicht besser." Und ehe sie sich's versah, hatte er sie auf die Arme genommen und ging mit entschlossenen Schritten auf die Haustür zu.

„Kannst du es plötzlich nicht mehr erwarten?"

„Liebling, ich kann es schon nicht mehr erwarten, seit wir uns das letzte Mal geliebt haben."

Neugierig sah sie ihn an. „Warum hast du mir das nicht gezeigt?"

„Weil das nur Komplikationen gegeben hätte."

„Und jetzt?"

„Ich denke, dieses Mal bekommen wir alles geregelt."

Melanie wünschte sich, sie wäre nur halb so sicher wie er. Doch noch bevor sie ihre Besorgnis äußern konnte, hatten sie sein Schlafzimmer erreicht. Er legte sie aufs Bett, und die Leidenschaft, die sie in seinem Blick las, ließ sie verstummen.

„Ist es nicht wunderbar, dass wir die ganze Nacht für uns haben?", murmelte er und knöpfte ihr die Bluse auf. „Ich möchte mir ganz viel Zeit lassen. Ich möchte jeden Zentimeter deines Körpers kennenlernen und dich verwöhnen." Dann strich er mit den Fingern über die Spitzen ihrer Brüste, bis sie fest und hoch aufgerichtet waren. „Du bist unglaublich", flüsterte er rau. „Ich habe nie eine schönere Frau gesehen."

Melanie versuchte zu antworten, aber ihr stockte der Atem, als er sich vorbeugte und eine Brustspitze mit den Lippen umschloss. Unwillkürlich hob sie ihm die Hüften entgegen.

„Vergiss das mit dem Sich-Zeit-Lassen", stieß sie flüsternd hervor. „Das kannst du beim zweiten oder dritten Mal machen, aber ich will dich jetzt, Mike. Bitte!"

Ein Lächeln erschien auf seinem Gesicht. „Wie kann ich Nein sagen, wenn du so süß bittest."

Mit wenigen geschickten Bewegungen zog er sich Hose sowie Slip und dann Melanie den Tanga aus. Kurz darauf drang er mit einem einzigen Stoß in sie ein.

Sie stöhnte leise auf und hatte das Gefühl, vor Lust ohnmächtig zu werden, als er sich in ihr zu bewegen begann. Nie zuvor hatte sie so viel Lust empfunden, nie zuvor so viel Leidenschaft erlebt. Er erstickte ihren Schrei mit einem Kuss, und als sie beide den Höhepunkt erreichten, wurde Melanie von solch einer Glückseligkeit erfüllt, dass sie Raum und Zeit vergaß. Es gab nur noch diesen Mann, diesen Moment und die wunderbaren Gefühle, die er in ihr zu wecken verstand.

Eine Stunde später lag Mike glücklich und erschöpft auf dem Rücken und spürte, wie Melanie ihn leicht in die Rippen stupste. „Ich kann nicht mehr", gab er zu und griff nach ihrer Hand.

Sie lachte. „Ach komm, so unersättlich bin ich nun auch wieder nicht. Aber ich habe Hunger. Wenn wir Pech haben, ist das Hähnchen inzwischen verbrannt."

„Ich habe die Temperatur in weiser Voraussicht nicht so hoch eingestellt. Wenn wir Glück haben, schmeckt es noch."

„Hauptsache, es ist nicht ganz verkohlt."

Er lächelte. „Du hast wirklich Hunger, nicht wahr?"

„Ich bin fast am Verhungern. Guter Sex macht nun mal Appetit."

„Ah, du willst mir schmeicheln. Du weißt, wie man einen Mann motiviert", scherzte er und zog sie an sich.

„Ich habe im Moment keinen Sex im Kopf", stellte sie ungeduldig fest und befreite sich aus seiner Umarmung. „Ich will, dass du aufstehst und in die Küche gehst."

„Dann hast du die falsche Taktik angewandt."

Sie sah ihn neugierig an. „Was hätte ich denn tun müssen?"

„Du hättest den Schokoladenkuchen erwähnen müssen, den Pam, die Frau von Jeff, mir mitgegeben hat."

„Oh Mann, und das sagst du erst jetzt?", rief Melanie, stieg aus dem Bett und ergriff sein T-Shirt, das auf dem Boden lag.

Mike lachte. „Da du schon auf bist, kannst du ja alles auf einem Tablett hierher bringen."

„Träum ruhig weiter. Der Kuchen gehört mir", meinte sie und lief aus dem Zimmer.

Mike lachte, zog seine Jeans an und folgte ihr. Als er die Küche betrat, hatte sie bereits herzhaft von einem Stück Schokoladenkuchen abgebissen.

„Vorsicht, du wirst dir den Appetit fürs Abendessen verderben", bemerkte er.

„Das glaube ich kaum. Ich habe in den Backofen geschaut, das Hähnchen sieht nicht so aus, als ob es genießbar wäre."

„Dann schiebe ich uns eine gefrorene Lasagne in die Mikrowelle. Wie hört sich das an?"

„Großartig", fand Melanie und setzte sich auf einen Stuhl. Sein Hemd bedeckte nur den Ansatz ihrer Oberschenkel, und Mike hatte Mühe den Blick abzuwenden. Sie lachte. „Mike, die Lasagne!"

„Was?"

„Na, du musst die Lasagne aus der Tiefkühltruhe holen."

Er seufzte, holte die Lasagne aus dem Eis und stellte sie in die Mikrowelle. Dann gab er die Salatsoße über den Salat, den er schon zubereitet hatte, und nahm Melanie den Schokoladenkuchen weg. Sie protestierte nicht, schloss aber die Augen und genoss den letzten Bissen.

„Dieses Rezept brauche ich unbedingt, damit Maggie es in ihrem Journal veröffentlichen kann. Sie wird von den Frauen als Göttin des Schokoladenkuchens verehrt werden."

Mike lachte. „Ist das ein erklärtes Ziel deiner Schwester?"

„Eigentlich nicht, aber ein bisschen Bewunderung tut jedem gut."

„Möchtest du verehrt werden?"

„Nicht von der Masse, aber vielleicht von einem ganz bestimmten Menschen."

Mike fragte sich, ob jetzt der Zeitpunkt gekommen sei, die Frage zu stellen, die in seinem Kopf herumgeisterte, seit er sie am Tag zuvor mit Jessie gesehen hatte. Nur Mut, dachte er, jetzt oder nie.

„Jessie verehrt dich", begann er.

Melanie hob den Kopf und sah ihn an. „Sie ist ein wunderbares Kind", sagte sie, aber Vorsicht schwang in ihrer Stimme mit.

Mike nahm all seinen Mut zusammen und wagte sich noch einen Schritt weiter vor. „Könntest du dir etwas Beständiges vorstellen?"

Alarmiert sah sie ihn an. „Was denn zum Beispiel?", fragte sie misstrauisch.

„Keine Panik. Ich werde nicht fragen, ob du ihr Kindermädchen werden willst", versicherte er. „Ich dachte mehr an die Rolle der Mom. Würdest du uns heiraten?"

Einen Moment, der ihm wie eine Ewigkeit erschien, guckte sie ihn einfach nur an. „Weil Jessie das möchte?"

„Nein, weil ich es möchte. Weil ich davon überzeugt bin, dass du hier glücklich werden würdest. Weil ich glaube, dass ich dich glücklich machen könnte."

„Du hast mit keinem Wort die Liebe erwähnt."

Mike zögerte. Er wusste, dass Frauen schöne Worte hören wollten, aber er glaubte nicht an Liebe. Selbst jetzt nicht. Die sogenannte Liebe hatte nichts als Leid in sein Leben gebracht.

Offensichtlich sprach sein Schweigen Bände, denn Melanie schüttelte den Kopf und erhob sich. „Ich muss gehen", erklärte sie und sah plötzlich unendlich traurig aus.

„Jetzt?", fragte er ungläubig. „Du willst gehen? Warum?"

„Weil das mit uns nie funktionieren könnte. Das habe ich jetzt verstanden."

„Was funktioniert denn nicht? Wir haben uns stundenlang geliebt. Ich habe gerade um deine Hand angehalten", rief er verständnislos.

„Für Jessie", erinnerte sie ihn. „Nicht für dich oder für mich. Und das reicht nicht. Ich will mehr, Mike. Ich will alles. Weißt du, als ich hierher kam, war ich wie du. Ich war sicher, dass es wahre Liebe gar nicht gibt, zumindest nicht so, wie es in den Romanen geschrieben steht. Doch ich habe einen schwachen Schimmer von dem mitbekommen, wie es sein kann, und ich beginne zu glauben, dass es Liebe eben doch gibt."

Mike wünschte sich, er könnte ihre Überzeugung teilen. „Ich kann dir nicht geben, was du willst", stellte er schweren Herzens fest.

Doch noch als er die Worte aussprach, sah er, was sie sah – eine Zukunft voller Glück, weil sie zusammen waren. Er wollte danach greifen, wollte verzweifelt glauben, dass alles möglich war.

Aber Melanie war bereits aus der Küche gelaufen und hatte ihn zurückgelassen. Sie war nicht die erste Frau, die ihn zurückließ, aber es schmerzte wie noch nie zuvor.

Zum ersten Mal in seinem Leben spürte er, was Verzweiflung und Einsamkeit wirklich bedeuteten.

13. KAPITEL

Mike wusste, dass er zu Jeff und Pam fahren musste, um Jessie abzuholen, aber es fiel ihm schwer. Er befürchtete, dass man ihn mit tausend Fragen bombardieren würde, Fragen, die er nicht beantworten konnte und nicht beantworten wollte. Er war nicht sicher, ob er das Mitleid in Pams und Jeffs Augen ertragen könnte, wenn er ihnen gestand, dass Melanie seinen Antrag abgelehnt hatte.

Er hatte auch Angst davor, dass die beiden ihn auslachen würden, wenn er gestand, dass er so dämlich gewesen war und im Namen von Jessie um Melanies Hand angehalten und nichts von seinen eigenen Gefühlen preisgegeben hatte. Er wusste immer noch nicht, was ihn abgehalten hatte, ihr seine Liebe zu gestehen. Aber es musste Angst gewesen sein. Diese Angst, die ihn seit Jahren davon abgehalten hatte, sich einer anderen Frau zu öffnen.

Selbst wenn ihm bewusst war, dass er ihr den Heiratsantrag niemals im Namen von Jessie hätte machen dürfen, fühlte er sich zurückgewiesen. Auch Linda hatte ihn nicht gewollt. Er war Linda nicht gut genug gewesen, und mit Melanie war es jetzt genauso.

Noch während er all dieses dachte, wurde ihm klar, wie lächerlich seine Gedanken waren. Linda hatte ihn nicht verlassen, weil er nicht gut genug für sie war, sondern weil sie drogenabhängig war. Und was Melanie betraf, so spürte er, dass sie anders reagiert hätte, wenn er ihr sein Herz geöffnet hätte.

Als er das Haus von Jeff und Pam erreichte, ging er langsam zur Tür und wappnete sich. Glücklicherweise war es Jeff, der ihm die Tür öffnete. Pams prüfenden Blick hätte er jetzt nicht ertragen.

„Du siehst erschöpft aus. Ich nehme das als ein gutes Zeichen", stellte Jeff fest.

„Leider liegst du falsch", erwiderte Mike. „Wo ist Jessie?"

Jeff sah ihn prüfend an. „Sie ist draußen mit Lyssa. Sie schwimmen. Heute ist ein wundervoller Tag, falls du es noch nicht bemerkt haben solltest. Ich könnte dir eine Badehose leihen, wenn du Lust auf eine Abkühlung hast. Aber komm erst mal rein. Pam und ich frühstücken gerade. Es ist noch genug für dich da."

„Nein, danke", erwiderte Mike kurz. „Ich will nur Jessie abholen und verschwinden. Sie hat euch bestimmt schon genug genervt."

„Eigentlich hat sie sich wie ein kleiner Engel benommen", meinte

Jeff und betrachtete stirnrunzelnd seinen Freund. „Du bist derjenige, der mir Sorgen macht. Was ist los? Ist etwas zwischen dir und Melanie passiert?"

Mike warf ihm einen finsteren Blick zu. „Hör zu, spiel jetzt nicht den Einfühlsamen. Du bist nicht gut in dieser Rolle."

Da sie sich lange genug kannten, fühlte Jeff sich durch Mikes Worte nicht angegriffen. Er schüttelte nur den Kopf. „Jetzt mache ich mir wirklich Sorgen. Soll ich Pam holen?"

„Du meine Güte, nein!", rief Mike entsetzt. „Bitte, sei ein Freund. Hol mir Jessie, und verrate nicht, dass etwas nicht stimmt."

„Pam reicht ein Blick, und sie weiß alles", warnte Jeff ihn. „Vielleicht solltest du noch mal zu Melanie fahren und die Sache in Ordnung bringen."

„Auf keinen Fall", entgegnete Mike mürrisch. „Würdest du jetzt bitte Jessie holen, oder muss ich es selbst tun?"

Jeff zögerte nur einen Moment und seufzte dann. „Wie du willst, Mann."

Eine Minute später hörte Mike Jessies Protest. Er stöhnte leise, er hätte wissen müssen, dass heute nichts glatt lief.

Bevor er noch in den Garten gehen konnte, kam Pam schon wie ein Wirbelwind auf ihn zu. „Warum willst du Jessie unbedingt mitnehmen, wenn sie gerade so viel Spaß hat?", fragte sie. „Und warum stehst du hier an der Tür herum und holst sie nicht selbst?"

Mike ignorierte die zweite Frage, da er schlecht sagen konnte, dass er es hatte vermeiden wollen, ihr unter die Augen zu treten. „Ich bin gekommen, weil es für Jessie Zeit wird, nach Hause zu gehen", behauptete er.

Pam schaute ihn ebenso prüfend an, wie Jeff es kurz zuvor getan hatte. „Aber nicht, wenn du so üble Laune hast", betonte sie. „Ich werde Jessie sagen, dass sie bleiben kann, und du und ich werden uns mal ernsthaft aussprechen."

„Nein, das tun wir nicht", widersprach Mike heftig. „Ich meine, Jessie kann bleiben, aber ich werde kein Wort mit dir reden."

Pam schaute ihn streng an. „Du bleibst", befahl sie und ging dann, um Jessie die gute Nachricht zu bringen.

Mike sah ihr nach, schnaubte ärgerlich und drehte sich um. Jessie war in guten Händen, und Pam hatte in einem Punkt recht: Er hatte wirklich üble Laune. Er musste unbedingt körperlich arbeiten, damit er seinen Frust los wurde. Also entschied er sich, nicht zu bleiben.

Instinktiv fuhr er zu Melanie, so wie er es in der letzten Zeit oft getan hatte. Er brauchte sie ja nicht zu sehen. Nein, er wollte sie ganz bestimmt nicht sehen. Er konnte Unkraut jäten, das Wachstum der neuen Pflanzen überprüfen und ein wenig Dünger verteilen. Mit etwas Glück war Melanie sogar nicht mal zu Hause.

Aber natürlich war sie da. Er konnte ihren Blick durchs Fenster auf sich spüren, doch sie kam nicht aus dem Haus. Als er die Anspannung nicht länger ertragen konnte, seufzte er, stieg in seinen Laster und fuhr davon.

Das erste Mal in seinem Leben hatte ihn seine Arbeit noch nervöser und fahriger gemacht, statt ihn zu beruhigen. Aber er wusste aus bitterer Erfahrung, dass gegen Liebeskummer nur harte Arbeit half.

Nur weil Melanie ihn verließ, bedeutete das noch lange nicht, dass sie ihr gemeinsames Projekt aufgeben mussten. Er würde nächste Woche und die Woche darauf wiederkommen, denn er hatte ihr und der verstorbenen Großmutter ein Versprechen gegeben. Er machte nicht mehr viele Versprechen, aber die, die er gab, hielt er auch.

Ärgerlich wischte Melanie sich die Tränen aus dem Gesicht. Warum war Mike heute eigentlich gekommen? War es seine Absicht, sie noch unglücklicher zu machen, als er es gestern bereits getan hatte? Und wo war Jessie? Melanie hatte sich daran gewöhnt, die beiden in ihrem Garten zu haben. Mike brachte Jessie bei, wie man die jungen Pflanzen in die schwere, schwarze Erde setzte und wie man dafür sorgte, dass sie wachsen und gedeihen konnten. Jessies hellem Kinderlachen war es immer gelungen, Melanies Herz leichter werden zu lassen. Sie hätte das heute gut gebrauchen können.

Es war jedoch klar, warum er Jessie nicht mitgebracht hatte. Seine Tochter hätte viel zu viele Fragen gestellt, warum ihr Vater und sie sich kaum noch anschauten und erst recht nicht mehr miteinander redeten. Das hätte die ohnehin angespannte Situation noch unerträglicher gemacht.

Heute hatte er allein gearbeitet, und zwar so verbissen und angestrengt, als ob er etwas vergessen wollte. Melanie wusste natürlich genau, was er vergessen wollte. Es war dasselbe, was sie quälte. Verdammt, warum musste Mike sich auch weigern, das zu sehen, was direkt vor seiner Nase war. Sie liebte ihn. Auch wenn sie es nicht ausgesprochen hatte, er musste es doch gespürt haben! Aber nein, er machte ihr einen Antrag, bei dem es nur darum ging, eine Mutter für Jessie zu sein. Nun, das konnte er jetzt vergessen. Darauf konnte und würde sie nicht eingehen.

Als das Telefon klingelte, nahm sie mürrisch den Hörer ab. „Was ist?"

„Du hörst dich wirklich gut gelaunt an", meinte Maggie zynisch. „Vielleicht sollte ich später wieder anrufen, wenn deine Stimmung sich gebessert hat."

„Das könnte Wochen dauern", zischte Melanie.

„Nanu? Was ist denn passiert?"

„Nichts, ich will nicht darüber reden."

„Kann es sein, dass die Beziehung zu dem gut aussehenden Gärtner nicht so läuft, wie du gerne möchtest?"

„Er ist kein Gärtner. Er ist Landschaftsarchitekt."

„Was auch immer."

„Warum rufst du an? Wolltest du mich nur ein wenig ärgern?"

„Eigentlich rufe ich dich an, weil bei mir eine Stelle frei wird, und zwar im Marketingbereich."

Melanie sank auf einen Küchenstuhl. „Du machst wohl Witze, was?"

Sie war nicht sicher, was sie mehr erstaunte. Die Tatsache, dass ihre Schwester den idealen Job bei einer angesehenen Zeitschrift für sie gefunden hatte oder dass sie dann mit ihrer Schwester tagtäglich zusammenarbeiten würde. Maggie hatte immer gern ihr eigenes Reich gehabt. Und sie liebte es von allen vieren am wenigsten zu teilen. Aber sie liebte ihre Schwestern und würde alles tun, um ihnen zu helfen. Dieses Angebot war der Beweis dafür.

„Damit würde ich keine Witze machen."

„Bist du sicher, dass es dir angenehm wäre, wenn ich mit dir zusammenarbeiten würde?"

„Solange du mir nicht reinredest, wie ich den kulinarischen Teil gestalten soll, werden wir bestimmt gut miteinander auskommen", erwiderte Maggie trocken. „Komm schon, Schwesterherz. Dieser Job ist perfekt für dich. Es ist die Stelle direkt unter der Marketingleiterin, allerdings sind nur drei Leute in der Abteilung. Aber das ist für dich ja sogar noch besser. Wenn du Lust hast, werde ich dir gleich am Montag früh einen Termin für ein Vorstellungsgespräch geben. Komm morgen zurück nach Boston, dann kann ich dir noch einige Informationen über unsere Zeitschrift geben. Ich habe der Marketingleiterin bereits einiges von dir erzählt. Sie kann es kaum erwarten, dich kennenzulernen."

„Werde ich dann auch einen Blick auf diesen gut aussehenden Fotografen werfen können, für den du im Moment schwärmst?"

„Lass Rick aus dem Spiel", entgegnete Maggie scharf.

Maggies Ton ließ Melanie aufhorchen. Sie hatte geglaubt, Maggie und dieser Fotograf hätten nur eine unbedeutende Affäre, aber plötzlich hatte sie den Eindruck, dass das Ganze nicht so oberflächlich war, wie sie angenommen hatte. Allerdings wusste sie, dass sie Maggie kein einziges Wort darüber entlocken würde.

Der Gedanke an den attraktiven Fotografen erinnerte sie allerdings wieder an den gut aussehenden Mann in ihrem Garten. Melanie schaute hinaus und stellte fest, dass Mike verschwunden war. Nur mit Mühe konnte sie einen Seufzer zurückhalten. Es war vorbei. Warum zögerte sie noch? Maggies Angebot war genau das, was sie brauchte, um endlich wieder nach Boston zurückzufahren.

Dennoch, sie konnte sich noch nicht zu einer Entscheidung aufraffen. „Ich weiß dein Angebot wirklich sehr zu schätzen, aber ich brauche Bedenkzeit. Zumindest über Nacht. Ich werde dich gleich morgen früh anrufen und dir Bescheid geben. Vor Montag kannst du ja sowieso nichts unternehmen."

„Warum zögerst du?", fragte Maggie, die mehr Enthusiasmus von ihrer Schwester erwartet hätte. „Ist es wegen Mike?"

„Zwischen Mike und mir ist es aus", antwortete Melanie knapp.

„Dann sehe ich nicht, wo das Problem liegt", meinte ihre Schwester. „Oder hast du Bedenken, mit mir zusammenzuarbeiten? Ich sage dir, von meiner Seite aus sehe ich da keine Schwierigkeiten."

„Ich werde dich morgen früh anrufen", wiederholte Melanie, ohne Maggie die Erklärung zu geben, auf die sie offensichtlich wartete. Wenn sie ehrlich war, hatte sie auch keine. Zumindest keine, die einen Sinn ergab.

Als die Sonne am nächsten Morgen aufging, hatte sie immer noch keine Entscheidung treffen können, und vielleicht war das allein schon Antwort genug.

Glücklicherweise war Maggie nicht zu Hause, als sie ihre Schwester endlich anrief. Melanie hinterließ eine Nachricht auf dem Anrufbeantworter, dass sie es bedauerte, ihr Angebot nicht annehmen zu können, und legte auf, bevor sie ihre Meinung wieder änderte.

Dann saß sie eine Ewigkeit vor dem Telefon und überlegte, weshalb um alles in der Welt sie das getan hatte. Sie hatte gerade die Chance auf einen Traumjob aufgegeben. Wofür? Für einen Mann, der das Glück nicht sehen konnte, das sich direkt vor seiner Nase befand? Für einen Mann, der in einer Kleinstadt lebte, wo sich so eine Gelegenheit nie im

Leben wieder bieten würde?

Wahrscheinlich. Sie seufzte. Sie wusste nur, sie brauchte Zeit – Zeit für sich und vor allem für Mike. Sie durfte ihn nicht unter Druck setzen. Er sollte seine Gefühle allein ordnen.

Erst danach, wenn es wirklich keine Hoffnung mehr gab, würde sie wieder nach Boston zurückgehen. Dieser Job wäre dann vergeben, aber es gab andere. Auch wenn sie es nur ungern eingestand, so wusste sie doch tief in ihrem Herzen, dass es einen Mann wie Mike nicht alle Tage gab.

Mike begann langsam, an seinem Geisteszustand zu zweifeln. Er konnte sich einfach nicht von Melanie fernhalten. Jeden Samstag arbeitete er in ihrem Garten und wartete darauf, dass etwas passierte. Vielleicht hoffte er, dass sie endlich begriff, wie sehr er sich nach ihr sehnte.

Er wunderte sich eigentlich, dass sie noch nicht abgereist und wieder nach Boston zurückgekehrt war, um ihn nicht mehr sehen zu müssen. Schließlich hielt sie hier nichts mehr. Oder vielleicht doch? Hatte sie begriffen, dass er nur aus Angst so ungeschickt um ihre Hand angehalten hatte? Wusste sie mittlerweile, wie es in seinem Herzen aussah? Dass er fast Panik hatte, sich ihr zu öffnen, weil die tiefen Wunden der Vergangenheit immer noch nicht geheilt waren? Er seufzte. Offensichtlich wartete er auf ein Wunder, das nie kommen würde.

Jeff und Pam redeten bereits seit Wochen auf ihn ein, dass er endlich mit Melanie sprechen sollte. Aber die beiden kannten eben nicht die ganze Geschichte. Sie wussten nicht, dass die ganze Situation nur seine Schuld war. Er war allerdings inzwischen bereit, das zuzugeben.

Jessie zog sich mehr und mehr in trotziges Schweigen zurück und weigerte sich, mit Melanie ein Treffen zu vereinbaren. Die Beziehung zu seiner Tochter war noch nie so angespannt gewesen.

Warum rede ich nicht einfach mit Melanie und erkläre ihr alles? überlegte Mike.

Noch unglücklicher als jetzt konnte er nicht werden. Es war an der Zeit, dass er die Situation in die Hand nahm.

Als er am nächsten Samstag erwachte, schien draußen die Sonne am strahlend blauen Himmel. Das Thermometer zeigte bereits vierundzwanzig Grad, als er Jessie bei Lyssa absetzte und zu Melanie fuhr. Er hatte sich entschieden. Heute würde er eine Klärung herbeiführen, koste es, was es wolle. Es half, dass alle Pflanzen gesetzt und gut angewachsen waren. Nach dem heutigen Tag hätte er keinen Grund mehr, nach Rose Cottage zu fahren, wenn sie ihn erneut abweisen würde. Er war sogar am Nachmittag zuvor nach Richmond gefahren und hatte einen Ring gekauft. Das würde Melanie sicherlich zeigen, wie ernst er es meinte.

Natürlich war es einfacher gewesen, sich seinen Plan in Gedanken zurechtzulegen, als jetzt zu ihr zu gehen und anzuklopfen. Der Weg vom Garten bis zum Haus erschien ihm endlos. Aber er wusste, dass es kein Zurück mehr gab.

Er erinnerte sich daran, was seine Mutter mal zu ihm gesagt hatte, als er Angst vor der Prüfung hatte, um in die Basketballmannschaft der Schule aufgenommen zu werden. „Wer es nicht versucht, hat sowieso verloren." Sie hatte ihm das oft gesagt und wollte ihm damit erklären, dass man nie vorzeitig aufgeben sollte.

Er kniete nieder, um mit einer kleinen Handharke die Erde der Rosenbüsche aufzulockern, obwohl er das vergangenen Samstag erst getan hatte. Aber er brauchte noch ein wenig Zeit, um sich zu sammeln.

Jetzt oder nie, sagte er sich schließlich, doch bevor er aufstehen konnte, bemerkte er, dass jemand sich neben ihn kniete. Er schaute auf und sah Melanie neben sich. Sein Herz machte einen Satz. Es gab tatsächlich Wunder.

Melanie hätte keinen Moment länger mehr warten können. Seit Wochen hatte Mike jeden Samstag im Garten gearbeitet. Nie hatte er Jessie mitgebracht oder sein Kommen angekündigt. Irgendwann war er einfach da gewesen und hatte zu arbeiten begonnen.

Wenn er sie am Fenster erblickte, hatte er ihr nur kurz zugewinkt. Das war alles gewesen. Er hatte nie gelächelt oder gar etwas gesagt.

Und Melanie war auch nie zu ihm hinausgegangen. Es tat schon weh, ihn einfach nur zu sehen. Noch nie hatte sie einen Mann gekannt, der so groß und stark war und doch so fürsorglich und liebevoll mit den jungen Pflanzen umging. Es schmerzte zu wissen, dass diese Hände sie niemals mehr berühren würden.

Auch an diesem Tag hatte sie ihn wieder vom Küchenfenster aus beobachtet und daran gedacht, wie zärtlich seine rauen, schwieligen Hände sie gestreichelt und liebkost hatten. Vielleicht war ihre Sehnsucht nach ihm der Auslöser gewesen, aber plötzlich hatte sie genau gewusst, was Liebe war.

Für sie war Liebe ein Mann, der Angst hatte, sein Herz zu riskieren, wenn er um ihre Hand anhielt. Ein Mann, der keine Worte für seine Liebe finden konnte, aber sie immer wieder durch seine Handlungen bewies. Ein Mann, der sich durch ihr Nein nicht von ihr abwandte, sondern ihr seine Liebe durch seine Gegenwart und seine Hingabe bewies. Ein Mann, der ihr so sehr vertraute, dass er sie gebeten hatte, seiner Tochter eine Mutter zu sein.

Mit laut klopfendem Herzen ging sie zu ihm und kniete sich neben ihn. Als er sie anschaute, sah sie Sehnsucht, aber auch viele Fragen in seinem Blick.

„Ja", sagte sie ruhig und hoffte, dass das kleine Wörtchen ausreichen würde. Sie war genauso hilflos wie er.

Er sah sie verwirrt an. „Ja?"

Sie lächelte. „Hast du die Frage vergessen?"

Nach einer Weile, die ihr wie eine Ewigkeit vorkam, trat plötzlich ein hoffnungsvolles Leuchten in seine Augen. „Wie könnte ich?", erwiderte er schlicht. „Es ist die wichtigste Frage, die ich je gestellt habe." Aufmerksam betrachtete er ihr Gesicht. „Bist du sicher?"

„Dass ich dich liebe? Ja. Absolut."

„Genug, um hierzubleiben?"

„Ja."

„Und was ist mit dem Rest?", fragte er unsicher. „Weißt du, was ich empfinde?"

Selbst jetzt noch überließ er die Antwort ihr, aber es machte ihr nichts mehr aus. Die Wahrheit leuchtete aus seinen Augen. „Du meinst, dass du mich liebst? Das weiß ich. Irgendwann wirst du es mir auch selbst sagen können. Ich kann warten. Ich will nur nicht allein warten."

Er nickte. „Ich dachte an eine Sommerhochzeit", erklärte er und griff in seine Tasche.

Sein Ton war lässig, aber Melanie konnte die Verletzlichkeit in seinen Augen sehen. Er war sich ihrer immer noch nicht sicher, und trotzdem machte er diesen großen Schritt – für sie beide.

„Der Garten sollte bis dahin seine alte Schönheit wiederhaben", fuhr er fort und hielt ihr die kleine, mit Samt bezogene Schachtel entgegen. „Was hältst du davon?"

Melanie nahm mit bebenden Händen das Kästchen entgegen und öffnete es. Der Diamantring, der darin lag, glitzerte in der Sonne. Sie lächelte. „Hast du deswegen so hart hier gearbeitet?"

Er lächelte verlegen. „Ich nehme an, ich habe gehofft, dass du deine Meinung ändern würdest."

„Und was hättest du unternommen, wenn ich es nicht getan hätte?"

„Dann hätte ich die Worte selbst gefunden", behauptete er selbstbewusst. „Sie sind in meinem Herzen, Melanie." Er legte ihre Hand auf seine Brust. „Kannst du sie nicht mit jedem Herzschlag hören?"

Sie lächelte. „Ja", sagte sie voller Zuversicht. „Es sind gute Worte, Mike."

„Und die Liebe", fragte er, „fühlst du die auch?"

Sie schaute ihn an. „Die sehe ich in deinen Augen, in deinen Berührungen, in allem, was du tust."

Er seufzte. „Es ist gut, dass du das weißt."

Er nahm den Ring und steckte ihn ihr an den Finger. Er passte perfekt. So perfekt, wie sie beide zusammenpassten.

„Entschuldige, dass ich je an dir gezweifelt habe", bat sie.

„Vielleicht mussten wir beide lernen, mehr zu vertrauen", erwiderte er. „Wir haben ein wunderbares Geschenk erhalten. Wir müssen es nur pflegen und gut darauf aufpassen."

Melanies Augen füllten sich mit Tränen, als sie sich in dem Garten umschaute, den dieser Mann mit so viel Liebe gepflegt hatte. Es war die Liebe, die ihn wieder hatte erblühen lassen. „Ich weiß, dass du der Mann bist, der mir zeigt, was ich tun muss."

EPILOG

Colleen D'Angelo stand an der Hintertür von Rose Cottage und betrachtete mit Tränen in den Augen den Garten. Melanie schaute ihre Mutter besorgt an.

„Mom, ist alles in Ordnung?"

„Ich bin sprachlos", sagte sie, die Stimme kaum mehr als ein Flüstern. „Der Garten ist so schön wie damals, als deine Großmutter noch lebte. Wie hast du dich nur daran erinnern können? Ich hatte das schon beinahe vergessen."

„Ich auch", gestand Melanie. „Aber ich habe Mike ein Foto gezeigt, und er wusste genau, was zu tun war. Es ist beinahe so, als ob er eine Art Beziehung zu Großmutter hätte. Er hat so lange auf mich eingeredet, bis ich ihm freie Hand im Garten ließ."

„Dein Mike ist wirklich ein wunderbarer Mann", meinte ihre Mutter und lächelte. „Macht er dich glücklich?"

„Natürlich." Melanie lachte. „Wir werden in einer Stunde heiraten. Ist das nicht Beweis genug?"

„Du kannst dich immer noch anders entscheiden", sagte Melanies Mutter. „Ich kann nicht glauben, dass du hierher ziehen willst. Du warst doch immer ein typisches Großstadtmädchen."

„Mike ist hier", erwiderte Melanie schlicht. „Und wenn wir aus den Flitterwochen zurückkommen, werde ich hier meine eigene Marketingfirma gründen. Mike wird mein erster Klient sein. Ich will zwar auf keinen Fall, dass er noch härter arbeitet, aber er wird als Klient nicht so fordernd sein. Er wird mir meine Fehler verzeihen, während ich noch in der Lern- und Aufbauphase bin. Jeff und Pam wollen von mir ebenfalls Marketingvorschläge haben. Da habe ich schon zwei Kunden. Fängt doch gut an, nicht wahr?"

Ihre Mutter umarmte sie herzlich. „Ich freue mich so für dich. Dein Vater kann sich überhaupt nicht an den Gedanken gewöhnen, dass du nicht mehr nach Boston kommst. Sei nicht erstaunt, wenn er Mike einen Kinnhaken verpasst, statt dich zum Altar zu führen, so wie es sein sollte. Er hat Mühe ihm zu verzeihen, dass er dich uns wegnimmt."

Melanie sah sie bestürzt an. „Dad würde so etwas niemals tun, oder?" Sie stellte diese Frage, weil bei ihrem Vater alles denkbar war. Er besaß einen starken Beschützerinstinkt und hatte Mike seit seiner Ankunft misstrauisch betrachtet.

„Nicht, wenn Mike dich glücklich macht", versicherte ihre Mutter.

„Das wird kein Problem sein", erklärte Melanie, gerade als ihre Schwestern in die Küche platzten.

„He, warum steht ihr beide hier in euren Bademänteln herum und wälzt Probleme? Hier findet in einer Stunde eine Hochzeit statt", verkündete Ashley.

„Ich glaube, Mutter klärt Melanie noch über die Hochzeitsnacht auf", frotzelte Jo.

„Ah, du hast recht", fiel Maggie ein. „Deswegen sind Melanies Wangen so gerötet."

„Hört sofort damit auf", befahl Colleen in strengem Ton. Und wenn ihre Mutter diesen Ton anschlug, gehorchten sie sofort.

„Ja, Ma'am", riefen die Schwestern im Chor und brachen in Lachen aus.

Melanie betrachtete ihre Familie liebevoll. Sie hatten in den letzten vierundzwanzig Stunden so viel gelacht wie seit Jahren nicht mehr. Sie würde sie sehr vermissen.

Vielleicht sollte sie sich einen Weg ausdenken, sie nach Virginia zu locken. Der Zauber von Rose Cottage hatte ja auch bei Mike und ihr gewirkt.

„Daddy, hör auf, an dir herumzuzupfen", kritisierte Jessie mit ernster Miene. „Du siehst großartig aus." Sie drehte sich im Kreis. „Und wie sehe ich aus?"

„Wie eine kleine Märchenprinzessin", gestand Mike mit enger Kehle. Melanies Idee, dass Jessie ihn zum Traualtar begleiten sollte, war richtig gewesen. Die Kleine trug ihre Verantwortung mit großer Würde. Jeff hatte kaum noch etwas zu tun.

„Ich fühle mich furchtbar", grummelte Jeff. „Kannst du mir sagen, warum ich ein Dinnerjacket trage, statt mit einem Anzug bei den anderen zu sitzen?"

„Du bist eben der Trauzeuge", erklärte Jessie. „Aber ich bin viel wichtiger als du."

Jeff lachte, als Mike Jessie in die Arme nahm. „Das bist du tatsächlich, Prinzessin. Komm, bringen wir es hinter uns."

Die drei nahmen ihren Platz im Garten ein, und der Organist begann zu spielen. Mike schaute zur Tür hinüber und sah die erste der D'Angelo-Schwestern herauskommen. Sie war wunderschön in ihrem rosafarbenen Kleid, und auch die anderen beiden sahen bezaubernd aus, aber er wartete nur auf die eine, auf die Braut.

Dann erschien Melanie mit ihrem schmal geschnittenen, langen Kleid aus weißer Seide und Spitze. Sie sah atemberaubend aus und trug einen Strauß weißer Rosen und Lilien aus dem Garten in den Händen. Ihre Blicke trafen sich, und ein strahlendes Lächeln erschien auf ihrem Gesicht.

Der Gegensatz zum finsteren Gesichtsausdruck ihres Vaters hätte nicht größer sein können. Aber Max D'Angelo konnte ihm keine Angst einjagen. Der Mann wollte nur das Beste für seine Tochter, und es war Mikes Absicht, seine Erwartungen zu erfüllen und ihn niemals zu enttäuschen. Er konnte sich vorstellen, dass er ebenso reagieren würde, wenn Jessie in zwei Jahrzehnten ihren Traummann heiraten wollte.

Es war ein bewegender Augenblick, als Mike und Melanie von Max und Jessie zum Altar geführt wurden und schließlich vor dem Geistlichen standen.

„Meine Liebe für dich wird ewig sein", versprach Mike schließlich, als sein Part kam, und er überraschte Melanie mit Worten, die er selbst gefunden hatte: „Wie dieser Garten wird sie Jahreszeiten kennen, aber sie wird immer wieder blühen und gedeihen. Sie wird jedem Sturm trotzen und sich über den Sonnenschein freuen. Wenn wir sie pflegen, wird sie immer ein Quell der Freude bleiben."

„Oh, Mike", flüsterte Melanie gerührt und sah aus, als ob sie gleich in Tränen ausbrechen würde.

„Fang jetzt nur nicht an zu weinen", warnte er, „sonst werde ich nie mehr etwas so Romantisches sagen."

Sie musste lachen, und als er in ihre Augen sah, aus denen ihm so viel Liebe entgegenleuchtete, wusste er, dass seine Welt ganz heil war.

„Ich dachte, ich wäre die Einzige, die ihre Gefühle ausdrücken kann", erklärte Melanie. „Aber du hast mich sprachlos gemacht. Mike, ich liebe dich und deine Tochter. Ich liebe die Familie, die wir sein werden, und die Kinder, die wir noch bekommen werden. Es ist wundervoll, dass ich in deinem Herzen sein darf, und ich verspreche dir, dass du für immer in meinem bleiben wirst."

Mike lächelte. „So sprachlos bist du nun doch wieder nicht."

Der Pfarrer räusperte sich. „Darf ich jetzt weitermachen?", fragte er leicht amüsiert.

„Natürlich", riefen beide.

„Dann erkläre ich Sie jetzt zu Mann und Frau." Er schaute zu den Hochzeitsgästen hinüber. „Ladies und Gentlemen, darf ich Ihnen Mr und Mrs Mikelewski vorstellen?"

Jessie zupfte an der Robe des Geistlichen. „Und was ist mit mir?", fragte sie.

„Und ihre Tochter", fuhr der Pfarrer fort.

Mike wollte Jessie auf den Arm nehmen, doch Melanie war schneller. Sie nahm ihre frischgebackene Tochter auf den Arm und ergriff dann Mikes Hand. Zusammen schritten sie den Gang hinunter.

Wir sind eine Familie, dachte er glücklich.

So sollte es sein. So würde es immer sein.

– ENDE –

Sherryl Woods

Maggie
Roman

Aus dem Amerikanischen von
Renate Moreira

PROLOG

Sie musste sexsüchtig sein. Warum wohl sonst glaubte sie, in einen Mann verliebt zu sein, den sie kaum kannte? Sie war jetzt siebenundzwanzig, und in den letzten Jahren hatte sie es ohnehin zu häufig zugelassen, dass die Lust ihren Verstand regierte. Zu oft hatte sie deshalb ihre Wahl bitter bereuen müssen. Solch einen Fehler würde sie nicht noch ein weiteres Mal machen.

Und dem Fotografen Rick Flannery stand das Etikett „falsche Wahl" sozusagen auf der Stirn geschrieben. Man brauchte keine besondere Menschenkenntnis zu haben, um das zu erkennen. Der Mann war ein hoch talentierter, weltbekannter Modefotograf, und es war ein totaler Zufall, dass Maggie ihm überhaupt begegnet war. Unter normalen Umständen hätten sich ihre Wege nie gekreuzt, denn sie organisierte Fototermine für Rezeptreportagen. Das Spannendste auf ihren Seiten des Journals waren Torten und aufwendige Braten, nicht aber langbeinige Schönheiten, die Mode präsentierten. Rick war lediglich in letzter Sekunde eingesprungen, um einen verhinderten Freund zu vertreten.

Maggie war der Meinung, dass sowieso jede Beziehung früher oder später zum Scheitern verurteilt war. Also erst recht eine Beziehung mit Rick Flannery, der fast jeden Tag von den schönsten Frauen der Welt umgeben war. In der Regenbogenpresse sah man beinahe jede Woche Fotos von ihm mit einem neuen hübschen Model am Arm. In Klatschkolumnen wurde er ständig mit Frauen aus der ganzen Welt in Zusammenhang gebracht, und selten war es zwei Mal der gleiche Name. Das konnte wirklich kein gutes Vorzeichen für eine Beziehung sein.

Doch glücklicherweise hatte Maggie zum ersten Mal in ihrem Leben etwas begriffen, und sie hütete sich davor, leidenschaftlichen Sex mit echter Liebe zu verwechseln. Dieses eine Mal würde sie einen Mann verlassen, bevor er ihr das Herz brechen konnte. Ihr gesunder Menschenverstand mochte sich nicht sofort eingeschaltet haben, als sie mit ihm ins Bett ging, doch zumindest jetzt hatte sie wieder einen klaren Kopf und würde das Schlimmste zu verhindern wissen.

Stolz, eine so intelligente Entscheidung getroffen zu haben, und fest entschlossen, sie in die Tat umzusetzen, betrat sie das Anwaltsbüro ihrer Schwester, das sich in einer der bekanntesten Kanzleien von Boston befand.

„Gib mir den Schlüssel", forderte sie ohne Umschweife.

Ashley sah erstaunt von den Papieren auf und schaute Maggie verständnislos an. Es war offensichtlich, dass sie in Gedanken noch bei dem Fall war, den sie gerade bearbeitete.

„Was für einen Schlüssel?", wollte Ashley wissen.

„Den für Rose Cottage natürlich!" Das Landhaus ihrer Großmutter lag weit entfernt von Boston, im Norden von Virginia. Rick kannte es nicht, und Maggie hatte sich vorgenommen, sich dorthin zurückzuziehen, bis diese Anziehung oder Sucht, oder was immer es sein mochte, verflogen und nur noch eine vage Erinnerung war.

„Warum?", fragte Ashley erstaunt.

„Ich möchte Urlaub machen, deshalb", erwiderte Maggie kurz angebunden.

Ashley war völlig verblüfft. Maggie nahm nur selten Urlaub. Ihre Schwester mochte nicht so arbeitswütig sein wie sie selbst, aber trotzdem blieb sie ihrem Büro im Verlag nur selten fern.

„Setz dich", befahl Ashley und wartete dann geduldig, bis Maggie ihrer Aufforderung gefolgt war. „Worum geht es, Maggie? Du hast doch was!"

„Es geht um Rick Flannery", stieß Maggie hervor, ohne an die Folgen zu denken. Ashley nahm sofort die Rolle der älteren Schwester ein, und diese Rolle nahm sie sehr ernst.

„Der Fotograf?", fragte Ashley, umfasste ihren Kugelschreiber ein wenig fester und sah aus, als wollte sie eine Anklageschrift gegen diesen Mann aufsetzen, sollte Maggies Antwort nicht befriedigend ausfallen. „Der, von dem du so begeistert warst, als er für die Juli-Ausgabe deines Magazins Fotos gemacht hat? Derjenige, der einen gewöhnlichen Cheeseburger wie ein Gourmetessen aussehen lassen kann, obwohl er seine Linse normalerweise auf hübsche Frauen richtet? Der Mann, der stahlblaue Augen und einen unverschämt knackigen Po hat? Meinst du diesen Rick Flannery?"

„Ja, genau diesen Rick Flannery", bestätigte Maggie. Als ob es einen anderen geben würde, dachte sie verärgert. War es denn nicht schon schlimm genug, dass es einen von dieser Sorte gab? Und musste ihre Schwester sich unbedingt an jedes einzelne Wort erinnern, das sie je über ihn gesagt hatte?

Zu Maggies Entsetzen lehnte Ashley sich zurück und lächelte. „Dieser Mann hat deine Gefühlswelt ganz schön durcheinandergebracht, nicht wahr? Warum habe ich das nicht gleich bemerkt, als du ihn das erste Mal erwähnt hast? Mir hätte es wie Schuppen von den Augen fallen müssen, als du von seinem Körper geschwärmt hast."

Maggie schwieg betreten.

„Also?", bohrte Ashley weiter. „Ist es nicht so, dass dein Herz bei seinem Anblick schneller klopft und auch sonst noch einige Reaktionen in deinem Körper ablaufen?"

„Und wenn es so wäre? Was bedeutet das schon? Das führt ja doch zu nichts."

Nun, eigentlich hatte es schon zu etwas geführt. Einige wunderbare Tage und Nächte voller Leidenschaft hatte sie mit ihm verbracht. Und das war ja gerade das Problem, aber davon brauchte Ashley nichts zu wissen. Ebenso wenig mochte Maggie erzählen, dass er sie seit einer endlosen Woche nicht mehr angerufen hatte.

„Warum nicht? Gibt es irgendeinen Grund, warum ihr beide keine Beziehung miteinander eingehen könnt?", fragte Ashley.

„Ja, er ist nämlich Rick Flannery, verdammt! Er arbeitet täglich mit den schönsten und attraktivsten Frauen der Welt, und ich werde mich auf keinen Fall solch einer Anfechtung aussetzen." Selbst die leidenschaftlichste Beziehung würde bei so viel Konkurrenz in die Brüche gehen. Maggie hatte noch nie eine Beziehung aufrechterhalten können, nachdem der Sex abgekühlt war. Und konnte man nicht in jeder Zeitschrift lesen, dass Rick keiner Versuchung widerstehen konnte?

„Du warst schon mit ihm im Bett, nicht wahr?" Ashley musterte sie ahnungsvoll. „Und es war super. Ansonsten hättest du nicht solche Angst."

Dass Ashley mich auch immer durchschauen muss, ärgerte sich Maggie. Sie hatte gehofft, diese Unterhaltung mit einem Minimum an Würde überstehen zu können, aber das war ihr wohl nicht vergönnt.

„Könntest du mir jetzt endlich den blöden Schlüssel geben?", verlangte sie missmutig.

„Du willst dich also in Großmutters Haus verstecken, bis die Anziehung abgeklungen ist?", folgerte Ashley.

„Genau."

„Du erinnerst dich, was mit Melanie geschehen ist, als sie vor ein paar Monaten dort hinging, nicht wahr? Sie war genauso fest entschlossen wie du, Männern aus dem Weg zu gehen. Trotzdem ist einer aufgetaucht, und jetzt ist sie mit ihm verheiratet."

„Reiner Zufall. Ein Blitz kann nie zwei Mal einschlagen", wehrte Maggie ab. „Die Stadt ist ziemlich klein. Wie viele attraktive Männer wie Melanies Mike kann es dort wohl schon geben?"

Ashley lachte. „Einer reicht, meine Süße." Dennoch griff sie in ihre

Handtasche und holte den altmodischen Schlüssel heraus. Sie bewahrte ihn als eine Art Talisman auf. Wahrscheinlich betrachtete sie ihn als Symbol dafür, dass es noch ein anderes Leben außerhalb der Kanzlei und des Gerichtes gab. Sie hielt ihn Maggie hin. „Fahr los, und genieß deinen Urlaub."

„Danke", sagte Maggie, nahm den Schlüssel und ging zur Tür.

„Gern geschehen. Aber falls du in Versuchung kommen solltest, denk daran, dass ich dich gewarnt habe!"

Maggie warf ihr einen finsteren Blick zu. „Halt deine Zunge im Zaum."

Falls sie in Versuchung käme? Pah! Genau deswegen ging sie ja ins Exil, damit sie die Versuchung einige Hundert Kilometer hinter sich ließ.

1. KAPITEL

Rick kam um drei Uhr nachts erschöpft, aber sehr zufrieden mit seiner Arbeit aus der Dunkelkammer. Die Fotos für das Bostoner Journal *Cityside* waren fantastisch geworden. Maggie würde begeistert sein, wenn sie die Abzüge sah. Wenn es nicht so spät wäre, hätte er sie jetzt angerufen und wäre zu ihrem Apartment gefahren. Dann hätte sie selbst sehen können, wie gut sie bei seinem ersten Shooting zusammengearbeitet hatten, in dem es ausnahmsweise mal nicht um hübsche Models ging. Er war auf diese Fotos ebenso stolz wie auf seine preisgekrönten Modeaufnahmen. Es hatte Spaß gemacht, mal etwas Neues auszuprobieren. Es hatte allerdings noch mehr Spaß gemacht, Maggie D'Angelo kennenzulernen.

Er liebte das gemütliche Zuhause, das sie sich in einer geräumigen Dachwohnung mit hohen Decken und großen Fenstern eingerichtet hatte. Sie hatten leidenschaftliche Stunden in den Satinlaken ihres riesigen Bettes verbracht, und allein der Gedanke daran erregte ihn bereits.

Nicht heute Nacht, Junge, rief er sich zur Ordnung. Er bezweifelte, dass er die Energie aufbringen könnte, jetzt noch quer durch die Stadt zu fahren, um seine aufregenden Fantasien auszuleben. Der nächste Tag wäre immer noch früh genug, um mit Maggie erneut in ein Universum der Lust einzutauchen. Nie zuvor hatte er eine Frau getroffen, die so gut im Bett und gleichzeitig eine so fantastische Köchin war. Sie wusste, wovon sie in ihrer Zeitschrift schrieb, und vermutlich verbrachte sie viele Stunden in ihrer Testküche.

Sie war aber nicht nur unglaublich sexy, sondern auch eine fantastische Köchin. Außerdem hatte sie einen messerscharfen Verstand, und sie konnten stundenlang über Gott und die Welt diskutieren. Manchmal stimmte er mit ihrer Meinung überein, aber oft hatten sie hitzige Wortgefechte geführt, die dann jedoch immer im Bett endeten. Er hatte nicht gewusst, wie stimulierend eine Unterhaltung sein konnte. Guter Sex begann vor allen Dingen im Kopf, nicht nur in gewissen Körperteilen.

Er musste lächeln, als er an ihre letzte, vehement geführte Diskussion dachte, die dann in einer ebenso heißen Liebesnacht endete.

Verflixt. Es war bereits eine Woche vergangen, und sein Körper hatte offensichtlich Entzugserscheinungen. Er musste unbedingt die Gedanken von Maggie ablenken und sich auf etwas konzentrieren, das ihn beruhigen würde, sonst würde er in dieser Nacht wohl kaum ein Auge zubekommen.

Wie er es bereits in den letzten Tagen gemacht hatte, schleppte er sich zu der Schlafcouch hinüber, die in seinem Atelier stand, und ließ sich in die zerwühlten Laken fallen. Wenige Minuten später war er eingeschlafen. Unglücklicherweise jedoch verfolgte Maggie ihn bis in seine Träume und bescherte ihm auf diese Weise eine unruhige Nacht.

Einen Becher mit Maggies Lieblingskaffee in der rechten Hand, betrat Rick am nächsten Morgen erwartungsvoll ihr Büro, musste jedoch leider feststellen, dass sie weggefahren war. Ziel unbekannt.

„Aber ich bin ja hier", bot Veronica ein wenig aufdringlich an und klapperte mit den Wimpern, auf die sie mindestens vier Lagen Wimperntusche aufgetragen hatte. „Vielleicht kann ich Ihnen helfen?"

Der Ton des letzten Satzes war unmissverständlich, doch Rick ignorierte das Angebot. „Ist es normal, dass Maggie einfach so verschwindet?", fragte er ihre Assistentin.

„Nein", gab Veronica beleidigt Auskunft. Offensichtlich hatte es sie gekränkt, dass er nicht auf ihre Flirtversuche einging.

„Wo ist sie denn hingefahren?"

„Ich weiß es nicht."

„Und wann wird sie zurückerwartet?"

Veronica zuckte mit den Schultern. „Keine Ahnung."

Rick gab sich Mühe, seine Ungeduld zu verbergen. „Sie haben nicht mit ihr gesprochen?"

„Sie hat nur eine Nachricht hinterlassen. Sie meinte, dass sie sich hin und wieder melden würde und dass wir sie per E-Mail erreichen könnten, wenn etwas Dringendes anstehen sollte. Das ist alles, was ich weiß."

Da Veronica ihm keine weiteren Informationen mehr geben wollte, legte er die Fotos für die Zeitschrift auf ihren Schreibtisch und ging dann hinunter, um im Café das Frühstück einzunehmen, das er eigentlich in der Gesellschaft von Maggie hatte genießen wollen.

Maggies plötzliches Verschwinden kam ihm seltsam vor. Obwohl er sie noch nicht sehr lange kannte, sagte ihm sein Instinkt, dass Maggie normalerweise nicht so handelte. Irgendwie passte das nicht zu ihr.

Sie ging ein Problem grundsätzlich an, wenn es auftauchte, und traf dann beherzt Entscheidungen. Als ihr Fotograf sie im Stich ließ und er für seinen Freund einsprang, hatte sie sich, ohne zu zögern, auf ihn eingestellt. Doch obwohl er sich weltweit einen Namen als Modefotograf gemacht hatte, schien sie von seinem Können nicht sehr überzeugt gewesen zu sein.

Er musste lächeln, wenn er daran dachte, wie wenig sie ihm vertraut hatte. Sie war ständig an seiner Seite gewesen und hatte immer wieder selbst einen Blick durch die Linse geworfen, um sich zu überzeugen, dass er die Kompositionen auch tatsächlich so fotografierte, wie sie es wollte. Normalerweise wäre Rick über diese Einmischungen verärgert gewesen, aber er hatte den engen Kontakt mit ihr zu sehr genossen, als dass er sich beschwert hätte.

Jetzt stellte sich die Frage, was eine so unabhängige und willensstarke Frau veranlasst haben könnte, sich plötzlich in Luft aufzulösen. Und Rick kam zu dem Entschluss, dass es Angst sein musste. Er selbst hatte einige Male in seinem Leben einen hastigen Rückzug angetreten, wenn ihm eine Bindung zu eng wurde. Er war also mit den Symptomen vertraut. Und tatsächlich hatte ihre Beziehung dermaßen rasch eine Intensität angenommen, dass es gefährlich werden konnte. Aber zum ersten Mal kam er nicht auf die Idee, schleunigst davonzulaufen. Umso mehr ärgerte es ihn, dass Maggie es getan hatte.

Wenn er es allerdings genauer betrachtete, hätte er es eigentlich ahnen können. Hin und wieder hatte er in ihren Augen eine Verletzlichkeit entdeckt, auf die er hätte eingehen müssen. Leider hatte er es jedoch nicht getan.

Ach, verflixt, es ist noch nicht zu spät, entschied er, nachdem er seinen Kaffee ausgetrunken hatte. Es durfte einfach noch nicht zu spät sein. Vor seinem nächsten Auftrag standen ihm noch ein paar freie Tage zur Verfügung, und das Jagdfieber hatte ihn bereits gepackt. Wo immer Maggie sich versteckt hielt, er würde sie finden.

Vielleicht verflüchtigte sich die Anziehungskraft zwischen ihnen mit der Zeit genauso, wie es in seinen anderen Beziehungen geschehen war, aber ein winziger Teil von ihm hoffte, dass es in diesem Fall anders sein würde.

Maggie saß auf der Gartenschaukel von Rose Cottage, hielt ein Glas Merlot in der Hand und wartete darauf, dass endlich die Gelassenheit einkehren würde, die sie sich von diesem Aufenthalt erhofft hatte. Das Meer war ruhig, der Abend mild. Sie war jetzt seit gut zwei Stunden hier und wollte ihren inneren Frieden zurück.

Unglücklicherweise stieg jedoch ständig das Bild von Rick Flannery vor ihrem geistigen Auge auf, und sie hatte das Gefühl, die liebkosenden Berührungen seiner geschickten Hände auf ihrer Haut zu spüren. Trotz des lauen Sommerabends fröstelte sie.

Das musste aufhören. Sie würde nicht eine von Ricks Eroberungen werden. Nun ja, dafür war es bereits zu spät, doch sie würde auf keinen Fall zu jenen naiven Dummchen gehören, die glaubten, dass mehr als unglaublich guter Sex aus ihren Begegnungen werden könnte. Sie würde sich nicht auf ihn einlassen. In den Zeitschriften der Regenbogenpresse konnte man genug Fotos von Frauen finden, denen er das Herz gebrochen hatte. Und sie hatte zu viel Stolz, um sich in diese Liste einzureihen.

Normalerweise, wenn Maggie etwas bedrückte, zog sie sich in die Küche zurück und kochte, aber selbst dazu konnte sie im Moment keine Energie aufbringen. Außerdem lag die Hitze des Tages noch in der Luft. Die Klimaanlage von Rose Cottage war so veraltet, dass sie das Haus kaum kühlte. Melanie hatte sie gewarnt und gemeint, dass sie vor ihrer Ankunft zuerst die Klimaanlage erneuern müsste, aber sie hatte die Bedenken ihrer Schwester einfach in den Wind geschlagen.

Maggie seufzte, nahm noch einen Schluck von dem ausgezeichneten Wein und starrte die Chesapeake Bay an, als ob die unschuldige Bucht etwas dafür konnte, dass sie keinen inneren Frieden fand.

Motorengeräusch drang an ihr Ohr, aber sie machte sich nicht die Mühe aufzustehen. Sie rührte sich auch nicht, als sie zwei Türen schlagen hörte. Es waren Melanie, Mike und Jessie, Mikes sechsjährige Tochter. Maggie hatte gewusst, dass sie sich nicht lange vor ihnen würde verstecken können.

Normalerweise war Melanie zurückhaltend, wenn es um neugierige Fragen ging. Und Mike war ohnehin kein Mann der vielen Worte. Mit etwas Glück würde nur das kleine Plappermaul Jessie sie ausfragen. Das Mädchen hatte sich bereits bei Melanies Hochzeit in Maggies Herz geschlichen.

Natürlich war es auch Jessie, die als Erste um die Ecke des Hauses gelaufen kam. „Tante Maggie!", rief sie aufgeregt. „Ich wusste gar nicht, dass du kommst." Sie kletterte auf die Schaukel und schlang die Arme um Maggies Hals. „Hast du mir etwas mitgebracht?"

Maggie lachte. „Natürlich habe ich das. Wie könnte ich nach Rose Cottage kommen, ohne meiner Lieblingsnichte etwas mitzubringen?"

„Wo ist es?", fragte Jessie.

„In meinem Koffer. Wir gehen gleich ins Haus und holen das Geschenk."

Jessie strahlte. „Ich habe dich vermisst", erklärte das Mädchen und schmiegte sich an sie. „Ich bin froh, dass ich eine Mom habe, die viele

Schwestern hat. Jetzt seid ihr alle meine Tanten."

Maggie seufzte, als sie den kleinen warmen Körper spürte. Ihre Schwester hatte großes Glück gehabt, einen Mann wie Mike zu finden, der dazu noch eine so wunderbare Tochter mit in die Ehe brachte. Sie waren eine richtige Familie, und eine Familie war das, was Maggie sich mehr wünschte als alles andere. Das war vermutlich auch der Grund, warum sie sich stets so heftig verliebte. Sie suchte verzweifelt nach einem Mann, mit dem sie endlich eine Familie gründen könnte. Leider ließ sie sich jedoch regelmäßig mit den falschen Männern ein. Außerdem wusste sie, dass Verzweiflung kein guter Start für eine Beziehung war. Sie würde wirklich einiges ändern müssen.

„Hat sie denn schon nach einem Geschenk gefragt?", rief Melanie, als sie mit Mike um die Ecke kam.

Der leichten Röte auf Melanies Wangen nach zu urteilen, hatten sie sich gerade geküsst. Schließlich hatten sie sich in diesem Haus kennengelernt und sich sofort verliebt. Da durfte man ein wenig nostalgisch werden, besonders in dem Garten, der sie zusammengeführt und in dem sie geheiratet hatten.

„Ich habe Jessie gesagt, dass wir gleich ins Haus gehen und das Geschenk holen", meinte Maggie und lächelte amüsiert. „Keine Angst, ihr bekommt auch etwas."

„Einen Kuchen?", fragte Mike erwartungsvoll.

Maggie musste lachen. Ihre schlechte Laune hatte sich bereits gebessert. „Bäckt deine Frau denn nicht für dich?"

„Nein, glücklicherweise nicht", erklärte er.

„Tut sie doch", warf Jessie ein. „Sie bäckt Kekse."

Melanie nahm Jessie auf den Arm und drückte sie an sich. „Danke, mein Engel. Ich habe schon lange nichts mehr anbrennen lassen, nicht wahr?"

„Nur die Ränder", meinte Jessie und erntete dafür einen dankbaren Blick von Melanie.

Maggie lächelte. „So kommt also die Wahrheit heraus." Sie betrachtete ihren Schwager amüsiert. „Was bietest du mir an, wenn ich dir einen Kuchen backe?"

„Ich komme vorbei und sprenge den Rasen."

Maggie schüttelte den Kopf.

„Ich werde ihn auch mähen."

„Nein."

Mike zog die Augenbrauen hoch. „Was willst du denn?"

„Den Namen einer Firma, die im Haus eine neue Klimaanlage einbauen kann."

„Abgemacht."

Jessie, die erstaunlich lange ihren Mund gehalten hatte, meldete sich wieder zu Wort. „Kann ich jetzt bitte mein Geschenk haben?"

Maggie erhob sich und hielt ihr die Hand entgegen. „Da du so lieb gefragt hast, werden wir jetzt gehen." Sie sah zu ihrer Schwester hinüber. „Wollt ihr beide mitkommen?"

„Wir warten hier", wehrte Melanie ab und sah ihren Mann an, als ob sie ihr Glück immer noch nicht fassen könnte.

„Soll ich euch ein Glas Wein bringen, oder ist es euch lieber, wenn ich mich im Haus aufhalte? Sagen wir eine Stunde oder so?"

Melanie überhörte die Andeutung geflissentlich. „Vergiss es. Bring einfach den Wein", erwiderte sie. „Dann kann Mike mit Jessie zum Wasser hinuntergehen, und wir beide können uns in aller Ruhe unterhalten."

Im Haus holte Maggie das hübsch eingepackte Geschenk aus ihrem Koffer und reichte es Jessie. „Für dich."

Ihre Nichte setzte sich sofort auf den Boden und begann, das Geschenkpapier aufzureißen. Als sie den pinkfarbenen Make-up-Koffer sah, stieß sie einen Jubelschrei aus. „Woher wusstest du, dass ich mir den mehr als alles andere auf der Welt gewünscht habe?", fragte sie und schaute voller Begeisterung auf die pastellfarbenen Lippenstifte, die dazu passenden Nagellackfläschchen und den beleuchteten Kosmetikspiegel.

„Ein kleiner Vogel hat es mir gezwitschert", scherzte Maggie. „Aber denk daran, du darfst ihn nur benutzen, wenn du Verkleiden spielst."

„Ich weiß", erklärte Jessie und seufzte übertrieben. „Ich darf nicht geschminkt aus dem Haus gehen. Daddy würde die Krise bekommen."

„Dein Dad hat recht", meinte Maggie. „Freu dich, dass du noch ein Kind bist. Das Leben wird schon kompliziert genug, wenn du erwachsen bist."

„Hm?" Fragend sah Jessie sie an.

„Ist schon gut, Kleines. Nimm den Schminkkoffer mit, und zeig ihn deinen Eltern. Ich komme gleich mit dem Wein nach."

Als Jessie das Haus verlassen hatte, lehnte Maggie sich gegen die Tür und schloss einen Moment lang die Augen. Sie hatte keine Eile, die Fragen ihrer Schwester zu beantworten. Sie glaubte nicht, dass Ashley Melanie etwas von Rick erzählt haben könnte. Ashley würde niemals etwas ausplaudern, was Maggie ihr im Vertrauen gesagt hatte. Aber sie hatte Melanie bestimmt darauf aufmerksam gemacht, dass es ihrer Schwester nicht so gut ging.

Doch schon allein Maggies Auftauchen hier im Rose Cottage musste Melanie Gedanken gemacht haben. Maggie war durch und durch ein Großstadtkind. Und so reizvoll die Landschaft hier im Norden von Virginia war, so war diese Gegend nach Maggies Geschmack doch viel zu weit ab von jeglicher Zivilisation.

Sie goss Wein für ihre Schwester und ihren Schwager ein und füllte dann ihr eigenes Glas nach. Sie fand die Tüte mit einigen Bostoner Spezialitäten, die sie für Melanie mitgebracht hatte, und hoffte, die Geschenke würden ihre Schwester für eine Weile ablenken.

Doch diese Taktik half nur kurz. Bereits nach fünf Minuten warf Melanie Mike einen bedeutungsvollen Blick zu, und Mike erhob sich, um mit Jessie zum Wasser hinunterzugehen.

„Und nun los, jetzt erzähl mal", forderte Melanie sie auf.

„Was soll ich erzählen?"

„Warum du hier bist. Wovor du wegläufst? Oder sollte ich lieber fragen, vor wem?"

„Vielleicht war ich einfach nur urlaubsreif?"

„Wenn du Urlaub machen wolltest, wärst du woanders hingefahren."

„Du bist doch auch hierher gekommen", erwiderte Maggie spitz.

„Ich bin davongelaufen", erinnerte Melanie sie. „Und genau deswegen erkenne ich die Symptome."

„Oh, verflixt, kann man denn in dieser Familie nichts geheim halten?"

„Nein."

Maggie lachte, aber sie selbst konnte die leichte Hysterie in ihrer Stimme heraushören.

„Komm, sprich mit mir", bat Melanie erneut. Ihr geduldiger Gesichtsausdruck verriet, dass sie alle Zeit der Welt hatte, um zu warten, bis Maggie bereit war, sich ihr zu öffnen.

„Und ich dachte, wenigstens du würdest mich nicht mit Fragen quälen."

„Du musst mich mit jemand verwechselt haben, der nicht als eine D'Angelo geboren ist", scherzte Melanie liebevoll. „Los, erzähl schon."

„Na gut, hier ist die Kurzfassung. Und glaube nicht, dass du mehr von mir erfährst. Ich habe einen Mann getroffen", gestand Maggie schließlich. „Natürlich wieder den falschen. Aber dieses Mal habe ich es rechtzeitig gemerkt und bin abgehauen."

Melanie betrachtete sie amüsiert. „Und wie fühlst du dich so auf der Flucht?"

„Ich bin erst seit ein paar Stunden hier. Es ist noch zu früh, um ein Urteil zu fällen."

„Willst du mir von ihm erzählen?"

„Nein", meinte Maggie trocken. Sie wollte nicht über Rick Flannery reden, da sie ihn so schnell wie möglich vergessen wollte.

Melanie sah enttäuscht aus. „Nicht mal ein bisschen?"

„Gar nichts", erklärte Maggie entschieden.

„Willst du, dass Mike ihn verprügelt?"

Maggie musste ein Lächeln unterdrücken. „Wenn ich wollte, dass ihn jemand verprügelt, hätte ich es Dad gesagt. Außerdem hat er ja nichts Unrechtes getan. Das hat nur etwas mit mir zu tun. Ich muss aus jeder Mücke gleich einen Elefanten machen, statt es als das zu sehen, was es ist: eine kurze Affäre, in der es lediglich um Sex geht."

„Wer hat denn gesagt, dass es so ist? Du oder er?"

„Niemand hat das gesagt", erwiderte Maggie. „Es ist einfach so."

Melanie verdrehte die Augen. „Du weißt, was man sagt, wenn jemand zu wissen glaubt, was der andere denkt?"

Maggie runzelte die Stirn. „Ja, aber das trifft nur zu, wenn die Fakten nicht so eindeutig sind wie in diesem Fall."

„Wirklich?"

„Was sind das denn für Fakten?"

„Die Vergangenheit."

„Wessen Vergangenheit?"

„Seine. Und meine."

„Vielleicht hat einer von euch beiden aus den Fehlern gelernt?", meinte Melanie.

Hoffentlich, dachte Maggie. Deswegen hatte sie ja schließlich entschieden, Boston zu verlassen.

Was Rick betraf, was sollte er gelernt haben? Sie bezweifelte, dass er seine Vergangenheit kritisch betrachtete. Er war wahrscheinlich sehr zufrieden mit einem Liebesleben, das ihm so viel Abwechslung bot.

„Hör zu, mich von ihm zu trennen ist ganz allein meine Entscheidung", erklärte Maggie verärgert. „Du musst dich nicht einmischen, und schon gar nicht, wenn du nicht weißt, wovon du redest."

„Weil du es mir nicht erzählst", entgegnete Melanie. „Wenn ich wüsste, worum es geht, könnte ich dir bestimmt helfen."

„Ich sage dir, meine Entscheidung ist richtig. Es gibt keinen anderen

Weg. Ich will und brauche keinen Rat. Ich möchte nur, dass du mir von Zeit zu Zeit Gesellschaft leistest, damit ich hier nicht durchdrehe."

Melanie schien zuerst widersprechen zu wollen, aber dann schaute sie ihre Schwester nur eindringlich an. „Ich bin immer da, wenn du mich brauchst, okay?"

Tränen traten in Maggies Augen. „Danke, Schwesterherz."

„So sind die D'Angelo-Schwestern nun mal", erinnerte Melanie. „Wir halten immer zusammen."

„Wie Pech und Schwefel", pflichtete Maggie ihr bei und schnitt dann ein anderes Thema an, um abzulenken. „Und wie fühlt man sich so als verheiratete Frau?"

Melanies Gesicht nahm einen träumerischen Ausdruck an, und sie schaute zu ihrem Ehemann hinüber. Dann seufzte sie zufrieden. „Noch besser, als ich gedacht hätte."

„Und Jessie? Ich weiß, dass ihr beide Schwierigkeiten mit ihrem Verhalten hattet."

„Sie ist wie verwandelt", erklärte Melanie. „Nicht, dass sie nur brav wäre, ganz im Gegenteil. Aber sie gerät nicht mehr so wie früher außer Kontrolle. Es ist fast wie ein Wunder."

„Das muss der Einfluss deines sanften Charakters sein", zog Maggie sie auf und stieß ihrer Schwester leicht in die Rippen. Beide wussten, dass Melanie als Kind einen Hang zu Wutausbrüchen hatte. Jetzt – als erwachsene Frau – war das allerdings vergessen.

„Ich glaube, Jessie ist einfach nur erleichtert, die Sicherheit zu haben, dass ich bleibe", meinte Melanie nachdenklich. „Und selbst Mike bekommt das langsam in seinen sturen Kopf hinein."

„Das hoffe ich doch. Er hat dich schließlich geheiratet."

„Aber er hatte trotzdem noch Zweifel. Du hättest ihn sehen sollen, als wir die erste Auseinandersetzung hatten. Ich glaube, er war überzeugt, dass ich davonlaufe."

„Aber du bist geblieben."

„Ich liebe ihn. Natürlich bin ich geblieben." Sie warf ihrer Schwester einen vielsagenden Blick zu. „Ganz im Gegensatz zu manchen Leuten, die bei den ersten Problemen abhauen."

Maggie stöhnte. „Ich dachte, wir hätten aufgehört, über mich zu reden."

Melanie lachte. „Irrtum. Ich habe nur eine Pause eingelegt."

Maggie erhob sich. „Ich bin sowieso müde. Ich werde jetzt ins Bett gehen."

„Es ist noch nicht mal acht Uhr."

„Ich hatte einen anstrengenden Tag. Die lange Fahrt hat mich erschöpft."

„Du bist doch sonst eine richtige Nachteule. Vielleicht sollte ich Mike und Jessie nach Hause schicken und bei dir übernachten. Wir könnten über Männer reden."

„Ich habe für heute genug über Männer geredet", erklärte Maggie entschieden. „Wechsle das Thema, oder geh nach Hause."

„Undankbares Miststück."

„Neugierige Hexe."

Dann brachen beide in ungestümes Lachen aus.

„Ach, wie habe ich das vermisst", schwärmte Melanie. „Ich hoffe, du bleibst ganz, ganz lange."

„Ich mache hier nur Urlaub", erinnerte Maggie ihre Schwester.

Melanies Lächeln wurde noch strahlender. „Ja, das habe ich auch gesagt, als ich im März hierher kam."

„Es ist nur ein Urlaub", wiederholte Maggie.

Sie hatte plötzlich so eine Ahnung, dass sie sich das wieder und wieder sagen müsste. Nun, das war das Problem, wenn man von zu Hause fortlief. Stolz und Angst könnten einem im Weg stehen, wenn man zurückgehen wollte. Besonders, da der Mann, vor dem sie weglief, immer noch in Boston sein würde, wenn sie zurückkehrte. Vielleicht würde er nicht auf sie warten, aber auf jeden Fall würde er ihren Seelenfrieden durch seine Nähe stören.

2. KAPITEL

Maggie fand das Café in Irvington, das Melanie ihr empfohlen hatte, und setzte sich mit einem Stapel Zeitschriften, die sie sich soeben gekauft hatte, draußen an einen Tisch. Die Konkurrenz zu studieren machte ihr immer besonders viel Spaß. Sie hatte sogar einige neue Zeitschriften gefunden, die nur in dieser Region vertrieben wurden, und mit etwas Glück würden sie interessant genug sein, um ihre Gedanken wenigstens eine Weile von Rick abzulenken.

Wohlweislich hatte Maggie sogar ihr Handy zu Hause gelassen, um nicht Gefahr zu laufen, ständig auf einen Anruf oder eine SMS zu warten.

Ob Rick mittlerweile wusste, dass sie weggefahren war? Interessierte ihn das überhaupt? Veronica hatte ihr am Morgen bereits eine E-Mail geschickt, um ihr mitzuteilen, dass Ricks Fotos vorlägen und dass sie großartig wären. Ihre Assistentin hatte allerdings nicht erwähnt, ob Rick die Fotos persönlich gebracht und ob er nach Maggie gefragt hatte.

Veronica hatte lediglich gefragt, ob sie die Fotos digital übermitteln sollte, und Maggie hatte sofort geantwortet und sich die Bilder schicken lassen.

Als sie die Fotos dann anschaute, schlug ihr Herz ein wenig schneller. Rick hatte fantastische Arbeit geleistet. Er war tatsächlich so gut wie der Ruf, der ihm vorauseilte. Maggie hätte am liebsten sofort zum Hörer gegriffen und ihm gratuliert.

Es war dieser Wunsch gewesen, der sie schließlich aus dem Haus getrieben hatte. Sie hätte sich genauso gut zu Hause ihren eigenen Kaffee zubereiten können, aber sie wusste, dass sie dringend ein wenig Ablenkung brauchte, wenn sie Rick wenigstens eine Stunde lang vergessen wollte.

Erstaunlicherweise waren alle Fotos, die sie in den Zeitschriften fand, nicht mal annähernd so gut wie die von Rick. Als ihr jedoch schließlich klar wurde, dass sie nur seine Arbeit mit der von anderen Fotografen verglich, statt ihn zu vergessen, warf sie die Zeitschriften in ihre große Leinentasche und fuhr wieder nach Hause.

Kaum hatte sie die Küche betreten, fiel ihr Blick auf das Handy, das sie auf dem Tisch liegen gelassen hatte. Sie sagte sich zwar, dass der Verlag wie immer über E-Mail mit ihr in Kontakt treten und ihre Familie sich bestimmt über das Festnetz melden würde, doch die Neugierde war einfach zu groß. Sie nahm das Handy und stellte zu ihrem Erstaunen – oder war es Erleichterung? – fest, dass sich vierzehn Mitteilungen in ihrer Mailbox befanden!

Dreizehn davon waren von Rick. Offensichtlich gab es kein Entkommen vor diesem Mann. Es sei denn, sie warf das Handy ins Meer. Doch da allein seine tiefe, angenehme Stimme ihr einen erregenden Schauer über den Rücken laufen ließ, glaubte sie kaum, dass sie das Handy wegschmeißen würde.

Die letzte Nachricht, die erst vor wenigen Minuten hinterlassen worden war, stammte von Ashley, und irgendwie klang die Stimme ihrer Schwester seltsam, nicht so selbstbewusst wie sonst. Da sie die Gedanken an Rick verdrängen wollte, rief sie Ashley an.

„Hallo, Ash. Was ist los?"

„Ah, hallo, Maggie", trällerte Ashley eine Spur zu fröhlich. „Danke, dass du so schnell zurückrufst. Ich war mir nicht sicher, ob du dein Handy abhörst, da du ja im Urlaub bist."

Maggie stöhnte und ließ sich auf die Couch fallen. Schlagartig wusste sie, was dieser seltsame Tonfall und die Bemerkung über ihren Urlaub bedeuteten. „Er ist bei dir, nicht wahr? Er ist in deinem Büro!"

„Genau. Heute scheint wirklich ein Tag voller Überraschungen zu sein."

„Schick ihn weg", verlangte Maggie. „Was immer du auch tust, sag ihm nicht, wo ich mich aufhalte. Und sag ihm keinesfalls, dass ich jetzt am Telefon bin."

„Ja, ich werde mein Bestes tun", erklärte Ashley gut gelaunt.

Dann murmelte Ashley etwas, was Maggie nicht verstehen konnte. „Was hast du gesagt?", fragte sie ihre Schwester.

„Sie meinte, dass ich ganz schön hartnäckig wäre", erwiderte Rick angespannt.

Maggies Herz machte einen Satz. „Oh", stieß sie hervor. Jetzt war er da – der Albtraum, vor dem sie sich gefürchtet hatte. Wenn sie jetzt nicht stark blieb, wäre alles verloren. Er würde sie mit seinem Charme um den Finger wickeln, und all ihre guten Absichten würden sich in Luft auflösen. Wo war nur ihr sonst so starker Wille, wenn es um Rick ging? Sie war süchtiger nach ihm als nach Schokolade, und das wollte schon was heißen.

„Wo bist du, Maggie?", fragte er, und es hörte sich an, als ob er mit seiner Geduld bald am Ende wäre. „Warum bist du einfach weggefahren, ohne etwas zu sagen?"

Sie ignorierte seine Fragen und stellte stattdessen selber eine. „Wie hast du meine Schwester gefunden?"

„Du hast sie einige Male erwähnt, auch den Namen der Kanzlei, für die sie arbeitet. Es war also nicht schwer, Ashley zu finden", erklärte er leicht amüsiert. Er schien ziemlich stolz auf sich zu sein.

„Ich meine, warum hast du sie aufgesucht?", fragte Maggie. „Du weißt doch, wie du mich erreichen kannst, wenn du so wild darauf bist, mich zu sprechen."

„Ich habe deine Handynummer", verbesserte er sie. „Ich kann aber nicht mit dir reden, wenn du die Gespräche nicht entgegennimmst. Nachdem ich dir ein Dutzend Mitteilungen hinterlassen hatte und …"

„Dreizehn", verbesserte sie ihn, ohne an die Konsequenzen zu denken.

Er lachte. „Du hast sie also tatsächlich erhalten."

„Ja, aber ich habe sie erst vor wenigen Minuten abgehört. Ashleys Anruf schien mir am dringendsten zu sein."

„Du hattest also vor, mich zurückzurufen?", fragte er skeptisch.

„Vielleicht."

„Das dachte ich mir. Deswegen habe ich ja auch deine Schwester aufgesucht."

„Ich frage dich noch mal, warum?"

„Um herauszufinden, weshalb du, ohne ein Wort zu sagen, geflüchtet bist."

„Ich bin nicht geflüchtet. Ich mache Urlaub", verteidigte sie sich.

„Machst du immer so spontan Urlaub? Ich meine, so völlig unvermittelt?"

„Wieso glaubst du, dass ich spontan gefahren bin? Vielleicht habe ich den Urlaub schon seit Monaten geplant."

„Und? Hast du?"

„Nein", gab sie zu, „aber das konntest du nicht wissen."

„Doch, Veronica hat mir verraten, dass dein Verhalten sehr ungewöhnlich ist."

„Meine Assistentin weiß auch nicht alles", verteidigte sich Maggie. „Aber was geht dich das überhaupt an?"

„Ganz einfach. Mein Instinkt sagt mir, dass dein Verschwinden etwas mit mir zu tun hat."

„Du solltest mal überprüfen, ob du Realität noch von Fantasie unterscheiden kannst."

„In Ordnung, ich werde es mir merken. Aber wenn du mir nicht unbedingt aus dem Weg gehen willst, kannst du mir ja auch sagen, wo du bist. Wenn du nichts dagegen hast, könnte ich dich ein paar Tage besuchen kommen. Ich habe nämlich eine Woche frei."

„Ich habe aber etwas dagegen", wehrte sie ab.

„Weil du mit einem anderen Mann zusammen bist?"

Maggie seufzte. Beide wussten, dass das nicht so war. Bevor sie Rick traf, hatte sie sechs Monate lang in selbst auferlegter Enthaltsamkeit verbracht. Es war der verzweifelte Versuch gewesen, sich vor weiteren Fehlgriffen bei ihrer Männerwahl zu schützen. Unglücklicherweise hatte sie Rick dies erzählt.

„Das ist nicht der Punkt", erwiderte sie. „Ich will dich einfach nicht sehen."

Rick lachte leise. Und das Lachen klang, als ob er genau Bescheid wusste. „Gib mir ein paar Stunden. Ich bin sicher, dass ich deine Meinung ändern könnte. Falls ich es nicht schaffe, fahre ich sofort wieder ab."

Er wird noch nicht mal zehn Minuten brauchen, dachte Maggie voll Selbstverachtung. Sie musste ihn sich vom Leib halten, weit entfernt von Rose Cottage.

„Daraus wird nichts. Tut mir leid", erwiderte sie. „Ich werde dich anrufen, wenn ich wieder in Boston bin. Wir können uns dann ja auf einen Drink treffen."

Rasch beendete sie das Gespräch, bevor er sie noch überreden konnte, ihm die Adresse zu geben. Sie hoffte nur inständig, dass Ashley nicht seinem Charme erliegen und sie verraten würde.

Es dämmerte bereits, als Maggie hörte, wie ein Wagen in die Einfahrt von Rose Cottage fuhr. Voller schlechter Vorahnungen – und vielleicht mit einem ganz kleinen prickelnden Gefühl der Vorfreude – warf Maggie einen Blick aus dem Fenster. Tatsächlich! Rick stieg aus seinem schnittigen schwarzen Jaguar, und ihr Herz schlug augenblicklich schneller. Offensichtlich hatte ihr Körper noch nicht verstanden, wie gefährlich dieser Mann für sie war. Es war erst eine Woche vergangen, seit sie ihn das letzte Mal gesehen hatte, aber sie verschlang ihn mit Blicken, als ob es Monate gewesen wären.

Rick Flannery war wirklich unglaublich. Er bewegte sich mit der Geschmeidigkeit eines Panthers, dazu strahlte er tiefes Selbstvertrauen und echte Gefahr aus. Er gehörte zu jenen Männern, die Jeans, T-Shirt und ein zerknittertes Jackett trugen und trotzdem auf keiner Cocktailparty aus dem Rahmen fallen würden. Vielleicht lag es an seiner perfekten Figur, dass es jedem – na ja, zumindest den Frauen – völlig egal war, was er trug.

Natürlich machte er auch in einem Dinnerjacket einen ausgesprochen guten Eindruck. Er hatte Maggie mal zu einem Ball begleitet, und er hatte so verführerisch ausgesehen, dass sie kaum die Hände von ihm hatte lassen können. Allerdings sah er immer noch am besten aus, wenn er gar nichts trug – das wusste Maggie aus eigener Erfahrung leider nur zu gut.

Sein braunes, sonnengebleichtes Haar war etwas zu lang, und er schien sich am Morgen nicht rasiert zu haben. Dennoch sah er umwerfend gut aus. Außerdem machte er einen äußerst selbstbewussten Eindruck. Warum sonst war er hierher gekommen, obwohl sie ihm erst vor wenigen Stunden erklärt hatte, dass er unerwünscht war.

Da Maggie nichts anderes übrig blieb, als ihm gegenüberzutreten, öffnete sie die Tür und wartete auf der Schwelle. Rick lächelte, als er sie sah.

„Hi, Liebling, ich bin wieder zu Hause."

„Ich bin nicht dein Liebling, und dies hier ist absolut nicht dein Zuhause", erwiderte sie und blockierte ihm den Weg, als er an ihr vorbeigehen wollte. Sie gab sich große Mühe, all die Kraft und Entrüstung aufzubringen, die nötig waren, um ihn nicht durch die Tür zu lassen. Wenn er die Schwelle erst mal übertreten hätte, würde man sie nicht länger für ihre Handlungen zur Verantwortung ziehen können.

Unbeirrt lächelte er weiter. „Bist du nicht glücklich, mich zu sehen?"

„Nein."

„Nicht mal ein kleines bisschen?"

„Absolut nicht."

Er lachte leise. „Lügnerin."

„Ich lüge nicht. Wie oft soll ich dir das noch sagen."

„Bis du es ohne dieses verräterische Rot auf deinen Wangen behaupten kannst."

„Wenn meine Wangen rot wären, dann …", begann sie und spürte, dass er recht hatte. Ihre Wangen brannten wie Feuer. „Selbst wenn sie rot sind, dann nur, weil du mich so wütend gemacht hast. Es ist ganz schön anmaßend von dir, hier aufzutauchen, obwohl ich dir ausdrücklich gesagt habe, dass ich deine Anwesenheit nicht wünsche."

„Mut sollte belohnt werden, findest du nicht auch?"

Sie musste gegen ein Lächeln ankämpfen. Der Mann war unmöglich, aber leider auch unglaublich attraktiv.

„Fahr wieder, Rick. Bitte!"

Sein Gesicht nahm einen ernsten Ausdruck an. „Nur, wenn du mir erzählst, warum du mich unbedingt loswerden willst. Erklär es mir, damit ich es verstehe, und ich werde gehen."

Sie sah ihn skeptisch an. „Ernsthaft? Du gehst, wenn ich dir erkläre, warum ich dich nicht hier haben will?"

„Versprochen", beteuerte er und hob die rechte Hand zum Schwur.

Maggie betrachtete ihn mit unverhülltem Misstrauen, entschloss sich aber, das Risiko einzugehen. „Also gut", begann sie. „Ich will nicht, dass du hierbleibst, weil ich dich einfach nicht mehr sehen will."

Er nickte. „Mit anderen Worten, es war schön, solange es gedauert hat, aber jetzt ist es vorbei."

„Genau", bestätigte sie, erleichtert darüber, dass er so schnell begriffen hatte. „Das waren doch von Anfang an die Spielregeln, nicht wahr? Jeder ist frei zu gehen, wann immer er will."

Er sah sie erstaunt an. „Ich erinnere mich gar nicht, dass wir darüber geredet hätten."

Sie dachte an den ersten Abend, an dem sie zusammen im Bett waren. Sie hatten nicht viel gesprochen und schon gar nicht über Regeln. „Das war doch von vornherein klar."

Er schüttelte den Kopf. „Nicht für mich. Außerdem nehme ich dir das nicht ab", meinte er. „Es mag sein, dass du mich nicht hier haben willst, aber nur, weil du Angst vor deinen eigenen Gefühlen hast, und nicht, weil du nichts mehr für mich empfindest."

Warum muss dieser Mann ausgerechnet jetzt so viel Einsicht in mein Seelenleben haben? dachte Maggie verzweifelt.

Sie hatte das unangenehme Gefühl, in einer Falle zu sitzen. Und deshalb musste sie dafür sorgen, dass er wieder abfuhr, bevor ihr gesunder Menschenverstand sie völlig verließ und sie mit ihm ins Bett sprang. Das Verlangen ihres Körpers spielte bereits verrückt, und eine kleine verführerische Stimme bettelte sie an, ihre Vernunft endlich zum Teufel zu jagen.

„Du hast gesagt, du gibst mir dein Wort", protestierte sie. „Du hast versprochen zu gehen."

Er zuckte mit den Schultern. „Ich habe gelogen. Nun, eigentlich habe ich gar nicht gelogen. Ich habe mich nur nicht klar genug ausgedrückt. Ich will mehr als eine knappe Erklärung. Ich will die ungeschminkte Wahrheit. Wenn du sagst, es ist vorbei, nehme ich dich beim Wort."

„Danke." Sie wollte die Tür schließen.

„Nicht so hastig", meinte er. „Ich will immer noch wissen, warum es vorbei ist."

„Ich bezweifle, ob dein Ego das ertragen könnte", forderte sie ihn heraus. „Bist du sicher, dass du meine Gründe hören willst?"

Zu ihrem Ärger wurde Rick jedoch nicht unsicher. Im Gegenteil, er schien sich sogar über sie zu amüsieren. „Teste mein Ego doch mal", provozierte er sie.

Sie suchte nach Gründen, die ihm garantiert den Wind aus den Segeln nehmen würden.

„Ich stehe eben nicht auf dich", erklärte sie schließlich und hatte Mühe, diese Lüge auszusprechen.

Statt beleidigt oder gar wütend zu sein, lachte er nur. „Wirklich?"

„Ja", beharrte sie. „Absolut nicht."

„Und wie oft warst du mit mir im Bett, bis du zu dieser Feststellung gekommen bist?"

„Am Anfang mag das anders gewesen sein, aber das hat schnell nachgelassen."

„Ich verstehe. Lass mich es noch mal zusammenfassen, damit ich die Situation wirklich verstehe. Du fühlst dich absolut nicht zu mir hingezogen, und deshalb bist du einige Hundert Kilometer von Boston bis hierher gefahren. Das willst du damit sagen, nicht?"

Da sie ihrer Stimme nicht recht traute, nickte sie nur.

Rick lachte leise. „Liebling, ich mag ein Mann sein, der keine Ahnung von Frauen hat, aber selbst ich kann den Widerspruch in deiner Aussage erkennen."

Maggie konnte das auch, weigerte sich aber, so schnell aufzugeben. Also spann sie ihre Lüge weiter. „Ich hoffte, deine Gefühle schonen zu können. Auf diese Weise wollte ich uns eine peinliche Situation wie diese hier ersparen. Ich dachte, dass eine neue Eroberung dich längst von mir abgelenkt hätte, bis ich zurückkäme."

Eine Weile sah er sie nachdenklich an. „Davor hast du also Angst", begann er schließlich langsam, als ob er endlich begriffen hätte, worum es ging. „Du denkst, ich könnte mich für eine andere Frau interessieren. Deswegen willst du Schluss machen, bevor ich dich verletzen kann. Und du bist weggelaufen, weil du weißt, dass du unsere Beziehung nicht beenden kannst, wenn ich dir nahe bin."

„Red doch keinen Unsinn", erwiderte sie, allerdings ohne große Überzeugung. Es war jedoch schwer, Argumente gegen seine Worte zu finden. „Ich werde nicht hier herumstehen und die ganze Nacht mit dir diskutieren. Ich habe dir geantwortet, und jetzt geh bitte."

Er warf ihr einen langen, prüfenden Blick zu und nickte dann. „Na schön, ich werde gehen", sagte er schließlich.

Doch gerade als Maggie erleichtert aufatmen wollte, winkte er ihr gut gelaunt zu. „Wir sehen uns dann morgen früh."

„Was?"

„Du hast deine Meinung sagen dürfen", erwiderte er geduldig. „Morgen früh darf ich es." Und während Maggie noch darüber nachdachte, wie weit sie kommen würde, wenn sie mitten in der Nacht abreiste, fügte er hinzu: „Und denk nicht daran, erneut zu flüchten. Es müsste dir doch mittlerweile klar sein, dass ich dich überall finde. Es sei denn, du brichst mit deiner Familie."

Ashley hatte also geplaudert. Das hatte Maggie sich schon gedacht. Wer konnte Ricks Charme schon widerstehen. „Vielleicht sage ich Ashley nicht, wohin ich dieses Mal fahren werde", meinte sie. „Sie scheint nicht sehr zuverlässig zu sein."

„Sei nicht so hart zu ihr. Sie will doch nur dein Bestes", erwiderte Rick.

„Vielleicht das Beste für dich, aber nicht für mich."

Er lächelte. „Ich fange an zu glauben, das könnte das Gleiche sein."

Mit diesen Worten war er dann verschwunden, noch bevor Maggie etwas erwidern konnte. Ärgerlich ging sie ins Haus und griff zum Telefon.

„Du Verräterin", stieß sie hervor, sobald Ashley abgenommen hatte.

„Was habe ich getan?"

„Als wenn du das nicht wüsstest!"

„Ich weiß es wirklich nicht", sagte Ashley unschuldig.

„Rick ist gerade weggefahren", erklärte Maggie. „Hast du jetzt verstanden?"

Ashley stieß einen kleinen erstaunten Laut aus. „Wie, um alles in der Welt, hat er dich gefunden?"

„Ich habe nur eine Erklärung", entgegnete Maggie.

„Ich schwöre dir, dass ich ihm nicht erzählt habe, wo du dich aufhältst."

Maggies Wut begann zu verrauchen. Nie würde Ashley sie so frech anlügen. „Hast du vielleicht irgendeinen Zettel mit der Anschrift von Rose Cottage und meinem Namen auf dem Tisch liegen gehabt?"

„Nein", erwiderte ihre Schwester trocken. „Warum sollte ich so etwas herumliegen haben. Aber das ist sehr interessant."

„Was ist interessant?"

„Dass er so wild entschlossen war, dich zu finden. Und dass er sogar Erfolg hatte."

„Das ist nicht interessant, sondern höchst ärgerlich", erwiderte Maggie und überlegte. Hatte er nicht gesagt, dass Ashley geplaudert hätte? Nein, halt, er hatte davon gesprochen, dass sie mit ihrer Familie brechen müsste, nicht nur mit ihrer Schwester.

„Was glaubst du, wie er dich gefunden hat?", fragte Ashley nachdenklich. „Da er mich kontaktiert hat, wird er sich auch mit Jo in Verbindung gesetzt haben."

„Jo weiß doch gar nicht, dass ich hier bin", widersprach Maggie mit einem Seufzer. „Oder doch?"

„Natürlich weiß sie das. Sie ist doch deine Schwester."

„Und Mom und Dad?"

„Ich musste es ihnen sagen", verteidigte Ashley sich. „Sie hätten sich sonst Sorgen gemacht."

„Hast du vielleicht auch noch eine Anzeige in der Bostoner Zeitung aufgegeben?", meinte Maggie sarkastisch.

„Jetzt wirst du beleidigend. Ich hänge gleich auf."

„Klar. Häng nur auf, und lass mich im Stich", beschwerte sich Maggie.

Ashley seufzte. „Hör zu, es ist doch eigentlich egal, wie er es erfahren hat. Ist es nicht wichtiger zu überlegen, wie du dich jetzt verhalten sollst?"

„Außer erneut Reißaus zu nehmen, habe ich keine Ahnung", gab Maggie zu. „Hast du eine Idee?"

„Verhalt dich ruhig, und sieh zu, wie sich die Sache entwickelt", schlug ihre Schwester vor. „Dieser Mann hat viel auf sich genommen, um dich zu finden. Das muss doch etwas bedeuten."

„Er liebt Herausforderungen."

„Und wenn es um mehr als das geht?"

„Tut es aber nicht."

„Woher willst du das wissen?", fragte Ashley. „Wenn du meinen Rat hören willst, nimm die Chance wahr."

„Als ob ich in Liebesfragen einen Rat von meiner arbeitswütigen Schwester annehmen müsste, die seit zwei Jahren mit keinem Mann mehr ausgegangen ist!"

„Natürlich gehe ich aus."

„Nein, du gehst mit Anwälten essen, die zufällig Männer sind. Das ist ein großer Unterschied." Maggie lachte. „Auf Wiedersehen, Süße. Ich hab dich lieb."

„Ich dich auch, Schätzchen."

Nachdem Maggie aufgelegt hatte, überlegte sie, ob sie ihre Eltern oder ihre jüngere Schwester anrufen sollte, um herauszufinden, wer die Information über ihren Aufenthalt an Rick weitergegeben hatte. Aber warum sollte sie sich diese Mühe überhaupt machen. Das Kind war bereits in den Brunnen gefallen. Er war hier. Sie sollte also besser ihre ganze Energie darauf verwenden, ihn von ihrem Bett fernzuhalten.

Und da sie spürte, wie ihre Willenskraft von Minute zu Minute nachließ, sollte sie sich einen perfekten Plan machen.

3. KAPITEL

Rick wusste, dass er sich eigentlich sofort hätte umdrehen und nach Boston zurückfahren müssen. In Boston gab es genug weibliche Wesen, die alles tun würden, um in seiner Gesellschaft zu sein. Er war nicht auf eine zickige Frau angewiesen, die behauptete, nichts mit ihm zu tun haben zu wollen.

Das Problem war allerdings, dass er diese anderen Frauen nicht wollte. Er wollte Maggie. Und er nahm an, dass er sie gerade deshalb wollte, weil er sie nicht haben konnte. In diesem Punkt war er genau wie alle anderen Männer. Er liebte Herausforderungen. Und es hatte in den vergangenen Jahren nur wenig Frauen gegeben, die ihm das geboten hatten.

Nachdem er von Rose Cottage weggefahren war, hatte er sich ein Zimmer in einer gemütlichen Pension genommen, und jetzt lag er in dem altmodischen Messingbett unter einer dicken Bettdecke und grübelte. War es wirklich nur die Herausforderung, die ihn reizte, oder steckte mehr dahinter? Und was würde passieren, wenn er Maggie überreden könnte, seinen Aufenthalt zu akzeptieren? Schließlich wollte er ja gar keine feste Beziehung. Das hatte er noch nie gewollt, und er wüsste keinen Grund, warum er seine Meinung ändern sollte. Er liebte seine Freiheit. Und ihm gefiel die Tatsache, dass es noch keiner Frau gelungen war, ihm so nahezukommen, dass er seine Freiheit aufgegeben hätte.

Hieß das andererseits, dass auch Maggie nur ein Spiel für ihn war? Dass ihn lediglich das Jagdfieber ergriffen hatte? Plötzlich warnte ihn eine innere Stimme. Er sollte sich nicht auf dieses Spiel einlassen, nicht mit Maggie, nicht solange er nicht wusste, was er sich eigentlich davon erhoffte.

Aber was sollte er erwarten? Eine leidenschaftliche Affäre? Es war doch offensichtlich, dass sie ihn gar nicht wollte. Sonst hätte sie ihn mit offenen Armen empfangen. Sie war schließlich fortgelaufen, weil sie alles wollte, nur keine leidenschaftliche Affäre, für die sie vielleicht mit einem gebrochenen Herzen zahlen musste.

Unter dem Strich blieb also nur noch die Ehe übrig. Maggie hatte zwar niemals auch nur eine Andeutung in diese Richtung gemacht, aber sie war einfach der Typ Frau, der sich eine Familie wünschte. Das hatte er schnell begriffen.

Sie stammte aus einer großen Familie, in der offenbar viel Liebe und Verständnis füreinander herrschten. Bisher hatte er zwar nur Ashley persönlich kennengelernt – mit Mrs D'Angelo hatte er nur ein einziges Mal am Telefon gesprochen –, aber Maggie redete oft über ihre Mutter. Wahrscheinlich mehr, als ihr selbst bewusst war. Sie schien sehr glücklich zu sein über die gute Ehe ihrer Eltern und über Melanies Hochzeit, die kürzlich stattgefunden hatte. Es war also nur natürlich, dass sie das Gleiche für sich selbst wünschte. Vielleicht hatte sie ihm deswegen die Tür gewiesen. Vielleicht war ihr klar geworden, dass er für eine solche Beziehung nicht der Richtige war.

Er versuchte, sich selbst in der Rolle des ergebenen Ehemannes zu sehen, sich vorzustellen, wie es wäre, an eine Frau gebunden zu sein und für Kinder sorgen zu müssen. Irgendwie wollte ihm das jedoch nicht gelingen. Seine Eltern hatten sich scheiden lassen, als er zehn Jahre alt war. Und nachdem sein Vater die Familie verlassen hatte, brachte seine Mutter kaum noch Interesse für ihn auf, sondern ertränkte ihren Kummer in Alkohol. Rick hatte sich von Kindesbeinen an mehr oder weniger allein durchs Leben schlagen müssen, hatte aber nie erfahren, was ein glückliches Familienleben war oder was man dazu beitragen konnte.

Die Flannery-Männer waren wohl allesamt Gauner und Schurken, die ihre Frauen betrogen und im Stich ließen, das konnte man weit bis zu seinen Ahnen nach Irland zurückverfolgen. In betrunkenem Zustand hatte Ricks Mutter ihm oft alle möglichen Geschichten über die Flannery-Männer erzählt, um ihm zu erklären, warum sein Vater auf und davon war und keine Verantwortung für die Familie übernahm.

Angesichts seiner Vergangenheit machte Ricks Entschluss, hier in Irvington zu bleiben, im Grunde keinen Sinn. Dennoch, irgendetwas in ihm brachte es nicht fertig, diese hübsche, eigenwillige Frau, die ihn fast um den Verstand brachte, einfach zurückzulassen. Er würde das Glück herausfordern. Er musste es herausfordern!

Sie würde mit ihm ins Bett gehen. Das hatte Maggie von dem Moment an gewusst, als er unrasiert, übernächtigt und mit zwei Bechern Milchkaffee vor ihrer Tür aufgetaucht war. Sie hatte sich die ganze Nacht schlaflos im Bett hin und her gewälzt und sich eingeredet, dass sie richtig gehandelt hatte, dass es sowieso keine Zukunft für sie geben würde. Sie hatte einfach keine Lust, jeden Tag aufs Neue mit hübschen, superschlanken Models zu konkurrieren. Das wäre reiner Masochismus. Außerdem wusste sie mittlerweile, dass Leidenschaft in einer Beziehung nicht ausreiche. Sie wollte mehr, viel, viel mehr.

Obwohl sie stolz darauf war, dass endlich mal ihr gesunder Menschenverstand die Oberhand hatte, flüsterte jedoch ein anderer Teil von ihr – wahrscheinlich ihre Libido – ihr ein, dass es geradezu eine Schande war, einen Mann wie Rick von sich zu weisen. Schließlich traf man nicht alle Tage einen Mann, der eine derartige Leidenschaft in einem weckte. Außerdem würde Rick nur einige Tage bleiben, bevor er wieder aus ihrem Leben verschwand. Das Leben konnte also nicht allzu kompliziert werden.

Während solche verräterischen Gedanken sie plagten, versuchte Maggie, einen neutralen Gesichtsausdruck beizubehalten. „Danke", bemerkte sie schlicht, als sie den Kaffee aus seiner Hand entgegennahm.

„Hast du mich erwartet?", fragte Rick.

„Nicht wirklich. Ich dachte, du würdest noch mal gründlich über alles nachdenken, wenn du ausgeschlafen hast."

„Das habe ich getan."

„Und?"

„Wie du siehst, bin ich hier, um mit dir zu reden."

„Nein, du bist gekommen, um mich zu ärgern", erwiderte sie. „Gib es doch zu, Flannery, du bist nur hier, weil ich dich weggeschickt habe."

„Nein, ich bin nicht deswegen, sondern trotzdem hierher gekommen", verbesserte er sie. „Du solltest mittlerweile wissen, dass ich nicht so schnell aus dem Konzept zu bringen bin. Aber müssen wir das hier draußen vor deiner Haustür diskutieren?"

„Siehst du hier irgendjemanden, der unser Gespräch mithören könnte?"

Er hielt eine Papiertüte hoch. „Aber ich habe Kaffee und Schokocroissants mitgebracht. Ich dachte, wir könnten uns setzen und uns zivilisiert miteinander unterhalten."

„Willst du dich wirklich nur unterhalten?", fragte sie skeptisch. Das wäre ja etwas ganz Neues. Bisher waren sie immer im Bett gelandet und hatten außer heißem Liebesgeflüster nur wenige Worte miteinander gewechselt.

„Zunächst schon", gab er mit einem höchst charmanten Lächeln zu. Ein Lächeln, das seinen Effekt nie verfehlte.

Maggie überlegte kurz. „Wir werden hinaus in den Garten gehen. Dort trinke ich bei schönem Wetter morgens immer meinen Kaffee."

Sein Lächeln wurde breiter. „Ich weiß, warum ich nicht ins Haus darf", erklärte er selbstzufrieden. „Du hast Angst, dass du mich dann anflehst zu bleiben."

Etwas flammte in ihren Augen auf. „Ja", gestand sie knapp.

Er nickte. „Endlich rückst du mit der Wahrheit heraus."

„Du denkst nur, dass es wahr ist, weil es deinem Ego schmeichelt."

„Hier geht es nicht um mein Ego, Maggie."

„Um was dann?", wollte sie wissen, während sie ihn hinaus in den Garten führte. Die Sonne glitzerte auf dem Wasser der Chesapeake Bay, wo die Fischer bereits bei der Arbeit waren und Fangkörbe mit Krebsen sowie Netze einholten. Der salzige Meeresgeruch vermischte sich mit dem Duft der Rosen, die endlich – nach Jahren der Vernachlässigung – wieder in voller Blüte standen.

Erst als Maggie auf der breiten Gartenschaukel Platz genommen hatte und er sich neben sie setzte, antwortete er auf ihre Frage. „Hier geht es um eine wundervolle Frau, die mich fasziniert und mit der ich mehr Zeit verbringen will", erklärte er ganz direkt. „Und diese Frau bist du. Ich dachte, das wäre dir von Anfang an klar gewesen. Habe ich dir nicht unmissverständlich gezeigt, was ich für dich empfinde?"

Aber nur mit deinem Körper, dachte Maggie. Mit deinen Lippen, mit deiner Zunge, mit deinen Händen. Und da ging es nur um Leidenschaft, um nichts anderes.

„Und warum hast du dich dann plötzlich in Luft aufgelöst?", fragte Maggie bitter, als sie sich daran erinnerte, wie sehr sein Schweigen sie gequält hatte und wie wütend sie gewesen war, dass er sie so verletzen konnte.

Er sah sie verständnislos an. „In Luft aufgelöst? Was meinst du, ich bin doch nirgendwo hingegangen."

„Das meinte ich nicht wörtlich. Du hast dich einfach nicht mehr gemeldet."

„Bist du deswegen aus Boston geflüchtet?", fragte er ungläubig. „Hast du etwa gedacht, ich wäre mit einer anderen Frau beschäftigt gewesen, nur weil ich dich ein paar Tage lang nicht angerufen habe?"

Maggie hörte die Entrüstung in seiner Stimme und blickte ihm forschend in die Augen. Wenn überhaupt, dann würde sie die Wahrheit dort finden. „Warst du es denn?"

„Nein, verdammt noch mal! Ich habe sechs Tage und sechs Nächte in meinem Studio verbracht, habe einige Shootings gemacht und in meiner Dunkelkammer gearbeitet. Ich wollte vorarbeiten, damit ich ein paar Tage Zeit für dich hätte. Ich wusste, dass du noch mit der August-Ausgabe beschäftigt warst, und wollte danach für dich da sein."

Langsam kam Maggie sich ziemlich dumm vor. „Hättest du nicht anrufen und mir das erklären können?", murmelte sie und fragte sich, ob das einen Unterschied gemacht hätte. Hätte sie sich nicht trotzdem gegen ihn entschieden?

„Ich bin es nicht gewohnt, mich rechtfertigen zu müssen", erwiderte Rick. „Außerdem dachte ich, dass du unsere Beziehung nicht zu eng gestalten wolltest. Du hast mir doch selbst erklärt, dass du dazu neigst, dich zu schnell auf etwas einzulassen, und dadurch Fehler begehst. Ich wollte dich nicht bedrängen, das war alles."

„Das war auch richtig", sagte sie rasch. Sie wollte auf keinen Fall Schwäche zeigen.

„Dann verstehe ich aber nicht, warum ich dich verletzt haben soll", fragte er und sah sie prüfend an.

Warum er sie verletzt hatte? War das so schwer zu begreifen? Sie hatte mit ihm eine Affäre begonnen, und die Beziehung hatte ihr mehr als gut gefallen. Ihre Schwester Ashley hatte das sofort begriffen. Es war sogar so, dass Rick in ihr Wünsche geweckt hatte, die in dieser Stärke nie zuvor in ihr aufgestiegen waren. Deswegen war sie auch so verletzt gewesen und fortgelaufen. Denn egal wie gut Rick im Bett war, ihre Beziehung würde nie mehr als eine leidenschaftliche Affäre sein können, die früher oder später zu einem gebrochenen Herzen führen musste.

Sie sah ihn an. „Ich bin wohl einfach durchgedreht", gab sie mit gespieltem Humor zu. „Entschuldige."

Er wich ihrem Blick nicht aus. „Vielleicht sind wir das beide", entgegnete er ruhig. „Ich wollte auch mehr, Maggie, und ich habe ebenfalls keine Erklärung dafür."

Bestürzung schwang in seiner Stimme mit, und sie spürte, dass er es ehrlich meinte. Vielleicht brauchte sie die Beziehung gar nicht endgültig zu beenden. Vielleicht könnten sie noch mal von vorne beginnen und sich ein bisschen besser kennenlernen, bevor das Feuer der Leidenschaft erneut ihren Verstand benebelte. Das wäre eine ganz neue Erfahrung für sie. Und vielleicht auch für Rick.

Unvermittelt legte er einen Finger unter Maggies Kinn und hob ihr Gesicht an. Ihr ganzer Körper bebte, und sie schluckte nervös. Würde die starke Anziehungskraft, die zwischen ihnen herrschte, es überhaupt erlauben, dass sie den Verstand walten ließen? Im Grunde bezweifelte Maggie das.

„Was denkst du?", fragte er.

„Willst du das wirklich wissen?", konterte sie trocken.

Er lachte. „Klar, würde ich dich sonst fragen?"

„Ich dachte, wir könnten vielleicht noch mal von vorne beginnen und alles langsamer angehen lassen. Ich meine, wir könnten uns erst ein wenig kennenlernen." Sie betrachtete ihn und versuchte, in seinem Gesicht eine Reaktion zu entdecken. Es gelang ihr jedoch nicht.

„Aber du denkst noch etwas anderes", forderte er sie heraus und strich dabei sanft mit dem Zeigefinger über ihre sinnlichen Lippen.

Maggie erschauerte. „Ich denke, dass wir sofort ins Haus gehen und uns lieben sollten. Zum Teufel mit der Vernunft."

Verlangen flackerte in seinen Augen auf. „Wie wäre es, wenn wir zuerst diesem Gedanken Beachtung schenken und uns dann später der Vernunft zuwenden?"

Sie hätte so gern Nein gesagt. Aber sie hatte bereits ihre Hand in seine gelegt, und sie gingen ins Haus, bevor ein zusammenhängender Satz über ihre Lippen kommen konnte. „Das Schlafzimmer ist da drüben", brachte sie schließlich nur heraus.

Rick war nicht ganz sicher, warum Maggie ihre Meinung geändert hatte. Er bezweifelte, dass es irgendetwas war, was er gesagt hatte, denn Logik und Vernunft kamen in ihrer Beziehung nicht vor. Bei ihnen drehte es sich vor allem um ein verzehrendes Verlangen und um heftige Leidenschaft. Er brauchte Maggie nur anzuschauen, schon begehrte er sie.

Kaum hatten sie Maggies Schlafzimmer betreten, als sie sich bereits die Kleider vom Leib rissen. Von Anfang an hatten sie keine falsche Scham, keine Hemmungen gehabt. Und Maggie begehrte ihn genauso wie er sie. Besonders jetzt, da sie eine Entscheidung getroffen hatte, zeigte sie ihm das mit aller Offenheit.

Er küsste sie, zog ihren nackten Körper eng an seinen, streichelte und liebkoste sie. Als sie sein Glied berührte, war es bereits hart vor Erregung.

Rick konnte nicht mehr warten, nicht nach so langer Enthaltung. Es gelang ihm gerade noch, sich ein Kondom überzustreifen, bevor er mit einer einzigen Bewegung in sie eindrang. Begierig hielt sie seine Schultern umfangen und drängte ihr Becken seinen Hüften entgegen, sodass er ihre feuchte, heiße Höhle ausfüllen konnte.

Dann hielt Rick inne und versuchte, zu Atem zu kommen. Er versuchte es zumindest, aber die Gefühle waren zu intensiv, zu überwältigend.

Wenige Momente später spürte er, wie Maggie zum Orgasmus kam, also ließ er sich gehen und explodierte kurz drauf ebenfalls. Es war ein Höhepunkt, der Körper, Geist und Seele erfasste, ein Höhepunkt, wie er ihn bisher nur wenige Male erlebt hatte.

Maggies Atem ging stoßweise, und Rick bewegte sich noch einige Male in ihr, bis sie langsam zur Ruhe kamen und eine beglückende Erschöpfung sich über sie legte. Doch selbst dann zog er sich noch nicht von ihr zurück. Nie zuvor hatte er sich so mit einer Frau verbunden gefühlt, und er genoss das Gefühl, sie zumindest in diesem Moment zu besitzen.

Leicht strich sie ihm über das Haar. „Willst du dich nicht zur Seite rollen?", fragte sie leise.

„Nicht wirklich."

„Warum nicht?"

„Weil du garantiert nicht zu denken beginnst, solange wir so zusammen sind."

Sie lachte. „Nein, das stimmt, so kann ich definitiv nicht denken."

Zaghaft wand Maggie das Becken hin und her, und er spürte, wie sein Verlangen erneut erwachte.

„Oh, Rick", stieß sie hervor, als er sich wieder in ihr zu bewegen begann.

Er schaute in ihre Augen und sah die Leidenschaft darin. „Himmel", flüsterte er.

Sie sah ihn erstaunt an. „Was meinst du damit?"

„Du brauchst dich nur wenig zu bewegen, und ich bin bereits im Himmel."

„Rick, was weißt du über mich?", fragte Maggie Stunden später, noch immer in seinen Armen liegend. Fast den ganzen Tag lang hatten sie das Schlafzimmer nicht verlassen.

„Ich weiß, dass du im Bett eine wahre Entdeckung bist."

Obwohl sie ahnte, dass das für ihn ein großes Kompliment war, traten ihr Tränen in die Augen. „Ist das alles, was für dich wichtig ist?", fragte sie leise.

„Natürlich nicht, aber es war noch vor fünf Minuten verflixt wichtig."

Irritiert und ein wenig ärgerlich stand sie auf und zog dabei die Decke mit sich. Sie spürte im Rücken, dass er sie eindringlich ansah, aber sie konnte einfach nicht bei ihm bleiben. Schon wieder hatte sie es getan, hatte genau das getan, was sie nie mehr hatte tun wollen: Sie hatte die Leidenschaft über ihre Vernunft siegen lassen.

„Habe ich etwas Falsches gesagt?", fragte er. „Habe ich dich irgendwie verletzt?"

161

„Nein, nicht verletzt", erklärte sie und blieb stehen. „Welche Frau würde es schon verletzen, wenn man ihr sagt, dass sie eine gute Liebhaberin ist?"

Er ergriff ihre Hand und zog sie zurück ins Bett. „Dann sprich bitte mit mir. Sag mir, was in dir vorgeht. Ich kann keine Gedanken lesen, Maggie."

Maggie setzte sich auf den Bettrand und versuchte, die Tatsache zu ignorieren, dass Rick die Hand auf ihren Oberschenkel gelegt hatte. Verzweifelt suchte sie nach den richtigen Worten.

„Es ist genauso wie immer. Wir sind wieder sofort im Bett gelandet, ohne dass wir die Chance gehabt hätten, auch nur ein Wort miteinander zu reden. Wie können wir uns so näher kennenlernen?", meinte sie. „Leidenschaft allein reicht nicht."

„Aber deswegen bin ich doch gekommen. Ich will Zeit mit dir verbringen, damit wir uns besser kennenlernen."

„Im Bett?", erwiderte sie bitter.

Er seufzte. „Nicht nur im Bett."

„Warum haben wir dann niemals woanders Zeit miteinander verbracht? In Boston hast du es kaum erwarten können, mich aus jedem Restaurant oder von jeder Party so schnell wie möglich wieder zu dir oder mir ins Bett zu schleppen."

„Aber wir waren doch bei dem Fototermin für deine Zeitschrift einen ganzen Tag zusammen, ohne auch nur einen Kuss auszutauschen."

Obwohl Maggie aufgebracht war, musste sie lächeln. „Weil wir uns noch nicht kannten. Kaum hatten jedoch alle dein Studio verlassen, lagen wir schon auf der Schlafcouch in diesem Hinterzimmer."

Er zuckte mit den Schultern. „Das beweist nur, wie stark die Anziehungskraft zwischen uns beiden ist."

„Anziehungskraft und Leidenschaft verpuffen schnell", erwiderte sie trocken.

Rick schaute sie prüfend an. „Und genau das ist dein Problem, nicht wahr? Du hast Angst, dass unsere Beziehung nicht halten würde."

„Das wird sie auch nicht."

„Wahrscheinlich."

„Warum sollen wir dann zusammenbleiben?"

„Weil sie jetzt noch da ist", entgegnete er locker. „Was ist so schlimm daran, in der Gegenwart zu leben. Ich bin lieber im Moment hundertprozentig lebendig, als mich zu Tode zu langweilen."

„Und du meinst, dazwischen gibt es gar nichts?"

„Ich habe es bisher noch nicht gefunden. Du etwa?"

„Nein", erwiderte sie ehrlich. Doch das war genau das, was sie sich wünschte. Sie wusste, dass es existierte. Ihre Eltern waren dafür das beste Beispiel. Und Melanie hatte es mit Mike gefunden. Maggie hatte außerdem genug Affären hinter sich, um zu wissen, dass sie mehr als das wollte.

„Jetzt mal ganz ehrlich, Maggie. Willst du immer noch, dass ich abfahre?"

Die einzig vernünftige Antwort wäre natürlich ein Ja gewesen, aber sie konnte das Wort einfach nicht hervorbringen. So unrealistisch es auch war, sie wünschte sich mehr von Rick, von einem Mann, der offensichtlich niemals länger als einige Wochen mit derselben Frau zusammenblieb.

„Ich kann mit leerem Magen nicht denken", behauptete sie statt einer Antwort. „Wir haben die Schokocroissants bereits ausgelassen. Aber wir brauchen jetzt sowieso etwas Deftigeres. Ich werde uns etwas zubereiten."

Er suchte ihren Blick. „Und danach?"

„Danach werden wir weiterreden."

Ein leichtes Lächeln erschien auf seinem Gesicht. „Bis wir alles zu Tode geredet haben?"

„Vielleicht", gab sie zu. „Aber ein wenig reden wäre mal eine Abwechslung. Oft haben wir das schließlich noch nicht getan."

Er lachte. „Also gut, Maggie. Wir werden reden, solange dein Herz es begehrt, wenn es dir nichts ausmacht, dass ich hin und wieder das tue, was ich am besten kann."

„Und das wäre?"

„Dich überreden, endlich den Mund zu halten und mit mir ins Bett zu gehen."

Zu ihrem Erstaunen fuhr ihr bereits bei seinen Worten ein Schauer der Erregung über den Rücken. „Du kannst es ja versuchen."

„Danke", erwiderte er. „Du weißt, wie gut ich darin bin."

Sie zog die Augenbrauen hoch. „Arroganz ist keine sehr anziehende Eigenschaft."

„Na gut, dann werden eben meine Taten für sich sprechen."

Maggie seufzte. Sie hatte gefürchtet, seinem Charme zu erliegen, und genau das war passiert.

4. KAPITEL

Zu Ricks Überraschung verlief das Zubereiten des Abendessens kurz darauf angenehmer als alles andere, was er je mit einer Frau außerhalb des Bettes erlebt hatte. Maggie hantierte wie ein Feldwebel in der Küche herum, erteilte Befehle und bereitete mit einer unglaublichen Geschicklichkeit das Essen zu.

„Hast du jemals daran gedacht, zur Armee zu gehen?", zog er sie auf, als er die von ihr geforderten Gewürze in einer Reihe neben dem Herd aufstellte.

Sie warf ihm einen prüfenden Blick zu. „Wie kommst du denn auf diese Idee?"

„Mir kam gerade in den Sinn, wie praktisch deine Kenntnisse beim Küchendienst wären."

„Sehr witzig."

Er wies auf die Gewürze, die sie für die Spaghettisoße brauchte. „Wäre es nicht einfacher, eine Fertigsoße im Glas zu kaufen?", fragte er, obwohl er wusste, dass für eine gute Köchin dieser Vorschlag eine grobe Beleidigung war.

„Wenn dein Gaumen an Fertiggerichte gewöhnt ist, dann bereite dich auf ein kleines kulinarisches Wunder vor", erwiderte sie spöttisch. „Glaub mir, es gibt keinen Vergleich."

„Wenn du das sagst", meinte er und musste lächeln, als er die unterdrückte Entrüstung in ihrer Stimme hörte. Maggie ein wenig zu ärgern war fast so unterhaltsam wie Sex. „Und was soll ich jetzt tun?"

„Jetzt kannst du spazieren gehen oder sonst etwas tun. Hauptsache, du stehst mir hier nicht im Weg herum!"

„Aha, du hast bloß Angst, dass ich hinter dein Geheimrezept komme."

„Kaum, ich glaube, wir stimmen beide darin überein, dass du kein Gourmetküchenchef bist."

Rick musste ein Lachen unterdrücken. „Wirklich? Woher willst du das wissen?"

„Deine Bemerkung, dass man Spaghettisoße auch im Glas kaufen könnte, ist mir Hinweis genug."

„Ich meinte ja nur, dass es leichter zum Zubereiten wäre. Ich meinte nicht, dass eine gekaufte Soße besser schmeckt."

Sie betrachtete ihn kritisch. „Worauf willst du hinaus? Du möchtest mir doch nicht etwa weismachen, dass du kochen kannst?"

„Ein paar Gerichte kann ich schon", erwiderte er bescheiden. Er war seit Langem Junggeselle und liebte gutes Essen. Zwangsläufig hatte er das Kochen gelernt, und zwar nicht schlecht. Er könnte es vermutlich jederzeit mit ihr aufnehmen.

„Willst du etwa die Soße machen?", forderte sie ihn heraus.

„Gerne."

Sie sah ihn erstaunt an und trat mit einer großzügigen Handbewegung zurück. „Bitte sehr!"

„Bist du sicher?"

„Warum nicht. Ich habe einen kräftigen Magen."

„Es gibt keinen Grund, beleidigend zu werden." Diese Bemerkung hatte sie nicht umsonst gemacht. Er würde die Soße seines Lebens zubereiten, nur um ihre Überraschung zu sehen.

Mit geschickten Bewegungen gab er die Zutaten in den Topf und begann dann, die Gewürze hinzuzufügen. Schließlich spürte er, wie Maggie über seine Schulter interessiert in die Kasserolle schaute.

„Stimmt was nicht?", fragte er.

„Was hast du eben noch aus dem Schrank geholt?"

„Noch ein oder zwei Gewürze."

„Welche?"

„Ich denke, ich warte mit der Antwort, bis du probiert hast. Dann kannst du ja raten, was es war."

Sie griff zu einem Löffel, doch er wehrte ab. „Nicht jetzt, das Ganze muss erst noch eine Weile köcheln."

„Es gibt nichts Schlimmeres als einen besserwisserischen Koch, der glaubt, alles kontrollieren zu müssen", murmelte sie und ging zum Tisch hinüber.

„Etwas, woran du dich erinnern solltest", erwiderte er. „Hast du Wein im Haus? Du könntest uns ein Glas einschenken." Ein Glas war normalerweise sein Limit, aber heute Abend würde er eine Ausnahme machen.

Sie lachte. „Warte, bis ich wieder am Herd stehe. Ich zahle dir alles zurück. Aber Wein können wir trotzdem trinken."

Zwanzig Minuten später stand das Essen auf dem Tisch. Als die Spaghetti vor ihr auf dem Teller lagen und Rick ihr Parmesankäse darüberrieb, sog Maggie genüsslich den würzigen Basilikumduft der Tomatensoße ein.

„Das sieht großartig aus", gab sie zu. „Und außerdem duftet es himmlisch."

„Es sind doch nur Spaghetti mit Tomatensoße."

Sie lachte. „Nur Spaghetti gibt es nicht bei Italienern. Essen ist immer das Essen der Götter."

„Dann hoffe ich, dass ich vor deinem gestrengen Gaumen bestehe."

Sie nahm die erste Gabel voll und seufzte. „Du brauchst dir keine Sorgen zu machen. Du hast bestanden und die Erwartungen der Italienerin in mir sowie der Chefredakteurin der Gourmetabteilung eines Journals mehr als erfüllt. Sogar mein Vater wäre beeindruckt, und er ist nur sehr schwer zufriedenzustellen. Er behauptet nämlich, dass niemand auf der Welt so gut kochen kann wie seine Mama. Das fordert meine Mutter immer wieder zu Höchstleistungen heraus. Seine Töchter dagegen folgen ihrem Beispiel zu seinem Bedauern nicht alle. Ashley zeigt überhaupt kein Interesse am Kochen, Melanie ist kaum in der Lage, Wasser aufzusetzen, und Jo liebt es unkompliziert. Ich bin die Einzige, die sein Herz erfreuen kann, wenn es ums Essen geht."

„Dann muss ich auch mal für ihn kochen."

„Bist du sicher, dass du nicht zu sehr unter Erfolgszwang stehen und nervös werden würdest?"

„Ich bin höchstens nervös, weil ich gerne deine Erwartungen erfüllen möchte", erwiderte er und schaute sie ernst an. „Ich möchte es richtig machen, Maggie. Wirklich."

Ihre Kehle war plötzlich wie zugeschnürt. „Bist du sicher, dass du noch über das Kochen redest?", brachte sie schließlich hervor.

Er schüttelte den Kopf. „Nicht nur."

Ein schwaches Lächeln erschien auf ihrem Gesicht. „Du warst derjenige, der zuerst über Sex gesprochen und mir danach auch noch vorgeworfen hat, ich würde die Dinge zu Tode reden."

Rick seufzte. „Ich weiß. Aber wir alle machen mal einen Fehler. Lass uns darüber reden, was wir tun wollen."

Maggie sah ihn erstaunt an.

„Hast du was?", fragte Rick zögernd.

„Du fährst nicht nach Boston zurück?", kam ihre Gegenfrage.

„Nicht, solange du hier bist."

„Aber du hast doch gesagt, du bleibst nur ein paar Tage." Panik schwang in ihrer Stimme mit.

Er zuckte mit den Achseln. „Ich nahm an, du würdest auch nur ein paar Tage bleiben."

„Nun, da hast du dich geirrt. Ich bleibe ganz hier", erwiderte sie trotzig.

„Dann bleibe ich auch", entschied Rick gelassen. Das war der Vorteil, wenn man freiberuflich arbeitete. Er würde einfach seinen Agenten anrufen und ein paar Termine verschieben. Irgendwann würde Maggie schon wieder nach Boston zurückkehren, schließlich wartete ihre Zeitschrift dort auf sie.

„Warum?"

„Ich denke, darüber haben wir schon gesprochen", erinnerte sie Rick. „Wir wollten uns doch besser kennenlernen."

„Außerhalb des Bettes?", fragte sie skeptisch.

Er lachte, obwohl er wusste, wie ernst ihre Frage gemeint war. „Und im Bett."

Seltsamerweise lag nicht mal der Anflug von Humor in Maggies Blick.

„Also gut", gab er nach. „Ich meine es wirklich ernst, Maggie. Aber ich kann dir nicht erklären, warum. Ganz abgesehen davon, dass ich keine Ahnung habe, was du von mir erwartest."

„Um ehrlich zu sein, weiß ich nicht, ob ich überhaupt will, dass du bleibst", gestand sie und sah ihn nachdenklich an. „Glaubst du wirklich, wir könnten eine Woche zusammen sein, ohne miteinander ins Bett zu gehen?"

Er sah sie bestürzt an. „Warum sollten wir das wollen?"

„Weil Sex nicht das Einzige ist, was in einer Beziehung zählt. Paare müssen in der Lage sein, auch auf anderen Gebieten zu kommunizieren. Sie sollten gemeinsame Interessen haben, miteinander reden, Zeit gemeinsam verbringen."

Er spürte, dass ihr dieses Thema sehr am Herzen lag. Langsam wurde ihm klar, warum sie sich hierher ins Rose Cottage geflüchtet hatte. „Ist das der Grund, warum deine anderen Beziehungen in die Brüche gegangen sind, Maggie? Sind sie stets zerbrochen, nachdem die erste große Leidenschaft abgekühlt war? Hast du dadurch den Eindruck gewonnen, du könntest nur im Bett gut sein?"

Der letzte Satz schien sie zu treffen. „Wie kommst du denn auf diese Idee?", fragte sie schroff.

„Ich habe nur einige Bemerkungen von dir logisch ausgewertet", antwortete er. „Habe ich recht oder nicht?"

„Ja", gab sie kleinlaut zu. „Sex war immer gut, aber der Rest war normalerweise eine Katastrophe. Ich bin mir nicht mal mehr sicher, ob ich überhaupt eine intelligente, anregende Unterhaltung mit einem Mann führen kann."

Rick lachte, bis er bemerkte, dass sie es ernst meinte. „Vertrau mir, Liebling. Du kannst es. Um ehrlich zu sein, das war einer der Gründe, warum ich mich sofort so zu dir hingezogen gefühlt habe. Du hast mir bei unserem Fotoshooting gezeigt, wie kompetent du bist und dass du weißt, was du willst. Das hat mich sehr beeindruckt."

„Natürlich kann ich das", erwiderte sie. „Da ging es ja auch um meinen Job. Und darin bin ich gut."

Er lächelte anerkennend. „Das stimmt, aber viele Leute lassen sich von mir beeindrucken, weil ich mir einen gewissen Namen geschaffen habe. Manche halten mich sogar für eine launische Künstlernatur und schleichen auf Zehenspitzen um mich herum. Andere überlassen mir die ganze Aufgabe, weil sie denken, dass ich schließlich genug damit verdiene."

„Du, der große anerkannte Fotograf", meinte sie und überlegte. „Ich kann verstehen, warum einige Leute so von dir beeindruckt sind."

„Du aber nicht."

„Bei mir war es nicht das Gleiche. Ich wusste, dass du Modefotograf bist, und wollte sichergehen, dass du meine Sachen ordentlich fotografierst. Möhren und Schokoladentorte sind etwas anderes als hübsche, langbeinige Models."

„Das sehe ich nicht so", widersprach er. „Man muss nur ein Auge dafür haben, und das habe ich nun mal." Er lächelte und sah sie fragend an. „Hast du gewusst, dass wir beide so schnell miteinander im Bett landen würden?"

Sie nickte. „Bereits nach einer Stunde. Die erotische Anziehungskraft zwischen uns beiden war so groß, dass man sie einfach nicht ignorieren konnte. Außerdem spürte ich, dass du nicht lange zögern würdest. Kein Wunder bei all den Models, die sich dir ständig an den Hals werfen."

„Das ist ja geradezu eine Beleidigung", wehrte er sich. „Doch irgendwie stimmt es natürlich schon. Aber dieses Mal ist es anders."

Sie sah ihn zweifelnd an. „Warum?"

„Ich weiß es nicht. Ich kann dir nur sagen, dass ich noch nie einer Frau bis ans Ende der Welt nachgereist bin."

„Das hier ist nicht das Ende der Welt", verbesserte Maggie lakonisch. „Wie du festgestellt hast, gibt es auch hier guten Kaffee und Schokocroissants. Also bist du immer noch in der Zivilisation."

„Das ist auch der einzige Grund, warum ich es hier aushalte", erwiderte er und genoss die leichte Röte, die ihre Wangen jetzt überzog.

„Und du natürlich."

„Natürlich."

Er sah sie prüfend an. „Kann ich jetzt bleiben?"

Seine Frage schien sie zu überraschen. „Hängt das denn von mir ab?"

Er nickte. „Ich möchte bleiben, aber wenn du willst, dass ich verschwinde, fahre ich sofort ab."

Sie zögerte einen Moment, der ihm wie eine Ewigkeit vorkam. „Du kannst auf jeden Fall nicht bei mir wohnen", entschied sie schließlich. „Das würde unsere Abmachung nur gefährden. Du weißt doch, dass wir unsere Beziehung langsam angehen lassen wollten."

„Einverstanden", erwiderte er erleichtert. Er könnte sich an diese Regel halten. Zumindest für eine Weile.

„Und wenn du dich hier am Ende der Welt mit mir zu langweilen beginnst, kannst du einfach abreisen. Du brauchst dich nicht zum Bleiben gezwungen fühlen oder sogar heimlich abhauen."

„Das wird sowieso nicht passieren. Aber okay, ich stimme zu."

„Dann kannst du bleiben", bestätigte sie.

Er nickte zufrieden, spürte allerdings, dass sie nicht sehr glücklich über den Lauf der Dinge war. Und er ahnte, warum. Es war diese ungemein starke erotische Anziehung zwischen ihnen, die ihr zu schaffen machte. Sie hatte Angst, wieder in ihr altes Muster zurückzufallen. Vielleicht würde es ihm in einer Woche gelingen, sie zu überzeugen, dass sie nicht nur im Bett, sondern auch in anderer Beziehung optimal zusammenpassten.

Obwohl Rick ihre Bedingungen angenommen hatte und ihr aus dem Weg ging, als sie gemeinsam die Küche aufräumten, war Maggie sich doch jede Sekunde seiner Nähe bewusst. Selbst wenn er sie nur versehentlich streifte, lief ihr ein prickelnder Schauer über den Rücken.

Sie musste ihn aus dem Haus bekommen, bevor sie erneut schwach wurde und womöglich selbst den Schwur brach, den sie ihm erst vor wenigen Minuten abgenommen hatte. Keinesfalls wollte sie unglaubwürdig wirken, dann hätte sie für immer bei ihm verspielt.

Als es an der Tür läutete, ging sie fast erleichtert hin und bemerkte erst dann, dass es besser gewesen wäre, nicht aufzumachen, denn Melanie und Mike standen auf der Schwelle.

„Du kannst gleich wieder gehen", begrüßte sie ihre Schwester bissig.

Aber Melanie lachte nur. „Willst du mir deinen Besuch denn nicht vorstellen?"

„Nein. Woher weißt du überhaupt, dass jemand hier ist?"

„Mike hörte es von einem Freund, der in einem Café mitbekam, dass Rick Kaffee und zwei Schokocroissants kaufte. Ich rief Ashley an, und sie erzählte mir einige Dinge über den berühmten Rick Flannery."

Maggie stöhnte. „Gibt es eigentlich irgendetwas, was du nicht weißt?"

„Ich glaube nicht, aber ich hätte zu gern einen Blick auf den Mann geworfen, wegen dem meine Schwester aus Boston hierher geflüchtet ist."

Maggie warf Mike einen flehenden Blick zu. „Kannst du sie nicht wieder nach Hause bringen? Müsst ihr nicht Jessie abholen oder sonst etwas Dringendes erledigen?"

„Jessie ist bei Pam und Jeff. Sie spielt mit Lyssa und ist dort bestens aufgehoben", erwiderte Melanie. „Sie wird sich sogar freuen, eine Stunde länger bei ihrer Freundin bleiben zu dürfen." Melanie lief entschlossen an Maggie vorbei. „Wo ist er? Hat er sich in deinem Schlafzimmer versteckt?"

Maggie errötete bis zu den Haarwurzeln. „Melanie!"

Ihre Schwester lächelte. „Ah, ich höre in der Küche Töpfe klappern. Erzähl mir nicht, du hast einen Mann gefunden, der für dich den Abwasch erledigt. Wenn das so ist, dann heirate ihn auf der Stelle."

„Ich glaube nicht, dass Heirat überhaupt ein Thema ist", wehrte sich Maggie. „Komm schon, bringen wir es hinter uns. Sag ihm Guten Tag, schau ihn dir an, und dann verabschiede dich wieder."

Melanie ging in Richtung Küche. „Oh, das duftet ja wunderbar. Was hast du heute Abend denn Leckeres gekocht, Maggie?"

„Rick hat gekocht", verbesserte Maggie, als sie die Küche betraten. „Rick, dies ist meine Schwester Melanie und ihr Mann, Stefan Mikelewski, genannt Mike. Sie wollten nur mal kurz vorbeischauen."

Rick lächelte. „Darf ich Ihnen ein Glas Wein anbieten?", fragte er freundlich.

Maggie stöhnte, als Melanies Gesicht zu strahlen begann.

„Gern", sagte sie, zog einen Stuhl heran und setzte sich an den Küchentisch. Mike nahm ebenfalls Platz.

Maggie blieb stehen und warf Rick einen vorwurfsvollen Blick zu, als er den Wein einschenkte. Er ignorierte sie jedoch, stellte den Gästen die Gläser hin und setzte sich.

„Ich wusste gar nicht, dass Maggies Schwester hier in dieser Gegend wohnt", eröffnete er das Gespräch.

„Als ich im März von Boston hierher kam, habe ich auch in diesem

Haus gelebt", erzählte Melanie. „Dann habe ich Mike getroffen, und zwei Monate später waren wir verheiratet."

Rick sah sie erstaunt an. „Wirklich so schnell? Maggie hat mir zwar erzählt, dass ihr euch sehr rasch zum Heiraten entschlossen hättet, aber ich wusste nicht, dass es so schnell ging."

Melanie nickte glücklich. „Ich denke, das hatte etwas mit diesem Haus zu tun. Als unsere Großmutter noch lebte und wir als Kinder hier Ferien machten, glaubten wir immer, Rose Cottage wäre verzaubert. Für mich hat sein Zauber tatsächlich gewirkt. Ich kam allein und unglücklich hierher. Dann traf ich Mike und seine kleine Tochter, und jetzt bin ich so glücklich, dass ich die ganze Welt umarmen könnte."

Maggie betrachtete Rick nachdenklich, während Melanie ihre Geschichte erzählte. Sie hätte schwören können, dass er ein wenig blass um die Nase geworden war, als Melanie von dem Zauber von Rose Cottage gesprochen hatte, der ihrer Überzeugung nach für Melanies spontane Heirat verantwortlich war.

„Ich verstehe", erwiderte er und warf Maggie einen kurzen, prüfenden Blick zu. „Glaubst du auch, dass dieses Haus eine magische Ausstrahlung hat?"

„Ich persönlich glaube, dass meine Schwester unendlich romantisch ist und eine blühende Fantasie hat", entgegnete sie trocken.

Melanie lachte. „Warten Sie ab. Wer weiß, was noch alles passieren wird."

Maggie warf ihrer Schwester einen spöttischen Blick zu. „Meinst du wirklich, Rick würde auch nur eine Sekunde länger bleiben, wenn du ihm prophezeist, dass er heiraten muss?"

„Du kannst ihn ja damit herausfordern", schlug Mike vor. „Normalerweise können Männer keiner Herausforderung widerstehen."

Rick warf ihm einen ungläubigen Blick zu. „He, Mann, auf welcher Seite stehen Sie eigentlich?"

Mike lachte. „Auf Melanies natürlich. Schließlich muss ich wieder mit ihr nach Hause fahren."

Melanie strahlte Mike an. „Ich glaube, unsere Arbeit hier ist getan", bemerkte sie fröhlich. „Wir haben uns ein Bild von der Lage gemacht, den Keim gelegt, und jetzt müssen wir darauf warten, dass er gedeiht." Sie winkte Rick zu. „Wissen Sie, mein Mann ist Landschaftsarchitekt, deswegen der bildliche Ausdruck."

„Ich bezweifle, dass so eine Idee bei Rick fruchten wird", bemerkte Maggie spitz. „Du verschwendest nur deine Zeit."

„Es ist nie verschwendete Zeit, sich um eine meiner Schwestern zu kümmern."

Maggie warf ihr einen finsteren Blick zu. „Ich nehme an, du wirst noch heute Abend Ashley alles brühwarm berichten."

„Natürlich."

„Warum musste das Schicksal mich mit Schwestern schlagen, warum bloß habe ich keine Brüder?", stöhnte Maggie. „Sie würden bestimmt nicht ihre Nase in alles stecken."

„Nein, ein Bruder hätte Rick einfach die Frage gestellt, was für Absichten er bezüglich seiner Schwester hätte", erwiderte Melanie. „Sei dankbar für das, was du hast. Ich habe ihm noch keine einzige Frage gestellt."

„Und wie kommt das?", fragte Maggie.

Melanie lächelte. „Weil die Antwort bereits überdeutlich aus seinem Gesicht abzulesen ist. Der Mann ist hin und weg von dir. Das reicht mir für den Moment."

Bevor Maggie noch etwas antworten konnte, waren Melanie und Mike verschwunden, und Maggie musste sich Rick allein stellen.

„Es tut mir so leid", murmelte sie verlegen. „Melanie ist unmöglich. Ich hoffe, dir ist klar, dass ich keinerlei Erwartungen oder Absichten habe."

„Das Ganze braucht dir doch nicht peinlich zu sein", versicherte er, obwohl er ein wenig mitgenommen wirkte. „Aber ich denke, es ist besser, wenn ich jetzt auch gehe."

„Ja, das ist wahrscheinlich das Beste", pflichtete Maggie ihm bei. „Wie ich Melanie kenne, schleicht sie noch draußen herum und versucht, uns durchs Fenster zu beobachten, damit sie meiner Familie alles brühwarm berichten kann."

Sie begleitete Rick zur Tür. Plötzlich fühlte sie sich unbehaglich, und eine leise Furcht beschlich sie. Konnte es sein, dass Melanies Worte Rick Angst eingejagt hatten? Sie könnte es verstehen und würde es ihm nicht mal übel nehmen, wenn er nach diesem Auftritt direkt zurück nach Boston fahren würde.

Als sie zur Haustür kamen, hob er mit dem Zeigefinger ihr Kinn an und schaute Maggie in die Augen. „Wir sehen uns dann morgen."

„Wirklich?" Zu ihrem eigenen Erstaunen stellte sie fest, wie viel Erleichterung in ihrer Stimme mitschwang.

„Du glaubst doch nicht etwa, dass ein kurzer Besuch deiner Schwester mich vertreiben könnte? He, wir haben schließlich eine Abmachung."

„Die haben wir getroffen, bevor du wusstest, worauf du dich einlässt. Ich würde es dir nicht übel nehmen, wenn du jetzt das Weite suchst."

Ein Lächeln huschte über sein Gesicht. „Hast du nicht gehört? Ich bin hin und weg von dir."

Mit laut klopfendem Herzen schaute sie ihm nach, als er davonging. Oh Mann, dachte sie ein wenig verzweifelt.

Sein Geständnis war weitaus gefährlicher, als ihm bewusst war, denn auch sie war offensichtlich hin und weg von ihm.

5. KAPITEL

Als Rick am nächsten Morgen erwachte, war das Verlangen nach Maggie bereits erneut so stark, dass er am liebsten sofort zu ihr gefahren wäre. Dann fiel ihm ihre Abmachung wieder ein, und er fragte sich, wie er die nächsten Tage wohl überstehen sollte. Er vermisste ihre Zärtlichkeiten, ihre Küsse und ihren Körper.

Aber er würde eisern bleiben. Er hatte ein Versprechen abgegeben, und das würde er auch halten. Er wollte Maggie auf keinen Fall enttäuschen. Er spürte, wie wichtig ihr diese Sache war, und er wollte ihr nicht das Gefühl geben, dass es ihm nur um Sex ging. Also musste es ihm gelingen, sein Verlangen zu zügeln. Er würde sich mit irgendetwas ablenken müssen, bevor er ihr gegenübertrat.

Rick hätte auch in der kleinen gemütlichen Pension frühstücken können, in der er abgestiegen war, aber er war viel zu angespannt, um zu warten. Außerdem hatte er Appetit auf etwas Handfesteres als das kontinentale Frühstück, das hier angeboten wurde. Am Tag zuvor hatte er ein Restaurant in der Stadt bemerkt, das sehr vielversprechend wirkte.

Als er das Restaurant kurze Zeit später betrat, entdeckte er Maggies Schwager mit einem anderen Mann an einem der Fenstertische. Mike hatte ihn ebenfalls entdeckt und winkte ihn zu sich. Obwohl Rick wusste, dass er ein Minenfeld betrat, wenn er sich auf ein Gespräch mit Maggies Schwager einließ, hatte er keine andere Wahl, als zu den beiden hinüberzugehen.

„Jeff, darf ich dir Rick Flannery vorstellen", sagte Mike. „Rick, das ist Jeff. Er hat hier in der Stadt eine Gärtnerei."

Rick sah Jeff prüfend an. Als Fotograf besaß er ein untrügliches Gedächtnis für Gesichter, und so erkannte er den Mann sofort. „Sie waren also die Plaudertasche", stellte er amüsiert fest. „Sie waren es, der mich gestern Morgen im Café gesehen hat, als ich Kaffee und Schokocroissants gekauft habe."

Jeff grinste. „Schuldig", gestand er.

„Oh. Sollte ich gehen, bevor wir uns in die Haare bekommen?", fragte Mike besorgt.

Jeff sah ihn erstaunt an. „Warum sollten wir uns streiten?"

„Weil ich es war, der deine Information weitergegeben hat. Melanie hat mich gestern Abend zu Maggie geschleppt, und der arme Kerl hier war ganz fertig mit den Nerven, als wir endlich wieder gingen." Er wandte sich Rick zu. „Ehrlich, mich wundert, dass Sie nach diesem

Auftritt noch immer in der Stadt sind."

„So leicht lasse ich mich nicht ins Bockshorn jagen", meinte Rick, obwohl es Zeiten in seinem Leben gegeben hatte, wo eine neugierige, beschützende Frau ausgereicht hätte, um ihn in die Flucht zu jagen.

Mike lachte. „Ganz schön tapfer. Nenn mich ruhig Mike. Vielleicht gehören wir ja schon bald zur Familie, und Jeff kannst du ebenfalls duzen, der gehört nämlich auch schon dazu. Und denk dran, ich habe mich den D'Angelo-Schwestern bereits stellen müssen. Ich weiß, was für eine Herausforderung das ist. Aber sieh mich an, ich habe es überlebt." Er seufzte. „Selbst wenn es nicht einfach war."

„Hör nicht auf ihn", meinte Jeff. „Er ist so glücklich, wie man glücklicher nicht sein kann. Melanie ist das Beste, was ihm je passiert ist."

„Das stimmt", bestätigte Mike nachdenklich. „Aber möglicherweise ist Rick noch nicht so bereit, den Hafen der Ehe anzusteuern, wie ich es damals war."

Jeff pfiff. „Bereit? Du? Bitte, Rick, hör lieber nicht hin. Er war so bindungsscheu, wie es schlimmer nicht geht." Er lächelte. „So ähnlich wie du, nehme ich an. Wie sonst könntest du all diesen hübschen Models widerstehen, die dich täglich umgeben."

Rick lächelte. Er war nicht überrascht, dass man ihn auch hier in diesem kleinen Provinznest im Norden von Virginia kannte. Sein Bild und sein Name erschienen oft genug in der Regenbogenpresse, und hin und wieder wurde er zu Talkshows oder anderen Unterhaltungssendungen eingeladen. Er wusste, dass viele Männer ihn um den Umgang mit all den schillernden Schönheiten beneideten.

„Wer sagt denn, dass ich widerstehe?", bemerkte Rick und grinste verschmitzt.

„Oh, bitte, sag mir, dass ich das nicht gehört habe", stöhnte Mike.

„Eifersüchtig?", zog Jeff ihn auf. „Ich kann nicht sagen, dass ich dir das übel nehme."

„Nein, ich bin nicht eifersüchtig", meinte Mike. „Ich habe mir nur gerade vorgestellt, wie Melanie reagieren würde, wenn sie wüsste, dass ihre Schwester mit einem Mann zusammen ist, der mehr mit seinen Models macht als nur Fotos."

„Ich kann natürlich nicht für deine Frau sprechen", erklärte Rick. „Aber Maggie kennt meinen früheren Lebenswandel, und sie kommt damit zurecht."

Beide Männer sahen ihn ungläubig an. „Wirklich?", fragte Mike. „Bist du dir da sicher?"

Die beiden wirkten so skeptisch, dass Rick noch mal überlegte. Maggie kannte zwar seinen Umgang, das stimmte, aber war es nicht gerade dieser unstete Lebenswandel, der sie fürchten ließ, ihre Beziehung könnte auf Dauer nicht halten?

„Also gut", gab er zu. „Sie ist wahrscheinlich nicht sehr glücklich darüber."

„Siehst du", bemerkte Mike. „Jetzt bist du endlich auf dem Boden der Tatsachen angekommen. Keine Frau wäre glücklich, einen Mann mit deiner Vergangenheit zu haben."

Jeff nickte. „Und da wir gerade über Tatsachen reden. Wir beide sollten langsam zu den Winstons rüberfahren und die Büsche in die Erde setzen. Ich sagte ihnen, wir kämen gegen acht."

Rick warf einen Blick auf die Wanduhr und bemerkte, dass es bereits zwanzig Minuten nach acht war. „Entschuldigt, dass ich euch aufgehalten habe."

„Mach dir keine Sorgen", beruhigte ihn Mike. „Hier laufen die Uhren langsamer als in Boston." Er drückte Rick kurz freundschaftlich die Schulter. „Wir sehen uns noch. Mach bitte keinen Ärger. Alles, was mit Maggie zu tun hat, lässt Melanie sonst an mir aus."

Rick lachte, aber Mike blieb ernst.

„Ich mache keine Witze, Junge. Die D'Angelo-Schwestern halten zusammen wie Pech und Schwefel. Das kann manchmal ganz schön anstrengend sein."

„Ich werde daran denken", versprach Rick und hatte plötzlich das ungute Gefühl, geradewegs in ein Spinnennetz gelaufen zu sein, aus dem es kein Entrinnen mehr gab.

Maggie wurde langsam unruhig. Es war fast Mittag, und Rick war noch immer nicht aufgetaucht. Sie schüttelte den Kopf und seufzte. Es geschah genau das, was sie hatte verhindern wollen: Sie dachte nur noch an ihn, sie war von dem Mann wie besessen.

Um nicht noch tiefer in dieses Loch zu fallen, nahm sie ihre Handtasche, ging zur Tür, öffnete und … stand vor ihrer Schwester.

„Wo willst du denn hin?", fragte Melanie fast überfröhlich.

„Weg", erwiderte Maggie grimmig. Sie war nicht in der Laune für ein Kreuzverhör. Wahrscheinlich war ihre Schwester nur hier, um sie über Rick und die vergangene Nacht auszufragen.

„Wohin? Wenn du irgendwo zu Mittag essen willst, werde ich dich begleiten."

„Ich gehe nicht Mittag essen", meinte Maggie.

Melanie warf ihr einen scharfen Blick zu. „Vielleicht solltest du etwas essen. Dein Blutzuckerspiegel scheint nicht in Ordnung zu sein. Du bist so gereizt."

„Vielen Dank, aber mein Blutzuckerspiegel ist völlig okay."

Melanie kicherte. „Dann muss es Rick sein. Hat er etwas getan, was dich aufgeregt hat?"

„Natürlich nicht."

„Oh, und ich dachte schon, dass du dir Sorgen machst, ob er abgefahren ist", erklärte Melanie gelassen. „Du brauchst dir keine Sorgen zu machen. Es ist alles in Ordnung."

Maggie warf ihrer Schwester einen finsteren Blick zu. „So?", bemerkte sie, als ob das keine Rolle spielen würde.

„Mike hat ihn heute Morgen getroffen."

„Wo?", stieß Maggie hastig hervor und machte damit ihre bisherigen Anstrengungen, gelassen zu wirken, zunichte.

Melanie triumphierte. „Also ist Rick doch der Grund für deine schlechte Laune. Mike hat mit Jeff in der Stadt gefrühstückt, und Rick kam zufällig dazu."

„Um wie viel Uhr?"

„So gegen halb acht, vielleicht auch acht, denke ich. Ich habe nicht gefragt."

Das ist ja Stunden her, stellte Maggie fest. Aber wo ist er jetzt wohl? rätselte sie im Stillen. Es wäre ihr so gern gleichgültig gewesen, doch leider war es das nicht.

„Wo zum Teufel ist er denn jetzt?" Ihr wurde erst klar, dass sie ihren Gedanken laut ausgesprochen hatte, als sie Melanies besorgtes Gesicht sah. „Tu einfach so, als hättest du das nicht gehört", bat sie.

„Hattet ihr beide für heute Morgen denn etwas abgemacht?", fragte Melanie, bereit ihrer Schwester beizustehen, sollte Rick sich etwas zuschulden kommen lassen.

„Nein, nicht wirklich", gab Maggie zu. „Ich benehme mich unmöglich, nicht wahr? Und das ist genau der Grund, warum ich mich nicht mit Rick Flannery einlassen darf. Ich muss dauernd an ihn denken. Ich bin regelrecht besessen von ihm. Und das ist nicht gut."

„Dann beschäftige dich mit etwas anderem, wenn er deine Gedanken zu sehr in Anspruch nimmt", riet ihre Schwester. „Rick geht nirgendwo hin, Maggie. Was ich gestern Abend sagte, ist die Wahrheit. Es ist ganz offensichtlich, dass er sich in dich verliebt hat. Ashley denkt das übrigens auch. Und wenn es nicht so wäre, hätte ich dir schon längst geholfen, ihn aus der Stadt zu jagen."

Maggie wünschte sich zwar, ihrer Schwester glauben zu können, aber ihre Zweifel waren stärker. Er hatte bestimmt inzwischen genug von ihr und war abgefahren.

Bevor sie jedoch noch etwas sagen konnte, kam Rick mit seinem Sportwagen in die Einfahrt gefahren und parkte neben Melanies Van. Rick sah so zerzaust und sexy aus, als er ausstieg, dass Maggie einen Moment lang die Luft wegblieb.

„Guten Tag, meine Damen", grüßte er und hauchte Maggie einen Kuss auf die Wange. „Störe ich?"

„Nein, Sie kommen gerade im richtigen Moment", erwiderte Melanie und warf ihrer Schwester einen vielsagenden Blick zu. „Ich breche gerade auf. Sie sollten mit ihr zum Essen fahren. Sie hat schon ganz schlechte Laune." Mit diesen Worten winkte sie den beiden kurz zu und ging zu ihrem Wagen hinüber.

Maggie schaute ihrer Schwester wütend hinterher. „Habe ich überhaupt nicht." Dann wandte sie sich Rick zu. „Wo warst du denn heute Morgen?", fragte sie und gab sich Mühe, gelassen zu klingen.

„Hast du mich vermisst?"

„Dazu hatte ich überhaupt keine Zeit. Ich hatte viel zu tun", schwindelte sie. „Aber du hast meine Frage nicht beantwortet."

Er zuckte mit den Schultern. „Ich bin ein wenig herumgefahren und habe Fotos gemacht. Nichts Besonderes." Er sah sie prüfend an. „Ist irgendwas, Maggie? Bist du sauer, weil ich mich nicht früher gemeldet habe?"

„Nein, warum sollte ich. Wir hatten ja nichts ausgemacht."

„Da du mir sagtest, dass du mich nicht jede Sekunde um dich haben willst, habe ich mir bewusst etwas Zeit gelassen."

Sie seufzte. „Das war ja auch richtig so."

„Aber du bist unsicher geworden und dachtest, ich wäre abgereist, stimmt's?"

Sie wurde verlegen. Wie kam es, dass dieser Rick Flannery sie wie ein offenes Buch lesen konnte? „Ja", gab sie zu. „Ich dachte, du hättest deine Meinung geändert und hättest die Stadt verlassen. Ich hätte es dir nicht mal übel nehmen können nach dem Auftritt, den Melanie sich gestern Abend geleistet hat."

„Deine Schwester macht mir keine Sorgen. Du machst mir Sorgen. Du solltest mir vertrauen. Wenn ich dir sage, dass ich die Stadt nicht verlassen werde, ohne mich von dir zu verabschieden, dann meine ich das auch so. Und wenn du etwas von mir willst, was ich dir nicht gebe, musst du mir das offen sagen." Mit dem Zeigefinger hob er sanft ihr Kinn und schaute ihr in die Augen. „Abgemacht?"

Sie fühlte sich durch seine Worte beschämt und nickte. „Du hast ja recht. Wir werden jetzt einen Plan machen."

Amüsiert schüttelte er den Kopf. „Noch mehr Regeln?"

„Noch mehr Regeln", bestätigte sie ernst. „Die Vormittage wirst du allein verbringen, während ich hier einige Dinge erledige und mich um meine Arbeit kümmere. Ich werde dich nicht vor der Mittagszeit erwarten, es sei denn, wir hätten ausdrücklich etwas anderes ausgemacht. Falls einer von uns zum Mittag oder am Nachmittag eigene Pläne hat, kann er anrufen und Bescheid sagen."

„Klingt fair", meinte er und musste ein Lächeln unterdrücken. „Aber eins ist mir noch nicht klar. Muss ich im Voraus Bescheid geben, wann ich dich küssen will?"

Sie schluckte nervös, als sie das Glitzern in seinen Augen sah. „Nein, ich denke, das können wir spontan handhaben."

„Gut", murmelte er und küsste sie.

Eine prickelnde Wärme durchströmte ihren Körper, und alle Zweifel waren schlagartig vergessen. Offensichtlich hatte ihr lächerliches Benehmen sein Verlangen nach ihr nicht ganz ausgelöscht. Ganz im Gegenteil. Als sie sich endlich wieder voneinander lösten, waren beide außer Atem.

„Komm Liebling", sagte er und ergriff ihre Hand. „Lass uns essen gehen."

„Ich könnte uns auch hier etwas zubereiten", bot sie an.

„Das ist keine gute Idee."

„Du traust meinen Kochkünsten nicht", meinte sie.

„Du kochst bestimmt fabelhaft. Ich habe nur Angst, dass uns beim Kochen zu heiß wird und dass wir statt am Esstisch im Schlafzimmer landen. Und das wäre eine schwere Verletzung deiner Grundregel." Er warf ihr einen erwartungsvollen Blick zu. „Wenn du allerdings diese Regel aufheben möchtest, würde ich dir nicht widersprechen. Ich würde es sogar sehr begrüßen."

Zum ersten Mal an diesem Tag musste Maggie lachen. „Lass uns gehen, Flannery."

„Wohin?"

„Das spielt doch keine Rolle, solange kein Bett in der Nähe ist."

Er winkte ab. „Wer braucht ein Bett, wenn es hier so viele Felder und einsame Buchten gibt."

Maggie stöhnte. Jetzt würden die Bilder, die er mit seinen Worten hervorgerufen hatte, sie den ganzen Nachmittag verfolgen.

„Du bist ein gemeiner Schuft", murmelte sie, während sie zu Ricks Sportwagen gingen.

„Ich wollte es dir nur ein wenig zurückzahlen. Du bist gemein zu mir, seit ich den ersten Schritt in dieses Haus gemacht habe."

Sie lächelte. „Gut zu wissen." Wenn er es oft genug sagte, würde sie vielleicht irgendwann glauben, dass er es ernst meinte.

6. KAPITEL

Nachdem Rick einige Tage hart daran gearbeitet hatte, seine Hände bei sich zu behalten, wurde ihm bewusst, dass er sich unbedingt etwas einfallen lassen musste, um sich von Maggie abzulenken. Er musste etwas tun, um den Vormittag sinnvoll zu verbringen, da er sonst nur darüber nachdachte, wie er Maggie wieder ins Bett bekommen konnte. Gedanken, die schnell zur Besessenheit werden konnten.

Und da die Fotografie nun mal seine Leidenschaft war, packte er jeden Morgen seine Kamera ein, stieg in den Wagen und erkundete die Gegend.

Bereits nach dem ersten Tag musste er zugeben, dass er die Zeit gar nicht besser hätte nützen können. Es machte ihm riesigen Spaß, ausnahmsweise mal nur das, was ihn wirklich interessierte, fotografieren zu können – ohne Auftrag und aus reinem Vergnügen.

Die Natur bot weitaus faszinierendere Motive, als selbst die hübschesten Fotomodelle darstellen konnten. Models hatte er bereits bei jedem Licht, in jeder Stellung, aus jedem Blickwinkel fotografiert, aber die wechselnden Stimmungen des Meeres, die Veränderung des Lichtes, die Zartheit von Blättern und Blumen sowie das Charakteristische der Tiere festzuhalten, das war eine neue Herausforderung für ihn. Seine Exkursionen wurden immer länger, und er musste Maggie immer öfter anrufen, dass er später kommen würde. Es war ein Zugeständnis, das er nur wenigen Frauen gemacht hätte, seltsamerweise jedoch empfand er es bei ihr nicht als Einengung seiner Freiheit.

Bei seinen Ausflügen entdeckte er viele nette Lokale, in denen noch richtig gute Hausmannskost angeboten wurde. Und irgendein Einheimischer war immer bereit, ein wenig mit ihm zu plaudern. Auf diese Weise erfuhr er einiges von der Geschichte dieses Landstrichs, und vor allem war er immer über den neuesten Klatsch unterrichtet, den er dann nachmittags stets an Maggie weitergab.

Gerade erfuhr er, dass Cornelia Lindseys Enkelin – Maggie – sich im Rose Cottage aufhielt. „Sie hat auch einen Mann bei sich, der ihr den ganzen Weg von Boston bis hierher gefolgt ist", vertraute ihm die Kellnerin, die sich als Willa-Dean vorgestellt hatte, mit verträumtem Gesichtsausdruck an. „Ist das nicht romantisch? Vielleicht wird sie ebenfalls im Garten ihrer Großmutter heiraten, genau wie ihre Schwester."

Rick hätte sich bei diesen Worten fast an der Suppe verschluckt. Die junge Frau schlug ihm auf den Rücken und sah ihn besorgt an.

„Ist alles in Ordnung?", fragte Willa-Dean. „Ich weiß überhaupt nicht, warum ich Ihnen das alles erzähle. Wahrscheinlich kennen Sie Mrs Lindsey gar nicht. Schließlich sind Sie nicht aus dieser Gegend."

„Nein, ich kenne sie nicht", schwindelte Rick.

„Woher sagten Sie, kommen Sie?"

„Aus Boston."

Die Kellnerin starrte ihn an, und die Kaffeekanne in ihrer Hand begann zu zittern, sodass Rick sich gezwungen fühlte, sie ihr aus der Hand zu nehmen.

„Sie sind es, nicht wahr?", fragte sie und errötete bis zu den Haarwurzeln ihres blond gefärbten Haares. „Sie sind der Mann, der mit Maggie zusammen ist."

Er nickte, da es wenig Sinn hatte, diese Tatsache abzustreiten. „Aber ich wohne nicht bei ihr", fügte er rasch hinzu.

„Warum nicht? Das Haus ist doch groß genug", meinte sie und errötete dann erneut. „Entschuldigen Sie, das geht mich ja gar nichts an."

„Schon in Ordnung", beruhigte Rick sie freundlich. „Aber vielleicht könnten Sie mir jetzt den Apfelstrudel bringen, den ich bestellt habe."

„Der Apfelstrudel! Oh ja, natürlich." Willa-Dean wurde noch verlegener. „Entschuldigen Sie, ich bin eine schreckliche Tratschtante."

Er lachte. Wie sollte man jemandem böse sein, der so unschuldig und liebenswürdig gucken konnte? Maggie hingegen würde nicht besonders erfreut darüber sein, dass ihr Liebesleben bereits zum Gesprächsthema der Gegend geworden war. Es war vielleicht besser, wenn er diese Neuigkeit für sich behielt.

Willa-Dean brachte den warmen Apfelstrudel mit zwei Kugeln Vanilleeiscreme. „Das geht aufs Haus. Nehmen Sie es als Entschuldigung an."

„Sie müssen sich nicht bei mir entschuldigen", wehrte er ab und nahm eine Gabel von dem Apfelstrudel. Der Geschmack war so unglaublich, dass er Willa-Dean hingerissen anschaute. „Willa-Dean, wollen Sie mich heiraten?"

Sie sah ihn schockiert an. „Wie bitte?"

„Dieser Strudel ist großartig. Bitte sagen Sie mir, dass Sie mich heiraten werden."

Sie lachte. „Das würde Ihnen nichts nützen. Ich habe ihn nicht gemacht. Wir kaufen ihn bei einer Frau, die in der Nähe von Reedville wohnt."

„Dann werde ich eben die heiraten."

„Sie ist achtzig Jahre alt."

„Was kümmert mich das, solange sie so einen Apfelstrudel macht."

Apfelstrudel war sein Lieblingsdessert, und der, den er gerade genoss, war ein Meisterwerk. Wenn er diesen Strudel jeden Tag aß, könnte er sich hier niederlassen und bis ans Ende seines Lebens glücklich sein.

„Liefert sie diesen Strudel jeden Tag? Ich würde sie gern kennenlernen."

„Sie kommt niemals. Sie lässt ihre Apfelstrudel jeden Dienstag und Freitag liefern. Wir führen auch ihre Apfelkuchen, die sind genauso gut."

„Dann betrachten Sie mich ab jetzt als Ihren Stammgast. Ich werde jeden Dienstag und jeden Freitag vorbeikommen", erklärte Rick. „Haben Sie noch einen Apfelkuchen übrig? Ich würde ihn gern mit nach Hause nehmen und ihn zusammen mit Maggie probieren."

„Ja, wir haben noch etwas da. Ich werde Ihnen einen einpacken."

Als sie mit dem Kuchen in der Schachtel zurückkehrte, schaute sie ihn an. „Da Sie mein Stammgast werden wollen, heißt das, dass Sie und Maggie sich hier in der Gegend niederlassen werden?" Offensichtlich konnte Willa-Dean es kaum erwarten, ein wenig neuen Klatsch zu verbreiten.

Da seine Pläne mit Maggie bei Weitem nicht ausgereift waren, wollte er lieber zurückhaltend sein. „Zumindest in nächster Zeit", antwortete er daher vage.

Es hätte keinen Sinn gehabt, dieser Frau zu erklären, dass er nicht mal wusste, was mit Maggie und ihm am nächsten Tag sein würde. Eigentlich sollte ihn das nicht weiter kümmern, aber als er schließlich das Restaurant verließ, war er seltsam unzufrieden. Nicht mal der Gedanke, den köstlichen Apfelkuchen mit Maggie zu probieren, heiterte ihn auf.

„Du tust was?", fragte Ashley ungläubig.

„Ich spiele Monopoly", wiederholte Maggie, den Blick unverwandt auf Rick gerichtet. Sie durfte diesen Mann keinen Moment aus den Augen lassen. „Und wenn du keinen besonderen Grund hast, Schwesterherz, würde ich gern weiterspielen. Ein einziger Moment der Unaufmerksamkeit, und Rick schummelt sofort."

„Stimmt doch gar nicht", entrüstete er sich nun, obwohl Maggie ihn gerade dabei ertappt hatte, wie er heimlich ein Hotel auf sein Feld schob.

Maggie nahm ihm das Hotel aus der Hand. „Hör sofort damit auf", befahl sie und versuchte, sich dann wieder auf das Gespräch mit ihrer Schwester zu konzentrieren. „Ashley, rufst du aus einem bestimmten Grund an?"

„Ich wollte nur nachfragen, wie es dir geht. Aber das hat sich bereits erledigt. Es ist offensichtlich, dass du den letzten Funken Verstand verloren hast."

„Wieso ist das offensichtlich?"

„Du hältst dich mit einem Mann, der so attraktiv ist, dass die meisten Frauen einen Mord begehen würden, in einem romantischen Landhaus am Meer auf, und du spielst Monopoly mit ihm. Ich bin kein Psychiater, aber ich bin sicher, dass deine geistige Gesundheit zumindest stark gefährdet ist."

Während Maggie den Blick auf das Spielbrett und Ricks Hände gerichtet hielt, versuchte sie eine Antwort zu finden, die ihre Schwester zufriedenstellen würde. „Spiele machen Spaß. Du solltest es auch mal versuchen, Miss Workaholic."

„Hört, hört, und das kommt aus dem Munde von Maggie D'Angelo", trällerte Ashley. „Ich kann mich noch gut an Zeiten erinnern, in denen auch du dein Büro kaum verlassen hast. Und da wir gerade von der Arbeit sprechen, wie geht es eigentlich der Zeitschrift ohne dich?"

„Der geht es ausgezeichnet. Im Zeitalter des Computers und des Internets habe ich alles von hier aus im Griff." Sie warf Rick einen strengen Blick zu, als er versuchte, ein Haus aus ihrem Feld zu schieben. Er lächelte spitzbübisch und schien kein bisschen zerknirscht zu sein. „Ashley, ich muss jetzt wirklich auflegen. Der Ausgang des Spiels ist enorm wichtig."

„So?"

„Ja, wenn ich gewinne, lädt er mich zum Eis ein."

„Ah, ich beginne langsam zu verstehen, warum du unbedingt der Gewinner sein musst. Was ist denn, wenn Rick gewinnt?"

„Dann muss ich ihm morgen Abend Daddys berühmte Lasagne zubereiten." Sie gab sich Mühe, Selbstmitleid in ihrer Stimme mitschwingen zu lassen. Rick war sehr stolz darauf, dass er seine Forderung, die recht arbeitsintensiv war, durchgesetzt hatte.

„Du weißt, dass noch gefrorene Lasagne in der Tiefkühltruhe ist, nicht wahr?", fragte Ashley. „Wir haben sie für Melanie vor ihrer Hochzeit mitgebracht."

„Ich weiß", erwiderte Maggie gut gelaunt. „Aber Rick weiß es nicht."

„Aha, so geht das", meinte Ashley wissend. „Er wird beeindruckt sein, und du musst keinen Finger krumm machen."

„Genau."

„Sehr clever", meinte Ashley anerkennend. „Aber wenn du so hart daran arbeitest, ihn zu beeindrucken, warum willst du mir dann erzählen, dass du keine Zukunft in eurer Beziehung siehst?"

„Ich versuche überhaupt nicht, ihn zu beeindrucken", verteidigte Maggie sich. „Ich will ihn nur unterhalten. Er ist schließlich mein Gast."

„Ich bin sicher, dass es mit einem Mann wie Rick andere Formen der Unterhaltung gäbe."

Maggie lachte. „Da stimme ich dir zu. Aber im Moment kommen diese nicht infrage. Heute spielen wir Monopoly."

„Und was hast du morgen vor?"

Maggie wusste genau, worauf ihre Schwester hinauswollte, konnte aber nichts erwidern, da Rick zuhörte.

„Ich muss jetzt aber wirklich auflegen", erklärte sie rasch, bevor ihre Schwester noch eine weitere unangenehme Frage stellen konnte.

Als sie sich zurücklehnte, warf sie Rick einen durchdringenden Blick zu. „Hast du schon wieder geschummelt?"

„Wie hätte ich können?", brummte er. „Du hast ja Argusaugen. Möchtest du noch ein Glas Wein?"

Sie hatte bemerkt, dass er seinen Wein noch nicht mal angerührt hatte. War das Teil seines Plans? „Du willst mich wohl betrunken machen, damit ich das Spiel verliere", warf sie ihm vor. „Vergiss es." Sie würfelte, kam auf die Schlossstraße und kaufte sie, ohne mit der Wimper zu zucken.

Rick lachte. „Du vertraust mir überhaupt nicht, stimmt's?"

„Nicht, wenn es um Monopoly geht", bestätigte sie. „Oder um irgendein anderes Spiel. Ich weiß, dass du hinter meinem Rücken sogar beim Scrabble schummeln wolltest."

Er versuchte reumütig zu wirken, doch es gelang ihm nicht ganz. „Wie kann man denn beim Scrabble schummeln?"

„Das hätte ich selbst gern gewusst, aber ich sage dir, ich werde nicht mal mehr ins Bad gehen, solange wir spielen."

„Ich glaube, dass dein Misstrauen symptomatisch für eine tiefere Ursache ist", meinte er. „Du hast bestimmt Narben, die du bereits in deiner Kindheit erlitten hast. Wahrscheinlich hat eine deiner Schwestern ständig geschummelt."

Maggie schüttelte entschieden den Kopf. „Die D'Angelos betrügen nicht. Ich kann mich eigentlich nur daran erinnern, dass Ashley mich mal über den Haufen gerannt hat, weil sie die Erste am Eiswagen sein wollte. Davon habe ich noch heute eine Narbe am Knie."

Seine Augen funkelten gefährlich. „Die habe ich bemerkt", erinnerte er sich. „Und auch geküsst."

Ein kleiner Schauer lief Maggie über den Rücken. Das hatte er tatsächlich getan. Es war in ihrer ersten gemeinsamen Nacht gewesen. „Darüber möchte ich jetzt allerdings nicht sprechen", versuchte sie rasch, das Thema zu wechseln. Sie wollte jetzt nicht über Küsse und leidenschaftliche Liebesnächte reden, aber es war faszinierend, was bereits die geringste Bemerkung in ihr auslöste.

Um sich abzulenken, spielte sie weiter und konnte kurz darauf ein teures Hotel erwerben. Schon bald würde er keinen Zug mehr machen können, ohne in ernsthafte Schulden zu geraten.

„Warum willst du nicht darüber reden?", fragte er mit harmloser Miene. „Ruft der Gedanke an meine Küsse etwa Sehnsucht nach mehr in dir hervor?"

„Wie kommst du darauf?", wehrte sie sich mit glühenden Wangen, die ihre wahren Gedanken verrieten. Es schien ihm zu gefallen, sie in Verlegenheit zu bringen.

„Möchtest du lieber über etwas anderes reden?", fragte er.

„Ja, bitte." Und zwar schnell, dachte sie, sonst breche ich meine eigenen Regeln und küsse dich, bis dir schwindlig wird.

„Dann lass uns über das fabelhafte Essen reden, das du kochen wirst, wenn ich das Spiel gewonnen habe", schlug Rick vor. „Ich denke, die Lasagne allein reicht noch nicht. Wir sollten Knoblauchbrot dazu reichen und als Dessert eine Mousse au Vanille mit heißer Himbeersoße. Was hältst du davon?"

Seine Stimme hatte während seiner Aufzählung so verführerisch geklungen, dass sie am liebsten aufgestanden wäre und sein Gesicht mit Küssen bedeckt hätte. Er wusste genau, welche Wirkung der erotische Tonfall seiner Stimme auf sie hatte. Das konnte sie an seinem Blick ablesen.

„Wieso habe ich bisher nicht bemerkt, dass du einen teuflischen Zug an dir hast?"

„Ich?"

„Ja, du. Du bringst es fertig, alles, was du sagst, so verführerisch zu sagen, dass mir heiß und kalt wird."

Er lachte. „Was soll ich dir darauf antworten? Das ist eben mein Talent."

„Ein Talent, mit dem du schamlos meine Schwäche ausnützt."

„Dann bist du also doch versucht, Monopoly einfach Monopoly sein zu lassen, endlich deine lächerlichen Regeln zu brechen und mit mir leidenschaftlichen Sex zu haben?"

Vorwurfsvoll sah sie ihn an. „Du spinnst wohl. Ich denke nicht daran", protestierte sie. „Und nur dass du es weißt, meine Regeln sind nicht lächerlich."

„Wirklich erstaunlich", bemerkte er gelassen. „Du kannst lügen, ohne mit der Wimper zu zucken."

„Weil ich die Wahrheit sage. Außerdem sieh mal, auf welches Feld du da geraten bist. Du bist bankrott, mein Lieber. Das kostet dich ein Vermögen."

Rick runzelte die Stirn. „Das war unfair. Du hast mich bewusst abgelenkt. Du bist eine durchtriebene Taktikerin."

„Tja, ich habe eben auch so meine Talente. Gib auf."

„Unter einer Bedingung."

Maggie schluckte nervös. „Und die wäre?"

„Nur dies hier", murmelte er. Er beugte sich über den Tisch, und Hotels, Häuser und Spielgeld flogen in alle Richtungen.

Maggie seufzte, als sie seinen Kuss mit einer Leidenschaft erwiderte, die gefährlich war. Aber sie hätte ihren gesamten Gewinn aufs Spiel gesetzt, um diesen Moment noch länger auskosten zu können.

Es waren bereits zehn Tage vergangen, und zu Maggies Erstaunen schien Rick noch immer nicht gelangweilt zu sein. Ihretwegen hatte er sogar einen Auftrag in Griechenland abgelehnt. Der Agent hatte an diesem Nachmittag noch mal angerufen, und sie hatte mit eigenen Ohren gehört, wie er dankend absagte. Und das, obwohl sie seit neun Tagen keinen Sex mehr hatten. Nie hätte sie geglaubt, dass er ihre Regeln derart lange einhalten würde.

Natürlich versuchte er von Zeit zu Zeit, ihre Willenskraft mit ein paar Küssen auf die Probe zu stellen, er unterließ es jedoch, mehr von ihr zu erpressen.

Maggie war nicht sicher, was sie eigentlich von dieser selbst auferlegten Enthaltsamkeit erwartete, aber niemals hätte sie sich dieses wunderbare Gefühl vorgestellt, endlich jemanden gefunden zu haben, der in vielen Dingen genau auf der gleichen Wellenlänge mit ihr war. Sie begann zu entdecken, dass sie mit einem Mann mehr als nur im Bett etwas anfangen konnte.

Wenn sie nicht gerade eines der Spiele spielten, die Maggie auf dem Dachboden von Rose Cottage in einer Kiste gefunden hatte, erzählten sie sich von den Ereignissen des Tages wie ein glückliches Ehepaar.

Als sie Rick fragte, was er mit all den Fotos zu tun gedachte, die er hier in der Gegend aufnahm, erzählte er, dass er sie den besten Zeitschriften anbieten würde.

„Du kannst ja den Artikel dafür schreiben", schlug er vor.

„Willst du vielleicht noch mehr Menschen in die Provinz locken?", fragte sie lächelnd.

„Warum nicht, allerdings nicht in großen Mengen. Hier gibt es noch so viel unberührtes Land, das geschützt werden muss. Die Bucht ist bereits in Gefahr. Ich habe einen Artikel gelesen, in dem über die Auswirkungen der Umweltverschmutzung auf die Krebse, Fische und – am allerschlimmsten – auf die Austern berichtet wurde."

Sie musste über seine Entrüstung lachen. Nicht, weil sie nicht mit ihm übereinstimmte, sondern weil er so engagiert reagierte. Dass er völlig aus der Mitte seines Herzens heraus lebte, war einer der Gründe, warum sie ihn so liebte. Liebte? Maggie schluckte. Hatte sie das eben tatsächlich gedacht? Um Himmels willen, das war gefährlich!

Rasch dachte sie wieder an den Artikel, den sie vielleicht für ihn schreiben würde. Wenn sie diesen Auftrag tatsächlich übernahm, würde sie auf jeden Fall zum Landschaftsschutz aufrufen.

In der Zwischenzeit würde sie sich aber erst mal um die Gourmetseiten der September-Ausgabe kümmern müssen. Nur weil sie im Urlaub war, bedeutete das noch lange nicht, dass sie ihre Termine verschieben konnte. Ihr Verleger schickte ihr fast täglich eine E-Mail, in der er sich erkundigte, ob sie bereits Ideen für die nächste Ausgabe hätte. Bisher war ihr jedoch noch nichts eingefallen, dabei brauchte sie irgendetwas Neues, Originelles für die Leser.

Sie war so genervt über ihren Mangel an Ideen, dass sie Ricks Ankunft kaum noch erwarten konnte. Vielleicht konnte er sie inspirieren.

Als er endlich eintraf, gab er ihr einen Kuss auf die Stirn und setzte sich dann auf die Couch. Er hatte kaum Hallo gesagt, als sie ihm bereits ins Wort fiel. „Stell dir diese Situation mal vor", begann sie. „Es ist ein kühler Septemberabend, und du bist gerade von einem langen Arbeitstag nach Hause gekommen. Woran denkst du dann?"

Er sah sie verschmitzt an, und das Funkeln in seinen Augen verriet ihr, was er dachte.

„Nicht das", wehrte sie ungeduldig ab. „Ich meinte, was würdest du dann gern essen? Was isst du im Herbst?"

Er sah sie verständnislos an. „Hm?"

„Los, nun komm schon", bat sie und stieß ihm sanft den Ellbogen in die Rippen. „Du weißt schon, was ich meine. Im Sommer warten wir darauf, dass die ersten Tomaten reif werden, oder wir freuen uns auf Erdbeeren, Wassermelonen und Pfirsiche. In der Weihnachtszeit freuen wir uns über Nüsse, Mandeln und backen Zimtplätzchen. Verstehst du jetzt?"

Er nickte. „Mir fallen Äpfel ein", erklärte er schließlich. „Frisch gepresster Apfelsaft. Apfelkuchen. Pfannkuchen mit Apfelstückchen."

„Volltreffer." Maggie lächelte, als der Gedanke Form annahm. „Ich wusste, dass wir beide ein tolles Team abgeben würden. Willst du einen Auftrag?"

„Für was?"

„Ich brauche Fotos von Äpfeln für die September-Ausgabe. Du sollst es nicht umsonst machen. Ich kann morgen deinen Agenten anrufen."

„Lass mal Frank aus dem Spiel. An was für Fotos dachtest du denn?"

„Vielleicht kannst du eine Apfelbaumplantage oder eine schöne grüne Wiese mit Apfelbäumen finden. Wir könnten ein rot-weiß kariertes Tischtuch auf die Wiese legen und Apfelkuchen sowie andere Apfelspezialitäten dekorativ darauf präsentieren. Ich werde dazu noch ein paar Rezepte heraussuchen."

„Warte mal einen Moment", sagte er nachdenklich. „Vergiss deine Backbücher. Ich habe zumindest zwei tolle Rezepte für dich."

„Wirklich? Woher denn?"

„Erinnerst du dich an den leckeren Apfelkuchen, den ich dir neulich aus einem Restaurant mitgebracht habe? Dort habe ich den besten Apfelstrudel meines Lebens gegessen."

„Wurde er dort gebacken?

„Nein, von einer achtzigjährigen Frau, die in der Nähe von Reedville lebt. Sie könnte doch das Herzstück deines Artikels werden."

Maggie überlegte. „Hat sie einen Garten, in dem Apfelbäume stehen?"

„Danach habe ich nicht gefragt. Ich weiß nur, dass sie himmlisch backen kann."

„Kannst du das herausfinden?"

„Klar."

Maggie strahlte ihn an. „Das ist perfekt. Wahrscheinlich hat sie ein altes Familienrezept, nach dem sie zuerst nur für ihre Kinder und Enkelkinder und dann für die Nachbarn gebacken hat. Jetzt ist dieser Kuchen der Renner in der ganzen Gegend. Glaubst du, das Restaurant ist geöffnet? Kannst du mal anrufen und nach dem Namen der Frau fragen?"

„Zuerst brauche ich aber etwas von dir", erwiderte er und zog sie in die Arme. „Dieses ganze Gerede über Apfelkuchen hat mich irrsinnig hungrig gemacht."

Sie schaute ihn an und sah das Verlangen in seinen Augen. Und es war ganz bestimmt kein Apfelkuchen, auf den er Heißhunger hatte.

„Rick?"

„Psst, sag nichts", flüsterte er. „Ich möchte dich nur schmecken." Er küsste sie, strich dann mit den Händen über ihre Hüften und hinauf zu ihren Brüsten.

Als er Maggie endlich losließ, war sie vollkommen außer Atem. Ein leichtes Bedauern durchfuhr sie. Warum hat er aufgehört, wunderte sie sich, fragte laut aber etwas anderes: „Wofür war das denn? Du hast doch bisher die Regeln immer eingehalten. Was ist heute anders?"

Rick lächelte. „Du sahst so sexy aus, als du über deine Arbeit geredet hast. Du hast mit so viel Engagement und Leidenschaft gesprochen."

Sie lachte, obwohl sie langsam nervös wurde. Es schien plötzlich viel heißer geworden zu sein, und Maggies Willenskraft schmolz dahin wie Eis in der Sonne. „Das muss bedeuten, dass du wirklich halb verhungert bist", erklärte sie in einem verzweifelten Versuch, ihre Hilflosigkeit zu überspielen. „Wir sollten ans Abendessen denken. Willst du hier oder draußen essen?"

„Draußen ist sicherer", meinte er mit ernster Miene.

Das war es ohne Zweifel, aber Maggie spürte, dass sie plötzlich gar keine große Lust hatte, auf Sicherheit zu setzen. Ihre Impulsivität hatte ihr schon immer Probleme bereitet, deshalb machte sie einen letzten Versuch, sie zu unterdrücken.

„Es wäre auf jeden Fall vernünftiger", pflichtete sie ihm bei, allerdings ohne große Überzeugung.

„Fühlst du dich denn im Moment besonders vernünftig?", fragte Rick.

„Eigentlich nicht", gab sie zu. Um ehrlich zu sein, hatte jede Spur von Vernunft sie vor zehn Minuten verlassen. Sie horchte in sich hinein, aber da war nichts außer dem starken Verlangen, Ricks Körper zu spüren. „Und deshalb schlage ich auch vor, dass wir im Haus essen."

Rick ergriff ihre Hand. „Bist du sicher? Wir haben eine Abmachung, und ich möchte das noch mal deutlich ansprechen. Hier geht es um mehr als nur um das Abendessen. Ich begehre dich, Maggie."

Sie nickte. Es war an der Zeit, ehrlich zueinander zu sein. Es war an der Zeit, den Gefühlen zu vertrauen, die in den vergangenen Tagen immer stärker geworden waren.

„Ich will dich auch", gestand sie. „Ich glaube, wir beide sind lange genug geduldig gewesen."

Mit dem Zeigefinger fuhr Rick über ihre Lippen, und ihr Herz machte einen kleinen Freudensprung. Ich treffe die richtige Entscheidung, sagte sie sich, es muss die richtige sein. Hoffentlich!

„Du musst dir sicher sein, Maggie", verlangte Rick. „Ich warte lieber noch ein paar Tage, wenn es sein muss, sogar Wochen, bevor du am nächsten Morgen etwas bereust. Das wäre schrecklich für mich."

„Ich werde nichts bereuen", versicherte sie. Was immer auch geschah, sie würde nichts bereuen. Dieses Mal nicht.

Morgen früh war noch Zeit genug, sich darüber Sorgen zu machen, ob ihre Impulsivität zu einem Rückschritt in ihrem Experiment geführt hatte. Diese Nacht aber gehörte ihnen.

7. KAPITEL

Rick kämpfte gegen das überwältigende Verlangen nach Maggies Körper, ein Verlangen, das ihn fast um den Verstand brachte. Er hatte vor, in dieser Nacht ganz langsam vorzugehen und jeden Moment zu genießen, um ihre Erregung noch zu steigern. Das Risiko war natürlich, dass sie ihre Meinung ändern könnte. Doch wenn er sah, wie sie sanft errötete, wenn sich ihre Hände zufällig berührten, wie ihr Puls raste, wenn er mit den Fingern über ihr Handgelenk strich, dann wusste er, dass sich das Warten gelohnt hatte.

Als sie in der Küche Salat, Paprika und Tomaten wusch, stellte er sich hinter sie und legte den Arm um ihre Taille.

„Was hast du vor?", fragte sie ein wenig unruhig.

„Ich will dir nur helfen", erwiderte er unschuldig.

„Wirklich?"

„Wirklich. Soll ich den Salat waschen?", bot er an.

„Ja, dann könnte ich das Hähnchen zubereiten und in den Backofen schieben", antwortete sie, rührte sich aber nicht von der Stelle.

„Warum solltest du das tun, wenn wir hier ein so gutes Team abgeben?", meinte er und hielt eine Tomate unter das fließende Wasser. Um das zu tun, musste er seinen Körper noch stärker gegen ihren pressen.

Sie lachte. „So nennst du das also? Teamwork? Jetzt wäschst du die Tomaten, und ich stehe hier nur herum."

„Natürlich ist das Teamwork. Du sorgst dafür, dass ich inspiriert werde."

„Ich vermute eher, dass ich für ein wenig Erregung sorgen soll." Sie lachte und bewegte aufreizend ihren Po.

Ricks Atem stockte, als er spürte, wie sein Verlangen wuchs. „Schlechter Schachzug, Liebling. Zumindest, wenn du die Hoffnung hattest, irgendwann in nächster Zeit etwas zu essen zu bekommen."

„Das dachte ich mir", erwiderte sie triumphierend. „Dann lass mich los, damit ich das Hähnchen zubereiten kann."

„Ich halte dich doch gar nicht auf", behauptete er.

„Aber du gehst mir auch nicht aus dem Weg."

Rick lachte, weil sie sich weigerte, sich freizukämpfen. Doch schließlich trat er zurück und ließ sie frei. „Ich wette, dass du in deiner Testküche nicht so viel Spaß hast."

„Na, ich weiß nicht", bemerkte sie nachdenklich. „Mordecai ist ziemlich sexy."

Er sah sie prüfend an. „Wer zum Teufel ist Mordecai?"

„Mein Assistent."

Rick konnte sich an keinen gut aussehenden Mann in der Testküche des Journals *Cityside* erinnern. „Wirklich? War er auch beim Fototermin?"

„Nein."

„Warum nicht?"

„Er ist schüchtern."

„Du hast einen Assistenten, der sexy und schüchtern ist?", fragte Rick und konnte seine Skepsis kaum verbergen.

„Sehr sexy und sehr schüchtern", bestätigte Maggie.

Rick schaute sie missmutig an. „Du willst mich provozieren, nicht wahr? Es gibt gar keinen Mordecai."

„Natürlich gibt es den. Ich würde dich niemals anlügen."

„Aber …"

„Kein Aber", bekräftigte sie.

Ricks Misstrauen schwand aber nicht, ebenso wenig wie dieses völlig unerwartete Gefühl der Eifersucht. Ein Gefühl, das ihm normalerweise fremd war. „Nun, dann gibt es eindeutig etwas, was du mir nicht erzählen willst."

Sie lachte. „Sieh mal einer an. Du wirst ja ganz grün im Gesicht."

„Wenn du damit andeuten willst, dass ich eifersüchtig wäre, bist du auf dem Holzweg", erklärte er, obwohl er diesen Mordecai am liebsten auf den Mond geschossen hätte.

„Dann würde es dir also nichts ausmachen, wenn ich einen Abend mit Mordecai verbringen würde?", stichelte Maggie und tat dabei völlig unschuldig.

Rick betrachtete sie. Er fand, dass sie sich viel zu sehr auf seine Kosten amüsierte. Er wusste aber auch schon, wie er das am besten beenden konnte.

„Genauso wenig wie es dir etwas ausmachen würde, wenn ich mit hübschen Models für Bademoden ausgehen würde", erwiderte er ebenso unschuldig.

Wie Rick es erwartet hatte, war sofort jeder Anflug von Humor aus ihrem Blick gewichen. „Mordecai ist sehr süß und sehr sexy", wiederholte sie und fügte dann hinzu: „Nun ja, für einen siebzigjährigen Mann."

Rick fiel ein Stein vom Herzen. „Ah, ich verstehe."

Sie warf ihm einen strengen Blick zu. „So, und jetzt kommst du an die Reihe, mein Lieber, indem du mir versprichst, dass du für den Rest deines Lebens nur noch Landschaften fotografieren wirst."

Rick hatte so eine Ahnung, dass das, was sie sagte, nicht nur Spaß war. „Das geht leider nicht, Maggie."

Sie seufzte mit unverhüllter Enttäuschung. „Nein, wahrscheinlich nicht."

„Meine Arbeit wird wirklich zu einem Problem für dich werden, nicht wahr?"

„Ich wünschte mir, ich könnte guten Gewissens Nein sagen, aber ich bin mir da nicht so sicher", gab sie kleinlaut zu.

„Und was muss ich tun, um dir zu beweisen, dass du dir keine Sorgen machen musst?"

„Ich glaube nicht, dass du mir etwas beweisen musst", meinte Maggie. „Ich denke, das ist etwas, mit dem ich selbst fertig werden muss. Allerdings werde ich das nicht über Nacht schaffen. Das braucht Zeit."

Rick hatte keine Ahnung, woher ihr mangelndes Selbstbewusstsein kam. Als er sie kennenlernte, hätte er gewettet, dass sie mehr Selbstvertrauen als zehn Frauen zusammen besäße. Doch offensichtlich traf das nur auf ihre berufliche Position zu.

„Würde es dir helfen, wenn ich dich sofort ins Bett trage und dir zeige, wie sehr du mich erregst?"

Sie zog die Augenbrauen hoch. „Typisch Mann", bemerkte sie trocken. „Du denkst, dass man mit Sex alles lösen kann, nicht wahr? Aber glaub mir, ich weiß, wie fantastisch wir beide im Bett zusammenpassen."

Rick unterdrückte einen Seufzer. Er hatte wieder mal genau das Falsche gesagt. „Maggie, jetzt musst du mir helfen. Ich bin tatsächlich nur ein Mann. Du sendest zwar tausend Signale aus, aber ich verstehe sie nicht mehr."

Maggie drehte sich um und sah aus, als ob sie explodieren wollte, doch dann schien ihre Wut plötzlich verraucht zu sein. „Du hast ja recht", lenkte sie schließlich ein.

Plötzlich wirkte sie so verloren, dass er sie an sich ziehen musste. Sie wehrte sich anfangs, doch dann ließ sie es geschehen, ihr Körper blieb jedoch angespannt.

„Komm schon, Liebling", beruhigte Rick sie. „Ich will ja gar nichts von dir. Zumindest in diesem Moment nicht. Ich will dich nur in den Armen halten und mit dir reden. Sag mir, was du von mir erwartest, welche Art von Sicherheit ich dir bezüglich meiner Arbeit geben kann."

„Ich muss wissen, ob mehr als Sex zwischen uns ist."

„Natürlich ist es mehr", versicherte Rick ihr und bemühte sich, die richtigen Worte zu finden. „Als ich mich entschlossen habe, hierzubleiben und dich nicht anzufassen, habe ich das getan, weil du mir sehr viel bedeutest. Du Maggie, nicht dein Körper. Wäre ich geblieben, wenn es mir nur um Sex gegangen wäre? Wohl kaum. Ich bin nicht sicher, wohin das hier führen wird, aber es ist mir so wichtig, dass es mir einen Versuch wert ist. Ich kann nicht einfach von dir weggehen, wie ich es bei all den anderen Frauen in meinem Leben getan habe." Eindringlich sah er sie an. „Reicht dir das?"

Zu seinem Erstaunen traten ihr Tränen in die Augen. Sie nickte. „Mehr als genug."

„Heißt das, dass ich es vergessen kann, heute Nacht mit dir zu schlafen?", fragte er vorsichtig, denn er wollte bestimmt keinen Fehler mehr machen.

Obwohl ihr die Tränen jetzt über die Wangen rollten, lachte sie. „Nein. Du bleibst natürlich, Rick. Ich bin es leid, abends allein ins Bett zu gehen, obwohl du in der Nähe bist. Und jedes Mal, wenn du mich berührst, wird mir bewusst, was ich wegen meiner Sturheit vermisse."

„Wirklich?" Er wagte sich noch einen Schritt vor. „Heißt das, ich kann meine Sachen packen und zu dir ziehen?"

Einen Moment lang war er sicher, dass sie Ja sagen würde, doch dann sah er, wie sie um eine Entscheidung rang und beide Möglichkeiten abwog. Bevor sie noch etwas sagen konnte, legte er den Finger auf ihre Lippen. „Vergiss, was ich gefragt habe", bat er und hoffte, dass sein Opfer sich in der Zukunft auszahlen würde. „Lass uns einfach nur an heute Nacht denken. Über alles andere können wir uns morgen immer noch den Kopf zerbrechen."

Es war noch nicht genug, dass Rick solch ein starkes Verlangen in ihr wecken konnte. Nein, jetzt war er auch noch so verständnisvoll und einfühlsam, dass sie sich unsterblich in ihn verlieben würde, wenn er nicht bald damit aufhörte.

„Das darf nicht passieren", sagte sie sich ernst. Ihr wurde erst bewusst, dass sie diese Worte laut ausgesprochen hatte, als sie Ricks fragenden Blick bemerkte.

„Nichts, nichts", versicherte sie Rick, der ihr am Küchentisch gegenübersaß. „Ich rede nur mit mir selbst."

„Möchtest du mir nicht sagen, was du gerade gedacht hast?"

„Nein. Aber möchtest du jetzt das Dessert haben?"

„Nur, wenn wir es im Bett essen können", meinte er und schaute sie dabei unverwandt an.

Ein Schauer der Erregung durchfuhr Maggie. „Das Dessert kann warten."

Rick lächelte und erhob sich. „Gute Antwort", murmelte er, kam zu ihr hinüber und zog sie vom Stuhl hoch. „Und was ist mit dem schmutzigen Geschirr?"

Sie hatte ein schlechtes Gewissen, die Küche so unaufgeräumt zurückzulassen, doch ein Blick in Ricks dunkle Augen genügte, um einen Entschluss zu fassen. „Das läuft nicht weg. Küss mich."

„Oben", versprach Rick.

„Nein, hier."

„Dann schaffen wir es vielleicht nicht mehr bis ins Schlafzimmer", warnte er sie. „Ich bin nahe dran, meine Selbstbeherrschung zu verlieren."

Sie lächelte. „Sehr gut, ich nämlich auch."

Dieses Mal waren sie bereits ausgezogen, als sie das Wohnzimmer erreicht hatten. Rick streichelte und liebkoste ihren nackten Körper, und Maggie fragte sich, wie sie es nur derart lange ohne Sex ausgehalten hatte. Ihr Verlangen war so stark, die Sehnsucht nach ihm so übermächtig, dass sie kaum noch atmen konnte. Warum hatte sie sich dieses aufregende, wunderbare Gefühl, das Rick Flannery in ihr weckte, nur so lange versagt?

Als Rick endlich in sie eindrang, kam sie fast unmittelbar danach zum Höhepunkt. Zu lange hatte ihr Körper auf jede Berührung verzichtet. Er wartete, bis sie sich wieder beruhigte, und begann dann von Neuem, sich ganz langsam in ihr zu bewegen. Und dann geschah etwas Seltsames.

Als Maggie in seine Augen schaute, wurde ihr schlagartig bewusst, was der Unterschied war zwischen diesem Mann und all den anderen Liebhabern, die sie bislang gehabt hatte. In seinem Blick sah sie die Zärtlichkeit, die Leidenschaft und den Wunsch, sie zu verwöhnen. Hier ging es nicht allein um seine Lust, sondern auch um ihre. Es war ihm wichtig, auch sie glücklich zu machen. Hier ging es um sie beide, vereint in diesem einen Moment, mit Körper und Seele.

Plötzlich begriff sie zum ersten Mal, wovon man in den meisten Liebesromanen sprach. Und als erneut eine Welle der Lust von ihr Besitz ergriff, jagte ihr diese überwältigende Einsicht regelrecht Angst ein.

In der Morgendämmerung stand Rick widerwillig aus Maggies Bett auf, beugte sich dann noch mal zu ihr hinunter, um sie zu küssen, und fuhr dann in seine Pension, um zu duschen. Er wollte Vorbereitungen für das Shooting treffen, das sie sich von ihm gewünscht hatte. Vor allem jedoch brauchte er unbedingt etwas Zeit für sich allein. Er musste darüber nachdenken, was sich zwischen ihnen geändert hatte.

Denn es hatte sich etwas geändert, daran gab es keinen Zweifel. Er hatte in ihren Augen ein plötzliches Aufflackern gesehen. Sie musste irgendeine Erkenntnis gewonnen haben, die sie stark erschüttert hatte. Es war wahrscheinlich etwas von diesen Frauensachen, die ein Mann niemals begreifen würde. Einen Moment lang hatte er sich sogar gefragt, ob sie vielleicht den Unterschied zwischen Sex und Liebe begriffen hatte. Aber konnte man diese Erkenntnis von einer Sekunde zur anderen gewinnen?

Er stöhnte leise auf. Seit wann machte er sich so viele Gedanken darüber, was in einer Frau beim Sex ablief? Er würde das, was in Maggie vorgegangen war, sowieso nicht begreifen, und er hatte keine große Lust, das mit ihr oder gar anderen Männern zu diskutieren. Also würde dieses Rätsel erst mal ungelöst bleiben.

Als er seine zweite Tasse Kaffee getrunken hatte, rief er Mike an, um sich über die Obstplantagen und Gärten der Region zu informieren. Sicher konnte ein Landschaftsarchitekt ihm einen Tipp geben. Nachdem er ein wenig mit ihm geplaudert hatte, erfuhr Rick, dass die alte Dame, die den köstlichen Apfelkuchen gebacken hatte, Mrs Keller hieß und dass die Kellers tatsächlich eine Apfelbaumplantage besaßen. Zum Schluss gab Mike ihm noch die Nummer von Jeff, der die Kellers persönlich kannte.

Er bedankte sich und rief Jeff an.

„Guten Morgen", antwortete Jeff gut gelaunt. „Was kann ich für dich tun?"

„Ich hätte gern von dir gewusst, wie ich Mrs Keller finden kann", erklärte Rick. „Ich habe gehört, sie hätte eine Apfelbaumplantage mit wunderschönen alten Obstbäumen."

„Die Kellers leben fünfzehn Meilen von der Stadt entfernt", gab Jeff Auskunft. „Die beiden sind jetzt in die Jahre gekommen und ernten nicht mehr selbst. Ihre Kinder waren nicht daran interessiert, die Plantage weiterzuführen. Jetzt können Familien, aber auch hiesige Einzelhändler kommen und ihren Bedarf an Äpfeln selbst pflücken. Ich nehme an, dass sie dadurch genug Einnahmen haben, um leben zu können."

„Sie verdient ja auch noch etwas mit ihren köstlichen Apfelkuchen", warf Rick ein.

„So wird es sein. Fast jeder in der Gegend fährt wegen des leckeren Kuchens nach Callao. Sie weigert sich übrigens hartnäckig, an ein anderes Restaurant zu verkaufen. Man sagt, dass der Besitzer dieses Restaurants von Anfang an fair mit ihr verhandelt hat, und sie will sich jetzt durch ihre Treue bedanken."

„Glaubst du, die Kellers wären bereit, mir ihre Plantage für eine Fotoreportage zur Verfügung zu stellen?", fragte Rick.

„Ich nehme an, dass sie keine Gelegenheit auslassen werden, ihr Image noch aufzubessern. Außerdem lieben sie Gesellschaft. Ich werde sie anrufen und etwas ausmachen. Sollten sie aus irgendeinem Grund nicht wollen, kannst du ja immer noch zur Westmoreland Berry Farm gehen. Dort gibt es auch viele Apfelbäume. Es ist allerdings noch ein wenig früh im Jahr, um zu ernten. Die Äpfel sind noch nicht reif."

„Das spielt keine Rolle. Maggie sucht nur einen geeigneten Hintergrund."

„Dann werde ich es auf jeden Fall bei den Kellers versuchen. Wann willst du hinfahren?"

„Noch heute Vormittag, wenn es ihnen passt", erwiderte Rick. „Ich will heute noch keine Fotos machen, aber ich würde mir gern mal die Bäume anschauen, damit ich einen Eindruck bekomme."

„Ich rufe sie sofort an und melde mich gleich wieder bei dir", versprach Jeff. „Wird Maggie mitfahren?"

Rick lachte. „Was denkst du? Es geht hier schließlich um Fotos für ihre Zeitschrift. Wenn es um ihre Arbeit geht, ist Maggie absolut kompromisslos."

„Das ist gar nicht so schlecht. Die Kellers kannten nämlich Cornelia Lindsey persönlich, also werdet ihr wahrscheinlich keine Probleme haben, von ihnen empfangen zu werden."

Während Rick auf Jeffs Rückmeldung wartete, rief er Maggie an.

„Guten Morgen, meine Schöne", sagte er, als sie sich meldete.

„Du sollst mich nicht so nennen", wehrte sie ab. Es war nicht das erste Mal, dass sie so reagierte, wenn er etwas über ihre Schönheit sagte. Und jedes Mal wunderte Rick sich aufs Neue. Er konnte sich nicht erklären, warum sie so heftig reagierte. Hatte er ihr nicht die halbe Nacht gezeigt, wie attraktiv und wunderschön sie war?

„Warum nicht?", fragte er entschlossen, um der Sache auf den Grund zu gehen.

„Weil du sehr genau weißt, was echte Schönheit ist", kam die überraschende Antwort. „Du beleidigst mich, wenn du vorgibst, ich würde in die gleiche Kategorie gehören wie all die Schönheiten, mit denen du normalerweise zu tun hast."

„Bist du verrückt geworden?", fragte er ungläubig. „Wenn du die Models meinst, mit denen ich zusammenarbeite, kann ich dir nur sagen, dass sie dir nicht im Geringsten das Wasser reichen können. Ihre Körper und Gesichter mögen perfekt für die Kamera sein. Aber du bist perfekt für das wirkliche Leben."

Sie seufzte. „Netter Versuch", meinte sie leise.

„Ich will dir nicht schmeicheln oder dir etwas vormachen, Maggie. Ich sehe es so. Und es ist die Wahrheit."

„Warum hast du mich eigentlich angerufen?", wechselte sie das Thema, offensichtlich noch immer nicht überzeugt.

Rick hätte gern weitergebohrt und den Grund für ihr mangelndes Selbstbewusstsein herausgefunden, aber er wusste, dass jetzt nicht der richtige Zeitpunkt dafür war. Sie hatte bereits einen Verteidigungswall um sich aufgebaut. Dabei hatte er gedacht, sie hätten vergangene Nacht in ihrer Beziehung einen großen Schritt vorwärts gemacht. Offensichtlich war er zu optimistisch gewesen.

„Ich habe eine Apfelbaumplantage gefunden. Jeff ruft gerade die Besitzer an und macht für uns einen Termin. Wenn es geht, sogar noch heute Vormittag. Möchtest du mitkommen?", fragte er und versuchte, unbeschwert zu klingen.

„Na klar", antwortete sie spontan. Offensichtlich hatte sich ihre Laune schon wieder gebessert. „Bist du deswegen so früh gegangen?"

Aha, das war es also, was sie störte. Sie glaubte wahrscheinlich, er wäre gegangen, um den Morgen nicht mit ihr verbringen zu müssen.

„Du hast mir einen Auftrag gegeben, Liebling. Natürlich wollte ich sofort damit anfangen."

„Ich habe zwar den Ruf einer Sklaventreiberin, aber ein paar Stunden hättest du schon noch warten können."

Er lachte. „Die Sonne ging bereits auf, als ich dich verlassen habe. Ich dachte, du wärst wach gewesen, als ich dich zum Abschied küsste."

„Dann war das also kein Traum?"

„Oh nein, Liebling, es war Wirklichkeit. Denk daran, bis wir uns sehen. Jeff wird gleich zurückrufen, und dann hole ich dich ab."

„Gut, bis dann."

8. KAPITEL

Als Maggie die Kellers sah, war sie sofort von ihnen eingenommen. Ihre runzligen, gebräunten Gesichter zeugten von den vielen Jahren, die sie in der Sommersonne verbracht hatten.

Wie so viele Menschen, die mehr als fünfzig Jahre miteinander verheiratet waren, begannen sie, sich mit ihren hageren Körpern und dem weißen, kurz geschnittenen Haar ähnlich zu sehen. Mrs Kellers Haar war lediglich etwas lockiger als das ihres Mannes. Aber beide hatten die gleichen blauen, freundlichen Augen, die vor Interesse glitzerten, als sie Maggie und Rick die Tür öffneten.

„Kommen Sie herein", bat Matthew Keller mit überraschender Herzlichkeit. „Sally hat heute Morgen gebacken. Wenn Sie möchten, können Sie erst mal ein Stück Apfelkuchen genießen, bevor wir zur Plantage gehen."

Maggie sah Rick an und wunderte sich, dass keine Spur von Ungeduld in seinem Blick lag.

„Ich würde gern ein Stück essen", nahm er das Angebot an. „Und wir beide würden gern etwas über Sie und Ihre Plantage erfahren, bevor wir uns alles anschauen."

Die Augen des alten Mannes leuchteten auf. „Nicht viele junge Menschen möchten von mir etwas über die Zucht von Äpfeln lernen. Im Herbst habe ich immer Schulkinder und Jugendliche hier, die beim Ernten helfen. Aber sie wollen eigentlich nie etwas über Äpfel hören. Es reicht ihnen, dass sie gut schmecken."

Als sie in der hellen, freundlichen Küche der Kellers Platz nahmen, servierte Sally ihnen großzügig geschnittene Stücke ihres Apfelkuchens. Rick nahm eine Gabel voll und seufzte vor Vergnügen. Er strahlte Sally an.

„Es gibt keinen Zweifel, Sie sind das kulinarische Genie, dessen wunderbarer Apfelkuchen im Café in Callao verkauft wird."

Ein Lächeln erschien auf dem Gesicht der Frau. „Woher wollen Sie das nach nur einem Bissen wissen?"

„Einen Apfelkuchen, der so gut schmeckt, vergisst man nicht." Er wandte sich Maggie zu. „Dieser Kuchen ist der Grund, warum mir die Idee mit den Äpfeln überhaupt gekommen ist. Hast du jemals etwas so Gutes gegessen?"

Maggie war damit beschäftigt gewesen, sich Notizen über Matthews

Worte zu machen, und hatte den Kuchen noch gar nicht probiert. Als sie sich den ersten Bissen auf der Zunge zergehen ließ, nickte sie mit dem Kopf. „Der ist wirklich köstlich, Mrs Keller", lobte sie.

„Nennen Sie mich, Sally." Dann winkte Mrs Keller ab. „Haben Sie nicht gesagt, dass Sie für eine Zeitschrift in Boston arbeiten? Bestimmt haben Sie da eine supermoderne Testküche mit allen Geräten und backen viel besser als ich."

„Nein, Sie irren sich, Sally", widersprach Maggie. „Ich kann auch backen, aber so etwas bringe ich nicht zustande. Ich würde mich geehrt fühlen, wenn Sie mir Ihr Geheimnis verraten und ich Ihr Rezept für meine Leser veröffentlichen dürfte. Ist das ein Familienrezept, das weitergegeben wurde, oder ist es Ihre eigene Idee gewesen?"

Sally Keller wurde nachdenklich. „Ich weiß nicht, ob ich Ihnen das Rezept geben kann. Sehen Sie, die Leute hier denken, es wäre etwas ganz Besonderes in meinem Apfelkuchen. Ich möchte diesen Glauben nicht zerstören. Wie viele Leute würden den Apfelkuchen noch in dem Café kaufen, wenn sie ihn selbst backen können?"

Matthew Keller wandte sich Maggie zu. „Wo, sagten Sie, wird Ihr Journal veröffentlicht?"

„In Boston. Der Großteil der Auflage wird in Massachusetts verkauft."

„Sieh mal, Sally. Das wäre doch gar kein Problem. Wir kennen dort keine Menschenseele."

Seine Frau warf ihm einen rügenden Blick zu. „Auch die Leute hier aus der Gegend reisen, Matthew. Und lebt nicht der Sohn von Lila Wilson irgendwo da oben im Norden?"

„Er lebt in New York", erwiderte Matthew. „Jetzt hör auf, dich so anzustellen, und gib Cornelias Enkelin das Rezept. Willst du es etwa mit ins Grab nehmen? Dann kann niemand mehr so einen Kuchen genießen."

„Haben Sie es denn Ihren Kindern nicht weitergegeben?"

„Himmel, nein", wehrte Sally mit einem traurigen Kopfschütteln ab. „Die Jungs sind nicht am Backen interessiert, und ihre Frauen sind viel zu sehr mit anderen Dingen beschäftigt, als einen Apfelkuchen selbst zu backen. Ich habe versucht, es meiner Tochter Ellen beizubringen, als sie ein Teenager war, aber sie hatte keine Geduld dafür. Er hätte sowieso viel zu viele Kalorien, meinte sie damals."

„Mir ist es egal, wie viele Kalorien er hat", erklärte Rick. „Wenn Kalorien so lecker schmecken. Es ist zweifellos der beste Apfelkuchen, den ich je gegessen habe. Fragen Sie Willa-Dean. Seit ich den Kuchen probiert habe, bin ich Stammkunde dort."

Sally strahlte übers ganze Gesicht. „Dann gebe ich Ihnen noch ein Stück. Sie werden die Kalorien schon wieder verbrennen, wenn Matthew Sie erst herumführt."

Rick nahm das Angebot dankend an, aß genussvoll das zweite Stück und lehnte sich dann mit einem Seufzer zurück. „Matthew, Sie müssen mich retten. Lassen Sie uns in den Garten und in die Plantage gehen. Maggie, kommst du mit?"

„Ich denke, ich bleibe bei Sally und rede mit ihr noch ein wenig über das Rezept. Du kannst mich ja später herumführen."

Als die Männer gegangen waren, warf Sally ihr einen wissenden Blick zu. „Hübscher Mann, dieser Rick. Ihre Großmutter würde sich freuen."

Maggie sah sie überrascht an. „Glauben Sie wirklich?"

„Natürlich. Sie hatte ein Auge für gut aussehende Männer. Sie liebte Ihren Großvater, bis zu dem Tag, als sie starb, aber trotzdem hat sie sich gern mal einen gut aussehenden Mann angeschaut, wenn er ihr zufällig über den Weg lief. Mir geht es genauso, selbst jetzt noch im Alter."

Maggie lachte, als sie das unmissverständliche Glitzern in Sallys Augen sah. „Irgendwie habe ich den Eindruck, dass Sie Ihren Mann ganz schön auf Trab halten."

Die alte Frau lachte. „Selbstverständlich, und ich bin stolz darauf. Man muss eine Beziehung lebendig halten, wenn man will, dass die Ehe so lange hält wie unsere."

„Und wie lange ist das?"

„Im nächsten Monat werden es zweiundsechzig Jahre. Ich war gerade mal achtzehn, als wir heirateten, und jetzt bin ich achtzig. Ich kenne Matthew bereits, seit wir beide als kleine Kinder den Gottesdienst gestört haben." Sie schmunzelte und gestand: „Um ehrlich zu sein, habe ich zuerst nicht viel von ihm gehalten. Das änderte sich erst, als er sechzehn wurde und ich das Glitzern in seinen Augen bemerkte, wenn er mich sah. Ihr junger Mann hat genau das auch, wenn er Sie beobachtet."

Maggie wurde neugierig. „Wirklich?"

„Aber natürlich. Haben Sie das denn nicht bemerkt?"

Maggie dachte nach und wusste plötzlich, dass Sally recht hatte. Da war ein Glitzern in seinen Augen. Ihr war nur nie bewusst gewesen, was für eine Bedeutung es hatte. Sie ergriff Sallys Hand und drückte sie leicht. „Danke."

„Wofür?"

„Dafür, dass ich endlich etwas sehe, was im Grunde die ganze Zeit schon vor meinen Augen war."

„Liebes, wenn Sie den verliebten Ausdruck in seinem Blick nicht bemerkt haben, brauchen Sie eine Brille."

Maggie lachte immer noch über Sallys Worte, als Rick und Matthew zurückkamen.

Rick sah sie neugierig an. „Hast du bekommen, was du gesucht hast?", fragte er.

„Und noch mehr", erklärte Maggie und wandte sich dann Sally zu. „Dürfen wir wiederkommen? Rick möchte Fotos machen, und ich würde liebend gerne zugucken, wenn Sie backen."

„Meine Backtage sind Montag und Donnerstag, aber Sie sind mir jederzeit herzlich willkommen", versicherte Sally und warf dann Rick einen bedeutsamen Blick zu. „Ein wenig Abwechslung wird uns guttun."

„Na, was hältst du von den Kellers?", fragte Rick, als er und Maggie nach Hause zurückfuhren.

„Es sind bemerkenswerte Leute", erwiderte sie begeistert. „Kannst du dir vorstellen, über sechzig Jahre verheiratet zu sein? Ich bin wirklich beeindruckt."

Es erstaunte Rick, dass Maggie sich mehr für das persönliche Leben der Kellers interessierte als für ihre Apfelbaumplantage. Normalerweise konzentrierte sie sich völlig auf ihre Arbeit. Dazu kam, er selbst hatte überhaupt noch nie daran gedacht, vielleicht zu heiraten. Er hatte sich einfach nicht vorstellen können, ständig mit derselben Frau zusammen zu sein. In den letzten Wochen hatte sich seine Einstellung allerdings ein wenig verändert.

„Ehrlich gesagt, ich habe noch nie viel über die Ehe nachgedacht", erwiderte er.

„Warum?"

„Ich konnte mir nie vorstellen, verheiratet zu sein", gab er zu.

Sie betrachtete ihn eher mit Neugierde als mit Enttäuschung. „Wirklich? Bist du so vielen Versuchungen ausgesetzt?"

„So ähnlich", wich er aus.

Seine Antwort schien noch mehr Neugierde in ihr zu wecken, denn sie betrachtete ihn prüfend. „Was ist mit deinen Eltern? Haben Sie kein gutes Beispiel abgegeben?"

Rick sprach nicht gern über seine Familie. In den flüchtigen Beziehungen, die er bisher eingegangen war, hatte er noch nie über bedeutsame Dinge gesprochen. Den Frauen hatte es immer gereicht, mit ihm um die Welt zu jetten.

„Erzähl mir von deinen Eltern", forderte er sie auf und hoffte, damit für sich mehr Zeit herauszuschinden. Er sah zu Maggie hinüber und wusste, dass sie seine Taktik durchschauen würde. Aber sie antwortete trotzdem.

„Ich glaube, dass meine Eltern genau wie die Kellers auch noch mit achtzig sehr glücklich miteinander sein werden", erklärte sie. „Allerdings hörte ich, dass am Anfang ihrer Ehe niemand ihnen auch nur ein Jahr gegeben hätte. Meine Mutter ist eine typische Südstaatlerin. Sie ist charmant und liebenswürdig, hat aber einen unbeugsamen Willen. Mein Dad ist ein Italiener aus Boston. Beide haben einen echten Dickkopf und geraten sich oft in die Haare." Maggie lächelte. „Dann schreit mein Vater herum, und meine Mutter antwortet in eisigem Ton."

„Und wer gewinnt normalerweise?", fragte Rick.

„Normalerweise gehen sie am Ende Kompromisse ein. Wenn es um sehr wichtige Dinge geht, streiten sie sich unter vier Augen, aber in der Öffentlichkeit bilden sie eine Front."

„Und sie haben dir und deinen Schwestern beigebracht, das Gleiche zu tun, nicht wahr?", vermutete Rick. Er stellte sich vor, wie es wohl sein müsste, in einer Familie aufzuwachsen, die wie Pech und Schwefel zusammenhält.

„Absolut", erwiderte Maggie. „Melanie, Ashley, Jo und ich sind sehr unterschiedliche Persönlichkeiten, aber wenn wir einen gemeinsamen Feind haben, sind wir wie aus einem Stück." Sie warf ihm einen Seitenblick zu. „Ich nehme an, dass deine Familie nicht so war."

„Wie kommst du darauf?", fragte Rick, irritiert darüber, dass sie ihn offensichtlich durchschaut hatte.

„Weil du meinen Fragen ausgewichen bist. Leute, die aus glücklichen Familien kommen, geben normalerweise auch damit an."

„Wahrscheinlich."

„Erzähl mir von deinem Dad."

„Da gibt es nichts zu erzählen."

Das kaufte Maggie ihm nicht ab. „Es gibt immer etwas zu erzählen", rügte sie ihn.

Rick runzelte die Stirn. „Also gut. Er verließ uns, als ich noch sehr klein war. Ende der Geschichte. Das ist alles, was ich weiß. Ich habe ihn danach nie mehr gesehen."

Maggie sah ihn bestürzt an. „Oh, Rick, das tut mir leid. Du musst ihn sehr vermisst haben."

„Du kannst nicht vermissen, was du nie gehabt hast." Er riskierte einen Blick und sah das Mitgefühl in ihren Augen. Am liebsten hätte er jetzt laut geflucht. Dieses Mitgefühl war der Grund, warum er nie jemandem etwas von seiner Vergangenheit erzählte. Er wollte nicht, dass man Mitleid mit ihm hatte. Sein Leben war so, wie es war. Er hatte es überlebt. Wahrscheinlich war er gerade wegen seiner schwierigen Kindheit so stark geworden. Und das allein zählte.

„Und deine Mutter?", fragte Maggie sanft.

„Hat ihren Kummer in Alkohol ertränkt", erwiderte er schroff.

„Das ist vermutlich der Grund, warum du kaum Alkohol trinkst", erriet Maggie.

„Ich weiß, dass übermäßiger Alkoholkonsum eine Krankheit und unter Umständen sogar erblich ist. Warum sollte ich ein Risiko eingehen?", erklärte er. „Aber jetzt lass uns über etwas anderes reden. Ist dir schon eine Idee gekommen, seit wir bei den Kellers waren? Ich habe einige Anregungen erhalten, aber ich möchte erst hören, was du denkst."

Gern hätte Maggie noch mehr über sein Privatleben erfahren, aber sie wusste, dass sie ihn jetzt nicht bedrängen durfte. „Nein. Du bist derjenige mit dem geschulten Auge für solche Sachen. Erzähl mir, was du vorhast."

Rick ergriff die Chance, endlich vollkommen von seiner Vergangenheit ablenken zu können. „Die Plantage ist wundervoll. Die Bäume sind über und über beladen mit Äpfeln, und es sieht großartig aus, wie das Sonnenlicht durch das grüne Laub fällt."

„Aber?"

Er war nicht überrascht, dass sie auch das Ungesagte spürte. „Aber ich denke, wir sollten auch einige Fotos in der Küche machen."

Sie sah ihn überrascht an. „Warum?"

Er versuchte, sein Gefühl in Worte zu kleiden. „Nun, es gibt einige Gründe. Menschen sind immer interessanter als die Natur. Und Mrs Kellers Hände sprechen Bände", erklärte er und hoffte, Maggie würde ihn verstehen. Doch leider war das nicht der Fall.

„Tun sie das?", fragte sie leicht verwirrt. „In welcher Weise?"

Rick unterdrückte einen Seufzer. Vielleicht war das etwas, was nur ein Fotograf beobachten konnte. „Diese Hände haben gelebt. Sie sind runzlig, braun gebrannt und knochig, doch wenn sie den Teig bearbeiten, sind sie so sanft wie die Hände einer liebenden Mutter. Ich denke, dass wir auf jeden Fall im Haus fotografieren sollten. Das alte Farmhaus hat Charakter, und die Küche ist urgemütlich, hell und freundlich. Ein Blick auf diese Küche, und man kann praktisch den Duft des Apfelkuchens wahrnehmen, der im Ofen gebacken wird. Und wenn die Leser Sally Keller erst mal gesehen haben, wollen Sie auch mehr über sie wissen. Damit hast du einen Artikel, in dem es um mehr geht als nur um gutes Essen."

Als er den letzten Satz beendet hatte, sah er Maggies amüsierten Ausdruck. „Was ist?", fragte er.

„Ich hätte nie gedacht, dass du dich so für eine Küche begeistern kannst", zog sie ihn auf. „Oder für eine Frau, die nicht in einem Modemagazin erscheint."

Er lächelte. „Ach komm, das Schlafzimmer ist nicht der einzig wichtige Raum in einem Haus."

„Offensichtlich nicht."

„Nun? Was denkst du? Du bist der Kunde."

„Ich denke, dass du bemerkenswert bist", sagte sie mit glänzenden Augen.

Rick warf ihr einen kurzen Blick zu und konzentrierte sich dann wieder auf die Straße. „An mir ist nichts Bemerkenswertes, ich habe lediglich ein gutes Auge für alles Fotogene."

„Jetzt machst du das, was du mir immer vorwirfst", rügte sie ihn. „Du verkaufst dich unter Wert."

Rick hatte keine Lust, dieses Thema weiter zu diskutieren, und war erleichtert, als er sah, dass Melanie kurz vor ihnen in die Einfahrt von Rose Cottage fuhr. „Sieh mal", stellte er fest, „wir bekommen Besuch."

Maggie sah den Van ihrer Schwester und stöhnte. „Bitte nicht!"

Rick lachte. „Du kannst es nicht ändern, aber ich habe die Wahl. Ich kann dich jetzt aus dem Wagen lassen und das Weite suchen, bevor erneut peinliche Fragen gestellt werden."

„Feigling", warf Maggie ihm vor.

„Da hast du verdammt recht, aber das ist mir egal."

Sie warf ihm einen vorwurfsvollen Blick zu. „Du willst mich wirklich mit ihr allein lassen?"

„Ja, und zwar ohne auch nur den Anflug eines Schuldgefühls", erklärte er. „Ich habe noch wichtige Dinge zu erledigen."

„Und die wären?"

„Ich muss unbedingt ins Internet und Filme bestellen. Ich habe einige bei mir, aber ich brauche mehr. Und ich muss meinen Agenten anrufen, damit er sich mit den Bedingungen einverstanden erklärt, die du ihm anbieten wirst."

„Wahnsinn! Ich soll sie ihm anbieten?"

„Werd ja nicht übermütig. Ich arbeite nicht für Peanuts."

„Wie wäre es für Apfelkuchen? Würdest du für so viel Apfelkuchen arbeiten, wie du essen kannst?"

„Ein bisschen besser muss dein Angebot schon sein", erklärte er. „Mrs Keller mag mich, und sie gibt mir sowieso so viel Kuchen, wie ich mag. Außerdem ist da immer noch das Café in Callao. Willa-Dean legt mir so viel Apfelkuchen zurück, wie ich möchte."

Maggie sah ihn fragend an. „Nicht jede Frau verfällt deinem Charme, Flannery."

„Vielleicht nicht jede", gab er zu. „Aber Mrs Keller und Willa-Dean tun es. Und du ebenfalls."

Maggie spielte die Verärgerte und stieg aus. „Also gut, lauf nur davon. Kommst du später noch mal vorbei?"

„Ruf mich an, wenn deine Schwester weg ist."

Melanie war mittlerweile näher gekommen und hatte seinen letzten Satz noch gehört. „Erzähl mir nicht, dass du schon gehen willst."

„Darauf kannst du wetten."

„Aber ich habe eine Reihe von Fragen", neckte Melanie ihn.

„Genau das ist der Grund, warum ich jetzt fahre."

Melanie lächelte und hakte sich bei Maggie ein. „Dann muss ich mich eben ganz auf meine Schwester konzentrieren."

Rick lachte, als er den Blick sah, den Maggie ihm jetzt zuwarf. Besser sie als ich, dachte er, als er losfuhr.

Er hatte heute schon viel zu viele Fragen beantwortet.

„Ist die Luft wirklich rein?", fragte Rick einige Stunden später und guckte mit gespielter Ängstlichkeit in die Küche, bevor er eintrat.

„Das hängt davon ab", meinte Maggie. „Hast du mehr Angst vor meiner Schwester oder vor mir?"

Er ging zu ihr hinüber und hauchte ihr einen Kuss auf die Stirn. „Du machst mir keine Angst."

„Wirklich nicht? Und was wäre, wenn ich dir sagte, wir sollten nach Las Vegas fahren, um sofort zu heiraten?"

Das Herz rutschte ihm in die Hose, bis er das amüsierte Glitzern in ihren Augen bemerkte. „Ich würde sagen, du hättest deinen Verstand verloren, weil deine Schwestern dich zu hart bearbeitet haben."

Scherzhaft stieß Maggie ihm mit dem Ellbogen in die Rippen. „Das kann man auch netter sagen."

„He, mit der Ehe spaßt man nicht", warnte er. „Das ist eine ernste Sache."

„Aber du nimmst sie nicht ernst, stimmt's?"

Etwas in ihrem Ton sagte ihm, dass der Spaß vorbei war. „Nein", gestand er ruhig. „Zumindest nicht so ernst, wie man sollte."

„Wegen deiner Eltern", vermutete sie.

„Nein, meinetwegen. Ich liebe die Abwechslung. Hast du die Artikel in der Regenbogenpresse denn nicht gelesen?"

„Ich beginne zu denken, dass die Presse falsch unterrichtet ist", meinte sie.

„Reines Wunschdenken", erwiderte er.

„Das glaube ich nicht."

„Raus mit der Sprache, was ist los, Maggie? Was für Ideen hat Melanie dir in den Kopf gesetzt?"

„Keine Panik. Sie hat mir nicht erklärt, wo wir die Papiere für eine Hochzeit besorgen könnten."

„Ein Glück." Er legte die Hand unter ihr Kinn und schaute sie an. Maggie wollte ihm ausweichen, doch er zog sie auf seinen Schoß.

„Also gut, Themenwechsel", meinte er schließlich. „Was werden wir heute Abend machen? Noch mal Monopoly spielen? Oder Karten? Oder hast du irgendetwas Neues auf Lager?"

„Ich habe auf dem Dachboden ein Puzzle mit tausend Teilen gefunden. Hast du Lust, es mit mir anzufangen?"

Rick sah sie prüfend an. „Du willst wirklich einen Abend mit Puzzeln verbringen?"

„Die Alternative wäre, dass du versuchst, mich zu verführen", schlug Maggie mit einem koketten Augenaufschlag vor.

„Diesen Vorschlag finde ich schon viel besser", gestand er und küsste sie.

Als er sie endlich wieder losließ, schaute sie ihn benommen an. „Abendessen?", erkundigte sie sich mit rauer Stimme.

„Später."

Wie es sich dann herausstellte, kamen sie jedoch erst zum Frühstück wieder aus dem Schlafzimmer heraus.

„Das muss aufhören", fand Maggie, die am Küchentisch den Kopf auf die Arme gelegt hatte, während Rick Kaffee machte.

„Ich hoffe nicht", kommentierte er ihre Bemerkung.

„Wenn nicht, werden wir entweder an Erschöpfung oder eines Hungertodes sterben."

„Keine Chance", entgegnete er. „Der Überlebensinstinkt des Menschen ist zu stark. Deswegen sind wir auch so früh aufgestanden. Der Hunger hat uns beide aus dem Bett getrieben."

„Sprich bitte für dich selbst. Ich bin nur wegen des Kaffees hier. Ich möchte, dass zumindest ein Teil meines Gehirns funktioniert, wenn wir heute Morgen die Kellers besuchen."

Rick ging zu Maggie hinüber und küsste sie. „Dein Gehirn funktioniert bereits bestens, Liebling."

Sie schob ihn zur Seite. „Hör sofort damit auf. Dafür haben wir keine Zeit."

„Doch, haben wir", widersprach Rick.

„Nein, und du trägst die Verantwortung dafür, dass wir praktisch mitten in der Nacht einen Termin bei ihnen haben", erinnerte sie ihn. „Also musst du auch mit den Konsequenzen leben. Ich werde jetzt duschen gehen."

„Ich komme mit. Das spart Zeit."

Maggie lachte. „Netter Versuch, Flannery. Fahr in die Pension, um zu duschen. Du hast weniger als zwanzig Minuten, bevor wir losfahren müssen. Wenn ich du wäre, würde ich keine Sekunde mehr verlieren."

„Ich muss nicht in die Pension fahren. Ich habe alles, was ich brauche, im Wagen."

„So?"

„Ja, Kamera, Filme, Rasierzeug und frische Kleidung."

Sie lächelte und ergriff seine Hand. „Warum verschwenden wir hier dann noch Zeit, wenn wir bereits unter der Dusche sein könnten?"

Fünfzehn Minuten später lagen sie frisch geduscht und erschöpft von der Liebe im Bett.

Irgendwann stieß Maggie ihn in die Rippen. „Steh auf", verlangte sie und kletterte aus dem Bett. Doch Rick rührte sich nicht.

„Jetzt beeil dich schon, Flannery."

„Ich kann nicht."

„Warum nicht?"

„Meine frische Wäsche ist immer noch im Wagen." Er warf ihr einen unschuldigen Blick zu. „Ich kann doch nicht in diesem Aufzug hinausgehen und sie holen."

„Nein, das kannst du nicht. Ich werde sie holen, sobald ich angezogen bin und mir das Haar gekämmt habe."

Wenige Minuten später rannte Maggie die Treppe hinunter, zur Haustür hinaus und lief ihrer Schwester Ashley direkt in die Arme.

„Du hier!", rief Maggie entsetzt.

„Hallo, ja ich."

Maggie schaute ihre Schwester scharf an. „Hat Melanie dich angerufen?"

Ashley schüttelte den Kopf. „Nein. Und warum läufst du hier draußen herum, als ob du gerade erst aus der Dusche gekommen wärst?"

„Weil ich gerade erst aus der Dusche gekommen bin."

Ihre Schwester warf einen ahnungsvollen Blick auf Ricks Sportwagen. „Und Rick? Ist er da?"

Maggie unterdrückte ein Stöhnen. „Er ist oben", gestand sie.

„Ist er noch in der Dusche?"

„Nein."

Ashleys Augen weiteten sich. „In deinem Bett?"

Maggie verzog das Gesicht. „Ja, und wir sind sehr spät dran. Ich muss ihm unbedingt seine Sachen bringen."

„Hast du seine Sachen versteckt, damit er dir nicht weglaufen kann?"

„Nein, das ist frische Kleidung. Hör zu, Ashley, ich habe jetzt keine Zeit zum Diskutieren. Könntest du bitte später wiederkommen und so tun, als ob du nicht hier gewesen wärst?"

Ashley lächelte breit. „Das glaube ich kaum." Sie wartete, bis Maggie Ricks Sachen aus dem Wagen geholt hatte, ging dann mit ihr ins Haus und goss sich einen Kaffee ein. „Sag Rick, ich freue mich schon darauf, ihn zu sehen."

„Na klar", fauchte Maggie. Sie würde ihm genau das sagen und dann beten, dass er nicht direkt aus dem Fenster sprang.

9. KAPITEL

Rick bemerkte Maggies gerötetes Gesicht sowie den panischen Ausdruck in ihren Augen und wusste sofort, dass etwas nicht stimmte. War jemand ins Haus eingedrungen? Hatte jemand das Erdgeschoss verwüstet? Welche Möglichkeiten gab es noch? Das Telefon hatte nicht geläutet, und die Türklingel hatte er auch nicht gehört. Aber sie war länger fort gewesen, als er erwartet hatte, und die Bestürzung auf ihrem Gesicht hatte den heiteren Ausdruck vertrieben, der um ihre Augen gespielt hatte, als sie das Zimmer verließ.

„Warum hast du so lange gebraucht? Ist unten etwas passiert?", fragte er und griff nach den Kleidern, die sie an ihre Brust drückte.

„Das kannst du wohl sagen", erwiderte sie und gab seine Sachen nur widerwillig her.

„Maggie, was ist los?", drängte er.

Sie sah ihn stirnrunzelnd an. „Wir haben Besuch bekommen", erklärte sie.

„Oh", erwiderte er. Und offensichtlich jemand, über den sie in diesem Moment nicht sehr erfreut war. Ihre Eltern kamen ihm in den Sinn, aber vielleicht gab es für sie ja noch Schlimmeres in dieser Situation. „Wer?"

„Ashley", berichtete sie eine Spur zu fröhlich.

„Oh." Er strich ihr sanft über die Wange. „Und sie hat dich dabei angetroffen, wie du meine Sachen aus dem Wagen geholt hast. Stimmt's?"

Maggie wich zurück. „Ashley ist eine verflixt gute Anwältin und gefährlich, wenn es um Fragen geht. Und glaub mir, seit sie weiß, dass du hier bist, hat sie viele Fragen."

„Zu schade, dass wir keine Zeit haben, sie zu beantworten", bemerkte er trocken. „All diese dringenden Fragen werden leider warten müssen."

„Aber sie wird bestimmt noch hier sein, wenn wir zurückkommen", vermutete Maggie. „Um ehrlich zu sein, weiß ich gar nicht, ob wir überhaupt hier wegkommen können, ohne sie im Schlepptau zu haben."

„Das schaffen wir schon", behauptete er mit gespieltem Selbstvertrauen. „Und vielleicht haben wir Antworten auf ihre Fragen, wenn wir sie wiedersehen. Hör jetzt auf, dir Sorgen zu machen", ermunterte er sie. „Es ist nur deine Schwester, nicht deine Mutter."

Maggie zuckte zusammen. „Allerdings, meine Mutter wäre noch schlimmer. Meine Mutter würde es meinem Vater erzählen, und dann würdest du dich in Stücke zerlegt auf dem Küchenboden wiederfinden. Aber denk dran, wenn Ashley nicht mit ihren Antworten zufrieden ist, kann das immer noch passieren. Sie hat viel von meinem Vater geerbt."

Jetzt lief Rick ein Schauer über den Rücken. „Na schön, lass uns ein Problem nach dem anderen angehen, in Ordnung?"

„In Ordnung." Sie seufzte. „Na gut, Flannery, lass deinen Charme spielen, und hol uns hier raus."

„Vergiss den Charme. Wir hauen einfach ab." Doch Maggie schien das nicht lustig zu finden. „Okay, okay." Er setzte ein Lächeln auf und ergriff ihre Hand. „Bringen wir es also hinter uns."

Sie gingen hinunter in die Küche und fanden dort Ashley vor, die am Küchentisch saß und Kaffee trank. Verglichen mit der eleganten Frau, die er vor wenigen Wochen getroffen hatte, sah sie jetzt ziemlich erschöpft und zerzaust aus. Man hätte das auf die lange Fahrt von Boston nach Virginia schieben können, aber er spürte, dass mehr dahinterstecken musste. Augenblicklich vergaß er, dass er so schnell wie möglich mit Maggie das Haus verlassen wollte, und sah sie prüfend an.

„Geht es Ihnen nicht gut?", fragte er.

Beide Frauen sahen ihn erstaunt an, und Maggie betrachtete ihre Schwester kritisch.

„Mir geht es ausgezeichnet", erwiderte Ashley angespannt.

„Nein, geht es dir nicht", widersprach Maggie sofort und setzte sich neben ihre Schwester. „Warum habe ich das nicht schon vorhin bemerkt? Du siehst furchtbar aus."

„Oh, vielen Dank!", bemerkte Ashley spitz. „Ich kann dir sagen, warum du das nicht vorher bemerkt hast. Du warst viel zu sehr damit beschäftigt, in Panik zu geraten, weil ich Rick in deinem Bett erwischt habe." Sie warf Rick einen strengen Blick zu. „Was läuft da eigentlich zwischen euch beiden?"

Empört sprang Maggie auf. „Wenn du schon wieder Fragen stellst, geht es dir offensichtlich nicht so schlecht, wie ich gedacht habe. Komm, Rick, wir haben eine Verabredung. Mach dir inzwischen was zu essen, Ashley, und schlaf ein wenig. Du kannst auch Melanie anrufen. Was immer du willst. Wir sehen uns später."

„Ich werde nicht vergessen, dass ich Fragen habe", rief Ashley hinter den beiden her, als sie das Haus verließen.

„Das wird sie bestimmt nicht", meinte Maggie, als sie mit Rick in den Wagen stieg.

„Wir bekommen das schon hin", erwiderte er, vor allem um sie zu beruhigen.

„Sag mir das noch mal, nachdem sie all unsere Geheimnisse aus uns herausgequetscht hat. Glaub mir, Ashley erkennt die Schwächen der Menschen und nutzt das geschickt zu ihrem Vorteil aus."

Er lachte. „Das wird ihr nicht gelingen, ich habe weder Schwächen noch Geheimnisse."

„Ha! Das glaubst auch nur du selbst."

„Also gut, vielleicht ein paar, aber ich gebe nur die Antworten, die ich auch geben will. Ich werde mit deiner Schwester schon fertig."

„Wie?"

„Indem ich ihr Gegenfragen stelle. Du hast doch bemerkt, wie sie aussieht. Wir konzentrieren uns einfach darauf, den Grund dafür herauszubekommen, warum sie so schlecht aussieht. Wenn wir es geschickt anstellen, wird sie gar nicht erwarten können, sich auf ihr Zimmer zurückzuziehen."

Maggie lachte. „Du kennst Ashley nicht, aber es wird sicher lustig, euch zu beobachten, wie ihr beide euch kennenlernt."

Rick schaute zu Maggie hinüber, und als er das humorvolle Glitzern in ihren Augen sah, wusste er, dass er dabei nicht mal halb so viel Spaß haben würde wie Maggie.

Maggie war auf der Heimfahrt von den Kellers sehr schweigsam. Es hatte sie beeindruckt, wie geduldig und liebevoll Rick mit Sally umgegangen war, während er sie in ihrer Küche immer und immer wieder fotografiert hatte. Maggie wusste bereits jetzt, dass er ausdrucksstarke Fotos gemacht hatte, und konnte kaum erwarten, sie zu sehen. Doch auch die beiden alten Leute gingen ihr nicht aus dem Kopf. Es waren so ehrliche, gütige Menschen, und es machte sie traurig, dass sie sogar daran dachten, ihr wunderschönes Anwesen zu verkaufen, da sie befürchteten, im hohen Alter irgendwann nicht mehr allein zurechtzukommen.

„Stimmt was nicht?", fragte Rick schließlich.

„Hast du auch mitbekommen, dass sie sogar daran denken, ihr Haus und die Gärten zu verkaufen?"

Rick war nicht überrascht. Matthew hatte am Tag zuvor bei ihrem Rundgang bereits so etwas angedeutet. „Irgendwann werden sie es nicht mehr allein schaffen. Es gibt zu viel zu tun", erklärte er.

„Ich weiß, aber es ist wirklich traurig. Sie haben so viele Jahre dort verbracht. Matthew sogar sein ganzes Leben. Er ist dort aufgewachsen."

„Ich glaube, er ist sogar derjenige, der eher bereit ist wegzuziehen", meinte Rick. „Er hat gestern so etwas angedeutet."

Maggie nickte. „Wirklich schade, dass keines der Kinder in der Nähe geblieben ist."

„Diese Gegend ist wunderschön, bietet allerdings für junge Leute nicht sehr viele Möglichkeiten", gab Rick zu bedenken.

„Die Apfelbaumplantage ist eine Möglichkeit, Geld zu verdienen", erwiderte Maggie. „Sally und Matthew haben es geschafft, ein langes Leben damit zu bestreiten."

Er warf ihr einen neugierigen Blick zu. „Das hört sich ja fast so an, als ob du die Plantage gern weiterführen möchtest."

„Mach dich nicht lächerlich", antwortete sie. „Was soll ich denn mit einer Apfelbaumplantage?"

„Gute Frage."

„Es ist einfach nur traurig, dass sie alles aufgeben müssen." Maggie zwang sich zu einem Lächeln, das nicht ganz echt wirkte. „Aber lass uns nicht mehr darüber reden. Im Moment gibt es dringendere Probleme."

„Deine Schwester und ihre peinlichen Fragen, nicht?", riet Rick.

„Vielleicht sollten wir einfach nicht nach Hause fahren und so ihren Fragen ausweichen", schlug sie vor.

„Du könntest mit mir in die Pension kommen", bot Rick an und warf ihr einen bedeutungsvollen Blick zu. „Wir könnten ja das Bett dort ausprobieren."

Maggie schüttelte den Kopf. „Das ist zu gefährlich. Ashley hat eine Spürnase wie ein Bluthund und würde schnell herausbekommen, wo du abgestiegen bist."

Er lachte. „Wo könnten wir uns dann verstecken?"

„Vielleicht in Richmond." Sie seufzte. „Besser noch in Alaska."

Wieder lachte er. „Jetzt sag mir bitte, warum du dir so große Sorgen machst, Maggie. Wovor hast du denn Angst? Dass sie uns Fragen stellt, die wir nicht beantworten können? Oder dass ich der Ausfragerei irgendwann müde werde und davonlaufe?"

Überrascht sah Maggie ihn an. Offensichtlich hatte sie nicht damit gerechnet, dass er so einfühlsam sein konnte. „Wahrscheinlich ein bisschen von beidem."

„Da kann ich dich beruhigen. Ich bin ein ziemlich harter Brocken und wurde schon von schwereren Kalibern als deiner Schwester befragt. Die jagt mir keine Angst ein. Und ich verspreche dir, dass ich nicht davonlaufen werde."

„Du könntest deine Meinung ändern."

„Aber nicht wegen Ashley", versicherte er. „Du bist die Einzige, die mich zum Fortgehen treiben könnte, und auch nur, wenn du mich zum Haus hinausscheuchst. Ich werde nicht weglaufen, nur weil die Situation ein wenig schwieriger wird."

Sie schien überrascht zu sein. „Welchen Grund gibt es zu bleiben?"

„Du. Du bist der Grund."

Sie schien immer noch nicht zufrieden zu sein, und Rick suchte verzweifelt nach Worten, um ihr seine Sicht der Dinge zu erklären.

„Hör zu, du bist das Tollste, was ich seit Langem erlebt habe. Wir verstehen uns großartig. Alles läuft bestens, und außerdem arbeiten wir im Moment sogar zusammen. Ich genieße jeden Moment mit dir. Warum sollte ich also weglaufen?"

„Es wird bestimmt nicht immer so bleiben."

„Vielleicht, aber jetzt bin ich glücklich mit dir." Er lächelte. „Wenn nicht gerade eine deiner Schwestern aufdringliche Fragen stellen will."

„Aber das ist doch genau der Punkt", beharrte sie.

„Muss ich wirklich noch mehr Dinge aufzählen, warum ich hierbleiben will?", unterbrach er. „Vertrau mir, die guten Dinge überwiegen bei Weitem die Tatsache, dass du ausgesprochen neugierige Schwestern hast." Er betrachtete sie. „Hast du eigentlich Angst, dass ich nicht die richtigen Antworten für Ashley finden könnte, oder machst du dir eher Sorgen um deine eigenen Antworten?"

„Um meine?"

Er nickte. „Ich bin nicht der Einzige, dem sie Fragen stellen wird. Sie wird wissen wollen, ob du bereit bist, das Risiko einzugehen, dich auf einen Mann einzulassen. Komm schon, Maggie, sie weiß doch genau, warum du überhaupt hierher gefahren bist."

„Ich bin nicht wegen deines Rufes hergekommen", protestierte sie. „Sondern meiner eigenen Vergangenheit wegen."

„Und die wäre?"

„Das habe ich dir doch schon erzählt", erklärte sie ungeduldig. „Ich verliebe mich immer viel zu schnell, kann aber keine Beziehung halten. Kombinier das mit deiner eigenen Vorgeschichte, dann weißt du, dass unsere Beziehung auf jeden Fall zum Scheitern verurteilt ist."

Rick nickte nachdenklich. „Könnte so sein", gab er zu und bemerkte den Schmerz, der in ihren Augen aufflackerte. „Bis jetzt merke ich allerdings noch nichts davon. Möchtest du wirklich diese wundervolle

Zeit opfern, die wir miteinander verbringen können, nur aus Angst vor einem möglichen Schmerz in der Zukunft?"

Maggie seufzte. „Ganz ehrlich, ich weiß es nicht."

Rick spürte, wie sich sein Magen schmerzhaft zusammenzog. „Wenn du dir nicht sicher bist, sollten wir das Ganze vielleicht lassen. Ich bin ein Mann, der gewohnt ist, in der Gegenwart zu leben. Ich musste so werden, um zu überleben. Ich kann dir über diesen Moment hinaus nichts versprechen. Wenn du denkst, das reicht dir und deiner Schwester nicht, dann werde ich die Aufnahmen bei den Kellers beenden und abfahren."

Panik flackerte in ihren Augen auf. „Nein!"

Die schnelle Antwort beruhigte ihn etwas. „Bist du dir sicher?", fragte er trotzdem.

„Ja." Doch dann schüttelte sie den Kopf. „Nein, es ist alles so verwirrend."

Rick hatte das Gefühl, sie beruhigen zu müssen. Ihr etwas geben zu müssen, womit sie leben konnte, aber was? Er wusste nur eines: Er hatte eine unerklärliche Schwäche für Maggie. Mit jeder Berührung, mit jedem Kuss begehrte er sie mehr, und solange sie ihn ebenfalls wollte, gab es keinen Platz auf Erden, wo er sich lieber aufgehalten hätte.

Das konnte sich morgen oder übermorgen ändern, aber das Jetzt zählte, und im Moment gab es keinen schöneren Platz als dieses kleine Nest an der Chesapeake Bay am Ende der Welt.

10. KAPITEL

Als sie Rose Cottage kurz darauf betraten, spürte Maggie, wie kühl es im Haus war, und das hatte bestimmt nichts mit der neuen Klimaanlage zu tun, die eingebaut worden war.

Ashley wartete mit unerbittlicher Miene auf Rick und Maggie. Genau diesen Gesichtsausdruck hatte sie, wenn sie die Gegenseite im Gericht zu Fall brachte. Maggie erstarrte, obwohl es ihre eigene Schwester war. Sie wusste, wie Ashley sein konnte, wenn sie in dieser Stimmung war. Irgendetwas aber sagte ihr, dass Rick nicht der Anlass für ihre miserable Laune war. Da musste noch etwas anderes dahinterstecken.

„Hast du dich ein wenig ausruhen können?", fragte Maggie.

„Nein."

„Vielleicht sollten wir Rick nach Hause schicken, damit wir in Ruhe miteinander reden können. Offensichtlich hast du ernsthafte Probleme."

„Ich spiele im Moment keine Rolle", wehrte Ashley ab, und ihr Blick glitt zu Rick hinüber. „Ich denke, Rick, Sie sollten dabei sein."

„Aber sicher doch", meinte Rick und ließ sich auf einem Stuhl nieder. Er wirkte nicht im Geringsten besorgt.

„Ich werde uns einen Tee machen", erklärte Maggie. „Rick, würdest du mir helfen?"

Ihre Schwester lächelte über den unbeholfenen Versuch. „Bild dir ja nicht ein, du könntest ihn durch die Hintertür aus dem Haus schleusen. Bringen wir es hinter uns."

Rick sah sie gelassen an. „Das hört sich ja gefährlich an. Was werfen Sie mir denn vor? Dass ich mit Ihrer Schwester geschlafen habe? Was geht Sie das eigentlich an? Maggie ist doch wohl alt genug, um selbst zu entscheiden, mit wem sie das Bett teilt."

„Nein, das beunruhigt mich eigentlich weniger, wenn ich auch für Sie hoffe, dass Sie nicht vorhaben, Maggie zu verletzen. Es ist der Anruf, der mir Sorgen macht."

Rick sah sie erstaunt an. „Niemand kennt diese Nummer."

„Er kam über das Handy, das Sie liegen gelassen haben." Sie musterte ihn scharf. „Versehentlich habe ich das Gespräch angenommen, weil ich dachte, es sei meines. Wir haben beide das gleiche Modell."

Rick runzelte die Stirn. „Sie haben also das Gespräch im Glauben entgegengenommen, es wäre Ihr Handy. Und es ist dieses Gespräch, das Sie so gegen mich aufgebracht hat. Habe ich das bis jetzt richtig verstanden?"

„Sehr gut gefolgert", meinte sie sarkastisch.

„Sind Sie sicher, dass Sie mich nicht bewusst ausspionieren wollten?", fragte er, bevor Maggie diesen Gedanken ausgesprochen hatte. Ihr gefiel nicht, welche Richtung die Unterhaltung nahm. Bis jetzt hatte sie den Mund gehalten, aber jetzt war es genug.

„Es reicht, Ashley", unterbrach sie. „Ricks Anrufe gehen dich nichts an."

„Entschuldige, aber diesen kann ich einfach nicht ignorieren." Sie warf Maggie einen mitfühlenden Blick zu. „Weißt du, dass dieser Mann jetzt eigentlich in Griechenland sein müsste?"

Rick lachte leise. „Nein, das müsste ich nicht. Ich habe den Auftrag abgelehnt. Hat mein Agent angerufen und Ihnen erzählt, dass Ihre Schwester meine Karriere beeinträchtigen würde?"

Ashley schüttelte den Kopf. „Nein, es war eine Freundin von Ihnen. Laurina. Einen Nachnamen hat sie nicht erwähnt. Sie hat wohl gedacht, Laurina würde reichen."

Maggie wusste, wer Laurina war, und Ashley müsste eigentlich auch Bescheid wissen. Laurina war ein internationales Topmodel. Rick hatte sie oft fotografiert, und ihr Name war mehr als ein Mal mit ihm in Zusammenhang gebracht worden. Allein bei der Erwähnung ihres Namens lief ihr ein Schauer über den Rücken. Sie hätte wissen müssen, dass die Frauen aus seiner Vergangenheit ihn nicht kampflos aufgeben würden.

Rick zuckte nur die Schultern. „Na und? Wir sind Freunde. Wir telefonieren öfters miteinander."

„Es sieht so aus, als ob weit mehr zwischen Ihnen und dieser Laurina gewesen wäre als nur ein paar Gespräche", erklärte Ashley kühl. „Wie es aussieht, erwartet sie ein Kind, und sie fand wohl, dass Sie das wissen müssten."

Maggie wurde plötzlich übel. Bevor sie sich jedoch entschied, das Zimmer zu verlassen, lachte Rick so amüsiert los, dass sie aufhorchte.

„Findest du das wirklich lustig?", fragte sie ungläubig. „Diese Frau bekommt ein Kind von dir, und du lachst auch noch darüber?"

Rick sah sie gelassen an. „Sie kann kein Kind von mir erwarten", erklärte er gelassen.

„Und Sie denken wirklich, dass wir Ihnen das abkaufen?", fragte Ashley aufgebracht.

„Ich erwarte von Ihnen gar nichts. Höchstens, dass Sie sich beide Seiten der Geschichte anhören, bevor Sie mich vorschnell verurteilen", erwiderte Rick freundlich. „Sollte nicht gerade eine Anwältin penibel darauf achten, dass niemand schuldig gesprochen wird, bevor man die Sachlage geklärt hat?"

Noch bevor Ashley etwas erwidern konnte, mischte Maggie sich ein. Wenn sie und Rick noch eine Chance haben wollten, musste sie selbst diese Situation klären. „Ashley, ich finde, du solltest jetzt zu Melanie fahren und ihr einen Besuch abstatten. Ich bin sicher, dass sie es kaum erwarten kann, dich zu sehen."

„Aber ..."

„Fahr jetzt bitte", wiederholte Maggie. „Ich komme hier schon allein zurecht."

„Du kannst doch nicht einfach glauben, was er dir erzählt", warnte Ashley. „Ich habe mit dieser Frau gesprochen. Sie klang sehr überzeugend."

„Was hat sie denn so überzeugend gesagt?", warf Rick ein. „Die Tatsache, dass sie schwanger ist, oder die Behauptung, dass das Baby von mir sein soll?"

Angespannt wartete Maggie auf Ashleys Antwort, aber sie stellte fest, dass ihre Schwester aus dem Konzept gekommen war und nachdachte.

„Sie hat gar nicht gesagt, dass Rick der Vater ihres Kindes ist, nicht wahr?", vermutete Maggie. „Du hast es einfach angenommen." Genau wie ich, fügte sie im Stillen hinzu.

Ihre Schwester nickte und sah Rick an. „Es tut mir leid, wahrscheinlich habe ich voreilige Schlüsse gezogen. Aber sollte sich herausstellen, dass meine Annahme richtig war, werden Sie dafür zahlen."

„Das klingt fair, und ich kann auch verstehen, warum Sie Maggie beschützen wollen. Aber ich kann Ihnen versichern, dass nichts in dieser Richtung Ihre Schwester verletzen wird."

„Das hoffe ich auch", meinte Ashley, stand auf und ging zur Tür hinaus.

Maggie schloss einen Moment lang die Augen, seufzte und wandte sich dann Rick zu. „Du sagst mir die Wahrheit, oder? Du bist wirklich nicht der Vater von Laurinas Kind."

„Das ist absolut unmöglich."

„Aber ihr wart zusammen. Das ging durch die Presse."

„Wir sind zusammen gesehen worden", verbesserte er sie. „Laurina war damals sehr in einen wohlhabenden Italiener verliebt, der die Medien scheute. Ich habe geholfen, die Presse von den beiden abzulenken. Die Paparazzi waren wie verrückt nach uns, und auf diese Weise hatten die beiden ihre Ruhe. Vor zwei Monaten haben sie in aller Stille geheiratet." Er lächelte. „Und jetzt ist sie schwanger. Ich freue mich für die beiden."

Es klang alles so einleuchtend, aber durfte sie ihm so leicht glauben? Maggie wünschte es sich, doch sie hatte die Fotos in den Zeitungen gesehen und wusste, wie atemberaubend schön Laurina war.

Rick sah, dass Maggie immer noch Zweifel hatte, und reichte ihr den Telefonhörer. „Da, ruf sie an, wenn du dich persönlich überzeugen musst."

Maggie schüttelte den Kopf, sie hatte seinen Blick gesehen. Er war offen und ehrlich gewesen. „Nein, das ist nicht nötig. Ich glaube dir."

Wenn sie sich auf diesen Mann einlassen wollte, musste sie ihm vertrauen. Und eine innere Stimme sagte ihr, dass sie das auch konnte. „Komm, wir fahren zu Melanie", meinte sie und ergriff seine Hand.

Rick sah sie alarmiert an. „Du willst dich jetzt deinen beiden Schwestern stellen?"

Sie nickte. „Wir haben doch nichts zu verstecken."

Er lachte. „Also gut, Maggie."

Sie runzelte die Stirn. „Werd nur nicht zu fröhlich. Ashley mag es jetzt leidtun, dass sie zu einem so vorschnellen Entschluss gekommen ist, aber sie ist noch nicht fertig mit dir."

„Das dachte ich mir schon."

„Und du willst trotzdem mitkommen?"

„Klar." Er hauchte ihr einen Kuss auf den Mund. „Schließlich bist du meine Verteidigerin."

11. KAPITEL

Würde es dir etwas ausmachen, heute Morgen allein zu den Kellers zu fahren?", fragte Maggie, als Rick am nächsten Morgen anrief. Der Abend zuvor war anders verlaufen, als beide gedacht hätten. Ashley hatte mehrere Gläser Wein getrunken und war so beschwipst gewesen, dass sie völlig vergessen hatte, Rick noch mal ins Kreuzverhör zu nehmen. Und Melanie hatte sich so viel Sorgen um Ashley gemacht, dass sie ebenfalls keine unnötigen Fragen an Rick und Maggie stellte. Rick war dann in die Pension zurückgefahren, während Maggie Ashleys Wagen genommen und ihre angetrunkene Schwester im Rose Cottage zu Bett gebracht hatte.

„Ich glaube es ja nicht", rief er mit gespielter Bestürzung aus. „Maggie D'Angelo, die Frau, die alles kontrolliert, gibt mir tatsächlich die Chance, meine Arbeit ohne ihre Aufsicht auszuführen!"

„Sehr witzig. Ich will einfach noch ein wenig Zeit mit meiner Schwester verbringen."

Rick hörte den ernsten Unterton in ihrer Stimme sofort heraus. „Hast du etwas aus ihr herausbekommen können, nachdem ich in die Pension gefahren bin?"

Maggie seufzte. „Nicht viel. Ich weiß nur, dass ihre Probleme etwas mit der Arbeit zu tun haben. Aber das war ja irgendwie klar. Mehr will sie nicht preisgeben."

„Und du glaubst, dass sie dir heute was erzählt?"

„Wahrscheinlich nicht, aber ich muss es wenigstens noch mal versuchen. Wie wäre es, wenn wir uns in Irvington im Restaurant zum Mittagessen treffen würden?"

„Gute Idee. Sagen wir so gegen ein Uhr."

„Perfekt."

„Viel Erfolg mit Ashley. Sie kann sich glücklich schätzen, dich zu haben."

Maggie lachte. „Sie wird wahrscheinlich das Gegenteil behaupten. Sie ist es nicht gewohnt, diejenige zu sein, an die viele Fragen gerichtet werden."

„Gut im Austeilen, aber nicht so gut im Einstecken", stellte er lakonisch fest. „Ich bin ja gespannt, ob ihr beim Mittagessen überhaupt noch miteinander redet. Bis dann."

Nachdem er aufgelegt hatte, wurde ihm bewusst, dass er eigentlich erleichtert war, den Morgen allein verbringen zu können. Er brauchte

Zeit, um die vielen Gefühle zu verarbeiten, die Maggie und ihre liebenswerte, aber etwas komplizierte Familie in ihm weckten.

Als er vom Highway in die Landstraße einbog, die mit Apfelbäumen gesäumt war, hatte er fast den Eindruck, nach Hause zu kommen. Es war ein seltsames Gefühl, das er bestimmt nie gehabt hatte, als er zu den verkommenen Wohnungen zurückgekehrt war, in denen er mit seiner Mutter gelebt hatte. Nur wenn er ins Rose Cottage kam und Maggie ihn mit liebevollem Lächeln willkommen hieß, fühlte er sich zu Hause.

Was, zum Teufel, war in letzter Zeit nur mit ihm los? Er war kein Mann, der sich großartig darum kümmerte, ob er jemals eine Familie haben würde. Warum wurde ihm dann beim Anblick einer Farm und zweier alter Menschen so warm ums Herz? Hatte es etwas mit der Sicherheit zu tun, die sie darstellten? War er ein wenig neidisch, weil sie viele Jahre an einem Ort gelebt hatten, der ihnen Heimat bedeutete, während er immerzu in der Welt herumreiste.

Oder neidete er ihnen die Liebe? Waren sie der Grund, warum er Maggie lediglich als eine Affäre betrachten konnte? Er hatte sich einreden wollen, dass nur das Jagdfieber ihn nach Virginia getrieben hatte, dabei wurde ihm langsam klar, dass er in Wirklichkeit ihre Nähe gesucht hatte.

Als er vor dem Haus der Kellers ankam, war Rick noch immer in seine Gedanken versunken. Erst als jemand an die Scheibe klopfte, schaute er überrascht auf und blickte in Matthews besorgtes Gesicht.

„Alles in Ordnung, mein Junge?"

Junge? Wie oft hatte er sich früher gewünscht, dass jemand mit so viel Liebe dieses Wort zu ihm sagen würde. Es war seltsam, dass ausgerechnet Matthew Keller, ein Fremder, es war, der ihm nach so vielen Jahren diesen Wunsch erfüllte. Ihm wurde ganz warm ums Herz, und er musste lächeln.

„Mir geht es blendend. Ich war nur in Gedanken." Er stieg aus dem Wagen und holte vom Rücksitz seine Fotoausrüstung.

Matthew nahm ihm einige Teile ab, während er ihn prüfend ansah. „Hat Maggie etwas mit deiner Nachdenklichkeit zu tun? Warum ist sie nicht mitgekommen? Habt ihr euch gestritten?"

„Nein, ganz und gar nicht. Sie will heute Morgen nur ein wenig mit ihrer Schwester plaudern."

„Mit Melanie? Die kenne ich, sie hat Wunder bei Mike und Jessie bewirkt. Die Kleine ist wie umgewandelt. Sally sagt, dass sie jetzt sogar im Gottesdienst still sitzen kann."

Rick lächelte. „Nein, mit Ashley. Sie scheint Probleme zu haben, und Maggie will versuchen, ihr zu helfen."

Der alte Mann lächelte. „Ja, ja, Maggie ist ein gutes Mädchen. Man sieht Ihrer Maggie sofort an, was für ein großes Herz sie hat. Ein Mann kann froh sein, eine Frau wie sie zu bekommen."

Rick sah ihn stirnrunzelnd an. „Sie brauchen sich keine Mühe zu geben, Matthew. So leicht lasse ich mich nicht verkuppeln." Aber eigentlich war er dem alten Mann gar nicht böse. Im Gegenteil, er fand es sogar angenehm, dass sich jemand über ihn Gedanken zu machen schien.

„Ich will niemanden verkuppeln, aber jemand muss Ihnen ja mal die Wahrheit sagen", meinte Matthew unbeeindruckt. „Sally und ich finden, dass Maggie und Sie nur kostbare Zeit verschwenden. Es ist doch offensichtlich, wie sehr ihr euch liebt."

„Ich weiß nicht, wie Sie auf diese Idee kommen", meinte Rick abwehrend. Er war noch immer überzeugt, dass Maggie und er nur eine lockere Beziehung hatten. „Ich weiß überhaupt nicht, was Liebe ist."

Matthew lachte. „Das erklärt, warum Sie nicht erkennen, dass sie genau vor Ihnen steht."

Rick hatte keine Lust, mit Matthew weiter über dieses Thema zu sprechen, obwohl es genau diese Gedanken waren, die ihn vorher bewegt hatten.

„Werden Sie mir helfen, meine Ausrüstung in der Plantage aufzubauen, oder wollen Sie lieber ihre Nase in Angelegenheiten stecken, die Sie eigentlich nichts angehen?", fragte er patzig.

Ricks schroffer Tonfall schien Matthew nicht im Geringsten zu beeindrucken, er betrachtete den jungen Fotografen nur amüsiert. „Glücklicherweise kann ich beides gleichzeitig tun. Sally wird auch gleich vorbeikommen. Sie hat ebenfalls noch einige Dinge, die sie Ihnen mitteilen möchte."

Rick stöhnte. „Genau, was ich brauche."

„Ich weiß, dass Sie ein wenig zum Sarkasmus neigen, mein Sohn. Mir scheint allerdings, Sie könnten ein wenig Weisheit von zwei alten Leuten, die schon einiges in ihrem Leben erfahren haben, gut gebrauchen. Liebe ist ein kostbarer Schatz. Man sollte ihr Aufmerksamkeit schenken und sorgsam mit ihr umgehen, wenn sie einem über den Weg läuft."

„Das werde ich mir merken", versprach Rick. „Und ich hoffe, dass damit das Thema erledigt ist."

Matthew sah ihn prüfend an und nickte. „Also gut, zumindest im

Moment." Schalk glitzerte in seinen Augen, als er fortfuhr: „Allerdings kann ich nicht für Sally sprechen. Sie hat ihren eigenen Kopf. Sie sagt frei heraus, was sie denkt. Übrigens ist Sally Ihrer Maggie sehr ähnlich."

„Sie ist nicht meine Maggie", protestierte Rick halbherzig.

„Was nur beweist, dass Sie ein Narr sind", rügte Matthew ihn. „Ich hätte dafür gesorgt, dass sie mich heiratet, glauben Sie mir." Dann wurde sein Gesicht weicher. „Haben Sie eigentlich Hunger? Es gibt noch Apfelkuchen."

Rick schaute den alten Obstbauern an und musste lächeln. Er hatte bereits genug Probleme, mit seinen Gefühlen und Sehnsüchten fertig zu werden. Er brauchte keinen sentimentalen, alten Mann, der alles nur noch schlimmer machte, aber Matthew war so nett, dass er es ihm einfach nicht verübeln konnte.

„Gern", meinte er. „Sallys Apfelkuchen kann ich einfach nicht widerstehen." Er warf einen Blick zum Himmel. „Vielleicht ist es sowieso besser, wenn ich heute noch mal in der Küche Aufnahmen mache. Aber gehen Sie nur schon vor. Ich möchte noch schnell ein paar Bilder von den Bäumen mit den dahinter aufziehenden Gewitterwolken machen."

Matthew nickte. „Ich nehme die Sachen mit. Sally kann schon mal den Kaffee aufbrühen."

Rick fotografierte eine Weile. Irgendwann meinte er jedoch, jemanden rufen zu hören. Er schaute sich um und lauschte. Matthew? War der Kaffee schon fertig? Er hatte bestimmt wieder mal die Zeit vergessen. Rasch packte er seine Ausrüstung zusammen und ging auf das Farmhaus zu.

Schon von Weitem sah er, dass Matthew aufgeregt winkte. Was hatte er bloß? Rick lief schneller. Irgendetwas stimmte nicht.

„Beeilen Sie sich, Junge", rief Matthew. „Sally ist gestürzt. Ich glaube, sie hat sich die Hüfte gebrochen, außerdem hat sie sich den Kopf aufgeschlagen. Ich kann ihr nicht allein helfen."

Rick war die letzten fünfzig Meter gerannt, lief an Matthew vorbei ins Haus und legte hastig die Kameraausrüstung ab. „Wo ist sie? Haben Sie die Ambulanz schon angerufen?"

„Ja. Der Rettungswagen ist unterwegs", erklärte der alte Mann.

Rick schaute ihn besorgt an. Matthew sah so blass aus, dass Rick Angst hatte, er könnte ohnmächtig werden.

Matthew schien seine Gedanken erraten zu haben und winkte ab. „Machen Sie sich keine Sorgen um mich, Junge. Es geht jetzt nur um Sally."

„Wo ist sie gestürzt?"

„Diese verflixte Brücke vor der Treppe ist weggerutscht", berichtete Matthew. „Ich habe ihr schon immer gesagt, dass dieses Ding gefährlich ist. Aber hat sie auf mich gehört? Natürlich nicht."

Rick erschrak zutiefst, als er Sally bewusstlos am Fuße der Treppe liegen sah. „Sind Sie sicher, dass sie nicht die Treppe hinuntergestürzt ist?", fragte er Matthew, während er Sallys Puls überprüfte und dann eine Hand an ihre runzlige Wange legte.

Ihr Herz schlug regelmäßig, ihre Haut war warm, aber sie sah derart blass und zerbrechlich aus, dass Rick fast so etwas wie Panik in sich aufsteigen fühlte. Er warf einen Blick auf Matthew, der jetzt mit tränenüberströmtem Gesicht neben seiner Frau kniete. Für Rick war Sally nur eine Frau, die er ins Herz geschlossen hatte. Für Matthew war sie das Leben; er durfte sie nicht verlieren.

„Nein, sie ist nicht die Treppe hinuntergefallen", versicherte Matthew ihm. „Ich bin ins Haus gekommen und wollte sie gerade bitten, für uns Kaffee zu kochen, als dieser verdammte Läufer unter ihr wegrutschte." Mit bebenden Fingern ergriff er die Hand der alten Frau. „Komm schon, Sally, wach endlich auf. Es ist nicht fair, dass du mir solche Angst einjagst."

In seinem ganzen Leben hatte Rick sich noch nie so hilflos gefühlt. Er kannte die Grundregeln der Ersten Hilfe und wusste, dass er die Verletzte nicht bewegen durfte. Was gab es also für ihn zu tun? Wie konnte er ihr helfen? Was war, wenn ihr Kreislauf zusammenbrach, bevor die Sanitäter zur Stelle waren?

„Haben Sie irgendwo eine Decke?", fragte er Matthew.

Der alte Mann sah ihn verständnislos an. „Eine Decke? Draußen sind mindestens fünfundzwanzig Grad."

„Vertrauen Sie mir, es wird helfen."

„Sallys Lieblingsdecke liegt auf der Couch. Sie ist blau."

Rasch lief Rick ins Wohnzimmer und holte die ordentlich zusammengefaltete Decke. Als er wieder in den Flur kam, hörte er bereits die Sirenen des Rettungswagens.

„Legen Sie ihr die Decke um", wies Rick den alten Mann an. „Ich gehe den Sanitätern entgegen."

Er wollte sich gerade abwenden, als Matthew seine Hand festhielt. „Sie glauben gar nicht, wie froh ich bin, dass Sie hier sind."

Rick schaute ihn an und war tief gerührt von der Dankbarkeit und Zuneigung, die er in den Augen des alten Mannes sah. „Aber ich habe doch gar nichts getan."

„Sie waren hier, als wir Sie brauchten. Nur das zählt."

Dann kamen die Sanitäter, kümmerten sich um Sally und brachten sie dann ins Krankenhaus. Rick fuhr mit dem ungewöhnlich schweigsamen Matthew dem Rettungswagen hinterher.

„Sie wird wieder auf die Beine kommen", versicherte Rick dem alten Mann, als sie durch die Türen der Notaufnahme gingen.

Matthew nickte. „Das hoffe ich", sagte er mit bebender Stimme und ging los, um herauszufinden, wo man seine Frau hingebracht hatte.

Rick ging nach draußen, um Maggie über Handy anzurufen. Er konnte sie jedoch weder über das Festnetz im Rose Cottage noch über ihr Handy erreichen. Vielleicht waren Maggie und Ashley ja zu Melanie gefahren. Er ging zum Empfang, bat um ein Telefonbuch, suchte die Nummer heraus und ging dann wieder hinaus, um erneut zu telefonieren.

Melanie meldete sich. Sie schien etwas außer Atem zu sein.

„Melanie, hier spricht Rick. Ist Maggie bei dir?"

„Nein. Mike und ich sind gerade ins Haus gekommen. Ich musste mich beeilen, um den Anruf entgegenzunehmen. Warte mal, am Anrufbeantworter blinkt das Licht. Vielleicht hat sie angerufen, während ich weg war."

Rick wartete ungeduldig, bis sie wieder am Hörer war.

„Sie hat vor zwanzig Minuten angerufen, um mir zu sagen, dass Ashley einen dringenden Anruf hatte und unbedingt wieder nach Boston zurückmusste. Ich nehme an, du hast es schon im Rose Cottage versucht."

„Ja. Aber da hat niemand abgenommen. Ich werde es wohl weiter versuchen müssen."

„Ist alles in Ordnung? Du hörst dich so bedrückt an."

Er holte tief Luft und versuchte, sich zu beruhigen. „Ich bin im Krankenhaus. Sally Keller ist gestürzt. Ich bin mit Matthew hierher gefahren."

„Das ist ja furchtbar! Wie geht es Sally?"

„Sie wird gerade untersucht. Wir befürchten, dass sie sich die Hüfte gebrochen hat."

„Oh, das tut mir schrecklich leid. Richte Matthew bitte aus, dass wir an sie beide denken. Mach dir keine Sorgen. Ich werde Maggie finden und sie zu dir schicken, okay? Soll Mike dir in der Zwischenzeit Gesellschaft leisten?"

„Nein, danke, ich komme zurecht."

Zu Ricks Erstaunen brannten seine Augen vor ungeweinten Tränen, als er auflegte. Für einen Mann, der noch vor wenigen Wochen niemanden in seinem Leben hatte, der ihm wirklich etwas bedeutete, war er jetzt von erstaunlich vielen Menschen umgeben, die ihm am Herzen lagen und die sich um ihn sorgten.

So war es also, wenn man sich öffnete und sich auf eine Frau einließ. Er war der Liebe immer ausgewichen, weil er wusste, wie viel Schmerz und Verletzungen sie mit sich bringen konnte. Doch die Liebe zu Maggie hatte sich fast unmerklich in sein Herz geschlichen. Und vor der tiefen Zuneigung zu diesen zwei alten Menschen hatte er sich auch nicht zu schützen gewusst.

Er trank gerade den dritten Becher schlechten Kaffee und war wohl zum hundertsten Mal zwischen dem Wartezimmer und dem Eingang hin und her gelaufen, als er Maggie auf dem Parkplatz aus ihrem Wagen aussteigen und auf die Notaufnahme zulaufen sah. Er warf den fast leeren Becher weg, eilte ihr entgegen und zog sie fest in seine Arme. Als er sie schließlich wieder losließ, fühlte er sich schon ein wenig besser.

„Du hättest nicht herkommen brauchen", meinte er.

„Natürlich musste ich das. Seltsamerweise war ich gerade zur Farm der Kellers unterwegs, als Melanie mich erreichte. Wie geht es Sally?"

„Ich warte immer noch auf den Arzt. Matthew ist bei ihr." Er sah ihr in die Augen. „Ich weiß, ich habe gesagt, du hättest nicht zu kommen brauchen, aber ich bin sehr froh, dass du jetzt da bist."

Maggie ging hinüber zum Empfang, und Rick nahm mittlerweile im Wartezimmer Platz. Er wollte da sein, wenn Matthew kam. Hoffentlich mit guten Nachrichten.

„Die Krankenschwester am Empfang weiß auch noch nichts Genaueres", erklärte Maggie, als sie sich zu Rick ins Wartezimmer setzte. „Ich werde versuchen, in die Untersuchungsräume zu kommen. Ich habe gerade eine Schwester gesehen, die mit uns gespielt hat, als wir noch Kinder waren. Vielleicht gelange ich auf diesem Wege an ein paar Informationen. Ich werde bald zurück sein."

Rick nickte. Nachdem sie gegangen war, schloss er die Augen.

„Bitte, lass Sally wieder gesund werden", murmelte er und war nicht sicher, ob das, was er sagte, ein Wunsch oder ein Gebet war. „Matthew braucht sie. Und ich auch", fügte er hinzu, selbst überrascht über seine Worte.

Seit Jahren hatte er sich immer und immer wieder eingeredet, dass er niemanden brauchte. Er war locker durchs Leben gegangen und hatte stets dafür gesorgt, dass kein Mensch zu nahe an ihn herankam. Wenn ein Mann niemanden braucht, kann er auch nicht verletzt werden. Menschen zu nahe an sich heranzulassen, das führte unweigerlich zu Schmerz und Verletzungen.

Matthew und Sally hatten ihm jedoch nicht erlaubt, Distanz zu halten. Sie hatten geradeheraus Ratschläge erteilt, ihn geneckt und gerügt. Und obwohl er die Zuneigung in ihren Augen gesehen hatte, hatten sie doch nie etwas von ihm erwartet. Sie hatten ihn einfach willkommen geheißen.

Und so war es auch – wenn auch auf eine ganz andere Art – bei Maggie gewesen. Sie hatte ihn viel vorsichtiger in ihr Leben gelassen, ihr Vertrauen hatte er erst gewinnen müssen. Und um ehrlich zu sein, hatte er sein Ziel noch nicht ganz erreicht, aber er war bereit, für sie zu kämpfen. Seit er Matthew und Sally kennengelernt hatte und mit eigenen Augen sehen durfte, dass Liebe ein ganzes Leben halten konnte, hatte sich viel bei ihm geändert.

Er hielt die Augen immer noch geschlossen, als Maggie sich neben ihn setzte und seine Hand nahm.

„Ich hatte recht. Es war Laurie. Sie hat mich zwar nicht in die Behandlungsräume gehen lassen, aber sie hat für mich nachgefragt. Es gibt noch keine endgültige Diagnose. Sallys Hüfte wird gerade geröntgt." Sie drückte ihm die Hand. „Ich weiß, dass die beiden dir aus irgendeinem Grund sofort ans Herz gewachsen sind. Das wird schon wieder."

„Ich hoffe", sagte Rick ernst. „Weißt du, ich lasse selten Menschen an mich heran, aber diese beiden haben es mit ihrer Herzlichkeit und Offenheit sofort geschafft. Ich möchte Sally nicht verlieren und Matthew nicht leiden sehen."

Maggie fragte sich, ob Rick wohl bewusst war, wie viel Gefühl sich auf seinem Gesicht widerspiegelte, aber sie bezweifelte es. Normalerweise hatte er sich so sehr im Griff, dass höchstens seine Augen verrieten, was er empfand.

Als Matthew endlich zu ihnen ins Wartezimmer kam, wirkte er erschöpft und mitgenommen.

Rick schoss vom Stuhl hoch. „Was ist?", fragte er.

„Genau, wie ich es gedacht habe. Sie hat sich diese verflixte Hüfte gebrochen", berichtete er mit bebender Stimme. „Sie sprechen davon, dass sie bis zu ihrer Genesung in ein Pflegeheim soll, wenn sie aus dem Krankenhaus entlassen wird. Aber davon will Sally nichts wissen. Sie sagt, sie wird sich scheiden lassen, wenn ich ihr das antue. Ich hätte dem aber sowieso nicht zugestimmt."

Matthew sah Maggie und Rick mit hilflosem Gesichtsausdruck an. „Aber was soll ich jetzt nur machen? Ich würde alles für sie tun, aber ich selbst habe doch gar nicht genug Kraft, um sie zu pflegen. Und wir haben nicht so viel Geld, dass wir uns eine Pflegekraft leisten könnten."

„Kann nicht eines Ihrer Kinder einige Wochen hierher kommen?", schlug Maggie vor.

Doch bevor Matthew noch antworten konnte, erklärte Rick entschieden: „Ich werde zu Ihnen ziehen."

Das ziemlich unerwartete Angebot überraschte Maggie und Matthew gleichermaßen. Dann plötzlich trat tiefe Erleichterung in den Blick des alten Mannes. „So etwas würden Sie wirklich tun?"

Rick wurde verlegen. „Das ist doch keine große Sache. Ich bin es sowieso leid, in dieser Pension zu schlafen."

Matthew schaute Maggie an. „Haben Sie noch etwas dazu zu sagen?"

Maggie schüttelte den Kopf. Am liebsten hätte sie Rick überschwänglich umarmt, aber zu seinem Angebot gab es nichts zu sagen. Es war liebevoll und großzügig. „Das ist einzig und allein Ricks Entscheidung."

„Es könnte euch beide aber hin und wieder belasten", gab Matthew zu bedenken und warf Rick einen fragenden Blick zu.

„Hören Sie endlich auf, sich über mein Privatleben Sorgen zu machen", erwiderte Rick. „Das geht schon in Ordnung."

„Sind Sie sicher?", fragte Matthew erneut. „Ich möchte Sally nichts sagen, bevor Ihre Antwort nicht wirklich endgültig ist."

„Ich werde meine Meinung aber nicht ändern", bekräftigte Rick.

Maggies Herz machte einen kleinen Satz. Diese fürsorgliche, liebevolle Seite hatte sie an Rick bereits vermutet, aber jetzt hatte sie den Beweis, was für ein wunderbarer Mann er war.

Sie sah, wie Matthew Ricks Hand ergriff. „Junge, du ahnst nicht, wie viel mir das bedeutet", erklärte Matthew ihm. „Ich darf doch jetzt du sagen, wo du schließlich bei uns wohnen wirst. Ich weiß nicht, was ich getan hätte, wenn ich Sally in dieses verdammte Heim hätte stecken müssen."

Rick sah Maggie an, und in seinen Augen schimmerten tiefe Gefühle. „Ich verstehe", sagte er leise. „Zum ersten Mal in meinem Leben verstehe ich, was Liebe überhaupt bedeutet." Dann drückte er dem alten Mann die Hand. „Und ich bin sehr dankbar, dass Sally und du in mein Leben getreten seid, um mir zu zeigen, worum es im Leben wirklich geht."

12. KAPITEL

Rick war über sein spontanes Angebot im Krankenhaus selbst ebenso überrascht gewesen wie die anderen, aber sobald er seine Worte ausgesprochen hatte, war ihm klar geworden, dass er das Richtige tat.

Es hatte auch nichts damit zu tun, dass er Maggie beeindrucken wollte. Er wollte tatsächlich für Matthew und Sally da sein. Der Gedanke, Sally im Pflegeheim und Matthew unglücklich allein zu Hause zu wissen, war so deprimierend, dass er alles getan hätte, um das zu verhindern. Seine Gegenwart konnte zumindest ein Mal in seinem Leben etwas bewirken. Seine Mutter war immer froh gewesen, wenn er nicht in ihrer Nähe gewesen war. „Du erinnerst mich viel zu sehr an deinen Vater, diesen Versager", hatte sie immer gesagt, und das hatte tiefe Spuren hinterlassen.

Eine Woche später war Rick in eines der ehemaligen Kinderzimmer im Obergeschoss des Farmhauses eingezogen. In den vergangenen Tagen hatte er einige kleinere Veränderungen im Haus vorgenommen, damit es Sally im Rollstuhl und später mit den Krücken leichter hatte. Die Brücke, die den Sturz verursachte, hatte er zusammengerollt und in einer Abstellkammer verstaut. Matthew hatte den Teppich wegwerfen wollen, aber Rick hatte ihn dazu überredet, ihn aufzubewahren, bis Sally nach Hause kam. Sie sollte selbst entscheiden, was damit zu tun war.

Jetzt war alles für ihre Ankunft vorbereitet. Ein Krankenwagen würde sie und Matthew in einer Stunde nach Hause zurückbringen. Maggie bereitete in der Küche ein Willkommensessen vor, und nachdem Rick die unteren Räume ein letztes Mal inspiziert hatte, leistete er ihr beim Kochen Gesellschaft. Er legte von hinten einen Arm um ihre Taille und küsste ihren Nacken. Sie duftete wunderbar nach Jasmin.

„Ich muss dich noch mal fühlen und berühren, bevor die beiden kommen", flüsterte er an ihrem Ohr.

Maggie lachte und warf einen Blick auf ihre Armbanduhr. „Vorsicht! Wir haben nur noch zwanzig Minuten Zeit."

„Viel zu wenig", murmelte er. „Ich kann nie genug von dir bekommen."

Maggie drehte sich in seinen Armen um. „Es ist wirklich wunderbar, dass du den alten Leuten helfen willst. Das weißt du, nicht wahr?"

Ihr Lob war ihm unangenehm. „Jeder hätte an meiner Stelle das Gleiche gemacht."

„Ihre eigenen Kinder haben es nicht getan", erinnerte sie ihn.

„Weil ich mich schon bereit erklärt hatte hierzubleiben", wandte Rick ein. „Sie haben Sally doch sofort im Krankenhaus besucht, und ihre Tochter wünscht sich nichts sehnlicher, als dass ihre Eltern nach Atlanta kommen, damit sie die beiden immer in der Nähe hat."

„Glaubst du denn, sie machen es?", fragte Maggie.

Rick zuckte mit den Achseln. Er wusste nicht, wie er dazu stehen sollte, dass Matthew und Sally ihre geliebte Farm verlassen würden. „Ich vermute, Matthew denkt ernsthaft darüber nach", gab er zu. „Sally will erst gar nicht darüber reden."

„Und du? Was ist mit dir?"

„Das hat doch nichts mit mir zu tun."

„Aber du hast doch bestimmt eine eigene Meinung. Sag sie mir."

Rick seufzte. „Eigentlich habe ich keine. Auf der einen Seite macht es mich traurig, dass sie diese Farm verlassen wollen, auf der anderen Seite wäre es natürlich besser, wenn sie in der Nähe ihrer Kinder wohnen würden. Sallys Sturz mag das erste gesundheitliche Problem gewesen sein, aber in diesem Alter können jederzeit andere Gebrechlichkeiten folgen."

„Nun, das stimmt", pflichtete Maggie ihm traurig bei. „Und schließlich bist du nicht immer da, um einzuspringen, wenn Not am Mann ist."

Rick sah sie neugierig an. „Wahrscheinlich nicht", gab er zu.

„Ganz davon zu schweigen, dass es nicht deine Aufgabe ist, nach ihnen und der Farm zu schauen", fügte sie hinzu. „Deswegen ist es ja so großartig, dass du diese Verantwortung trotzdem übernommen hast."

„Fang nicht wieder damit an", wehrte Rick ab. „Ich bin froh, dass ich ihnen helfen kann. Ich kann es nur nicht immer tun."

„Nein." Maggies Stimme klang traurig. „Das ist wahr."

Bevor Rick noch etwas sagen konnte, hörte er, wie ein Wagen in den Hof fuhr. „Sie sind da", sagte er.

Maggie umarmte ihn kurz, aber fest.

Neugierig betrachtete er ihr Gesicht. „Wofür war das denn?"

„Ich wollte dich ein wenig dafür entschädigen, dass du jetzt doch nichts von mir gehabt hast."

Rick lachte. „Das kannst du höchstens wiedergutmachen, indem du dich mitten in der Nacht still und leise hier ins Haus stiehlst und dich heimlich in mein Zimmer schleichst."

„Keine Chance. Matthew hört noch verflixt gut."

„Oh, ich bin sicher, dass er uns gewähren lassen würde."

Maggie schüttelte den Kopf. „Männer!", rief sie und scheuchte ihn zur Tür. „Geh hinaus, und begleite die beiden ins Haus. Sie brauchen vielleicht jemanden, der hilft, Sally in den Rollstuhl zu setzen. Ich sehe kurz nach dem Hähnchen und komme dann gleich nach."

Rick lächelte und ging, um die Kellers zu begrüßen. Die Sanitäter hatten Sally bereits in das Schlafzimmer gebracht, das sie und Matthew ein Leben lang geteilt hatten. Sie strahlte, als sie Rick sah.

„Komm her, und gib mir einen Kuss", verlangte sie und streckte ihm die Arme entgegen. „Wenn du nicht wärst, würde ich nicht in meinem eigenen Bett liegen."

„Bilde dir nur nicht zu viel ein", scherzte Rick. „Ich bin nur wegen des Apfelkuchens hier. Matthew sagt, es ist noch gut ein halbes Dutzend in der Tiefkühltruhe. Wenn sie aufgegessen sind, fahre ich."

„Hör sofort damit auf", befahl Sally. „Wir wissen genau, was du für uns tust. Und wir werden dir das niemals vergessen."

Rick ergriff ihre Hand und hauchte einen Kuss darauf. „Ich freue mich, dass es dir gut genug geht, um wieder nach Hause zu kommen."

„Ja, es ist wunderbar, wieder von seinen eigenen Dingen umgeben zu sein." Die Güte in ihren Augen verschwand jedoch plötzlich, und sie sah ihn streng an. „Was habt ihr übrigens mit der Brücke vor der Treppe gemacht? Matthew will mir nicht sagen, wo ihr sie hingetan habt."

Rick lachte, erleichtert darüber, dass er die Brücke nicht weggeschmissen, sondern aufbewahrt hatte. Matthew allerdings schien gar nicht amüsiert zu sein.

„Ich hätte das alte Ding verbrennen sollen", schimpfte er.

Sallys Blick ruhte immer noch auf Rick. „Aber du hast es nicht zugelassen, stimmt's?"

Rick winkte ab. „Nein, sie liegt in der Abstellkammer hinten im Flur."

„Danke. Ich weiß, dass es dumm ist, so an Dingen zu hängen, aber diese Brücke stammt noch aus meinem Elternhaus. Ich wäre sehr traurig, wenn ich sie nicht mehr hätte."

„Aber wegen der Brücke liegst du jetzt hier im Bett", warf Matthew ihr vor.

Sally runzelte die Stirn. „Nein, das tue ich nicht. Ich liege hier, weil ich es zu eilig hatte und nicht darauf geachtet habe, wohin ich trat." Erneut sah sie Rick an. „Wo ist eigentlich Maggie? Ich kann den Duft von gutem Essen riechen. Ist sie in der Küche?"

Rick nickte. „Sie kommt in einer Minute", versprach er. „Und es gibt auch bald Mittagessen. Da Maggie gekocht hat, wird es wunderbar schmecken, obwohl ich auch kein schlechter Koch bin. Ihr werdet es sehen, wenn ich morgen das Frühstück mache." Er sah die Müdigkeit in Sallys Augen. „Warum schläfst du nicht ein bisschen? Es ist noch etwas Zeit bis zum Mittagessen."

Sally warf ihm einen dankbaren Blick zu. „Ich glaube, das werde ich tun", sagte sie und sah fragend ihren Mann an. „Matthew, bleibst du bei mir?"

Matthew zog sofort einen Stuhl näher, setzte sich und ergriff ihre Hand. „Wo sollte ich sonst hin."

Rick bemerkte ihre Blicke und wusste, dass die beiden jetzt gerne unter sich sein wollten. Er verließ das Zimmer, machte leise die Tür hinter sich zu und lehnte sich dann dagegen. Eine tiefe Sehnsucht erfüllte plötzlich sein Herz. Er wollte das, was die beiden bereits besaßen. Ja, er wünschte es sich von ganzem Herzen.

Und er wusste, dass er es auch haben konnte. Drüben in der Küche war eine Frau, die ihm das alles geben konnte und noch viel mehr. Er musste nur den Mut aufbringen, zu ihr zu gehen und sie zu bitten, seine Frau zu werden.

Rick seufzte und ging langsam den Flur hinab. Er wusste, dass er noch eine Weile brauchen würde, um dazu bereit zu sein. Zu viele Jahre war er darauf trainiert gewesen, vor Gefühlen davonzulaufen. Einige Wochen Liebe reichten nicht, um die Erinnerungen an seine Mutter auszulöschen, die ihren Kummer über ihre vielen gescheiterten Beziehungen in Alkohol ertränkt und ihn als lästige Beigabe betrachtet hatte.

Aber eines Tages würde er es können. Mit jedem Tag, der verging, ließ er seine Vergangenheit ein Stück weiter hinter sich und öffnete sich der Liebe. Er hoffte nur, dass Maggie ausreichend Geduld haben würde, um auf ihn zu warten.

„Komm, setz dich zu mir", ermutigte Sally Rick einige Tage später. „Es gibt etwas, worüber ich mit dir reden möchte."

Rick sah sie misstrauisch an. „Du willst doch nicht schon wieder die Kupplerin spielen, oder?"

Sie lachte. „Nein, zumindest dieses Mal nicht. Ich möchte wissen, was du von der Idee hältst, dass ich mit Matthew nach Atlanta ziehe."

Ricks Herz wurde augenblicklich schwer. Er hatte gewusst, dass das kommen würde. Die Tochter der Kellers rief fast jeden Tag an, um sie zu einer Entscheidung zu bewegen, aber er hatte bislang nicht darüber nachdenken wollen. Hier auf der Farm zu leben hatte ihm das Gefühl gegeben, eine Familie zu haben. Etwas, wonach er sich offensichtlich weitaus mehr gesehnt hatte, als ihm selbst je klar gewesen war.

„Ich denke, das ist allein deine und Matthews Sache", erklärte er ernst. „Möchtest du denn fortziehen?"

„Matthew will es", gab sie zu. „Er vergöttert seine Tochter, und er meint, dass es Zeit für ein neues Abenteuer sei."

Rick forschte in Sallys Gesicht. Sie schien nicht sonderlich begeistert von dieser Idee zu sein. „Du willst aber nicht weggehen, stimmt's?"

„Zumindest nicht ganz", erklärte sie vorsichtig. „Es wäre ein gewaltiger Schritt. Keiner von uns hat jemals in der Großstadt gelebt. Um ehrlich zu sein, ich habe meiner Tochter in Atlanta noch nie besucht. Doch selbst wenn wir es getan hätten, wüssten wir nicht, was auf uns zukommt. Ich habe Angst, dass wir uns dort nicht wohlfühlen könnten. Aber dann wäre es zu spät."

Er begriff, worauf sie hinauswollte. Wenn die Farm erst mal verkauft war, gäbe es kein Zurück mehr, selbst wenn sie sich in Atlanta nicht einleben würden.

„Müsst ihr die Farm denn unbedingt verkaufen, bevor ihr nach Atlanta zieht? Vielleicht könntet ihr erst mal ein paar Monate zur Probe bei Ellen wohnen. Wie wäre das?"

„Das kommt nicht infrage. Ihr Haus ist dafür zu klein. Wir wären ihr nur eine Last, und das will ich auf keinen Fall." Sie warf ihm einen forschenden Blick zu. „Aber es gibt eine andere Möglichkeit. Eine, die alle Probleme lösen könnte."

Rick war nicht sicher, ob ihm ihr Blick gefiel. Irgendetwas führte Sally im Schilde. „So?"

Dann ließ sie die Bombe platzen. „Warum kaufst du nicht die Farm?"

Rick starrte sie entgeistert an. „Ich? Was soll ich denn mit einer Farm? Ich bin Fotograf. Ich reise viel. Wer soll sich denn während meiner Abwesenheit um die Farm kümmern?"

„Du könntest jemanden einstellen", schlug Sally vor und fügte dann hinzu: „Oder jemanden heiraten, der hier wohnt, während du deine Aufträge erledigst."

Langsam erhob Rick sich und rückte vom Bett ab, als ob er einer Gefahr ausweichen wollte. „Ich wusste, dass du etwas ausbrütest", warf er ihr vor.

„Komm, setz dich wieder hin", befahl Sally ungeduldig. „Du weißt doch, dass du Maggie liebst. Hör auf, dir etwas vorzumachen."

Er betrachtete sie ernst. „Ich sehe nicht, wie das die Probleme lösen soll."

„Wenn du die Farm hättest, wäre es so, als ob sie immer noch in der Hand der Familie wäre", erklärte sie. „Vielleicht könnten Matthew und ich euch hin und wieder besuchen kommen. Dann hätte der Umzug nicht etwas so Endgültiges. Vielleicht könnte Matthew dir sogar helfen, die Farm einige Monate im Jahr zu leiten. Ich bin sicher, es wäre das Beste für beide Parteien, zumindest solange wir noch in der Lage sind zu reisen."

Er überlegte, wie Sally auf eine solche Idee kam, aber sie traf ihn damit mitten ins Herz. „Ich weiß nicht, Sally", protestierte er, selbst als ihm langsam klar wurde, dass diese Idee auch für ihn die Lösung all seiner Probleme wäre. Sie würde ihn an diese Menschen binden und würde ihm eine neue Familie schenken.

Aber konnte er sich vorstellen, hier mit Maggie alt zu werden und seine Kinder aufzuziehen? Genauso wie Matthew und Sally es getan hatten?

„Was hält denn Matthew von deinem Plan?", fragte er schließlich.

„Er meint, ich solle dich nicht unter Druck setzen." Sie schaute ihn an. „Aber ich glaube, hier geht es nicht nur um den Wunsch einer alten selbstsüchtigen Frau, Rick. Meine Idee gibt dir eine Chance, das zu tun, was du im Grunde tun willst – ob du schon bereit bist, dir das einzugestehen, oder nicht."

„Lass mich darüber nachdenken", erwiderte er.

Ihr Gesicht hellte sich auf. „Du ziehst die Möglichkeit, die Farm zu kaufen, also tatsächlich in Betracht?"

„Ich ziehe sie in Betracht", bestätigte er nachdenklich. „Aber bitte, verlass dich noch nicht darauf. Es würde mein Leben sehr verändern, und ich weiß nicht, ob ich dazu bereit bin."

„Ja, natürlich", erklärte Sally sanft. „Hör nur auf dein Herz. Es wird dich zu der richtigen Entscheidung führen."

„Wann kommst du wieder nach Hause?", fragte Ashley ihre Schwester Maggie Wochen später während eines Telefonats in einer Pause bei Gericht.

„Wann ist denn dein Fall abgeschlossen?", stellte Maggie die Gegenfrage.

„Die Anhörung sollte in ein oder zwei Wochen beendet sein", erklärte Ashley. „Der Fall ist komplizierter, als ich gedacht habe. Aber ich habe wirklich nicht angerufen, um mit dir darüber zu reden. Ich möchte etwas von dir hören."

„Da gibt es nicht viel zu erzählen", wich Maggie aus. Sie hatte immer noch Schwierigkeiten, sich einzugestehen, dass sie jetzt gut zwei Monate im Rose Cottage lebte und Rick fast ebenso lange in ihrer Nähe war.

Nur wenn sie an ihre Arbeit dachte, konnte sie die Zeit nicht verleugnen. Sie arbeitete bereits an der November-Ausgabe und hatte sich sogar schon Notizen für die Dezemberseiten gemacht. Es war schwer, mitten im August an Thanksgiving und Weihnachten zu denken. Das heiße, schwüle Wetter nahm sie mit. Sie sehnte sich nach den seltenen Tagen, wenn es morgens nach einem Gewitter frisch und kühl war, leider wurde es gegen Mittag immer wieder drückend heiß.

„Hast du keine Schwierigkeiten mit deiner Arbeit, wenn du derart lange wegbleibst?", fragte Ashley.

„Nein, solange ich gute Ideen habe und meine Termine einhalte, ist alles in Ordnung. Um ehrlich zu sein, ich habe noch nicht mal daran gedacht, nach Hause zu kommen", fügte Maggie hinzu.

Es gab hier viel zu viel zu tun. Sie half jetzt regelmäßig auf der Farm aus und freute sich jeden Tag auf die Zeit, die sie mit Rick allein verbringen konnte. Natürlich war das Tempo hier im Süden ein wenig gemächlicher, aber es war nie langweilig. Selbst Rick schien zufrieden zu sein.

„Und Rick ist immer noch da?", forschte Ashley neugierig.

„Ja."

„Wohnt er noch immer in der Pension?"

„Nein, er lebt draußen bei Sally und Matthew."

„Ah."

„Ah!", äffte Maggie sie nach. „Was soll das bedeuten?"

Ashley lachte. „Es bedeutet, dass Melanie und Mike mir verraten haben, ihr beide wäret unzertrennlich. Sie sagen, Liebe liegt in der Luft, aber sie haben mir nichts von Sally und Matthew erzählt. Was ist das denn für eine Geschichte?"

„Sally ist gestürzt und hat sich die Hüfte gebrochen, übrigens genau an dem Tag, an dem du abgefahren bist. Sie war bis vor Kurzem im Krankenhaus. Und da sie bis zu ihrer völligen Genesung nicht in ein Pflegeheim gehen wollte, ist Rick bei ihnen eingezogen, um auszuhelfen."

„Oh, das erklärt natürlich alles", rief Ashley aus.

„Das erklärt was?"

„Warum du dich total in diesen Mann verliebt hast. Sexy, intelligent, dazu auch noch warmherzig und hilfsbereit. Das ist eine Mischung, der man nicht widerstehen kann, ganz egal, wie gut dein gesunder Menschenverstand arbeitet."

Ashley hatte wie gewöhnlich den Nagel auf den Kopf getroffen, aber Maggie wollte ihre wahren Gefühle nicht preisgeben. Sie war nicht sicher, ob sie das Mitleid der anderen ertragen könnte, wenn Rick sie am Ende doch verließ. Und sie wusste, dass das immer noch möglich war. Er schien hier glücklich zu sein, aber sie begann, die Hoffnung zu verlieren, dass er sich für eine Zukunft mit ihr entscheiden würde. Warum sonst sprach er dieses Thema niemals an?

„Mach dich nicht lächerlich", wehrte Maggie barsch ab, obwohl sie wusste, dass sie ihrer Schwester kaum etwas vormachen konnte. Wenn einer sie durchschaute, dann war es Ashley. „Wir beide verstehen uns wirklich gut, das ist aber auch schon alles. Ich werde irgendwann nach Boston zurückkehren, und dann werden wir uns langsam wieder aus den Augen verlieren. Ich akzeptiere das."

„Ich kann an deiner Stimme hören, dass du wirklich an das glaubst, was du sagst", spottete Ashley. „Komm schon, Maggie. Warum kannst du nicht dem vertrauen, was zwischen dir und Rick ist? Wie soll diese Beziehung denn eine Chance haben, wenn du nicht mal die Hoffnung auf ein Happy End hast. Dass du so gar kein Vertrauen empfindest, sagt doch schon alles. Findest du nicht?"

„Okay, okay. Ich weiß, dass du recht hast. Ich habe solche immensen Schwierigkeiten, an eine Zukunft zu glauben, weil es sich bei diesem Mann um Rick Flannery handelt, ein Weltenbummler, der gewohnt ist, ständig auf Reisen zu sein."

Tränen traten Maggie in die Augen, und das sagte alles. Rick würde sein Leben wegen einer Beziehung nicht ändern. Er war nicht für eine Ehe geeignet, und sie hatte es von Anfang an gewusst. Sie musste einfach akzeptieren, dass sich daran nie auch nur ein wenig ändern würde. Sonst hätte er schon längst etwas gesagt.

„Ich muss jetzt auflegen", sagte sie zu ihrer Schwester, da sie Angst hatte, in Tränen auszubrechen.

Nachdem sie das Telefonat beendet hatte, drehte sie sich um und sah Rick mit schockiertem Gesichtsausdruck im Türrahmen stehen.

„Was suchst du hier?", fuhr sie ihn an. Ihr Herz klopfte wild. Wie viel hatte er gehört? Seinem Ausdruck nach zu urteilen auf jeden Fall zu viel.

„Ich bin hierher gekommen, um dich etwas Wichtiges zu fragen", erklärte er mit seltsam rauer Stimme. „Aber offensichtlich habe ich den falschen Zeitpunkt gewählt."

„Was hast du von dem Telefonat mit angehört?"

„Genug, um zu wissen, dass du nicht allzu viel von mir hältst."
Er schüttelte traurig den Kopf. „Wie habe ich dich nur so falsch einschätzen können?"

Maggie verstand nicht, warum er so gekränkt war, und sah ihn ärgerlich an. „Nun, es stimmt doch, oder? Irgendwann wirst du dich hier
langweilen und zurück nach Boston gehen. Du wirst wieder Fototermine mit den schönsten Frauen der Welt machen, und bevor du dich's
versiehst, hast du schon wieder ein Verhältnis mit einem von den hübschen Models. Die Kellers und ich werden dann nur noch eine ferne
Erinnerung sein."

„Hältst du mich wirklich für so oberflächlich?", fragte er beleidigt.
Verletzter Stolz lag in seinem Blick. Oder war es echter Schmerz?
„Glaubst du tatsächlich, dass die letzten Wochen nur ein Spiel für
mich waren?"

Maggie spürte, dass sie ihn ernsthaft verletzt hatte, aber sie konnte
sich nicht erklären, warum. „War es für dich nicht immer so?"

Er wirkte, als ob sie ihn geschlagen hätte, doch dann kehrte die Wut
in seine Augen zurück. „Ja, aber nur, bis ich dich kennengelernt habe.
Verrückt, wie ich bin, glaubte ich, dass es etwas Besonderes mit uns
ist. Ich begann, an unsere Beziehung zu glauben, doch offensichtlich
siehst du sie nur als eine Art Zwischenspiel, bis du wieder mit deinem
normalen Leben weitermachst. Es ist doch so, oder nicht?"

Bei seinen Worten zuckte Maggie zusammen und sah entsetzt, wie
er sich abwandte und zur Tür ging.

„Du gehst", stieß sie verzweifelt hervor, unfähig etwas zu tun. War
es nicht das, was sie immer befürchtet hatte? Es spielte keine Rolle, dass
sie sein Weggehen entschuldigen konnte.

Zu ihrer Bestürzung kam er noch ein letztes Mal zurück, zog sie
heftig in die Arme und küsste sie. Der Kuss war erfüllt von unverhoh-
lener Wut, doch er berührte sie trotzdem tief. Gleichzeitig hasste sie
sich dafür, dass er trotz seines Verhaltens noch eine solche Reaktion in
ihr hervorrufen konnte. Obwohl so viel Schmerz in der Luft lag, obwohl zwischen ihnen alles aus war.

„Ja, ich gehe", erklärte er. „Weil ich in diesem Moment viel zu wütend bin, um zu bleiben. Aber ich werde zurückkommen, Maggie. Und
wir werden über das Geschehene reden. Nichts ist zu Ende. Nichts."

Lange, nachdem er gegangen war, hörte sie noch immer seine Worte –

sein Versprechen – wie ein Echo in ihrem Herzen widerhallen. Maggie berührte ihre Lippen mit den Fingerspitzen, und die ersten Tränen rollten ihr über die Wangen.

Es waren jedoch keine bitteren Tränen, sondern es waren Tränen der Erleichterung. Denn vielleicht – ganz vielleicht – würde Rick ihr beweisen, dass sie sich geirrt hatte.

13. KAPITEL

Liegt es an mir, oder ist es tatsächlich so, dass man die D'Angelo-Frauen nicht verstehen kann?", fragte Rick seinen Freund Mike bei einem Bier. Vor einer Stunde hatte er Maggie verlassen, seine Wut war langsam, aber sicher verraucht, doch jetzt hatten sich Niedergeschlagenheit und Verwirrung in ihm breitgemacht.

„Wie kommt es, dass ein Mann, der mit den schönsten Geschöpfen der Welt zusammengearbeitet hat, die Seele der Frauen noch immer nicht versteht?", wollte Mike wissen.

„Diese Frauen sind nur halb so kompliziert wie Maggie", erwiderte Rick.

„Wie kommt das?"

„Die Models wollten von mir nur, dass sie mit mir an den richtigen Plätzen gesehen werden und dass sie auf den Fotos eine gute Figur machen. Sie haben nicht versucht, mich einzufangen. Keine hat von Heirat oder Ehe geredet, alle haben nur an ihre Karriere gedacht."

„Ich glaube nicht, dass das der Grund war. Du hast diese Frauen einfach nur nie genug geliebt, als dass sie dir hätten Kummer machen können."

„Das könnte auch sein", gab Rick zu. „Aber beantworte mir bitte meine ursprüngliche Frage. Gibt es etwas bei den D'Angelo-Schwestern, was ich nicht verstehe?"

„Ich kann nicht für Jo und Ashley sprechen", antwortete Mike nachdenklich. „Nicht mal für Maggie, aber Melanie habe ich anfangs ebenfalls nicht verstanden. Auch bei uns gab es Missverständnisse. Ich glaube allerdings inzwischen, es lag einfach an mir." Er lächelte. „Entweder ist es das, oder die Tatsache, dass Männer sowieso nicht in der Lage sind, Frauen zu verstehen, wie sehr sie sich auch anstrengen."

Rick hob das Bier zu einem Toast. „Das beruhigt mich. Es wäre mir äußerst unangenehm, wenn ich der einzige beschränkte Mann auf der Welt wäre."

Mike warf ihm einen fragenden Blick zu. „Darf ich erfahren, worum es hier eigentlich geht? Oder brauchst du nur momentan ein wenig männliche Unterstützung?"

Rick war nicht bereit, ins Detail zu gehen, also gab er Mike lediglich eine Kurzversion der Geschichte. „Wenn du es unbedingt wissen willst." Er seufzte. „Ich bin heute zu Maggie mit einer bestimmten Absicht gefahren, aber dieser Plan hat sich in Luft aufgelöst."

„Du hast sie was gefragt, und sie hat dir einen Korb gegeben?"

In Ricks Lachen klang ein bitterer Unterton mit. „Ich habe sie gar nicht erst fragen können. Ich kam ins Haus und hörte zufällig mit, wie sie Ashley erzählte, dass sie nicht auf mich zählen könnte, weil ich viel zu oberflächlich wäre und ohnehin bald wieder aus ihrem Leben verschwinden würde."

Mike sah ihn ungläubig an. „Das hat sie gesagt?"

„Nicht genau in dem Wortlaut, aber so interpretiere ich es."

Mike schüttelte den Kopf und sah Rick mitleidig an. „He, du darfst nie selber etwas in die Worte einer Frau hineininterpretieren, das ist gefährlich. Das ist wie ein Eigentor. Du kannst dir damit nur selbst schaden. Ich habe mir damals auch was über Melanie zurechtgedacht und lag damit völlig daneben."

„Das ist wohl wahr", warf Jeff ein und zog sich einen Stuhl heran, um sich zu den beiden Männern zu setzen. Er sah Mike an. „Bist du hier, um mit Rick etwas Wichtiges zu besprechen?"

„Bislang ist er nicht konkret geworden", erwiderte Mike. „Im Moment geht es noch um Frauen im Allgemeinen."

„Um Frauen im Allgemeinen oder um Maggie im Speziellen?", fragte Jeff.

„Um Maggie, wenn du es genau wissen willst", erklärte Rick.

Jeff und Mike warfen sich einen Blick zu, der verriet, wie sehr die beiden sich über ihn amüsierten. Vielleicht war es falsch gewesen, sie anzurufen. Sie schienen sich über seinen Kummer lustig zu machen. Trotzdem, er musste unbedingt mit jemandem reden. Er wusste, dass Sally und Matthew wahrscheinlich ein geduldiges Ohr für ihn gehabt hätten, aber heute hatte er ausnahmsweise mal keine Geduld, ihre klugen Ratschläge zu hören.

Im Moment brauchte er Freunde in seinem Alter, mit denen er sich ein paar Drinks genehmigen konnte, um seinen Kummer hinunterzuspülen. Dass er sich dem Alkohol zuwandte, war ein weiterer Beweis dafür, wie sehr Maggie ihn verletzt hatte. Dass ausgerechnet die Frau, die er liebte, ihn immer noch für einen oberflächlichen Playboy hielt, hatte ihn zutiefst gekränkt. Dabei hätte er schwören können, dass sich ihre Einstellung zu ihm geändert hatte. Doch die Worte, die Maggie zu ihrer Schwester gesagt hatte, verrieten, dass er sich geirrt hatte.

„Wie wäre es mit einer weiteren Runde Bier?", schlug er vor und winkte die Kellnerin herbei.

Jeff warf Rick nochmals einen amüsierten Blick zu. „Ich werde bei Mineralwasser bleiben. Irgendwie habe ich das dumpfe Gefühl, dass ihr beide heute einen Fahrer braucht."

„Gut, dann kann ich ja noch trinken", meinte Mike. „Aber ich werde es nicht übertreiben. Ich habe keine Lust, Melanie erklären zu müssen, warum ich betrunken nach Hause komme. Um ehrlich zu sein, auch du solltest Interesse daran haben, dass ich einigermaßen nüchtern bleibe. Sonst läuft Melanie direkt zu Maggie, und dann bekommen wir beide Ärger."

Rick sah ihn neugierig an. „Hält Melanie dich so kurz?"

Mike lachte. „Oh Junge, was hast du denn für eine Vorstellung von einer Ehe. Ich kann verstehen, warum die Dinge zwischen dir und Maggie nicht so gut laufen."

„Dann erklär es mir doch", bat Rick. „Ich würde es wirklich gern verstehen."

„Ernsthaft?"

„Ja, verdammt."

Mike sah Jeff an. „Wenn du etwas zu sagen hast, gib deinen Senf ruhig dazu", forderte er seinen Freund auf und wandte sich dann wieder Rick zu. „Na schön, hier das Wichtigste. In der Ehe geht es um Partnerschaft. Wenn sie funktioniert, bekommen beide, was sie brauchen. Manchmal sind dazu Kompromisse nötig."

„Was bedeutet, dass du nachgibst", erriet Rick. Seine Erfahrung war, dass man Frauen nur glücklich machen konnte, wenn man sich ihrem Willen fügte.

„Dieser Mann ist ja ein richtiger Zyniker", bemerkte Jeff. „Nein, mein Freund, Kompromiss bedeutet, dass beide ein wenig nachgeben. Oder du gibst etwas nach, und sie gibt in etwas anderem nach. So erhält jeder etwas. So balancieren sich die Dinge aus."

Rick nickte und überlegte. „Okay. In einer Partnerschaft geht es um Kompromisse. Was noch?"

„Es geht um Freundschaft."

„Und um Respekt", fügte Jeff hinzu.

Rick hob sein Bier zu einem Toast. „Das ist es", erklärte er triumphierend. „Jetzt habe ich es. Es ist Respekt, der fehlt."

„Du respektierst Maggie nicht?", fragte Jeff und sah ihn ungläubig an.

„Nein, nein", wehrte Rick rasch ab. Er bemerkte, dass er bereits Schwierigkeiten hatte, die Worte richtig auszusprechen. Er wurde langsam betrunken, konnte sich allerdings nicht erinnern, wann das zum letzten Mal passiert war. Bereits vor Jahren hatte er sich geschworen, Alkohol nie als eine Art Krücke zu benutzen, wie seine Mutter es immer getan hatte. „Umgekehrt. Maggie respektiert mich nicht. Sie hält mich für einen Windhund."

„Wirklich?" Jeff kämpfte gegen ein Lachen an. „Kann es sein, dass all diese Fotos und Artikel in der Presse zu dieser Meinung geführt haben?"

Rick schüttelte den Kopf. „Ich bin doch seit Wochen nicht mehr in den Klatschspalten der Zeitungen gewesen."

„Genau genommen, seit du hier bist", warf Mike ein.

„Genau." Langsam kam tiefes Selbstmitleid über ihn. „Ich bin seit Wochen und Wochen treu und brav. Und was bringt mir das? Nichts! Sie denkt immer noch, ich würde ihr bei der erstbesten Gelegenheit davonlaufen."

„Hast du Maggie gesagt, dass du sie liebst?"

„Diese Absicht hatte ich heute. Wie du siehst, ist nichts daraus geworden."

Mikes Gesichtsausdruck verriet, dass er langsam etwas begriff. „Heute?", fragte er. „Du wolltest ihr heute sagen, dass du sie liebst. Stimmt das?"

Rick tippte leicht mit seiner Bierflasche gegen die von Mike. „Und dass ich um ihre Hand anhalten möchte." Traurig schüttelte er den Kopf. „Aber so weit bin ich, wie du weißt, gar nicht gekommen."

„Weil du zufällig etwas mit angehört hast, was sie zu Ashley gesagt hat", schloss Mike. „Oh Mann, bist du ein Idiot!" Er lehnte sich vor und sah Rick eindringlich an. „Geh nach Hause, und schlaf deinen Rausch aus. Dann kaufst du morgen früh so viele Blumen, wie du tragen kannst, und gehst zu ihr."

„Glaubst du wirklich, Blumen könnten ihre Meinung über mich ändern?", fragte Rick verständnislos.

„Verdammt noch mal, natürlich nicht", schimpfte Mike. „Aber damit wird sie dich wenigstens ins Haus lassen. Danach fängst du, so schnell du kannst, an zu steppen."

„Ich kann nicht steppen", meinte Rick verwirrt.

„Ich meine es doch nicht wörtlich", erklärte Mike geduldig. „Fang an, dir alles von der Seele zu reden, und zwar so lange, bis sie endlich begreift, worum es geht. Verstehst du es jetzt?"

Zum ersten Mal, seit er Maggie verlassen hatte, spürte Rick wieder Hoffnung in sich aufkeimen. Er würde es auf jeden Fall versuchen.

Maggie wartete stundenlang darauf, dass Rick wiederauftauchte, damit sie sich bei ihm für die unbegründeten Vorwürfe entschuldigen konnte.

Doch während es später und später wurde, begann sie selbst wütend zu werden. Warum fühlte sie sich eigentlich schuldig? Nur, weil sie die Wahrheit gesagt hatte? Schließlich hatte Rick nie über eine gemeinsame Zukunft gesprochen und ihr nicht mal zu verstehen gegeben, dass ihre Beziehung nicht wie all die anderen kurzen Affären enden würde. Ihre Beziehung dauerte einfach nur länger, als sie es erwartet hatte.

Als sie es nicht mehr ertragen konnte, noch länger die Wände anzustarren, griff sie zum Telefon und rief Melanie an. Vielleicht konnte ihre Schwester ihr helfen. Zumindest würde Melanie ihre Unsicherheit in Bezug auf Rick nicht noch verstärken. Melanie war sehr viel diplomatischer als Ashley.

„Ich nehme an, du rufst mich an, weil du dir Sorgen um Rick machst", bemerkte Melanie, kaum dass sie Maggies Stimme hörte.

„Sorgen um Rick? Warum sollte ich mich um Rick sorgen?"

„Oh, oh", flüsterte Melanie. „Ich dachte, du wüsstest es."

„Ich wüsste was?"

„Dass er mit Mike und Jeff zusammen ist. Mike rief vor ein paar Stunden an, dass Rick einen Streit mit dir gehabt hätte und dass er seinen Rat bräuchte. Sie sitzen irgendwo und betrinken sich wahrscheinlich."

Maggie war bestürzt. Rick trank nie, zumindest nicht mehr als hin und wieder ein Glas Wein zum Essen.

„Rick trinkt eigentlich kaum", gab Maggie besorgt zu bedenken.

„Nun, das hat sich heute Abend geändert. Habt ihr zwei euch gestritten?"

„Es war kein wirklicher Streit. Er hat etwas mitgehört, was ich im Vertrauen zu Ashley am Telefon gesagt habe und was nicht für seine Ohren bestimmt war. Das hat ihn wütend gemacht. Ich habe noch ein paar Bemerkungen gemacht, die ihm wohl gar nicht gefallen haben, und dann ist er wütend davongefahren. Ich hatte eigentlich gehofft, dass er schneller wieder zu mir zurückkommen würde, damit wir über alles sprechen können."

„Offensichtlich ist er noch nicht darüber hinweg", meinte Melanie. „Willst du zu ihm gehen?"

Maggie seufzte. „Nein. Rick muss das allein für sich lösen."

„Ist er denn der Einzige, der ein Problem hat?", fragte ihre Schwester.

„Nein, aber er ist der Einzige, der die Lösung hat. Ich bin mir nur nicht sicher, ob er das jemals begreifen wird."

„Er liebt dich, Maggie."

„Es gab eine Zeit, da dachte ich das auch."

„Er liebt dich wirklich", versicherte ihr Melanie. „Sonst wäre er jetzt nicht bei Mike und würde seinen Kummer in Alkohol ertränken."

„Ist das Liebe?"

„Für einen Mann, der noch gegen seine Gefühle ankämpft, muss ich deine Frage mit einem eindeutigen Ja beantworten. Sei geduldig mit ihm, Schwesterherz."

„Geduld gehört nicht zu meinen Tugenden, das weißt du doch."

„Dann wird es Zeit, dass du sie entwickelst", rügte Melanie sie. „Wenn die Sache bis morgen noch nicht besser läuft, ruf mich bitte an. Bis dahin halt die Ohren steif."

„Ich werde es versuchen", versprach Maggie, „und wenn es mich umbringt."

Es war stockdunkel, als Rick endlich ins Rose Cottage zurückkehrte. Er hatte mindestens sechs Tassen Kaffee getrunken, seit Jeff ihn an der Farm abgesetzt hatte. Glücklicherweise hatten Sally und Matthew schon geschlafen. Er hatte allein am Küchentisch gesessen und Tasse um Tasse Kaffee getrunken, bis er zu dem Entschluss kam, dass er einigermaßen nüchtern und wach genug war, um zu tun, was er tun musste.

Jetzt, da er das Landhaus von Maggies Großmutter erreicht hatte, fühlte er sich allerdings nur halb so sicher, wie man sein sollte, wenn man eine der wichtigsten Entscheidungen seines Lebens vor sich hatte.

Maggie saß auf der Veranda. Er konnte den leichten Duft von Jasmin wahrnehmen, den sie immer trug. Vielleicht wartete sie auf ihn, vielleicht schmollte sie aber auch nur. Wie auch immer, er brauchte sie wenigstens nicht aus dem Schlaf zu reißen, um ihr mit dem letzten Rest des Mutes gegenüberzutreten, den die Biere ihm geschenkt hatten.

„Ich dachte, du wärst schon im Bett", begann Rick ein wenig verlegen.

Er stand auf der untersten Verandastufe und wartete, dass sie ihn bitten würde, zu ihr zu kommen, nachdem er einige Stunden zuvor so wütend davongelaufen war. Er hatte zwar nicht vor, wieder zu gehen, sollte sie ihn nicht willkommen heißen, doch die ganze Situation würde zumindest etwas einfacher sein. Andernfalls wäre er gezwungen, mit den Blumen anzutanzen, von denen Mike gesprochen hatte – und wenn er sie aus dem Garten holen musste. Im Moment hoffte er allerdings immer noch, dass er selbst genügen würde.

„Ich wusste, dass ich nicht schlafen kann, bis wir miteinander gesprochen hätten", erwiderte sie zaghaft.

„Dann hast du gewusst, dass ich zurückkommen würde?"

„Du hast es mir doch gesagt, also habe ich daran geglaubt."

Er nickte zufrieden. „Gut, dann vertraust du mir also doch zumindest ein wenig."

„Das möchte ich versuchen."

„Was muss ich tun, um dich endgültig zu überzeugen?"

„Ganz ehrlich, ich weiß es nicht."

„Hat dieser Mangel an Vertrauen etwas mit meiner Person oder mit deinen früheren Beziehungen zu tun?" Ihm war auf der Fahrt zwischen dem Farmhaus der Kellers und Rose Cottage klar geworden, dass mehrere Faktoren zusammen die Situation beeinflussten. War ihr das auch bewusst?

„Beides", überraschte sie ihn mit ihrem Geständnis. Zumindest sah sie ein, dass er nicht für all ihre Zweifel verantwortlich zu machen war.

„Was habe ich getan, um so viel Misstrauen in dir zu wecken?"

„Nichts", gab sie sofort zu. „Aber ich kenne deine Vergangenheit, Rick. Ich habe zwar gesehen, wie sehr du dich in den letzten Wochen verändert hast, aber ich habe Angst, dass du wieder in dein altes Verhaltensmuster zurückfällst."

„Verhaltensmuster kann man auflösen. Auf jeden Fall glaube ich, dass wir beide unsere verändern können. Ich bin fest davon überzeugt, dass wir beide alles haben, um glücklich und zufrieden miteinander leben zu können. Ich möchte, dass wir wie Sally und Matthew immer zusammenbleiben. Nichts soll uns mehr trennen."

Die Worte standen im Raum, und eine ganze Weile lang glaubte er, dass sie nicht darauf antworten würde. Eine Weile, die ihm wie eine Ewigkeit vorkam. Doch schließlich brach sie die Stille. „Was meinst du damit?", fragte sie leise.

Er lächelte über ihre Vorsicht. Es war offensichtlich, dass sie Angst davor hatte, falsch verstanden zu werden. Andererseits konnte er ihr das kaum übel nehmen, nach dem fatalen Missverständnis wenige Stunden zuvor.

„Ich frage dich, ob du mich heiraten willst, Maggie", sagte er. „Glaubst du, es ist möglich, dass ich zu dir auf die Veranda komme? In deiner Nähe wäre es leichter, dich zu überreden."

„Warum nicht?", entgegnete sie vorsichtig.

Rick konnte sehen, dass er sie noch nicht gänzlich überzeugt hatte.

Deshalb würde er einige Maßnahmen ergreifen müssen, um sie für sich zu gewinnen. Er hatte bereits einiges vorbereitet, und er wusste, dass er es jetzt brauchen würde.

„Hier", begann er und reichte ihr ein Stück Papier.

„Es ist zu dunkel. Ich kann das nicht lesen", erwiderte sie enttäuscht. „Was ist das?"

„Ein Vertrag. Ich habe einige Meilen von hier ein Grundstück gekauft."

„Die Farm?", rief sie sofort und versuchte nicht mal, ihre Überraschung und ihre Aufregung zu verbergen. „Du hast tatsächlich die Farm von Sally und Matthew gekauft?"

„Ja."

„Hast du das getan, um ihnen zu helfen?", fragte sie, und erneut klang Unsicherheit in ihrer Stimme mit.

Rick fragte sich, wie lange er wohl noch brauchen würde, um ihr Misstrauen endgültig zu zerstreuen. Er würde auf jeden Fall sofort damit beginnen, ihre Zweifel auszuräumen.

„Eigentlich dachte ich, dass die Farm ein ausgezeichneter Platz wäre, um dort unsere Kinder aufzuziehen", begann er und fuhr fort, seine Zukunftspläne auszumalen. „Wir wären Mike und Melanie nahe, und auch der Rest deiner Familie würde von Zeit zu Zeit ins Haus deiner Großmutter kommen. Du würdest also nicht von deiner Familie getrennt sein. Du könntest von hier aus weiter deine Arbeit beim Verlag machen, aber selbst wenn du den Job aufgeben müsstest, gäbe es hier genug Zeitschriften, die dich mit Kusshand nehmen würden. Besonders, wenn sie erfahren, dass wir ein Team sind und ich alle Fotos für dich mache."

Ein Glitzern trat in ihre Augen. „Das kommt darauf an, wie vernünftig deine Preise sind", gab sie mit gespieltem Ernst zu bedenken, der ein Lächeln auf sein Gesicht zauberte. Er spürte, dass er fast gewonnen hatte.

„Ich denke, dass du meine Preise angemessen finden wirst", versicherte er ihr.

„Zu vage", erwiderte sie. „Das musst du schon genauer erläutern."

Er lachte. „Also, hier sind meine Bedingungen: Du wirst mir nach Sallys Rezept Apfelkuchen backen und ihn nackt mit mir im Bett essen müssen. Allerdings wird die Rechnung für die Zeitschrift in Dollar und Cent ausgestellt."

„Natürlich", erwiderte sie kokett.

„Und da gibt es noch etwas", erklärte Rick, griff in seine Tasche und holte ein kleines Samtkästchen heraus. „Ich dachte, das könnte unsere Abmachung bekräftigen."

„Dass du eine Apfelplantage kaufst, war schon ziemlich beeindruckend", gestand Maggie.

„Aber das hier ist Tradition, und irgendetwas sagt mir, dass du traditionelle Aufhänger brauchst, wenn es um die wichtigen Dinge im Leben geht", sagte er. „Als wir uns trafen, dachte ich, du würdest über allen Konventionen stehen, aber ich habe herausgefunden, dass das nicht auf alle Bereiche zutrifft. Du bist sehr viel komplizierter, als ich angenommen hatte."

Sie schob seine Hand mit der Schachtel zurück und einen schrecklichen Moment lang glaubte er, alles verloren zu haben.

„Meine Hände zittern", flüsterte sie. „Du musst sie aufmachen. Außerdem ist das auch Tradition."

Rick hatte sich viele Ringe angeschaut, aber er hatte sich für einen schlichten, in Gold gefassten, einkarätigen Diamanten entschieden. Er nahm den Ring aus der Schachtel und ließ sich dann vor ihr auf die Knie nieder. Wenn schon, wollte er auch alles richtig machen.

„Maggie D'Angelo, willst du mich heiraten? Willst du für den Rest deines Lebens bei mir bleiben und mir beweisen, dass keine andere Frau mich jemals so faszinieren kann, wie du es tust?"

Er wartete auf ihre Antwort und glaubte schon, sie würde niemals kommen, als etwas völlig Unerwartetes über ihre Lippen kam. „Ich trage ein altes T-Shirt und Shorts", schluchzte sie los. „Und keine ... keine Schuhe."

Rick lachte und ihm war augenblicklich leichter ums Herz. „Darf ich dich fragen, was das mit meiner Frage zu tun hat?"

„Ich sollte jetzt ein wunderschönes langes Kleid tragen, und wir sollten Kerzen und Musik um uns haben."

„Das holen wir morgen nach, aber natürlich wird es da keine Überraschung mehr für dich sein." Er holte den Ring aus der Schachtel.

„Oh nein, das brauchen wir nicht nachzuholen", widersprach sie rasch und hielt ihm ihre linke Hand entgegen. „Ich liebe dich, Rick. Es macht mir manchmal Angst, wenn ich daran denke, wie schnell das alles gekommen ist und wie viel du mir bedeutest. Ich weiß, dass dieser Ring mir keine Garantie bietet, aber ich glaube, es ist an der Zeit, dass wir beide Vertrauen in unsere Beziehung fassen. Wir werden stark genug sein, um alle Widrigkeiten des Lebens zu überstehen, sogar eine Parade bildhübscher, gertenschlanker junger Frauen."

„Liebling, die sind überhaupt keine Konkurrenz für dich. Ich liebe gutes Essen viel zu sehr, als mit jemandem mein Leben zu verbringen, der sich ausschließlich von Joghurt und Salatblättern ernähren muss."

„Dann ist es gut, dass ich kochen kann, nicht wahr?"

„Es war das Erste, was mich dazu gebracht hat, dich zu lieben", meinte er und schrie leise auf, als sie ihn zwickte. „Also gut, wahrscheinlich das Zweite, aber die Liste, warum ich dich liebe, ist so lang, dass ich überhaupt keinen Überblick mehr habe, was das Erste war."

„Dein Glück, dass dir immer noch eine Ausrede einfällt", bemerkte sie und streckte ihre linke Hand aus, um ihren Ring zu bewundern, der auch im schwachen Licht noch herrlich glitzerte. „Du hast einen ausgezeichneten Geschmack, Flannery."

„Ich habe dich ausgewählt, nicht wahr?"

Das Lächeln, das jetzt auf ihr Gesicht trat, würde er sein ganzes Leben lang nie mehr vergessen, das wusste er. Und es machte ganz den Eindruck, als hätte er schließlich die richtigen Worte gesagt.

– ENDE–

Sherryl Woods

Ashley
Roman

Aus dem Amerikanischen von
Renate Moreira

PROLOG

Die Schlagzeile verriet alles: „Schuldiger freigesprochen!"
Albert „Tiny" Slocum war ein durchtriebener Schurke, der
seine Anwältin sowie die gesamte Jury mit seinem Charme
dazu gebracht hatte, an seine Unschuld zu glauben. Da es nicht genug
Beweise für seine Tat gab, verließ er dank Ashley D'Angelo, die in
Boston als Retterin der Unschuldigen bekannt war, das Gericht als
freier Mann.

Er besudelte seine weiße Weste allerdings selbst, als er beim Verlassen des Gerichtssaals – zudem noch in Anwesenheit des Richters –
die Jury lautstark als Langweiler und Idioten bezeichnete. Dieser un-
verschämte Auftritt bewies, dass Tiny doch nicht ganz normal war,
und sein Verhalten handelte ihm das Versprechen des Staatsanwaltes
ein, er würde Tiny auf jeden Fall hinter Gitter bringen. Vielleicht nicht
für den Mord an Letitia, von dem man ihn gerade freigesprochen hatte,
aber es würden andere Straftaten aufgedeckt werden, dessen war sich
der Staatsanwalt sicher.

So eine Szene war genau das, was jeder gewissenhafte Strafverteidiger
mehr fürchtete als alles andere auf der Welt. Und Ashley D'Angelo war
da keine Ausnahme.

Ashley hatte Tiny nicht besonders gemocht, aber sie hatte ihm geglaubt. Er hatte seine Unschuld absolut überzeugend beteuert. Seinen
scharfen Verstand hatte er redegewandt und clever eingesetzt, um sie
letztlich davon zu überzeugen, dass er unmöglich ein derart barbari-
sches Verbrechen begangen haben konnte.

Das Opfer, Letitia Baldwin, war von einem Handtaschendieb fast zu
Tode geprügelt worden, weil sie nur wenige Dollars in ihrer Brieftasche
gehabt hatte. In der Notaufnahme der Klinik war sie dann ihren Verletzungen erlegen. Tiny hatte behauptet, Frauen zu lieben und zu respek-
tieren. Seine eigene Mutter hatte ihn geschützt und dem Gericht ver-
sichert, dass Tiny der beste Sohn wäre, den man sich vorstellen könne.
Ashley, die sich den Ruf erworben hatte, Unschuldige zu verteidigen,
nahm sich des Falles an.

Sofort hatte sie die Schwächen in der Anklageschrift des Staatsanwaltes erkannt und dann Monate damit verbracht, die Verteidigung mi-
nutiös aufzubauen. Bereits an den ersten Verhandlungstagen waren ihr
schon leise Zweifel gekommen, aber das Ende des Prozesses brachte
ihr dann tatsächlich die schreckliche Gewissheit, verhindert zu haben,

dass ein Mörder seine gerechte Strafe erhielt.

Nicht mal ein sehr gutes Glas Cabernet Sauvignon konnte Ashley jetzt über diesen Kummer hinweghelfen. Die Polizeifotos des Opfers stiegen immer wieder vor ihrem geistigen Auge auf und ließen sie nicht zur Ruhe kommen.

Am Abend, nachdem das Urteil verkündet worden war, saß Ashley in ihrem eleganten Penthouse und musste sich eingestehen, schon lange geahnt zu haben, dass sie einen Mörder verteidigte. Und sie hatte es mit derselben offensiven Taktik getan, die ihr bisher immer den Erfolg gesichert hatte. Gerade weil sie so viel Erfolg hatte, suchte sie sich ihre Klienten immer besonders gut aus, doch dieses Mal hatte ihre Intuition versagt.

Jetzt, da sie die Wahrheit kannte, schrumpfte ihre Selbstachtung auf null. Ihr wurde geradezu übel bei dem Gedanken, dass das Gesetz versagt hatte und ein Mörder freigesprochen worden war. Ein Mann, der brutal und ohne Gewissen gehandelt hatte. Wie hatte das nur passieren können? Diese moralische Niederlage relativierte alle anderen Erfolge, die sie im Namen der Gerechtigkeit erkämpft hatte. Erfolge, auf die sie stolz gewesen war und die ihr in kurzer Zeit eine Partnerschaft in der hoch angesehenen Kanzlei beschert hatte, in der sie jetzt tätig war.

Krank vor Selbstvorwürfen hatte sie sich inzwischen vierundzwanzig Stunden allein in ihrem Apartment aufgehalten und sich hartnäckig geweigert, das Telefon abzunehmen oder die Tür zu öffnen. Sie hatte eine kurze Pressekonferenz abgehalten, in der sie erklärte, wie bestürzt sie über den Ausgang des Prozesses war. Dann hatte sie sich sofort zurückgezogen, um weiteren Fragen der Journalisten aus dem Wege zu gehen.

Im Moment konnte sie sich nicht vorstellen, überhaupt noch mal in der Öffentlichkeit aufzutreten, gleichzeitig war ihr jedoch klar, dass sie irgendwann wieder die Kraft haben musste, sich der Realität zu stellen. Im Grunde war sie eine geborene Streiterin, nur war sie momentan noch nicht wieder kampfbereit. Es brauchte ein wenig Zeit, um die Wunden zu heilen.

Unglücklicherweise besaßen alle ihre Schwestern Schlüssel zu ihrem Apartment, und vor fünf Minuten waren sie zusammen erschienen, um sie aufzumuntern. Ashley wusste diese Geste zu schätzen, doch die Bemühungen ihrer Schwestern waren nutzlos. Sie hatte einen Mörder freigesprochen, und sie würde für den Rest ihrer Tage mit dieser Schuld leben müssen. Ihre Karriere hatte einen Knick bekommen, der Stolz auf ihre bisherigen Erfolge war erheblich gemindert.

„Es ist doch nicht deine Schuld", tröstete Jo, nachdem sie sich mit einer Tasse Kaffee zu ihr gesetzt hatte. „Du hast doch nur deinen Job getan."

„Ja, ich habe großartige Arbeit geleistet", erwiderte Ashley mit bitterem Spott und hob ihre Tasse.

„Hör sofort damit auf!", befahl Maggie verärgert.

Maggie und Melanie, die in Virginia lebten, waren sofort nach Boston gekommen, als sie erfahren hatten, was im Gerichtssaal passiert war. Auf dem Weg zu Ashley hatten sie dann noch Jo abgeholt.

Jetzt saßen sie in Ashleys Penthouse, an dessen Wänden teure moderne Kunst hing und von dem man einen atemberaubenden Blick auf die Skyline von Boston hatte. Im Moment bedeutete das alles Ashley jedoch nichts – nicht mal die liebevolle Unterstützung ihrer Schwestern. Loyalität war Familientradition. Ashley wusste, dass ihre Schwestern und ihre Eltern immer für sie da sein würden, ganz egal was auch passieren mochte.

„Sie hat recht", pflichtete Maggie ihrer Schwester bei. „Du hast nur deine Arbeit getan. Nicht jeder, der vorgibt, unschuldig zu sein, ist es auch. Und nicht jeder, der angeklagt ist, ist schuldig. Aber jeder hat ein Recht auf eine faire Gerichtsverhandlung und eine gute Verteidigung."

Wie oft habe ich genau das gesagt? dachte Ashley. Sie hatte fest an dieses Prinzip geglaubt, aber das Wissen, dass sie einem brutalen Mörder zur Freiheit verholfen hatte, machte sie regelrecht krank.

„Dieser Mann hat mich zum Narren gehalten", erklärte Ashley ihren Schwestern. „Wie soll ich jemals wieder meinem Urteil trauen? Wie soll es irgendjemand noch tun können? Und was soll ich von den Klienten erwarten? Die werden mich jetzt bestimmt voller Skepsis betrachten. Wahrscheinlich nehmen sie mich überhaupt nicht mehr für voll."

„Jetzt hör doch auf. Das hier war ein Fall wie viele andere", verteidigte Maggie ihre Schwester und sah sie besorgt an. „Hör auf, dich selbst fertigzumachen. Du hast schon so viele Erfolge gehabt, Ashley. Die Zeitungen haben dich immer in den höchsten Tönen gelobt."

„Aber nicht heute", erwiderte Ashley und wies auf den Stapel Zeitungen, die auf ihrem Tisch lagen. Sie hatte sie alle gelesen, ebenso wie sie sich die Nachrichten von verschiedenen Fernsehsendern angeschaut hatte. „Heute dagegen fragen sie sich, wie vielen anderen Kriminellen ich in den letzten Jahren wohl zur Freiheit verholfen habe. Ich muss zugeben, dass ich mich das selbst auch gefragt habe."

Jo schaute sie entrüstet an. „Glaubst du denn tatsächlich auch nur eine Minute, dass du bewusst einem Kriminellen geholfen hast?", fragte sie. „Wenn das so wäre, dann hättest du nämlich recht. Dann solltest du schleunigst deinen Beruf aufgeben und mit etwas anderem dein Geld verdienen. Etwas, wo die Fehler, die du machst, nicht so schwerwiegend sind."

„Ich weiß wirklich nicht, wie es weitergehen und was ich jetzt machen soll", erwiderte Ashley. Unsicherheit war ein völlig neues Gefühl für sie, und es gefiel ihr absolut nicht. Sie war immer die ältere, selbstbewusste Schwester gewesen, die ihre jüngeren Geschwister beschützt hatte. Jetzt selbst Hilfe annehmen zu müssen, das behagte ihr gar nicht.

„Noch gestern habe ich gedacht, dass ich die Wahrheit gepachtet hätte", fügte sie hinzu. „Jetzt frage ich mich, ob ich vielleicht nur eine clevere Anwältin bin, die sich leichtfertig von einem gerissenen Kriminellen hat blenden lassen. Von einem Mörder, der ein bisschen Charme und ein großes schauspielerisches Talent hat." Sie schaute sich im Raum um. „Guckt euch doch mal um, was ich alles gekauft habe, nur weil ich einen gut bezahlten Job habe. Als ich dem Sohn und der Tochter des Opfers in die Augen schaute und ihnen sagte, wie leid mir das Ganze tut, kam ich mir vor wie eine Betrügerin."

Ihre Schwestern wechselten Blicke untereinander und schienen gemeinsam zu einer Entscheidung zu kommen.

„So, jetzt reicht es aber mit dem Selbstmitleid, Ashley. Das Büßerhemd steht dir nicht. Du wirst mit uns nach Virginia kommen", erklärte Melanie entschlossen. „Was dir fehlt, ist ein Monat Ruhe und Entspannung im Rose Cottage. Du hast Maggie sowieso versprochen, dass du uns nach dem Abschluss dieses Falls besuchen würdest. Jetzt wirst du einfach ein wenig länger bleiben, damit du wieder Boden unter die Füße bekommst."

Ashley sah ihre Schwester fassungslos an. Schon eine Woche ohne Arbeit war für sie absolut unvorstellbar, ganz zu schweigen von einem Monat. Arbeit war ihr Leben. Sie definierte sich über ihren Beruf. Allerdings hatte diese Definition einen argen Knacks bekommen.

„Das kommt gar nicht infrage", erwiderte sie schroff. „Ich weiß zwar, wie ihr beide im Rose Cottage aufgeblüht seid. Aber ich bin anders als ihr. Ich brauche meine Arbeit. Ein Wochenende zum Ausruhen reicht völlig." Sie sah Maggie leicht verärgert an. „Ich dachte, ich hätte dir das bereits klar und deutlich gesagt."

„Ach, hör doch auf. Du bist diejenige, die all die Jahre den Schlüssel für Rose Cottage als Talisman mit sich herumgetragen hat", erinnerte Maggie sie. „Jetzt ist es an der Zeit, dass du ihn auch benutzt. Melanie hat recht – du musst eine Weile weg von hier. Du musst nachdenken, musst zur Ruhe kommen. Du musst dir klar werden, was falsch gelaufen ist, damit du diesen Fehler nicht noch mal machst. Oder du kannst dir überlegen, ob du vielleicht die Justiz verlassen und etwas anderes machen willst. Auf keinen Fall jedoch werden wir zulassen, dass du hier bleibst und in Selbstvorwürfen erstickst."

„Als ob ich mit meinem Beruf große Wahlmöglichkeiten hätte", wehrte Ashley ab. „Ich bin Anwältin, was anderes kann ich nicht."

Maggie verdrehte die Augen. „Wenn du intelligent genug warst, mit Auszeichnung dein Jurastudium abzuschließen, würdest du es auch in einem anderen Bereich zu etwas bringen, wenn es hart auf hart käme. Du musst unbedingt eine Pause einlegen, Ashley, das bist du dir selbst schuldig. Du bist ausgebrannt. Seit deinem Studium und erst recht seit dem Eintritt in diese Kanzlei hast du nur gearbeitet. Es ist an der Zeit, dass du dein Leben mal gründlich überdenkst."

„Da stimme ich dir zu", sagte Jo. „Melanie und Maggie sind nur noch zwei Tage in Boston, aber ich lebe hier. Und ich schwöre dir, ich werde dich nicht in Ruhe lassen, sondern dir so lange zusetzen, bis du freiwillig Urlaub machst."

Ashley wusste, dass sie keine Wahl hatte, wenn sogar Jo, die jüngste der vier Schwestern, so bestimmt war. „Zwei Wochen", schlug sie vor. „Mehr Ruhe kann ich nicht verkraften."

„Zwei Monate", protestierten die anderen im Chor.

„Drei Wochen", lenkte sie ein. „Und dabei bleibt es. Das ist mein Limit. Ich werde verrückt, wenn ich auch nur einen Tag länger Urlaub machen soll."

„Abgemacht. Drei Wochen." Maggie und Melanie tauschten einen amüsierten Blick aus.

„Was ist?", fragte Ashley argwöhnisch, denn der zufriedene Gesichtsausdruck der beiden gefiel ihr gar nicht.

„Wir waren sicher, dass du uns auf eine Woche herunterhandeln würdest", meinte Maggie. „Du hast deinen Biss verloren."

Ashley lachte, doch es klang eher wie ein tiefer Seufzer. War das nicht genau der Punkt? Sie hatte ihren Biss verloren. Und in diesem Moment konnte sie sich nicht vorstellen, wie sie ihn jemals wieder zurückbekommen sollte.

1. KAPITEL

*D*as ist nicht unbedingt das Schlimmste, was mir je im Leben zugestoßen ist, entschied Ashley, als sie ihre Einkäufe im Kühlschrank verstaute.

Zwei ihrer Schwestern mit ihren Ehemännern wohnten in unmittelbarer Nähe. Sie war also nicht allein und einsam hier im Norden von Virginia. Sie konnte sich einen Kabelanschluss legen lassen, damit sie den Gerichtssender und CNN empfangen konnte. Außerdem hatte sie sich eine Kiste ihres Lieblingsweines mitgebracht sowie reichlich Lesestoff über Fälle von den bekanntesten Anwälten des Landes. Sie hatte sogar einige Romane in ihren Koffer gepackt. Alles Bücher, die in irgendeiner Weise mit Prozessen und Justiz zu tun hatten.

Sie musste einfach nur ihren Tag straff durchorganisieren, damit sie genug Zeit hätte, um darüber nachzudenken, was eigentlich im Gerichtssaal in Boston passiert war. Und im Organisieren war Ashley absolute spitze. Da machte ihr keiner was vor. Ihr Arbeitspensum war dermaßen umfangreich, dass sie eine Woche gebraucht hatte, um die laufenden Fälle für die Dauer ihrer Abwesenheit auf ihre Kollegen zu übertragen.

Nach dem Stress der vergangenen Woche, der psychischen Belastung und der langen Fahrt von Boston hierher nach Irvington fühlte sie sich ziemlich mitgenommen. Nun, das war aber auch zu erwarten gewesen. Wenn sie erst einmal richtig ausgeschlafen hätte, würde sie sich wahrscheinlich wie neugeboren fühlen. Vermutlich wäre sie dann versucht, alle fünf Minuten in der Kanzlei anzurufen, um sicherzugehen, dass ihre Fälle auch richtig bearbeitet wurden. Da sie ihre Kollegen damit jedoch bestimmt nerven würde, musste sie alles tun, um dieser Versuchung zu widerstehen.

Sie seufzte, stellte ihren Laptop auf den Tisch und legte Block und Stift direkt daneben. Sie hatte sich wirklich beherrschen müssen, um ihre Gesetzesbücher zurückzulassen, aber schließlich konnte sie noch jede Menge Informationen aus dem Internet holen. Sie würde einige Fakten über demnächst anstehende Fälle klären und die Notizen dann zu gegebener Zeit an ihre Kollegen weiterleiten.

Allein der Gedanke, wenigstens ein paar Dinge tun zu können, gab ihr das Gefühl, ihr Leben wäre nicht vollkommen außer Kontrolle geraten.

Kaum jedoch betraten ihre Schwestern die Küche, räumten sie Laptop und Schreibzeug vom Tisch und verstauten beides – trotz Ashleys Protest – in einer Einkaufstüte.

„Was glaubt ihr eigentlich, wer ihr seid?", schnaubte Ashley und versuchte, ihnen die Tüte zu entreißen. „Das ist mein Haus! Das sind meine Sachen!"

„Es ist Großmutters Haus", verbesserte Maggie gelassen.

„Wenn du jetzt anfängst, jedes meiner Worte auf die Goldwaage zu legen, bin ich sofort weg", fauchte Ashley.

„Nein, das bist du nicht", beruhigte Melanie sie. „Du weißt selbst, dass dies hier im Moment der beste Ort für dich ist."

„Und deine kostbaren Besitztümer werden bei mir in Sicherheit sein", versprach Maggie. „Wenn du nach Boston zurückfährst, wirst du alles wieder zurückbekommen."

„Wenn ich meine geistige Gesundheit nicht riskieren will, brauche ich sie aber", protestierte Ashley.

„Vergiss es", erwiderte Maggie streng. „Und wenn wir schon dabei sind. Dein Handy kannst du uns auch gleich noch aushändigen."

Ashley fühlte, wie aufsteigende Panik ihr die Kehle zuschnürte. „Komm schon, Maggie", bettelte sie. „Gib mir meine Sachen zurück. Und das Handy muss ich unbedingt behalten. Was ist, wenn jemand mich erreichen will?"

Maggie warf ihr einen sarkastischen Blick zu. „Glaubst du ehrlich, dass es in Boston außer Mom und Dad einen Menschen gibt, der unbedingt mit dir reden will? Du willst nur den Kontakt mit der Kanzlei wahren, und der ist im Moment verboten."

„Schließlich bist du im Urlaub. Du sollst ausspannen", erinnerte Melanie sie, während sie den Stapel Lektüre betrachtete, den Ashley auf ein Regal gelegt hatte. „Entschuldige, aber das hier muss ich auch mitnehmen." Sie nahm erst den Stapel Bücher, griff dann in Ashleys Tasche, wühlte ein wenig darin herum und holte das Handy heraus.

Finster blickte Ashley ihre Schwestern an. „Und was soll ich verflixt noch mal drei Wochen lang hier machen?"

Melanie kicherte. „Du sollst dich entspannen. Ich weiß, dass das im Moment noch ein Fremdwort für dich ist, aber du wirst schon noch begreifen, worum es geht."

„Ich kann doch nicht den ganzen Tag hier herumsitzen und gar nichts tun", protestierte Ashley. „Dabei werde ich ja verrückt!"

„Das haben wir auch mal geglaubt", beruhigte Maggie sie und reichte ihrer Schwester eine große Tasche mit Videos und Taschenbüchern. „Komödien und Liebesromane", verkündete sie.

Ashley stöhnte. „Du lieber Himmel, was habt ihr vor, mir anzutun?"

„Wir versuchen, etwas Gleichgewicht in dein Leben zu bekommen", erklärte Melanie. „Es gibt außerdem eine Menge Arbeit im Garten zu erledigen. Die Tulpen- und Narzissenzwiebeln müssen etwas gelichtet werden, und ich habe neue Blumenzwiebeln für den Vorgarten gekauft, die noch gesetzt werden müssen."

„Wir haben Spätsommer, nicht Frühling", erinnerte Ashley ihre Schwester verwirrt. „Sollte man nicht besser im Frühling pflanzen?"

„Keine Zwiebeln. Die kommen doch schon sehr früh im Jahr. Vertrau mir, die Gartenarbeit wird dir guttun. Es ist unglaublich, wie heilsam körperliche Arbeit in der Sonne ist. Deine Probleme werden im Nu viel kleiner."

„Außer im Fitnessstudio arbeite ich nie körperlich", entgegnete Ashley, schaute auf ihre makellos manikürten Fingernägel und schüttelte sich bei dem Gedanken, wie ihre Hände wohl nach der Gartenarbeit aussehen könnten.

„Gartenarbeit ist besser als jedes Fitnessstudio, glaub mir. Außerdem kannst du hier stundenlang spazieren gehen. Die salzige Luft wirkt Wunder für deine Gesundheit."

„Hier riecht es nach Fisch", konterte Ashley trotzig, fest entschlossen, alles niederzumachen, was ihre schrecklichen Schwestern ihr schmackhaft machen wollten. Wie hatte sie all die Jahre übersehen können, wie hartnäckig und kontrollierend sie waren?

Melanie lächelte unbeeindruckt. „Nicht im Garten. Dort gibt es wunderbare Düfte. Großmutter hatte früher alles perfekt angelegt. Und Mike und ich haben den Garten wieder so erstehen lassen, wie er früher war."

Geschlagen setzte Ashley sich an den Küchentisch und legte den Kopf auf die Arme. „Ich will nach Hause."

„Hör auf zu jammern", rügte Maggie sie. „Das steht dir nicht."

Ashley fuhr hoch. „Du hörst dich schon genauso an wie Mom."

„Natürlich, das tun wir doch alle", meinte Maggie. „Mit einem großen Touch von Großmutter Lindsey. Die beiden waren immerhin unsere weiblichen Vorbilder. Das Einzige, was fehlt, ist der südliche Akzent."

Ashley dachte zurück an die vielen Ferien bei ihrer Großmutter hier im Rose Cottage. Cornelia Lindsey war eine humorvolle, warmherzige Frau gewesen, und sie hatte immer großen Wert auf gutes Benehmen gelegt. Sie hatte ihnen die Bedeutung von Familie und Freundschaft, von Großzügigkeit, Toleranz und Höflichkeit beigebracht.

Ashley gab nach. „Also gut, kein Jammern mehr", lenkte sie ein.

„Aber ihr müsst mir versprechen, dass ich wieder abfahren kann, bevor ich komplett durchdrehe."

„Du bist doch erst vor zwei Stunden angekommen", erinnerte Melanie sie.

„Na und?", konterte Ashley schnippisch. „In meinem Leben sind zwei Stunden hier eine halbe Ewigkeit."

„Okay, lass uns Mittag essen gehen", versuchte Maggie, ihre ältere Schwester zu beruhigen. „Aber es gibt keinen Wein."

Ashley sah sie bestürzt an. „Wie bitte?"

„Weil du ihn nicht brauchst", erwiderte Melanie. „Du willst doch einen klaren Kopf behalten, um all die Dinge aufarbeiten zu können, die in letzter Zeit passiert sind, oder nicht?"

„Dafür brauche ich ja gerade den Wein." Kaum waren die Worte ausgesprochen, wurde Ashley klar, wie verzweifelt sie sich anhörte. Sie seufzte, das war wohl Warnung genug. Seine Sorgen in Alkohol zu ertränken war noch nie eine Lösung gewesen. „Also gut, keinen Wein."

Als sie zwei Stunden später wieder im Rose Cottage waren, umarmte Maggie ihre Schwester zum Abschied. „Du wirst sehen, der Aufenthalt hier wird dir guttun."

„Wahrscheinlich", brummte Ashley, obwohl sie das keine Minute lang glaubte.

„Und wir erwarten dich um sieben Uhr zum Abendessen", fügte Maggie hinzu. „Ich mache dir sogar dein Lieblingsessen. Erinnerst du dich noch an die leckeren Sachen, die Mom für uns gekocht hat und die du so gern gegessen hast, bevor du anfingst, dich ausschließlich von Salat und Joghurt zu ernähren?" Sie winkte ab. „Benimm dich heute Abend gut, dann bekommst du sogar ein Glas Wein von mir."

Ashley lachte. „Jetzt habe ich wenigstens einen Grund, mich auf einen Abend mit euch zu freuen."

Melanie tätschelte ihr die Wange. „Schwesterherz, sieh das Ganze nicht so eng. Wir wollen doch nur, dass du wieder zu dir findest. Wir werden dich mit unserer Fürsorge nicht erdrücken, aber wir sind da, wenn du uns brauchst."

„Ich weiß, und ich bin euch auch dankbar dafür, auch wenn ich mich eben wie ein Idiot benommen habe." Sie sah ihren Schwestern nach, wie sie samt Laptop, juristischer Lektüre sowie Schreibzeug verschwanden, und empfand eine Mischung aus Erleichterung und Furcht.

Ashley ging ins Haus und sah auf die Uhr. Es war erst zwei Uhr.

Was um alles in der Welt sollte sie fünf Stunden lang tun? Was hatte sie an den Nachmittagen vor vielen Jahren hier getan? Plötzlich fiel ihr wieder ein, wie gern sie im Garten gelesen hatte, wenn sie nicht gerade mit ihren Schwestern unten am Meer schwimmen gewesen war.

Spontan griff sie in die Tüte, die ihre Schwestern ihr mitgebracht hatten, und holte sich einen der Romane heraus, ohne auf den Titel oder den Autor zu achten. Es spielte keine Rolle, was sie las. Bevor sie womöglich auf die Idee kam, zum Telefonhörer zu greifen oder sich Kabelfernsehen zu bestellen, ging sie hinaus zur Gartenschaukel. Sie war groß genug, um die Füße hochzulegen und es sich in den Polstern bequem zu machen. Es wehte eine leichte Brise, und sie wurde sanft hin und her geschaukelt.

Mit dem Vorbehalt, dass der Roman sowieso absolut langweilig sein würde, klappte sie das Buch auf und begann, die erste Seite zu lesen. Doch schon auf der zweiten Seite wurde sie von der Geschichte gefesselt, und sie erinnerte sich an die Zeiten, an denen sich die Tage endlos vor ihr ausdehnten und nur ein Buch genügte, um sie stundenlang zu unterhalten.

Sie las Seite um Seite und konnte den Roman nicht aus der Hand legen, bis sie – inzwischen steif vom Liegen – zur letzten Seite kam und das Buch dann langsam schloss. Ihre Augen waren feucht von Tränen. Wann hatte sie das letzte Mal etwas so berührt? Es war lange her, dass sie etwas lediglich der Unterhaltung wegen gelesen hatte.

Zum ersten Mal sah Ashley ihren Aufenthalt im Rose Cottage nicht als Fluch, sondern als ein wertvolles Geschenk. Vielleicht war es wichtig, dass sie sich an das Mädchen erinnerte, das sie einst gewesen war – ein Mädchen voller Träume und Hoffnungen. Vielleicht konnte sie auf diese Weise herausbekommen, wo sie den rechten Pfad verlassen hatte, und noch mal von vorne beginnen. Vielleicht konnte sie wieder zu dem Menschen werden, der sie gewesen war, bevor sie sich nur noch auf ihren Verstand und reines Kalkül verlassen hatte.

Auf keinen Fall jedoch wollte Ashley ihren Schwestern erzählen, dass sich ihre Einstellung zu dem Aufenthalt im Rose Cottage bereits geändert hatte. Sie hatte keine Lust, den triumphierenden Ausdruck auf Maggies und Melanies Gesichtern zu sehen.

„Oh, verdammt, das Abendessen", rief sie entsetzt aus und schaute eilig auf die Armbanduhr. Es war bereits zehn vor sieben, und sie hatte noch nicht mal geduscht, geschweige denn sich umgezogen.

„Sie werden mich einfach so nehmen müssen, wie ich bin", sagte sie leise zu sich selbst und lachte, als sie merkte, dass sie sich leichter fühlte als vor ihrer Ankunft.

Dennoch hielt Ashley nichts davon ab, ihre Handtasche sowie den Wagenschlüssel zu nehmen und mit der gleichen Hektik loszufahren, die sie aus Boston gewohnt war.

Man konnte schließlich nicht alles auf einen Schlag ändern.

Josh kam sich vor wie ein rebellischer Teenager, der von zu Hause und vor den unerwünschten Regeln und Verantwortungen davonlief. Als er sich der Chesapeake Bay näherte, konnte er den Geruch von Tang und Salzwasser in der kühlen Septemberluft wahrnehmen. Das Ferienhaus seiner Eltern, in dem er so viele Sommer verbracht hatte, lag direkt am Wasser, und die Blumen in dem Garten, den seine Mutter stets mit unendlich viel Liebe gepflegt hatte, zeigten noch ihre Pracht, bevor der Spätsommer in den Herbst überging.

Er befand sich bereits auf der Straße nach Idylwild, dem Haus mit der großzügigen Veranda und den grünen Fensterläden, als ihm ein teurer Sportwagen entgegenkam, der rasant die Kurve schnitt. Der Fahrer bemerkte ihn zu spät, aber Josh riss geistesgegenwärtig das Lenkrad herum. Rechtzeitig genug, um einen direkten Zusammenstoß zu vermeiden. Im selben Moment jedoch hörte er das Knirschen von Metall auf Metall.

Er hielt am Straßenrand, stellte den Motor seines Wagens ab, sprang heraus und wollte gerade den Anwalt herauskehren, als er sah, wie die junge Frau am Lenkrad in Tränen ausbrach.

„Ist Ihnen etwas passiert?", fragte er besorgt, als er sich durch das geöffnete Wagenfenster lehnte und den Duft eines teuren, exotischen Parfüms wahrnahm. Mit braunen, tränengefüllten Augen schaute die junge Frau ihn kurz an, bevor sie den Blick wieder senkte. Ihre Wangen röteten sich vor Verlegenheit, und Josh fragte sich, warum er das Gefühl hatte, die Fahrerin bereits seit Langem zu kennen. Das war natürlich unmöglich, denn an eine so ausgesprochen attraktive Frau hätte er sich gewiss erinnert.

Selbst mit dem tränenüberströmten Gesicht wirkte sie so elegant und selbstsicher, wie die Frauen, die er in den höheren Kreisen von Richmond kennengelernt hatte. Ihre Kleidung war von bester Qualität, Goldringe glitzerten an ihren Ohren, und die Armbanduhr war ein kleines Vermögen wert.

„Es tut mir so leid", flüsterte sie. „Es war meine Schuld." Sie suchte bereits in ihrer Tasche herum, wahrscheinlich mit der Absicht, ihm die Versicherungskarte zu zeigen. „Verflixt noch mal! Kann ich denn nie etwas finden!"

„Ist schon in Ordnung", beruhigte Josh sie aus Angst, sie könnte erneut in Tränen ausbrechen. „Wir haben keine Eile. Vergessen Sie nicht, wir sind hier auf dem Land. Die Leute in der Gegend regen sich nicht wegen ein paar kleinen Schrammen auf. Wie wäre es mit einem Schluck Wasser? Ich habe zufällig eine Kiste Mineralwasser im Auto stehen. Es ist zwar nicht eisgekühlt, aber es könnte trotzdem helfen. Dann kann ich auch gleich den Erste-Hilfe-Kasten holen und den Kratzer an ihrer Wange versorgen."

Erschrocken berührte sie ihre Wange und starrte dann entsetzt auf das Blut an ihren Fingern. Augenblicklich wurde sie leichenblass.

„He, warten Sie", rief Josh aus. „Wagen Sie es nicht, jetzt ohnmächtig zu werden. Es ist nichts Schlimmes, sondern wirklich nur eine kleine Schramme." Er schaute sich in ihrem Wagen um und sah weder zerbrochenes Glas noch sonst irgendetwas, was ihre Verletzung verursacht haben könnte.

Ohne eine Antwort abzuwarten, lief er zu seinem Wagen, holte eine Flasche Wasser, Jodersatz, einen Desinfektionsspray sowie Pflaster und kehrte mit all dem zurück.

Mittlerweile war die junge Frau ausgestiegen. Sie war groß und schlank, hatte Rundungen an den richtigen Stellen und endlos lange Beine. Für einen Moment verschlug es ihm die Sprache.

„Darf ich mich vorstellen? Mein Name ist Josh", sagte er, als er seine Sprache wiedergefunden hatte. Er gab ein wenig Jodersatz auf einen Wattebausch und wollte die Wunde an ihrer Wange abtupfen.

Sie machte jedoch einen Schritt rückwärts und wollte ihm den Bausch aus der Hand nehmen. „Das mache ich schon selbst", wehrte sie ab.

„Sie können doch gar nicht sehen, was Sie tun", protestierte er, trat wieder einen Schritt näher an sie heran und begann, die Wunde zu säubern, während sie mit trotzigem Gesicht stillhielt.

„So, das war doch gar nicht so schlimm, oder?", fragte er, nachdem er die Stelle desinfiziert hatte. „Sie haben mir übrigens noch gar nicht gesagt, wie Sie heißen."

„Ashley."

Er bemerkte den unverkennbaren Bostoner Akzent. „Sind Sie zu Besuch in dieser Gegend?"

„Für drei Wochen", erwiderte sie in einem Ton, als ob bereits zwei Wochen davon zu viel wären. „Ist das hier Ihre Heimat?"

„So kann man es sagen", bestätigte er. Er wohnte zwar in Richmond, aber das hier war seine eigentliche Heimat. Ihm war gar nicht klar gewesen, wie sehr er die Bucht vermisst hatte, bis er in diese Straße eingebogen war, die zum Ferienhaus seiner Eltern führte. Hier hatte er die glücklichsten Sommer seines Lebens verbracht. Er hatte das Gefühl, dass all die Probleme, die ihn überhaupt dazu gebracht hatten, hierher an die Chesapeake Bay zu kommen, sich ganz von alleine lösen würden.

„Entweder ist sie es, oder sie ist es nicht", meinte sie und sah ihn prüfend an.

Josh amüsierte sich über ihr Verlangen nach Genauigkeit. „Ich habe einen großen Teil meiner Kindheit hier verbracht."

„Dann kennen Sie ja wahrscheinlich den Sheriff oder wen immer man anrufen muss, um diesen Unfall zu melden."

„Lassen Sie uns erst mal den Schaden ansehen. Vielleicht lohnt es sich ja gar nicht, dass wir ihn melden", schlug er vor. Er begutachtete die Schäden an seinem und ihrem Wagen und musste feststellen, dass beide wirklich nur ein paar Schrammen abbekommen hatten.

„Es ist nicht der Rede wert. Wie wäre es, wenn wir beide selbst für unsere Schäden aufkämen?", schlug er vor.

„Aber das ist nicht fair", erwiderte sie mit grimmiger Entschlossenheit. „Ich habe den Schaden verursacht und sollte auch dafür bezahlen."

„Deswegen haben wir ja Versicherungen. Sie klären Ihren Schaden ab, und ich meinen. Sollte das überhaupt notwendig sein. Die paar Kratzer sind sicher schnell ausgebessert – das wird nicht viel kosten."

„Aber ich sollte zahlen, was immer es kostet", beharrte sie.

Josh lächelte. „Dann laden Sie mich doch in den nächsten Tagen zum Abendessen ein. Ich suche gerne ein besonders teures Restaurant aus, damit Sie sich besser fühlen."

Sie murmelte leise etwas vor sich hin, nickte dann aber.

Josh betrachtete sie eingehend. „Was haben Sie gesagt?"

„Ich sagte, dass Sie offensichtlich kein Anwalt sind, sonst würden Sie jetzt versuchen, jeden möglichen Cent aus dieser Sache herauszuschlagen."

Er lachte. „Das ist das netteste Kompliment, das man mir seit Monaten gemacht hat", erklärte er und freute sich, dass sie ihn nicht als den Mann sah, der er in Richmond war. War er nicht gekommen, um sich zu überlegen, ob er überhaupt noch Anwalt sein wollte? Und vor allem Anwalt in der Kanzlei eines Mannes, der ihn unbedingt mit seiner Tochter verheiraten wollte?

„Könnten Sie mir Ihre Telefonnummer geben, Ashley? Ich werde

Sie anrufen."

Sie schrieb die Nummer auf einen kleinen Block. „Sollten Sie Ihre Meinung doch noch ändern, werde ich Ihnen das nicht übel nehmen, sondern natürlich sofort für den Schaden aufkommen."

Ashley reichte ihm den Zettel, und Josh las erstaunt, was darauf stand: *Ich habe den Unfall verursacht.* Darunter hatte sie ihre Telefonnummer geschrieben und ihren Namen so unleserlich gekritzelt, wie es sonst nur bei Ärzten der Fall war.

„Ein Geständnis?", fragte er amüsiert. „Glauben Sie, dass es vor Gericht standhalten würde?"

„Wenn ich es wollte, ja", erklärte sie trocken, setzte sich dann graziös wieder in ihren Wagen und gewährte ihm einen letzten Blick auf ihre langen schlanken Beine. „Bis dann."

Er blieb stehen und schaute ihr nach, bis der Wagen verschwunden war. Dann steckte er den Zettel in seine Hosentasche. An die Küste zu kommen war eine der besten Entscheidungen, die er seit Langem getroffen hatte.

Und ironischerweise hatten ihm die letzten Minuten bereits Einsicht in eines der schwerwiegendsten Probleme gegeben, die er hier lösen wollte. Wenn er sich so stark zu einer völlig fremden Frau hingezogen fühlte, die er gerade erst kennengelernt und die dazu noch seinen geliebten Wagen zerkratzt hatte, dann sollte er ernsthaft erwägen, die Verlobung mit Stephanie Lockport Williams zu lösen. Gleich morgen früh sollte er sie anrufen und ihr gestehen, dass er, trotz der Wünsche ihres Vaters, keine Zukunft in ihrer Beziehung sah.

Gleich danach würde er die geheimnisvolle Ashley anrufen und sie zu einem Krebsessen einladen. Es gab keinen besseren Weg, eine Frau kennenzulernen, als ihr beim Essen von Krebsen zuzuschauen. Stephanie hatte sich schlichtweg geweigert, das Gehäuse mit dem Hammer zu zerschlagen und mit den anderen Instrumenten das zarte Fleisch herauszupulen. Ihre Abneigung hätte ihm bestätigen sollen, was er seit Monaten ahnte.

Etwas sagte ihm jedoch, dass diese Ashley nicht solche Bedenken hätte. Er hatte das Gefühl, dass sie die Krebse so fachmännisch wie eine Einheimische zerlegen und sich mit Leidenschaft und Genuss das zarte Fleisch schmecken lassen würde.

Er stellte sich vor, wie es aussehen würde, wenn Ashley ihre vollen Lippen öffnete, um das schmackhafte Fleisch in ihren Mund zu stecken. Das wäre ein Anblick, den er sich nicht entgehen lassen konnte.

2. KAPITEL

Wie kann man nur so dumm sein", murmelte Ashley, als sie mit Maggie auf der Veranda des Farmhauses saß, in dem Maggie und Rick einige Meilen von Rose Cottage entfernt lebten. Vor ihnen lag die Apfelplantage, deren Bäume mit vollreifen Äpfeln über und über beladen waren. Die Sonne ging im Westen unter und tauchte alles in orangefarbenes Licht.

Die Stimmung war so wundervoll, dass es Ashley vor Begeisterung hätte den Atem verschlagen müssen, aber sie war derart mit ihren eigenen Gedanken beschäftigt, dass sie kaum etwas um sich herum wahrnahm. Sie kam einfach nicht darüber hinweg, dass sie so leichtsinnig gefahren war und fast einen schweren Unfall verursacht hätte. Es gab nichts, was ihr Verhalten entschuldigen konnte.

„Was ist nur mit mir los?", fragte sie ihre Schwester nachdenklich.

Maggie warf ihrem Mann einen vielsagenden Blick zu. Beide mussten ein Lächeln unterdrücken.

„Was ist?", fragte Ashley irritiert. „Warum lacht ihr mich aus?"

„Wir lachen dich nicht aus", ereiferte Maggie sich. „Aber offensichtlich bemerkt die Heilige wohl, dass sie auch nur ein Mensch ist, und darüber sind wir eigentlich sehr froh. Ich hätte nicht gedacht, dass das in diesem Leben noch passieren würde. Ich kann kaum erwarten, es Melanie und Mike zu erzählen, wenn sie herkommen."

Ashley warf ihrer Schwester einen ärgerlichen Blick zu. „Wenn du weiter auf dieser Schiene fährst, werde ich es bald bereuen, dass ich auch nur fünf Minuten hier in Virginia verbracht habe", meinte sie. „Ich könnte mich ganz rasch entscheiden, gleich morgen früh wieder nach Boston zurückzufahren."

„Aber das wirst du nicht tun", erwiderte Maggie gelassen.

Die Selbstsicherheit ihrer Schwester ärgerte Ashley. „So? Und warum nicht, Madame Besserwisserin?"

„Du hast mit uns eine Abmachung getroffen. Wenn du sie nicht einhältst, wissen wir, dass es dir psychisch so schlecht geht, dass du kurz vor einem Nervenzusammenbruch stehst und es leider einen Sanatoriumsaufenthalt erfordert, um dich wieder auf die Beine zu bringen."

„Ich finde das überhaupt nicht lustig."

„Das sollte es auch nicht sein", versicherte Maggie ihr. „Du brauchst die Ruhe hier, Ashley. Du musst mal abschalten, und auf die eine oder andere Art werden wir dafür sorgen, dass du genau das auch tust. Rose

Cottage ist billiger und weitaus angenehmer als ein Sanatorium, in dem Psychiater und Therapeuten dich mit Fragen löchern." Sie sah sie aufmerksam an. „Findest du nicht auch?"

Ashley betrachtete ihre Schwester, um herauszufinden, ob sie Spaß machte, aber es schien Maggie durchaus ernst zu sein. „Das würdest du mir nicht antun."

„Wenn es der einzige Weg wäre, um sicherzustellen, dass du dich endlich mal ausruhst, würden Melanie und ich nicht zögern, entsprechende Schritte einzuleiten", erwiderte Maggie. „Stell uns nicht auf die Probe. Wir machen uns wirklich große Sorgen um dich."

„Mom und Dad würden das niemals zulassen", behauptete Ashley.

„Bist du dir da so sicher? Sie sind schon fast krank vor Sorge um dich."

„Ich werde nicht zusammenbrechen, obwohl ihr fähig seid, mich so weit zu treiben", konterte Ashley. Sie konnte ihre aufsteigende Wut kaum unter Kontrolle halten, aber sie wollte Maggie auf keinen Fall noch mehr Munition geben. Sie sah die Entschlossenheit in deren Blick und wusste, wozu Maggie fähig war.

„Hör zu, Ashley, wenn du so weitermachst, wirst du wirklich einen Nervenzusammenbruch bekommen, das ist uns allen klar. Keiner von uns hat dich jemals in diesem Zustand gesehen", erklärte Maggie. „Jeder hat seine Grenzen, und was da im Gerichtssaal passierte, war zu viel. Das Fass ist fast am Überlaufen."

„Ich finde, wir sollten das Thema wechseln, bevor ihr mir noch mehr auf die Nerven geht", verlangte Ashley und wandte sich Rick zu. „Kennst du hier in der Gegend einen Josh?"

Rick wirkte, als ob er keine Lust hätte, in die Unterhaltung mit einbezogen zu werden, selbst wenn das Thema neutral war. Und Ashley konnte es ihm kaum übel nehmen. Er zuckte mit den Schultern und sah Maggie an. „Was ist mit dir? Kennst du einen Josh?"

„Ist das der Mann, den du angefahren hast?", fragte Maggie.

Ashley nickte.

„Hat er keinen Nachnamen?"

„Er hat ihn mir nicht gesagt", erwiderte Ashley.

Maggie dachte nach. „Also ich kannte in dieser Gegend mal einen Josh Madison. Die Madisons hatten in der Nähe von Rose Cottage ein Ferienhaus. Großmutter war mit der Familie befreundet. Vielleicht handelt es sich um diesen Josh. Mike und Melanie kennen ihn."

„Ja, es wäre möglich, dass es dieser Josh ist", fand Ashley. „Aber er meinte, er wäre ein Einheimischer."

„Vielleicht wohnt er jetzt ständig hier", warf Rick ein. „Ich kann ja das nächste Mal Willa-Dean fragen. Sie kennt schließlich alle Leute hier in der Gegend, besonders aber alleinstehende Männer."

Ashley schüttelte den Kopf. „Das ist nicht nötig. Ich bezweifle, dass sich unsere Wege noch mal kreuzen werden. Es sei denn, er ändert seine Meinung und verklagt mich doch noch wegen des Unfalls."

Maggie lächelte. „Du scheinst aber trotzdem an ihm interessiert zu sein. Ist er attraktiv?"

„Er ist ganz nett", gab Ashley zu, hatte allerdings keine große Lust, noch weiter auf das Thema Josh einzugehen. Ehrlicherweise musste sie zugeben, dass Josh weit mehr als nur nett war. Obwohl sie wegen des Unfalls unter Schock gestanden hatte, war es ihr nicht entgangen, wie sexy und gut aussehend dieser Mann war. Männer waren zwar das Letzte, woran sie im Moment dachte, aber Josh war so attraktiv, dass es einem einfach auffallen musste, selbst wenn er überhaupt nicht ihr Typ war.

Er hatte ein verwaschenes T-Shirt, Jeans und Leinenschuhe ohne So-cken getragen. Ashley dagegen stand mehr auf Männer in Designeran-zügen und mit teuren italienischen Schuhen. Männer, die Erfolg und Ehrgeiz ausstrahlten. Josh Madison mochte attraktiv sein, aber er war vermutlich irgendein Durchschnittstyp, und Ashley hasste Durch-schnittliches.

Allerdings musste sie zugeben, dass sie mit den ehrgeizigen Män-nern bisher nicht gerade viel Erfolg gehabt hatte. Der einzige Mann, mit dem sie jemals eine längere Beziehung gehabt hatte, war zwar ebenso ehrgeizig und ambitioniert gewesen wie sie, aber leider hatte er sich als Lügner entpuppt. Drew Wellington hatte ihr lange verschwiegen, dass er neben ihr noch eine Geliebte hatte. Und die Tatsache, dass diese Frau, eine hübsche Verkäuferin, ein Kind von ihm erwartete, war ihr ebenso verheimlicht worden.

Allerdings hatte er nie vorgehabt, diese junge Frau zu heiraten. Sie ist nicht standesgemäß, hatte er Ashley gesagt, als sie sein Geheimnis entdeckte. Sie, Ashley, wäre die Frau, die er zum Standesamt zu führen gedenke.

Sie wusste nicht, welcher Teil dieser schmutzigen Geschichte sie mehr angewidert hatte: ob es seine Lügen oder seine unglaubliche Ar-roganz und seine Kälte waren. Auf jeden Fall war Drew Wellington für immer aus ihrem Leben verschwunden. Das bedeutete allerdings nicht, dass sie ihre Vorliebe für ehrgeizige, gut angezogene Männer deshalb aufgegeben hatte.

Leider, dachte Ashley, als Melanie und Mike fünf Minuten später mit Josh Madison im Schlepptau erschienen!

Ihr Herz schlug plötzlich in einem aufgeregten Stakkato – ein Gefühl, das sie seit Jahren nicht mehr empfunden hatte. Josh hatte vermutlich geduscht und sich rasiert. Er trug weiße Jeans und ein teures Designer-Polohemd. Allerdings trug er noch immer Leinenschuhe ohne Socken.

„Seht nur, wen wir getroffen haben", verkündete Melanie gut gelaunt. „Könnt ihr euch noch an das Haus der Madisons erinnern? Josh kann sich sogar noch an Großmutter erinnern. Ich hoffe, es macht dir nichts aus, dass wir ihn mitgebracht haben, Maggie, aber er ist gerade erst angekommen, und wir wollten ihn nicht sich selbst überlassen."

Ashley warf ihrer Schwester einen finsteren Blick zu, und Maggie konnte ein leises Lachen nicht unterdrücken.

„Nein, er ist mir herzlich willkommen", meinte Maggie schließlich. „Ich hoffe nur, ihr habt ihn nicht auf die gleiche Weise getroffen wie Ashley."

Melanies Augen weiteten sich vor Erstaunen, als sie von Josh zu Ashley und wieder zu Josh zurückschaute. „Ashley ist die Person, die dich angefahren hat?"

Ashley sah Josh kühl an. „Sie konnten es wohl kaum erwarten, den Vorfall überall herumzuerzählen, was?"

„Eigentlich nicht. Mike bemerkte die Schrammen an meinem Fahrzeug und fragte mich, was passiert sei", erklärte er. „Hätte ich lügen sollen?"

Ashley seufzte. „Natürlich nicht."

Er sah sie fragend an. „Ich hoffe, es macht Ihnen nichts aus, mit mir am selben Tisch zu Abend zu essen?"

Melanie zog die Augenbrauen hoch. „Ach kommt! Ich glaube, dass ein freundschaftliches Du für uns alle angebracht wäre. Schließlich kennen wir uns seit unserer Kindheit."

Josh nickte. „Gern, wir sind ja alte Bekannte, auch wenn Ashley sich nicht erinnern kann."

Ashley hätte ihrer Schwester am liebsten einen ordentlichen Stoß in die Rippen verpasst. Wie sollte sie diesen Mann ignorieren können, wenn er sie auch noch duzte! „Natürlich macht es mir nichts aus, wenn du hier isst. Ich bin schließlich an unangenehme Situationen gewöhnt."

„Sie ist daran gewöhnt, den Gegenanwalt samt Staatsanwalt mit ihren Blicken niederzumachen", warf Melanie ein. „Darin ist sie unübertroffen."

Joshs Lächeln wurde breiter. „Eine Anwältin? Ich hätte es wissen müssen, das erklärt einiges."

Normalerweise ging sie auf solche Provokationen ein, aber Ashley war momentan nicht in der Stimmung, sich auf einen verbalen Schlagabtausch einzulassen, den ihre Schwestern vielleicht falsch verstanden hätten. Sie wollte auf jeden Fall den Eindruck vermeiden, dass dieser Mann sie in irgendeiner Weise interessierte und sie mit ihm flirten wollte. „Aber momentan bin ich im Urlaub", erklärte sie deshalb rasch und wechselte das Thema. „Ich habe übrigens Hunger. Wann gibt es etwas zu essen?"

Josh jedoch ließ nicht locker. „Im Urlaub? Irgendwie habe ich das Gefühl, dass da eine Geschichte dahintersteckt. Du wirkst nicht gerade wie eine glückliche, entspannte Urlauberin."

Als sie Josh ansah, bemerkte sie den mitfühlenden Ausdruck in seinen Augen. Es wirkte fast, als würde er verstehen, was sie gerade durchmachte, und sie fragte sich, ob sie ihn vielleicht falsch eingeschätzt hatte. Aber diese Art von Einfühlungsvermögen gehörte wahrscheinlich einfach zu einem Mann, der so nett war wie Josh. Sie musste zugeben, dass sie keine großen Erfahrungen mit diesem Charakterzug hatte. Die Männer, die sie kannte, waren klug, weltgewandt und ambitioniert, doch sie würde keinen von ihnen als nett bezeichnen, schon gar nicht als nett und einfühlsam.

„Über die Hintergründe von Ashleys Urlaub wollen wir heute Abend bestimmt nicht reden", bemerkte Maggie und wandte sich Ashley zu. „Da du es kaum erwarten kannst, endlich zu essen, kannst du mir ja in der Küche helfen. Rick, reich Josh bitte ein Glas Wein."

Widerwillig folgte Ashley ihrer Schwester in die Küche. Sie wusste genau, was jetzt kommen würde, besonders da Melanie ihr ebenfalls folgte.

„Du bist gerade mal einen Tag in der Stadt, und schon hast du dir einen tollen Mann geangelt", zog Maggie Ashley auf, während sie ihr ein Platzdeckchen reichte.

„Mach dich nicht lächerlich", erwiderte Ashley. „Ich weiß doch gar nichts über ihn."

Melanie strahlte. „Wie gut, dass dir genügend Zeit zur Verfügung steht, das zu ändern."

„Selbst wenn ich interessiert wäre … Was sagt dir denn, dass Josh nicht bereits in festen Händen ist?"

„Oh, bitte", wehrte Maggie ab. „Hast du nicht bemerkt, wie er dich anguckt? Er sieht so aus, als könnte er sein Glück kaum fassen, eine Frau wie dich kennengelernt zu haben."

„Drew hat mich auch mal so angesehen", bemerkte Ashley trocken.

„Nein, das hat er nicht", widersprach Maggie verächtlich. „Drew hat dich angesehen, als ob du ein wertvoller Besitz wärst wie sein BMW oder seine goldene Armbanduhr."

Ashley wusste, dass Maggie recht hatte, aber sie rollte trotzdem theatralisch die Augen. „Könnten wir das Abendessen bitte mit so wenig Demütigungen wie möglich hinter uns bringen? Versuch nicht, mich vor Josh so hinzustellen, als ob ich irgendein leidendes Geschöpf wäre, das dringend etwas Aufmunterung und Zuwendung braucht."

„Das ist gar nicht nötig", erwiderte Maggie zuversichtlich. „Josh kommt mir vor wie ein Mann, der die Dinge selbst in die Hand nimmt."

„Ich bin nicht hier, um mich auf Männer einzulassen, die ich kaum kenne", wehrte Ashley ab.

„Aber du kannst dich ja wenigstens etwas freundlicher geben", bat Melanie. „Jetzt geh, und lege das Platzdeckchen für Josh hin. Und dann setz dich neben ihn. Maggie und ich werden gleich das Abendessen bringen."

Ashley musste gegen ihren Willen lachen. „Ihr beide gebt nie auf, was? Nur weil ihr jetzt gut verheiratet seid, heißt das noch lange nicht, dass jeder den Wunsch hat, sich einen Mann zu angeln. Solltet ihr es vergessen haben, es ist durchaus möglich, auch als Single ein erfülltes und zufriedenes Leben zu führen."

„Schon möglich", räumte Maggie skeptisch ein, „aber du kannst uns dann zumindest nicht vorwerfen, wir wollten nicht, dass du genauso glücklich wirst wie wir. Ihr habt mir damals geholfen, mit Rick zusammenzukommen. Dies hier ist meine Chance, dir einen Gefallen zu tun. Und Melanies Chance ebenfalls."

„Ich betrachte das nicht als Gefallen", meinte Ashley.

Maggie lächelte. „Ich bin sicher, dass deine Einstellung sich ändern wird."

Melanie nickte und fügte dann schmunzelnd hinzu: „Gut Ding will eben Weile haben."

Josh war nicht entgangen, dass Ashley sich bewusst nicht neben ihn, sondern an die andere Seite des Tisches gesetzt hatte – sehr zum Missfallen von Maggie. Er dagegen war sogar ein wenig erleichtert. Ashley überwältigte ihn geradezu. Er brauchte diesen Abstand zwischen sich und ihr, um ruhig atmen zu können.

Außerdem hatte er Stephanie noch immer nicht angerufen. Es war eine Frage der Ehre, die Dinge erst mal zu klären, bevor er sich einer anderen Frau zuwandte. Und wenn Ashley ihm zu nahe kam, könnte es sein, dass er gegen seinen Willen versuchen würde, noch heute Nacht mit ihr ins Bett zu steigen. Himmel, dass er überhaupt an solch eine Möglichkeit dachte, war ein äußerst schlechtes Zeichen. Schließlich war er hierher gekommen, um einige Dinge zu klären, und nicht, um sich noch tiefer in Schwierigkeiten zu manövrieren.

Er war immer ein Mann gewesen, der gründlich nachdachte, bevor er eine Entscheidung traf. Unter anderem hatte er so lange das Für und Wider einer Ehe mit Stephanie abgewogen, bis er diese Möglichkeit praktisch zu Tode gedacht hatte. Das war einer der Gründe gewesen, warum es – glücklicherweise – nie zu einer Hochzeit gekommen war. Mit anderen Worten: Stephanie hatte ihm immer noch Raum gegeben, klare Gedanken zu fassen.

Bei der Frau, die ihm gegenübersaß, war das anders. Bei ihr reagierte sein Körper so stark, dass sein gesunder Menschenverstand augenblicklich ausgeschaltet wurde. Als er Mike und Melanies Angebot annahm, hatte er nicht geahnt, dass er Ashley hier treffen würde. Als er dann jedoch ihren Wagen in der Einfahrt sah, schlug sein Herz plötzlich so schnell, dass er hätte gewarnt sein müssen. Er war drauf und dran, jede Vorsicht über Bord zu werfen. Nur die Tatsache, dass der Tisch zwischen ihnen stand und ihre Schwestern sowie deren Ehemänner sie beobachteten, verhinderte Schlimmeres.

Das, und der unglückliche Ausdruck in Ashleys wunderschönen Augen, die jetzt im Abendlicht wie goldene Topase wirkten. Wahrscheinlich hatte es etwas mit ihrem Beruf zu tun. Da seine eigene Karriere den Bach hinuntergehen würde, sobald die Verlobung mit Stephanie gelöst war, konnte er Ashleys Kummer nachvollziehen.

Brevard, Williams & Davenport war eine der angesehensten Kanzleien in Richmond. Josh war sehr stolz gewesen, als sie ihn direkt nach dem Studium einstellten und ihn sogar rasch beförderten. Ihm wurde jedoch auch klar, dass sein Fortkommen in der Kanzlei ganz unmittelbar mit seiner Beziehung zu Stephanie in Zusammenhang stand. Wenn er an diesem Wochenende mit ihr Schluss machte, würde er wahrscheinlich gleich am Montag gefeuert werden. Allerdings war der Gedanke längst nicht so schlimm für ihn, wie er erwartet hatte. Es winkte nämlich dafür die Freiheit.

„Du bist so ruhig", stellte Mike besorgt fest. „Bist du sicher, dass du dir bei dem Unfall nicht den Kopf angeschlagen hast?"

Josh schüttelte den Kopf. „Ich habe nur darüber nachgedacht, was für seltsame Wendungen es manchmal im Leben gibt."

Mike schaute zu Melanie hinüber, und sein Gesicht nahm dabei einen zärtlichen Ausdruck an. „Da hast du recht."

„Wie lange seid ihr beide schon verheiratet?", fragte Josh ihn.

„Vier Monate."

„Und wie lange wart ihr verlobt?"

Mike lächelte. „Nicht der Rede wert. Wir haben uns erst Anfang April dieses Jahres kennengelernt."

Josh sah ihn erstaunt an. „Tatsächlich? Es macht den Eindruck, als würdet ihr euch ein Leben lang kennen."

„Ich nehme an, das ist immer so, wenn man die richtige Frau getroffen hat", entgegnete Mike. „Was denkst du, Rick?"

Rick blinzelte und erwiderte den Blick seiner Frau. „Was?"

Mike lachte. „Josh und ich haben über Blitzheiraten gesprochen."

Rick lachte. „Da fragst du einen Experten. Maggie und ich waren auch nur wenige Monate zusammen, bevor wir geheiratet haben."

Josh war sprachlos. „Und wie lange seid ihr jetzt verheiratet?"

„Seit vier Wochen", antwortete Rick. „Die D'Angelo-Frauen verschwenden nicht unnötig Zeit, und ein kluger Mann packt die Gelegenheit beim Schopfe, wenn sie kommt."

Josh schwieg und schaute sich die drei Frauen am Tisch an. Natürlich! Wie hatte er das übersehen können. Diese Frauen waren mehr als Freundinnen, sie waren Schwestern. Melanie hatte sogar etwas in dieser Richtung gesagt, als sie Großmutter Lindsey erwähnte. Er hatte sich von den verschiedenen Familiennamen täuschen lassen und nicht zuletzt durch die Tatsache, dass die einst hübschen, quirligen Mädchen zu schönen, selbstbewussten Frauen herangewachsen waren.

Als Mädchen waren sie sich weitaus ähnlicher gewesen. Was sich damals noch dadurch verstärkt hatte, dass sie alle vier ähnliche Shorts und T-Shirts trugen. Nur diejenigen, die alle vier Schwestern gut kannten, hatten sie auseinanderhalten können. Josh hatte nie wirklich zu ihrem Freundeskreis gehört, was ihm damals bitter bewusst gemacht hatte, welch ein Außenseiter er war.

Er betrachtete sie nachdenklich und sah dann zu Mike hinüber. „Gibt es nicht noch eine weitere Schwester?"

„Ja", bestätigte der sofort. „Sie lebt noch in Boston. Du warst mit den D'Angelo-Schwestern bereits als Kind befreundet, stimmt's?"

„Nicht wirklich. Ich kannte sie nur vom Sehen, wir hatten keine gemeinsamen Freunde."

„Aber hat Melanie nicht gesagt, du hättest ihre Großmutter gekannt?"

„Ziemlich gut sogar", gab Josh zu. „Aber du weißt doch, wie Kinder sind, sie suchen sich ihre eigenen Freunde." Entschlossen, das Thema zu wechseln, fügte er hinzu: „Wie hast du deine Frau denn kennengelernt?"

„Maggie und ich haben uns in Boston getroffen", sagte Rick. „Ich hatte im Frühjahr einen Auftrag für ihre Zeitschrift. Danach ist sie hierher gefahren, um auszuspannen, und ich bin ihr gefolgt."

„Melanie und ich haben uns hier zum ersten Mal gesehen", erzählte Mike daraufhin. „Sie machte Urlaub im Rose Cottage." Er lächelte. „Na ja, sie brauchte einfach ein wenig Abstand von ihrem Alltag, so ähnlich wie Ashley jetzt."

Rick warf Josh einen bedeutsamen Blick zu. „Die Geschichte scheint sich hier im Rose Cottage zu wiederholen."

Nicht dieses Mal, dachte Josh.

Natürlich fühlte er sich zu Ashley hingezogen, ohne Zweifel. Und natürlich wollte er sie öfter sehen, solange er hier war. Aber sein Leben steckte in einer Krise, und etwas sagte ihm, dass es ihr ähnlich ging. Das bedeutete, dass dies kein geeigneter Zeitpunkt war, um längerfristige Pläne zu machen. Ab und zu ein gemeinsames Abendessen, ein paar anregende Gespräche, ein wenig Geselligkeit. Mehr war nicht drin.

Als er sich am Tisch umsah, bemerkte Josh, dass fünf Augenpaare ihn etwas zu erwartungsvoll ansahen. Doch in den Augen, die wirklich zählten, entdeckte er Misstrauen. Ashley schien genauso wenig bereit zu sein wie er, sich auf eine Beziehung einzulassen. Und das war gut so.

„Vielleicht solltet ihr, Ashley und du, euch zusammensetzen, um über den Schaden zu sprechen, der an euren Fahrzeugen entstanden ist", schlug Maggie vor.

„Das ist bereits geklärt", erwiderte Ashley knapp.

Zu seiner eigenen Bestürzung hatte Josh aus heiterem Himmel Lust, sie ein wenig zu quälen. „Vielleicht waren wir ein wenig zu voreilig.

Keiner von uns beiden war vorhin zu einem klaren Gedanken fähig."

„Ich habe nie klarer gedacht", entgegnete Ashley kühl. „Ich habe meine Schuld zugegeben und Ihnen Schadensersatz angeboten. Dieses Angebot steht noch immer."

Josh lächelte. „Sie? Ich dachte, wir hätten uns auf das Du geeinigt. Außerdem weißt du, dass dein Angebot übertriebene Forderungen nach sich ziehen könnte", konterte er. „Du hast ein Schuldgeständnis abgegeben. Du kannst gar nicht klar gedacht haben, ein Anwalt hätte so etwas niemals getan."

„Ich habe lediglich die Verantwortung für mein Handeln übernommen", erwiderte sie und sah ihn fragend an. „Du hast mein Angebot abgelehnt. Hast du deine Meinung geändert? Willst du doch noch was herausholen?"

Allein um weiterhin das Funkeln in ihren Augen zu sehen, hätte Josh das Angebot gern weitergeführt, aber er hatte bemerkt, wie fasziniert die anderen Anwesenden ihre Unterhaltung verfolgten, und er wollte keinesfalls, dass sie auf falsche Ideen kamen. Etwas sagte ihm, dass sie Ashley und ihn gern als Paar sehen würden. Es war also Vorsicht geboten.

„Vielleicht", bemerkte er und rieb sich den Nacken. Wie er es erwartet hatte, funkelte es in ihren Augen auf vor Entrüstung.

„Nun, dann lass es mich wissen, wenn du dich entschieden hast", gab Ashley sarkastisch zurück. „Wie kommt es bloß, dass es Männern so schwerfällt, Entscheidungen zu treffen?"

„He", protestierten Rick und Mike im Chor.

„Pass auf, sonst hast du uns beide auch noch gegen dich", fügte Mike hinzu.

„Oh", meinte Maggie. „Pass auf, was du jetzt sagst, Ashley. Sonst gibst du den dreien hier einen Grund, gemeinsam gegen dich zu kämpfen. Das wird nicht lustig, glaub mir."

„Da hast du verdammt recht", stimmte Josh ihr zu. „Männer denken logisch und rational."

„Natürlich", spottete Ashley. „War es vielleicht logisch und rational, mich so rasch meiner Verantwortung zu entheben?"

„Der Unfall hatte dich ziemlich mitgenommen, und ich habe versucht, nett zu sein", erwiderte Josh.

„Ha!", murmelte Ashley.

„Frauen hassen es, wenn Männer nett sein wollen", erklärte Rick.

„Sie betrachten es als ein Zeichen von Schwäche", bestätigte Mike.

„Nun, ihr könnt sicher sein, dass ich diesen Fehler nicht noch mal machen werde", schwor Josh und schaute Ashley an. „Ich dachte, du wärst eine vernünftige Frau."

„Das bin ich auch. Du bist derjenige, der sich wie ein Idiot aufführt."

Er runzelte die Stirn. „Du nennst mich einen Idioten?"

„Genau das tue ich." Eisiges Schweigen entstand, und die Worte hingen in der Luft. Ashley wirkte plötzlich verlegen. „Was ist bloß in mich gefahren?"

Maggie schmunzelte. „Hier regiert wohl eine starke Anziehung. Ich fand eure Unterhaltung sehr anregend."

„Sehr amüsant", fügte Melanie hinzu und warf ihrem Mann einen vielsagenden Blick zu.

Noch bevor Josh etwas sagen konnte, wandte Ashley sich ihren Schwestern zu. „Ich muss jetzt gehen", stieß sie hervor und eilte davon.

Josh war versucht, ihr zu folgen, doch er hielt sich zurück und winkte ihr nur zu. „Fahr vorsichtig", rief er ihr hinterher.

Sie blieb stehen und warf ihm einen finsteren Blick zu. Er wartete darauf, dass sie den Fluch ausstieß, den sie offensichtlich auf den Lippen hatte, doch es gelang ihr, sich zu beherrschen. „Es hat mich gefreut, dich wiederzusehen", säuselte sie stattdessen zuckersüß und schaute ihn herausfordernd an.

„Oh, ich bin sicher, unsere Wege werden sich schon bald kreuzen", meinte Josh. „Hoffentlich stoßen wir das nächste Mal nicht wieder zusammen."

Als er ihr jedoch nachschaute, wie sie den Raum verließ, musste er sich eingestehen, dass ihr kleiner Unfall eine angenehme Fügung des Schicksals war. Seit ihrer Begegnung fühlte er sich viel lebendiger.

3. KAPITEL

Nach dem zweiten Zusammentreffen mit Ashley D'Angelo wusste Josh, dass er die unvermeidliche Aussprache mit Stephanie keine Minute länger hinauszögern durfte. Er brauchte nur in Ashleys Nähe zu kommen, und alle seine Sinne verlangten danach, sie zu berühren. Stephanie hatte nie diese Wirkung auf ihn ausgeübt. Sie waren Freunde, die wussten, was sie voneinander erwarteten, und sie akzeptierten, dass feurige Leidenschaft nicht dazugehörte.

Als er zum Telefonhörer griff, war er sich darüber im Klaren, dass er diese Unterhaltung eigentlich von Angesicht zu Angesicht führen sollte. Aber da er nicht vorhatte, so schnell wieder nach Richmond zurückzukehren, musste er das Gespräch noch an diesem Abend hinter sich bringen. Bei seinem nächsten Treffen mit Ashley wollte er völlig frei sein von der Vergangenheit.

Glücklicherweise war Stephanie eine Nachteule. Sie würde bestimmt noch wach sein, obwohl es bereits nach elf Uhr war. Er hatte allerdings nicht damit gerechnet, dass er Lachen, Geplauder und Musik im Hintergrund hören würde. Bei ihr musste eine Party in vollem Gange sein. Außerdem hörte sie sich unbeschwert und glücklich an. Er konnte sich nicht daran erinnern, wann sie das letzte Mal so fröhlich geklungen hatte. Wenn sie beide zusammen waren, wirkte sie immer zurückhaltend und nachdenklich.

„Stephanie, ich bin es", begann er.

„Josh, Liebling. Ich habe nicht damit gerechnet, so spät noch etwas von dir zu hören."

„Offensichtlich." Er hatte keine Ahnung, warum er plötzlich einen derart bissigen Ton anschlug. Er war doch absolut nicht eifersüchtig. Eigentlich war er sogar erleichtert. Vielleicht ärgerte es ihn lediglich, dass er zu einem Zeitpunkt angerufen hatte, der unpassend für das Gespräch schien, das er führen wollte. „Hör zu, anscheinend hast du Gesellschaft. Vielleicht sollte ich dich lieber morgen früh wieder anrufen."

„Red doch keinen Unsinn. Es sind nur ein paar Freunde da. Ich werde in einen anderen Raum gehen, damit wir in Ruhe reden können."

Die Musik und das Lachen waren von einer Sekunde auf die andere sehr viel gedämpfter. „So, jetzt ist es besser, nicht wahr?", fragte sie. „Wie geht es dir? Hast du einige der Probleme gelöst, über die du nachdenken wolltest?"

„Ja, zumindest einige."

„Ich wünschte mir, du hättest mich mitgenommen. Vielleicht hätte ich dir helfen können. Ich weiß ja nicht, worum es geht. Nur, dass du unzufrieden warst, das habe ich bemerkt. Früher konnte ich dir immer einige gute Ratschläge geben."

„Ja, das stimmt. Aber dieses Mal ist es anders", erwiderte er. „Das hier muss ich für mich alleine klären."

„Du denkst über uns nach, nicht wahr?", vermutete sie ernst, aber nicht überrascht.

Josh hatte immer gewusst, dass Stephanie klug und sehr intuitiv war, er hatte jedoch nicht erwartet, dass sie in diesem Fall so direkt auf den Punkt kommen würde. „Ja", gab er zu. „Ich denke, wir sollten über unsere Zukunft reden."

„Okay", meinte sie.

„Du hast eigentlich etwas Besseres verdient als eine Unterhaltung am Telefon, aber ich will nicht warten, bis ich wieder zurückkomme."

„Komm schon, Josh, bring es hinter dich, und sag mir, was du auf dem Herzen hast."

„Ich weiß, dein Vater wartet darauf, dass wir heiraten. Wir haben auch bereits vor langer Zeit darüber gesprochen", begann er. „Aber ich glaube, dass er der Einzige ist, der sich über eine Heirat freuen würde."

Auf seine Worte folgte nur Schweigen.

„Stephanie?"

„Was willst du damit sagen, Josh?", fragte sie.

Er atmete tief durch und zwang sich zu fast brutaler Ehrlichkeit. „Dass wir nicht füreinander bestimmt sind. Wir haben es versucht, Stephanie, aber ich glaube, du spürst es selbst auch. Es ist wirklich nicht deine Schuld, Stephanie. Du bist eine wunderbare Frau. Es geht hier um mich. Ich brauche einfach etwas anderes. Ich wünschte, ich könnte es dir besser erklären, aber mir fehlen die Worte. Ich weiß, es ist nicht fair, aber ich muss dich verlassen. Glaub mir, du wirst mit einem anderen Mann viel glücklicher werden."

„Ich verstehe", meinte sie leise, obwohl sie nicht halb so unglücklich klang, wie er befürchtet hatte.

„Es tut mir wirklich sehr leid", entschuldigte er sich.

„Das braucht es nicht", meinte sie und hörte sich seltsam erleichtert an.

Josh war erstaunt, dass sie seine Erklärung so gut aufnahm. Er hatte Tränen, Beschwörungen und Vorwürfe erwartet. Mit solch einer Ruhe und Gelassenheit hatte er auf keinen Fall gerechnet.

„Meinst du das wirklich?", fragte er skeptisch. Er konnte immer noch nicht glauben, dass ihre Trennung so einfach vonstattengehen würde.

„Um ehrlich zu sein, habe ich so etwas kommen sehen", gestand sie. „Und im Grunde hätte ich es längst selbst machen müssen, aber ich hatte nicht den Mut, meinem Vater gegenüberzutreten. Er sieht in dir den idealen Ehemann für mich. Ich bin dir sehr dankbar, dass du es mir so einfach machst."

„Du bist also mit der Trennung einverstanden?", fragte er.

„Hast du gehofft, ich würde um dich kämpfen?" Sie klang leicht amüsiert.

„Nein, natürlich nicht, aber …"

Sie lachte. „Kein Aber, Liebling. Du bist frei. Ich bin zwar schwach, aber nicht dumm. Ich weiß seit Monaten, dass wir kein gutes Paar abgeben, zumindest nicht für ein ganzes Leben. Ich habe wohl gehofft, dass Daddys Einschätzung richtig sein möge, weil du so verdammt nett bist."

Josh war es langsam leid, immer nur nett zu sein. Die netten Männer bekamen selten, was sie wollten. Manchmal fragte er sich, ob er sich vielleicht deshalb im Gerichtssaal nie richtig wohlfühlte. Er hasste es, in die Offensive zu gehen.

„Ich befürchte, du lässt mich zu einfach aus der Sache raus", protestierte er. „Ich bezweifle, dass dein Vater so viel Verständnis aufbringen wird wie du. Soll ich ihm unsere Trennung beibringen?"

„Vergiss Daddy. Ich rede schon mit ihm", beruhigte ihn Stephanie. „Ich werde es nicht zulassen, dass er dich deswegen aus der Kanzlei wirft."

„Du brauchst dich nicht für mich einzusetzen", meinte Josh. „Ich werde schon mit deinem Vater fertig. Ich weiß ja noch nicht mal, ob ich überhaupt in der Kanzlei bleiben will."

„Ob du bleiben willst? Denkst du etwa daran, deinen Job aufzugeben?", fragte sie bestürzt.

„Ja, das tue ich", gab er zu. „Aber ich will nichts übereilen."

„Du weißt, dass ich dich lieb habe", erklärte sie ihm. „Nur eben nicht so, wie du geliebt werden solltest. Und ich möchte, dass du glücklich bist."

„Das wünsche ich mir auch für dich." Er erinnerte sich an das Lachen und die Musik im Hintergrund. „Irgendwie habe ich den Eindruck, dass du nicht mehr lange zu warten brauchst."

„Und was ist mit dir?", fragte Stephanie. „Was für eine Frau wünschst du dir denn wirklich?"

Das Bild von Ashley trat vor sein geistiges Auge, doch er würde sie auf keinen Fall erwähnen. Stephanie mochte die Trennung akzeptiert haben, er bezweifelte jedoch, dass es ihr gefallen würde, wenn er bereits einen Ersatz für sie hätte.

„Ich werde es dich wissen lassen, wenn ich mir darüber im Klaren bin", versprach er.

Sie lachte. „Bitte, mache das. Wirst du mich anrufen, wenn du wieder in Richmond bist?"

„Klar, wenn du das möchtest."

„Ich will, dass wir Freunde bleiben", bat sie ehrlich. „Du bist der beste Freund, den ich je hatte. Dass du ein echter Freund bist, ist mir gerade heute Abend wieder klar geworden."

„Dann ist die Trennung also auch deiner Meinung nach das Beste für uns beide?", fragte er immer noch besorgt, ob ihre Haltung nicht nur vorgetäuscht war.

„Ja, natürlich", versicherte sie ihm. „Und jetzt los, mach dich auf die Suche nach der Richtigen für dich, und ich werde zu deiner Hochzeit kommen."

„Du bist eine wunderbare Frau", sagte er und meinte es aus tiefstem Herzen.

„Ich weiß." Sie lachte. „Das wird mir auch gerade klar."

Josh legte auf und seufzte. Er war mehr als erleichtert. Das Gespräch war tausend Mal besser gelaufen, als er es je zu hoffen gewagt hätte. Hoffentlich hatte er mit den anderen Entscheidungen, die noch anstanden, ebenso viel Glück.

Ashley hatte den Küchenboden gewischt, den Kühlschrank gereinigt und den Inhalt der Küchenschränke neu eingeräumt, aber sie war immer noch nicht bereit für eine Begegnung mit den Regenwürmern im Garten.

Gegen zehn Uhr hatte sie im Haus bereits alles getan, was getan werden musste. Sie hatte schon so viel Kaffee getrunken, wie sie sonst am ganzen Tag trank, und sogar einen Muffin sowie eine Banane gegessen. Und das war ebenfalls mehr, als sie sonst um diese Stunde zu sich genommen hatte.

Normalerweise hatte sie um diese Uhrzeit bereits einiges an Arbeit hinter sich und ging jetzt ins Fitnessstudio. Das wäre auch jetzt genau das Richtige für sie gewesen, um ihren Stress ein wenig abzubauen.

Ashley grübelte darüber nach, was sie tun könnte, bis ihr plötzlich der Kajak einfiel, der früher immer in der Garage gelagert gewesen war. Sie suchte nach dem Garagenschlüssel, schloss das Tor auf und war erleichtert, als sie Kajak samt Paddel in der hintersten Ecke stehen sah. Sie schob einige Kartons zur Seite, holte den Kajak heraus und zog ihn dann zum Wasser hinunter. Am Ufer setzte sie sich eine Baseballkappe auf, die sie an der Garderobe gefunden hatte, stieg ein und paddelte los. Mit dem Paddeln ist es so wie mit dem Radfahren – man vergisst nie, wie es geht.

Anfangs blieb sie in der Nähe der Küste, um zu sehen, ob der Kajak immer noch wassertauglich war und nicht womöglich über die Jahre Risse bekommen hatte. Als sie jedoch spürte, dass das Boot sicher war, wurde sie mutiger. Die Septembersonne glitzerte auf der Wasseroberfläche und brannte auf ihre nackten Schultern. Sie wischte sich den Schweiß von der Stirn, wickelte ihr langes Haar zu einem Knoten und steckte es unter die Baseballkappe, bevor sie erneut kraftvoll lospaddelte.

Ashley brauchte einige Zeit, um ihren Rhythmus zu finden. Als ihre Arme und Schultern von der ungewohnten Tätigkeit irgendwann zu schmerzen begannen, ließ sie den Kajak treiben und schloss die Augen. Es ging eine leichte Brise, und sie fühlte sich energiegeladen und gleichzeitig angenehm faul. Vielleicht war es das, was man Entspannung nannte. Wenn das so war, würde sie sich vielleicht sogar daran gewöhnen können. Es war nicht der schlechteste Zustand.

Ein Teil von ihr rebellierte bei diesem Gedanken jedoch sofort. Sie würde sich auf keinen Fall daran gewöhnen. Sie brauchte Herausforderungen und eine gewisse Hektik. Dies hier war bloß eine kleine Unterbrechung ihres gewohnten Lebens, damit sie sich sammeln konnte.

Um sich das zu beweisen, griff sie nach dem Paddel und begann, in Richtung Rose Cottage zu steuern. Sie würde sich nicht in einen trägen Faulpelz verwandeln, auch nicht hier. Nicht mal für drei Wochen.

Ihre Schwestern mochten ihr Laptop, Papier und Stifte weggenommen haben, aber in der Stadt gab es welche zu kaufen. Plötzlich war es ihr ungeheuer wichtig, sich neue Utensilien zu besorgen, um sich endlich wieder um das Wesentliche in ihrem Leben zu kümmern. So angenehm es hier draußen auch sein mochte, sie verschwendete nur kostbare Zeit.

Ashleys Enthusiasmus verschwand allerdings so schnell, wie er gekommen war, als ihr klar wurde, dass sie überhaupt keine richtige Arbeit hatte. Außerdem hatte sie sich vorgenommen, ihre Situation zu überdenken und sich zu überlegen, wie sie in Zukunft weiter vorgehen wollte. Allerdings besaß dieser Gedanke absolut keinen Reiz für sie. Außerdem spürte sie, dass sie im Moment noch gar nicht dazu in der Lage war. Sie brauchte tatsächlich eine schöpferische Pause, um wieder klar denken zu können.

Verdammt, dachte sie und ließ das Paddel sinken, als sich ihre Augen mit Tränen füllten. Sie wischte sie ärgerlich weg und nahm das Paddel wieder auf. Verflixt, sie würde jetzt nicht in Selbstmitleid versinken. Wenn sie schon nicht ihr Können in der Kanzlei und im Gerichtssaal beweisen konnte, so konnte sie wenigstens ihre Technik beim Kajakfahren verbessern. Vermutlich gab es ohnehin genug Anwälte – zumindest für ein paar Wochen.

Jetzt, da Josh die Situation mit Stephanie geklärt hatte, wandte er sich in Gedanken wieder Ashley zu. Er wunderte sich immer noch, wie lange er am Abend zuvor gebraucht hatte, um zu begreifen, dass die anwesenden Frauen alle D'Angelos und Schwestern waren. Und zwar die Enkelinnen von Mrs Lindsey, der Frau, die eine gute Freundin seiner Großmutter gewesen war. Als Kind hatte er die fröhliche Aktivität geliebt, die im Haus weiter oben an der Straße geherrscht hatte. Er war damals ein eher introvertierter Junge gewesen, der viel zu oft über seinen Büchern gesessen hatte und viel zu schüchtern war, um sich Zugang zu dem Freundeskreis der vier hübschen Schwestern zu verschaffen. Außerdem hatten die vier Mädchen so viele Verehrer gehabt, dass er immer gedacht hatte, sowieso keine Chance zu haben.

Seitdem war viel Zeit vergangen; sein Verhalten und sein Äußeres hatten sich beträchtlich geändert. Er hatte einen Sport gefunden, den er liebte – Tennis –, und er ging regelmäßig ins Fitnessstudio. Während des Studiums, das er mit großem Erfolg abgeschlossen hatte, gewann er zunehmend Selbstvertrauen. Und als er dann auch noch in einer der angesehensten Kanzleien in Richmond eine Anstellung erhielt, empfand er endlich die Selbstsicherheit, nach der er sich immer gesehnt hatte. Frauen konnten ihn nicht mehr einschüchtern. Genauso wenig wie Geld und Macht.

Eine ganze Weile reichte es ihm, dass er Stephanie, Macht und Geld hatte. Doch immer öfter hatte in letzter Zeit das Gefühl an ihm genagt, dass ihm etwas fehlte. Und jetzt war er sogar so weit, alles hinzuwerfen. Diese Erkenntnis war für ihn selbst überraschend.

Deswegen war er hier. Er musste darüber nachdenken, ob es Dummheit war, die ihn dazu drängte, alles wegzuwerfen, was er sich aufgebaut hatte, oder ob es eine notwendige Konsequenz war, weil er sonst an seinem Lebensglück vorbeilief. Mit Stephanie Schluss zu machen war der erste Schritt gewesen. Ein Schritt, der ihn zu seinem eigenen Erstaunen befreit hatte. Josh ahnte jedoch, dass noch weitere gravierende Veränderungen bevorstanden.

Er war bereits bei Anbruch des Tages aufgestanden und hatte es kaum erwarten können, aufs Wasser zu kommen. Er wollte angeln gehen, um in Ruhe seinen Gedanken nachhängen zu können. In Eile hatte er gefrühstückt, die wenigen Kleidungsstücke, die er mitgebracht hatte, im Schrank verstaut und zum Schluss noch ganz kurz seine Familie angerufen.

Dann war er mit einer Flasche Wasser, einem Sandwich, seiner Angelausrüstung sowie den Ködern zu dem alten Boot gegangen, das am Pier hinter dem Haus lag, und war ein Stück aufs Meer hinausgerudert. Dort hatte er geankert, die Angel ausgelegt und sich dann im Boot zurückgelehnt.

Er hatte es sich gerade bequem gemacht und genoss die warme Septembersonne auf seiner nackten Haut, als sein Boot gerammt und er fast über Bord geworfen wurde. Der Schwall kalten Wassers, der sich über seine erhitzte Haut ergoss, war ebenso ein Schock wie der Zusammenstoß selbst.

Seltsamerweise war er nicht besonders überrascht, als er über den Bug schaute und Ashley in einem Kajak sitzen sah. Sie hatte die Hände vor das Gesicht geschlagen, und ihr Paddel trieb zwei Meter von ihr entfernt auf dem Wasser.

Bei ihrem Anblick konnte er sich das Lachen nicht verkneifen. „Du hättest mich nur anrufen brauchen, wenn du mich sehen willst", zog er sie auf. „Wenn du weiterhin dauernd in mich reinfährst, steht mir bald kein Fortbewegungsmittel mehr zur Verfügung."

„Offensichtlich habe ich auf dem Wasser und auf dem Land die Kontrolle über mich verloren", klagte sie mit einem ungewohnten Anflug von Hysterie.

„Alles in Ordnung?", fragte Josh, plötzlich besorgt.

„Klar", erwiderte sie sofort und lächelte tapfer, um es ihm zu beweisen.

Sie wirkte ziemlich überzeugend, doch Josh kaufte es ihr trotzdem nicht ab. Körperlich mochte mit ihr alles in Ordnung sein, dennoch stimmte etwas nicht mit ihr. Er hatte die Vermutung, dass es mit dem

Urlaub zusammenhing, den sie offensichtlich nicht ganz freiwillig genommen hatte. Ihre Schwestern hatten am Abend zuvor so eine Andeutung gemacht.

„Vielleicht solltest du an Bord kommen", schlug er vor. Es gefiel ihm nicht, dass sie in ihrem Zustand allein auf dem Wasser war. Als er sie näher betrachtete, meinte er sogar, getrocknete Tränenspuren auf ihren Wangen zu sehen.

„Ich habe meinen Kajak", protestierte sie.

„Wir können ihn ans Boot binden." Er wies auf das Paddel, das immer weiter wegtrieb. „Ohne Paddel wirst du sowieso nicht weit kommen."

„Im Moment läuft aber auch gar nichts so, wie ich will", schimpfte sie leise, hielt ihm dann die Hand entgegen und stieg mit seiner Hilfe graziös in sein Boot. „Du bist sehr mutig, weißt du das?"

„Weil ich dich ins Boot lasse?"

„Genau. Offensichtlich bin ich eine Gefahr für mich selbst und für jeden in meiner Nähe."

„Das ist aber erst in letzter Zeit so, nicht?", vermutete er und hoffte, dass sie sich ihm ein wenig öffnen würde.

„Ja, das stimmt", gab sie zu.

Zu seiner Enttäuschung war das alles, was sie in Bezug auf ihren momentanen Zustand preisgab, und er war klug genug, sie nicht zu drängen. „Weißt du, wie man einen Köder anbringt?"

Sie sah ihn skeptisch an. „Was für einen?"

„Krabben."

Sie nickte. „Das ist in Ordnung. Wenn du Würmer gesagt hättest, wäre ich sofort über Bord gesprungen und an Land geschwommen."

„Ziemlich zimperlich, was?"

„Nein, ganz und gar nicht", verteidigte sie sich entrüstet.

„Dann bist du eine überzeugte Tierschützerin, die Krabben als einzige Tierart nicht für schützenswürdig hält?", zog er sie auf.

Zum ersten Mal, seit er sie kennengelernt hatte, flackerte ein Anflug von Humor in ihren Augen auf. „Kaum", meinte sie. „Ich finde Würmer nur so … so schleimig und eklig."

„Dann darf ich wohl annehmen, dass du auch den Fisch nicht säubern wirst, den wir für das Abendessen fangen werden."

„Ich habe nicht vor, einen zu fangen", erwiderte sie, obwohl sie die Krabbe bereits am Haken befestigt und die Leine ausgelegt hatte. Nach einer Weile schaute sie ihn prüfend an. „Machst du das jeden Tag?"

„Jeden Tag, an dem ich Zeit habe. Hier draußen in der Bucht kann ich am besten denken."

„Und du langweilst dich nicht?"

Josh musste ein Lächeln unterdrücken. Vielleicht lag hier das Problem von Miss D'Angelo. Offensichtlich wusste sie nicht, was wahre Entspannung bedeutete. Sogar heute, an diesem wundervollen Spätsommertag, am schönsten Fleckchen der Erde, war sie nervös und angespannt.

Er betrachtete sie einen Moment und gab sich Mühe, nicht auf ihre langen, schlanken Beine zu schauen. Vielleicht konnte er ihr dabei helfen, ihre Seele endlich mal baumeln zu lassen.

„Ich langweile mich nie", erklärte er. „Ich bin immer gern allein."

„Und gibt es keine Frau, die dir etwas bedeutet?"

„Ich war mit einer Frau zusammen", gab er zu. „Doch kürzlich ist mir bewusst geworden, dass sie mir nicht genug bedeutet. Sie ist eine großartige Frau, allerdings nicht die richtige für mich. Wir haben uns gestern Abend getrennt."

„Gestern Abend?", fragte Ashley erstaunt.

„Ich habe sie angerufen, nachdem ich vom Abendessen bei deiner Schwester zurückkam."

Ashley nickte nur und schaute ihn dann an. „Woher wusstest du denn, dass diese Beziehung vorüber war?"

„Es wurde bereits über Heirat gesprochen, aber ich konnte mir einfach nicht vorstellen, mein ganzes Leben mit dieser Frau zu verbringen. Glücklicherweise stellte sich heraus, dass es ihr genauso ging."

„Was passte dir denn nicht an ihr?"

„Eigentlich ist sie perfekt. Sie ist schön, intelligent, gebildet und kommt aus einer sehr guten Familie. Für den richtigen Mann wäre sie eine Traumfrau."

„Wenn sie schön, intelligent und gebildet ist und du trotzdem nicht zufrieden bist, was für eine Frau suchst du denn dann?"

„Das weiß ich nicht", gab er zu. „Sie muss auf jeden Fall wissen, wer sie ist und was sie will. Und sie muss zu sich stehen."

„Und ist diese Frau nicht so?"

„Doch." Er zuckte mit den Schultern. „Aber der Funke ist einfach nicht übergesprungen. Offenbar ist die Liebe tatsächlich so mysteriös, wie die Philosophen es behaupten."

Ashley schien ein wenig über seine Antwort enttäuscht zu sein. „Da komme ich ja wohl ebenfalls nicht infrage. Ich weiß nämlich im Moment auch nicht, wer ich bin und was ich will."

„Du machst also eine Identitätskrise durch?", fragte Josh und war erleichtert, dass sie zumindest ansatzweise über sich sprach.

„Ja, so ist es wohl."

„Ich weiß, wie das ist", meinte er seufzend.

„Warum, geht es dir auch so?"

Josh nickte. „Aber heute habe ich keine Lust, darüber nachzugrübeln. Und du solltest es auch nicht tun. Entspann dich einfach, und die Antworten werden irgendwann ganz von allein zu dir kommen."

„Entspannen?", wiederholte sie in einem Ton, als ob er ihr vorgeschlagen hätte, auf einem Nagelbrett zu meditieren.

Josh lachte. „Genau, entspannen", bestätigte er geduldig. „Lehn dich zurück." Er wartete, bis sie seiner Aufforderung gefolgt war. „Gut so. Und jetzt zieh deine Kappe runter, damit deine Augen bedeckt sind."

Sie tat, wie ihr geheißen wurde.

„Jetzt mach die Augen zu, und lausche den Wellen, die gegen das Boot schlagen", schlug er vor. „Spür, wie sich die Sonne auf deiner Haut anfühlt."

Sie seufzte. „Es fühlt sich wunderbar an."

„Siehst du? Du musst nur mit dir selbst in Berührung kommen und dich ein wenig treiben lassen."

Ashley folgte seinen Anweisungen so pflichtbewusst, als ob ihr Leben davon abhängen würde. Er hätte sich darüber amüsiert, wenn er Zeit dafür gehabt hätte. Unglücklicherweise hatte genau in diesem Moment ein Fisch an Ashleys Angel angebissen, und bevor er sich's versah, war Ashley aufgesprungen, um ihn ins Boot zu ziehen. Sie kämpfte so verbissen mit dem Fisch, dass sie fast über Bord gegangen wäre, hätte er nicht entschlossen die Arme um ihre Taille geschlungen.

Nur allzu deutlich war er sich dem Duft ihrer zarten, warmen Haut bewusst und der Berührung ihrer Brust an seinem Arm.

Ashley dagegen war ausschließlich damit beschäftigt, sich nicht von dem Fisch besiegen zu lassen.

„Ganz schön ehrgeizig, die Lady, was?", fragte er amüsiert, als der Fisch schließlich auf dem Boden des Bootes lag.

„Du hast keine Ahnung", murmelte sie.

Josh nickte. Stück für Stück löste er das Geheimnis, das Ashley D'Angelo umgab. Es würde noch sehr interessant werden, bis er das vollständige Bild von der Frau hatte, die mit so viel Hingabe einen Fisch fing.

Und seinem erhöhten Puls nach zu urteilen, würde sein Urlaub hier nicht halb so entspannend werden, wie er angenommen hatte. Zumindest nicht, wenn Ashley D'Angelo in seiner Nähe war.

4. KAPITEL

„Ich habe schon drei Fische gefangen", verkündete Ashley stolz, als sie wieder einen Fisch an Bord zog. „Und du?"

Er lachte, offensichtlich nicht beeindruckt von ihrem Erfolg. „Keinen. Ich hatte keine Zeit. Ich war zu sehr damit beschäftigt, auf dich aufzupassen. Ohne mich wärst du einige Male über Bord gegangen. Du solltest deinen Enthusiasmus ein wenig zügeln. Ein Ruderboot ist nicht so stabil wie ein Holzsteg. Man sollte nicht darin herumspringen."

„Für mich hört sich das wie eine Entschuldigung an", forderte Ashley ihn heraus, doch er ging nicht auf ihre Bemerkung ein.

Er ist wirklich ein netter Mensch, dachte sie. Er schien sich tatsächlich darüber zu freuen, dass sie so viel gefangen und so viel Spaß hatte. Sie konnte sich nicht erinnern, wann sie das letzte Mal mit einem Mann ausgegangen war, der nicht besser sein wollte als sie. Wahrscheinlich hatte es damit zu tun, dass sie vornehmlich ambitionierte Anwälte kannte, die nicht nur sehr ehrgeizig, sondern meistens auch noch recht humorlos waren.

„Und jetzt?", fragte sie Josh gut gelaunt. Sie fühlte sich großartig und hatte seit Stunden nicht mehr an die Arbeit gedacht.

„Wir bringen die Fische nach Hause und säubern sie", erklärte er. „Derjenige, der sie gefangen hat, muss sie auch ausnehmen und schuppen."

„Das finde ich ganz und gar nicht. Schließlich habe ich bereits harte Arbeit geleistet", protestierte Ashley. „Ohne mich hätten wir diese Fische nicht. Das bedeutet, dass du das Putzen übernehmen wirst."

„Ausgezeichnetes Argument", fand er.

„Danke", erwiderte sie bescheiden.

Er hielt die Hand hoch. „Aber, und das ist wichtig, ich habe dir geholfen, sie ins Boot zu holen."

Ashley dachte nach. Da sie fair war, musste sie seine Hilfe anerkennen. „Du hast recht", gab sie zu.

„Also werden wir sie zusammen ausnehmen?"

Sie schüttelte den Kopf. „Ich glaube kaum."

„Und wie denkst du dann, die Arbeit zu teilen?"

„Du säuberst sie, und ich bereite sie zu."

„Weißt du denn, wie man Fisch zubereitet?"

Sie lachte. Jetzt hatte er sie erwischt. Maggie war eigentlich die Köchin in der Familie. „Zumindest so gut, wie du fischen kannst", behauptete sie leichthin. „Ich werde Maggie anrufen. Sie ist in der Küche ein Profi. Ich bin sicher, dass sie mir gute Tipps geben kann."

Natürlich wusste Ashley, noch bevor sie die Worte ausgesprochen hatte, dass es keine gute Idee war, ihre Schwester deswegen anzurufen. Das würde Maggie nur auf falsche Gedanken bringen. „Besser wäre es noch, wenn ich ein Kochbuch fände. Irgendwo im Rose Cottage steht bestimmt eins herum. Wenn ich es geschafft habe, mein Jurastudium mit Auszeichnung abzuschließen, werde ich doch wohl den Anweisungen eines Kochbuchs folgen können."

Josh hielt ihr die Hand entgegen. „Also gut, abgemacht."

Ashley schlug ein. „Abgemacht", sagte sie, und ihr Herz machte bei der Berührung ihrer Hände einen kleinen Satz. Sie schaute Josh an, ob er ebenso wie sie auf die Berührung reagiert hatte, doch er hatte seine Mütze so tief ins Gesicht gezogen, dass sie den Ausdruck seiner Augen nicht sehen konnte.

Als sie den Anlegesteg vom Rose Cottage erreicht hatten, sicherte er das Ruderboot und stieg dann ins Wasser, um den Kajak anzubinden.

Nachdem Josh ihr an Land geholfen hatte, nahm er den Eimer mit den Fischen aus dem Boot und ging auf das Haus zu. „Ich werde das in die Küche bringen und dann nach Hause fahren, um zu duschen. Um wie viel Uhr sollen wir zu Abend essen?"

„Eigentlich habe ich jetzt schon Hunger", gab sie zu. Ihr Magen knurrte bereits. „Es war zwar sehr nett von dir, dein Sandwich mit mir zu teilen, aber offensichtlich war das nicht genug."

„Mir geht es ebenso. Ist es dir recht, wenn ich in einer Stunde wieder hier bin? Ich brauche ungefähr fünfzehn Minuten, um zu mir zurückzurudern. Dann habe ich noch genug Zeit, um zu duschen und zu dir zu fahren. Soll ich noch irgendwas mitbringen?"

Ashley dachte an den Inhalt ihres Kühlschranks. Sie hatte einige Dinge mitgebracht, und Maggie hatte dafür gesorgt, dass alle Zutaten für einen Salat vorrätig waren. Das Einzige, was fehlte, war ein Dessert. Normalerweise war sie mit frischem Obst zufrieden, aber der erste Tag ihres Urlaubs forderte geradezu etwas Kalorienreiches. Und wenn es nur dazu diente, sich selbst zu beweisen, dass sie diese freie Zeit zu genießen begann und sie nicht nur als Strafe betrachtete.

„Würde es dir etwas ausmachen, kurz an einer Bäckerei vorbeizufahren?", fragte sie.

„Lass mich raten. Du hast Lust auf Schokolade, richtig?"

„Ja, egal in welcher Form. Als Kuchen, Mousse oder Brownies. Da bin ich wirklich nicht wählerisch, Hauptsache Schokolade."

„Und wenn die Bäckerei geschlossen ist?"

„Warum sollte sie geschlossen sein?"

„Es ist schon fünf Uhr. Ich weiß nicht, wann sie zumacht."

Sie sah ihn ungläubig an. „Wir haben den ganzen Tag auf dem Wasser verbracht?"

Josh lachte. „Sieht so aus. Du hast das mit dem Entspannen schneller gelernt, als ich angenommen hätte. Eine Stunde davon hast du sogar geschlafen."

„Ich habe nicht geschlafen", protestierte Ashley. „Ich habe bloß ein paar Minuten lang die Augen geschlossen."

Er lächelte. „Wie auch immer. Wir haben den Tag ganz gut herumbekommen. Ich werde jetzt gehen, damit wir noch etwas von dem Abend haben. Bis später."

Ashley schaute ihm mit einem seltsamen Gefühl in der Magengegend nach. Den ganzen Tag hatte sie in der Gesellschaft eines Mannes verbracht, den sie kaum kannte, hatte fast nichts getan und sich trotzdem nicht gelangweilt. Keine einzige Sekunde. Das war wirklich unglaublich.

Sie sann noch über diese erstaunliche Tatsache nach, als das Telefon läutete. Kurz überlegte sie, ob sie den Anruf ignorieren sollte, doch sie wusste, dass das wenig Sinn gehabt hätte. Ihre Schwestern würden sich nur unnötige Sorgen um sie machen. Widerwillig nahm sie den Hörer ab.

„Wo um alles in der Welt warst du den ganzen Tag über?", fragte Maggie ohne Umschweife. „Ich versuche seit Stunden, dich zu erreichen. Ich hatte wirklich Sorge, dass du nach Boston zurückgefahren bist, und Melanie wollte schon packen und dir nachfahren."

„Ich war beim Angeln", erwiderte Ashley gelassen.

„Wie bitte?"

„Na, du weißt schon. Angeln. Da macht man einen Köder an den Haken, wirft dann die Leine aus und wartet darauf, dass ein Fisch anbeißt. Und ich bin ein Naturtalent. Ich habe drei Fische gefangen."

„Mann, ich bin beeindruckt!", sagte Maggie überrascht. „Wann hast du das denn gelernt?"

„Heute."

„Und wer hat es dir beigebracht?"

Aha, da war das Minenfeld, das sie eigentlich auf keinen Fall betreten wollte. „Josh", gab sie dennoch zu. „Ich bin heute Morgen sozusagen mit ihm zusammengestoßen."

„Zusammengestoßen?"

„Ja, leider", gestand Ashley. „Ich bin mit dem Kajak hinausgefahren und habe ihn gerammt. Dabei habe ich das Paddel verloren, und er hat mich in sein Boot geholt."

„Hat er dich gekidnappt oder dir nur seine Hilfe angeboten?"

„Das mit der Hilfe trifft eher zu."

„Ich verstehe. Für eine Frau, die den ganzen Tag mit einem Mann verbracht hat, über den sie sich gestern enorm geärgert hat, wirkst du verflixt gut gelaunt. Ganz abgesehen davon, dass dich bis heute niemand überreden konnte, einen ganzen Tag auf dem Wasser zu verbringen."

„Nun, die Dinge ändern sich eben."

„Deine Meinung über Josh hat sich also grundlegend geändert?"

„Ich weiß gar nicht, was du hast. Ich habe doch immer gesagt, dass er nett ist. Er ist mir gestern Abend nur ein wenig auf die Nerven gegangen."

Maggie lachte. „Oh, das ist wirklich zu köstlich! Ich werde Melanie abholen und vorbeikommen. Ich will noch mehr über dein Anglerabenteuer erfahren."

„Vergiss es", wehrte Ashley ab.

„Warum?"

„Weil Josh zum Abendessen kommt. Ich werde den Fisch zubereiten."

„Du willst den Fisch zubereiten?", fragte Maggie und hörte sich so skeptisch an, dass es fast beleidigend war.

„Ja, verdammt. Du könntest mir helfen und mir sagen, wie ich das anstellen soll. Dann brauche ich nicht nach einem Rezept zu suchen."

„Wer nimmt den Fisch denn aus?"

„Josh."

„Na, ein Glück. Einen Moment lang dachte ich schon, der Weltuntergang stünde bevor."

„Hör auf. Wirst du mir jetzt helfen oder nicht?"

„Also gut. Willst du es einfach oder raffiniert?"

„Was glaubst du denn, was besser wäre?", fragte Ashley misstrauisch.

„Einfach wird wohl das Beste sein. Wende die Filets in Mehl, Salz und Pfeffer und brate sie dann in Öl, aber nicht zu heiß, damit der Fisch nicht verbrennt."

Ashley schrieb sich alles auf, obwohl das Rezept narrensicher schien.

„Wie lange?"

„Bis das Mehl goldbraun ist, aber nicht mehr als einige Minuten auf jeder Seite. Es hängt davon ab, wie dick die Filets sind."

„Und das ist alles?", fragte Ashley stirnrunzelnd. „Du lässt nicht irgendetwas aus, was zum Gelingen notwendig ist? Ich will mich nicht blamieren."

„Ich würde es nicht zulassen, dass du in eine peinliche Situation gerätst", erwiderte Maggie gekränkt. „Dieses Rezept ist kinderleicht. Es wird dir bestimmt gut von der Hand gehen. Was machst du als Beilage?"

„Salat, und Josh bringt ein Dessert mit."

„Schokolade?"

„Ja, wenn du es wissen willst."

„Mann, Mann. Du und Schokolade! Es muss dich ja ganz schön erwischt haben."

„Was willst du damit andeuten? Josh und ich verstehen uns einfach nur gut."

„Es gibt heute Abend also kein romantisches Kerzenlichtdinner?"

„Nein, nur ein Essen unter Freunden."

Maggie lachte leise. „Na, dann viel Spaß, Schwesterchen."

Sie legte auf, noch bevor Ashley ihr die Meinung sagen konnte.

Da Josh sich in der Konditorei nicht entscheiden konnte, kaufte er zwei verschiedene kleine Schokoladenkuchen, ein paar Brownies mit dickem Zuckerguss und Eclairs mit Schokoladenguss und Schokocremefüllung.

Die Verkäuferin sah ihn erstaunt an. „Haben Sie eine Party?"

„Eigentlich nicht." Er war sich ziemlich sicher, dass ein Abendessen mit Ashley nicht als Party durchgehen würde. Ja, er bezweifelte sogar, dass sie es als Rendezvous betrachtete.

Um allerdings ehrlich zu sein, er wusste selbst nicht, wie er diesen Abend einordnen sollte. Er wusste nur, dass er sich unglaublich beeilt hatte, um endlich ins Rose Cottage zu kommen. Von einer der D'Angelo-Schwestern dort eingeladen zu sein war wie ein Traum, der endlich wahr geworden war. Trotz des Selbstbewusstseins, das er über die Jahre aufgebaut hatte, konnte er es immer noch nicht ganz glauben. Er fühlte sich wie der schüchterne linkische Junge, der er mit sechzehn gewesen war, und er wollte an diesem Abend unbedingt alles richtig machen.

Schnell bezahlte er die eingepackten Kuchen und fuhr dann die wenigen Meilen zum Rose Cottage.

Als Ashley die Tür öffnete, stockte ihm einen Moment lang der Atem. Sie trug einen dünnen Satin-Morgenmantel, der leicht an ihrer noch feuchten Haut klebte und ihre Rundungen erkennen ließ. Ihr Haar war ebenfalls noch feucht und ringelte sich in Locken bis zu ihren Schultern.

„Entschuldige", sagte sie atemlos. „Nachdem du gegangen warst, bekam ich noch einen Anruf und bin deshalb erst später unter die Dusche gekommen. Geh doch schon in die Küche, und nimm dir, was du zum Säubern der Fische brauchst. Ich komme in einer Minute."

Dann lief sie die Treppe hinauf, ohne seine Antwort abzuwarten. Auch gut, dachte Josh, da er einige Zeit brauchte, bis das Blut aus seiner unteren Körperregion wieder Richtung Gehirn floss.

„Säubere den Fisch", murmelte er zu sich, als er die Küche suchte. „Konzentrier dich einfach darauf, den Fisch auszunehmen." Vielleicht würde das helfen, das verführerische Bild von Ashley in dem dünnen Hausmantel aus seinen Gedanken zu vertreiben.

Josh war draußen vor dem Haus und schuppte gerade den letzten Fisch, als Ashley zur Tür heraustrat. Glücklicherweise trug sie Jeans und ein weites, lockeres T-Shirt, das mindestens zwei Nummern zu groß war. Aber selbst in diesem Aufzug war sie für ihn die aufregendste Frau der Welt.

Sie hatte ihr Haar getrocknet, und es fiel jetzt in sanften Wellen bis auf die Schultern. Ihre Haut war klar, und außer einem Hauch von Lipgloss war sie ungeschminkt. Der Tag auf dem Meer hatte ihr eine leichte Bräune verliehen, und sie sah viel besser aus als die blasse, erschöpfte Frau, die er am Tag zuvor getroffen hatte.

„Wie weit bist du?", fragte sie.

„Fast fertig. Weißt du schon, wie du die Fische zubereiten willst?"

„Keine Angst", erwiderte sie trocken. „Meine Schwester hat mir ein narrensicheres Rezept gegeben. Wir werden nicht an Lebensmittelvergiftung sterben." Amüsiert sah sie ihn an. „Was sollen übrigens all die Kuchenschachteln auf dem Küchentisch?"

Er zuckte die Schultern. „Ich konnte mich nicht entscheiden, was ich kaufen sollte."

„Also hast du gleich die ganze Konditorei aufgekauft, stimmt's?"

„So ähnlich, zumindest die Sachen mit Schokolade", gab er zu. „Du brauchst ja nicht alles zu essen."

„Aber wahrscheinlich werde ich das", gab sie mit einem Seufzer zu. „Schokolade ist mein Heilmittel gegen Stress."

„Bist du denn gestresst?"

Sie zögerte und sah ihn dann überrascht an. „Im Moment nicht, nein."

Er lächelte. „Habe ich dir nicht gesagt, dass ein Tag auf dem Meer Wunder bewirken kann?"

„Es scheint tatsächlich so zu sein. Ich habe den ganzen Tag über kein einziges Mal an die Arbeit gedacht. Und das ist wirklich ungewöhnlich."

„Hoffen wir, dass dir das auch weiterhin gelingt. Komm, lass uns das Essen auf den Tisch bringen."

Ashley nickte. „Gute Idee. Und sollte ich irgendein Thema ansprechen, das mit der Arbeit zu tun hat, schneide mir einfach das Wort ab."

Josh war nicht sicher, ob das auf lange Sicht eine gute Idee war, aber für den bevorstehenden Abend war es sicherlich das Beste. „Kein Wort über die Arbeit. Ich habe verstanden."

In der Küche arbeiteten sie Seite an Seite. Er machte den Salat, während sie den Fisch briet. Schließlich saßen sie am Tisch, und Ashley hob ihr Weinglas zu einem Toast.

„Auf die Entspannung", sagte sie.

„Auf Urlaub und das faule Leben", fügte Josh hinzu.

„Auch wenn es nicht ewig dauern kann", gab sie zu bedenken und wirkte plötzlich fast ein wenig traurig.

„Achtung! Das kommt schon verflixt nahe an das Thema Arbeit heran", rügte er sie. „Vielleicht sollten wir uns eine Strafe ausdenken."

Ehrgeizig, wie Ashley war, gefiel ihr dieser Vorschlag sofort. „Und die wäre?"

„Für jede Übertretung unserer Abmachung müssen wir einen Dollar in einen Topf geben. Und das auf Ehre und Gewissen. Wir müssen den Dollar auch zahlen, wenn der andere nicht anwesend ist. Am Ende der Woche bekommt derjenige mit den wenigsten Strafdollars das ganze Geld." Er lachte. „Und wird außerdem vom Verlierer zum Abendessen eingeladen."

Ashley überlegte einen Moment. „Abgemacht", willigte sie schließlich ein. „Ich gewinne sowieso."

Josh bezweifelte das, hob aber doch sein Glas. „Auf das süße Nichtstun."

Sie hatten kaum einen Schluck getrunken, als zu seiner Überraschung sein Handy klingelte. Ihm war gar nicht bewusst gewesen, dass es in seiner Jacke steckte, denn eigentlich hatte er es zu Hause lassen wollen.

„Willst du nicht drangehen?", fragte Ashley.

Er seufzte und holte es aus der Jackentasche. „Ja?"

„Haben Sie den Verstand verloren, Madison?"

„Mr Williams", sagte er und konnte kaum einen Seufzer unterdrücken.

„Ich habe mit Stephanie gesprochen", erklärte sein Chef. „Sie hat mir gesagt, dass keine Hochzeit stattfinden wird."

Der Ton des Mannes reizte Josh so sehr, dass er Mühe hatte, sich zurückzuhalten. „Davon war noch nie die Rede, Sir."

„Wir alle wussten doch, dass ihr bald heiraten würdet!"

„Sie vielleicht, Sir. Aber glücklicherweise haben Stephanie und ich eingesehen, dass wir nicht zusammenpassen, bevor es zu spät war. Hören Sie, der Zeitpunkt für dieses Gespräch ist denkbar schlecht gewählt. Können wir ein anderes Mal darüber reden?"

„Jetzt ist ein perfekter Zeitpunkt", bellte Creighton Willams ins Telefon. „Ich hoffe, Sie wissen, was das für Ihre Zukunft bei *Brevard, Williams & Davenport* bedeutet, nicht wahr?"

„Ich nehme an, Sie wollen mich entlassen. Nun, ich werde es überleben."

Joshs Gelassenheit in diesem Punkt schien seinen Chef aus dem Gleichgewicht zu bringen. „Jetzt übereilen Sie mal nichts, Madison, Sie sind ein guter Anwalt. Ich möchte Sie nicht verlieren. Außerdem hat Stephanie mir erklärt, dass sie wütend auf mich wäre, wenn ich Sie feuere. Wir werden noch mal darüber sprechen, wenn Sie zurückkommen."

„Das ist sehr großzügig von Ihnen, Sir, ich werde darüber nachdenken."

„Was wollen Sie damit sagen?"

Josh wagte es, Ashley einen Blick zuzuwerfen, und sah, dass sie aufmerksam seinen Worten lauschte. „Ich will damit nur sagen, dass ich im Urlaub bin und dass wir später noch mal darüber reden werden. Danke für den Anruf, Sir. Ich weiß es sehr zu schätzen, dass Sie sofort persönlich mit mir sprechen wollten."

Er stelle das Handy ab, steckte es in seine Jackentasche und wartete auf das Bombardement von Fragen, das jetzt wahrscheinlich auf ihn niederprasseln würde.

„Nun frag schon", forderte er Ashley schließlich auf.

Sie lächelte. „Es ging um die Arbeit, nicht wahr?"

Er nickte, unsicher, worauf sie hinauswollte. Auf jeden Fall ging es

295

nicht in die Richtung, die er erwartet hatte.

Ashley schob ihm einen Zettel mit einigen Notizen zu. „Du hast mindestens sechs Bemerkungen gemacht, die mit der Arbeit zu tun haben. Das macht sechs Dollar."

Josh musste gegen ein Lachen ankämpfen. „Dieses Gespräch zählt bei unserer Wette?"

„Natürlich. Wir haben eine Abmachung, und wir haben sie mit einem Toast besiegelt, bevor dein Handy klingelte."

„Oh, Mann, du musst im Gerichtssaal der Teufel persönlich sein."

Sie lächelte zufrieden. „Noch eine Bemerkung. Sieben Dollar."

Jetzt runzelte Josh die Stirn. „Verflixt. Ich habe mich auf deine Arbeit bezogen, nicht auf meine."

„Haben wir da einen Unterschied gemacht?"

Er seufzte. „Nein, haben wir nicht. Das Ganze ist komplizierter, als ich angenommen habe."

„Was wiederum bedeutet, wir sollten schnell das Thema wechseln, obwohl ich bereits einen beträchtlichen Vorsprung habe." Ashley lächelte. „Kennst du dich mit Baseball aus? Ich bin Red-Sox-Fan."

Josh sah sie erstaunt an. „Wirklich? Wann hast du das letzte Spiel gesehen?"

Sie zögerte ein wenig. „Ich gucke mir die Spiele eigentlich nicht an."

„Dann liest du die Sportseiten der Zeitung?", fragte er leicht amüsiert.

„Okay, okay, ich habe keine Ahnung von Baseball", gab sie zu. „Aber meine Kollegen in der Kanzlei sprechen oft davon. Ich wollte nur das Thema wechseln."

Jetzt war es an Josh, zufrieden zu lächeln. Er streckte die Hand aus. „Einen Dollar bitte, du hast die Kanzlei erwähnt."

Sie sah ihn irritiert an. „Das zählt nicht."

„Natürlich zählt das. Kanzlei, Arbeit, das hängt doch alles zusammen."

„Ach, mir doch egal", murmelte Ashley, holte einen Dollar aus ihrer Tasche und legte ihn auf den Tisch. „Mein Vorsprung ist so groß, dass ich trotzdem gewinnen werde."

„So? Wir haben aber noch einige Tage vor uns. Sei also nicht zu überheblich. Das steht dir nicht."

Sie runzelte die Stirn. „Hast du in letzter Zeit irgendwelche Filme gesehen?"

„Nicht einen. Du?"

„Nein."

„Hast du irgendwelche guten Bücher gelesen?", wollte er wissen.

„Gesetzesbücher ausgeschlossen."

Ihr Gesicht hellte sich auf. „Ich habe gestern einen Roman in einem Zug durchgelesen. Deswegen wäre ich sogar fast zu spät zum Abendessen bei meiner Schwester gekommen."

„Würde mir dieses Buch auch gefallen?"

„Na ja, das bezweifle ich. Es ist ein Liebesroman."

„Ich habe nichts gegen Liebesromane, wenn sie gut sind."

Sie schaute ihn mit sichtlicher Skepsis an. „Du willst dieses Buch lesen?"

„Klar, warum denn nicht? Der Fisch war übrigens ausgezeichnet. Du hast die Anweisungen deiner Schwester gut befolgt."

Sein Lob schien sie zu überraschen, und ihr Blick fiel zuerst auf seinen und dann auf ihren Teller, die mittlerweile leer waren. „Das war er, nicht wahr? Vielleicht lerne ich kochen, solange ich hier bin."

„Ich habe einen robusten Magen, ich stelle mich also gern als Versuchskaninchen zur Verfügung", bot Josh sich an. „Ich muss allerdings zugeben, dass ich auch kein guter Koch bin."

„Vielleicht könnte Maggie uns beiden Unterricht geben", schlug Ashley vor. „Das wäre doch lustig, oder?"

„Und entspannend. Vorausgesetzt, du kannst dein Konkurrenzdenken ausschalten und willst nicht gleich wieder mit mir wetteifern."

„Ich sehe nicht in allem einen Wettstreit."

„Wirklich nicht? Ich könnte schwören, dass du bereits mit drei Jahren am Tisch gesessen hast und wissen wolltest, wer die saubersten Hände hat."

„So ein Unsinn, so war ich gar nicht", widersprach sie, aber ein kurzes Aufflackern in ihren Augen verriet Josh, dass er nicht weit von der Wahrheit entfernt lag.

Josh fragte sich, ob diese Frau, die so ehrgeizig war und sich immer wieder beweisen musste, mit einer gemächlicheren Lebensart überhaupt zufrieden sein könnte. Und das war etwas, was er auch über sich selbst erst herausfinden musste.

Er war hierher gekommen, um sich über sein weiteres Leben klar zu werden, um mal zur Ruhe zu kommen und sich zu überlegen, ob er wirklich weiterhin nur dem Geld und der Karriere nachjagen wollte. Er vermutete allerdings, dass Ashley nicht so dachte. Er hatte den Eindruck, dass sie sich höchstens ein wenig erholen wollte, um dann wieder in ihr altes Leben zurückzukehren. Das allein war bereits ein Unterschied, der eine Beziehung zwischen ihnen von vornherein zum Scheitern verurteilen würde. Aber es war kaum etwas, worüber in dieser Nacht entschieden werden musste.

An diesem Abend reichte es, wenn er die Gesellschaft einer Frau genoss, die er begehrte und mit der er gern ins Bett gehen würde. Bei diesem Gedanken legte er im Geiste jedoch sofort eine Vollbremsung ein. Was dachte er da nur, um Himmels willen? Vorsicht, Junge, ermahnte er sich, so weit ist es noch lange nicht.

Er guckte Ashley an und bemerkte, dass sie ihn aufmerksam beobachtete. In ihren Augen stand plötzlich ein Verlangen, das er noch nie zuvor bei ihr gesehen hatte. Es muss die Lust auf Schokolade sein, redete er sich schnell ein.

„Gehen wir jetzt zum Dessert über?", fragte er rau.

Sie nickte, wandte aber nicht mal den Blick von ihm.

„Kuchen?"

Sie schüttelte den Kopf.

„Ein Brownie?"

Erneut Kopfschütteln.

Josh schluckte nervös. „Eclairs?"

„Nicht im Moment."

„Was willst du dann?"

„Dich", erklärte sie ruhig.

„Aber …" Er war völlig überrumpelt.

„Keine Fragen, keine Zweifel. Es sei denn, du willst mich nicht", erwiderte sie.

„Das ist definitiv nicht der Fall", gestand er.

Ein leichtes Lächeln spielte um ihre Lippen. „Warum sitzt du dann noch?"

„Weil ich ein Idiot bin", erklärte er und versuchte, seine Erregung zu ignorieren. Er war ein ehrenwerter Mann, verflixt, und sie befand sich in einer Situation, in der sie sehr verletzlich war. Er würde das auf keinen Fall ausnützen.

Ungläubig schaute sie ihn an. „Du sagst Nein."

Er nickte. „Ich weiß nicht, was dich hierher ins Rose Cottage gebracht hat, aber Sex mit mir wird deine Probleme nicht lösen."

„Es könnte zumindest die Antwort für heute Abend sein."

Er lächelte. „Es könnte tatsächlich fantastisch sein. Aber wenn du und ich zusammenkommen, Ashley – und das werden wir –, dann nur, weil es unvermeidlich ist, und nicht, weil es im Moment passend scheint."

„Ich bin bloß drei Wochen hier", erinnerte sie ihn.

Er lachte leise. „Das bedeutet, dass wir noch zwanzig Tage Zeit haben. Da wir aber noch nicht mal einen verbracht haben, ohne bereits fast miteinander ins Bett zu fallen, werden wir wohl kaum viel Zeit verschwenden."

Sie sah ihn prüfend an, als wollte sie herausbekommen, ob er sich über sie lustig machte. Offensichtlich erkannte sie, wie ernst es ihm war, denn sie lachte, und die Spannung löste sich auf.

Josh wusste allerdings, dass er dank seiner noblen Geste in dieser Nacht bestimmt kein Auge zumachen würde.

5. KAPITEL

shley kam sich noch am nächsten Morgen vor wie die größte Närrin unter der Sonne. Josh hatte ihr Angebot zwar mit sehr viel Taktgefühl abgelehnt, aber es ärgerte sie, dass sie die Zeichen, die sie bei ihm zu lesen geglaubt hatte, so falsch gedeutet hatte. Gedankenlos hatte sie Sex als Allheilmittel gegen ihre Probleme einsetzen wollen und geglaubt, eine leidenschaftliche, aber bedeutungslose Affäre hätte ihr helfen können.

Na ja, niemand stirbt an einer Peinlichkeit, so groß sie auch sein mochte. Sie durfte diesen Fehler einfach nicht wiederholen. Doch wenn sie Pech hatte, würde Josh ab jetzt das Rose Cottage meiden und ihr trotz seiner Versprechungen einfach aus dem Weg gehen.

Während sie ihre zweite Tasse Kaffee trank und sich immer noch Vorwürfe über ihr Verhalten vom Vorabend machte, klopfte jemand an der Küchentür und trat dann einfach ein. Sie schaute auf, um eine ihrer Schwestern zu begrüßen, als sie zu ihrer Überraschung Josh vor sich sah. Er trug verwaschene Jeans sowie ein ausgebleichtes T-Shirt und sah so gut aus, dass ihr Herz einen kleinen Satz machte. Ihr Vorsatz, sich auf keinen Fall auf eine Affäre einzulassen, löste sich in derselben Sekunde in nichts auf.

Ohne ein Wort zu sagen, kam er zum Tisch herüber und küsste sie. Bereits beim ersten Kontakt mit seinen Lippen schnellte ihr Puls in die Höhe, und als er wieder von ihr abrückte, war ihr schwindlig von dem Verlangen, das er in ihr geweckt hatte.

„Ich dachte mir schon, dass du am Küchentisch sitzt und dir Vorwürfe machst, weil du mich gestern Abend verführen wolltest", erklärte er, während er sich eine Tasse holte und sich Kaffee eingoss.

Obwohl – oder weil – er genau ins Schwarze getroffen hatte, ärgerte seine Bemerkung sie zutiefst. „Und jetzt? Bist du gekommen, um mir einen Trostpreis zu bringen?"

Er lachte. „Nein, ich wollte dir nur beweisen, dass du dir keine Sorgen zu machen brauchst. Noch ein paar Küsse, wie der von eben, und ich kann dir nicht mehr widerstehen. Meine noblen Absichten werden sich dann in Luft auflösen."

Sie zog die Augenbrauen hoch. „Habe ich einen Fehler gemacht? Hätte ich dich gleich gestern packen und so küssen sollen?"

„Du hast gestern Abend überhaupt keinen Fehler gemacht", versicherte er ihr. „Außer, dass du vielleicht ein wenig zu voreilig warst." Er betrachtete sie. „Warum bist du noch nicht zum Angeln angezogen?"

„Ich wusste nicht, dass wir angeln gehen", erklärte sie, immer noch leicht beleidigt. Er hatte sie erneut völlig aus dem Konzept gebracht. Die Männer, mit denen sie normalerweise ausging, waren berechenbar. Keiner von ihnen hätte ein Angebot für unkomplizierten, spontanen Sex ausgeschlagen. Und keiner von ihnen wäre am nächsten Morgen wiederaufgetaucht, um mit ihr zum Angeln zu gehen.

„Hast du etwas anderes vor?", fragte er.

Sie schüttelte den Kopf.

„Dann beeil dich. Die Fische warten nicht auf uns."

Gegen ihren Willen musste sie lächeln. „Ich dachte, der Sinn des Angelns wäre die Entspannung, nicht die Anzahl der Fische, die wir fangen werden."

„Mir ist das egal", meinte er und winkte ab. „Aber du scheinst den Erfolg zu brauchen."

„Ist das eine Beleidigung?"

Er lachte. „Nein, eine Feststellung. Wir werden daran arbeiten müssen."

„Was ist, wenn ich mich gar nicht ändern will?"

„Dann gestaltet sich das Ganze schwieriger, als ich angenommen habe", meinte er leichthin. „Zieh dir einen Badeanzug unter deine Sachen an. Vielleicht werde ich gleich mit dir ein Wettrennen zum Steg machen."

„Wirst du mich gewinnen lassen?"

„Keine Chance."

Ashley lachte. „Jetzt hast du es wirklich interessant gemacht. Ich bin gleich wieder da."

Im Schlafzimmer zog sie sich einen Badeanzug, T-Shirt und Shorts an und schlüpfte dann in bequeme Segelschuhe. Zum Schluss setzte sie ihre Baseballkappe auf und steckte ein Strandtuch sowie Sonnenlotion in eine große Leinentasche.

„Fertig", verkündete sie, als sie wieder unten war.

Josh lächelte. „Toll, du siehst ja richtig nach Freizeit aus."

Sie hatten das Haus eben durch die Hintertür verlassen, als Melanie und Maggie um die Ecke bogen. Ashleys gute Laune verschwand auf der Stelle. Sie stieß einen leisen Fluch aus und verwünschte jeden Moment, in dem sie sich in das Leben ihrer Schwestern eingemischt hatte, denn die beiden glaubten jetzt, das Recht zu besitzen, das Gleiche bei

301

ihr tun zu können.

„Das haben wir gehört", rügte Maggie sie. „Ist das die Art, seine geliebten Schwestern zu empfangen, die sich nur nach deinem Wohlbefinden erkundigen wollen?"

„Euch geht es nicht um mein Wohlbefinden", erwiderte Ashley trocken. „Ihr seid nur neugierig und wollt mich ausspionieren."

„Was keine Rolle spielt, da du ja nichts zu verbergen hast", bemerkte
Melanie und schaute Josh an. „Wie lange bist du denn schon hier?"

„Ein paar Minuten", antwortete Ashley statt seiner.

„Das ist also eure zweite Verabredung?", warf Maggie ein. „Großartig."

„Wir haben keine Verabredung", widersprach Ashley. „Wir gehen
angeln."

„Oh ja, angeln", erwiderte Maggie amüsiert. „Ich habe vergessen,
dass das nicht zählt. Würde es zählen, wäre das heute sozusagen bereits eure dritte Verabredung, nicht wahr, Josh?"

Er sah sie mit unverhülltem Widerwillen an. „Mich musst du nicht
fragen, ich halte mich da raus. Macht das unter euch aus. Ich bin nicht
dafür, allem und jedem ein Etikett aufdrücken zu müssen. Ich lasse
mich lieber mit dem Strom treiben und …"

„… und dich von Ashley küssen?"

Ashley sah sie erstaunt an. „Wie kommst du darauf?"

„Na, hast du nicht die Lippenstiftspuren gesehen?", meinte Maggie.
„Das sagt ja wohl alles."

Ashley spürte, wie sie rot wurde, und wandte sich Josh zu. „Habe
ich dir eigentlich schon gesagt, dass meine Schwestern unerträgliche
Nervensägen sind?"

„Ich finde sie sehr sympathisch."

„Sympathisch?", wiederholte Ashley ungläubig. „Wie kannst du das
sagen, obwohl sie alles daransetzen, dich verlegen zu machen?"

„Ich bin nicht verlegen."

Sie sah ihn prüfend an. Er wirkte tatsächlich gelassen und ruhig. Sie
war die Einzige, die so nervös geworden war, dass sie aus der Haut
fahren könnte. „Oh, vergiss es. Ich werde jetzt angeln gehen. Der Rest
von euch kann tun und lassen, was immer er will."

„Entschuldigt, meine Damen", sagte Josh zu Maggie und Melanie,
„das war mein Abschiedswort. Ich wünsche noch einen schönen Tag."

Sie saßen bereits im Boot, als Ashley sich endlich traute, ihm in die
Augen zu schauen. Sie funkelten vor Vergnügen.

„Du hast gedacht, das wäre spaßig, nicht wahr?", fragte sie ärgerlich.

„Ich weiß nicht, ob es so spaßig war. Aber es war auch nicht so schlimm, wie du denkst."

„Warte", murmelte sie. „Warte einfach nur."

Sie würde ein gewisses perverses Vergnügen daran finden, wenn Josh erst mal richtig in die Fänge ihrer Schwestern geriet. Dann würde er schon sehen, wo seine Überheblichkeit blieb.

Nach einem erholsamen Tag auf dem Meer saßen sie am späten Nachmittag bei einem Cappuccino in einem Straßencafé und plauderten ein wenig. Ashley konnte es nicht fassen, wie angenehm auch dieser Tag bisher gewesen war. Sie musste sich eingestehen, dass es tatsächlich nicht die schlechteste Idee gewesen war, Urlaub zu machen. In Joshs Gegenwart kehrten ihre Gedanken so gut wie nie zu ihrer Kanzlei zurück.

Sie hatten gerade darüber gesprochen, was sie zu Abend essen wollten, als Josh sie fragend ansah. „Hör zu. Ich weiß, das passt jetzt nicht hierher, aber eigentlich passt meine Frage sowieso nie, weil du sie mir wahrscheinlich nur ungern beantworten wirst." Er guckte sie ernst an. „Warum bist du hier, Ashley? Was waren es für Gründe, die dich zu diesem Urlaub gezwungen haben? So war es doch, nicht wahr? Du bist nicht ganz freiwillig hier."

Ashley seufzte und griff nach einer Zeitung, die hinter ihr auf einer Ablage lag. „Du hast recht, ich rede allerdings nur ungern darüber." Sie beachtete ihn nicht weiter, faltete die Zeitung auseinander und wurde plötzlich leichenblass.

„He, was ist?", fragte er besorgt und nahm ihr die Zeitung aus der Hand. Zuerst sah er nur eine große Anzeige und wusste nicht recht, was er damit anfangen sollte, aber dann las er den Artikel, der unter der Rubrik „Nationale Neuigkeiten" mit der Überschrift *In Boston schlägt ein freigesprochener Killer wieder zu* stand.

Als er fertig war, schaute er Ashley an. Schuldgefühle und Scham standen in ihren Augen, als ob sie sich für etwas verantwortlich fühlte.

„Was weißt du darüber?", fragte er.

„Ich kenne den Mann", erklärte sie nach einer Weile, die ihm wie eine Ewigkeit vorkam. „Ich war seine Strafverteidigerin. Er war des Mordes angeklagt. Vor gut einer Woche war die Verhandlung, und es ist mir zu verdanken, dass er wieder auf freiem Fuß ist."

Ach, du liebe Güte, dachte Josh. Die Gewissensbisse, dass sie mitgeholfen hatte, einen Mörder freizusprechen, hatten sie also ins Rose Cottage getrieben. Und jetzt hätte der Mann fast wieder jemanden getötet. Nur ein rascher Polizeieinsatz hatte das Schlimmste verhindern können. Das würde jedem Anwalt zusetzen, aber ganz besonders einem, der sich so sehr über seine Erfolge und Fähigkeiten definierte, wie Ashley es tat. Offensichtlich hatte es der Angeklagte geschafft, sie hinters Licht zu führen. Sie war weder der erste, noch würde sie der letzte Anwalt sein, dem so etwas widerfuhr, aber offensichtlich konnte sie sich das nicht verzeihen.

„Es ist nicht deine Schuld", versuchte er, sie zu trösten.

„Doch, das ist es. Diese widerliche Kreatur wäre nicht mehr frei auf der Straße herumgelaufen, wenn ich nicht versagt hätte. Ich hätte erkennen müssen, was für ein Mensch er ist. Er wäre längst hinter Schloss und Riegel, wenn ich ihn nicht so leidenschaftlich verteidigt hätte."

„War die Beweislage eindeutig?"

„Nein", gab sie zu. „Die Spurensicherung muss schlampig gearbeitet haben."

„Kannst du dir denn vorwerfen, etwas Unethisches getan zu haben?"

„Nein."

„Hast du treu nach dem Gesetz gehandelt?"

„Natürlich."

„Dann war es nicht dein Fehler", wiederholte er. „Erinnere dich daran, dass unser Justizsystem dergestalt aufgebaut ist, dass der Angeklagte so lange unschuldig ist, bis man ihm sein Vergehen beweisen kann. Offensichtlich ist das hier nicht geschehen."

„Aber es ist keine Gerechtigkeit erfolgt", beharrte sie. „Noch nicht mal annähernd. Ich habe den Ruf, meine Fälle sehr sorgfältig auszuwählen. Bei diesem habe ich jämmerlich versagt."

Josh konnte ihr da nicht widersprechen. Ein Anwalt sollte die Fähigkeit besitzen, seine Klienten zu durchschauen, aber das gelang eben nicht immer. Diese Erfahrung hatte er schon selbst machen müssen, wenn auch nicht in einem so spektakulären Fall wie bei ihr.

„Das tut mir sehr leid", erklärte er. „Ich ahne, wie sehr dich dieser Fall belasten muss. Natürlich hilft es dir nicht, wenn ich dir sage, dass dich keine Schuld trifft. Du musst das allein einsehen."

„Ich weiß nicht, ob mir das jemals gelingen wird." Sie warf einen Blick auf den Artikel. „Besonders jetzt, da ich wohl nie wieder in Boston praktizieren kann."

„Natürlich kannst du das", widersprach er. „Es gibt so viele ehrliche Menschen, die zu Unrecht angeklagt werden und die einen Anwalt brauchen, der sie mit Können und Hingabe verteidigt. Die brauchen deine Hilfe."

Ashley sah ihn traurig an. „Aber verstehst du denn nicht, Josh? Ich kann den Unterschied nicht erkennen."

„Natürlich kannst du das", versicherte er ihr. „Du hast nur einen Fehler gemacht. Das bedeutet nicht, dass du generell unfähig bist."

„Ein Mensch ist meinetwegen fast gestorben", erinnerte sie ihn aufgebracht. „Wenn die Polizei nicht so schnell gekommen wäre, dann …" Sie erschauerte bei dem Gedanken. „Ich bin genauso schuldig wie Tiny Slocum."

„Ich kann mir vorstellen, wie du dich fühlen musst, aber du wirst es bald wieder anders sehen können", tröstete er sie, obwohl er sich nicht ganz sicher war, ob er recht hatte. Ashley besaß ein Gewissen, das nicht mit irgendwelchen Floskeln beruhigt werden konnte. Ihre Einstellung zur Justiz würde sich nach diesem Ereignis unweigerlich ändern, ebenso wie das Bild, das sie bisher von sich gehabt hatte.

Er seufzte und wusste, dass es nichts gab, womit er ihr die Last ein wenig mindern konnte.

6. KAPITEL

„Du kannst jetzt gehen", meinte Ashley trocken, nachdem Josh das Abendessen zubereitet hatte und ihr dann geduldig, aber unnachgiebig gegenübersaß und abwartete, bis sie auch den letzten Bissen gegessen hatte. Seine Gegenwart, so unaufdringlich sie auch war, machte sie nervös. Früher oder später würde er darauf bestehen, über Tiny Slocum zu reden.

Im Moment lächelte er allerdings nur. „Hast du etwa vor, mich rauszuwerfen, bevor du deine Erbsen aufgegessen hast?"

„Du hast mich erwischt", gab sie zu und versuchte, auf seinen leichten Ton einzugehen. „Ich hasse Erbsen."

Er sah sie erstaunt an. „Warum stehen dann sechs Dosen davon im Schrank?"

„Weil Melanie hier gewohnt hat. Sie liebt Erbsen und konnte wohl nicht genug davon vorrätig haben." Ashley lächelte halbherzig. „Maggie würde sie auch nicht anrühren. Vielleicht sollte ich die Dosen als Geschenk einpacken und sie Melanie zu Weihnachten schenken."

In ihrer Stimme schwang eine leichte Verzweiflung mit, als ihr klar wurde, dass sie zu Weihnachten vielleicht noch immer hier in Irvington sein könnte. Jetzt, da ihr strahlender Ruf als Engel der Unschuldigen dahin war, könnte ihr dreiwöchiger Urlaub sich leicht in Monate der Arbeitslosigkeit und Unentschiedenheit verwandeln.

Angesichts dieser drohenden Gefahr war es bemerkenswert, dass sie überhaupt noch Witze machen konnte. Seit sie den Artikel in der Zeitung gelesen hatte, kam sie sich vor wie ein Luftballon, aus dem langsam, aber sicher die Luft entwich. Während des Abendessens hatte sie nicht mehr als zehn Worte gesagt. Es war kein Wunder, dass Josh so hartnäckig darauf bestand, noch bei ihr zu bleiben. Er machte sich sicherlich Sorgen um sie, obwohl er bestimmt die Achtung vor ihr verloren hatte, seit er wusste, dass sie es war, die Tiny Slocum zur Freiheit verholfen hatte. Allerdings würde er bestimmt wie der Blitz durch die Tür verschwinden, sobald ihre Lebensgeister wieder zurückkehrten. Das wäre dann wahrscheinlich das Ende ihrer Bekanntschaft. Freundschaft? Beginnende Affäre? Was für eine Art Beziehung hatten sie eigentlich?

Sie betrachtete ihn nachdenklich. „Warum bist du noch nicht weg?" Vielleicht würde seine Antwort ihr weiterhelfen. Sie liebte es, alles in ihrem Leben hübsch geordnet in Schubladen zu stecken. Josh dagegen wollte bisher in keine Kategorie passen.

Doch statt ihr die direkte, unkomplizierte Antwort zu geben, auf die sie gehofft hatte, sah er sie nur verständnislos an. „Warum sollte ich weggehen?"

„Du weißt jetzt, wie wenig Menschenkenntnis ich besitze", erklärte sie. „Das mag für eine normale Person nicht so schlimm sein, aber bei einem Anwalt ist das geradezu tragisch. Ich habe den Respekt vor mir selbst verloren."

„Komm schon, Ashley. Ich werde doch nicht wegen eines Fehlers, den du gemacht hast, deinen ganzen Charakter abwerten", erwiderte er. „Du bist ein guter, anständiger Mensch mit großen Fähigkeiten. Auch als Anwalt."

„Du kennst mich doch noch gar nicht lange genug, um dir so ein Urteil zu erlauben", protestierte sie und war fest entschlossen, nicht auf seine aufmunternden Worte einzugehen. Sie war immer noch in ihrem Selbstmitleid gefangen.

„Das sieht jeder", widersprach er. „Sonst würde diese Sache dich gar nicht so mitnehmen. Du solltest es als Erfahrung abbuchen und unbedingt weitermachen. Du hast doch daraus auch etwas gelernt. Sieh es positiv."

Sie starrte ihn ungläubig an. „Einfach weitermachen? Wie könnte ich das? Wie sollte das überhaupt jemand können?"

„Anwälte machen das ständig", erwiderte er. „Sie müssen Leute verteidigen, auch wenn sie vermuten, dass ihre Mandanten schuldig sind. Das ist nun mal ihr Job. Du hast doch selbst gesagt, dass jetzt jemand in deiner Kanzlei Slocums Verteidigung übernommen hat."

„Du scheinst keine sehr hohe Meinung von Anwälten zu haben", bemerkte sie bitter.

„Ich sehe das nur realistisch. Auf jeden Fall ist meine Einschätzung im Moment besser als deine", behauptete er und winkte ab, als sie ihn unterbrechen wollte. „Lass mich ausreden."

„Gut. Sprich weiter."

„Vielleicht würde ein guter Anwalt versuchen, lediglich eine Strafminderung zu bewirken, wenn die Beweise erdrückend sind. Trotzdem muss er immer im Interesse des Klienten arbeiten, ob er nun schuldig oder unschuldig ist. Jeder hat das Recht auf eine gute Verteidigung, das ist in der Verfassung verankert."

„Ja", gab sie zu.

„Du glaubtest, du hättest einen unschuldigen Mann verteidigt. Es stellte sich heraus, dass du unrecht hattest. Das ist nicht das Gleiche, als ob man bewusst einem Schuldigen die Freiheit beschafft."

Ashley weigerte sich immer noch, seine Sichtweise zu teilen. „Aber es fühlt sich genauso an. Ich fühle mich verantwortlich dafür, dass dieser Slocum noch eine weitere Frau fast umgebracht hätte."

Josh schaute ihr in die Augen. „Was glaubst du, wie die Geschworenen, die ihn freigesprochen haben, sich jetzt fühlen? Wirfst du ihnen Versagen vor? Hast du das Gefühl, sie betrogen zu haben?"

Sie schloss die Augen und seufzte. „Nein. Tiny hat uns allen etwas vorgemacht. Ich bin aber sicher, dass sie sich jetzt ebenso elend fühlen wie ich."

„Du musst außerdem bedenken, dass die Polizei und der Staatsanwalt ebenfalls versagt haben. Jeder hat in diesem Fall Fehler gemacht, du musst nicht alles auf deine Schulter nehmen." Er rückte mit dem Stuhl näher und strich mit der Hand über ihren nackten Arm. „Deine Schultern sind sowieso viel zu hübsch, um all die Last allein zu tragen."

Ashley erschauerte unter seiner Berührung. Es wäre so einfach, sich jetzt fallen und sich ein wenig von ihm ablenken zu lassen. Es wäre wunderbar, wenn er sie jetzt küssen, streicheln und sie dann wild und leidenschaftlich lieben würde. Es war genau das, was sie sich am Abend zuvor gewünscht hatte. Und im Moment schien die Aussicht sogar noch verlockender zu sein.

Sie würde ihn jedoch auf keinen Fall bitten, bei ihr zu bleiben. Ihr Stolz würde das nicht zulassen, und auch ihr gesunder Menschenverstand sagte ihr, dass der Zeitpunkt ebenso falsch wäre wie am Vorabend, ja vielleicht sogar noch schlechter. Beide wären sich bewusst, dass sie die Situation nur ausnützen würden, um ihre Probleme zu vergessen. Und das wäre unfair dem Mann gegenüber, der sie bisher so verständnisvoll behandelt hatte.

Sie ergriff Joshs Hand und küsste sie. „Du solltest jetzt lieber gehen", forderte sie ihn auf. „Ich brauche Zeit, um über alles nachzudenken."

„Ich bin mir nicht sicher, ob ich dich allein lassen sollte", entgegnete er mit besorgtem Gesicht. „Wenn du mich nicht hier haben willst, solltest du wenigstens eine deiner Schwestern anrufen."

Ashley schüttelte den Kopf. „Maggie und Melanie haben sich mein Gejammer schon genug angehört. Sie sind direkt nach der Gerichtsverhandlung nach Boston gekommen. Wenn du glaubst, dass ich jetzt in einer schlechten Verfassung wäre, hättest du mich vor einer Woche sehen sollen. Ich war in einem unmöglichen Zustand und total durchgedreht. Sie drohten mir, mich in ein Sanatorium einzuweisen, wenn ich nicht endlich Urlaub mache."

„Wirklich? Das finde ich gut."

Sie runzelte die Stirn. „Ich hätte mir denken können, dass du zu ihnen hältst."

„Weil sie recht hatten. Wenn es um die Gesundheit geht, hört der Spaß auf", erwiderte er. „Jetzt werde ich noch abwaschen, und dann bist du mich los."

„Josh, ich fühle mich nicht so mitgenommen, dass ich die paar Teller nicht selbst abwaschen könnte. Es wird mir guttun, mich mit so einer profanen Tätigkeit von meinen Gedanken abzulenken", meinte sie. Aus Angst, sie könnte sich ihm doch noch an den Hals werfen, konnte sie ihn gar nicht früh genug loswerden.

„Wenn du meinst", erwiderte er, immer noch nicht ganz überzeugt.

„Ja, das meine ich. Geh nur, und hör auf, dir Sorgen um mich zu machen. Ich verspreche dir, dass ich morgen früh ausgeschlafen und gut gelaunt auf dich warten werde, um wieder zum Angeln hinauszufahren."

Er betrachtete sie eingehend und nickte dann. „Also gut, du hast gewonnen. Ich werde jetzt gehen. Ruf mich an, falls du deine Meinung doch noch änderst und Gesellschaft wünschst."

„Das mache ich", versprach sie ihm.

Josh lehnte sich vor und gab ihr einen Kuss, und Ashley bedauerte, sich nicht anders entschieden zu haben.

„Damit du noch an etwas anderes denkst", zog er sie auf, nachdem er sich von ihr zurückgezogen hatte. „Ich will nicht, dass du die ganze Nacht mit unnötigen Schuldgefühlen verbringst."

Nachdem er gegangen war, berührte Ashley ihre Lippen und musste zugeben, dass seine Taktik Erfolg hatte. Eines Tages würde sie darüber nachdenken müssen, warum sie sich zu einem Mann hingezogen fühlte, der endlos Zeit zur Verfügung zu haben schien und offenbar weder Ehrgeiz noch Ziele hatte.

Nachdem Josh gegangen war, nahm Ashley all ihren Mut zusammen, um Jo in Boston anzurufen. Es gab Dinge, die sie wissen musste. Falls ihr Leben, so wie es bisher ablief, vorüber war, würde sie sich neu orientieren müssen. Sie würde neue Wege einschlagen und vielleicht sogar in eine andere Stadt ziehen.

„Langsam, so weit ist es noch nicht", ermahnte sie sich, während sie die Telefonnummer ihrer Schwester wählte. „Zuerst mal musst du die Fakten kennen."

Jo nahm nach dem vierten Klingeln ab und meldete sich fast zögernd.

„Hallo, ich bin es", sagte Ashley.

„Ein Glück. Fast hätte ich nicht abgenommen."

„Warum?"

„Wegen der Presse", erklärte Jo. „Sie versuchen, an dich heranzukommen. Du hast sicher gehört, was passiert ist, nicht wahr?"

„Ja."

„Nun, du kannst dir vorstellen, wie das hier alles wieder aufgerührt hat. Sie wollen wissen, wie du darauf reagierst."

„Es tut mir so leid. Warum stellst du nicht den Anrufbeantworter ein?"

„Ach, das hört bestimmt bald wieder auf. Wie geht es dir? Wie hast du überhaupt von diesem neuen Mordversuch erfahren? Ich hatte gehofft, diese Neuigkeit hätte den Weg bis Virginia nicht geschafft."

„Aus einer Zeitung aus Richmond", erklärte Ashley. „Wie schlimm ist es? Fordern die Medien meinen Kopf?"

„Natürlich nicht", entgegnete Jo.

Unglücklicherweise war ihre kleine Schwester keine gute Lügnerin. Ashley hörte das leichte Zögern in ihrer Stimme.

„Komm schon, Jo. Was sagen sie? Erzähl mir die Wahrheit, sonst rufe ich die Kanzlei an und lasse mir von denen alles brühwarm berichten. Ich habe allerdings das dumme Gefühl, sie werden es mir nicht gerade schonend beibringen. Ich kann mich glücklich schätzen, wenn ich noch nicht gefeuert bin. Sie liebten mich, als ich in den Medien noch als Retterin der Unschuldigen gehandelt wurde, aber jetzt? Ich kann mir nicht vorstellen, dass sie besonders glücklich über diese Situation sind."

„Also gut, es sieht ziemlich schlimm aus", gab Jo zu. „Aber in ein paar Tagen hat sich wieder alles beruhigt. Eine Zeitung sieht die Sache bereits aus einer anderen Perspektive und gibt nicht nur dir, sondern auch der Polizei und der Staatsanwaltschaft die Schuld."

Ashley seufzte. „Vielleicht sollte ich zurückkommen und mich den Medien stellen."

„Das wirst du nicht tun", beschwor Jo sie. „Du bleibst, wo du bist."

„Wissen es alle von unserer Familie?"

„Mom und Dad auf jeden Fall. Sie haben die gleichen Anrufe erhalten wie ich."

„Verflixt", murmelte Ashley. „Ich werde sie anrufen und ihnen sagen, dass sie nicht mehr ans Telefon gehen sollen."

„Das ist unnötig. Dad hat geradezu Spaß daran, den Reportern zu erzählen, wie unverantwortlich er ihr Vorgehen findet. Du weißt doch, wie er ist, wenn jemand eine seiner Töchter angreift."

Die Erinnerung daran brachte fast ein Schmunzeln auf Ashleys Gesicht. Massimo D'Angelo war der typische, überbeschützende italienische Vater. Niemand durfte seinen Töchtern etwas zuleide tun. Auch jeder Mann, der sich ihnen näherte, wurde kritisch unter die Lupe genommen. Als Teenager hatten die vier Schwestern sehr unter seiner Art gelitten. Heute konnte Ashley ihn verstehen und war ihm sogar dankbar, dass er sich zwischen sie und die Reporter stellte.

„Auf ihn kann man sich hundertprozentig verlassen, nicht wahr?"

„Ja, und er liebt dich über alles", erwiderte Jo. „Mache dir also keine Sorgen um Mom und Dad, in Ordnung? Sie wollen nur wissen, ob es dir gut geht. Sie finden, Rose Cottage ist der ideale Ort für dich, bis das alles vorbei ist. Sie sind erleichtert, dass du nicht hier in diesem Chaos bist."

„Hast du mit Maggie oder Melanie gesprochen?"

Jo zögerte. „Sei jetzt bitte nicht böse mit mir, aber ich habe sie angerufen, damit sie wissen, was hier in Boston läuft. Ich habe sie jedoch nicht erreichen können. Ich finde, du solltest es ihnen selbst sagen. Es ist nicht gut, wenn du in dieser Situation allein bist."

„Ich bin nicht allein. Nun, im Moment bin ich allein, aber Josh war noch bis vor einer halben Stunde hier. Ich habe ihn nach Hause geschickt."

„Josh?", fragte Jo neugierig. „Erzähl schon, wer ist dieser Josh?"

Ashley war überrascht. „Du willst behaupten, Melanie und Maggie haben dir noch nicht erzählt, dass ich unmittelbar nach meiner Ankunft hier einen Mann kennengelernt habe?"

„Einen interessanten Mann?"

„So könnte man ihn beschreiben", gab sie zu.

„Und welche Beschreibung wäre besser?"

Ashley dachte nach. „Er wirkt beruhigend auf mich."

„Beruhigend im Sinne von langweilig?"

Sie lachte. „Nein, langweilig ist er ganz bestimmt nicht."

„Und sexy auch nicht."

„Oh doch, er ist sexy."

„Wirklich?", fragte Jo mit wieder erwachtem Interesse. „Raus mit der Sprache, Ashley. Wirst du der Familientradition folgen und dich während deines Aufenthaltes im Rose Cottage unsterblich verlieben?"

„Red keinen Unsinn. Ich habe im Moment wirklich andere Probleme, als mich zu verlieben."

„Als ob Liebe und Leidenschaft darauf Rücksicht nehmen, ob man Probleme hat oder nicht", erwiderte Jo, und Ashley hatte plötzlich das Gefühl, als wäre ihre kleine Schwester bedrückt.

„Stimmt etwas nicht, Jo? Hast du Probleme?"

„Nein, nein", wehrte Jo rasch ab. „Bei mir ist alles in bester Ordnung. Außerdem möchte ich nicht unbedingt über mein Liebesleben reden."

„Nun, solltest du deine Meinung ändern, weißt du ja, wie du mich findest. Ich habe immer ein offenes Ohr für dich", bot Ashley an.

„Danke, ich weiß, dass ich mich auf dich verlassen kann."

„Also dann", meinte Ashley. „Danke, dass du mir gesagt hast, was in Boston vor sich geht. Ich werde mich wieder melden."

„Wenn du es nicht tust, komme ich mit Mom und Dad ins Rose Cottage", drohte Jo.

„Du lieber Himmel, nur das nicht!", rief Ashley entsetzt.

Jo lachte. „Ich dachte mir schon, dass diese Drohung genügt, mich öfters anzurufen. Ich umarm dich."

„Ich dich auch, Kleines."

Ashley legte den Hörer auf und bemerkte, dass sie trotz ihrer Sorgen lächelte. Manchmal mochte die Familie sie mit ihrer Fürsorge erdrücken, aber es tat gut zu wissen, dass sie da waren, wann immer man sie brauchte.

7. KAPITEL

Als Josh gegen sieben Uhr das Rose Cottage erreichte, musste er feststellen, dass Maggie und Melanie leider schneller gewesen waren. Er entdeckte ihre Wagen, als er vom Steg zur Hintertür hinauflief. Etwas sagte ihm, dass Ashleys jüngste Krise sich gegen ihren Willen bereits herumgesprochen hatte, und ihm wurde klar, dass die D'Angelos ein ausgefeiltes Informationssystem besitzen mussten. Er wusste nur noch nicht, ob das in diesem Fall gut oder schlecht war.

Er klopfte an die Hintertür, und als er eintrat, sah er die drei Schwestern am Küchentisch sitzen. Ashley wirkte, als ob sie im Belagerungszustand wäre, und schien bei seinem Anblick so erfreut, dass sein Herz einen Satz machte. Aber wahrscheinlich hätte sie jedem anderen, der sie von ihren Schwestern erlöste, den gleichen Blick zuteilwerden lassen.

„Zeit zu gehen?", fragte sie unternehmungslustig und erhob sich. „Ich bin fertig."

„Nicht so schnell, große Schwester", meinte Maggie. „Josh, hättest du vielleicht gern eine Tasse Kaffee, bevor ihr hinausfahrt?" Es war eigentlich keine Frage, denn sie goss ihm bereits eine Tasse ein, und der entschlossene Ausdruck in ihren Augen verriet ihm, dass es sich eher um einen Befehl handelte.

Josh schaute Ashley an und sah das Flehen in ihrem Blick. Obwohl er die Besorgnis der Schwestern verstand und schätzte, war er gewillt, Ashley zur Seite zu stehen. „Es tut mir leid, aber wir haben keine Zeit. Wir haben eine Verabredung."

„Mit Fischen", bemerkte Maggie trocken. „Ich wusste nicht, dass Fische Terminkalender haben, aber ich stelle mir vor, dass sie nicht allzu enttäuscht sein werden, wenn ihr ein wenig zu spät kommt."

„Hier handelt es sich um sehr beschäftigte Fische", erwiderte Josh unbeeindruckt. „Und du kennst doch die alte Weisheit ‚Morgenstund hat Gold im Mund'."

„Deswegen sind wir ja auch so früh gekommen", bemerkte Maggie trocken und gab nach. „Also gut, aber wir sind noch nicht fertig mit euch."

„Das denke ich mir", sagte Ashley resigniert.

„Wann werdet ihr zurück sein?", wollte Maggie wissen.

„Schwer zu sagen", wich Josh aus, da er den Verdacht hatte, sie würden bereits auf der Veranda warten, wenn er ihnen eine genaue

Zeitangabe machte.

Maggie rollte die Augen. „Oh, komm schon", rügte sie ihn. „Ich weiß nicht, wie es bei dir ist, aber das Gehirn meiner Schwester ist mit einem automatischen Terminplaner ausgestattet. Ich bin sicher, dass sie nicht weiß, wie man ihn ausschalten kann."

„Das habe ich bemerkt", gab Josh zu. „Aber wir arbeiten daran. Sie macht schon bemerkenswerte Fortschritte. Ihr würdet überrascht sein." Er strahlte Maggie und Melanie an. „Bis später dann."

Er trat zur Seite, um Ashley den Vortritt zu lassen, und sie rannte so eilig los, dass er sie erst auf halbem Weg zum Steg einholte. Zu seiner Überraschung schlang sie die Arme um ihn.

„Danke, danke, danke", jubelte sie. „Du bist genau zum richtigen Zeitpunkt gekommen. Ich sagte ihnen, dass du mich abholen würdest, aber sie wollten mir nicht glauben. Sie dachten, ich würde sie nur loswerden wollen."

Er lächelte. „Was du ja auch wolltest."

„Klar."

„Ich nehme an, jemand hat sie über diese Slocum-Geschichte informiert."

„Meine Eltern", bestätigte Ashley. „Es muss so sein, denn Jo hat mir gestern Abend noch gesagt, dass sie die beiden nicht erreichen konnte."

„Dann hast du also schon mit deinen Eltern gesprochen?"

„Nachdem ich mit Jo geredet und sie mir berichtet hatte, dass sie von Reportern belästigt werden, musste ich es tun. Ich habe versucht, meinen Vater dazu zu überreden, sich zurückzuhalten und Antworten zu verweigern."

Josh hörte die Kombination von Ärger und Humor aus ihrer Stimme heraus. „Eine undankbare Aufgabe?"

„Du hast ja keine Ahnung", bemerkte sie leicht geknickt. „Er hat den Reportern Verantwortungslosigkeit und Sensationsgier vorgeworfen." Sie seufzte. „Können wir dieses Thema nicht auf später verschieben? Vielleicht sollten wir unsere Wette wieder aufnehmen. Ich habe in dieser Nacht genug gegrübelt, ich könnte eine Pause gut gebrauchen."

Er bemerkte den matten Ausdruck ihrer Augen und die dunklen Schatten, die darunter lagen.

„Selbstverständlich", erklärte er. „Wenn wir draußen vor Anker gegangen sind, kannst du erst mal ein Nickerchen machen."

Sie warf ihm einen entrüsteten Blick zu. „Willst du damit etwa sagen, dass ich heute keinen Fisch fangen werde?"

Er lachte. „Du musst noch nicht mal die Angel auswerfen. Erinnere dich, dass es nur ums Entspannen geht. Du sollst mal so richtig deine Seele baumeln lassen. Das Angeln ist nur eine Entschuldigung, deine Sorgen hinter dir zu lassen und diesen schönen Tag auf dem Wasser zu genießen."

„Ich wünschte, ich könnte es", meinte sie wehmütig.

„Du wirst dich schon noch daran gewöhnen", versicherte Josh. „Denk einfach nicht nach."

Sie nickte ernst. „Einfach nicht denken."

„Genau."

Sie lehnte sich gegen das Kissen, das er auf den Sitz gestellt hatte, zog den Rand ihrer Baseballkappe ins Gesicht und schloss die Augen. Josh schaute sie an, bis er merkte, dass ihre Muskeln sich langsam entspannten. Ihre nackten Arme und Beine waren mittlerweile leicht gebräunt, und ihre Wangen hatten trotz der Anzeichen der Übernächtigung einen gesunden Schimmer. Schweigend wartete er darauf, dass ihr Atem tief und regelmäßig wurde.

Doch gerade als er glaubte, sie wäre endlich eingeschlafen, murmelte sie etwas: „Josh?"

„Ja?"

„Wag es nicht, einen Fisch zu fangen, während ich schlafe."

„Warum nicht? Ich bin auch mal dran. Du hast all die anderen gefangen."

Ashley lächelte triumphierend. „Richtig. Ich habe bereits drei gefangen, und du noch keinen Einzigen."

Er konnte sich ein Lachen kaum verkneifen. „Und warum musstest du mich jetzt daran erinnern?"

„Weil das Wissen darum es mir einfacher macht, schnell einzuschlafen."

„Also gut, dann bade in deinem Erfolg", erwiderte er. „Ich kann es verkraften."

„Du bist wirklich ein netter Mann", säuselte sie.

Josh seufzte. Da war es schon wieder: nett. In den nächsten Tagen würde er ihr wohl mal zeigen müssen, wie raffiniert er sein konnte. Und wenn er sie erst in den Armen hielt, würde ihm das nicht schwerfallen.

Kaum hatte Ashley die Augen aufgeschlagen, blickte sie neugierig in den Eimer mit Salzwasser. „Kein Fisch?", fragte sie Josh und versuchte, nicht zu viel Selbstzufriedenheit in ihre Stimme zu legen. Es war nicht ihre Schuld, dass ihm das Talent zum Angeln zu fehlen schien.

„Eigentlich habe ich fünf große Exemplare gefangen", entgegnete er, „aber ich habe sie alle wieder zurückgeworfen."

„Ja, ja. Wer's glaubt, wird selig."

„He, ich habe sie tatsächlich gefangen", erwiderte er mit ernstem Gesicht, nur das humorvolle Glitzern in seinen Augen verriet ihn. „Wie hast du geschlafen?"

„Sehr gut. Wie spät ist es eigentlich? Wie lange habe ich geschlafen?"

„Über zwei Stunden. Es ist fast zehn Uhr. Ich wollte dich gerade noch mal mit Sonnenlotion einreiben."

Sie lächelte. „Hört sich gut an", zog sie ihn auf und hielt ihm die Flasche entgegen. „Tu doch einfach so, als ob ich noch schlafen würde."

„Aber das tust du nicht. Du könntest dich jetzt auch allein einreiben."

„Komm schon, Josh. Geh auch mal ein Risiko ein."

Er nahm ihr die Flasche ab, gab Lotion in seine Hand und forderte sie dann auf, sich umzudrehen.

Ashley zuckte zusammen, als die kühle Lotion ihre Schultern berührte. Doch bereits nach wenigen Sekunden dachte sie gar nichts mehr, sondern spürte nur noch Joshs Hände auf ihrer nackten Haut. Langsam strich er über ihre Haut, langsam und zärtlich wie eine Liebkosung. Ashley bekam vor Erregung eine Gänsehaut, und ihr stockte der Atem.

Als er dann noch unter den tiefen V-Ausschnitt ihres Badeanzugs glitt, wäre sie am liebsten aus dem Boot gesprungen. Er hatte ihre Herausforderung in eine süße Qual verwandelt. Sie spürte, wie die Spitzen ihrer Brüste fest wurden, wie sich zwischen ihren Beinen eine erregende Wärme bildete. Genüsslich schloss sie die Augen und war sich bewusst, dass sie ein sehr gefährliches Spiel spielten.

„Genug?", meinte Josh schließlich mit verdächtig rauer Stimme.

Ashley spürte, dass er sie herausfordern wollte, und war noch nicht bereit, ihn gewinnen zu lassen. Irgendwie hatte er die Oberhand gewonnen, und das wollte sie wieder ändern. „Du hast die Vorderseite vergessen", erklärte sie und drehte sich langsam um.

Ihre Blicke trafen sich, und in seinen Augen glitzerte es gefährlich. „Willst du wirklich, dass ich weitermache?"

Sie schluckte nervös und nickte.

Erneut gab er Lotion auf seine Hand und strich sie dann auf ihre Brust. Geschickt glitt er mit den Fingern am Rand ihres Ausschnittes vorbei und rutschte dann unvermittelt darunter.

„Du willst doch auf keinen Fall dort einen Sonnenbrand bekommen, oder?", murmelte er, ohne den Blick von ihr abzuwenden. „Die Haut dort ist besonders zart."

„Oh", flüsterte sie und schob seine Hände auf ihre Arme.

„Und was ist mit deinen Beinen?", fragte er, nachdem er die Arme gründlich eingerieben hatte. „Brauchen die auch Lotion?"

„Natürlich", erwiderte Ashley und war entschlossen, das Spiel nicht abzubrechen, das sie begonnen hatte.

Allerdings war ihr nicht klar gewesen, wie gründlich er seine Aufgabe erledigte. Er vergaß keine Sommersprosse, keinen Zentimeter ihres Körpers. Er rieb die Lotion von den Zehenspitzen bis hin zum Rand ihres Badeanzuges ein, dann kümmerte er sich besonders um die Innenseite ihrer Schenkel. Als er schließlich aufhörte, war sie so erregt, dass sie ihm am liebsten die Badehose ausgezogen und über ihn hergefallen wäre.

„Danke", murmelte sie stattdessen, als er fertig war. „Du hast das sehr gründlich gemacht."

„Was ich tue, tue ich auch richtig", erwiderte er mit glitzernden Augen.

Sie wich seinem Blick aus. „Glaubst du, das Wasser ist sehr kalt?", fragte sie und sprang, ohne eine Antwort abzuwarten, kopfüber ins Meer. Das Wasser war noch kälter, als sie es erwartet hatte, aber es fühlte sich gut an auf ihrer überhitzten Haut. Schließlich tauchte sie wieder auf, schnappte nach Luft und hatte ihren erregten Körper wenigstens einigermaßen wieder unter Kontrolle.

„Bist du jetzt abgekühlt?", fragte Josh, der sich offensichtlich amüsierte.

„Und wie", erklärte sie fröhlich. „Du solltest es auch versuchen."

„Nein, danke."

„Angsthase."

„Ich weiß nicht, ob es besonders klug von dir war, mich jetzt herauszufordern. Besonders deshalb nicht, weil du dir die Sonnenlotion fast wieder abgewaschen hast. Du brauchst wohl noch mal eine Ganzkörperbehandlung." Nach diesen Worten sprang er mit einem Hechtsprung über Bord und tauchte tief ins Wasser ein.

Ashley wunderte sich gerade, wo und wann er wohl wieder auftauchen würde, als er ihre Knöchel umfasste und sie unter Wasser zog.

Prustend kam sie kurz darauf wieder nach oben. „Du Schuft", be-

317

schimpfte sie ihn. „Das war unfair."

„Ich war mir gar nicht bewusst, dass es bestimmte Regeln für dieses Spiel gibt", spottete er und schwamm außerhalb ihrer Reichweite. „Willst du es mir heimzahlen?"

Ihre Zähne begannen, vor Kälte zu klappern, aber Ashley nahm die Herausforderung an. „Darauf kannst du wetten", erwiderte sie und tauchte unter.

Sie war sicher gewesen, dass er dicht vor ihr gewesen war, aber unvermittelt umfasste er von hinten ihre Taille und hob sie aus dem Wasser. Sie schüttelte das Wasser aus ihrem Haar, während er sie langsam zu sich drehte. Als ihr Körper an seinem entlangglitt, spürte sie, wie stark er erregt war. Schließlich presste er sie an sich und küsste sie leidenschaftlich. Als der Kuss endete, hatte Ashley das Gefühl, heiße Lava würde durch ihre Adern fließen.

Sie klammerte sich an seine Schultern und schaute ihn an. „Wie ist es möglich, sich so heiß zu fühlen, wenn das Wasser so kalt ist?"

„Da fragt man sich, warum das Wasser um uns herum nicht verdampft, stimmt's?"

„Oh ja", bestätigte sie und schlang die Beine um seine Hüften.

Josh sah sie prüfend an. „Was hast du vor?"

„Ich will mich nur an dir festhalten", behauptete sie unschuldig.

„Ich glaube eher, du willst mich quälen", erwiderte er.

Sie lächelte. „Funktioniert es denn?"

Er presste sich leicht gegen sie. „Was denkst du?"

„Oh ja, es funktioniert tatsächlich."

„Bist du so mutig, weil du denkst, hier draußen könnte sowieso nichts passieren?"

Sie überlegte einen Moment. „Ja", gab sie dann zu.

„Dann hast du also nicht die Absicht, mit mir an Land zu gehen und dort zu beenden, was du hier begonnen hast?"

„Es ist nicht so, dass ich es nicht wollte", begann sie. „Nur …"

„Ich hätte auch Lust", erwiderte er. „Aber wir haben doch gesagt, dass es der falsche Zeitpunkt ist."

Sie fühlte sich plötzlich schuldig. „Entschuldige. Ich bin nicht fair, was?"

„Es geht hier nicht um Fairness", erwiderte er. „Es ist nur so, dass wir mit dem Feuer spielen. Wenn du damit rechnest, dass ich den netten Jungen mime und das Ganze unter Kontrolle habe, dann lass das besser sein. Auch ich habe meine Grenzen, und du testest sie gerade aus."

Ashley hörte den ernsten Ton in seiner Stimme, und ihr wurde klar, dass sie es zu weit getrieben hatte. Vielleicht hatte sie das bewusst gemacht. Vielleicht brauchte sie das. Aber Leidenschaft war nicht alles, was zählte. Sie sollte besser auf sich aufpassen. Sie wollte weder ihn noch sich verletzen.

„Wie wäre es, wenn wir irgendwo zu Mittag essen?", schlug sie vor, kletterte zurück ins Boot, trocknete sich ab und zog sich ein T-Shirt über. Trotz der Sonne zitterte sie vor Kälte. „Ich lade dich ein."

Josh war ihr gefolgt und setzte sich jetzt ihr gegenüber. Ein leichtes Lächeln spielte um seine Lippen.

„Das hat dir Angst eingejagt, nicht wahr?"

Sie sah ihn verständnislos an. „Wie bitte?"

„Na ja, die Tatsache, dass du mich so stark begehrst."

Sie konnte sich nicht helfen, sie musste seine Herausforderung annehmen. „Nicht mehr, als du mich begehrst", erwiderte sie und warf einen Blick auf seine Badehose, unter der sich der Beweis für sein Verlangen eindeutig abzeichnete. „Aber jetzt steht Mittagessen auf dem Plan."

„Keine schlechte Idee. Ein Steak wäre jetzt nicht übel. Irgendwas sagt mir, dass ich all meine Kraft brauchen werde, solange du in meiner Nähe bist."

Ashley erschauerte bei dem Versprechen, das sich hinter seinen Worten verbarg. Sie würden sich lieben. Vielleicht nicht heute, vielleicht nicht morgen, aber beide wussten, dass keiner von ihnen genug Widerstandskraft besaß, um der starken erotischen Anziehung noch lange widerstehen zu können.

Als Josh eine Stunde später vor dem Rose Cottage vorfuhr, wartete Ashley bereits auf ihn. „Wo warst du so lange, ich habe einen Bärenhunger."

„Fliegen kann ich noch nicht", meinte Josh amüsiert. Er war ausgestiegen und öffnete ihr die Beifahrertür. „Hat dich unser kleines Spiel so hungrig gemacht?"

„Nein. Die Erklärung ist viel einfacher. Ich habe heute noch nicht mal gefrühstückt, weil Melanie und Maggie mir den Appetit verdorben haben." Sie wartete, bis er wieder hinter dem Lenkrad Platz genommen hatte. „Hast du denn heute Morgen gefrühstückt?"

„Wenn du zwei Tassen Kaffee Frühstück nennst, dann ja."

In weniger als zehn Minuten hatten sie das Restaurant erreicht, und

Ashley wies auf den Parkplatz. „Sieh nur, dort drüben ist ein freier Platz."

Josh schaute in die Richtung, in die sie gezeigt hatte. „Und wenn ich mich nicht irre, steht der Wagen deiner Schwester genau daneben."

Ashley stöhnte auf.

„Also gut. Du hast die Wahl: Mittag essen mit deiner Schwester oder noch ein wenig hungern, bis wir ein anderes Restaurant erreicht haben."

Noch bevor sie etwas antworten konnte, hörte er das laute Knurren ihres Magens.

„Wir bleiben hier", entschied Ashley, wenn auch mit deutlichem Widerwillen.

„Mach dir keine Sorgen", tröstete er sie. „Ich werde dich be-schützen."

Kaum hatten sie das Restaurant betreten, entdeckten sie Melanie und Maggie, die bereits zu ihnen herüberwinkten. Offensichtlich hatten sie die Neuankömmlinge schon durch das Fenster bemerkt.

Ashley seufzte und ging pflichtbewusst auf ihre Schwestern zu.

Maggie betrachtete sie mit unverhüllter Neugierde. „Du siehst im Vergleich zu heute Morgen verflixt gut aus. War angeln das Einzige, was ihr gemacht habt?"

„Das, kleine Schwester, geht dich nichts an", erwiderte Ashley spitz.

„Genauso wenig, wie es dich etwas anging, was wir mit Mike und Rick gemacht haben?", konterte Melanie mit zuckersüßer Stimme.

Ashley blieb gelassen. „Nein, ich bin eure große Schwester. Ich habe die Verpflichtung, ein Auge auf euch zu werfen."

„Nun, wir mögen jünger sein, aber wir sind mittlerweile erfahrene Ehefrauen, also ist es unsere Verantwortung, auf unsere noch unver-heiratete Schwester aufzupassen."

„Zum Teufel mit euch", zischte Ashley.

„Beruhige dich, Liebling", tröstete Josh sie. „Iss erst mal etwas, dann fühlst du dich gleich wieder besser."

Maggie und Melanie lachten, als Ashley ihm einen giftigen Blick zuwarf.

„Nervensägen", murmelte Ashley und winkte dann die Kellnerin herbei. „Ich hätte gern einen Cheeseburger, Pommes frites und einen Schokoladen-Milchshake."

Ihre Schwestern schauten sie ungläubig an.

„Unglaublich, ein Wunder ist geschehen", bemerkte Melanie.

Maggie nickte. „Offensichtlich. Ich hätte nicht gedacht, dass ich so etwas noch mal erleben würde."

„Ich wiederhole, zum Teufel mit euch", beschwerte Ashley sich. „Und zwar alle beide."

Josh lachte. „Das hört sich für mich so an, als ob doch noch etwas von der alten Ashley da wäre." Was für eine Frau! dachte er.

Er hatte noch nie jemanden wie Ashley D'Angelo kennengelernt. Und er war sich ziemlich sicher, dass es eine schlechte Idee wäre, sie wieder gehen zu lassen.

8. KAPITEL

Nach dem Mittagessen hatte Ashley Josh gebeten, sie nach Hause zu fahren, da sie noch einige Dinge zu erledigen hätte. Das war gelogen, und Josh hatte sie wahrscheinlich auch durchschaut, aber sie hätte keine Minute länger in seiner Nähe bleiben können, denn die erotische Spannung war einfach zu groß. Die Art und Weise, wie er mit ihren Schwestern umging, wie er sie, Ashley, hin und wieder berührte und sie zum Abschied küsste, hatte sie fast verrückt gemacht.

In dieser Nacht bekam Ashley kaum ein Auge zu. Immer wieder musste sie sich daran erinnern, wie geschickt Josh sie mit der Sonnenlotion eingecremt und welch tiefe Lust er in ihr geweckt hatte. Das starke Verlangen, das er in ihr hervorgerufen hatte, beunruhigte sie mehr als ihre unsichere berufliche Zukunft. Sie wünschte sich, sie wäre couragierter gewesen und einfach spontan mit ihm ins Bett gegangen, damit dieses unbändige Verlangen, das ihr jetzt den Verstand raubte, endlich gedämpft wurde.

„Oh, bitte", stöhnte sie, als die Bilder so erotisch wurden, dass sie vor Verlangen am liebsten laut geschrien hätte. Wenn sie nicht noch einen letzten Rest an Selbstachtung besäße, würde sie sich jetzt ins Auto setzen, zu ihm fahren und ihn leidenschaftlich lieben.

Aber leider war es eine Frage der Ehre, den richtigen Zeitpunkt abzuwarten, wann immer der auch sein sollte. Josh schien überzeugt zu sein, dass sie schon merken würden, wenn es so weit war. Ashley hoffte das, denn lange würde sie diesen Zustand nicht mehr aushalten können. So viel war sicher.

Sie fragte sich allerdings immer wieder, warum gerade ein Mann wie Josh eine solche Leidenschaft in ihr weckte. Er besaß nichts – oder fast nichts – von dem, was sie von einem Mann erwartete. Gut, er war sehr attraktiv, aber weder kleidete er sich korrekt, noch schien er irgendwelche beruflichen Ambitionen zu haben. Kaum zu fassen! Sie wusste ja noch nicht mal, womit er sein Geld verdiente. Was immer es war, allzu viel Zeit konnte es nicht in Anspruch nehmen, denn er schien unendlich viel Freizeit zu haben. Ein sicheres Zeichen dafür, dass es kein sehr verantwortungsvoller Job sein konnte. Nun ja, er konnte im Moment Urlaub haben, aber da er so entspannt wirkte, konnte sein Beruf ihn nicht allzu sehr beanspruchen.

Natürlich war es absolut in Ordnung, wenn man einen Beruf hatte, der einen nicht völlig vereinnahmte, aber sie konnte sich nicht vorstellen, mit einem Mann zusammen zu sein, der so wenig beruflichen Ehrgeiz besaß.

Auf der anderen Seite fühlte sie sich in Joshs Gegenwart sehr wohl. Er wirkte einerseits eigenartig beruhigend, gleichzeitig aber stimulierend auf sie, was sich als eine faszinierende Mischung herausstellte.

Noch immer warf sie sich unruhig in ihrem Bett herum, als das Telefon klingelte. Benommen griff sie zum Hörer hinüber. „Ja?"

„Ashley, ich bin es, Jo."

Es lag ein unverkennbar ernster Ton in der Stimme ihrer kleinen Schwester. Ashley war sofort alarmiert und setzte sich kerzengerade auf. „Was ist los?"

„Ich habe gerade die ersten Morgennachrichten gehört. Es war auch ein Interview mit deinem Boss dabei."

Ashley ahnte nichts Gutes. „Und? Hat er mich den Wölfen zum Fraß vorgeworfen?"

„Nein, das nicht. Eigentlich sagte er sogar sehr viele nette Dinge über dich, aber ich glaube nicht, dass du glücklich darüber sein wirst. Er benimmt sich so, als ob das, was da im Gerichtssaal passiert ist, keine große Sache wäre", entrüstete sich Jo. „Er meinte, dass alle Verteidiger davon ausgehen, ihre Klienten seien unschuldig, und sagte, du hättest nur deinen Job gemacht, und zwar ausgezeichnet. Und darauf wäre er sehr stolz."

Ashley wusste, dass sie eigentlich erleichtert sein sollte über das Lob von Wyatt Blake, aber sie war nur noch deprimierter als ohnehin schon. Offensichtlich hatte der PR-Berater der Kanzlei einen Weg aufgezeigt, wie die Firma die unglückliche Geschichte zu ihrem Vorteil nutzen konnte. Ashley war erbost, dass Blake den peinlichsten Moment ihrer Karriere dazu benutzte, um Werbung für seine Kanzlei zu machen.

„Und weißt du, was das Schlimmste ist?", empörte sich Jo. „Er tat so, als ob deine Gefühle in dieser Sache völlig naiv wären. Und das in diesem herablassenden Ton, den ich so an diesem Typ verabscheue. Ich habe mich sowieso immer schon gefragt, wie du es aushältst, mit diesem Mann zu arbeiten."

Ashley hatte erwartet, dass Wyatt Blake sich irgendwann in der Öffentlichkeit zu dem Vorfall äußern würde, allerdings wäre sie niemals auf die Idee gekommen, dass er es in dieser Weise tun könnte. Ihre Achtung für den Mann, der einst ihr Mentor gewesen war, sank auf null.

„Ich muss nach Hause kommen", überlegte Ashley laut. „Es ist an der Zeit, dass ich mich den Medien stelle. Und ich muss Wyatt gegen-übertreten und ihn wissen lassen, was ich davon halte, wie er mit der Situation umgeht."

Wenn sie gleich an diesem Morgen fahren würde, wäre sie am Nach-mittag in Boston und könnte Wyatt noch in seinem Büro zur Rede stellen.

„Nein", widersprach Jo. „Du kannst nicht nach Hause kommen. Du würdest die Dinge nur noch schlimmer machen."

„Entschuldige, aber ich sehe nicht, wie ich sie noch schlimmer ma-chen könnte."

„Du bist wütend. Du bist in der Lage, so zurückzuschlagen, dass du noch selbst hinter Gittern landest."

„Ich werde nur mit Worten zurückschlagen. Und selbst der mäch-tige Wyatt Blake kann mich dafür nicht einsperren."

„Trotzdem könnte er dir das Leben zur Hölle machen", versuchte Jo, ihre Schwester zur Vernunft zu bringen. „Ich habe dich nicht an-gerufen, damit du überstürzt nach Hause kommst, sondern damit du Zeit hast, darüber nachzudenken, ob du weiterhin für eine Kanzlei ar-beiten willst, die dich und diesen Skandal benutzt, um Eigenwerbung zu machen."

Ashley wusste schon jetzt, dass sie nie mehr an ihren alten Arbeits-platz zurückkehren könnte. Am liebsten hätte sie auf der Stelle ange-rufen und gekündigt, aber sie musste sich noch zurückhalten. Übereilte Aktionen wurden oft bereut. Ihre Schwester hatte recht.

Sie würde auch nicht nach Boston zurückfahren. Sie würde im Rose Cottage bleiben, in aller Ruhe nachdenken, und wenn sie sich ganz si-cher war, die richtigen Entscheidungen getroffen zu haben, würde sie nach Hause fahren.

„Danke, dass du angerufen hast, Jo. Ich verspreche dir, dass ich nichts Überstürztes tun werde."

„Du weißt, dass alles, was hier passiert, nichts an unserer Einstel-lung zu dir ändert. Wir sind sehr stolz auf dich", erklärte Jo. „Und wir lieben dich über alles."

Ashleys Augen füllten sich mit Tränen. „Das habe ich nicht ver-dient."

„Natürlich hast du das", erwiderte Jo ungeduldig. „Du warst immer die Erste, die geholfen hat, wenn eine von uns Probleme hatte. Jetzt sind wir mal für dich da. Aber nun vergiss dieses Ekelpaket Blake, und genieß den Tag. Er ist es nicht wert, dass du auch nur einen Gedanken an ihn verschwendest."

„Ich werde es versuchen", versprach Ashley, obwohl sie wusste, dass das unmöglich war. Wie konnte sie vergessen, dass schon wieder ein Mann, dem sie vertraut hatte und den sie respektierte, sie so enttäuschte! Und obwohl sie Jo hoch und heilig versprochen hatte, erst mal abzuwarten, tippte sie noch im gleichen Moment die Privatnummer von Blake ein.

„Blake", meldete er sich träge. Es war erst sechs Uhr, und offensichtlich hatte er noch geschlafen.

„Sie konnten es wohl nicht erwarten, den Slocum-Fall für sich auszuschlachten, was?"

„Ashley, wo um alles in der Welt sind Sie?", fragte er, augenblicklich hellwach. „Ich habe versucht, mich mit Ihnen in Verbindung zu setzen, damit Sie wieder zurückkommen. Wir mussten vor der Presse eine Erklärung abgeben, da wir von Anrufen bombardiert wurden. Wir mussten Stellung beziehen. Dieser Fall entwickelt sich in Sachen Werbung zu einer Goldmine. Sie könnten jeden Abend im Fernsehen zu sehen sein."

Ashley konnte kaum fassen, was sie da hörte. War dieser Mann tatsächlich so oberflächlich? Augenblicklich wusste sie, was zu tun war. Selbst wenn sie wollte, hätte sie jetzt keine andere Wahl mehr. „Da Sie Ihre Kanzlei so gern in den Schlagzeilen sehen, gebe ich Ihnen jetzt eine Information, die erneut für Furore sorgen wird. Ich erkläre Ihnen hiermit meine Kündigung, das wird die Medien eine Weile beschäftigen, denke ich."

„Kündigen? Das können Sie nicht machen!", entrüstete er sich. „Kommen Sie schon, Ashley, denken Sie darüber nach. Sie können in diesen Tagen Ihren Preis selbst diktieren."

„Ich kann nicht mit Leuten zusammenarbeiten, von denen die Tatsache, dass ich ein Gewissen habe, vollkommen ignoriert wird. Wir waren am Anfang unserer Zusammenarbeit darin übereingekommen, dass ich nicht jeden Fall annehmen werde. Dass ich niemals eine Person verteidigen würde, die in meinen Augen schuldig ist und noch nicht mal Reue zeigt."

„Und das haben wir auch eingehalten."

„Ja, aber in der Pressekonferenz haben sie meinen Ruf als gewissenhafte Anwältin ruiniert."

„Das war nicht ich, sondern dieser Slocum", erwiderte Wyatt hart. „Ich habe nur versucht, das Beste daraus zu machen."

Ashley konnte ihn zwar verstehen, aber mit seiner Art zu denken war sie nicht einverstanden.

„Offensichtlich haben Sie mich jedoch nie respektiert, Sir. Sie haben mich bewusst für etwas zu einer Heldin gemacht, wofür ich mich zutiefst schäme", erinnerte sie ihn. „Ich habe einen schlimmen Fehler gemacht, als ich meinem Klienten glaubte, aber Sie haben einen noch größeren Fehler begangen. Sie halten mich für so gewissenlos, dass Sie glauben, Sie könnten mein Gewissen und meine Moralvorstellungen mit Geld ändern. Es wird jemand vorbeikommen, der meinen Schreibtisch ausräumen wird."

Ashley legte auf, noch bevor er ein Wort sagen konnte. Seltsamerweise empfand sie angesichts ihrer bevorstehenden Arbeitslosigkeit keine Panik, sondern nur Erleichterung. Es war das erste Mal seit Tagen, dass sie die Gewissheit hatte, wirklich das Richtige getan zu haben.

Sie hatte Geld auf der Bank, ein Dach über dem Kopf und Menschen, die sie liebten. Vielleicht war es an der Zeit, das zu schätzen, was wirklich zählte.

Josh schlief noch tief und fest, als das Telefon klingelte. Er rollte sich auf die Seite, tastete nach dem Hörer und murmelte dann verschlafen seinen Namen.

„Wach auf, Madison. Irgendwie habe ich das Gefühl, dass die Fische heute wieder anbeißen werden", erklärte Ashley, fast übertrieben fröhlich.

Josh setzte sich auf und rieb sich die Augen. Seltsam, dass allein der Klang ihrer Stimme ihn sofort hellwach werden ließ. Aber irgendetwas stimmte nicht. Das spürte er. „Was ist passiert?", fragte er.

„Das werde ich dir erzählen, wenn du hier bist. Beeil dich. Der Kaffee wird fertig sein, wenn du kommst."

Das Lockmittel Kaffee trieb ihn sofort aus dem Bett. Nun ja, vielleicht war es nicht der Gedanke an den Kaffee, sondern Ashleys seltsame Stimmung. Er fragte sich, was wohl passiert sein mochte. Irgendetwas war nicht in Ordnung, das spürte er.

Als Josh ins Freie trat, war es merklich kühler als in den vergangenen Tagen. Der Spätsommer neigte sich endgültig seinem Ende zu. Er ging noch mal ins Haus, um sich ein Sweatshirt sowie Jeans über sein T-Shirt und die Badehose anzuziehen, und ruderte dann los.

Ashley wartete bereits an der Hintertür auf ihn, eine Tasse Kaffee für ihn in der Hand. „Ich dachte, du brauchst ihn gleich. Du hast dich am Telefon nicht gerade munter angehört."

„Ich hatte vor, endlich mal richtig auszuschlafen", erwiderte er und hauchte ihr einen Kuss auf die Wange.

Sie lachte. „Und ich muss dich bereits in der Morgendämmerung aus dem Bett werfen, was?", meinte sie ohne eine Spur von Reue.

„Kein Problem. Aber was ist los? Du bist heute Morgen schon so aufgedreht."

Sie hob ihre Tasse zum Toast. „Kein Wunder, ich habe heute früh gekündigt."

Josh blinzelte und glaubte zuerst, sich verhört zu haben. Ihr Gesichtsausdruck verriet ihm jedoch, dass es ihr voller Ernst war. Das erklärte den Ton übertriebener Fröhlichkeit, der heute Morgen in ihrer Stimme gelegen hatte.

„Wann hast du gekündigt?"

„Vor ungefähr einer Stunde."

„Ich dachte, du wolltest dir Zeit lassen und noch darüber nachdenken?"

Sie zuckte die Schulter. „Die Dinge ändern sich eben."

„Weshalb?"

„Ich war gezwungen, so zu handeln", erklärte sie. „Ich musste tun, was ich tun musste."

„Und kommst du damit zurecht?"

„Ich bin sicher, dass ich irgendwann in totale Panik gerate, aber im Moment fühle ich mich nur befreit und sehr stark."

„Ich verstehe. Macht es dir etwas aus, wenn ich dich frage, wie du dazu kommst, bei Tagesanbruch aufzustehen und zu kündigen?"

Sie schilderte ihm kurz, was ihre Schwester ihr erzählt hatte, und danach das Gespräch mit ihrem Chef. „Wie hätte ich für solche Leute weiterarbeiten können?", fragte sie abschließend.

„Das geht wirklich nicht", gab Josh ohne Zögern zu. Er hätte das Gleiche getan. „Ich bin nur überrascht, dass du nicht gewartet hast, bis du einen neuen Job hast."

Sie zuckte die Schultern. „So bin ich eben. Meine Entscheidung erschien mir in diesem Moment richtig, also habe ich gekündigt."

Er sah sie prüfend an. „Weißt du denn schon, was du jetzt machen willst?"

„Nein, ich bin im Urlaub."

„Eigentlich bist du arbeitslos. Das ist nicht das Gleiche", stellte er richtig, obwohl er sie wegen ihrer Einstellung bewunderte. Sie betrachtete ihre Situation scheinbar mit erstaunlicher Gelassenheit, aber irgendwie nahm er ihr das nicht ganz ab.

Ashley machte eine wegwerfende Handbewegung. „Heute werde ich mir darum keine Sorgen machen. Lass uns angeln gehen."

Er nickte. „Gehen wir."

„Ich habe uns ein Lunchpaket vorbereitet. Dann können wir lange draußen bleiben."

„In Ordnung", meinte er und runzelte die Stirn. „Aber warum?"

„Wenn meine Familie Wind davon bekommt, werden sie alle glauben, ich hätte den Verstand verloren. Ich bin normalerweise nicht so impulsiv. Arbeit war bisher mein ganzes Leben. Wahrscheinlich bringen Sie gleich einen Seelenklempner mit, wenn sie hier auftauchen. Deswegen ist es wohl besser, wenn ich erst mal das Weite suche."

Er lachte. „Du magst sie mit deinem Entschluss überraschen, aber ich bezweifle, dass sie so weit gehen."

Ashley hielt ihm einen schweren Korb entgegen und nahm selbst die Kühlbox. „Ich werde kein Risiko eingehen."

Ashley wusste Joshs Schweigen zu schätzen. Entweder war er von der Überraschung noch wie gelähmt, oder aber er hatte sich gut im Griff. Was immer es war, zumindest quälte er sie nicht mit Fragen, auf die sie keine Antwort wusste.

Sie waren bereits seit Stunden auf dem Wasser. Er hatte einige Fische gefangen, hatte sie aber jedes Mal mit der Begründung, sie wären zu klein für die Pfanne, wieder ins Wasser geworfen. Ashley hatte noch nicht mal den Ehrgeiz gespürt, ihn zu übertrumpfen. Was der eindeutige Beweis dafür war, dass die Ereignisse des Morgens sie stärker mitgenommen hatten, als ihr bewusst war.

„Josh?"

„Hm?"

Sie berührte sein Bein mit ihrem Fuß. „Wach auf."

„Ich bin wach."

„Dann guck mich an."

Er schob seine Sonnenbrille tiefer und schaute sie über den Rand der Brille hinweg an. „Ja?"

„Glaubst du, ich habe einen Fehler gemacht? Sei ehrlich."

„Spielt es eine Rolle, was ich denke?"

„Nein."

„Dann hast du ja deine Antwort."

„Glaubst du, dass mich nach diesem Eklat noch irgendeine Kanzlei in Boston einstellen wird?"

Er schien ernsthaft nachzudenken. „Das ist schwer zu sagen", antwortete er schließlich. „Du bist eine exzellente Anwältin, die eine steile Karriere gemacht hat. Ich denke, dass du gute Chancen hast, wenn die Medien sich wieder beruhigt haben." Er schaute sie an. „Oder du machst dich selbstständig."

„Wobei ich den gleichen Problemen begegnen könnte. Ich bin mir nicht sicher, ob meine Klienten mir dann noch vertrauen würden."

„Du könntest hier deine eigene Kanzlei eröffnen."

Dieser Vorschlag war nicht nur so dahingesagt, denn etwas gab ihr das Gefühl, dass ihm diese Option nicht gerade eben erst in den Sinn gekommen war. „Hier? Wie viele Anwälte gibt es denn hier schon?"

„Einen oder zwei", erklärte er. „Die Gegend um Irvington befindet sich im Wachstum. Du würdest vielleicht nicht reich werden, aber ein gutes Einkommen hättest du auf jeden Fall."

Der Gedanke, hier in der Provinz zu bleiben, konnte Ashley mittlerweile nicht mehr schockieren. Irgendwie fühlte sie sich hier richtig zu Hause. Aber es war ein Unterschied, ob man in der Gegend Urlaub machte oder ob man für immer hier leben wollte. Würde sie sich nicht nach ein paar Monaten bereits langweilen? Wie aufregend konnten die Fälle hier schon sein? Sie würde Boston sicherlich vermissen.

„Vielleicht könnte ich in eine andere Stadt gehen", überlegte sie laut. „Vielleicht sogar nach Richmond."

„Das könntest du", stimmte er ihr zu. Seltsamerweise schien er über ihre Antwort enttäuscht zu sein.

Sie betrachtete ihn nachdenklich. „Josh, gibt es einen Grund, warum du möchtest, dass ich hierbleibe? Ich weiß, es ist reine Spekulation, aber denkst du, dass wir eine Beziehung eingehen könnten, wenn ich mich entschließen würde, hier zu arbeiten?"

Er lächelte. „Dieser Gedanke ist mir tatsächlich in den Sinn gekommen. Das würde uns Gelegenheit geben, doch noch miteinander ins Bett zu gehen."

Es würde auch die Dynamik der ganzen Situation verändern. Wenn sie wüsste, dass sie wieder nach Boston zurückkehrte, könnte sie sich eine leidenschaftliche Affäre mit ihm erlauben. Wenn sie blieb, hätte sie es mit einer festen Beziehung zu tun, und sie glaubte nicht, dass sie gut darin wäre.

„Ich weiß nicht", gestand sie ehrlich. „Ich kann doch nicht meine

Entscheidung, die meine berufliche Zukunft betrifft, davon abhängig machen, was oder was nicht zwischen uns passiert."

„Das meinte ich auch nicht. Ich will dir nur die Möglichkeiten aufzeigen, während du noch alle Optionen offen hast."

„Ich muss eine Liste erstellen", erklärte sie. Was Josh auch sagte, wichtige Entscheidungen wurden nicht in einem Ruderboot getroffen, sondern erforderten diszipliniertes und logisches Nachdenken.

„Aber nicht heute", rügte er sie. „Die Liste nimmt in deinen Gedanken doch bereits Gestalt an. Gib dir nur genug Zeit, dann wirst du bald wissen, wo deine Vor- und Nachteile sind. Dein Weg öffnet sich dann schnell wie von allein."

„Es handelt sich um mein Leben. Ich kann doch nicht darauf warten, dass mir die Antwort auf meine Probleme zufällig vom Himmel fällt", erwiderte sie ungeduldig. Sie konnte sich nicht länger treiben lassen. Schließlich war sie seit dem heutigen Morgen arbeitslos.

Er lachte. „Komm her", bat er sie.

Misstrauisch sah sie ihn an. „Warum?"

„Frag nicht so viel, komm einfach. Sonst komme ich zu dir."

Zögernd setzte sie sich neben ihn, und er schlang den Arm um sie.

„Jetzt leg den Kopf an meine Schulter", bat er.

Nach kurzem Zögern schmiegte sie sich an seine Brust, lehnte den Kopf an seine Schulter und seufzte.

„So ist es besser", meinte er. „Nun mach die Augen zu."

„Warum?"

„Weil ich es sage."

„Du bist nicht …", wollte sie protestieren.

„Ich weiß", schnitt er ihr amüsiert das Wort ab. „Ich bin nicht dein Boss."

„Sehr richtig."

„Vertrau mir doch einfach. Schließ deine Augen."

Widerwillig folgte sie seiner Aufforderung.

„Und jetzt versuch mal, dich ganz leer zu machen", sagte er. „Konzentrier dich nur auf die Wellen, die gegen das Boot schlagen, und auf die Sonne, die warm auf dein Gesicht scheint. Alle anderen Gedanken lässt du einfach gehen."

Trotzig kämpfte sie am Anfang gegen die beruhigende Wirkung seiner Stimme an, doch dann ließ sie sich gehen und entspannte sich zusehends.

„Es ist doch gar nicht so schwer, oder?", fragte er leise.

„Was?"

„Hier mit mir zu sein und nur für den Moment zu leben."

Sie lächelte. „Nein", gab sie zu, und ihr wurde schlagartig bewusst, dass sie glücklich war. „Es ist gar nicht schwer."

„Warum solltest du dieses Gefühl dann aufgeben?"

Gute Frage, dachte sie und schmiegte sich noch näher an ihn. Warum sollte man etwas aufgeben, was sich so gut anfühlte? Im Moment zählten nur er, die Sonne und das Meer. Probleme konnte man auch später noch lösen.

Viel später. Sie seufzte zufrieden.

9. KAPITEL

Zu Ashleys Entsetzen wartete die ganze Familie D'Angelo im Rose Cottage auf sie, als sie mit Josh am späten Nachmittag zurückkam.

Sie schaute Jo finster an. „Das war deine Idee, nicht wahr?"

„Gib nicht deiner Schwester die Schuld", bat ihre Mutter und trat vor, um sie in die Arme zu nehmen. „Dein Vater und ich fanden, dass es Zeit wird, herzukommen und dir moralische Unterstützung zu bieten. Wir haben sofort, nachdem wir die Morgennachrichten gehört hatten, diesen Flug gebucht. Jo versuchte, es uns auszureden, aber als wir darauf bestanden, entschloss sie sich spontan, auch mitzukommen."

Sie rückte von Ashley ab und betrachtete das Gesicht ihrer Tochter. „Wie geht es dir, mein Liebes?"

Ärgerlicherweise trieb Ashley die mitfühlende Frage ihrer Mutter die Tränen in die Augen, und sie begann zu weinen. Zu ihrer Überraschung, und wahrscheinlich auch zur Überraschung aller Anwesenden, war es Josh, der vortrat und sanft mit dem Zeigefinger ihr Kinn anhob.

„Ich schlage vor, wir gehen etwas spazieren. Was hältst du davon?", fragte er ernst.

Sie guckte in seine Augen und fühlte plötzlich wieder Boden unter den Füßen. Es war erstaunlich, dass ein Mann, den sie nur ein paar Tage kannte, solch eine Wirkung auf sie haben konnte. Sie würde die Gründe dafür später analysieren müssen, wenn nicht gerade ihre ganze Familie um sie herumstand und sie beobachtete.

Ihr Vater trat jetzt näher und warf einen Furcht einflößenden Blick in Joshs Richtung. „Bist du ganz sicher, dass es dir gut geht, Kätzchen?"

Als sie den Kosenamen hörte, den in ihrer Kindheit nur ihr Vater zu ihr gesagt hatte, brach sie erneut in Tränen aus, aber es gelang ihr relativ rasch, sich wieder zu fassen und ihm ein strahlendes Lächeln zu schenken.

„Mir geht es gut", versicherte sie ihm und drückte seine Hand. Dann schaute sie sich um. „Da wir endlich mal alle zusammen sind, lasst uns doch Krabben essen gehen", schlug sie fröhlich vor. Sie hakte ihre Mutter unter, um den besorgten Ausdruck auf ihrem Gesicht zu vertreiben. „Erinnerst du dich noch an Grandmas Lieblingsrestaurant? Dahin sind wir immer als Erstes gegangen."

Ihre Mutter spürte, dass Ashley dringend eine Ablenkung brauchte, und ihre Schwestern waren ebenfalls bereit, auf sie einzugehen. Ashley schaute Josh mit einem dankbaren Blick an.

Er lächelte. „Gern geschehen." Er wandte sich ab und ging auf den Strand zu.

Ashley blieb stehen und schaute ihm nach. „He, Madison, wohin gehst du?"

„Nach Hause", erklärte er.

„Das denke ich nicht." Sie ließ die anderen vorgehen und lief zurück. „Ich brauche dich. Bitte, lass mich jetzt nicht allein."

„Warum nicht? Du hast doch deine ganze Familie bei dir."

„Deswegen will ich dich ja gerade bei mir haben. Du musst mich vor ihren Fragen beschützen."

Sie stellte sich auf die Zehenspitzen und küsste ihn. „Und falls du es noch nicht bemerkt hast: Sie haben auch über dich Fragen. Aber wir werden schon damit klarkommen."

Er sah sie zweifelnd an. „Denkst du?"

„Ich weiß es."

„Hast du gesehen, wie dein Vater mich angeschaut hat? Ich glaube, er hätte mir einen Kinnhaken verpasst, wenn ich nicht zur Seite gegangen wäre."

Ashley lachte. „Er guckt jeden Mann so an, der mir oder einer meiner Schwestern zu nahe kommt. So ist er nun mal. Aber er hat auch Mike und Rick nicht einschüchtern können, und du schaffst das auch. Ich versichere dir, dass er noch nie jemandem etwas getan hat."

„Also gut", meinte Josh. „Was die anderen beiden können, kann ich auch."

„Das ist die richtige Einstellung." Sie schaute ihn an. „Noch eins, bevor wir zu den anderen gehen. Weißt du überhaupt, wie dankbar ich dir bin, dass du heute für mich da warst?"

„Es war mir ein Vergnügen."

Josh schien einer von den seltenen Männern zu sein, denen es nichts ausmachte, dass eine Frau ihm all ihre Probleme und Unsicherheiten in den Schoß warf. „In den kommenden Tagen werden wir zur Abwechslung mal über dich sprechen", drohte Ashley ihm noch an. „Seit wir uns kennen, geht es eigentlich immer nur um mich."

Er lachte. „Ist schon in Ordnung. Du bist ja auch viel interessanter als ich."

„Das glaube ich nicht. Ich glaube, dass Josh Madison verborgene Tiefen hat, die es noch zu entdecken gibt."

Zu ihrer Überraschung begegnete er ihrer humorvollen Bemerkung mit unerwarteter Zurückhaltung. „Mein Leben ist ein offenes Buch", behauptete er, obwohl seine Worte nicht ganz überzeugend wirkten.

„Dann ist es höchste Zeit, dass ich darin zu lesen beginne", meinte sie. „Ich war völlig mit mir selbst beschäftigt, und du warst so taktvoll, mich nicht darauf hinzuweisen. Ich verspreche dir, dass sich das ändern wird."

Erneut bemerkte sie ein seltsames Aufflackern in seinem Blick. Hatte Josh ein Geheimnis, das er nicht preisgeben wollte? Noch vor wenigen Minuten hätte sie geschworen, dass sie ihn kannte. Doch plötzlich war sie sich da nicht mehr so sicher.

Josh saß mit den D'Angelos am Tisch und hörte der Unterhaltung zu. Es wurde gelacht und geplaudert, und er erinnerte sich daran, wie oft er als Junge davon geträumt hatte, mit den D'Angelo-Schwestern zusammen sein zu dürfen.

Er beobachtete Ashley und überlegte, wie sie wohl reagieren würde, wenn sie entdeckte, dass auch er Anwalt war und dass auch er versuchte, einen neuen beruflichen Weg für sich zu finden. Es war seltsam: Als er ihr den Vorschlag machte, sich doch hier in der Gegend niederzulassen, war ihm schlagartig klar geworden, was er selbst eigentlich wollte. Was auch immer zwischen ihnen beiden geschah, er wusste jetzt, dass er auf jeden Fall hierbleiben wollte. Er hatte die Freuden seiner Kindheit wiedergefunden, und er wollte sie nicht missen. Bevor er diese Entscheidung jedoch endgültig traf, musste er sich vergewissern, dass dieser Entschluss nichts mit Ashleys Anwesenheit zu tun hatte. Und dass der Wunsch, hier zu leben, auch ohne sie bestehen bleiben würde.

Es würde auch noch andere Dinge geben, die er berücksichtigen müsste. Natürlich würde er nicht mehr jeden Morgen zum Angeln gehen können, aber er stellte sich vor, dass er bei gutem Wetter eine oder zwei Stunden erübrigen könnte. Außerdem war die Bucht ein wunderbarer Ort, um eine Familie zu gründen. Immer öfter musste er an Kinder denken, wenn er sich eine Zukunft mit Ashley vorstellte. Ihre Schwestern hatten sich schließlich auch entschieden hierzubleiben. Warum konnte sie es nicht? Vielleicht brauchte es nur noch ein wenig Überredung.

Er bemerkte, dass jemand neben ihm Platz genommen hatte, und sah Mike, der sich auf Ashleys leeren Stuhl gesetzt hatte.

„Du wirkst so nachdenklich, Josh. Ist alles in Ordnung?", erkundigte Mike sich. „Die Familie kann einen beim ersten Mal geradezu überwältigen. Man muss sich erst an die D'Angelos gewöhnen, stimmt's?"

334

„Das ist es nicht. Ich dachte nur an einige Entscheidungen, die ich selbst zu treffen habe."

„Möchtest du darüber sprechen? Ich bin ein guter Zuhörer."

Josh war überrascht. Der Gedanke, sich einem Freund mitzuteilen, gefiel ihm. Die meisten Kollegen der Kanzlei, in der er arbeitete, waren eher Konkurrenten als gute Freunde. Eine Weile hatte Stephanie den Platz eines guten Freundes eingenommen, aber das hier war eine Lebensentscheidung, die er nicht mit ihr besprechen wollte. Bevor er jedoch mit Mike darüber redete, musste er mit sich selbst ins Reine kommen.

„Ein anderes Mal, ja?"

„Klar", meinte Mike gelassen.

„Das ist mein Ernst. Ich könnte gut eine andere Sichtweise gebrauchen."

„Wir können uns ja an einem Abend in der nächsten Woche treffen."

Josh nickte. „Hört sich gut an."

Mike lächelte. „Ich werde Rick Bescheid sagen und mit ihm etwas ausmachen. Vielleicht können sich die Frauen hier treffen, und wir können bei mir einen Männerabend machen." Er schaute zu Ashley hinüber und sah dann wieder Josh an. „Ist bei euch beiden alles in Ordnung?"

„Das dachte ich, aber jetzt wird es langsam kompliziert."

„Das passiert immer kurz vor dem Absturz."

„Vor dem Absturz?"

„Na, du weißt schon, wenn du dich Hals über Kopf verliebst."

Josh lachte. „Ah, den Absturz meinst du. Wir sind eigentlich schon über den Punkt hinaus."

„Wirklich?"

„Ich denke, ich habe mich schon halb in sie verliebt, als sie neulich meinen Wagen gerammt hat." Noch während er sprach, wusste er, dass er recht hatte. Er hatte sich in Ashley verliebt. Nein, er liebte sie.

„Und wann kam die andere Hälfte?"

„Als sie am nächsten Tag mit ihrem Kajak gegen mein Ruderboot fuhr. Sie sah so verletzlich aus."

Mike schaute ihn überrascht an. „Ashley? Sie ist der Familien-Barrakuda."

Josh wusste, dass diese Beschreibung in der meisten Zeit zu neunundneunzig Prozent zutraf. Aber er hatte sich in Ashley während der Zeit verliebt, in der das eine verbleibende Prozent zutraf. Der Rest war nur eine Herausforderung, weil es versprach, interessant zu werden.

Sosehr Ashley die Unterstützung ihrer Eltern auch schätzte, so wünschte sie sich doch, dass sie bald wieder abfahren würden. Die beiden ständig um sich zu haben und mit ihnen zu Einladungen von Maggie oder Melanie zu gehen, das alles lenkte sie zu sehr ab. Sie brauchte jetzt unbedingt Zeit, um darüber nachzudenken, was sie mit dem Rest ihres Lebens anfangen sollte.

Als ihre Eltern am Sonntagabend verkündeten, dass sie früh am nächsten Morgen abreisen würden, war sie richtig erleichtert.

„Maggie wird uns zum Flughafen fahren", erklärte Jo ihr, während sie auf der Gartenschaukel saßen und die erstaunlich milde Septembernacht genossen. Der Herbst stand vor der Tür, und Ashley wusste, dass derart laue Nächte ab jetzt gezählt waren.

„Danke", meinte Ashley und umarmte ihre Schwester. „Ich weiß, du hast Mom und Dad davon überzeugt, dass es Zeit wird zu gehen."

Jo lachte. „Du bist mir wirklich etwas schuldig. Ich habe Schwerstarbeit geleistet. Dad wollte unbedingt hierbleiben, um ein Auge auf Josh zu werfen. Er meint, dass mit dem Mann irgendwas nicht stimmen würde."

„Wie kommt er denn darauf?", fragte Ashley.

„Er sagt, er könne sich nicht vorstellen, wann dieser Mann eigentlich arbeitet. Er ist sicher, dass das kein gutes Zeichen ist."

Ashley hatte sich auch schon Gedanken darüber gemacht, aber das würde sie vor Jo nicht zugeben. „Sag Dad, er braucht sich keine Sorgen zu machen. Sollten die Dinge zwischen ihm und mir ernster werden, werde ich von Josh einen ausführlichen Lebenslauf anfordern, den ich Dad dann vorlegen werde."

Jo lachte erneut. „Dad wird darauf bestehen, glaub mir."

„Es war schön, dass du gekommen bist, ich habe dich vermisst, Kleines."

„Du bist doch erst eine Woche hier, und wir haben oft miteinander telefoniert, das ist mehr Kontakt, als wir sonst in Boston haben. Du hattest also kaum Zeit, irgendjemand von uns zu vermissen."

„Ich weiß", gab Ashley zu. „Aber es ist schön, wenn ich weiß, dass du in meiner Nähe bist." Sie umarmte ihre Schwester kurz. „Ich hab dich lieb."

Jo erwiderte ihre Umarmung. „Ich dich auch, und ich werde immer für dich da sein, ob ich hier bin oder in Boston."

Ashley lächelte gerührt. „Danke, Jo. Das weiß ich."

Ashley war so erleichtert, als ihre Familie abreiste, dass sie kaum bemerkte, wie es zu regnen anfing. Erst als sie sich mit einer Tasse Tee an den Küchentisch setzte und zum Fenster hinausschaute, wurde ihr klar, dass sie nicht wie bisher mit Josh aufs Meer hinausfahren konnte.

Wenigstens gibt dir das etwas Zeit, über deine Zukunft nachzudenken, sagte sie sich. Sie konnte aber nicht die Energie aufbringen, um nach dem Block und dem Kugelschreiber zu suchen, die sie sich vor einigen Tagen in der Stadt gekauft hatte.

Wo war nur ihr Schwung und ihr Elan geblieben? Warum verspürte sie trotz ihrer Arbeitslosigkeit keinen Druck, sofort zu handeln? Was hatte sie so dramatisch verändert, dass all die Ruhe und Einsamkeit ihr guttat, statt sie fast um den Verstand zu bringen? Sie hatte begonnen, die friedlichen Stunden mit Josh auf dem Meer zu genießen. Er zwang sie nicht zum Reden oder dazu, sich Gedanken zu machen. Und nach dem Besuch ihrer Familie sehnte sie sich richtig danach, ihn wiederzusehen. Mehr, als wahrscheinlich klug war.

Einige Minuten später riss das Telefon sie aus ihren Gedanken, und als sie abnahm und Joshs Stimme hörte, machte ihr Herz einen kleinen Freudensprung.

„Wo bist du?", fragte er.

„Zu Hause. Aber das müsstest du doch eigentlich wissen. Du hast hier auf dem Festnetz angerufen. Und wo bist du?"

„Ich bin im Boot auf dem Weg zu dir."

„Bist du verrückt? Es regnet!"

„So? Denkst du, ich bin aus Zucker?"

Nein, aber wenn sie mit ihm durch den Regen paddelte, würde sie schrecklich aussehen. Sie hatte keine Lust, mit strähnigem Haar und durchnässter Kleidung vor ihm zu sitzen. „Vielleicht brauchen die Fische einen Tag Urlaub", gab sie zu bedenken.

Und da ihr Herz beim Klang seiner Stimme vor Freude schneller schlug, war es vielleicht besser, wenn sie eine Weile allein nachdachte. Sie wollte herausfinden, wohin die starke Anziehung, die zwischen ihnen herrschte, führen mochte. Sie konnte doch nicht ihr Leben mit einem Mann verbringen, der weder Ehrgeiz noch Ziele zu haben schien. Das mit Josh war nur ein Zwischenspiel. Mehr war einfach nicht möglich.

„Also gut", gab er mit jener Gelassenheit nach, die sie so an ihm liebte. „Dann rudere ich jetzt zurück, ziehe mich um und hole dich in einer halben Stunde ab. Wir werden in Irvington frühstücken gehen. Ich kenne dort ein Café, das guten Latte macchiato und sündhaft leckere Zimtrollen hat. Hinterher könnten wir ja noch ein wenig durch die Stadt bummeln und einkaufen gehen."

Ashley stöhnte, er kannte sogar ihre Schwächen. „Lass dir Zeit", meinte sie ausweichend. „Ich muss auch noch unter die Dusche und erst mal wieder zu mir kommen. Meine Eltern und Jo sind eben erst abgefahren."

„Dann komm zu dir", meinte er amüsiert. „Aber bitte schnell, mein Magen knurrt nämlich schon."

Eine Stunde später saßen sie beim zweiten Kaffee und der dritten Zimtrolle in dem besagten Café in Irvington. Der Regen hatte mittlerweile aufgehört, und die Sonnenstrahlen bahnten sich ihren Weg durch den morgendlichen Dunst. Es hätte alles in bester Ordnung sein können, wenn Josh das Gespräch nicht auf ihre berufliche Situation gebracht hätte.

„Du brauchst dir keine Sorgen zu machen, Ashley", beruhigte Josh sie. „Du wirst auf jeden Fall gute Angebote erhalten. Du bist eine ausgezeichnete Anwältin, und der Rummel um diesen Slocum wird bald vergessen sein." Seine Miene nahm einen ernsten Ausdruck an. „Obwohl ich nicht weiß, warum ich dir so zurede, nach Boston zurückzugehen. Mir könnte die Vorstellung außerordentlich gefallen, wenn du hier deine Anwaltskanzlei eröffnen würdest."

Obwohl sie so etwas noch gar nicht in Erwägung gezogen hatte, schien diese Option einen gewissen Reiz zu haben.

„Vielleicht sollten wir einfach dankbar sein für die Zeit, die uns noch zur Verfügung steht", sagte sie und schaute ihn an. „Und vielleicht sollten wir sie besser nützen."

Verlangen glitzerte in seinen Augen. „Der Stadtbummel ist also gestrichen?"

„Es sei denn, dir fällt nichts Besseres ein, wie du den Tag verbringen möchtest."

„Einkaufen ist nicht unbedingt nötig", erwiderte er. „Ich habe genug Zeug im Haus herumstehen. Möchtest du es sehen?"

Sie lächelte, während ein prickelnder Schauer ihren Körper durchfuhr. Sie wusste, dass ihre Entscheidung, mit ihm ins Bett zu gehen, richtig war. Hier ging es nicht um irgendeine belanglose Affäre. Das, was zwischen Josh und ihr wuchs, war viel zu stark, um verdrängt zu werden, viel zu schön und aufregend, um ignoriert zu werden.

„Ja, gern", erwiderte sie. „Ich wüsste nicht, was ich im Moment lieber täte."

10. KAPITEL

Während Josh vor dem Haus parkte, überlegte er hastig, ob alles aufgeräumt war. Glücklicherweise war er von Natur aus ordentlich. Er hatte sogar die Müslischüssel vom Frühstück ausgewaschen und herumliegende Kleidungsstücke im Schlafzimmer weggeräumt.

Seit seine Eltern wegen des wärmeren, trockeneren Klimas nach Arizona gezogen waren, war er der Einzige, der noch einen Schlüssel zu dem Haus besaß. Und obwohl er oft keine Zeit gehabt hatte, hierher zu kommen, hatte er stets dafür gesorgt, dass sich jemand um Idylwild kümmerte und dass anstehende Reparaturarbeiten durchgeführt wurden.

Innen sah es noch genau so aus wie früher. Korbmöbel gesellten sich zu antiken Eichenmöbeln, und an den Wänden hingen Ölgemälde und Aquarelle, die älteren Ursprungs waren. Nur die Küche war modernisiert worden und hatte praktische Einbauschränke und Elektrogeräte. Alles zusammen ließ eine gemütliche, sehr wohnliche Atmosphäre entstehen.

Josh machte einen Schritt zur Seite, als Ashley das Wohnzimmer betrat, und er versuchte, den Raum mit ihren Augen zu sehen. Ob es ihr hier überhaupt gefiel? Zu seiner Überraschung begann sie zu lächeln und ging gleich auf die Kommode zu, auf der alte Fotografien standen.

„Bist du auch dabei?", fragte sie neugierig.

„Klar, auf mehreren." Wenn es nach ihm gegangen wäre, hätte sie nicht unbedingt erfahren müssen, wie schmalbrüstig und streberhaft er früher ausgesehen hatte. Auf den Fotos waren einige seiner Cousins zu sehen, die mit sechzehn alle viel muskulöser und attraktiver gewesen waren als er. Er glaubte aber nicht, dass sie ihn erkennen würde.

„Komm her, und zeig mir, wo du bist", forderte sie ihn auf, während sie ein Foto nach dem anderen betrachtete.

Er schmunzelte über ihre Verwirrung. „Du musst schon selbst herausfinden, wo ich bin. Soll ich uns einen Tee machen, oder möchtest du lieber ein Glas Wein?"

„Tee wäre gut."

Er ging in die Küche, während Ashley einen Rahmen nach dem anderen in die Hand nahm und die Fotos betrachtete.

„Josh? Bist du sicher, dass du überhaupt irgendwo auf diesen Fotos drauf bist?", rief sie ihm durch die offene Tür zu.

„Natürlich." Er goss kochendes Wasser über die Teebeutel, ließ sie einen Moment ziehen und brachte die Kanne dann ins Wohnzimmer. „Na, hast du mich gefunden?"

Sie hielt gerade ein kleineres Foto, das in einem Holzrahmen steckte, in der Hand. „Ich glaube, das hier bist du."

Er ging zu ihr hinüber. „Lass mal sehen." Er musste lächeln, als er auf das Foto seines jüngeren Cousins sah. „Pech gehabt. Das ist Jim."

„Aber er hat deine Augen und deinen Mund", verteidigte sie sich. Sie stellte das Bild zurück und schaute ihn an. „Habe ich dir schon gesagt, wie sehr mir dein Mund gefällt?"

Sein Herz machte einen Satz. „Nicht, dass ich mich erinnern könnte."

„Du hast sehr sinnliche Lippen." Sie lächelte. „Oder vielleicht sehe ich sie nur so, weil du so unglaublich gut küssen kannst."

„Unglaublich gut?"

„Du kannst mich mit deinen Küssen fast um den Verstand bringen."

Josh beugte sich vor und berührte zart ihre Lippen mit seinem Mund. „Wenn ich dich so küsse?"

„Das ist schon mal nicht schlecht für den Anfang", erklärte sie. „Aber du kannst es noch viel besser." Sie fuhr leicht mit der Zunge über seine Unterlippe. „So wie das hier."

„Ah." Er nickte. „Ich verstehe."

Er presste seinen Mund auf ihren, und als sie ihre Lippen mit einem leisen Stöhnen öffnete, drang er mit der Zunge in ihren Mund ein und eröffnete ein erregendes Duell mit ihrer Zunge. Als er sich schließlich wieder zurückzog, sah sie ihn benommen an.

„Oh, Mann", murmelte sie. „Vielleicht sollten wir ein Bett finden, bevor meine Knie weich werden."

Er lachte. „Wir haben keine Eile, Liebling. Ich habe gerade erst Tee gekocht."

In ihrem Blick lag so viel Verlangen, dass ihm ganz heiß wurde. „Vergiss den Tee", murmelte sie.

Josh schluckte nervös. „Er ist bereits vergessen."

„Und wie steht es um den Rest deiner Erinnerung? Kennst du den Weg ins Schlafzimmer noch?"

„In diesem Haus gibt es vier Schlafzimmer", erwiderte er und hob sie auf die Arme. „In eines finde ich bestimmt."

Natürlich brachte Josh sie in sein Schlafzimmer und war froh, dass er am Morgen, nach einer weiteren schlaflosen Nacht, das Bett noch schnell gemacht hatte. Als er sie vor dem Bett mit den Füßen wieder auf den Boden stellte, glaubte er zu träumen. Als schmalbrüstiger, unscheinbarer Teenager hatte er davon geträumt, mit einem D'Angelo-Mädchen zusammen zu sein. Die Realität war jedoch noch viel, viel besser.

Die wunderschöne Frau, die jetzt vor ihm stand, weckte Sehnsüchte nach Dingen in ihm, an die er nie zuvor gedacht hatte – an ein Zuhause, an Familie, an eine Zukunft, in der nicht nur Arbeit der einzige Lebensinhalt war. Solche Gedanken hatte noch keine Frau in ihm hervorgerufen.

Ashley hatte jetzt begonnen, sein Hemd aufzuknöpfen und mit den Fingerspitzen seine behaarte Brust zu streicheln. Tiefes Verlangen entbrannte so stark in ihm, dass alle Gedanken verschwanden und nur noch die Lust im Hier und Jetzt zählte. Er wollte jedoch nichts überstürzen, sondern langsam und zärtlich vorgehen.

Sie schien allerdings etwas anderes im Sinn zu haben. Kaum hatten sie sich ausgezogen, als sie ihn bereits auf das Bett drängte. So gern er sie jetzt auch noch gestreichelt und liebkost hätte, gab er nur zu willig ihrem Verlangen nach. Er blickte ihr tief in die Augen und drang dann mit einem einzigen Stoß hart in sie ein. Intuitiv kam sie ihm mit ihren Hüften entgegen und stöhnte vor Lust auf. Voller Erregung bewegte sie sich unter ihm und kam innerhalb weniger Sekunden zum Höhepunkt.

Nie zuvor war er einer Frau begegnet, die so sinnlich war wie Ashley. Er lächelte, als sie langsam wieder zu Atem kam. „Das hier war nur allein für dich, Liebling", erklärte er und küsste sie zart.

Sie schenkte ihm ein verführerisches Lächeln. „Und jetzt?"

„Und jetzt werden wir das Ganze noch mal machen", versprach er.

„Wirklich?"

„Und dieses Mal wird es für uns beide sein."

Er wartete, bis er erneut Lust in ihren Augen aufflackern sah, und begann dann, sich ganz vorsichtig in ihr zu bewegen. Langsam baute sich die Erregung erneut in ihr auf, bis sie ihn anbettelte, schneller zu werden.

„Bald, Liebling", murmelte er. „Bald."

Ashleys kleine Lustschreie spornten ihn an, und Josh bewegte sich immer schneller und härter in ihr. So lange, bis die Bewegungen weder seiner noch ihrer Kontrolle unterworfen waren, sondern nur noch von der ungeheuren Leidenschaft bestimmt wurden, die sie vorantrieb. Nie zuvor hatte Josh solch eine Lust erlebt. Eine Lust, die Körper und Seele gleichzeitig zu ergreifen schien.

Als sie nach einem exstatischen Höhepunkt langsam wieder in die Wirklichkeit zurückkehrten, hielt Josh sie eng umschlungen und hätte ihr am liebsten gestanden, wie sehr er sie liebte. Nur die Angst, dass Ashley nicht das Gleiche für ihn empfinden könnte, hielt ihn zurück.

„Wo warst du eigentlich gestern?", wollte Maggie wissen. Ashley war erst am nächsten Morgen von Josh zurückgekommen und hatte Maggies Anrufe auf dem Anrufbeantworter vorgefunden. „Ich habe drei Mal bei dir angerufen."

„Ich weiß. Ich habe das Band abgehört."

„Außerdem bin ich bei dir vorbeigefahren."

„Das überrascht mich nicht", erwiderte Ashley.

„Und?"

„Und was?"

„Ach, hör doch endlich auf. Warst du nun bei Josh oder nicht?"

„Das geht dich nichts an."

„Aha, dann warst du also bei ihm", schloss Maggie. „Wie ernst ist es denn zwischen euch?"

Darauf wusste Ashley keine Antwort. Der Sex mit Josh war zweifellos ernst zu nehmen. Sie hatte nie besseren Sex gehabt. Von ihrer emotionalen Beziehung konnte sie jedoch nicht das Gleiche sagen. Es gab noch zu viele Dinge, bei denen sie im Dunkeln tappte.

„Darauf kann ich dir leider nicht antworten."

„Kannst du nicht? Oder willst du nicht?"

„Spielt das eine Rolle?", fragte Ashley irritiert.

„Ja, das tut es. Ich komme jetzt zu dir ins Cottage. Wir müssen wirklich mal ernsthaft miteinander reden."

„Wir müssen nicht reden. Und ich will keinesfalls, dass du und Melanie auf die Idee kommt, ihr müsstet eine Hochzeit planen."

„Das hoffe ich auch nicht", entgegnete Maggie mit so viel Nachdruck, dass Ashley erstaunt aufhorchte.

„Ich dachte, du magst Josh."

„Das tue ich auch. Wir mögen ihn alle. Mike und Rick treffen sich heute Abend auf ein Bier mit ihm. Dazu wollen sie Burger essen. Und deswegen habe ich versucht, dich zu erreichen. Melanie und ich sind allein und wollten, dass du zu uns kommst."

„Warum? Gibt es bei dir auch Bier und Burger?"

„Also bitte, ich bin die Köchin von uns Schwestern, hast du das vergessen? Ich werde Schweinebraten mit Aprikosensoße, Püree und

342

Spargelsalat servieren. Melanie bringt einen sündhaft guten Schokoladenkuchen mit."

„Wissen die Männer von dem Essen? Sie könnten es sich überlegen und deinen Speiseplan als ernsthafte Alternative zu Bier und Burger ansehen."

„Ich denke, es geht da mehr um Männerfreundschaften als um das Menü", erklärte Maggie. „Und ich habe Rick beauftragt, einige Informationen über den mysteriösen Josh Madison nach Hause zu bringen."

„Und das bedeutet?"

„Wir mögen ihn alle, aber wir wissen nicht sehr viel über ihn."

„Wahrscheinlich genauso viel, wie du von Rick wusstest, als du mit ihm ins Bett gestiegen bist", bemerkte Ashley spitz.

„Ha-ha", erwiderte Maggie. „Aber ich habe sehr viel mehr gewusst, als ich ihm schließlich das Jawort gegeben habe."

„Ich habe nicht gesagt, dass ich vorhätte, Josh zu heiraten."

„Dann habt ihr bereits darüber gesprochen?", fragte Maggie neugierig.

„Nein", wehrte sie ab. „Aber glaubst du wirklich, ich würde einen Mann heiraten, von dessen Leben ich fast nichts weiß?"

„Nein, nicht bevor du seinen Wert an der Börse kennst", neckte Maggie ihre Schwester. „Oder hast du schon Erkundigungen über ihn eingezogen?"

„Wie denn?", fragte Ashley leicht gekränkt. „Willst du mich eigentlich beleidigen? Ich bin nicht so arrogant, wie du denkst."

„Vielleicht bist du nicht arrogant, aber du hattest früher immer sehr konkrete Vorstellungen, wenn es um Männer ging. Bedeutet das, dass ein Mann bei dir neuerdings auch ohne Armani-Anzüge und Rolex auskommen kann?"

„Es ging nie um die verdammte Kleidung oder um teure Uhren", fuhr Ashley ihre Schwester an, obwohl Joshs Kleidung ihr als Erstes aufgefallen war. Und die hatte sie nicht beeindruckt. Erst in letzter Zeit achtete sie nicht mehr darauf, was er trug. Irgendwie spielte das keine Rolle mehr.

„Nein, aber es geht darum, dass ein Mann genug Ehrgeiz haben sollte, um sich so etwas überhaupt leisten zu können", meinte Maggie. „Vielleicht habe ich irgendetwas nicht mitbekommen. Wovon lebt Josh denn eigentlich? Weißt du, was er beruflich macht?"

„Nein, ich bin mir nicht sicher. Ich weiß nur, dass auch er gerade eine Phase der Neuorientierung durchmacht. Genau wie ich."

„Na, großartig. Zwei, die in einer beruflichen Krise stecken. Das ist eine solide Basis für eine Ehe."

„Hör jetzt endlich auf", wetterte Ashley, die langsam die Geduld verlor. Vor allem, weil sie keine Antworten auf Fragen in Bezug auf Josh hatte. Fragen, die sie angesichts der immer stärker werdenden Gefühle längst hätte geklärt haben müssen.

Normalerweise handelte sie nie impulsiv, trotzdem war es ihr gelungen, mit einem Fremden, über den sie so gut wie nichts wusste, eine Beziehung einzugehen. Und sie konnte es sehen, wie sie wollte, sie hatten bereits eine Beziehung, auch wenn sie vielleicht schnell wieder beendet sein würde. Daran durfte sie allerdings nicht denken, da dieser Gedanke sie weitaus mehr schmerzte, als es gut für sie war.

„Nun, darüber können wir ja noch ein anderes Mal reden. Wir sehen uns dann um sieben Uhr", entschied Maggie einfach.

„Ich habe nicht gesagt, dass ich komme."

„Aber du wirst kommen."

„So? Und warum?"

„Weil du genau weißt, dass Melanie und ich um zehn nach sieben vor deiner Tür erscheinen werden, solltest du nicht pünktlich bei mir eintrudeln."

„Aha."

„Es ist mein Ernst, große Schwester. Du brauchst einen Plan, wie du vorgehen musst. Du solltest herausfinden, wer und was Josh ist, bevor du dich noch mehr auf ihn einlässt."

„Wer ist denn jetzt hier arrogant? Reicht es etwa nicht, dass er unglaublich nett und liebevoll, clever, spaßig und dazu noch sexy ist?"

Maggie lachte. „Dafür, dass du angeblich nur oberflächlich an ihm interessiert bist, verteidigst du ihn ganz schön heftig. Auch darüber werden wir noch reden müssen."

„Ich kann es kaum erwarten", bemerkte Ashley sarkastisch und legte auf.

Wenn sie auch nur einen Funken Verstand besaß, würde sie an diesem Abend einen großen Bogen um ihre Schwestern machen. Sie wusste jedoch genau, dass Maggie und Melanie ihr keine Ruhe lassen würden. Nein, es war besser, wie geplant zu ihnen zu fahren und sich darauf vorzubereiten, jede ihrer Fragen konsequent mit einem „Kein Kommentar" zu beantworten.

11. KAPITEL

Josh bemerkte sofort, wie unbehaglich sich Mike und Rick in ihrer Haut fühlten, und schloss daraus, dass er wohl mit den Burgern zusammen auf dem Tablett serviert werden sollte. „Okay, Jungs, was ist los? Raus mit der Sprache! Und ich will eine ehrliche Antwort."

Sie schienen seine Aufforderung absichtlich zu überhören. Mike wendete die Hamburger und vermied es, in seine Richtung zu schauen. Rick seufzte.

„Ich warte", erklärte er herausfordernd.

„Wir haben einen Auftrag", gestand Rick schließlich kleinlaut. „Von unseren Frauen", fügte er hinzu.

Josh musste sich das Lachen verkneifen. Beide Männer standen mit den Beinen fest auf dem Boden, hatten etwas im Leben erreicht und ließen sich trotzdem von ihren Frauen manipulieren. Das bewies, wie sehr sie diese Frauen liebten. „Interessant. Und ihr habt euch verpflichtet gefühlt, diesen Auftrag anzunehmen, stimmt's?"

„Stimmt", bestätigte Mike. „Wenn ich an deiner Stelle wäre, würde ich jetzt davonlaufen. Die Liste der Fragen, die sie uns mitgegeben haben, ist schier endlos." Er griff in seine Hosentasche und zog ein zerknittertes Stück Papier heraus. „Melanie hat mir Notizen gemacht. Sie traut meinem Gedächtnis nicht."

Rick hielt ebenfalls ein Stück Papier hoch. „Maggie meinem auch nicht." Er sah Mike stirnrunzelnd an. „Ich glaube, es gehörte zu unserem Auftrag, etwas subtiler vorzugehen."

Josh lachte. „Das habt ihr auf jeden Fall vermasselt, aber es spielt auch keine Rolle. Ich werde mich wohl kaum vor einigen Antworten drücken können", sagte er bedauernd. „Das würde nämlich einen falschen Eindruck vermitteln."

„Erstens das, und zweitens bist du bei uns weitaus besser aufgehoben. Ich wünsche dir nicht, Melanie und Maggie auf den Fersen zu haben. Dann wird dein Leben zur Hölle, glaub mir. Wir haben wenigstens noch Verständnis für dich."

„Ja, ihr habt wahrscheinlich recht", erwiderte Josh. „Ich nehme an, dass ich euch nicht dazu überreden kann, euren Frauen einfach zu erzählen, dass ich ein toller Hecht bin."

„Keine Chance", meinte Mike. „Sie wollen Fakten hören. Sie denken, du hältst etwas vor Ashley geheim."

„Nichts, was wichtig wäre", versicherte Josh den beiden. „Aber ich denke, mein Wort zählt in diesem Fall nicht."

„Leider nicht", bestätigte Rick entschuldigend.

Josh nahm einen großen Schluck von seinem Bier und setzte sich dann in einen der Sessel, die auf der Terrasse standen. „Also gut. Schießt los. Was wollt ihr wissen?"

„Vielleicht sollten wir wenigstens warten, bis du etwas gegessen hast", schlug Mike vor, der es offensichtlich nicht besonders eilig hatte. „Das hier sind ausgezeichnete Burger, und wenn du noch zwei Bier dazu trinkst, wird das Verhör nicht so schmerzlich für dich ausfallen."

Josh zuckte die Schultern. Er hatte es nicht eilig, Rede und Antwort zu stehen. „Das Angebot nehme ich gerne an. Ich bin nicht allzu versessen darauf, befragt zu werden." Er wandte sich Rick zu. „Hattest du auch so viele Probleme mit den Schwestern, als du dich mit Maggie zusammengetan hast?"

„Um ehrlich zu sein, waren die Schwestern großartig", vertraute Rick ihm an. „Maggie war die harte Nuss. Sie dachte, es ginge nur um Sex. Sie war der Meinung, dass ich wieder verschwinden würde, wenn die Leidenschaft erst erloschen wäre."

Josh zog eine Augenbraue hoch. „Aber es war nicht nur der Sex?"

„Nun, natürlich war es der auch", gab Rick zu. „Zumindest spielte er am Anfang die größte Rolle. Ich konnte mir damals aber gar nicht vorstellen, mich irgendwann mal nur auf eine Frau zu beschränken."

„Und was hat sich geändert?", wollte Josh wissen.

„Maggie ist davongelaufen. Da das bei mir noch nie eine Frau getan hatte, bin ich ihr natürlich hinterhergefahren und habe um sie gekämpft. Glaub mir, sie hat lange Widerstand geleistet. Aber als ich sie dann endlich hatte, war mir klar, dass ich diese Frau heiraten musste. Sie oder keine."

„Und wie lange hat das gedauert?", fragte Josh.

„Ein paar Wochen."

„Bei uns hat es sich auch nicht viel länger hingezogen", gestand Mike. „Meine erste Ehe war eine totale Katastrophe, und Frauen interessierten mich eigentlich überhaupt nicht mehr. Zumindest nicht für eine feste Beziehung. Ich hatte genug mit Jessie zu tun, die völlig durch den Wind war. Ich werde Melanie ewig dankbar sein, dass sie uns trotz der vielen Schwierigkeiten genommen hat. Seit ich mit ihr zusammen bin, kann ich das Leben endlich wieder genießen."

Mike reichte seinen beiden Gästen einen Hamburger und biss dann in seinen eigenen. Er schaute zu Josh hinüber. „Warum interessiert dich das so? Denkst du daran, Ashley zu heiraten?"

„Der Gedanke ist mir ein oder zwei Mal gekommen", gab Josh zu. „Wir müssen allerdings noch einige Probleme lösen, bevor wir diese Idee ernsthaft angehen könnten. Ashley bedeutet ihr Beruf sehr viel, und da wäre noch einiges zu klären. Sie weiß überhaupt nicht, wo sie steht und in welche Richtung sie gehen soll. Ich fände es gut für sie, wenn sie hier in der Gegend eine Kanzlei aufmachen würde. Aber es ist nicht meine Meinung, die zählt."

„Du könntest ein wenig nachhelfen", schlug Mike vor. „Mal ihr die Idee, hier eine Kanzlei aufzumachen, in den schönsten Farben aus."

„Das habe ich schon versucht, aber bisher ist sie nicht darauf eingegangen."

Die beiden Männer tauschten einen Blick aus, den Josh nicht interpretieren konnte. „Was ist?", fragte er.

„Vielleicht solltest du ihr anbieten, mit ihr zusammen eine Kanzlei aufzumachen", schlug Rick vor.

Josh hätte sich vor Überraschung beinahe verschluckt. „Wie bitte?"

Mike lächelte. „Es ist schwer, in einer Kleinstadt ein Geheimnis zu haben. Seit du hier bist, treffe ich immer wieder Leute, die mir sagen, wie glücklich ich mich schätzen kann, so einen bekannten Anwalt in meiner Nähe wohnen zu haben. Es sieht so aus, als ob hier viele die Zeitungen aus Richmond lesen. Du hast Glück, dass Melanie noch keinen Wind davon bekommen hat."

„Maggie auch noch nicht", fügte Rick hinzu. „Allerdings kann ich nicht verstehen, warum du diese Tatsache vor Ashley geheim hältst. Du hast es ihr doch noch nicht gesagt, oder?"

Josh schüttelte den Kopf. „Ich weiß, es macht keinen Sinn, aber sie hat bei unserem Unfall so eine Bemerkung gemacht, dass ich bestimmt kein Anwalt sein könnte, wenn ich so großzügig mit der Schadensregelung umgehen würde. Und da ich im Moment nicht weiß, wie mein berufliches Leben weitergehen soll, habe ich sie in dem Glauben gelassen. Ich glaube, ich wollte mal von dem Image wegkommen, das alle Leute von mir haben. Erst viel später, als ich bemerkte, wie wichtig ihr der Beruf ist, wurde mir bewusst, dass ich vielleicht einen großen Fehler gemacht hatte. Ich hätte ihr sofort sagen sollen, dass ich ebenfalls ein renommierter Anwalt bin. Jetzt weiß ich nicht mehr, wie ich es ihr beibringen soll." Er schaute die beiden Männer hoffnungsvoll an. „Vielleicht findet sie es sogar gut, dass wir etwas Gemeinsames

347

haben, nicht wahr?"

Rick lachte. „Das könnte sein, aber mein Gefühl sagt mir, dass sie eher wütend darauf reagieren wird."

„Da stimme ich dir bei", meinte Mike. „Ich bin kein Experte, aber ich glaube, dass Frauen es gar nicht gern haben, wenn ein Mann sie anlügt."

„Es war keine Lüge", verteidigte sich Josh. „Es war nur eine Unterlassungssünde."

„Eine Unterlassungssünde." Rick nickte weise. „Du kannst es nennen, wie du willst, mein Freund. Das Ergebnis wird das Gleiche bleiben."

Josh seufzte. „Also gut, sie wird wütend sein."

„Hinzu kommt, dass ihr Klient sie angelogen hat, dass ihr Boss sie verraten hat und ihre letzte Beziehung ebenfalls wegen einer Lüge in die Brüche gegangen ist. Ich denke, wenn man all das betrachtet, wird sie mehr als wütend sein", fügte Mike hinzu.

Josh sah die beiden Männer an. „Und was um alles in der Welt soll ich jetzt tun?", fragte er um Rat.

„Spiel den Reumütigen", schlug Rick gut gelaunt vor.

„Sag die Wahrheit und spiele dann den Reumütigen", verbesserte Mike seinen Schwager.

„Ich bin mir nicht sicher, ob ich weiß, wie ich das machen soll", meinte Josh. Er hatte in seinem ganzen Leben noch nie den Reumütigen gespielt. Aber für Ashley war er bereit, alles zu tun. „Muss ich mit Blumen anfangen?"

Rick lachte. „Du bist so pathetisch." Er wandte sich Mike zu. „Ich kann mich erinnern, dass du auch mal so warst, nicht wahr, Mike?"

„Schick ihr Blumen und Pralinen", schlug Mike vor. „Verwöhn sie mit dem besten Wein und einem Candle-Light-Dinner."

„Nein, nein, nein", protestierte Rick. „Du musst daran denken, was für eine Frau Ashley ist."

Josh schaute ihn verständnislos an. „Ich dachte, alle Frauen mögen Blumen und Pralinen."

„Das tun sie, aber du musst daran denken, was für Ashley wichtig ist. Kauf ihr eine Aktenmappe, den neuesten Laptop oder ein Schild für eine Anwaltskanzlei."

„Gute Idee, das gefällt mir."

„Lass nur nicht ‚Madison und D'Angelo' auf das Schild drucken", bemerkte Mike. „‚D'Angelo und Madison' ist besser. Dann glaubt sie, sie wäre der Boss und hätte das Sagen."

Josh lachte. „Sie hat das Sagen. Das hat sie seit dem ersten Tag, an dem wir uns getroffen haben." Es war ihm lange nicht bewusst gewesen, aber plötzlich wusste er, dass es sich so verhielt.

Ashley saß auf der Veranda von Joshs Haus und wartete auf ihn. Der Abend mit ihren Schwestern war sehr aufschlussreich gewesen. Ihr war klar geworden, dass sie das Rose Cottage und Josh verlassen musste, um sich über ihre Situation klar zu werden. Josh durfte ihre berufliche Entscheidung nicht beeinflussen, das hatten ihr Maggie und Melanie klargemacht. Sie musste ihr Leben erst mal wieder in Ordnung bringen, bevor sie sich ihren Emotionen zuwenden konnte.

Ashley brauchte nicht besonders lange zu warten, bis Joshs Wagen in die Einfahrt fuhr.

„Hallo", grüßte er vorsichtig. „Ich habe dich nicht hier erwartet."

„Macht es dir etwas aus?"

„Natürlich nicht." Er hauchte ihr einen Kuss auf die Stirn und lehnte sich dann gegen die Verandabrüstung. „Wie war dein Abend bei deinen Schwestern?"

„Ganz okay. Und wie war es bei den Jungs?"

„Interessant", antwortete er in einem Ton, der sie sofort aufhorchen ließ.

„Was haben sie denn gesagt?"

„Das werde ich dir gleich erzählen", meinte er, hob sie aus dem Schaukelstuhl, nahm Platz und setzte sie auf seinen Schoß.

Ashley schlang die Arme um seinen Nacken und legte ihre Stirn gegen seine. „Ich habe dich vermisst", gab sie zu und war selbst überrascht über ihr Geständnis. Das war das Letzte, was sie hatte sagen wollen. Eigentlich hatte sie die Konversation unpersönlich halten und ihm erklären wollen, dass sie wegfahren würde. Jetzt schien sie die Worte nicht mehr zusammenzubekommen.

„Das ist doch gut, oder etwa nicht?", fragte Josh und sah sie besorgt an.

„Ich denke schon."

„Aber warum siehst du dann so traurig aus? Sind deine Schwestern zu hart mit dir umgegangen?"

„Sie machen sich Sorgen um mich, das ist alles. Sie haben die Befürchtung, dass ich in den letzten Tagen viel von meinem gesunden Menschenverstand verloren habe." Ashley zuckte die Schultern. „Vielleicht haben sie sogar recht, aber zumindest haben sie mir etwas zu denken gegeben."

„Und das wäre?"

„Ich möchte jetzt nicht darüber sprechen", erklärte sie ausweichend. Reden war nicht das, was sie jetzt brauchte. „Geh mit mir ins Bett, Josh. Bitte, ich möchte mit dir schlafen."

Er betrachtete sie aufmerksam. „Bist du sicher, dass wir nicht zuerst über alles sprechen sollten? Ich weiß, dass deine Schwestern dich wahrscheinlich mit Fragen über mich geplagt haben, da ihre Männer das Gleiche mit mir getan haben. Ich nehme an, sie werden den Rest dieses Abends damit verbringen, ihre Ergebnisse zu vergleichen. Willst du nicht auch zu einem Ergebnis kommen?"

„Schon", gab Ashley zu, „aber im Moment möchte ich einfach nur in deinen Armen liegen."

„Nichts dagegen", erwiderte er. „Trotzdem finde ich, dass wir über diesen Abend reden sollten."

„Über deinen oder über meinen?"

„Über beide", meinte er ernst.

„Also gut", lenkte sie widerwillig ein und sah ziemlich bedrückt aus, bis plötzlich ein Strahlen auf ihrem Gesicht erschien. „Vielleicht sollten wir hineingehen und uns leidenschaftlich lieben. Wahrscheinlich erübrigt sich dann alles Reden."

Er lächelte. „Du hast die Fähigkeit, mich von Zeit zu Zeit sogar meinen eigenen Namen vergessen zu lassen."

Herausfordernd sah sie ihn an. „Nur von Zeit zu Zeit?"

„Nun ja, meistens", erwiderte er, ein amüsiertes Glitzern in den Augen. „Ist es wichtig für dich zu wissen, wie viel Einfluss du auf mich hast?"

Es war ihr wichtig gewesen, aber jetzt, da sie wusste, was sie tun musste, hatte sie plötzlich Angst davor. Sanft berührte sie seine Wange. „Ich bin nicht sicher, ob ich Macht über dich haben möchte."

„Warum?"

„Weil das bedeuten würde, dass ich dich verletzen könnte."

„Du würdest mich nicht verletzen, Ashley." Er seufzte. „Wenn überhaupt, dann ist es andersherum."

Seine Worte überraschten sie. „Du warst immer nur gut zu mir", protestierte sie.

„Ich habe es versucht", erwiderte er. „Aber ich bin nicht perfekt."

„Immerhin fast perfekt", sagte sie, um ihn aufzumuntern. „Ganz perfekt zu sein ist ein zu hoher Anspruch."

„Ich hoffe, du wirst immer so denken", bemerkte er in einem Ton, der ihr zu denken gab. Aus irgendeinem Grund schien er davon auszugehen, dass es irgendwann anders sein würde.

Ashley schluckte nervös. Hatte sie sich nicht bereits selbst gewarnt, dass die ganze Sache unglaublich kompliziert werden könnte? Jetzt hatte sie das Gefühl, dass alles noch komplizierter wurde, als sie gedacht hatte. Sie musste unbedingt wieder nach Boston zurück, um ihre Gefühle in den Griff zu bekommen. Rose Cottage hatte sie noch mehr durcheinandergebracht, als sie es ohnehin schon gewesen war. Und im Moment war es wichtig, dass sie die Dinge nicht noch verwickelter werden ließ.

„Wir reden zu viel", erklärte sie ihm.

Josh zögerte und nickte dann. „Entschieden zu viel."

Er stand mit ihr im Arm auf, ging ins Haus und kickte dann die Tür mit dem Fuß zu.

Dieses Mal kamen sie nicht mehr bis ins Schlafzimmer. Ihre Küsse waren so leidenschaftlich, dass ihnen kaum noch Luft zum Atmen blieb. Das Verlangen nacheinander war so stark, dass sie sich fast die Kleider vom Leib rissen. Keuchend vor Lust sanken sie schließlich auf die Couch, und als Josh in sie eindrang und sie ihm in die Augen schaute, wusste sie schlagartig, was gemeint war, wenn man von der „Magie der Liebe" sprach.

12. KAPITEL

Als Josh erwachte, war die andere Hälfte seines Bettes leer. Er hätte daran gewöhnt sein müssen, aber da er Ashley den größten Teil der Nacht in den Armen gehalten hatte, fühlte er sich jetzt plötzlich allein. Rasch zog er sich ein T-Shirt sowie eine Jogginghose an und ging auf die Suche nach Ashley – der Frau, die ihm in dieser Nacht die Bedeutung von Lust und Leidenschaft neu begreifen gelehrt hatte. Er bezweifelte, dass er jemals von ihr genug bekommen würde.

Der heutige Tag könnte aber alles ändern, warnte er sich.

Wenn er ihr erst mal die Wahrheit über seinen Beruf gesagt hätte, wäre sie vielleicht fähig, ihn zu verlassen. Allein der Gedanke löste einen dumpfen Schmerz in seinem Herz aus. Das durfte einfach nicht passieren. Er würde so lange um sie kämpfen, bis sie ihm seine Unterlassungssünde vergeben hatte.

Zuerst mal musste er jedoch die richtigen Worte finden und dann den Mut, sie auszusprechen.

„Guten Morgen, meine Schöne", rief er, als er in Richtung Küche ging, von wo ihm Kaffeeduft entgegenwehte.

Als sie nicht antwortete, begann sein Herz, schneller zu schlagen. Trotz ihres Schweigens spürte er, dass sie im Haus war. Irgendetwas stimmte nicht.

„Ashley?"

Erneut bekam er keine Antwort.

Schließlich fand er sie am Esszimmertisch, an dem er am Tag zuvor einige Arbeiten erledigt hatte. Es lagen dort noch diverse Papiere, die ihn verraten haben könnten, und er spürte sofort, dass genau das passiert war.

Ashley starrte zum Fenster hinaus, und obwohl die Sonne schien, wusste er, dass es nichts mit der Schönheit des Morgens zu tun hatte, weshalb sie so still war. Sie hatte es herausgefunden.

„Ashley?"

Langsam wandte sie sich ihm zu. Tiefer Schmerz und ein Gefühl des Verrats waren auf ihrem Gesicht zu lesen. Er hatte die Chance verpasst, es ihr selbst zu sagen. Sie hatte es entdeckt.

„Was ist?", fragte er immer noch hoffend. „Was ist passiert, Ashley?"

„Ich habe nach einem Blatt Papier gesucht, um eine Liste zu erstellen", flüsterte sie. „Ich fand das hier stattdessen." Sie hielt einen

Briefbogen mit dem Kopf der Kanzlei in der Hand, für die er bisher gearbeitet hatte. „Du bist Anwalt", stieß sie hervor, als wäre das ein Verbrechen. „Und sogar in einer sehr renommierten Kanzlei."

„Ja", gab er zu und wusste, dass ihr verletzter Gesichtsausdruck ihn für immer verfolgen würde. „Ich bin Anwalt."

Sie schüttelte den Kopf, als ob sie es noch immer nicht ganz glauben könnte. „Ich verstehe das nicht, Josh. Warum hast du mir das verheimlicht? Warum hast du mir nicht gleich am ersten Tag, als ich dir sagte, du könntest unmöglich ein Anwalt sein, erzählt, wer du bist? All die Zeit, in der du so verständnisvoll zu mir warst, hättest du mir doch erklären können, dass du solche Dinge aus eigener Erfahrung kennst, weil du den gleichen Beruf hast. Warum hast du das nicht getan?"

„Weil ich hierher gekommen war, um darüber nachzudenken, ob ich überhaupt noch Anwalt sein wollte. Es hat mir gefallen, dass du etwas anderes in mir gesehen hast."

„Das ergibt doch keinen Sinn", entgegnete sie ungeduldig. „Schämst du dich aus irgendeinem Grund dafür? Gehörst du zu den Anwälten, die das Gesetz für sich auslegen und Geld und Ruhm vor ihr Gewissen stellen? Hast du deshalb gemeint, mich träfe im Slocum-Fall keine Schuld?"

„Das hatte überhaupt nichts mit dir zu tun, Ashley. Und ja, manchmal schäme ich mich, Anwalt zu sein", gestand er. „Genau wie du habe ich mich oft gefragt, ob ich überhaupt auf dem richtigen Weg bin. Vielleicht nicht aus den gleichen Gründen, aber ich hatte ebenfalls eine Identitätskrise. Ganz ehrlich, ich war ebenso wenig bereit, offen darüber zu reden, wie du es gewesen bist. Ich bin nach Irvington gekommen, um über mein Leben nachzudenken und Entscheidungen zu treffen. Du weißt mittlerweile, wie ich vorgehe. Ich denke darüber nach und lasse die Dinge dann reifen, bis die Antwort wie von selbst in mir aufsteigt. Ich bin nicht wie du und analysiere die Dinge zu Tode, indem ich Listen mit Fürs und Widers aufstelle."

„Nicht mal mit mir? Ich dachte, ich wäre wichtig für dich."

„Das bist du auch", versicherte er. „Wirklich. Doch wie ich schon sagte, es geht hier nicht um dich, sondern um mich."

„Aber du wusstest, wie sehr ich gelitten hatte, weil Menschen mich angelogen und verraten hatten. Es gab so viele Gelegenheiten, in denen du es mir hättest sagen können, und du hast es trotzdem nicht getan", protestierte sie.

„Ja, ich hätte es tun sollen", gab er ehrlich zu. „Ich sehe jetzt, wie falsch es war, dir nichts zu sagen. Und ich kann nur wiederholen, wie leid es mir tut, dass ich mich so verhalten habe. Es war nicht richtig, es war unfair. Rick und Mike haben das gestern auch zu mir gesagt."

„Sie wissen es?", fragte Ashley ungläubig. „Du hast es ihnen gesagt, bevor du mit mir darüber gesprochen hast?"

„Nein, ich habe es ihnen nicht erzählt. Offensichtlich haben einige Leute in der Stadt Bemerkungen darüber gemacht. Dein Schwager hat mich gestern zur Rede gestellt und mir vorgeworfen, wie dumm ich gehandelt hätte. Und erst da ist mir klar geworden, dass ich damit dein Vertrauen aufs Spiel gesetzt habe. Ich wollte es dir heute Morgen sagen, aber jetzt hast du es schon selbst herausgefunden."

„Ja, es ist zu spät", erklärte sie verächtlich. „Du hast mich zum Narren gehalten. Und wie immer habe ich es nicht mal geahnt. Was ist nur los mit mir? Wie kommt es, dass ich eine so schlechte Menschenkenntnis habe?"

„Ashley, bitte, es ist doch nicht so, als ob ich eine Straftat begangen oder eine andere Frau vor dir geheim gehalten hätte. Es geht nur um meinen Beruf und noch dazu um eine Arbeit, mit der ich in letzter Zeit nicht sehr glücklich war."

„Aber der Beruf ist ein wichtiger Teil von dir. Es ist nicht nur irgendein Job. Anwalt wird man aus Berufung. Jetzt weiß ich nicht mehr, wer du wirklich bist."

„Doch, das weißt du", widersprach Josh. „Du weißt alles, was wichtig ist."

Er trat näher und wollte sie an sich ziehen, doch sie rückte von ihm ab. Er kämpfte gegen die Panik an, die in ihm aufstieg, als ihm klar wurde, dass er sie wirklich verlieren könnte. „Aber es spielt doch wirklich keine Rolle, ob ich Anwalt bin oder nicht, Ashley", versuchte er ihr zu erklären. „Ich weiß sowieso nicht, ob ich weiterhin mit diesem Beruf mein Geld verdienen will."

„Das ist nicht der Punkt", verteidigte sie ihre Position. „Du hast gelogen. Das macht mir zu schaffen."

Er betrachtete sie prüfend und hatte plötzlich das Gefühl, dass sie selbst nicht ganz ehrlich war. Sein Beruf schien eine Rolle für sie zu spielen, die er erst noch begreifen musste. „Was nahmst du denn an, was ich beruflich mache?"

Sie zögerte. „Ich war mir nicht sicher. Vielleicht Fischer?"

Ihre Antwort war so absurd, dass er laut auflachte. „Dann musst du aber gedacht haben, dass ich verdammt schlecht bin. Wir haben in der ganzen Zeit nur drei Fische nach Hause gebracht. Und die hast du gefangen."

„Ich dachte mir, du wärest im Urlaub und wolltest dir keine Mühe geben."

Er betrachtete sie weiterhin skeptisch und wartete.

Schließlich seufzte sie. „Also gut, ich dachte einfach, dass du irgendeinen belanglosen Job ausübst und weder Ehrgeiz noch Ziele hättest."

Sein Herz wurde schwer, als ihm klar wurde, was sie da sagte. „Und so einen Mann könntest du nie lieben, stimmt's? Ich meine, jemanden ohne Ambitionen und Ziele."

Sie wirkte plötzlich sehr unglücklich und nickte. „Entschuldige, ich weiß, dass dich das beleidigen muss."

„Oh ja, das tut es, besonders, wenn ich daran denke, wie wir diese Nacht verbracht haben. Wenn du so schlecht über mich gedacht hast, vermute ich, dass du nur mit mir gespielt hast, um deine Probleme ein wenig zu vergessen. Ein einfacher Fischer konnte dir zwar guten Sex geben, konnte dir aber nicht wehtun. War es das, was du gedacht hast?"

Sie guckte ihn so verletzt an, als hätte er ihr eine Ohrfeige gegeben. „So war es nicht, Josh."

„Wirklich nicht? Wie war es denn dann? Bitte erklär es mir, im Moment fühle ich mich nämlich wie der größte Idiot unter der Sonne."

„Ich fing an, mich in dich zu verlieben", gestand sie.

„Und das, obwohl ich in deinen Augen nur ein kleiner, unbedeutender Fischer ohne Ambitionen war", stieß Josh sarkastisch hervor und versuchte nicht mal, seine aufsteigende Wut zu verbergen. Seine Welt brach zusammen, und Wut war das Einzige, was ihm jetzt noch durch den Schmerz hindurchhalf. „Wie konnte ich nur übersehen, was für eine verdammt arrogante Person du bist."

„Es tut mir leid", murmelte Ashley und fuhr sich nervös mit der Hand durchs Haar, das noch vom Schlaf zerzaust war.

Josh musste den Blick abwenden. So gefiel sie ihm nämlich am besten, zerzaust und sexy. Aber er durfte diesen Gedanken nicht zulassen.

„Ich glaube, wir können uns beide glücklich schätzen", bemerkte er kühl.

„Glücklich schätzen?", fragte sie ungläubig. „Wie meinst du das?"

„Wir haben uns beide vor einem schrecklichen Fehler bewahrt. Ich dachte, ich hätte mich in eine warmherzige, großzügige Frau verliebt. Du dachtest, du hättest Gefühle für einen Mann, der gut im Bett ist und von dem man sonst nicht viel erwarten kann. Wie es sich herausstellt, haben wir uns beide geirrt." Er sah sie an. „Ich vermute, die Realität ist nicht halb so angenehm wie die Fantasie."

Ashley zuckte unter seinen Worten zusammen. „Ich sollte jetzt gehen", meinte sie, zögerte aber noch, als ob sie darauf wartete, dass er sie zurückhalten würde.

Doch Josh war wie gelähmt und konnte kein Wort herausbringen. Schlagartig wurde ihm die bittere Ironie der Situation bewusst. Er hatte sich in Ashley verliebt, und sie hatte ihn lediglich für guten, unkomplizierten Sex benutzt. Das war mehr, als er im Moment ertragen konnte. Vielleicht würde er eines Tages, wenn der Schmerz nachgelassen hatte, darüber lachen können, aber jetzt war es erst mal das Ende seiner Träume.

Er war in einer Sackgasse gelandet.

Völlig benommen fuhr Ashley zum Rose Cottage zurück. Wie konnte es passieren, dass ihr ganzes Leben innerhalb weniger Sekunden außer Kontrolle geraten war? Sie wünschte sich, sie hätte diesen verflixten Brief nie gesehen, hätte nie herausgefunden, dass Josh Anwalt war.

Vielleicht hätte er es ihr an diesem Morgen selbst gesagt. Es hätte sie ebenso getroffen, aber wenigstens hätte sie es dann durch ihn erfahren. Vielleicht hätte das ausgereicht, um vergeben zu können und noch mal von vorne zu beginnen.

„Mach dich nicht lächerlich", sagte sie laut zu sich, als sie das Haus betrat und sich eine Tasse Tee machte. Sie hätte sich ebenso verraten gefühlt, wäre ebenso wütend gewesen, wenn er von sich aus ein Geständnis abgelegt hätte. Sie konnte unmöglich mit einem Menschen zusammenleben, der sie anlog. Wie konnte man eine Beziehung auf Lügen und Halbwahrheiten aufbauen?

Erschöpft setzte sie sich an den Küchentisch, nippte an ihrem Tee und versuchte, genug Energie für die Rückfahrt nach Boston zu gewinnen. Die Entscheidung, was sie mit Josh machen sollte, war von selbst gefallen. Darüber würde sie sich nicht mehr den Kopf zerbrechen müssen. Es war vorbei. Selbst wenn sie ihm verzeihen könnte, würde er niemals vergessen, was sie über ihn gedacht hatte.

Und was ihre berufliche Zukunft betraf, so sollte sie darüber am besten auch gleich hier am Küchentisch entscheiden.

Entschlossen, eine Lösung zu finden, drängte Ashley ihre wirren Gefühle zur Seite und holte sich einen Block sowie ein paar Stifte.

Allein ihre Schreibutensilien vor sich auf dem Tisch liegen zu sehen gab ihr ein besseres Gefühl. Sie liebte es, Kontrolle über die Dinge zu haben, liebte es, organisiert und praktisch zu sein. Es war an der Zeit, dass sie wieder zu sich selbst zurückfand. Untätiges Grübeln mochte für Josh richtig sein, doch sie war da ganz anders. Auf Gedankenblitze zu warten war kaum ihr Ding. Sie musste Entscheidungen treffen, die auf Logik beruhten.

Also gut, Mädchen, dachte sie, jetzt geht's los. Wie es aussieht, hast du grundsätzlich vier Möglichkeiten.

Zuerst mal könnte sie nach Boston zurückkehren und sich dort bei anderen Kanzleien bewerben. Unter der Pro-Seite schrieb sie auf, dass sie ihren Eltern und Jo nahe war und einen Ruf in Boston besaß. Sie seufzte und strich das mit dem Ruf wieder durch. Der war wohl in ihrer jetzigen Situation eher als negativ zu bewerten. Es war wirklich schwer zu sagen, wann er ihr zum Vorteil und wann zum Nachteil gereichen würde.

Als Nächstes listete sie ihre Möglichkeiten auf, wenn sie in eine andere Stadt ziehen würde. Ihr fiel fast nur Negatives dazu ein. Es würde bedeuten, dass sie in einer fremden Stadt neu beginnen müsste, in der sie niemanden kannte. Sie müsste sich von Freunden und Familie trennen. Auf der Pro-Seite würde das aber auch einen völlig neuen Start bedeuten, was in ihrer Situation sehr viele Vorteile mit sich bringen konnte.

Als Drittes gab es dann noch die Option, dass sie gänzlich ihren Beruf wechselte. Sie war eine intelligente Frau mit vielen Fähigkeiten. Sie würde sicherlich etwas finden, was ihren Talenten entsprach und was ihrem Leben eine völlig neue Richtung geben könnte. Ashley seufzte. Irgendwie empfand sie das als Verschwendung, nicht nur wegen ihres Universitätsabschlusses, sondern auch, weil sie Jura nun mal liebte. Nein, sie war durch und durch Anwältin. Sie würde einfach nur andere Ansätze finden müssen, wie sie praktizierte.

Zufrieden, dass die dritte Möglichkeit eigentlich gar keine Option für sie war, strich Ashley sie wieder von der Liste.

Übrig blieb – zumindest für den Moment – nur noch eine Möglichkeit. Sie könnte in der Gegend von Irvington bleiben und eine Kanzlei eröffnen. Daraus würden sich einige nicht zu verachtende Chancen ergeben. Sie wäre nicht nur in der Nähe ihrer Schwestern, sondern könnte noch mal neu anfangen. Das einzig Negative war die Aussicht, Josh hin und wieder zu begegnen. Aber vielleicht entschied er sich ja wiederum, nach Richmond zurückzukehren.

Und selbst wenn er wiederauftaucht, kann ich damit leben, entschied sie sich. Schließlich waren sie beide erwachsen. Sie würden schon damit klarkommen. Sie hatten eine Affäre gehabt, die leider schnell vorbei war. Solche Dinge passierten immer wieder im Leben. Deswegen würde sie nicht für ewig in Schmerz versinken und sich bis an das Ende ihrer Tage von ihm verraten fühlen. Sie würde es einfach als Fehler verbuchen und darüber hinwegkommen. Und er würde vermutlich das Gleiche tun.

Tränen brannten bei diesem Gedanken in ihren Augen, und Ashley wusste, dass sie sich selbst etwas vormachte. Sie würde nicht darüber hinwegkommen. Ganz bestimmt nicht in der nächsten Zeit.

Sie zerriss das Blatt, auf dem sie ihre Berufsmöglichkeiten aufgelistet hatte, und nahm ein neues. *Was soll ich mit Josh tun?* schrieb sie darauf. Die Antworten waren längst nicht so klar, wie sie es sich gewünscht hätte. So ungern sie es auch zugab, sie brauchte unbedingt eine neue Sichtweise. Die Idee, zu Maggie und Melanie zu fahren und ihnen alles zu erzählen, war ihr jedoch nicht angenehm. Irgendwann würde sie mit ihnen darüber reden müssen, aber nicht heute.

Was sie im Moment brauchte, war Ablenkung. Sie musste die Dinge in aller Ruhe reifen lassen, bis die Antwort von selbst zu ihr kam.

Da fischen zu gehen mit Josh nicht infrage kam, holte sie ihren Kajak mit dem neuen Paddel und brachte es zum Ufer hinunter. Kaum hatte sie sich jedoch in den Kajak gesetzt, stiegen Erinnerungen an Josh in ihr auf und sie begann, laut zu schluchzen. Oh nein, es würde ganz und gar nicht einfach sein, Josh zu vergessen.

Als ihre Tränen langsam zu versiegen begannen, tauchte er plötzlich vor ihr im Ruderboot auf. „Ashley?", fragte er besorgt.

Am liebsten wäre sie im Erdboden versunken. Er sollte nicht wissen, wie sehr sie die Trennung von ihm schmerzte. „Lass mich in Ruhe."

„Nicht, wenn du so laut weinst, dass ich dich dreihundert Meter entfernt hören kann."

Sie wurde verlegen. „Ich weine nicht deinetwegen", stieß sie hervor.

„Das habe ich auch nicht angenommen", erwiderte er trocken, obwohl dabei ein leichtes Lächeln auf seinem Gesicht erschien. „Aber ich bleibe trotzdem lieber in deiner Nähe für den Fall, dass du noch weiter weinst. So ein Kajak hat sich schnell gefüllt. Du könntest untergehen."

Sie wischte sich die Tränen von den Wangen. „Das wird nicht passieren", erklärte sie ungeduldig. „Du kannst wegrudern."

Josh sah aus, als ob er noch etwas sagen wollte, aber dann nickte er nur. „Na gut, dann bis später."

Krampfhaft hielt sie das Paddel fest, während sie darauf wartete, dass er verschwand. Wie gern wäre sie jetzt ins Wasser gesprungen und in sein Ruderboot geklettert. Aber da er wahrscheinlich immer noch wütend auf sie war, hätte er sie bestimmt sofort über Bord geworfen. Es war also besser, wenn sie es nicht darauf ankommen ließ.

Irgendwie musste es ihr gelingen, über die Sache mit Josh hinwegzukommen. Ein fast hysterischer Schluchzer stieg in ihr auf. Sie war ihren Schwestern eben doch sehr ähnlich. Wenn sie ihr Herz erst mal verschenkt hatte, was sie offensichtlich getan hatte, war es fast unmöglich, es wieder zurückzubekommen.

Ashley atmete tief durch und blickte über die Bucht, deren Wasser glitzerte. Josh ruderte zügig und entfernte sich rasch von ihr. Er ruderte einfach aus ihrem Leben hinaus. Nun, das war nicht zu ändern. Zumindest im Moment nicht. Es gab Dinge zu tun. Dinge, die sie längst hätte in Angriff nehmen sollen. Sie würde Maggie und Melanie anrufen und ihnen sagen, dass sie abreiste. Und zwar sofort.

Boston wartete auf sie.

Josh hatte nicht vorgehabt, auch nur eine Regung zu zeigen, als er Ashley in ihrem Kajak entdeckte. Er wollte wenden und so schnell wie möglich das Weite suchen, bevor sie überhaupt bemerkte, dass er in der Nähe war. Als er dann jedoch ihr Schluchzen hörte, brachte er es einfach nicht übers Herz. Er musste sich erst versichern, ob er sie allein lassen konnte, aber er war zuversichtlich, dass sie allein wegen seines Auftauchens ihre Fassung wiedergewinnen würde. Und bis zu einem gewissen Punkt war es ja auch so gewesen.

Er wusste, dass sie Mitleid hasste, deshalb hatte er sein Bestes gegeben, so ruhig und gelassen wie möglich zu wirken. Dabei hätte er sie am liebsten aus dem Kajak geholt und in seine Arme gezogen. Aber das war im Moment nicht angebracht.

Er vermutete, dass sie beide letztendlich über ihre Verletzungen hinwegkommen würden. Zuerst musste er allerdings herausfinden, warum ihn ihre Meinung über ihn so getroffen hatte. Wahrscheinlich hatte sie alte Komplexe aus jenen Jugendzeiten in ihm erweckt, als sie für ihn so unerreichbar zu sein schien.

An diesem Nachmittag, und zwar zum ersten Mal, seit sie sich als Erwachsene begegnet waren, hatte er sich wieder minderwertig gefühlt. Dass das nach dieser Nähe, die sie geteilt hatten, noch passieren konnte, brachte all sein hart erarbeitetes Selbstvertrauen ins Wanken.

Josh hatte Idylwild gerade erreicht, als er das Telefon klingeln hörte. Er rannte zum Haus und nahm ab, bevor es verstummte.

„Hallo?", sagte er atemlos.

„He, du bist ja völlig außer Atem. Habe ich zu einem schlechten Zeitpunkt angerufen?"

„Nein, nein. Was gibt es?"

„Du machst meinen Vater sehr unglücklich", erklärte Stephanie. „Und das Schlimme daran ist, er gibt mir die ganze Schuld."

„Dir? Warum?"

„Weil ich mich nicht seinem Willen beuge und dir hinterherfahre", erwiderte sie trocken. „Er ist sicher, dass wir all unsere Probleme lösen und noch zum Altar gehen können."

„Das zeigt nur, wie stur er ist", meinte Josh. „Er hört uns gar nicht zu. Oder hast du ihm nicht erklärt, dass wir zwar als Freunde, nicht aber als Mann und Frau zusammenpassen?"

„Ich habe es versucht", erwiderte sie. „Aber du kennst ja meinen Vater. Er überhört alles, was nicht in seine Welt passt."

„Und was schlägst du jetzt vor?"

„Komm zurück nach Richmond. Wir gehen zu ihm und bilden eine gemeinsame Front. Vielleicht begreift er es dann endlich. Ansonsten wird jeder andere Mann, den ich Dad vorstelle, von Anfang an verurteilt sein. Dad wird alle immer mit dir vergleichen, und dabei werden sie nicht gerade gut wegkommen."

Josh lachte. „Steckt in deinen Worten etwa ein Kompliment?"

„Du bist ein Mann mit vielen Vorzügen, Josh. Da gibt es keine Frage." Sie zögerte. „Brauchst du im Moment eine Streicheleinheit, oder warum bist so auf ein Kompliment aus?"

„Du könntest recht haben. Aber hör zu, Steph, ich werde nach Richmond kommen und dir helfen. Doch eins steht fest: Ich werde von dort wegziehen, um hier eine Kanzlei zu eröffnen", sagte er ernst. „Das hätte ich von Anfang an machen sollen, ich bin nicht für ein Haifischbecken geschaffen."

„Nein, das bist du nicht", stimmte sie ihm zu. „Du hast zwar das Talent für einen ausgezeichneten Verteidiger, aber nicht die Blutlust. Deswegen habe ich dich ja so gern gehabt."

„Ich glaube, das ist das netteste Kompliment, das du mir je gemacht hast", erklärte Josh.

„Oh, ich bin sicher, ich habe dir hin und wieder auch noch andere Schmeicheleien gesagt", zog sie ihn auf und wurde dann wieder ernst. „Ist jetzt alles in Ordnung zwischen uns, Josh? Können wir Freunde sein? Ich habe dich nämlich vermisst."

„Natürlich. Du bist die beste Freundin, die ich habe."

„Darf ich dich etwas fragen?"

„Schieß los."

„Ist sie es wert?"

Sein Herz machte einen Satz. „Ist wer es wert?"

„Na, die Frau, wegen der du wegziehen willst?"

Josh seufzte. „Kannst du hellsehen?" Aber es gab keinen Grund, Ashley vor Stephanie zu verheimlichen. „Zumindest habe ich geglaubt, dass sie es wäre."

„Hat sie etwas getan, was deine Meinung geändert hat? Hat sie dich verletzt?", fragte Stephanie entrüstet.

„Danke, aber du brauchst mir nicht zu helfen. Ich komme schon allein zurecht."

„Ich würde es tun, das weißt du."

„Ja, und dafür danke ich dir."

„Und kommst du jetzt, um mit mir zu meinem Vater zu gehen?"

„Klar, wie wäre es mit morgen. So gegen Mittag?"

„Gut. Ich freue mich. Bis dann."

Nachdem Josh aufgelegt hatte, schaute er ebenso nachdenklich zum Fenster hinaus, wie Ashley es am Morgen getan hatte. War das tatsächlich erst an diesem Morgen gewesen? Er hatte das Gefühl, es sei bereits eine Ewigkeit her.

Josh fragte sich, wie Ashley die Neuigkeit wohl auffassen würde, dass er hier eine Kanzlei eröffnen wollte. Würde es für sie überhaupt eine Rolle spielen? Wahrscheinlich nicht. Aber ihre Reaktion durfte für ihn nicht wichtig sein. In dem Moment, in dem er Stephanie seine Pläne mitgeteilt hatte, war er plötzlich sicher gewesen, dass seine Entscheidung stimmig war. Endlich kam er wieder auf den richtigen Weg.

Wenn er jetzt doch nur die richtige Frau an seiner Seite hätte!

13. KAPITEL

Ashley stand vor einer Meute von Reportern und holte tief Luft. Das war es. Sie hätte von Anfang an den Mut haben müssen, eine Pressekonferenz abzuhalten. Sie würde den Einwohnern von Boston und vor allem der Familie des Opfers gestehen, dass sie ihr Versprechen aus den Augen verloren hatte, immer nur für die Gerechtigkeit und nicht für den persönlichen Sieg zu kämpfen.

„Guten Morgen, Ladies und Gentlemen", begann sie lächelnd und stand tapfer jedem Rede und Antwort, der etwas von ihr wissen wollte.

„Wenn Sie mich fragen, ob ich Mr Slocums Verteidigung übernommen hätte, wenn ich von seiner Schuld überzeugt gewesen wäre, dann muss ich Nein sagen. Ich hätte ihn gebeten, freiwillig zu gestehen, und ich hätte höchstens eine Strafminderung beantragt", erklärte sie zehn Minuten später einer Fernsehjournalistin.

„Und wenn er das abgelehnt hätte?"

„Dann hätte ich mein Mandat niedergelegt. Es gibt genug qualifizierte Anwälte, die meinen Fall hätten übernehmen können."

„Ihre Gesinnung ist sehr nobel", warf ein Zeitungsreporter ein. „Bleiben Sie denn jetzt bei Ihrer Firma?"

Ashley hatte gehört, dass es diesbezüglich bereits Gerüchte gegeben haben musste. „Nein, aber ich glaube, das hat sich schon herumgesprochen."

„Haben Sie schon eine Vorstellung, wo Sie arbeiten werden?"

„Ich habe vor, eine eigene Kanzlei aufzumachen."

„Wo? Hier in Boston?", rief einer aus der Menge.

„Nicht alles endet und beginnt in Boston. Es gibt andere Städte, in denen man auch gut leben kann. Mehr kann ich Ihnen im Moment leider nicht sagen. Aber ich verspreche Ihnen, einen Kommentar abzugeben, wenn meine Pläne endgültig feststehen. Ich danke Ihnen, dass Sie mir Ihre Aufmerksamkeit geschenkt haben."

Mit diesen Worten drehte sie sich um, ging hinaus und war erleichtert, dass Jo und ihre Eltern sie begleiteten. So, das hatte sie hinter sich.

Jetzt konnte sie wieder nach Virginia zurückfahren und um den Mann kämpfen, den sie liebte. Denn das war ihr in den zwei Tagen ihres Aufenthaltes in Boston klar geworden: Ohne Josh war das Leben nicht mehr dasselbe. Sie liebte ihn von ganzem Herzen, und sie würde sich bei ihm dafür entschuldigen, dass sie ihn so oberflächlich beurteilt hatte.

Ashley war bereits seit vierundzwanzig Stunden wieder im Rose Cottage und hatte Josh immer noch nicht gesehen. Sie überlegte, ob sie ihn anrufen sollte, aber jedes Mal, wenn sie zum Hörer griff, hielt sie inne. Sie hatte in Boston viel nachgedacht und wusste, dass sie dieses Gespräch mit ihm unbedingt von Angesicht zu Angesicht führen musste.

Über ein Dutzend Mal hatte sie daran gedacht, ihren Kajak herauszuholen und einfach zu ihm hinüberzupaddeln, doch dazu besaß sie einfach zu viel Stolz. Außerdem war es mittlerweile auf dem Wasser sehr kalt geworden, und er musste sich ebenso bei ihr entschuldigen wie sie bei ihm. Sie musste ihm einfach die Zeit geben, selbst zu dieser Erkenntnis zu kommen. Wenn er nicht darauf kam, konnte sie die Dinge immer noch selbst in die Hand nehmen.

Vielleicht war diese Beziehungspause sogar ganz gut für sie. Auf diese Weise konnte sie in aller Ruhe darüber nachdenken, was sie wirklich vom Leben erwartete. Würde sie wirklich hier in der Provinz bleiben und eine Kanzlei eröffnen können? Selbst wenn Josh nie mehr in ihr Leben treten sollte?

Nachdenklich blickte sie aus dem Küchenfenster in den strahlend blauen Himmel und auf das Wasser, auf dessen ruhiger Oberfläche sich die Zweige der alten Bäume widerspiegelten. Die Blätter verfärbten sich langsam. Ashley spürte, wie ihr Inneres zunehmend wieder zur Ruhe kam. Lange hatte sie sich nicht mehr so gut gefühlt, frei von Druck und Stress. Wenn sie ehrlich war, seit Jahren nicht mehr. Sie hatte geglaubt, nur mit Stress leben zu können, aber das war ganz und gar nicht der Fall. Sie hatte entdeckt, dass es andere Dinge gab, die ihr das Gefühl gaben, lebendig zu sein.

Ja, sie konnte hier leben. Hier hatte sie gespürt, dass sie ganz als Frau und nicht nur als arbeitswütige Rechtsanwältin leben wollte.

Außerdem war hier ein großer Teil ihrer Familie. Maggie und Melanie bauten sich ihr Leben hier auf. Boston würde ebenfalls ihr Zuhause bleiben. Aber da ihre Eltern und Jo dort wohnten, könnte sie so oft hinfahren, wie sie wollte.

Sie schaute sich im Rose Cottage um und musste daran denken, wie sie einst gesagt hatten, dass dieses Haus einen Zauber bergen würde. Vielleicht war es tatsächlich so. Zwei ihrer Schwestern hatten sich hier verliebt. Und jetzt wandelte sie auf dem gleichen Pfad.

„Ich will hierbleiben", sprach sie ihren Gedanken laut aus und prüfte, was für Reaktionen diese Worte in ihr hervorriefen. Ein tiefes Gefühl des Friedens breitete sich in ihr aus. Hier war der Ort, an dem sie Wurzeln schlagen würde. Dessen war sie sich jetzt hundertprozentig sicher.

Eine Stunde später stand Ashley in Irvington vor einem Gebäude, in dem Büroräume zu vermieten waren. Es war nicht so einfach, hier ein passendes Objekt zu finden, da diese Gegend mittlerweile von vielen Geschäftsleuten entdeckt worden war.

„Entschuldigen Sie, wenn ich etwas zu spät komme, aber ich wurde aufgehalten. Ich muss Ihnen leider mitteilen, dass ich noch einen anderen Interessenten für diese Räume habe", erklärte die Maklerin, als sie schließlich erschien. „Er war vor einer Stunde hier."

Ashley dachte nach. „Hat der Interessent denn schon eine Anzahlung geleistet?"

„Nein. Er ist nach Hause gefahren, um sein Scheckbuch zu holen. Ich sollte Ihnen die Räume eigentlich gar nicht mehr zeigen, da er jede Minute zurückkommen wird, aber ich habe schon schlechte Erfahrungen mit Kunden gemacht. Manche sind trotz Versprechen nie zurückgekehrt. Ich möchte allerdings ehrlich zu Ihnen sein. Wenn er auftaucht, hat er das Vorrecht."

Ashley spürte, auch ohne die Räume von innen gesehen zu haben, dass dieses Objekt ideal für sie wäre. Es lag an der Hauptstraße in einem alten, wunderschönen viktorianischen Haus, das umgebaut worden war. Das Gebäude war gut erhalten und hatte einen besonderen Charme. Sie war spontan bereit, dafür zu kämpfen. „Hat er etwas unterzeichnet? Haben Sie ihm etwas versprochen?"

Die Frau sah sie neugierig an. „Lassen Sie mich raten. Sie sind Anwältin, nicht wahr?"

Ashley nickte. „Das merkt man, oder?"

„Seltsam. Ihm hat man es auch angemerkt." Die Augen der Maklerin leuchteten auf. „Die Räume sind sehr groß. Vielleicht können Sie zusammen eine Kanzlei eröffnen."

„Das glaube ich kaum, ich …", begann Ashley und verstummte abrupt, als sie Josh auf dem Parkplatz aus dem Wagen steigen sah.

„Ist das der andere Interessent?", fragte sie die Maklerin, als sie sich wieder gefangen hatte.

„Oh", stieß die Frau besorgt hervor. „Ja, das ist er. Ich hoffe, er ist nicht wütend auf mich."

„Lassen Sie das mal meine Sorge sein", erwiderte Ashley und holte einen Dollar aus ihrer Tasche. „Hier ist meine Anzahlung. Sie bekommen den Rest in zehn Minuten."

„Aber Sie haben doch die Räume noch gar nicht gesehen!"

„Das spielt keine Rolle", sagte Ashley. „Ich weiß, dass sie mir gefallen werden. Ich muss nur rasch noch eine weitere Verhandlung führen. Können wir uns in zehn Minuten drinnen treffen? Geht das?"

Die Maklerin schaute von Josh zu Ashley und dann wieder zurück. „Wenn Sie es so wollen."

Er sah gut aus. Unverschämt gut. Dabei hätte er so unglücklich aussehen müssen, wie sie sich jede Minute gefühlt hatte, seit sie sich zerstritten hatten. Er blieb zwei Meter entfernt von ihr stehen und guckte sie misstrauisch an.

„Was machst du hier?", fragte er.

„Offensichtlich das Gleiche wie du. Ich versuche, Räume für meine Anwaltskanzlei zu mieten."

Hoffnung leuchtete in seinen Augen auf. „Wirklich?"

Sie nickte und blickte ihn unverwandt an. „Ich werde hierbleiben, Josh. Du wirst dich daran gewöhnen müssen."

„Ich bleibe ebenfalls hier", erklärte er. „Kannst du dich denn daran gewöhnen?"

Sie nickte. „Natürlich kann ich das. Ich habe sogar insgeheim darauf gehofft."

Schweigen entstand. Es kam ihr vor wie eine Ewigkeit, bis er endlich wieder etwas sagte.

„Glaubst du, wir könnten über die Fehler hinwegkommen, die wir beide gemacht haben?", fragte er vorsichtig. „Oder bist du immer noch so wütend auf mich?"

„Erinnerst du mich an meine Wut, damit ich dich hier stehen lasse und du die Räume bekommst?"

„Ich erinnere dich daran, weil ich wissen will, ob du sie hinter dir gelassen hast. Ich erinnere dich daran, weil ich dich liebe und nicht ohne dich leben will."

Sie konnte einen Seufzer der Erleichterung kaum zurückhalten. „Ich habe eine Idee", begann sie und schob ihren Stolz zur Seite, um das zu erreichen, was sie eigentlich wollte. „Hast du nicht Lust, einen Teil der Räume von mir zu mieten? Wir könnten einen fairen Deal aushandeln."

Er lächelte. „Kein schlechter Versuch, aber diese Räume gehören mir. Vielleicht würde ich sie jedoch mit dir teilen."

Sie schenkte ihm ein verschmitztes Lächeln. „Ich bin allerdings diejenige, die eine Anzahlung gemacht hat."

„Aber ich habe der Maklerin ein mündliches Versprechen gegeben. Eigentlich müsste sie das ehrenhalber einhalten."

„Vielleicht", meinte Ashley ausweichend.

„Möglicherweise hätte ich da noch eine bessere Idee."

„Und die wäre?"

„Wir könnten heiraten und alles, also auch die Räume, miteinander teilen."

Warum sollte sie sich über Klauseln streiten, wenn dies die Abmachung war, für die sie heimlich gebetet hatte? Sie hielt ihm die Hand entgegen. „Abgemacht."

„Einfach so?", fragte er leicht überrascht.

„Ich vertraue meiner Intuition. Und ich glaube, dieses Mal verlässt sie mich nicht."

„Ich würde dich niemals enttäuschen, das solltest du wissen", versprach Josh. Statt ihre Hand zu ergreifen, zog er sie in seine Arme und küsste sie. „Jetzt haben wir eine Abmachung", sagte er bestimmt. „Und wir werden sie in der Kirche mit allem Drum und Dran besiegeln, aber sie ist bereits jetzt bindend."

„So spricht ein wahrer Anwalt."

„Bist du wirklich nicht mehr böse auf mich, weil ich meinen Lebensunterhalt nicht als Fischer verdiene?"

Sie schüttelte den Kopf. „Nicht, wenn du mich von Zeit zu Zeit wieder in deinem Ruderboot mitnimmst."

„Das verspreche ich dir."

„Aber du musst den Köder an den Haken machen", verlangte sie.

Er lachte. „Das kannst du selbst erledigen, Liebling. Ich werde nämlich mit meiner eigenen Angel beschäftigt sein. Du hast bisher mehr Fische gefangen als ich."

Sie schlang die Arme um seinen Nacken. „Ja, und gerade habe ich mir den größten an Land gezogen."

Ashley schaute auf und bemerkte, dass die Maklerin sie voller Verwunderung durch das Fenster betrachtete.

„Wir nehmen die Räume", rief sie ihr zu.

Ein Lächeln machte sich auf dem Gesicht der Frau breit.

„Warum bist du sofort auf mich eingegangen?", fragte Ashley Josh. „Ich weiß, dass ich dich sehr verletzt habe."

Er zuckte gelassen die Schultern. „Vielleicht habe ich gesehen, wie du der Maklerin den Dollar zugesteckt hast, und nun wollte ich mir unbedingt die Räumlichkeiten sichern."

„Du willst mich nur heiraten, weil du gute Räume haben willst?"

„Nein, ich würde dich unter jeder Bedingung heiraten. Das Büro ist lediglich ein netter Bonus."

„Werde ich je sicher sein können?"

„Um dir zu beweisen, wie sehr ich dich liebe und respektiere, darfst du deinen Namen als Ersten auf unser Kanzleischild setzen. Wie wäre das?"

„D'Angelo und Madison? Das klingt gut."

Er schüttelte den Kopf. „Madison und Madison klingt noch besser."

Ashley lachte. „Du bist wirklich ein cleverer Anwalt, weißt du das?"

„Man muss selbst ein cleverer Anwalt sein, um das erkennen zu können, Liebling."

EPILOG

*I*ch bin es leid, dass alle meine Töchter so überstürzt heiraten. Wie soll man da eine anständige Hochzeit planen können", beschwerte sich Colleen D'Angelo, als die gesamte Familie sich in ihrem Bostoner Haus im großen Wohnzimmer versammelt hatte, nachdem Ashley und Josh getraut worden waren und der Empfang vorüber war.

Die Gäste waren bereits gegangen, aber Ashley und Josh waren noch da, weil Josh darauf bestanden hatte, die Heiratsurkunde noch mal zu überprüfen. Er wollte sichergehen, ob auch wirklich alles in Ordnung war.

Ashley schlang einen Arm um seine Taille. „Lass doch mal das Stück Papier, das ist doch jetzt nicht so wichtig."

„Warum haben wir dann das ganze Theater mitgemacht und deiner Mutter so viel Arbeit bereitet, dass sie völlig erschöpft ist?"

„Weil in unserer Familie nicht in Sünde gelebt wird. Wir sind alle noch sehr altmodisch."

Er gab ihr einen Kuss auf den Mund. „Du kommst mir aber gar nicht vor wie eine altmodische Frau, Mrs Madison. Wirst du bei den Kindern zu Hause bleiben und Kekse backen?"

„Nein", erwiderte sie. „Ich werde die Kinder mit in die Kanzlei nehmen und mir die Kekse aus der Bäckerei holen. Ich denke, sie werden das schon verkraften und kein größeres Trauma erleiden."

Er lachte. „Das glaube ich auch." Er betrachtete sie. „Wir haben nie über Kinder gesprochen. Wie viel willst du denn?"

„Zwei, drei. Und wie ist es mit dir?"

„Ich tendiere zu vier. Mir gefällt es, wie ihr Schwestern zusammenhaltet. Ich möchte, dass unsere Kinder so etwas auch haben."

„Das hat nichts damit zu tun, dass wir vier sind, sondern damit, wie wir aufgezogen wurden. Loyalität wurde bei uns immer groß geschrieben."

„Ich weiß." Er blickte zu Jo hinüber. „Was passiert denn jetzt mit deiner jüngsten Schwester? Wird sie sich nicht ein wenig verloren vorkommen?"

Ashley hatte sich darüber auch schon Gedanken gemacht und sie Jo gegenüber sogar laut ausgesprochen. Doch Jo schien unbedingt in Boston bleiben zu wollen.

„Sie sagt, dass es ihr hier gefällt und dass sie sich einfach nicht vorstellen könnte, woanders zu leben.“

Josh nickte. „Sie wird schon zurechtkommen. Außerdem kann sie uns ja jederzeit besuchen.“ Dann lächelte er. „Aber glaubst du nicht, dass wir an unserem Hochzeitstag ein anderes Thema finden können, als uns Sorgen über deine Schwester zu machen?“

Sie lachte. „Klar, wohin fahren wir in unseren Flitterwochen? Du hast es mir immer noch nicht verraten.“

„Nein, aber es wird dir gefallen.“

„Du hast nicht vor, es mir zu sagen, nicht wahr?“

„Nein.“

„Warum?“

„Weil es die Aufgabe des Mannes ist, die Flitterwochen zu planen und seine Frau zu überraschen.“

„Wer sagt das?“

„Das habe ich irgendwo gelesen.“

Ashley musste lachen. „Hast du etwa ein Standardwerk für den jungen Bräutigam gelesen?“

Er nickte. „So ungefähr. Schließlich brauchte ich etwas, um mich in den langen Nächten zu beschäftigen, in denen du mich wegen der Hochzeitsvorbereitungen allein gelassen hast.“

„Ach komm, ich war doch nur eine Woche fort.“

„Zu lange“, meinte er. „Eine Nacht ist schon zu lang.“

Sie lächelte. „Dann haben wir ja Glück, dass wir für den Rest unseres Lebens zusammen sein werden, nicht wahr?“

„Darauf kannst du wetten“, erwiderte er und küsste sie. „Dafür habe ich gesorgt.“

„Gibt es keine Schlupflöcher?“, zog sie ihn auf.

„Kein einziges. Noch nicht mal eine gute Anwältin wie du könnte eines finden.“

„Gut“, sagte sie zufrieden, „ich habe nämlich vor, mich strikt an unsere Abmachung zu halten.“

Josh lachte. „Daran habe ich keine Sekunde gezweifelt.“

– ENDE –

Sherryl Woods

Jo
Roman

Aus dem Amerikanischen von
Renate Moreira

PROLOG

$\mathcal{P}$ack deine Sachen, und komm nach Virginia", forderte Ashley ihre kleine Schwester Jo auf, deren Welt gerade wie ein Kartenhaus zusammengebrochen war. Die jüngste der D'Angelo-Schwestern hatte am Tag zuvor erfahren, dass ihr Verlobter sie betrogen und belogen hatte.

Jo seufzte. Sie hatte vorgehabt, den ganzen Tag im Bett zu verbringen, vor sich hin zu grübeln und vielleicht die Packung Eiscreme aufzuessen, die sie noch im Gefrierschrank hatte. Doch dieser Plan war von dem Anruf ihrer drei Schwestern rasch vereitelt worden. Jo ahnte nämlich, dass die anderen beiden mithörten, obwohl Ashley bisher die Einzige war, die mit ihr gesprochen hatte.

„Wie hast du das herausgefunden?" Sie hatte geglaubt, ihren Eltern unmissverständlich klargemacht zu haben, dass ihre aufgelöste Verlobung etwas war, was sie ihren Schwestern selbst sagen wollte – vielleicht im Juni, wenn sie den ersten Schock überwunden hatte.

Unglücklicherweise fiel es Max und Colleen D'Angelo sehr schwer, den Mund zu halten. Sie fanden, dass Familien in Krisenzeiten zusammenhalten sollten, und Jos größere Schwestern hatten diese Lektion offenbar gut verinnerlicht.

„In dieser Familie kann man eben nichts lange geheim halten", erwiderte Ashley trocken und bestätigte damit Jos Vermutung. „Ich verstehe allerdings nicht, warum du es uns nicht selbst gesagt hast. Du hättest uns sofort anrufen sollen, als du entdeckt hast, dass James dich betrügt."

„Warum?", brummte Jo. „Damit ihr nach Boston kommt und ihn persönlich lyncht?" Erschrocken stellte sie fest, dass dieses Bild ihr eine gewisse Genugtuung bereitete. Seit wann – um Himmels willen – war sie so blutrünstig?

„Nun ja, wäre doch angebracht, oder?", meinte Ashley sarkastisch.

„Das ist genau der Grund, warum ich euch nicht angerufen habe", erklärte Jo, während ihr ein Schauer über den Rücken lief. Bei Ashley konnte man nie wissen, sie war zu allem fähig. „Ich gehe mit Krisensituationen gern auf meine Weise um. Außerdem bin ich nicht wild auf euer Mitgefühl und habe schon gar nicht vor, einfach davonzulaufen. Es war schon demütigend genug, James mit einer anderen Frau im Bett zu erwischen. Ich werde mich nicht auch noch von ihm aus der Stadt jagen lassen. Mein Leben ist hier in Boston, und das werde ich nicht irgendeines Schuftes wegen ändern."

James' Betrug machte sie erst recht entschlossen, in Boston zu leben. Viel zu lebhaft hatte er die Erinnerung an einen anderen Mann geweckt, den sie einst geliebt und der sie damals ebenfalls betrogen hatte. Im Übrigen war jener Mann auch der Grund dafür, warum sie niemals mehr ins Rose Cottage, das Haus ihrer Großmutter in Virginia, zurückkehren wollte.

„Wenn ich an deiner Stelle wäre, würde ich nachgeben und herkommen", schaltete Maggie sich jetzt ein.

„Ja", fügte Melanie hinzu. „Sonst fahre ich nach Boston und hole dich persönlich."

Jos Lachen ging in ein Schluchzen über. Auch sie hatte seinerzeit jede der drei Schwestern gedrängt, ins Rose Cottage zu fahren, als sie eine Krise durchstehen mussten. Jetzt bereute sie es. Wie sollte sie ihren Schwestern erklären, dass die Dinge bei ihr anders lagen? Dass ein Rückzug ins Rose Cottage ihr nicht helfen, sondern alles nur noch schlimmer machen würde? Dann müsste sie das Geheimnis preisgeben, das sie so viele Jahre vor ihnen verborgen hatte, und der Ärger würde erst richtig beginnen.

„Ich kann nicht", flüsterte sie. Für Ashley, Maggie und Melanie mochte das Rose Cottage in den schwierigen Momenten der richtige Platz gewesen sein. Das Haus ihrer Großmutter war jedoch der Ort, an dem ihr Herz zum ersten Mal gebrochen worden war. Wie konnte es dort heilen, wenn die Schatten der Vergangenheit sie dort verfolgen würden? Und nicht nur die Schatten – sie lief auch Gefahr, dem Mann, den sie mehr als ihr Leben geliebt hatte, tatsächlich zu begegnen.

„Ich hätte gern gewusst, warum nicht", erwiderte Ashley. „Wenn du keinen Urlaub nehmen kannst, dann kündige eben."

„Meine Arbeit ist nicht das Problem", meinte Jo kläglich, obwohl es sie nicht überraschte, dass ihre älteste Schwester daran als Erstes dachte. Selbst jetzt, da sie verheiratet war, hatte Arbeit noch immer einen großen Stellenwert in Ashleys Leben.

„Was ist es dann?", fragte Ashley.

„Ich bin hier einfach besser aufgehoben", behauptete Jo und wusste, wie wenig überzeugend ihre Antwort klingen musste. Auf keinen Fall jedoch wollte sie die Wahrheit erzählen. Ihre Schwestern wussten nichts von der großen Liebe in jenem Sommer, den sie im Rose Cottage verbracht hatte. Alle drei hatten damals Sommerjobs in Boston gehabt, während sie den ganzen Sommer bei ihrer Großmutter – und mit Pete – verbracht hatte.

Sie war sich damals absolut sicher gewesen, dass Pete der Mann ihres Lebens wäre. Sie hatte ihm geglaubt, als er sagte, er würde sie lieben, glaubte ihm, als er ihr versprach, er würde bis zum folgenden Jahr auf sie warten.

Doch bereits als die ersten Blätter fielen, erwähnte ihre Großmutter wie nebenbei, dass Pete geheiratet hätte. Einige Monate später wurde dann ein Baby geboren. Ein Junge.

Sie und ihre Großmutter hatten vor den anderen den Schein aufrechterhalten, dass sie nur ein wenig Klatsch über einen Bekannten weitergaben, aber Jo hatte das Mitgefühl in Grannys Worten herausgehört. Ihre Großmutter hatte nur zu gut gewusst, dass diese Nachricht ihre Enkelin am Boden zerstören würde.

Jo hatte sich zutiefst verraten gefühlt, besonders, weil der junge Mann, den sie liebte und dem sie vertraut hatte, noch nicht mal den Mut aufgebracht hatte, ihr persönlich zu gestehen, wie grundlegend sein Leben sich verändert hatte. Das hätte zwar den Schmerz nicht erträglicher gemacht, hätte ihr aber gezeigt, dass sie sich nicht ganz in ihm geirrt und dass sie ihm mal etwas bedeutet hatte.

Sie hatte Jahre gebraucht, bis sie den Mut fand, ihr Herz ein zweites Mal zu verschenken. Und jetzt war ihr genau das Gleiche wieder passiert.

Nein, Virginia war eindeutig nicht der Ort, an den sie gehörte. Sie musste zu Hause in Boston bleiben und sich in ihrer Arbeit vergraben. Jo liebte ihren Beruf als Landschaftsarchitektin, und sie hatte Freunde, wenn die ihr auch nicht so nahestanden wie ihre Schwestern.

„Ich kann nicht kommen", wiederholte sie mit ausdrucksloser Stimme.

Melanie seufzte theatralisch. „Das bedeutet, dass wir morgen früh abfahren müssen. Nicht wahr, Ash und Maggie?"

„Ich werde um fünf Uhr reisefertig sein. Wie steht es mit euch?"

„Fünf ist eine ausgezeichnete Zeit."

„Nein!", protestierte Jo, obwohl sie wusste, dass es vergebens war. Ihre drei Schwestern würden keine Ruhe geben, bevor sie ihr Nesthäkchen nicht wenigstens ein paar Tage lang bemuttert hatten. Das war der Fluch, die Jüngste zu sein.

„Du wirst uns nicht aufhalten können", drohte Ashley ihr an. „Es sei denn, du entscheidest dich, freiwillig zu uns zu kommen. Bleib doch den ganzen Winter bei uns. Du wirst sehen, wie friedvoll und ruhig es hier ist. Wir werden dich auch nur stören, wenn du es möchtest."

„Das soll wohl ein Witz sein. Als ob ihr Rücksicht nehmen würdet", erwiderte Jo. „Vielleicht komme ich für ein Wochenende, damit ihr seht, dass ich kein Häufchen Elend bin. James ist es nicht wert, dass ich seinetwegen auch nur eine Träne vergieße."

Sie würde ihre Abneigung gegen Rose Cottage einige Tage verdrängen können und dann so schnell wie möglich wieder nach Boston zurückkehren. Sie würde sich einfach, so gut es ging, im Haus aufhalten, damit sie Pete ja nicht über den Weg lief. Doch allein auf der Fahrt nach Irvington würde sie sich an ihre erste große Liebe erinnern. Ihre Schwestern hatten ihr berichtet, dass er der größte Bauunternehmer am Ort geworden war. Er hatte sich einen Namen gemacht. Plakate und Tafeln zeugten an allen Ecken und Enden der Region davon, wie viele Aufträge er übernommen hatte. Sein Traum, über den sie damals so viel gesprochen hatten, war Wirklichkeit geworden – allerdings mit einer anderen Frau an seiner Seite.

„Ein paar Tage werden nicht reichen", antwortete Melanie bestimmt. „Sogar Ashley, unsere Arbeitswütige, hatte seinerzeit drei Wochen geplant. Du wirst es also doch wohl schaffen, einen Monat bei uns zu bleiben."

„Genau", pflichtete Ashley ihr bei. „Außerdem bist du Landschaftsarchitektin. Ich glaube kaum, dass du im Winter in Boston sehr viel Arbeit hast. Vielleicht könnte Mike dir etwas Arbeit beschaffen. Er hat sowieso mehr Aufträge, als er im Moment bewältigen kann."

„Ihr habt euch das alles bereits ausgedacht, bevor ihr angerufen habt, nicht wahr?", fragte Jo resigniert. „Ihr habt auch sicher schon mit Mike gesprochen."

„Natürlich", erwiderte Ashley fröhlich. „Ich gehe schließlich auch nie in den Gerichtssaal, ohne mich vorbereitet zu haben. Außerdem war das sogar Mikes Idee, nicht wahr, Melanie? Er sucht dringend eine talentierte Landschaftsarchitektin."

„Stimmt", bestätigte Melanie, „er hat mehr Arbeit, als er verkraften kann, Jo. Du würdest ihm einen riesengroßen Gefallen tun. Und mir auch. Ich würde wirklich gern mehr Zeit mit meinem Mann verbringen. Komm schon. Sag bitte Ja, Jo."

Jo seufzte.

„Ruf uns an, wenn du unterwegs bist", meinte Maggie, die offensichtlich davon überzeugt war, schon gewonnen zu haben. „Wir werden im Rose Cottage ein Feuer machen und dir etwas Gutes kochen. Der Ortswechsel wird dir guttun. Schließlich hat er uns auch geholfen. Ich kann mir nichts Gemütlicheres vorstellen, als vor dem flackernden Kaminfeuer zu sitzen und nachzudenken, während draußen der Schnee fällt."

„Es schneit auch in Boston", entgegnete Jo lakonisch. „Außerdem hasse ich Schnee."

„Stimmt ja gar nicht", sagte Melanie. „Du weißt, der Schnee hat hier fast etwas Magisches. Du wirst schon sehen. Vielleicht folgst du sogar der Familientradition und triffst hier den Mann fürs Leben."

„Was auch immer", meinte Jo ausweichend. Sie hatte nicht vor, die Vorstellungen ihrer Schwestern zu zerstören. Sie glaubten an die Magie, die Rose Cottage umgab. Und Magie hin, Magie her – alle drei hatten tatsächlich dort den Mann fürs Leben gefunden.

In ihrer momentanen Situation konnte sie allerdings nicht glauben, dass es auf der ganzen Erde – ganz zu schweigen vom Rose Cottage – so viel Magie gab, wie sie brauchte, um sich besser zu fühlen. Ganz davon zu schweigen, sich zu verlieben.

1. KAPITEL

Eine Stunde nach Jos Ankunft im Rose Cottage begann es tatsächlich zu schneien. Sie stand am Fenster, starrte durch die Scheiben hinaus auf die dicken Flocken und musste ein Schluchzen unterdrücken.

„Was ist denn?", fragte Ashley und legte tröstend den Arm um ihre Schulter.

Jo blinzelte rasch die aufsteigenden Tränen fort und sah ihre Schwester an. „Müsst ihr eigentlich immer recht haben?", fragte sie gereizt.

Ashley lächelte. „Klar. Warum?"

„Der Schnee fällt wie auf Kommando. Kann es sein, dass ihr auch das Wetter kontrolliert?"

Melanie und Maggie hörten, was sie sagte, und kamen ebenfalls zum Fenster hinüber.

„Oh, es wird wundervoll aussehen", schwärmte Ashley und schlang den Arm um die Taille ihrer jüngsten Schwester. „Morgen früh wirst du draußen eine Wintermärchenlandschaft vorfinden."

„Schrecklich. Ich bin darin gefangen", stöhnte Jo voller Selbstmitleid, „und habe nichts zu tun, außer nachzudenken." Sie erschauerte. Im Moment hatte sie nicht gerade die glücklichsten Gedanken, und mit denen wollte sie nicht allein sein.

„Wir werden dich erretten", versprach Ashley.

„Ich werde dir Jessie bringen, damit ihr beide Schlitten fahren könnt", schlug Melanie vor. Ihre energiegeladene kleine Stieftochter würde ihre Schwester schon unterhalten. „Das wird ein wenig Farbe auf deine Wangen zaubern."

„Es ist kalt draußen."

„Ach, ich bitte dich", bemerkte Melanie. „Verglichen mit Boston ist das Klima hier fast tropisch. Außerdem bist du doch immer so gern Schlitten gefahren!"

„Als ich acht war", murmelte Jo.

„Okay, wenn dir das nicht gefällt, könnten wir ja auch alle hier vor dem Feuer sitzen, heiße Schokolade trinken und Marshmallows essen", erwiderte Ashley beruhigend, als ob sie spürte, dass Jo kurz davor war, in Tränen auszubrechen. „Maggie könnte uns auch einen Kuchen backen. Das ganze Haus würde dann danach duften, so wie es früher war, als Mom an Schneetagen mit uns Kekse backte."

Jo wusste, dass ihre Schwestern jeden Morgen vor ihrer Tür stehen würden, wenn sie sich jetzt nicht zusammenriss. „Okay, es reicht", erklärte sie entschlossen. „Ich höre jetzt auf, den Kopf hängen zu lassen. Ihr könnt nicht euer ganzes Leben auf mich einstellen, nur weil es mir mal schlecht geht. Ich weiß eure Besorgnis sehr zu schätzen, aber eigentlich geht es mir schon wieder ganz gut. Sollte ich irgendwann erneut in trübe Gedanken versinken, kann ich ja einen Spaziergang machen."

„Natürlich kannst du das. Und es gibt außerdem noch einige Dinge in und an diesem Haus, um die man sich kümmern müsste", erwiderte Ashley. „Da ich die Letzte war, die sich vor dir hier im Cottage aufgehalten hat, werde ich dir eine Liste der Dinge aufstellen, zu denen ich nicht gekommen bin. Außerdem werde ich Handwerker anrufen. Du musst nur hier sein, wenn sie kommen."

„Ich kann es mir nicht leisten, ein Vermögen für Reparaturen auszugeben", wandte Jo ein. „Ich habe unbezahlten Urlaub genommen."

„Mach dir keine Sorgen ums Geld", warf Melanie dazwischen. „Mike sagt, du wärst sehr talentiert. Du wirst bei ihm noch genug verdienen. Du musst ihm einfach nur Bescheid geben, ab wann du mitarbeiten willst."

„Und in der Zwischenzeit mach dir keine Sorgen um die Handwerkerrechnungen", beruhigte Ashley sie. „Melanie hat die Räume gestrichen und im Garten gearbeitet. Maggie hat die Küche auf Vordermann gebracht und neue Elektrogeräte angeschafft." Sie zuckte mit den Schultern. „Da Josh mir beigebracht hat, wie man sich entspannt, habe ich keinen großen Beitrag geleistet, also werde ich für die Reparaturen aufkommen, die noch zu machen sind. Alle Rechnungen werden an mich gehen. Du müsstest nur anwesend sein, wenn die Handwerker kommen."

Jo sah sie nachdenklich an. „Warum wollt ihr denn noch mehr Geld in dieses Haus stecken? Ihr habt doch alle eure eigenen Häuser, und Mom war seit Großmutters Tod immer nur kurz hier, um euch zu sehen. Warum wollt ihr ein Vermögen ausgeben, um Rose Cottage zu erhalten?"

„Es ist kein Vermögen. Wir sind der Ansicht, dass Rose Cottage unbedingt in Familienbesitz bleiben sollte. Also müssen wir auch dafür sorgen, dass es in gutem Zustand erhalten wird", erwiderte Ashley. „Du kannst darin wohnen, solange du willst."

„Danke", meinte Jo mit erstickter Stimme. Bevor sie nach Virginia kam, war ihr gar nicht bewusst gewesen, wie sehr sie ihre Schwestern vermisst hatte. „Ihr seid wirklich Schätze." Sie schluchzte leise und wischte sich heimlich eine verräterische Träne von der Wange.

„Fang jetzt bloß nicht an zu heulen", rügte Maggie sie und reichte ihr ein Taschentuch. „Oder wir müssen im Rose Cottage bleiben, bis du dich wieder beruhigt hast, und bis dahin könnten wir eingeschneit sein. Sosehr du uns im Moment auch zu lieben scheinst, ich glaube nicht, dass du uns alle über Nacht hier haben willst."

Unter Tränen zwang Jo sich zu einem Lächeln. „Das stimmt." Sie wollte ihren Schwestern nicht noch mehr Gelegenheit geben, sie auszufragen. „Fahrt nur, solange es noch möglich ist. Aber ruft mich bitte an, wenn ihr zu Hause ankommt, damit ich mir keine Sorgen machen muss, ob ihr irgendwo im Graben gelandet seid."

Ihre Schwestern gaben widerwillig nach, und Jo blickte ihnen hinterher, bis sie nicht mehr zu sehen waren. Dann stieß sie einen schweren Seufzer aus. Der Boden war bereits mit Schnee bedeckt, und der graue, verhangene Himmel drohte, dass es so schnell nicht wieder aufhören würde zu schneien.

Es sieht tatsächlich aus wie ein Wintermärchen, dachte Jo, während sie versonnen über die Chesapeake Bay schaute.

Vor Jahren, als sie noch voller Hoffnung und unsterblich verliebt gewesen war, hatte sie geglaubt, dass dies der Ort wäre, an dem sie den Rest ihres Lebens verbringen würde. Jetzt kam er ihr eher wie ein schönes Gefängnis vor.

Sie würde einfach eine Weile aushalten und so tun, als ob sie nie etwas von Pete Carlett gesehen oder gehört hätte. Von jenem Mann, der ihr damals das Herz gebrochen hatte.

Am späten Nachmittag fand Pete auf dem Anrufbeantworter eine Nachricht vor, dass die Veranda des Rose Cottage repariert würden müsste und dass er am nächsten Morgen jemanden vorbeischicken sollte. Der Anrufer hatte seinen Namen nicht genannt, doch er vermutete, dass es Ashley war.

Verflixt, dachte er, und seine Gedanken gingen sieben Jahre zurück zu jenem Sommer, als Rose Cottage ein zweites Zuhause für ihn gewesen war. Vielleicht hatte er sich dort sogar noch mehr zu Hause gefühlt als in seinem eigenen Elternhaus. Mrs Lindsey hatte ein herzliches, ausgeglichenes Wesen gehabt, während ihm das cholerische Temperament seiner Mutter oft auf die Nerven ging.

Und dann war da natürlich noch Jo gewesen. Jo – mit ihren großen blauen Augen, den Sommersprossen auf ihrer hübschen Nase und dem vollen Mund, der so sinnlich war, wenn sie lächelte.

Sie hatten in jenem Sommer so viele Hoffnungen und Träume geteilt, und er war sicher gewesen, dass sie für immer zusammenbleiben würden. Er hatte damals viele Versprechungen gemacht, die er auch vorgehabt hatte zu halten.

Dann hatte er, wenige Wochen nachdem Jo nach Boston zurückgegangen war, einen dummen, unverzeihlichen Fehler gemacht, und sein Leben hatte sich in eine völlig andere Richtung gedreht.

Er hätte Kelsey Prescott gern die Schuld dafür gegeben, dass sie plötzlich schwanger geworden war, aber er war zu ehrlich, um sich vor seiner Verantwortung zu drücken. Außerdem hatte er sich, als seine Mutter seinen Vater verließ, geschworen, dass er niemals ein Kind im Stich lassen würde. Er hatte die Mutter des noch ungeborenen Kindes nicht geliebt, aber für ihn war klar gewesen, was er zu tun hatte, auch wenn er seine Träume dafür opfern musste.

Und er hatte wirklich versucht, alles noch zum Besten zu wenden, aber Kelsey hatte ihn genauso wenig geliebt wie er sie, und sie fühlte sich von Anfang an gefangen. Es war ihr großer Traum gewesen, irgendwann aus der Provinz weggehen und in einer Großstadt leben zu können. Weder das Kind noch Petes Geduld und Fürsorge hatten diesen Traum vergessen lassen.

Fünf Jahre lang hatte er darum gekämpft, sie und den Sohn zu behalten. Doch jetzt lebte sie mit Davey in Richmond, und Pete sah sein Kind nur an wenigen Wochenenden sowie zwei kostbare Wochen im Sommer. Letztendlich war alles so gekommen, wie er es nie hatte haben wollen. Wenn er jetzt zurückschaute, wusste er, dass er einiges hätte anders machen sollen. Vielleicht hätte er damals mit Jo sprechen sollen. Vielleicht hätte sie ihm verziehen und den Jungen mit ihm zusammen aufgezogen. Dann wäre Kelsey frei gewesen, das Leben zu führen, das sie sich immer gewünscht hatte, und der kleine Davey hätte eine feste Familie gehabt und sich nicht zwischen Vater und Mutter hin und her gerissen gefühlt.

Pete hatte jedoch damals nicht den Mut gehabt, sich Jo zu stellen. Er wusste, dass sie niemals verstehen würde, warum er einige Wochen nachdem sie gegangen war, mit einer anderen Frau geschlafen hatte, obwohl er Jo liebte und ihr ewige Treue geschworen hatte. Verflixt, er verstand das ja selbst nicht. Er war eben jung und unbeherrscht gewesen, und genau das hatte er auch Cornelia Lindsey zu erklären versucht. Doch obwohl kein hartes Wort über die Lippen der lebensklugen Frau gekommen war, hatte er doch die maßlose Enttäuschung in ihrem Blick gesehen, und er hatte sich fast zu Tode geschämt. Er hätte es nicht ertragen, diesen Ausdruck auch in Jos Augen zu sehen, also hatte er geschwiegen und es anderen überlassen, ihr die bitteren Neuigkeiten zu überbringen.

Im vergangenen Jahr hatte er mitbekommen, wie Leute im Rose Cottage ein und aus gingen. Er wusste, dass Jos Schwestern, eine nach der anderen, nach Irvington gekommen waren, sich verliebt und dann geheiratet hatten. Alle drei lebten jetzt hier in der Gegend. Jo dagegen hatte er nie gesehen.

Er hatte bereits einige Aufträge für Ashley und ihren Mann, Josh Madison, erledigt und sich dabei jedes Mal sehr unwohl gefühlt. Da Ashley das Thema Jo jedoch nie angesprochen hatte, vermutete er, dass sie von seinem Verrat an Jos Herz gar nichts wusste.

Nachdem er einige seiner Baustellen inspiziert hatte, machte er sich schließlich auf den Weg zum Rose Cottage, um nachzuschauen, was getan werden musste. Auch jetzt noch, nach so vielen Jahren, klopfte sein Herz immer wieder ein wenig schneller, wenn er auch nur in die Nähe dieses Hauses kam.

Schnee lag einige Zentimeter hoch auf dem Boden, auf der Verandatreppe und auf den nackten Zweigen der Bäume. Er konnte zwar in dem weißen Teppich keine Fußspuren entdecken, aber Rauch stieg aus dem Kamin auf, und im Wohnzimmer sowie in der Küche brannte Licht.

Pete saß im Wagen und überlegte, ob er einfach weiterfahren sollte. Er war nicht sicher, ob er sich in der Lage fühlte, einer der D'Angelo-Frauen gegenüberzutreten. Vor allem nicht hier im Rose Cottage. Er wusste, dass alte Wunden wieder aufgerissen würden, wenn er die Schwelle dieses Hauses betrat.

„Benimm dich nicht so albern", murmelte er trotzdem nach einer Weile. Es war doch nur ein Auftrag. Keine große Sache. Wahrscheinlich hatten sie das Haus an irgendeinen Fremden vermietet. Es gab nichts, wovor er Angst zu haben brauchte. Pete rügte sich selbst für seine Feigheit, ging zur Tür und klopfte an.

Als die Tür geöffnet wurde, wusste er nicht, wer überraschter war, er und oder die schmale, blasse Frau, die ihn mit traurigen, schmerzerfüllten Augen ansah.

„Was machst du denn hier?", stießen er und Jo gleichzeitig aus.

Pete versuchte zu lächeln. „Entschuldige. Man hat mich angerufen, dass hier einige Reparaturen zu erledigen wären. Ich hatte keine Ahnung, dass du hier bist. Ganz ehrlich, ich kann nicht fassen, dass du mich angerufen hast."

Sie sah ihn bestürzt an. „Das habe ich auch nicht. Was für Reparaturen? Ashley erwähnte etwas davon, aber ich wusste nicht, dass sie den Auftrag bereits erteilt hat. Wir sind ja noch nicht mal die Liste durchgegangen, was dringend getan werden muss."

„Wer auch immer angerufen hat, es ging um morsche Verandabretter."

„Als ich ankam, war es dunkel. Ich habe nichts bemerkt."

„Du bist gerade erst angekommen?"

Sie schüttelte den Kopf. „Gestern Abend."

„Und du warst den ganzen Tag nicht draußen?"

Sie betrachtete ihn misstrauisch. „Woher weißt du das?", fragte sie barsch.

„Keine Sorge, niemand beobachtete dich. Zumindest ich nicht." Er wies auf die Verandatreppe. „Aber die einzigen Fußstapfen dort sind meine."

Ihr Ärger verschwand sofort. „Entschuldige", bemerkte sie steif.

Pete zögerte. „Hättest du es lieber, wenn einer meiner Männer vorbeikommt, um sich die Veranda anzuschauen? Deine Schwester wusste offensichtlich nicht, dass sie dir Probleme bereitet, wenn sie mich schickt."

Jo sah ihn unentschlossen an und wirkte so verloren und unglücklich, dass Pete sie am liebsten in seine Arme gezogen und getröstet hätte. Aber dazu hatte er kein Recht mehr.

„Nein", entschied sie schließlich. „Nun bist du ja schon hier. Ich will Ashley nicht erklären müssen, warum ich dich weggeschickt habe. Ich werde das Verandalicht einschalten, damit du besser sehen kannst, in welchem Zustand die Bretter sind."

Pete nickte. „Danke."

Einen Moment später wurde das Verandalicht eingeschaltet und die Tür zugezogen. Er gab sich Mühe, ihre Zurückweisung nicht als Verletzung zu empfinden, aber es tat trotzdem weh. Es hatte mal Zeiten gegeben, in denen er in diesem Haus herzlich willkommen gewesen war, in denen Jo D'Angelo ihn überschwänglich begrüßt hatte. Dass sie die Tür vor ihm verschloss, hatte auf ihn die gleiche Wirkung wie ein Schlag ins Gesicht. Die Botschaft war deutlich: Jo würde seine Anwesenheit nur so lange tolerieren, wie er seine Arbeit zu tun hatte, aber

383

sie wünschte keinen weiteren Kontakt mit ihm. Er hatte diese Reaktion zwar verdient, aber es schmerzte dennoch.

Pete verbrachte einige Minuten damit, die Veranda zu überprüfen, kam zu dem Ergebnis, dass praktisch alle Bretter ersetzt werden mussten, und klopfte dann erneut an die Haustür.

Es dauerte eine ganze Weile, bis Jo ihm antwortete, und als sie dann die Tür öffnete, war es offensichtlich, dass sie geweint hatte. Petes Herz zog sich zusammen.

„Was ist?", fragte sie ungehalten.

Einen Moment lang vergaß er die Veranda. „Ist alles in Ordnung?", erkundigte er sich voller Besorgnis.

„Die Zeit heilt alle Wunden", erwiderte sie knapp. „So sagt man wenigstens."

Unverkennbare Bitterkeit lag in ihrer Stimme, und Pete spürte, dass sie kürzlich eine große Enttäuschung erlebt haben musste. Er schloss allerdings auch nicht aus, dass sich ihr Schmerz noch auf die Ereignisse zwischen ihnen beiden bezog. Er wusste, dass er sie damals tief verletzt haben musste.

Pete gab sich einen Ruck, steckte die Hände in die Hosentaschen und riskierte eine weitere Zurückweisung. „Willst du darüber reden?"

„Nein, und schon gar nicht mit dir", erwiderte sie mit ausdrucksloser Stimme. „Ich will einfach nur in Ruhe gelassen werden."

Er wusste, dass er sie beim Wort nehmen sollte, aber wie konnte er das tun, wenn sie aussah, als ob sie jeden Moment zusammenbrechen würde? Was dachten ihre Schwestern sich dabei, sie in diesem Zustand allein zu lassen? Er musste bei ihr bleiben, bis ihre Wangen wieder Farbe bekamen. Also ignorierte er ihre Worte, ging einfach an ihr vorbei und betrat das Rose Cottage.

Es war, als ob er nach Hause kommen würde. Die Wände waren frisch gestrichen, und es gab einige kleinere Veränderungen, aber grundsätzlich war das Rose Cottage noch so wie früher: warm und gemütlich. Ein Feuer brannte im Kamin, und an den Wänden hingen Aquarelle von der Chesapeake Bay.

„Hast du schon gegessen?", erkundigte er sich und ging in Richtung Küche, als ob es das natürlichste Verhalten der Welt sei. „Ich noch nicht, ich bin fast am Verhungern."

Jo eilte ihm nach und stellte sich ihm resolut in den Weg. „Was ist los, Pete?", fragte sie kühl. „Du kannst nicht einfach hier hereinspazieren und dich benehmen, wie du willst."

„Du siehst, genau das tue ich aber, Liebling. Möchtest du eine Suppe haben?", fragte er gut gelaunt und öffnete eine Schranktür, hinter der sich von Nudel- bis Tomatensuppen alle Vorräte befanden. „Ich finde, das wäre bei der Kälte draußen gerade das Richtige für dich."

Auf seinen Vorschlag hin schlug ihm nur trotziges Schweigen entgegen, doch er nahm das als gutes Zeichen.

„Tomatensuppe und getoastete Käsesandwichs", entschied er, nachdem er den Inhalt des Kühlschranks durchgesehen hatte. „Deine Großmutter hat dieses Essen für uns oft gemacht. Isst du es immer noch so gern?"

„Ich habe keinen Hunger, und du musst jetzt gehen", beharrte Jo und schloss die Schranktür.

„Ich habe Zeit", erklärte er, obwohl er genau wusste, dass sie sich keine Sorgen um seinen Terminkalender machte. „Setz dich doch. Die Suppe steht gleich auf dem Tisch."

Unbeirrt begann Pete, die kleine Mahlzeit zuzubereiten. Pfannen, Töpfe und Schüsseln fand er dort, wo sie immer gestanden hatten.

„Ah, du hast ja schon Teewasser aufgesetzt", stellte er erfreut fest und nahm den Teekessel vom Herd. „Sind die Teebeutel noch dort, wo sie immer waren?"

Er wartete ihre Antwort nicht ab, sondern fuhr mit seinen Vorbereitungen fort, wendete die Toastscheiben, bis sie goldbraun waren, und rührte gelegentlich die Suppe um.

Jo seufzte resigniert und setzte sich schließlich. Pete wusste, dass seine Gegenwart immer noch nicht willkommen war, dass aber Jo im Moment einfach nicht die Kraft hatte, ihn fortzuschicken.

„So, und was führt dich ins Rose Cottage?", erkundigte er sich, als er die Suppe und den Toast schließlich auf den Tisch stellte.

Sie schaute auf das Essen und warf ihm dann einen kühlen Blick zu. „Ich will weder die Suppe noch den Toast, noch habe ich Lust, mich zu unterhalten. Und schon gar nicht mit dir."

„Das habe ich verstanden", erwiderte er. „Aber das Essen wird dir guttun, und ich bin nun mal hier. Wir sollten also das Beste aus der Situation machen."

Jo runzelte die Stirn. „Bist du mir eigentlich schon immer so auf die Nerven gegangen?"

„Wahrscheinlich", erwiderte er. „Du neigst dazu, immer das Gute in den Menschen zu sehen. Wahrscheinlich hast du diese Seite an mir damals übersehen."

„So muss es gewesen sein", murmelte sie, nahm aber ihren Löffel und begann zu essen.

Pete spürte so etwas wie Triumph, als er sah, wie sie die Suppe löffelte und dann auch noch von dem Sandwich abbiss. Das Essen – oder ihre Wut auf ihn – brachte ein wenig Farbe auf ihre Wangen. Sie sah nicht mehr annähernd so traurig und niedergeschlagen aus wie bei seiner Ankunft.

„Wer hat dich eigentlich gebeten, ins Rose Cottage zu kommen?", wollte sie schließlich wissen. „Bist du sicher, dass das nicht auf deinem eigenen Mist gewachsen ist?"

Er zuckte mit den Schultern. „Ich kann dir nicht genau sagen, wer angerufen hat. Du meintest, Ashley wollte anrufen. Also muss sie es gewesen sein."

„Warum ausgerechnet dich?"

„Meine Nummer steht im Telefonbuch. Warum sollte sie nicht mich ausgesucht haben? Ich habe für sie und Josh bereits diverse Aufträge ausgeführt. Sie schienen mit meiner Arbeit zufrieden gewesen zu sein. Oder hast du ihnen etwa erzählt, was für ein Versager ich bin?"

„Ich habe ihnen gegenüber nicht mal deinen Namen erwähnt."

„Warum hast du denn Probleme damit?"

„Ich glaube, du kennst die Antwort."

„Ich bin wirklich zufällig hier, es ist keine teuflische Verschwörung, die ich mit deiner Schwester ausgeheckt habe. Ich bin angerufen worden und vorbeigekommen, um einen Kostenvoranschlag zu machen. Das ist alles. Bis ich das Licht im Haus und den Rauch aus dem Kamin steigen sah, wusste ich nicht mal, dass sich hier jemand aufhält."

„Okay, du bist also nur wegen eines Anrufes hier", lenkte sie schließlich ein. „Aber jetzt hast du deine Pflicht getan. Lass deinen Kostenvoranschlag hier. Ich werde mir noch von jemand anderem einen einholen, und du wirst diesen Auftrag wahrscheinlich nicht erhalten."

„Das glaube ich kaum", erwiderte er, und er sagte die Wahrheit. Dieser Auftrag war nur ein kleiner, unbedeutender Job für ihn, aber er war fest entschlossen, ihn auszuführen. Und zwar nicht durch einen seiner vielen Angestellten, sondern er selbst würde Hand an die Bretter dieser Veranda legen. Er würde in der Nähe von Jo bleiben, bis er herausgefunden hatte, warum sie so elend aussah. „Wer immer auch angerufen haben mag, er hat recht gehabt. Die Veranda ist in einem schlimmen Zustand. Das Holz muss dringend erneuert werden, bevor noch jemand zu Schaden kommt."

„Gut, aber ich nehme an, dass ein anderer Unternehmer es preiswerter machen könnte", erklärte sie mit ausdrucksloser Stimme. „Wahrscheinlich kann ich die Arbeit sogar selbst erledigen, wenn ich mir Mühe gebe."

Er lächelte. „Glaubst du das wirklich?"

„Es kann ja wohl nicht so schwer sein, ein paar Bretter zusammenzunageln", erwiderte sie schroff. „Und es würde Ashley weit billiger kommen."

„Du hast meinen Kostenvoranschlag ja noch gar nicht gesehen", erinnerte er sie, amüsiert über ihren Versuch, ihn loszuwerden.

Sie wich seinem Blick aus und errötete leicht. „Nein", gab sie zu. „Entschuldige."

„Du brauchst dich nicht zu entschuldigen", erwiderte er ungezwungen. „Ich könnte einen meiner Männer vorbeischicken, aber wer auch immer angerufen hat, er fragte ausdrücklich nach mir. Und dann erledige ich die Arbeit auch selbst. Das ist eine Frage der Ehre."

Jo runzelte die Stirn. „Als ob du auch nur einen Funken Ehre in dir hättest."

Ihre Bemerkung saß. „Das habe ich wohl verdient", gab er zu.

„Und noch mehr", erwiderte sie. „Hör zu, Pete, vergiss dieses unsinnige Gerede von Ehre. Ich werde mich mit meinen Schwestern schon einigen. Wie ich gehört habe, baust du hier in dieser Gegend wundervolle Häuser. Warum solltest du dich mit einer alten Veranda abgeben?"

„Das hilft mir, auf dem Boden zu bleiben", erklärte er leichthin. Wie gern hätte er ihr gesagt, dass er nur eine Chance wollte, sich in ihrer Nähe aufzuhalten. Eine Chance, all das wieder gutzumachen, was er ihr vor sieben Jahren angetan hatte. Jetzt, da er sie gesehen hatte, wusste er, dass all die Gefühle, die er verdrängt hatte, um mit Kelsey zusammenzubleiben, nichts an Intensität eingebüßt hatten.

„Das ist eine schlechte Idee", bemerkte sie – fast zu sich selbst.

„Warum?", fragte er, obwohl er genau wusste, was sie meinte.

Sie warf ihm einen ungläubigen Blick zu.

„Okay, vergiss es", meinte er. „Ich kann dich verstehen. Du bist immer noch wütend auf mich. Was ich getan habe, ist unverzeihlich."

„Du siehst das falsch", stieß sie hervor. „Wenn es um dich geht, fühle ich überhaupt nichts mehr. Sieben Jahre sind eine lange Zeit, Pete. Was mal zwischen uns war, ist lange vorbei."

Das war eine schamlose Lüge. Pete konnte das in ihren Augen lesen. „Dann sollte es dich ja auch nicht stören, wenn ich in deiner Nähe bin."

„Warum tust du das?", fragte sie.

Er ignorierte ihre Frage, denn er hatte das Gefühl, dass sie die Antwort bereits kannte. Sie war nur noch nicht bereit, sie zuzulassen.

„Ich werde morgen früh so gegen acht Uhr hier auftauchen", erklärte er bestimmt. „Ich hoffe, du hattest nicht vor, lange zu schlafen. Ich werde ziemlich viel Krach machen, und ich könnte eine Tasse Kaffee vertragen, sobald ich ankomme. Wenn ich mich richtig erinnere, kannst du guten, starken Kaffee machen."

Dann erhob er sich. Er wusste, dass es Zeit war zu gehen. Die Gefahr, dass er sie in die Arme ziehen und küssen würde, war einfach zu groß.

„Gute Nacht, Jo. Es hat mich gefreut, dich wiederzusehen." Er küsste ihre bereits überhitzten Wangen.

Stoisch ignorierte er die Tatsache, dass sie vor Entrüstung kochte, als er das Haus verließ. Die Flüche, die sie ausstieß, waren nicht sehr schmeichelhaft. Trotzdem pfiff er gut gelaunt, als er schließlich hinter dem Lenkrad seines Wagens saß. Er war entschlossen, schnellstens herauszufinden, warum sie ins Rose Cottage gekommen war und was sie so verletzt hatte. Das letzte Mal, als sie so tief verletzt wurde, war er der Grund gewesen. Dieses Mal würde er zur Heilung ihrer Seele beitragen. Und wer wusste, was danach noch alles passieren konnte?

2. KAPITEL

Wie war es Ashley nur gelungen, von all den arroganten, unmöglichen Männern auf der Welt ausgerechnet denjenigen zu ihr zu schicken, der Jo unter Garantie in den Wahnsinn treiben würde? Sie war normalerweise eine ruhige, wohlerzogene Frau, aber in den zehn Minuten, die seinem Besuch folgten, hatte sie mehr Flüche und Schimpfwörter ausgestoßen als in ihrem ganzen bisherigen Leben.

Wie konnte er es wagen, im Rose Cottage aufzutauchen, als ob er ein Recht dazu hätte? Wie konnte er einfach über sie bestimmen, als ob er sie für unfähig hielt, allein zurechtzukommen? Nun ja. Vielleicht hatte sie heute Abend wirklich einen mitleiderregenden Eindruck gemacht, aber das würde ganz bestimmt nicht wieder vorkommen. Morgen früh würde sie auf ihn vorbereitet sein.

Jo seufzte, als sie spürte, wie ihre Wut langsam verrauchte. Wem wollte sie eigentlich etwas vormachen? Die Wahrheit war, dass ihr Herz vor Freude sofort schneller zu schlagen begonnen hatte, als sie ihn vor der Tür stehen sah. Als er die Veranda inspizierte, hatte sie die Tür nur so fest hinter sich zugeschlossen, weil er ihre Reaktion nicht sehen sollte. Wie idiotisch konnte man doch sein! Ein Blick auf den Mann, den sie einst so geliebt hatte, und ihre Selbstkontrolle sowie ihr gesunder Menschenverstand waren dahin.

Und das war bereits geschehen, bevor Pete gegen ihren Protest einfach ihr Haus betreten hatte. Danach brauchte sie nicht mehr die Entrüstete zu spielen, sie war es. Er hatte doch tatsächlich die Unverschämtheit besessen, einfach hereinzukommen, als ob ihm das Rose Cottage gehörte und als ob zwischen ihnen nie etwas vorgefallen wäre. Wenn er glaubte, sein halbherziges Schuldbekenntnis, dass er sie vor sieben Jahren schlecht behandelt hatte, wäre eine ausreichende Entschuldigung, so irrte er sich, und zwar gewaltig. Es bedurfte mehr als ein paar jämmerlicher Worte, um sie zur Vergebung zu bewegen. Dafür würde er sich schon einiges einfallen lassen müssen.

Unglücklicherweise sah es so aus, als ob ihm genügend Zeit zur Verfügung stehen würde, um ihr all die Dinge zu sagen, die sie hören wollte. Er würde sich wohl oder übel einige Zeit in ihrer Nähe aufhalten. Jo schüttelte den Kopf. Ein Mann wie Pete brauchte nicht eigenhändig eine Veranda zu reparieren. Warum schickte er nicht einen seiner Männer? Was bezweckte er damit?

Es gab allerdings ziemlich wenig, was sie dagegen tun konnte. Sie konnte ihn kaum feuern, ohne das Misstrauen ihrer Schwestern zu wecken und sich einer Flut von Fragen aussetzen zu müssen.

Es blieb ihr also nur noch die Möglichkeit, Rose Cottage zu meiden, solange er an der Veranda arbeitete. Fest entschlossen, ihren Plan in die Tat umzusetzen, ging Jo ins Bett und versuchte, nicht daran zu denken, wie gut Pete in den verwaschenen Jeans und dem dunkelgrünen Sweatshirt ausgesehen hatte. Sein Gesicht war in den sieben Jahren markanter und männlicher geworden, sein Blick noch intensiver. Zum Teufel, dieser Mann hatte eine unglaublich erotische Ausstrahlung. Aber sie hatte kein Recht, so über einen verheirateten Mann zu denken. Und schon gar nicht über einen verheirateten Mann, der ihr vor Jahren das Herz gebrochen hatte.

Was dachte er sich überhaupt dabei, sich so lange bei ihr aufzuhalten, wenn er doch zu Hause bei seiner Frau und seinem Sohn sein sollte? Offensichtlich waren seine Moralvorstellungen noch genauso locker wie damals, als er einfach mit einer anderen Frau ins Bett gegangen war, obwohl er ihr kurz zuvor ewige Liebe geschworen hatte. Das allein sollte Grund genug sein, dass sie einen großen Bogen um ihn machte!

Und genau deswegen stellte sie ihren Wecker auf sechs Uhr. Bis um sieben würde sie geduscht, angezogen und bereits unterwegs sein. Lange bevor Pete vor ihrer Tür erscheinen würde. Sollte er seine Arbeit ruhig machen, sie würde nicht zu Hause sitzen, sich quälen und eventuell in Versuchung führen lassen.

Pete kannte Jo zu gut, um nicht zu ahnen, was sie plante. Das war auch der Grund, warum er bereits um sechs Uhr dreißig in der Einfahrt des Rose Cottage parkte. Die Tatsache, dass fast aus allen Fenstern des Hauses Licht fiel, bewies ihm, wie richtig er sie eingeschätzt hatte. Offenbar hatte sie vorgehabt, bereits vor seiner Ankunft fluchtartig das Haus zu verlassen.

Er blieb im Wagen sitzen, stellte die Heizung höher und wartete. Wie er es erwartet hatte, gingen um sieben Uhr die Lichter aus, und kurz danach öffnete sich die Haustür. Jo war so in Gedanken versunken, als sie die Tür hinter sich zuzog und abschloss, dass sie ihn erst bemerkte, als er fast hinter ihr stand. Sie drehte sich abrupt um und prallte gegen seine breite Brust. Ihre Augen blitzten vor Wut, weil er sie doch noch erwischt hatte.

„Wo willst du denn so früh am Morgen hin?" Er betrachtete sie amüsiert.

Sie runzelte die Stirn. „Warum bist du denn schon hier?", fragte sie schroff.

„Ich sagte dir doch, dass ich heute früh kommen würde."

„Du sagtest, um acht Uhr."

„Das stimmt", bestätigte er. „Und dann habe ich nachgedacht."

Sie sah ihn kritisch an. „Worüber?"

„Dass du mir wahrscheinlich ausweichen und bereits früh das Haus verlassen würdest."

„Vielleicht hatte ich nur vor, etwas zum Frühstück einzukaufen", entgegnete sie spitz, „und wollte um acht Uhr wieder hier sein."

„Wolltest du das denn?"

Sie wich seinem Blick aus, da sie keine Lust hatte, ihn anzulügen. „Wieso spielt es überhaupt eine Rolle, wohin ich gehe? Du brauchst mich doch hier gar nicht. Ich bin sicher, dass du diese äußerst schwierige Arbeit ganz allein bewältigen kannst."

„Das stimmt, aber ich habe mich darauf verlassen, einen Kaffee zu bekommen", erklärte er, scheinbar bester Laune.

„Ich habe keinen Kaffee gemacht."

„Kein Problem." Er legte einen Arm um ihre Schulter und drehte sie sanft in Richtung seines Trucks. „Da ich schon so früh unterwegs bin, haben wir noch genug Zeit, gemeinsam in der Stadt zu frühstücken. Komm, ich lade dich ein."

„Ich werde nicht mit dir in die Stadt fahren", erklärte sie, entrüstet über seinen Vorschlag.

„Warum nicht?"

„Weil ich keine Lust habe."

Pete konnte sich nicht vorstellen, warum sie diese Idee so absurd fand. Aber er glaubte nicht, dass er auf Fragen ordentliche Antworten bekommen würde.

Sie warf ihm einen finsteren Blick zu und drehte sich um. „Also gut. Ich mache dir einen Kaffee, aber dann gehe ich."

Er strahlte. „Einverstanden."

Als er in der Küche war, ging er jedoch direkt zum Kühlschrank und holte Eier, Schinken und Butter heraus. „Wenn wir schon Kaffee trinken, können wir auch richtig frühstücken."

Jo sah an diesem Morgen nicht mehr ganz so blass und mitgenommen aus, aber sie hatte immer noch den traurigen, verlorenen Ausdruck in den Augen, und sie war viel zu dünn. Welcher Kummer auch immer an ihr nagte, er hatte ihr offensichtlich den Appetit genommen.

„Setz dich", sagte er und begann, die Eier aufzuschlagen. „Ich bin gleich fertig, und dann können wir ein wenig plaudern. In sieben Jahren ist viel passiert, und wir wissen kaum noch etwas voneinander."

„Pete, ich will gar nichts von dir wissen", erklärte sie gereizt. „Ich will überhaupt nicht mit dir reden. Ich will dich nicht mal sehen."

Er schüttelte den Kopf. „Behandelt man so einen alten Freund?"

„Du bist nicht mein Freund."

Unverwandt sah er sie an. „Ich war es, und ich könnte es wieder sein."

„Das glaube ich nicht." Sie schaute zur Kaffeemaschine hinüber, die er bereits angestellt hatte. „Sobald der Kaffee fertig ist und ich eine Tasse getrunken habe, werde ich gehen." Sie überlegte und schüttelte den Kopf. „Nein, ich werde jetzt gleich gehen. Du kannst alleine frühstücken. Ich wünsche dir einen guten Appetit."

Als sie zu ihrem Mantel greifen wollte, legte Pete seine Hand auf ihren Arm. Sie zuckte zusammen und trat spontan einen Schritt zurück. „Hör auf", befahl sie. „Ich will nicht, dass du mich anfasst."

Ein scharfer Schmerz durchfuhr ihn, obwohl er ihr Verhalten verstehen konnte. Er hatte sich damals wie ein Schuft verhalten. Er hatte es nicht besser verdient.

„Jo, komm schon", bettelte er. „Wir sollten miteinander reden und einige Dinge zwischen uns klären."

Sie sah ihn kühl an. „Wir hätten vor sieben Jahren reden müssen, aber damals hast du mir nicht die Tür eingerannt!"

Noch ein Schlag ins Gesicht, stellte er resigniert fest. Sie wusste, wie sie ihn treffen konnte. „Ich war zwanzig Jahre alt und dumm. Ich weiß, ich hätte mit dir reden sollen."

„Und warum hast du es nicht getan?"

„Ich habe mich geschämt."

Sie sah ihn ungläubig an.

„Okay, ich war ein Feigling", gab er zu. „Ich bin zu deiner Großmutter gegangen. Das allein war damals schon schwer genug für mich. Ich hatte einfach nicht den Mut, mich dir zu stellen. Ich dachte mir, dass sie dir alles sagen würde, und ich redete mir ein, dass es einfacher für dich wäre, die Neuigkeiten von ihr zu hören."

„Natürlich warst du feige", warf sie ihm bitter vor. „Hast du wirklich geglaubt, es wäre leichter zu verkraften gewesen, nur weil es meine Großmutter war, die mir das Todesurteil für meine Liebe mitgeteilt hat?"

„Es tut mir unendlich leid", erklärte er betroffen. „Wie konnte ich das dir und auch deiner Großmutter bloß antun."

„Das frage ich mich auch", erwiderte sie zornig und hob dann entschlossen das Kinn. „Kann ich jetzt gehen? Ich glaube, wir haben genug über die Vergangenheit geredet."

Pete unternahm einen letzten Versuch, sie zum Bleiben zu bewegen. „Bist du sicher, dass du gehen willst? Meine Omeletts sind unschlagbar."

„Das können viele andere auch. So schwer ist das nicht." Sie sah ihn frostig an. „Ich hoffe, du bist nicht mehr hier, wenn ich zurückkomme."

Da Pete mittlerweile der Appetit vergangen war, stellte er das Essen wieder in den Kühlschrank zurück und schaute sie an. „Das hängt davon ab, wie lange du fortbleiben willst."

„So lange wie nötig."

Pete wusste, dass sie es ernst meinte. Er konnte an ihrem Blick erkennen, dass sie ihn meiden würde, bis seine Arbeit an der Veranda getan wäre. Vielleicht sollte er sie in Ruhe lassen, aber er konnte einfach nicht so schnell aufgeben.

Und im Grunde hatte er auch gar keine andere Wahl. Er war immer noch in sie verliebt. Zumindest in das hinreißende junge Mädchen, das sie einst gewesen war. Es blieb nun abzuwarten, ob die Frau, zu der sie geworden war, ihn ebenso fesseln würde.

Jo konnte kaum noch einen vernünftigen Gedanken fassen, als sie zu Maggies Farm hinausfuhr. Sie kochte innerlich vor Wut. Wie konnte sie Pete nur begreiflich machen, dass sie nichts, aber auch gar nichts mehr von ihm wollte? Sie wollte ihn nicht zum Freund haben. Und ganz bestimmt wollte sie nicht, dass er mehr als ein Freund war. Woher nahm er die Unverfrorenheit, etwas anderes zu erwarten? Pete war immerhin verheiratet, obwohl er das offensichtlich nicht sehr ernst nahm.

Wenn sie auch nur eine Minute länger im Rose Cottage geblieben wäre, hätte sie ihm wegen seiner Beharrlichkeit und Aufdringlichkeit wahrscheinlich eine Ohrfeige verpasst.

Oder sie hätte ihn geküsst. Das wäre natürlich auch eine Möglichkeit gewesen, und sie war bereit, sich das einzugestehen.

Als er die Küche verließ, während sie immer noch regungslos auf dem Stuhl saß, hatte sie ihn plötzlich mit all der Sehnsucht betrachtet, die sie sieben Jahre lang unterdrückt hatte.

Einige Minuten später setzte sie sich hinter das Lenkrad ihres Wagens, aber ihre Hände zitterten so sehr, dass sie kaum in der Lage war, den Motor zu starten. Den ganzen Weg zu Maggie über versuchte sie, sich zu beruhigen.

Als Jo in Maggies Einfahrt fuhr, entdeckte sie Ashleys und Melanies Wagen. Sie fluchte und wäre am liebsten sofort wieder zurückgefahren, aber sie brauchte unbedingt etwas zu essen. Sie stellte den Motor ab, atmete mehrere Male tief ein und aus und ging dann ins Haus.

Kaum hatte sie Maggies professionelle Küche betreten, als die Wut schon wieder in ihr aufstieg. Ihre drei Schwestern saßen friedlich am Tisch und tranken Kaffee.

„Okay, wer von euch war das?", fragte sie aufgebracht, noch bevor sie ihren Mantel ausgezogen hatte.

„Wer soll was getan haben?", fragte Maggie wie ein Unschuldslamm zurück. „Im Ofen steht noch mehr Kuchen, und der Kaffee ist dort drüben. Gieß dir eine Tasse ein. Wenn wir gewusst hätten, dass du kommst, hätten wir gewartet."

Jo versuchte, ihren Ärger zu unterdrücken und normal zu reagieren. Sie warf ihren Mantel über eine Stuhllehne, holte sich den Kuchen aus dem Ofen und goss sich eine Tasse Kaffee ein, bevor sie sich zu den drei Schwestern an den Tisch setzte. „Wer hat Pete Carlett angerufen und ihn gestern Abend zu mir geschickt?", erkundigte sie sich, während sie ein großes Stück Kuchen abschnitt.

Die drei schauten sie verständnislos an.

„Dann ist er persönlich vorbeigekommen?", fragte Ashley und bestätigte Jos Verdacht, dass sie es war, die ihn bestellt hatte. „Gut."

„Du scheinst dich aufgeregt zu haben", stellte Melanie fest und sah eher neugierig als besorgt aus.

„Ich bin nicht aufgeregt", behauptete Jo und gab sich alle erdenkliche Mühe, ihre Stimme ruhig klingen zu lassen. „Nur überrascht."

„Jeder, Ashley eingeschlossen, sagt, dass Pete in dieser Gegend am besten arbeitet. Hast du ein Problem damit, dass er den Auftrag bekommen hat, die Veranda zu reparieren?", fragte Maggie.

„Ja, ich habe ein Problem damit", stieß Jo ohne Zögern hervor. Ah, verflixt! Sie hätte die Sache anders angehen sollen. Jetzt hatte sie praktisch zugegeben, dass sie persönlich etwas gegen ihn hatte.

„Und warum?", fragte Maggie.

Krampfhaft versuchte Jo, eine plausible Erklärung zu finden, die keine weiteren unangenehmen Fragen nach sich ziehen würde. „Du hättest mich vorher fragen können", meinte sie schließlich. „Das Ganze hat nichts mit Pete zu tun. Ich bin sicher, dass er sehr qualifiziert arbeitet, aber ich bin diejenige, die ihn Tag für Tag um sich haben muss. Er ist gerade dabei, die Hälfte der Veranda abzureißen. Ich kann froh sein, wenn überhaupt noch etwas steht, sobald ich nach Hause komme."

„Ach, hör auf, Jo, übertreib nicht. Er weiß, was er tut", beruhigte Ashley ihre kleine Schwester und lächelte. „Und so schlimm ist es nun auch wieder nicht, ihn um sich zu haben. Ich finde ihn sehr attraktiv. Du nicht auch? Er hat schon viel an unserem Haus gemacht. Wenn ich Single wäre, würde ich ihn mir ganz bestimmt genauer ansehen."

Jo verdrehte die Augen. Langsam begann sie zu verstehen, was hier gespielt wurde. Pete war sozusagen ein Geschenk ihrer Schwestern. Sie hatten einen gut aussehenden Mann ausgesucht, um sie ein wenig abzulenken. Das war wirklich das Allerletzte!

Jo blickte auf und bemerkte, dass Melanie sie mit wachsender Neugierde betrachtete.

„Gibt es einen besonderen Grund, warum du Pete nicht in deiner Nähe haben willst?", fragte Melanie argwöhnisch. „Ich hatte keine Ahnung, dass du ihn kennst. Oder fandst du ihn auf Anhieb unsympathisch?"

Jo seufzte. Sie konnte ihren Schwestern unmöglich ihre Geschichte erzählen. Die Situation war auch so schon tragisch genug.

„Es ist nicht so, dass er mir unsympathisch wäre", schwindelte sie sich heraus. „Ich hätte es nur zu schätzen gewusst, wenn ich den Auftrag selbst hätte vergeben dürfen. Ich leide an gebrochenem Herzen, nicht an Gehirnverkalkung. Ich muss mich mit etwas beschäftigen, sonst werde ich noch verrückt. Und obwohl ihr offensichtlich anderer Meinung seid, besteht die Lösung für meine Probleme nicht darin, einen gut aussehenden Mann ständig vor der Nase zu haben."

„Aber es wäre doch ein interessanter Anfang. Findest du nicht?", fragte Ashley. „Ich dachte, du würdest diese Geste mehr zu schätzen wissen."

Jo hätte gern ein wenig Dankbarkeit gezeigt, war aber im Moment unfähig zu heucheln.

„Hast du mit ihm gesprochen?", fragte sie Ashley stattdessen. „Hat er dir gesagt, wie viel Zeit dieser Auftrag in Anspruch nimmt und wie viel es kosten wird? Pete baut normalerweise riesige Häuser. Ich habe überall Anschläge mit seinen Projekten gesehen. Er wird ein Vermögen für so eine unbedeutende Reparatur verlangen. Irgendein Handwerker könnte die Arbeit doch ebenso gut erledigen."

„Jetzt ist es dafür zu spät. Pete hat bereits angefangen. Außerdem sagte ich dir doch, dass du dir keine Sorgen um die Kosten zu machen brauchst", wehrte ihre große Schwester ab. „Hinzu kommt, dass ich Pete vertraue. Er wird einen vernünftigen Preis fordern."

„Wirklich?", stieß Jo hervor. „Du vertraust ihm?"

Ashley wurde hellhörig. „Gibt es irgendeinen Grund, warum ich ihm nicht vertrauen sollte? Ich dachte, du kennst ihn gar nicht."

Jo spürte, dass Ashley nicht bereit war, Pete zu feuern. Zumindest nicht ohne einen triftigen Grund, und den konnte sie nicht nennen. Also zuckte sie nur mit den Schultern. „Es ist dein Geld, Ashley", sagte sie. „Ich werde schon mit ihm auskommen. Allerdings weiß ich nicht, ob ich bei dem vielen Lärm, den er verursachen wird, überhaupt zum Nachdenken komme."

„Das wäre gar nicht so schlecht", entgegnete Melanie. „Wahrscheinlich denkst du sowieso viel zu viel. Vergiss, was in Boston geschehen ist. Vergiss alles, und entspann dich einfach."

Jo hielt ein Lachen zurück. Als ob sie sich entspannen könnte, wenn sie ständig über ihre Vergangenheit stolperte. „Klar, ich werde es versuchen."

„Vielleicht sollte ich vorbeikommen und Pete darum bitten, mit dir alles zu klären", schlug Ashley mit nachdenklichem Gesichtsausdruck vor. „Er ist ein sehr zuvorkommender Mann. Ihr könntet sicherlich eine Regelung finden, die für euch beide annehmbar ist."

„Nein", wehrte Jo rasch ab. Ashley war die Letzte, die sie mit Pete zusammen sehen sollte. Ihre Schwester hatte einen untrüglichen Instinkt und würde den Braten sofort riechen. „Ich werde bestimmt eine Übereinkunft mit ihm finden. Ich weiß gar nicht, warum ich eigentlich so eine große Sache daraus mache. Im Grunde ist das albern."

„Bist du sicher? Ich möchte nicht, dass du im Moment unnötigen Stress hast", erklärte Ashley.

Dafür ist es bereits zu spät, dachte Jo und zwang sich zu einem Lächeln. „Keine Sorge", beruhigte sie ihre große Schwester. „Es tut mir leid, dass ich mich so angestellt habe. Es ist keine große Angelegenheit. Wirklich nicht." Sie erhob sich. „Jetzt muss ich aber los."

„Wohin?", fragte Maggie. „Du hast ja noch nicht mal deinen Kaffee getrunken!"

Ganz egal, wohin, nur weg von hier, dachte Jo verzweifelt. Sie nahm ihr Stück Kuchen und packte es in eine Serviette ein. „Ich habe noch einige Erledigungen zu machen", erklärte sie. „Ich nehme das mit."

„Ich begleite dich", bot sich Melanie an, schob ihren Stuhl zurück und stand auf. „Ich habe selbst auch noch einiges zu besorgen."

Jo runzelte die Stirn. „Ich brauche keinen Babysitter."

Melanie nahm sofort wieder Platz. „Entschuldige."

Jo tat ihr Verhalten sofort leid. Sie ging zu ihrer Schwester hinüber und umarmte sie. „Ich muss unbedingt einige Dinge für mich allein machen. In Ordnung? Aber ich weiß dein Angebot sehr zu schätzen."

„Ich weiß", erwiderte Melanie und betrachtete sie mitfühlend. „Wir machen uns wieder mal viel zu viele Sorgen um dich."

„Geh ruhig, kleine Schwester", meinte Ashley. „Wenn du uns brauchst, ruf einfach an."

Jo lächelte. „Eure Nummern sind auf meinem Handy eingespeichert."

Dann lief sie rasch davon, bevor einer ihrer Schwestern einfallen konnte, dass hier auf dem Land in vielen Gegenden das Handy nutzlos war.

Zufrieden stellte Jo fest, dass ihr bereits zum zweiten Mal an diesem Morgen eine Flucht gelungen war. Wenn sie so weitermachte, würde sie noch zum Profi werden.

3. KAPITEL

Während er arbeitete, dachte Pete darüber nach, wie fahrig und nervös Jo in seiner Gegenwart gewesen war. Er konnte es ihr nicht übel nehmen, aber es schmerzte ihn mehr, als er zuzugeben bereit war. Es hatte mal eine Zeit gegeben, in der sie sich so nahegestanden hatten, wie es zwei Menschen überhaupt möglich war. Sie hatten auf der Schaukel im Garten gesessen und dem sanften Schlagen der Wellen am Strand gelauscht, während über ihnen der Mond am Nachthimmel stand. Stunden um Stunden hatten sie so sitzen, reden und sich küssen können.

Jo war die Erste gewesen, der er von seinem Wunsch erzählt hatte, hier im Norden von Virginia Häuser zu bauen. Sein Onkel, der Bruder seiner Mutter, hatte ihm alles beigebracht, was man in der Baubranche wissen musste. Er hatte ihm beigebracht, stolz auf seine Arbeit zu sein und seine Materialien zu lieben. Solange Pete sich erinnern konnte, hatte er in die Fußstapfen seines Onkels Jeb treten wollen. Jeb war nicht nur sein einziges männliches Vorbild gewesen, er hatte mit ihm auch den Ehrgeiz geteilt, etwas Dauerhaftes konstruieren zu wollen.

„Ich glaube, du hast einfach nur den Wunsch, den Menschen ein richtiges Zuhause zu schaffen", hatte Jo eines Tages zu Pete gesagt und damit genau das ausgesprochen, was Pete selbst nicht hatte ausdrücken können. „Vermutlich, weil du nie das hattest, was du dir gewünscht hast. Ich wette, du siehst vor deinem geistigen Auge in den Häusern, die du bauen willst, bereits die Familien leben. Ich stelle mir vor, dass du ihr Lachen hörst und die Liebe spürst, die du selbst nie erfahren hast."

Sie hatte ihn perfekt verstanden. Obwohl sie erst achtzehn Jahre alt gewesen war, hatte sie Dinge in Worte fassen können, die er selbst nicht mal bewusst wahrnehmen konnte – die vielen Verletzungen, die er erlitten hatte, den Kummer, die Sehnsucht nach Liebe und Wärme.

„Wir werden ein solches Zuhause haben", versprach er ihr. „Es wird der salzigen Luft, dem Wind und allen Stürmen trotzen. Wir werden es mit Kindern und Lachen füllen. Nur unsere Ehe wird noch stabiler sein."

Ihre Augen leuchteten im Mondlicht. „Oh ja, das wünsche ich mir, Pete. Mehr, als du dir vorstellen kannst. Lass uns nicht zu lange warten."

„Nur, bis du das College beendet hast und ich hier als Bauunternehmer etabliert bin", erwiderte er. Damals glaubte er noch, alle Zeit der Welt zu haben.

Einige Tage später war sie nach Boston zurückgefahren, um aufs College zu gehen, und er hatte sich in die Arbeit vergraben. Sein Onkel war ein strenger Lehrmeister, aber die vielen Stunden harter Arbeit hatten ihm nichts ausgemacht. Er hatte ein Ziel, das er eines Tages mit Jo erreichen wollte. Und das erste Haus, das er allein bauen würde, das sollte für sie beide bestimmt sein.

Doch dann hatte Kelsey, die er fast seit seiner Geburt kannte, begonnen, sich für ihn zu interessieren. Genau wie er war sie nie auf ein College gegangen, aber im Unterschied zu Pete hatte sie auch nie große Ziele gehabt. Ihr Job im Supermarkt des Städtchens erfüllte sie nicht, und sie hielt ständig nach ein wenig Spaß und Abwechslung Ausschau.

Pete hatte nichts Schlechtes darin gesehen, hin und wieder ein paar Bier mit ihr trinken zu gehen. Er hatte ihr sogar erzählt, dass er sich in Jo verliebt hatte, und Kelsey hatte behauptet, dass sie das nicht stören würde.

„Ich halte nur das Bett für sie warm", erklärte sie in der Nacht, in der sie beide angetrunken in seinem Schlafzimmer landeten. Und Pete hatte zu viele Biere getrunken, um an etwas anderes als an seine Begierde denken zu können. Er hatte sich dumm, verantwortungslos und leichtsinnig verhalten, und er bedauerte seine Tat bereits, bevor ihm klar wurde, dass sie nicht verhütet hatten. Doch danach begriff er, dass er den größten Fehler seines Lebens gemacht hatte.

Er war nicht überrascht gewesen, als Kelsey ihm sagte, dass sie schwanger wäre. Voller Angst hatte er genau auf diese Nachricht gewartet. Sie bedeutete das Ende seiner Beziehung mit Jo, das Ende seiner Träume.

Gleichzeitig hatte er die Verantwortung für seine Tat ohne Protest auf sich genommen. Er machte Kelsey einen Heiratsantrag und war fest entschlossen, das Beste daraus zu machen. In den ersten Monaten hatte es sogar eine Zeit gegeben, in der er glaubte, sein Plan könnte aufgehen. Vor allem, weil er und Kelsey so unendlich in das Baby verliebt gewesen waren. Dann jedoch kamen die vielen Monate, in denen er sich gezwungen sah, der Wahrheit ins Gesicht zu sehen. Die Beziehung zwischen Kelsey und ihm war von Anfang an zum Scheitern verurteilt gewesen. Es konnte einfach nicht funktionieren.

Sogar jetzt noch, zwei Jahre später, spürte er den Schmerz dieser schlimmen Zeit. Noch heute schmerzten ihn die Tränen seines Sohnes, die er gesehen hatte, als Kelsey den Jungen nach Richmond – weit weg von seinem Vater – mitgenommen hatte. Zerstreut durch seine dunklen

Gedanken schlug er sich mit dem Hammer auf den Daumen und schrie ärgerlich auf.

„Du wirst noch deinen Ruf ruinieren, wenn die Leute dich bei solchen Sachen beobachten", bemerkte in diesem Moment eine Männerstimme. Pete war so überrascht, Josh Madison hinter sich stehen zu sehen, dass er sich fast noch ein zweites Mal auf den Daumen geschlagen hätte.

Dankbar über die kleine Ablenkung trat Pete von den Resten der Veranda zurück. „Was führt dich denn hierher?"

„Ashley hat erwähnt, dass du hier zu tun hast. Und ich dachte, ich fahre mal vorbei, um nachzusehen, wie es so läuft."

Pete sah ihn misstrauisch an. „Stimmt irgendetwas nicht mit der Veranda, die ich euch gebaut habe?", fragte er.

Josh lachte. „Nein, es ist alles in Ordnung. Sie könnte gar nicht besser sein. Ich will nur ein wenig Zeit totschlagen."

„Gut zu wissen." Pete sah Josh neugierig an. „Hast du in deiner Anwaltskanzlei nicht genug zu tun?"

„Doch, weder zu viel noch zu wenig. Zum ersten Mal in meinem Leben habe ich das Gefühl, alles in der Balance zu haben."

„Das hört sich ja traumhaft an", meinte Pete ein wenig neidisch. Da er aber trotzdem vermutete, dass Josh irgendetwas auf dem Herzen hatte, wartete er, bis er damit herausrückte.

„Kommst du eigentlich gut mit Jo aus?", erkundigte sich Josh schließlich.

Darum ging es also. Pete sah ihn scharf an. „Warum sollte ich nicht?"

„Ist nur so eine Frage", erwiderte Josh unschuldig. „Sie ist im Moment ein wenig schwierig. Ich dachte, ich warne dich lieber."

Pete nickte. „Das habe ich bemerkt."

„Sieh ihr das bitte nach. Ashley und die anderen Schwestern machen sich große Sorgen um sie."

Pete war froh zu hören, dass sie seine Besorgnis teilten. Ihm wurde auch klar, dass er jetzt endlich etwas darüber erfahren könnte, warum Jo hierher gekommen war. „Hast du eine Ahnung, was mit ihr los ist?"

„Ihre Verlobung ist geplatzt", erklärte Josh. „Es hat sich herausgestellt, dass dieser Typ ein richtiger Schuft ist. Sie hat ihn im Bett mit einer anderen erwischt."

Pete zuckte zusammen. Kein Wunder, dass Jo ihn mit so viel Verachtung und Misstrauen betrachtete. Zum zweiten Mal in ihrem Leben war sie zutiefst verraten worden. Er war damals der Erste gewesen, der sie verletzt hatte, und jetzt hatte sie sich hierher geflüchtet, um sich von einem schweren Schock zu erholen, und musste sich erneut ihrer schmerzhaften Vergangenheit stellen.

„Das ist hart", erklärte er und gab sich Mühe, nicht zu viele Emotionen mitklingen zu lassen.

„Ich habe diesen Kerl mal getroffen", erzählte Josh. „Sie hat ihn damals mit zu unserer Hochzeit gebracht, aber ich habe ihn von Anfang nicht leiden können. Sie kann froh sein, dass sie den losgeworden ist."

Pete sah ihn fragend an. „Gab es einen bestimmten Grund, warum du diesen Mann nicht leiden konntest?"

„Ich habe gesehen, wie er mit jeder hübschen Frau im Raum geflirtet hat, kaum dass Jo ihm mal den Rücken gekehrt hatte."

„Warum hat Ashley sie dann nicht gewarnt?"

„Glaub mir, das hat sie versucht, aber Jo wollte ihr einfach nicht glauben. Sie war sicher, dass Ashley seine Absichten falsch verstanden hatte und er einfach nur nett sein wollte."

„Und? Besteht die Möglichkeit, dass du dich geirrt hast?"

„Hör auf, Pete, ich weiß, was ich gesehen habe. Ich glaube nicht, dass es reine Freundlichkeit ist, wenn ein Mann einer hübschen Frau lüstern in den Ausschnitt starrt."

„Klar, da irrt man sich nicht", erwiderte Pete und fühlte sich plötzlich unendlich schuldig. Jo hatte ihm mal bedingungslos vertraut, und auch er hatte seine Lust über seinen Verstand regieren lassen. Er hatte seine große Liebe für ein billiges Abenteuer verkauft.

Josh betrachtete ihn neugierig. „Jos Leben scheint dich ja sehr zu interessieren."

„Du kennst mich doch. Ich kann Frauen einfach nicht leiden sehen." Er sah Josh an. „Warum erzählst du mir das alles? Soll ich ein wenig auf sie aufpassen?"

Josh rollte mit den Augen. „Vergiss es, Pete. Du und aufpassen! Jeder in der Stadt kennt deinen Ruf. Seit deiner Scheidung gehst du zwar viel mit Frauen aus, lässt dich aber nie auf eine ernsthafte Beziehung ein. Natürlich kannst du auf Jo aufpassen, aber pass vor allem auf dich selbst auf. Betrachte das als Warnung. Jo ist im Moment sehr verletzlich, und es gibt Menschen in ihrer Nähe, die es schrecklich aufregen würde, wenn du ihr auch noch wehtun würdest."

Was wisst ihr schon, dachte Pete resigniert. „Ja, ja, ich werde mich daran erinnern", sagte er laut. „Ich werde nicht bei erstbester Gelegenheit versuchen, mit ihr ins Bett zu gehen."

Josh warf ihm einen warnenden Blick zu. „Ich hoffe, ich kann mich auf dein Versprechen verlassen."

Dann war er gegangen, noch bevor Pete auf seine Bemerkung antworten konnte. Er hätte Joshs Warnung allerdings sowieso nicht gebraucht, um zu wissen, dass er sehr vorsichtig mit Jo umgehen musste. Er hatte sofort gesehen, wie empfindlich sie im Moment war.

Und selbst wenn er es nicht bemerkt hätte, wäre er wohl kaum Gefahr gelaufen, mit ihr ins Bett zu gehen. Sie hatte ihm unmissverständlich gezeigt, dass er keinerlei Chancen mehr bei ihr hatte. Und wer konnte es ihr verübeln? Er selbst wohl am allerwenigsten.

Jo blieb dem Rose Cottage fern, bis die Dämmerung kam. Pete würde bestimmt nicht im Dunkeln weiterarbeiten. Außerdem musste er ja irgendwann mal zu seiner Familie zurückkehren.

Jetzt stand sie vor dem, was einst die Veranda gewesen war, und starrte die wenigen Pfosten an, die noch standen. In der Dunkelheit wirkten sie fast bedrohlich, und sie wusste nicht, wie sie überhaupt zur Haustür kommen sollte. Sie würde sich irgendwie nach oben ziehen müssen, um die Tür aufschließen zu können. Sie überlegte noch, ob der Schlüssel, den sie besaß, auch für die Hintertür passte, als die Tür plötzlich geöffnet wurde.

„Da bist du ja", rief Pete. „Ich habe mich schon gefragt, wann du endlich zurückkommen würdest. Ich wollte nicht gehen, bevor du nicht zu Hause bist."

Jo runzelte die Stirn. Seine Anwesenheit war schließlich der Grund gewesen, warum sie so lange fortgeblieben war. Sie hatte gehofft, ihn auf diese Weise meiden zu können. Allerdings hätte sie sich denken können, dass er absichtlich länger blieb.

„Wo ist dein Truck? Hast du ihn versteckt?"

Er lächelte. „Ich bin mit ihm nach Hause gefahren und habe dann einen Spaziergang hierher gemacht", gab er zu. „Ich dachte mir, dass du sofort panikartig wieder wegläufst, wenn du ihn hier stehen siehst."

„Damit lagst du verdammt richtig", murmelte sie.

Sein Lächeln wurde breiter. „Du bist immer noch so dickköpfig wie ein Maulesel. Nun, komm schon, Jo. Was ist so schlimm daran, dass ich noch da bin? Ich dachte, ich bleibe hier, damit ich sicher sein kann, dass du ins Haus kommst. Das ist alles. Ich bin nicht geblieben, um dich zu ärgern."

Er warf einen Blick auf die Einkaufstüten, die sie neben sich abgestellt hatte. „Hast du alle Geschäfte leer gekauft?"

„Nur einige", erklärte sie. „Wenn du schon mal da bist, kannst du dich auch nützlich machen und mir die Hintertür öffnen."

„Warum willst du das alles nach hinten tragen, wenn du es mir auch heraufreichen kannst?"

„Und wie soll ich da hochkommen?"

„Ich bin doch hier, um dir zu helfen", meinte er.

Jo konnte in der Dämmerung sein Gesicht nicht gut erkennen, glaubte jedoch, ein schelmisches Aufflackern in seinen Augen zu entdecken. „Du?", fragte sie skeptisch.

Er sprang herunter und trat auf sie zu. Als er näher kam, konnte sie das amüsierte Glitzern in seinem Blick sehen. Sie machte einen Schritt zurück, hob die Tüten vom Boden auf und hielt sie sich schützend vor die Brust.

Er ließ sich jedoch nicht beirren. „Ich hoffe, dass das Zeug, das du da gekauft hast, nicht allzu viel wiegt", meinte er und hob sie entschlossen auf die Arme.

„Pete, lass mich sofort herunter", forderte sie ihn auf, obwohl der schwache Duft seines Aftershave ihr so vertraut war wie die salzige Luft. Plötzlich wurde sie von einer Woge heftigen Verlangens ergriffen.

Pete blieb stehen und schaute ihr in die Augen. „Hör zu, du hast nur zwei Möglichkeiten. Entweder du lässt dich von mir hochheben, oder du musst selbst versuchen, da hochzukommen." Er lächelte. „Das wird bestimmt ein netter Anblick werden. Du hattest schon immer den hübschesten kleinen Hintern der ganzen Gegend."

„Du bist ein Schweinehund."

„Du bist nicht die Erste, die mir das vorwirft", entgegnete er ruhig. „So, was soll ich jetzt machen?"

„Hilf mir ins Haus, und sieh dann zu, dass du verschwindest."

„Du willst mich wegschicken, obwohl ich für uns beide bereits das Abendessen zubereitet habe?"

„Ich würde dich selbst dann wegschicken, wenn du dafür deinen letzten Cent ausgegeben hättest."

„Ich hätte nie gedacht, dass du so herzlos sein kannst", erklärte er.

„Manche Charakterzüge entwickeln sich eben erst mit der Zeit", bemerkte sie trocken, während er mit ihr geschickt über einen Stapel Bretter balancierte, die sie noch gar nicht bemerkt hatte.

„Warum hast du mir nicht gesagt, dass du eine provisorische Treppe angelegt hast? So hätte ich auch allein ins Haus kommen können", bemerkte sie wütend und schlug ihm auf die Brust.

„Das stimmt", pflichtete er ihr lächelnd bei. „Aber so hat es mehr Spaß gemacht."

„Nicht für mich", widersprach sie und rückte sofort von ihm ab, als er sie wieder auf dem Boden absetzte. „Und jetzt kannst du gehen."

„Nicht, bevor du gegessen hast."

„Ich sagte dir doch, du bist nicht zum Abendessen eingeladen", erklärte sie, während ihr der Duft von Brathähnchen in die Nase stieg.

„Ich brauche auch nichts zu essen, aber ich will sichergehen, dass du wenigstens ein paar Bissen zu dir nimmst."

„Sehe ich so aus, als ob ich gefüttert werden müsste?"

„Ja", meinte er. „Du bist viel zu dünn. Es war das Erste, was mir auffiel, als ich dich gestern Abend sah."

„Jetzt wirst du auch noch beleidigend!"

„So bin ich nun mal. Ich bin weit und breit für mangelnden Charme bekannt. Du hast genau fünf Minuten Zeit, um deine Sachen wegzupacken und dich ein wenig frisch zu machen. Dann essen wir."

Jo seufzte und akzeptierte die Tatsache, dass sie ihn nicht loswerden würde. Sie verstand nicht, warum er versuchte, sich auf diese Weise in ihr Leben zu drängen. Vielleicht hatte ihn Ashley doch nicht nur seiner handwerklichen Fähigkeiten und seines guten Aussehens wegen angestellt. Vielleicht war er als versteckter Babysitter gedacht. Er schien ernsthaft entschlossen zu sein, sich um sie zu kümmern.

„Wenn du schon bleibst, kannst du ja auch mitessen", gab sie schließlich nach.

„Danke", erwiderte er bescheiden.

Zu ihrer Überraschung hatte er den Tisch schon gedeckt. Er hatte sogar zwei Kerzen angezündet und Blumen in die Mitte des Tisches gestellt. Alles sah so eindeutig nach einem Candle-Light-Dinner aus, dass ihr ein kleiner Schauer der Erregung über den Rücken lief.

„Was soll das?", fragte sie misstrauisch.

„So etwas nennt man Ambiente", erklärte er und wirkte plötzlich leicht verlegen. „Ich habe mal gehört, Frauen lieben so etwas."

„Vielleicht, wenn sie umworben werden wollen, aber bei uns sind die Verhältnisse ja wohl etwas anders."

„Sind sie das?", fragte er so verführerisch, dass ihr Herz schneller zu schlagen begann.

Erstaunt sah sie ihn an. „Pete, du sollst nicht solche Sachen sagen."

„Warum nicht?"

„Weil sie unpassend sind."

„Weil wir uns vor langer Zeit getrennt haben?"

„Nein, du Idiot, weil du verheiratet bist und meines Wissens nach mindestens ein Kind hast. Was ist also mit dir los? Warum machst du mich an? Glaubst du etwa, ich würde mich nur der alten Zeiten wegen auf eine Affäre mit einem verheirateten Mann einlassen?"

Schmerz flackerte in seinen Augen auf. „Danke, dass du so viel Vertrauen in meine Moral hast", stieß er hervor. „Also, um hier einiges klarzustellen. Ich habe nur einen Sohn, und der lebt mit seiner Mutter in Richmond. Ich bin geschieden."

Jo hatte sich ein Glas Wasser geholt, aber ihre Hände zitterten jetzt so sehr, dass sie es abstellen musste. Mit dieser Nachricht hätte sie nie gerechnet, und sie kam völlig aus dem Gleichgewicht. Seine Ehe war bisher stets ihr Sicherheitsnetz gewesen, ein Schutz gegen die Gefühle, die sie noch immer für ihn hatte.

„Du bist geschieden und lebst nicht nur von deiner Frau getrennt?", fragte sie, um die Situation ganz eindeutig einzuschätzen.

„Seit zwei Jahren. Wenn du mir nicht glaubst, kann ich dir die Scheidungsurkunde zeigen", erklärte er mit ausdrucksloser Miene.

„Was ist passiert?", erkundigte sie sich freundlich.

„Ich möchte nicht darüber sprechen", erwiderte er steif.

„Aber ..."

Jetzt war er derjenige, der in die Verteidigung ging. „Hör zu, ich habe dir das Abendessen zubereitet und werde auch dafür sorgen, dass du etwas isst. Aber das gibt dir nicht das Recht, mich auszufragen."

„Du wolltest deine Nase auch in meine Angelegenheiten stecken", verteidigte Jo sich.

„Und du hast dich sofort gewehrt. Also lass uns bei harmloseren, neutralen Themen bleiben."

Jo nickte, doch tief in ihrem Inneren hatte Petes Neuigkeit einen Funken Hoffnung in ihr geweckt. Schlagartig wurde ihr klar, dass die Dinge nie sicher und neutral wären, wenn es um sie beide ging.

Sie schluckte all die Fragen hinunter, die ihr in den Sinn kamen, und suchte verzweifelt nach etwas, worüber sie reden konnten. „Das Hähnchen sieht gut aus", bemerkte sie schließlich. „Wann hast du kochen gelernt?"

„Nach meiner Scheidung", erklärte er und vermied es, sie anzusehen.

So, noch nicht mal das Thema Essen war neutral genug. Jo sah ihn bittend an. „Du könntest mir jetzt helfen. Sag etwas."

Sie sah, dass er gegen ein Lächeln ankämpfte. „Zwischen uns hat es nie etwas Sicheres und Einfaches gegeben, nicht wahr?"

„Nicht viel", gab sie zu.

„Es bleibt immer noch das Wetter übrig", meinte er spöttisch. „Ich habe gehört, es soll wieder schneien."

Sie sah ihn erstaunt an. „Wirklich?"

Er lächelte. „Ja, irgendwann in diesem Winter."

Jo lachte, und die Spannung löste sich. „Denkst du, es wird im Frühling regnen?"

„Ganz bestimmt", erwiderte er.

„Wenn wir noch etwas daran arbeiten, könnten wir in eine völlig neue Berufssparte einsteigen."

Pete schüttelte den Kopf. „Nicht für mich. Mir gefällt das, was ich mache."

„Mir auch. Ich bin mit Leib und Seele Landschaftsarchitektin."

Petes Augen leuchteten auf. „Das ist dein Beruf?"

„Ja", erwiderte sie, überrascht über seine Begeisterung. „Warum?"

„Hast du vielleicht Lust zu arbeiten, während du dich hier aufhältst?"

„Mike meinte auch schon, er hätte Arbeit für mich", gab sie zu. „Aber wir haben noch nicht ausführlicher darüber gesprochen."

Pete nickte. „Du könntest über ihn an Arbeit kommen", bestätigte er. „Oder direkt über mich. Ich bin seit Wochen für einige Häuser, die ich gebaut habe, auf seiner Warteliste. Er sagte letztens, dass er bald jemanden für mich habe. Ich nehme an, er hat dich gemeint."

Jo schluckte nervös. Mike hatte also tatsächlich mehr Arbeit, als er alleine bewältigen konnte. Aber war es klug, für Pete zu arbeiten? Forderte sie damit nicht das Schicksal heraus? Sie würde sich erst mal darüber informieren müssen, wie eng sie mit Pete zusammenarbeiten müsste. Vielleicht wäre es besser, Mike als Puffer zu nehmen.

„Triffst du die Entscheidungen oder die zukünftigen Besitzer der Häuser?", fragte sie.

„Noch treffe ich die Entscheidungen. Ich will, dass die Grundstücke in gutem Zustand sind, wenn ich im Frühling die Häuser den Maklern übergeben werde." Er sah sie prüfend an. „Ist das ein Problem?"

Sie legte ihre Gabel nieder und schaute ihn an. „Ich weiß es nicht. Könnte es eins sein?"

„Warum fragst du mich das, Jo?"

„Es ist lange her, seit du mich das letzte Mal gesehen hast. Damals war ich noch ein Mädchen, jetzt bin ich nicht nur eine Frau, sondern auch eine verdammt gute Landschaftsarchitektin. Kannst du mir mit Respekt begegnen und meinem Wissen und Geschmack vertrauen? Oder wird unsere persönliche Geschichte dich beeinflussen?"

„Ich könnte dich genau das Gleiche fragen", erwiderte er.

Sie lächelte. „Aber ich habe zuerst gefragt."

Er wich ihrem Blick nicht aus. „Ich habe dir immer vertraut. Ich bin derjenige, der alles vermasselt hat, nicht du. Aber es hatte nichts mit den Gefühlen zu tun, die ich für dich empfand. Ich weiß allerdings, dass das für dich keinen Sinn macht, weil du diejenige warst, die ich verletzt habe."

„Nein, das ergibt tatsächlich keinen Sinn."

„Ich glaube, die richtige Frage lautet, ob du mir genug vertraust, um mir noch eine zweite Chance zu geben. Zumindest, um mit mir zusammenzuarbeiten. Wir könnten es ja einfach mal von einem Tag auf den anderen versuchen. Sollte irgendetwas vorfallen, was dir nicht gefällt, kannst du sofort aufhören. Ich werde dir nichts nachtragen."

„Wenn ich einen Auftrag annehme, mache ich ihn auch fertig", erklärte sie fest. „Ich bringe gewöhnlich zu Ende, was ich angefangen habe. Darauf kannst du dich verlassen."

„Und du kannst dich darauf verlassen, dass ich dich nicht noch ein zweites Mal verletzen werde, Jo. Das ist mein voller Ernst."

Jo spürte die Ehrlichkeit, die in seinen Worten lag, und sie hätte ihm so gern geglaubt. Es war klar, dass er nicht nur über einige Aufträge sprach, aber Arbeit war alles, worüber sie sich im Moment Gedanken machen wollte. Es war ein Start, und es würde ihr dabei helfen, hier in Irvington nicht verrückt zu werden.

Sie streckte ihm die Hand entgegen. „Abgemacht. Ich werde das noch mit Mike besprechen. Wenn er kein Problem damit hat, werde ich für dich arbeiten."

„Hört sich fair an." Pete ergriff ihre Hand, aber statt sie zu schütteln, hob er sie an seine Lippen und küsste sie. „Du wirst es nicht bereuen, Jo."

„Ich hoffe, du hast recht", erwiderte sie leise.

4. KAPITEL

Am nächsten Morgen öffnete Jo die Hintertür, um Mike hereinzulassen, musste jedoch zu ihrem Missfallen feststellen, dass Melanie ebenfalls da war.

Sie runzelte die Stirn. „Ich wusste nicht, dass du auch mitkommst", meinte sie.

„Mike erzählte mir, dass du ihn gestern Abend angerufen und gebeten hast, heute vorbeizukommen. Da dachte ich, ich komme einfach auf einen kurzen Besuch mit." Melanie sah sie vorsichtig an. „Ist das ein Problem?"

Jo hielt einen Seufzer zurück. Sie hatte gehofft, dieses Gespräch mit Mike unter vier Augen führen zu können. Sie hatte Angst, dass ihre Schwester zu viel in die Sache hineininterpretieren würde. Sie konnte Melanie jedoch schlecht hinauswerfen, das würde erst recht einen Aufstand geben.

Jo zwang sich zu einem Lächeln. „Natürlich nicht", erklärte sie mit gespielter Fröhlichkeit. „Komm doch herein. Ich habe gerade Kaffee gemacht. Habt ihr beide schon gegessen? Ich könnte uns Toast und Rührei machen."

„Nein, danke", meinte Melanie, und Jo glaubte, leichten Argwohn in ihrem Blick gesehen zu haben.

„Für mich auch nicht", erklärte Mike. „Ich habe bereits in zwanzig Minuten bei einem meiner Auftraggeber zu sein. Ich wäre früher gekommen, aber ich musste auf meine Frau warten. Sie wollte unbedingt mit."

„So?", fragte Jo.

„Ja, sie ist fast gestorben vor Neugierde, warum du mich treffen willst", erzählte Mike und warf seiner Frau einen liebevollen Blick zu.

„Dann komme ich gleich zur Sache", begann Jo. „Pete Carlett hat mich gefragt, ob ich einige Aufträge für Häuser übernehmen würde, die er gebaut hat. Er meinte, du hättest im Moment keine Kapazitäten frei. Ich habe ihm gesagt, dass ich das erst mit dir besprechen müsste. Ich will dir keine Kunden wegnehmen."

„Aber nein, du kannst ruhig für ihn arbeiten. Damit habe ich überhaupt kein Problem." Mike lächelte. „Pete wartet schon sehr lange, und er ist sehr geduldig. Ich hatte gehofft, dass du diese Jobs übernehmen würdest, aber ich wollte dich nicht schon gleich zu Anfang bedrängen."

„Bist du sicher?", fragte Jo. „Wir könnten gemeinsam etwas ausarbeiten. Du zahlst mich und stellst ihm dann deinen Preis in Rechnung."

„Das werden wir ganz bestimmt nicht tun", widersprach Mike. „Das ist doch nur unnötiger Schreibkram. Mach direkt etwas mit Pete aus. Ihr braucht mich doch gar nicht dabei." Er lächelte. „Solltest du allerdings vorhaben, für immer hierzubleiben, würde ich dir eine Partnerschaft anbieten. Es gibt hier genug Arbeit für uns beide."

Melanies Augen leuchteten auf. „Was für eine fabelhafte Idee!"

Jo zog die Augenbrauen hoch. „Als ob du ihm nicht diesen Floh ins Ohr gesetzt hättest."

„Das habe ich nicht getan", widersprach Melanie. „Das war ganz allein Mikes Idee."

Jo schaute ihn an, und er bestätigte das mit einem Nicken.

„Wenn das so ist, weiß ich dein Angebot sehr zu schätzen. Ich werde darüber nachdenken. Aber guck dir erst mal meine Arbeit für Pete an. Es kann ja sein, dass dir meine Ideen gar nicht gefallen."

„Warte nicht, Jo", bettelte Melanie. „Sag Ja. Es wäre so schön, wenn du hier bei uns leben würdest."

„Sie hat recht", stimmte Mike seiner Frau zu. „Und du würdest mir einen großen Gefallen tun. Ich habe so viel Arbeit, dass ich es allein einfach nicht mehr schaffe."

Jo hielt ihre Hände hoch. „Halt, halt, mal langsam, ihr beiden. Ich habe mich nur einverstanden erklärt, einige Aufträge anzunehmen. Ich habe immer noch vor, irgendwann nach Boston zurückzukehren."

„Aber warum?", drängelte Melanie. „Hier wäre die perfekte Situation für dich. Du wärst dein eigener Boss, statt für jemanden zu arbeiten, der dich nicht richtig schätzt. Und wer weiß? Vielleicht kommen Mom und Dad auch noch hierher, wenn du dich bei uns niederlässt. Wäre das nicht fantastisch?"

Jo ging das alles viel zu schnell. „Halt, hör erst mal auf damit, du überrumpelst mich ja förmlich."

„Na gut, ich verspreche dir, sofort aufzuhören." Melanie hielt zwei Finger zum Schwur hoch. „Die Entscheidung liegt ganz allein bei dir, selbst wenn dein Bleiben bedeuten würde, dass Mike und ich mehr Zeit für die Erfüllung unseres Kinderwunsches hätten."

Jo sah ihre Schwester ziemlich ungläubig an. „Eures Kinderwunsches?"

„Wir finden, es ist an der Zeit, dass Jessie einen kleinen Bruder oder eine Schwester bekommt", meinte Melanie. „Aber Mike ist so beschäftigt, dass wir kaum Zeit füreinander haben."

Zärtlich stieß Mike seiner Frau in die Rippen. „Dafür werden wir immer Zeit finden, Liebling." Er winkte Jo zu. „Es ist wohl besser, wenn ich jetzt verschwinde. Ich meine es ehrlich, was ich sagte, Jo. Die Tür ist immer offen für dich, solltest du dich entscheiden, hier in Virginia zu bleiben."

Jo erhob sich und umarmte ihn impulsiv. „Du bist echt super!"

„Das sagt meine Frau auch", erklärte er leichthin und hauchte einen Kuss auf Melanies Lippen, bevor er ging.

Sobald er die Tür hinter sich geschlossen hatte, sah Melanie sie aufmerksam an. „Jetzt können wir zur Sache kommen."

Jo sah sie erstaunt an. „Was meinst du damit?"

„Na, du und Pete. Ihr scheint ja schnell einen Draht zueinander gefunden haben."

Jo runzelte die Stirn. Das war genau das, wovor sie so viel Angst gehabt hatte. „Was für einen Draht? Ich habe erwähnt, dass ich Landschaftsarchitektin bin, und er meinte, er benötige dringend Hilfe. Das ist alles."

Melanie schien noch nicht zufrieden zu sein. „Und wann habt ihr darüber gesprochen?"

Jo wusste, dass sie in die Falle getappt war. „Gestern", gab sie vorsichtig zu.

„Oh! Ich dachte, du wolltest so lange wegbleiben, bis er seine Arbeit für den Tag beendet hätte."

„Das hatte ich auch vor", stimmte Jo ihr zu. „Aber es hat nicht funktioniert. Es stellte sich heraus, dass er noch immer im Rose Cottage war, als ich nach Hause kam."

„Um wie viel Uhr war das?"

„Melanie, worauf willst du eigentlich hinaus?"

Melanie lachte. „Ich will nur einige Informationen aus dir herausbekommen, die ich Maggie und Ashley mitteilen kann. Es ist so selten, dass ich vor ihnen etwas weiß."

„Glaubst du denn, du weißt etwas, was sie nicht wissen?"

„Klar, irgendetwas geht zwischen Pete und dir vor. Ihr scheint die gleiche Wellenlänge zu haben."

„Natürlich, wir passen beruflich wunderbar zusammen. Er braucht mich."

„Mach du nur deine Witze, aber ich weiß, dass mehr zwischen euch ist", beharrte Melanie.

„Und das wäre?"

„Die Chemie stimmt. Du weißt schon, diese besondere Anziehungs-kraft."

„Chemie? Du meinst wohl eher Biologie. Bei uns dreht es sich näm-lich um Pflanzen für die Grundstücke, auf die er seine Häuser baut."

„Haha, selten so gelacht", spottete Melanie und verdrehte die Augen.

„Ich dachte, es wäre amüsant."

„Wo ist er eigentlich?"

„Arbeiten, nehme ich an."

„Aber nicht hier, oder?", fragte Melanie enttäuscht.

„Er kommt wahrscheinlich erst später."

Melanies Gesicht hellte sich sofort auf. „Wie viel Arbeit bekommt er dann bis zur Dunkelheit getan? Er setzt sie wohl bei dir im Haus fort, was?"

Jo stöhnte. „Ich denke, dieses ganze Babyprojekt hat dich ein wenig engstirnig gemacht. Kannst du eigentlich noch an etwas anderes denken als an Sex?", fragte sie.

Melanie strahlte. „Das könnte sein. Mike und ich haben tatsächlich im Moment Schwierigkeiten, an etwas anderes zu denken." Sie warf Jo einen bedeutsamen Blick zu. „Das heißt, wenn wir es mal schaffen, fünf Minuten allein zu sein."

„Lass das, nicht mit mir", wehrte sich Jo. „Du willst nur, dass ich mich schuldig fühle, weil Mike so viel zu tun hat und ich nicht in der Gegend bleiben will."

Melanie lachte. „Ich habe es wenigstens versucht. Jetzt muss ich gehen, ich habe noch einiges zu erledigen."

„Ich nehme an, dass du als Erstes bei Maggie vorbeifahren wirst", erklärte Jo.

Melanie machte nicht mal den Versuch, es zu leugnen. „Natürlich", sagte sie sofort. „Willst du mitkommen?"

Etwas sagte Jo, dass das der einzige Weg wäre, sich zu schützen. Also lächelte sie ihre Schwester fröhlich an. „Ich komme gleich nach." Und sie wusste, dass sie die richtige Entscheidung getroffen hatte, als sie Melanies enttäuschte Miene sah.

Es war fast dunkel, als Pete mit einer Ladung Holz vor dem Rose Cottage vorfuhr. Kaum hörte Jo den Truck kommen, griff sie zu ihrer Jacke und ging nach draußen, um ihn zu begrüßen. „Ich habe dich be-reits früher erwartet", erklärte sie, als er aus der Fahrerkabine sprang.

„Entschuldige, ich wurde aufgehalten. Ich hatte auf verschiedenen

Baustellen einige Probleme."

„Große Probleme?"

Er schüttelte den Kopf. „Nein, aber zeitraubende. Ich wollte heute Abend nur das Holz abladen und komme dann gleich morgen früh, um zwei Stunden zu arbeiten, bevor ich zu dem Haus weiterfahre, das ich in White Stone baue. Ich dachte, vielleicht hast du Lust, dann mitzufahren. Es ist eines der Häuser, für die du den Garten planen sollst."

Als Pete das Holz abzuladen begann, wollte Jo ihm helfen, doch er sah sie nur streng an. „He, was machst du da?"

„Helfen."

„Das musst du nicht."

„Aber ich kann. Warum sollte ich es nicht tun?", fragte sie. Es lag etwas Dunkles, Gefährliches in seinem Blick. Etwas, was sie nicht deuten konnte.

„Ich werde für diesen Job bezahlt", erklärte er und wollte sie zur Seite schieben.

„Und ich nehme an, dass du pro Stunde bezahlt wirst. Also wird es Ashley weniger kosten, wenn ich dir helfe", gab sie zurück und nahm ein Brett auf.

„Jo?"

Sie musste ein Lächeln unterdrücken, als sie den Tonfall in seiner Stimme hörte. „Ja, Pete?"

Der Ärger aus seinem Blick verschwand, und er seufzte. „Was soll ich bloß mit dir machen?"

„Lass mich mithelfen."

„Ich glaube nicht, dass das die Antwort ist", erwiderte er und trat einen Schritt auf sie zu.

„Pete?"

„Ja, Jo?", fragte er lächelnd.

„Was hast du vor?"

„Warte einen Moment, und ich bin sicher, dass du es herausfinden wirst", erwiderte er leise, bevor er seine Lippen auf ihren Mund presste.

Sie hätte protestieren sollen, sie hätte ihn wegstoßen sollen, aber seine Küsse hatten so lange in ihren Erinnerungen gelebt, dass sie der Chance nicht widerstehen konnte, die Erinnerung mit der Wirklichkeit zu vergleichen.

Sein Geschmack war Jo so vertraut, als wären sie nie getrennt gewesen. Seine Lippen waren fest und doch sanft, seine Zunge äußerst geschickt. In wenigen Sekunden wurde aus einem winzigen Funken lodernde Leidenschaft.

So war es immer gewesen zwischen ihnen, auch wenn es so nicht hätte sein dürfen. Jo hätte stark und selbstbewusst, nicht wie Wachs in seinen Händen sein müssen. Sie wünschte sich jedoch plötzlich nur noch, sich an seinen Körper zu schmiegen und seine Hände auf sich zu spüren. Pete dagegen schien mit dem Kuss zufrieden zu sein. Allerdings brachte er den zur Perfektion.

Ihr war schwindlig, ihre Knie wurden weich, und ihr Körper stand in Flammen, als er sich schließlich von ihren Lippen löste. Nein, nein, nein, hätte sie gern protestiert, aber sie konnte keine Kraft aufbringen, auch nur ein Wort zu sagen.

Während Jo sich im Stillen zur Vernunft rief, rückte sie von ihm ab und hielt sich am Truck fest. „Warum hast du das getan?", fragte sie mit zitternder Stimme.

„Weil ich musste", erwiderte er. „Ich hätte keine Sekunde länger mehr ohne einen Kuss von dir leben können."

Sie lächelte. „Wirklich nicht?"

Er lachte. „Sei nicht so selbstzufrieden, Liebling. Das steht dir nicht."

„Ich dachte, du würdest mich küssen, weil ich dich verärgert hatte. Sozusagen als Strafe."

„Und wenn das so wäre, würdest du dich dann ab jetzt benehmen?"

Jo überlegte und schüttelte schließlich den Kopf. „Nein. Ich glaube sogar, ich würde dich jetzt erst recht ärgern."

„Ungeachtet der Konsequenzen?"

„Wahrscheinlich."

Er warf ihr einen neugierigen Blick zu. „Du hast dich verändert."

„Das tun wir alle."

„Du bist offensichtlich bereit, mit dem Feuer zu spielen."

Bestürzt dachte Jo über seine Worte nach. War sie das wirklich? Noch vor zehn Minuten hätte sie geschworen, dass sie niemals mehr in ihrem Leben ein emotionales Risiko eingehen würde. Doch dieser Kuss hatte alles geändert.

„Vielleicht tue ich das", gab sie nach einer Weile zu und schaute ihn dann mit unschuldigem Ausdruck an. „Ist das ein Problem?"

Pete betrachtete sie lange. Dann machte sich ein Lächeln auf seinem Gesicht breit. „Nicht für mich."

„Okay, dann lass uns das Holz abladen, und danach werde ich uns etwas zu essen machen." Sie sah ihn fragend an. „Vorausgesetzt, du hast Zeit."

Er zögerte. „Hier geht es also nur ums Abendessen, nicht wahr?"

Gern hätte Jo alle Vorsicht in den Wind geschlagen und ihm gesagt, dass es um Verführung ging, aber ein Rest von gesundem Menschenverstand hielt sie davon ab. Schließlich war Pete der Mann, der sie vor sieben Jahren fast zerstört hatte.

„Es geht nur ums Abendessen", bestätigte sie.

Pete nickte. „Gut zu wissen."

Aber weil er so süß aussah, als er versuchte, seine Enttäuschung zu verbergen, konnte sie nicht widerstehen, noch eine kleine Provokation hinzuzufügen: „Über das Dessert können wir später noch reden."

Das wird reichen, seine Hormone während des Abendessens auf Trab zu halten, dachte sie.

Irgendwie wurde sie heute von einem kleinen Teufelchen geritten, doch niemand hatte ihr Verhalten mehr verdient als dieser Mann, der sie vor langer Zeit verraten hatte.

5. KAPITEL

Pete war sicher, dass seine Leidenschaft unbändig aufflammen würde, wenn Jo ihn jetzt auch nur zufällig berühren sollte. Dieser Kuss hatte die Erinnerung geweckt, wie es einst zwischen ihnen gewesen war, und er würde sie so bald nicht wieder vergessen können. Verflixt, fünf Jahre hatten nicht die Erinnerung daran gelöscht, wie es sein konnte, sie in seinen Armen zu halten.

Stell dich der Wahrheit, sagte er sich. Jo hatte sich in sein Herz und seine Seele eingebrannt. Aber schlimmer noch als die Erinnerung war ihre lässig gemachte Bemerkung über das Dessert gewesen. Sie wussten beide, dass sie nicht über Apfelkuchen oder Vanillepudding sprach. Du lieber Himmel, die Frau hatte sich zu einer Verführerin entwickelt, und er war nicht sicher, wie er darüber denken sollte. Mit dem schüchternen, unerfahrenen Mädchen, das sie damals gewesen war, hatte er gut umgehen können, die Frau aber, zu der sie geworden war, stellte eindeutig eine Herausforderung für ihn dar.

Vielleicht sollte er einfach mit ihr ins Bett gehen, um die sexuelle Anziehung zwischen ihnen aus dem Weg zu räumen. Pete vermutete jedoch, dass er dann ganz verloren wäre. Wenn er sie erst wieder geliebt hätte, würde es kein Zurück mehr geben. Zumindest nicht für ihn.

Das wäre ja auch alles gut, wenn er wüsste, dass sie beide einfach eine neue Seite aufschlagen könnten. Aber wie sollte das geschehen? Sein Leben war im Moment absolut chaotisch. Sein Sohn stand für ihn an erster Stelle, und Kelsey setzte diese Tatsache ein, um ihm das Leben schwer zu machen.

Und ihr Leben war nicht weniger kompliziert. Ein anderer Mann hatte ihr das Herz gebrochen. Und zwar erst kürzlich, wie er von den anderen erfahren hatte. Sosehr Pete auch glauben wollte, dass dieser Mann ihr nichts mehr bedeutete, bezweifelte er das doch irgendwie. Wenn Jo diesem Mann ihr Herz geschenkt hatte, so würde sie auch einige Zeit brauchen, um über seinen Verrat hinwegzukommen.

Glücklicherweise brauchte er das ganze Dilemma nicht an diesem Abend zu lösen. Bis sie im Haus waren, war der verführerische Glanz, der ihn so erschreckt hatte, aus Jos Augen verschwunden. Offensichtlich hatte sie inzwischen ebenfalls über ihre Situation nachgedacht, denn es kam ihm so vor, als ob sie sich Mühe gab, einen großen Bogen um ihn zu machen. Fast kam es Pete vor, als befürchtete sie, dass er sich ihr noch mal nähern könnte.

Nachdem er ihre Unsicherheit einige Minuten erduldet hatte und die Spannung immer unerträglicher wurde, wusste er, dass er etwas unternehmen musste. Er trat vor Jo hin, umfasste ihre Schulter und sah, wie Panik in ihren Augen aufflackerte.

„Was ist?", fragte sie mit banger Stimme.

„Hör mir jetzt gut zu", begann er ruhig. „Heute Abend wird nichts zwischen uns geschehen." Zufrieden stellte er fest, dass einen Moment lang Enttäuschung über ihr Gesicht huschte. „Ich werde zum Abendessen bleiben. Danach werde ich dir einen Kuss auf die Wange geben und nach Hause in mein eigenes Bett verschwinden."

Seine Worte brachten wieder etwas Farbe in ihr Gesicht. „Ach, wirklich? Wieso glaubst du zu wissen, wie dieser Abend verlaufen wird?"

Pete lachte. „Hast du denn ein anderes Ende im Kopf gehabt?"

Wie erwartet, wurde Jo jetzt etwas kleinlauter. „Nein", gab sie schließlich zu.

„Also gut, dann entspann dich, und hör auf, dich wie ein verhuschtes Reh zu benehmen."

„Ich wollte dir doch nur beweisen, wie selbstbewusst ich geworden bin", murmelte sie, lief an ihm vorbei und begann, eine Zwiebel mit einer Entschlossenheit zu zerschneiden, dass es ihm kalt über den Rücken lief.

Er brauchte eine Weile, bis er den Mut hatte zu fragen, was um alles in der Welt sie damit meinte.

Auf seine Frage hin zuckte Jo nur hilflos die Schultern. „Ich will nicht, dass du denkst, ich würde sofort mit dir ins Bett springen. Auch wenn es mir momentan nicht gut geht, habe ich meinen eigenen Willen."

„Du meinst, du wolltest mich mit deinen eigenen Waffen schlagen?"

„Ja, aber nicht ernsthaft. Ich wollte dich nur ein wenig provozieren."

„Du denkst also, ich könnte dich nicht verführen?"

Sie schüttelte nur den Kopf.

Pete konnte nicht widerstehen, sie herauszufordern. „Ich setze fünf Dollar und einen Kuss, dass du es ernst gemeint hast." Er holte einen 5-Dollar-Schein aus seiner Tasche und legte ihn auf den Tisch.

Ihre Augen weiteten sich vor Entrüstung. „Bist du verrückt geworden?"

„Vielleicht schon."

Sie steckte das Geld in seine Hosentasche und trat dann sofort zurück, als sie spürte, dass sie einen Fehler gemacht hatte. „Ich werde mit dir doch keine Wette abschließen, dass du es nicht schaffst, mich zu verführen!"

„Weil du weißt, dass ich recht habe", erklärte er schmunzelnd.

Sie runzelte die Stirn, und einen Moment lang sah es so aus, als ob Jo die Debatte fortführen wollte. Doch schließlich seufzte sie und sah ihn an. Ihr Blick war um einige Grade kühler geworden. „Möchtest du grüne Bohnen oder Erbsen als Beilage?"

Pete hätte gern laut losgelacht, aber er spürte, dass es besser war, sich jetzt zurückzuhalten. Er wusste nicht, was passiert wäre, wenn sie seine Wette angenommen hätte, und es war vermutlich besser, wenn er sich jetzt ruhig verhielt.

Der Duft von Zwiebeln, Knoblauch und Tomaten zog durch die Küche, während die Spaghettisoße auf dem Herd köchelte. Es war jedoch vor allem die latent sexuelle Spannung, die Jo wahrnahm. Irgendwann in der letzten Stunde hatte sie total ihren Verstand verloren. Warum hatte Pete sie so herausgefordert? Und wollte sie überhaupt von ihm verführt werden?

Natürlich wollte sie das. Zumindest wollte sie wissen, dass er sie begehrte. Sie wollte sich beweisen, dass sie noch immer eine begehrenswerte Frau war, und wer war besser für solch ein Vorhaben geeignet als der Mann, der sie einst verlassen hatte? Wenn Pete sie jetzt anziehend genug fand, um mit ihr ins Bett zu gehen … Bewies das nicht etwas?

Sie versuchte, herauszufinden, was das nun eigentlich beweisen würde, konnte es aber nicht. Wahrscheinlich bewies es nur, dass sie wirklich durchgedreht war.

„Wie wäre es mit Wein zum Abendessen?", fragte Pete. „Ich habe einen Merlot in deinem Weinregal gefunden."

Unter keinen Umständen! dachte Jo alarmiert. Sie brauchte ihren ganzen Verstand, um das Minenfeld zu durchqueren, das sie selbst gelegt hatte. „Nein danke, aber du kannst gerne einen trinken, wenn du möchtest", antwortete sie deshalb.

Er zuckte die Schultern. „Mir reicht auch ein Bier. Hast du eins im Kühlschrank?"

„Es müsste Bier da sein", meinte sie und öffnete die Kühlschranktür. Es standen sogar mehrere darin. Sie holte ein Bier heraus, öffnete die Flasche und reichte sie ihm. „Möchtest du ein Glas?"

„Nein. Ich trinke direkt aus der Flasche." Er schaute sie an. „Kann ich dir bei irgendetwas helfen?"

„Die Soße ist fertig. Du kannst die Spaghetti abgießen, wenn du willst", wies sie ihn an und deutete auf das Sieb in der Spüle.

Er stellte die Bierflasche ab, hob den schweren Topf hoch und schüttete das kochende Wasser und die Spaghetti in das Sieb. Zumindest versuchte er es, denn die Hälfte der Pasta landete in der Spüle.

Jo lachte, als er versuchte, noch einen Teil davon zu retten. „Lass nur", meinte sie. „Ich habe mehr als genug gekocht. Wir werden nicht verhungern."

Er warf ihr einen vorwurfsvollen Blick zu. „Du hast mich nicht gewarnt, wie glitschig diese Dinger sind."

„Hast du denn noch nie zuvor Pasta gekocht?"

„Doch", meinte er, „aber nur aus der Dose."

Jo verdrehte die Augen. „Bitte, lass Maggie nie erfahren, was du gerade gesagt hast, sonst verliert sie jeglichen Respekt vor dir. Sie findet es schon abscheulich genug, dass ich meine Pasta nicht selbst mache, sondern fertig kaufe."

„Wenn Davey Spaghetti essen will, gehen wir ins Restaurant", verteidigte sich Pete. „Für mich allein reicht das Zeug aus der Dose."

„Dann sehen wir mal, ob du nach dem Abendessen immer noch so denkst", erwiderte Jo.

Wenig später beobachtete Jo, wie Pete sehr geschickt Spaghetti auf die Gabel drehte und dann die Soße probierte, die nach einem alten Rezept ihres italienischen Vaters zubereitet war. Maggie war die Einzige der Schwestern, die wirklich gut kochen konnte, aber die anderen drei verstanden zumindest, diese Soße zuzubereiten, womit sie ihre Gäste stets beeindruckten. Pete war da keine Ausnahme. Er betrachtete sie jetzt mit einem Gesichtsausdruck, der an Ehrfurcht grenzte.

„Ich glaube, ich liebe dich", hauchte er bereits nach dem ersten Bissen.

Jos Puls schnellte in die Höhe, doch sie ignorierte das. „Ich werde dir den Rest mit nach Hause geben. Du kannst ihn einfrieren und sie deinem Sohn bei seinem nächsten Besuch vorsetzen."

„Wenn du glaubst, dass ich diese Soße an ein Kind verschwende, das Erdnussbutter-Sandwichs liebt, dann hast du dich geirrt. Das wäre glatte Verschwendung!"

„Ich habe sie auch einem Mann serviert, der offensichtlich Spaghetti aus der Dose isst", erinnerte Jo ihn spöttisch.

„Diese Zeiten sind vorbei", stieß er mit Überzeugung hervor. „Ich werde mindestens ein Mal die Woche hier erscheinen, um bei dir Spaghetti zu essen. Diese Klausel werde ich in unseren Arbeitsvertrag setzen."

Sie aßen eine Weile schweigend, bis Jo den Mut fand, das Thema anzuschneiden, das sie bisher vermieden hatte.

Sie schluckte nervös. „Erzähl mir von deinem Sohn", bat sie schließlich.

Petes Augen leuchteten sofort auf. „Er ist wundervoll. Manchmal schaue ich ihn an und kann es nicht fassen, dass ich bei der Entstehung eines so großartigen Kindes Anteil hatte."

Ein dicker Kloß saß plötzlich in ihrer Kehle, und sie musste sich räuspern. „Sieht er dir ähnlich?", fragte sie dann.

„Er sieht so aus, wie ich als Kind ausgesehen habe. Das gleiche dunkle Haar und die gleichen dunklen Augen, das gleiche eigenwillige Kind."

Jo lächelte, als sie an die wenigen Kinderfotos dachte, die sie von ihm gesehen hatte. „Hast du ein Bild von ihm dabei?"

„Klar." Er holte seine Brieftasche heraus, zog ein Foto hervor und reichte es ihr. „Das ist ein Schulfoto. Er ist in der ersten Klasse. Glaub mir, er sieht nicht immer so ordentlich gekämmt und sauber aus. Bereits ein paar Sekunden nachdem sie das Foto gemacht hatten, hing sein Hemd schon wieder aus der Hose. Typisch Davey. Er ist kaum fünf Minuten aus der Badewanne, und schon sieht er wieder aus, als ob er eine Schlammschlacht hinter sich hätte."

Jo nickte nur. So oft hatte sie sich in den letzten Jahren gefragt, wie Petes Kind wohl wäre. Ein Teil von ihr hatte respektiert, dass er der Mutter des Kindes nicht den Rücken zugewandt hatte, obwohl sie, Jo, deswegen unendlich gelitten hatte. Wie sehr hatte es geschmerzt, dass Pete und sie nie mehr das Kind bekommen würden, von dem sie immer geträumt hatten.

„Jo?" Petes Stimme drang durch den alten Schmerz.

Sie zwang sich zu einem Lächeln. „Entschuldige", meinte sie und reichte ihm das Foto zurück.

„Nein, ich bin derjenige, dem es leidtut", erwiderte er voller Bedauern. „Ich hätte mit dir nicht über Davey sprechen sollen."

„Ich war es, die nach ihm gefragt hatte."

„Trotzdem tut es mir leid. Es hätte nie so kommen dürfen."

„Nein", bestätigte sie leise, „es hätte nie so kommen dürfen." Erneut stiegen der altbekannte Schmerz und die Wut in ihr auf. „Warum hast du es getan, Pete? Was ist passiert?"

Er schaute sie mit einem unsagbar traurigen, resignierten Blick an. „Ich wünschte mir, ich könnte sagen, alles wäre Kelseys Schuld, dass sie mich verführt und mich in die Falle gelockt hätte. Aber ich will ehrlich sein, es war nicht so."

Jo wünschte sich fast, nicht gefragt zu haben, aber sie musste es wissen. „Hast du sie geliebt?"

„Nein", stieß er hervor. „Du warst die Einzige, die ich je geliebt habe. Das schwöre ich dir. Aber du warst nicht da, und Kelsey und ich fanden nichts Schlimmes daran, Zeit miteinander zu verbringen und ein paar Bier zu trinken. Es ging nicht um Sex oder Liebe oder um Freundschaft, obwohl wir wohl Freunde waren. Schließlich kannten wir uns seit unserer Kindheit."

„Warst du vor ihr auch mit anderen ausgegangen?"

„Nein. Ich war einfach nur einsam, Jo. Ich vermisste dich so sehr. Und ich war zu jung und zu dumm, um zu wissen, dass Sex mit einer anderen Frau diese Art von Einsamkeit nicht vertreiben würde. Ich habe nur ein einziges Mal mit ihr geschlafen, denn ich wusste sofort, dass Sex mit einer anderen Frau nicht die Antwort auf meine Trauer war."

„Und dieses eine Mal war genug?"

„Ja, es war genug. Die alte Geschichte", erklärte Pete. „Als ich herausfand, dass Kelsey schwanger war, gab es für mich nur eine Antwort: Ich wollte auf keinen Fall, dass mein Kind ohne Vater aufwächst."

„So wie du es tun musstest", sagte Jo und verstand, was er meinte. Er war diese Ehe nicht Kelseys wegen eingegangen. Es ging immer nur um seinen Sohn.

Und da sie Pete kannte und wusste, was für Einstellungen er hatte, konnte sie gut verstehen, warum er so gehandelt hatte.

Und mit diesem Verstehen setzte unverhofft Erleichterung ein. Sie hatte das Gefühl, man hätte ihr einen Stein vom Herzen genommen. Sie spürte, dass sie plötzlich bereit war, ihm zu vergeben, und zum ersten Mal seit sieben Jahren kehrte Frieden in ihr Herz ein.

„Ich hätte dir das alles damals erzählen müssen", sprach er entschuldigend weiter.

„Ich weiß nicht, ob ich es damals verstanden hätte", gab Jo zu. „Ich war viel zu verletzt und wütend." Mitfühlend sah sie ihn an. „Es tut mir leid, dass deine Ehe nicht gehalten hat." Er hatte so viel für diese Ehe geopfert und am Ende auch noch seinen Sohn verloren. Zumindest konnte er nicht mit ihm zusammenleben.

„Mir auch", erwiderte Pete.

Seine Worte schmerzten sie. Ein Teil von ihr wünschte sich, dass er froh wäre, Kelsey endlich los zu sein, aber das war eine kleinmütige und rachsüchtige Reaktion. Außerdem wäre er nicht der Mann, den sie einst geliebt hätte, wenn er erleichtert darüber gewesen wäre, dass seine Ehe gescheitert war.

„Ich weiß, dass es mich eigentlich nichts angeht, aber was ist eigentlich passiert?", fragte sie ihn.

„Ich war nicht der, den sie sich wünschte", erklärte er schlicht. „Ich war es nie. Sie hat sich immer ein anderes Leben vorgestellt."

Was muss diese Frau für eine Närrin sein, dachte Jo, aber sie behielt ihre Gedanken für sich. Wenn Pete nichts Schlechtes über seine Frau sagte, würde sie es erst recht nicht tun.

„Du erwähntest, dass sie in Richmond lebt. Das ist nicht gerade um die Ecke. Kannst du viel Zeit mit Davey verbringen?"

„Nicht annähernd genug", gestand er, und sie sah, wie viel Bedauern in seinen Augen lag. „Wir haben vereinbart, wann das Kind zu mir darf, und meistens hält Kelsey sich daran."

„Meistens?"

„Wenn sie es nicht vergisst oder doch ihre Pläne ändert."

„Passiert das denn oft?"

„Oft genug."

„Das muss für dich und deinen Sohn schrecklich sein."

Er warf ihr einen grimmigen Blick zu. „Ich versuche, das Beste aus der Situation zu machen. Ich will nicht, dass er sich zwischen mir und seiner Mutter hin und her gerissen fühlt. Deswegen habe ich bisher noch nicht um das Sorgerecht gekämpft. Er braucht uns beide. Und solange es ihm bei ihr gut geht, wird er von mir nie ein böses Wort über seine Mutter hören."

„Aber wenn sie ihre Abmachungen nicht einhält …", begann Jo.

„Ich komme schon mit ihr klar", unterbrach Pete sie. „Wir müssen deswegen nicht auch noch vor Gericht."

Jos Respekt für ihn wuchs. „Du bist ein guter Mann, Pete. Ich hoffe, sie weiß, was für einen Schatz sie weggeschmissen hat."

Er lachte, doch es klang vornehmlich bitter. „Ich denke, sie wird das anders sehen." Er schaute Jo an. „Aber jetzt haben wir genug von mir geredet. Erzähl mir, was mit dem Mann passiert ist, der so dumm war, dich im Regen stehen zu lassen."

Resigniert sah sie ihn an. „Du meinst den Mann außer dir?"

Er zuckte zusammen. „Au, das habe ich verdient."

„Das hast du", pflichtete sie ihm bei. „Aber ich verspreche dir, dass ich damit aufhören werde. Es hat keinen Sinn, immer wieder die Vergangenheit heraufzubeschwören."

„Ich bin ja mal gespannt, ob du das schaffst", erklärte er. „Aber jetzt erzähl mir bitte etwas von deiner Geschichte."

„Ich bin nach Hause gekommen und fand ihn mit einer anderen Frau im Bett. Das ist die Kurzfassung", berichtete sie tonlos.

Jo hatte geglaubt, dass dieses Bild sich für immer in ihr Gedächtnis eingebrannt hätte, aber seltsamerweise hatte sie kaum noch eine Erinnerung daran. Das Geschehene spielte fast keine Rolle mehr, und das hatte sie Pete zu verdanken.

Er schaute sie aufmerksam an. „Möchtest du, dass ich ihm eine Tracht Prügel verabreiche?"

Lächelnd schüttelte Jo den Kopf. „Das ist ein verlockendes Angebot, aber Ashley hat mir diesen Vorschlag bereits gemacht. Ich habe allerdings dankend abgelehnt."

„Ich bin stärker und brutaler."

Jo brach in Lachen aus. „Du kennst meine Schwester nicht."

„Es ist schön, dich lachen zu hören, Jo", meinte er und wurde plötzlich wieder ernst.

„Es ist gut, wieder etwas zu lachen zu haben", erwiderte sie. „Ich dachte schon, ich hätte meinen Sinn für Humor zusammen mit meinem Verlobten verloren."

„Das wäre eine echte Tragödie", fand Pete.

Ihre Blicke begegneten sich, und Jo spürte erneut, wie Verlangen in ihr aufstieg. „Ja, da hast du recht."

„Ich hätte dich dann immer noch zum Lachen bringen können", meinte er.

„Du hast mich aber auch schon zum Weinen gebracht."

„Und das ist etwas, was ich bis an mein Lebensende bereuen werde", versicherte er.

„Konzentrieren wir uns ab jetzt auf das Lachen!", sagte Jo und hob ihr Glas zum Prost.

Pete hob seine Bierflasche und stieß mit ihr an. „Auf das Lachen!"

Doch selbst während sie diesen Pakt schlossen, wusste sie, dass es keine Garantie für sie gab. Das Einzige, was an der Zukunft sicher war, war ihre Unberechenbarkeit. Um nichts in der Welt hätte sie es für möglich gehalten, dass sie eines Tages noch mal mit Pete im Rose Cottage zu Abend essen würde. Mehr noch, sie konnten sogar wieder miteinander lachen. Das war nicht nur unberechenbar, das grenzte fast an ein Wunder.

6. KAPITEL

Auf der Fahrt nach Hause verfluchte Pete sich selbst dafür, dass er seine Ehe auch nur andeutungsweise erwähnt hatte. Bis zu diesem Abend hatte er eine eiserne Regel eingehalten. Er sprach einfach nicht darüber. Mit niemandem. Was für einen Sinn sollte das auch haben? Es war fertig und vorbei! Niemand brauchte die schmutzigen Details zu kennen. Er hatte sich immer eingeredet, dass er um seines Sohnes willen den Mund halten würde, aber es steckte mehr dahinter: Im Grunde wollte er nicht, dass jemand erfuhr, wie sehr er alles vermasselt hatte.

An diesem Abend hatte er seinen eigenen Schwur gebrochen, und er bereute das. Es wäre schon schlimm genug gewesen, wenn er es irgendeinem Menschen erzählt hätte, aber nein, er musste ausgerechnet bei der Frau den Mund aufmachen, die unter seinem verantwortungslosen Verhalten so sehr gelitten hatte. Auf der anderen Seite hatte er Jo diese Erklärung lange geschuldet. Endlich war er ehrlich zu ihr gewesen.

Wenn sie eine zweite Chance haben wollten, musste Jo die ganze Geschichte kennen. Da die starke Anziehung zwischen ihnen noch immer nicht gestorben war, sollte er froh sein über jede Minute, die er mit ihr zusammen verbringen durfte. Vielleicht gab es für sie doch noch eine Möglichkeit, den Traum, den sie einst hatten, zu erneuern.

Jo war damals noch so unschuldig gewesen und hatte ihm vollkommen vertraut. Sie hatte so fest an ihn geglaubt, dass sie ihm nicht nur ihren Körper, sondern auch ihr Herz geschenkt hatte. Und er war mit diesem Geschenk viel zu leichtsinnig umgegangen.

Bis jetzt hatte Jo noch nicht gesagt, wie lange sie plante, in Virginia zu bleiben. Er aber hatte vor, jede Minute zu nutzen. Er musste herausfinden, wie viel von den Gefühlen übrig geblieben war, die sie einst füreinander empfunden hatten. Als er sie geküsst hatte, hatte er einen Moment lang Sehnsucht in ihren Augen aufflackern gesehen, das gleiche Verlangen, das auch er empfunden hatte. Dies könnte der Beginn sein, aber er durfte auf keinen Fall etwas überstürzen. Sie litt noch unter der letzten Trennung, und er wollte ihre Verletzlichkeit auf keinen Fall ausnützen.

Nein, er war älter und hoffentlich klüger geworden. Dieses Mal würde er keine Fehler machen, die ihm nur Schuldgefühle und Schmerz einbrachten. Und da Jos gesamte Familie ihn mit Argusaugen beobachtete, würde er sowieso auf keinen Fall etwas tun, was seine Motive infrage stellen könnte. Nein, er würde sich wie ein perfekter Gentleman benehmen – selbst wenn es ihn umbringen sollte.

Zufrieden, dass er alles überdacht hatte – zumindest alles, was seiner Kontrolle unterlag –, lief Pete schließlich die Treppen zu seinem Haus hinauf. Er hatte kaum die Tür erreicht, als er das Telefon klingeln hörte. Obwohl er sich beeilte, hatte der Anrufer bereits wieder aufgelegt. Die Nummer auf dem Display verriet ihm, dass Kelsey oder sein Sohn angerufen haben mussten. Obwohl er keine besondere Lust hatte, mit seiner Exfrau zu sprechen, rief er sofort zurück. Es könnte ja auch Davey gewesen sein. Oder vielleicht wollte Kelsey mit ihm über den Jungen sprechen.

Bereits beim ersten Klingelzeichen nahm Davey ab. „Hallo", stieß er mit leiser, bebender Stimme hervor.

Pete spürte, dass der Junge Angst haben musste, und versuchte, ruhig zu bleiben. „He, Kleiner, ich bin es, Dad. Wie geht es dir?"

„Woher wusstest du, dass ich es war, der angerufen hat?", fragte sein Sohn überrascht und sichtlich erleichtert.

„Das kann ich auf dem Display sehen. Wieso hast du mir keine Nachricht hinterlassen?"

„Ich weiß nicht."

„Du weißt, dass du mich jederzeit anrufen kannst, nicht wahr?"

„Glaub schon."

Irgendetwas stimmte nicht. Davey telefonierte gern mit ihm, aber er hatte normalerweise einen Grund und sprudelte dann über vor Begeisterung. Heute Abend war er erstaunlich zurückhaltend. „Was ist los, Junge? Geht es dir gut?"

„Ich glaube schon."

„Ist in der Schule alles in Ordnung?"

„Nehme ich an."

„Ist deine Mom in der Nähe?"

Davey zögerte, und Pete wusste, dass er das Problem gefunden hatte. „Wo ist deine Mom?", fragte er.

„Sie ist mit einem Mann ausgegangen. Der, von dem ich dir erzählt habe."

„Harrison?"

„Ja."

„Ist denn jemand bei dir?"

„Ich brauche keinen Babysitter", erklärte Davey brav. „Ich bin fast sieben Jahre alt."

Pete unterdrückte einen Fluch. Fast sieben! Typisch Kind. Er war gerade erst sechs Jahre alt geworden, und er konnte es kaum erwarten, ein Jahr älter zu sein. Mit sechs war man viel zu jung, um nachts allein zu bleiben, besonders in einer Großstadt. Und mit sieben wäre das ebenso.

In der Provinz war das noch etwas anderes. Aber selbst hier in Irvington würde Pete ein Kind nachts nicht allein in einem Haus zurücklassen. Kinder brauchten Aufsicht, ob sie es wollten oder nicht. Er bekam eine Gänsehaut bei dem Gedanken, was dem Jungen alles zustoßen könnte.

„Seit wann ist deine Mutter denn fort?", fragte er und war bemüht, Davey nicht spüren zu lassen, wie zornig er war.

„Noch nicht sehr lange. Zwei Stunden vielleicht."

„Hat sie eine Nummer hinterlassen?"

„Ich habe ihre Handynummer", berichtete Davey. „Sie hat mir versprochen, es nicht auszustellen."

Pete kochte vor Wut. Er würde ihr ihren Leichtsinn und ihre Nachlässigkeit wohl unter die Nase reiben müssen. Vielleicht war es an der Zeit, dass er vor Gericht ging, um das Sorgerecht für seinen Sohn zu bekommen. Langsam fragte er sich, ob er dieser Frau Davey überhaupt überlassen durfte. Zu oft stellte Kelsey in letzter Zeit ihr privates Vergnügen über das Wohlergehen des Jungen.

„Dad, bitte, sei nicht böse auf Mom", bat Davey, der offensichtlich spürte, dass er zu viel gesagt hatte. „Mir geht es gut, wirklich. Ich wollte nur mit dir reden."

„Natürlich können wir uns unterhalten", meinte Pete und versuchte, sich zu beruhigen. Solange Davey mit ihm am Telefon war, wusste er wenigstens, dass es ihm gut ging. Pete zog die Jacke aus und setzte sich. „Warum erzählst du mir nicht, was so in der Schule passiert?"

Sie plauderten, bis Davey anfing zu gähnen.

„Du bist müde, nicht wahr, mein Schatz?"

„Ja."

„Dann geh jetzt in dein Bett und schlaf. Nimm das Telefon mit. Solltest du aufwachen, rufst du mich einfach wieder an, wenn du willst. Okay?"

„Okay."

„Und öffne auf keinen Fall die Tür. Verstanden?"

„Dad, das weiß ich doch", meinte Davey gelangweilt. „Das hast du mir schon so oft gesagt."

„Ja, das habe ich wohl", meinte Pete und lächelte über die Entrüstung seines Sohnes. „Wie wäre es, wenn ich diese Woche zu dir komme?"

„Wirklich?", fragte Davey erfreut, doch seine Begeisterung schien sofort getrübt. „Ich habe auf den Kalender gesehen. Es ist kein eingetragenes Besuchswochenende. Vielleicht will Mom das nicht."

„Ich werde mit deiner Mutter darüber reden. Jetzt versuch zu schlafen, mein Sohn. Morgen musst du in die Schule."

„Bye, Dad. Ich hab dich lieb."

„Ich hab dich noch viel mehr lieb", entgegnete Pete, und sein Herz zog sich vor Sehnsucht zusammen.

Er verschwendete allerdings keine Zeit mit Selbstmitleid, sondern wählte, nachdem er aufgelegt hatte, sofort Kelseys Handynummer. Er musste es einige Male klingeln lassen, bevor sie abnahm. Und als sie antwortete, wusste er sofort, dass sie getrunken haben musste. Verdammt, vielleicht hätte er direkt die Polizei anrufen sollen, aber er wollte Davey keinesfalls irgendwelchen üblen Szenen aussetzen. Wahrscheinlich würde man ihn zu Pflegeeltern stecken, bis Pete alles gerichtlich geregelt hatte. Das war keine gute Lösung, nicht mal für eine Nacht.

„Sieh zu, dass du schleunigst nach Hause kommst", verlangte Pete ohne Einleitung. „Und lass Davey nie mehr allein, sonst bringe ich dich vor Gericht und nehme dir das Kind weg."

„Was hast du gesagt?", fragte sie lallend. Offensichtlich hatte sie Schwierigkeiten, den Sinn seiner Worte zu begreifen.

„Ich sagte, geh nach Hause. Ich werde in fünfzehn Minuten wieder anrufen, und wenn du dann nicht zu Hause bist, rufe ich die Polizei."

„Du hast mir nichts mehr zu sagen", protestierte sie.

„Doch, wenn es um meinen Sohn geht", erwiderte er. „Und wenn du das nicht glaubst, werde ich es dir beweisen."

„Du bist nur neidisch, weil ich einen neuen Partner gefunden habe und du nicht", stichelte sie.

Pete musste all seine Geduld zusammennehmen. „Mir ist es egal, mit wem du dich triffst oder was du tust, solange es meinen Sohn nicht berührt. Fahr nach Hause, Kelsey. Du hast nur noch zwölf Minuten Zeit."

Ärgerlich legte er den Hörer auf, wartete die angedrohte Minutenzahl ab und wählte dann die Nummer ihres Hauses. Kelsey nahm sofort ab.

„Wag es nicht, noch mal so etwas mit mir zu machen", stieß sie hervor. „Du hast mich vor meinem Freund in eine äußerst peinliche Situation gebracht."

„Das ist nichts im Vergleich zu dem, was passieren wird, wenn ich herausfinden sollte, dass du Davey noch mal allein lässt. Und es spielt keine Rolle, ob es am Tag oder in der Nacht ist. Er ist noch zu jung, um ganz allein zu sein. Ich habe dich schon mal gewarnt, und ich glaube langsam, dass du taub bist."

„Okay, okay, ich habe verstanden, aber ich finde, dass du dich unnötig aufregst. Davey ist ein sehr verantwortungsbewusstes Kind."

„Er ist sechs, verdammt. Was soll er tun, wenn ein Notfall eintritt?"

„Hör zu, Pete, benimm dich nicht wie ein Verrückter", stieß sie hervor. „Davey geht es gut. Wie hast du überhaupt herausgefunden, dass er allein war?"

„Er hat mich angerufen", antwortete Pete. „Und ich warne dich, du wirst deine Wut nicht an ihm auslassen. Er hat mich angerufen, weil er Angst hatte. Er hat genau das Richtige getan."

„Er schläft tief und fest", protestierte sie. „Wie viel Angst kann er da schon gehabt haben?"

„Angst genug, um mich anzurufen und eine Stunde mit mir am Telefon zu plaudern, um ein wenig Gesellschaft zu haben."

Darauf schien selbst Kelsey keine Antwort zu haben.

„Okay, jetzt hör zu. Ich werde am Samstag nach Richmond kommen", informierte Pete sie. „Ich habe ihm versprochen, den Tag mit ihm zu verbringen."

„Aber …"

„Versuch nicht, etwas dagegen zu unternehmen, Kelsey, ich warne dich!"

„Na gut, meinetwegen."

„Sieh es doch einfach so. Du kannst ausgehen, während ich mich um den Jungen kümmere." Mit diesen Worten knallte er den Hörer auf und holte sich eine Flasche Bier aus dem Kühlschrank. Doch noch bevor er den ersten Schluck genommen hatte, goss er es in die Spüle. Sich zu betrinken war keine Lösung. Es hatte nicht geholfen, als seine Ehe auseinanderbrach. Es würde auch jetzt nicht helfen.

Das Einzige, was seine Laune wieder etwas heben könnte, wäre, Jo zu sehen. Er konnte aber an diesem Abend unmöglich noch mal zu ihr hinausfahren. Dieses hier war ein Problem, das er nicht auf ihre Schultern abladen konnte. Sie hatte es nicht verdient, da mit hineingezogen zu werden. Es wäre, als ob er Salz in eine alte Wunde reiben würde.

Bis zum Morgen waren es nur noch wenige Stunden, bis dahin würde er durchhalten. Dann würde er eine Tüte Blaubeer-Donuts kaufen, die hatte Jo früher immer so gerne gegessen, und damit würde er in der Morgendämmerung vor ihrer Tür stehen. Vielleicht würde sein Schmerz dann vergehen, und sie würde sich so über die Donuts freuen, dass er sie noch mal küssen durfte.

Das erste Mal, seit Davey angerufen hatte, musste er lächeln. Das war wirklich etwas, worauf er sich freuen konnte!

Jo war noch im Halbschlaf, als sie Petes Truck vorfahren hörte. Sie blinzelte zum Wecker hinüber und sah, dass es erst halb sieben war. Mit einem Stöhnen ließ sie sich wieder in die Kissen fallen. Obwohl es noch unverschämt früh war, hämmerte er bereits draußen herum. Sie war überrascht, dass er in der Dunkelheit überhaupt etwas zustande brachte.

Das schien ihn allerdings nicht aufzuhalten. Da der Lärm nicht aufhörte, stand sie widerwillig auf und ging ins Badezimmer. Rasch duschte sie, zog sich Jeans und einen warmen Pullover an, fuhr sich kurz mit den Händen durch das noch feuchte Haar und ging dann auf Socken hinunter, um ihre Schuhe zu suchen. In dem Moment, als sie die Treppe hinunterging, klopfte es an der Haustür, und Pete steckte den Kopf herein.

„Bist du wach?"

Jo musste über seine Frage lachen. „Als ob jemand schlafen könnte bei dem Radau, den du da draußen veranstaltest. Was machst du denn da bloß?"

„Ich habe angefangen, die neuen Bohlen festzunageln."

„Im Dunkeln?"

„Ich konnte genug sehen." Er schaute sie an und lächelte. „Du bist keine Frühaufsteherin, nicht wahr?"

„Nur, wenn es unbedingt sein muss."

Er hielt ihr eine Tüte vor die Nase. „Wird das helfen?"

Sie schnupperte und nahm den köstlichen Duft von Donuts und Blaubeeren wahr. „Wahnsinn!", rief sie aus, riss ihm die Tüte aus der Hand und schaute hinein. „Ich kann es nicht fassen, dass die Bäckerei diese Donuts immer noch macht."

„Ja, und sie kommen frisch aus dem Ofen. Ich bin auf dem Weg hierher dort vorbeigefahren und habe Helen überredet, mir schon ein paar zu verkaufen."

„Du bist wirklich ein Genie."

„Kaum. Aber vergibst du mir jetzt wenigstens, dass ich dich so früh aus dem Bett geworfen habe?"

„Das hängt davon ab." Sie schaute erneut in die Tüte und zählte. „Sechs Stück", zählte sie und lächelte. „Ja, ich kann dir verzeihen."

„Wirst du mir was abgeben?"

„Muss ich?"

Pete lachte. „Nein. Du hast Glück, ich habe mir selbst zwei Stück gekauft."

Sie holte den ersten Donut heraus, sog genüsslich den Duft ein und biss hinein. Seit Jahren hatte sie nichts derart Gutes mehr gegessen.

„Oh, nein", murmelte sie nach dem ersten Bissen. „Die sind himmlisch."

„Ist deine Schwester, die Gourmetköchin, darüber unterrichtet, dass du für Blaubeer-Donuts alles tun würdest?"

Jo nickte. „Und das ist für sie sehr schmerzlich. Maggie hat sogar schon versucht, sie selbst zu backen. Aber so wie Helen hat sie die Donuts nie hinbekommen." Jo warf ihm einen fast scheuen Blick zu. „Es ist erstaunlich, dass du dich noch an diese Vorliebe von mir erinnern kannst."

„Du wärst überrascht, wenn du wüsstest, an was ich mich alles noch erinnern kann", erwiderte er so verführerisch, dass ihr Herz einen Satz machte.

„Pete, sag nicht immer solche Dinge", bat sie, als ob sie das Prickeln zwischen ihnen verhindern könnte.

„Warum? Es ist wahr. Ich erinnere mich an alles, was wir in jenem Sommer zusammen erlebt haben." Er trat näher und sah ihr tief in die Augen. „Ich erinnere mich daran, wie du am Morgen ausgesehen hast – so wunderhübsch und zerzaust. Du warst damals schon genau so eine Schlafmütze wie heute." Leicht berührte er ihre Lippen mit dem Zeigefinger. „Und ich erinnere mich daran, wie du nach Blaubeeren und Zucker geschmeckt hast. Ich war richtig süchtig danach."

Jetzt berührte er Jos Lippen vorsichtig mit seinem Mund und fuhr mit der Zunge zärtlich über ihre Unterlippe. Jo hatte das Gefühl, der Boden unter ihren Füßen wäre ins Schwanken geraten.

„Pete", protestierte sie zaghaft.

„Was ist, Jo?"

„Wir können nicht dorthin zurückgehen", flüsterte sie, obwohl sie den Blick nicht von ihm abwenden konnte. „Es ist zu viel passiert."

„Wir sollten also so tun, als ob wir keine Vergangenheit hätten?"

Sie holte tief Luft. „Ich denke, das wäre das Beste."

„Ich halte das aber nicht für möglich."

Wenn Jo ehrlich zu sich war, fand sie das ebenfalls kaum möglich, aber das würde sie ihm nicht eingestehen. Er brauchte sie nur zu berühren, und das alte Verlangen war da mit all den Erinnerungen, die sie an ihn hatte. Ach, was dachte sie da, sie brauchte ihn doch bloß anzuschauen!

„Wie wäre es mit einem Kompromiss? Ich werde nicht mehr über die Vergangenheit reden, wenn du es nicht tust", schlug sie vor. „Wir brauchen ja nicht so zu tun, als ob nie etwas zwischen uns gewesen wäre. Wir sollten es nur nicht mehr auseinanderpflücken. Das haben wir gestern Abend schon getan, und das reicht."

Pete sah immer noch nicht sehr überzeugt aus. „Dann glaubst du, dass es nichts mehr darüber zu sagen gibt?"

Jo nickte. „Nichts."

Er sah aus, als ob er ihr widersprechen wollte, aber dann schien er es sich überlegt zu haben. „Also gut, wenn du das kannst, kann ich es auch." Er wandte sich von ihr ab und steckte die Hände in die Hosentaschen. „Ich werde noch eine weitere Stunde an der Veranda arbeiten, dann sollten wir zu dem Haus fahren, von dem ich dir erzählt habe. Kannst du dann fertig sein?"

„Sicher", meinte sie.

Pete verließ die Küche, und Jo stellte die Kaffeemaschine an. Dann sank sie erschöpft auf einen Stuhl. Gedankenverloren nahm sie einen Donut in die Hand. Nach einem Bissen wurde ihr jedoch klar, dass sie gar nicht merkte, was sie da aß, und legte ihn wieder auf den Tisch. Warum sollte sie etwas so Köstliches verschwenden?

Auch der Kaffee, den sie sich einschenkte, hatte einen bitteren Nachgeschmack. Pete hatte ihr mit seinem Gespräch gründlich den Morgen verdorben, der eigentlich so gut angefangen hatte. Finster schaute sie zur Veranda hinaus, wo er bereits wieder eifrig hämmerte.

Sie wollte sich nicht so unwohl fühlen. Am Abend zuvor hatten sie so natürlich miteinander umgehen können. Heute lag schon wieder eine unangenehme Spannung in der Luft. Warum hatte sie nur diesen Unsinn über die Vergangenheit gesagt. Wie sollten sie beide all das Geschehene vergessen können? Im Grunde wusste Jo, dass die Dinge nur noch mehr Raum einnahmen, wenn sie nicht ausgesprochen wurden.

Entschlossen goss sie Pete eine Tasse Kaffee ein, ging hinaus und reichte sie ihm.

„Danke", war alles, was er sagte.

„Gern geschehen." Sie schluckte nervös. „Es tut mir leid."

„Was?"

„Dass ich mich eben so dumm verhalten habe."

Er lächelte, und die Spannung löste sich auf. „Du? Niemals. Du warst immer das klügste Mädchen in der ganzen Gegend."

„Vielleicht haben meine geistigen Fähigkeiten mit der Zeit nachgelassen?", meinte Jo. „Ich weiß, dass wir nie so tun können, als ob es die Vergangenheit nicht gegeben hätte. Gestern Abend hatten wir beschlossen, uns auf das Lachen zu konzentrieren. Ginge das vielleicht immer noch?"

„Klar." Er betrachtete sie über den Rand seiner Kaffeetasse. „Kennst du einen guten Witz?"

Jo lächelte. „Nicht einen."

„Ich auch nicht … zumindest keinen, den ich einer Lady erzählen könnte."

Sie zuckte die Schultern. „Macht nichts. Mir ist kalt, ich gehe lieber wieder ins Haus. Ich wollte nur, dass zwischen uns alles wieder gut läuft."

Mit dem Zeigefinger hob er leicht ihr Kinn an. „Es läuft alles bestens."

Sie fühlte, wie tief aus ihrem Inneren ein Lächeln aufstieg. „Das ist gut zu wissen."

„Oh, Jo D'Angelo, du bringst mich ganz durcheinander."

Sie lächelte immer noch, während sie sich abwandte und rasch ins Haus zurückging. Als sie sich noch mal kurz umdrehte, um die Tür zu schließen, winkte er ihr zu, und ihr Herz machte einen Freudensprung.

7. KAPITEL

Pete war immer noch völlig durcheinander, als er mit seiner Arbeit aufhörte und Jo erklärte, dass sie jetzt fahren würden. Er hätte sie am liebsten sofort wieder in die Arme gezogen und geküsst. Er wusste jedoch, dass er sich dieses Mal vielleicht nicht nur mit Küssen zufriedengeben würde, und hielt sich deshalb zurück. Jo sollte sich erst mal wieder an ihn gewöhnen. Er durfte jetzt nichts überstürzen.

Als sie gemeinsam in der Fahrerkabine seines Trucks saßen, fiel es ihm allerdings schwer, die nötige Distanz zu wahren. Und da war er wieder: ihr Duft, den er nie vergessen hatte, blumig und leicht wie ein unbeschwerter Sommertag. Lange hatte er an keiner Rose schnuppern können, ohne an Jo und das Rose Cottage denken zu müssen. Als Kelsey darauf bestanden hatte, Rosen um das Haus herum zu pflanzen, hatte er vehement protestiert. Zu Petes Erleichterung pflanzte sie jedoch andere Blumen, um die sie sich dann allerdings wenig kümmerte.

Pete hatte das Haus mit dem vernachlässigten Garten rasch zu hassen begonnen. Es war zu klein und vollgestopft mit Dingen, die ihn ständig an die Fehler erinnerten, die er in seinem Leben gemacht hatte. Er hatte das Dach instand gesetzt und es von außen renoviert, aber er war so mit dem Aufbau seines Unternehmens beschäftigt gewesen, dass er weder die Zeit noch das Geld gehabt hatte, es von Grund auf umzubauen. Wenn die Menschen, denen er Häuser baute, gewusst hätten, in was für einem Haus er selbst lebte, hätten sie ihm kaum ihr Geld anvertraut.

Doch das würde er jetzt ändern. Eines der Häuser, deren Garten Jo gestalten sollte, würde sein eigenes werden. Pete hatte ihr das allerdings noch nicht gesagt, schon weil er nicht wusste, welches Haus er nehmen sollte. Er hoffte, ihre Reaktion auf die Häuser würde ihm bei seiner Entscheidung helfen. Vielleicht hatte er auch Angst, dass sie von dem Job zurücktreten könnte, wenn sie wüsste, dass er selbst einer der Kunden wäre, für den sie die Arbeit machte.

Die wenigen Meilen zu dem ersten Haus verbrachten sie schweigend. Das war auch so etwas, das er an Jo liebte. Sie hatte nicht das Gefühl, jede Minute mit Worten füllen zu müssen. Kelsey konnte nicht mal zehn Minuten lang den Mund halten, und diese Eigenschaft hatte ihn manchmal fast in den Wahnsinn getrieben. Ohne seinen Sohn hätte er es keine zwei Monate mit ihr ausgehalten.

Als sie in die noch ungeteerte Einfahrt des ersten Hauses fuhren, das im Cape-Cod-Stil mit den typisch grauen Schieferschindeln und den weißen Fensterläden gebaut war, warf er Jo einen kurzen Blick zu. Angespannt saß sie auf dem Rand ihres Sitzes und schaute neugierig durch die Windschutzscheibe. Als das Haus endlich in Sicht kam, schnappte sie vor Überraschung nach Luft.

„Oh, Pete. Das ist ja wunderschön!" Mit leuchtenden Augen sah sie ihn an. „Können wir hineingehen?"

Er lächelte. „Willst du innen auch einen Garten anlegen?"

„Sehr witzig." Sie warf ihm einen bittenden Blick zu.

Er lachte und freute sich über ihre Reaktion. „Natürlich kannst du hineingehen. Aber es ist noch nicht ganz fertig. Einige Dinge werden erst im Frühjahr, so ab März erledigt. Die Makler beginnen ihre Arbeit in dieser Gegend erst im April. Also habe ich keine Eile."

„Das macht nichts."

Sobald er den Truck angehalten hatte, sprang Jo hinaus und war schon fast an der Tür, als Pete sie einholte.

„Du kannst es ja kaum erwarten", zog er sie auf. „Oder ist dir etwa kalt?"

„Ich bin unglaublich neugierig", meinte sie, überquerte die große, weiße Veranda und wartete auf ihn. „Komm schon, mach auf!"

Pete schloss die Tür auf und trat dann zur Seite, um sie eintreten zu lassen.

„Oh, Mann", murmelte Jo, als sie das große Foyer mit dem wunderschönen Eichenparkett betrat, das im einfallenden Sonnenlicht glänzte. „Ist das schön!"

Fast andächtig lief sie durch die unteren Räume mit den hohen Fenstern, dem Kamin und den doppelten Flügeltüren, die hinaus zu einem Innenhof führten, bis in die große Küche, von der man einen wunderbaren Blick auf die Bucht hatte.

„Es ist so schön", sagte sie wieder und wieder. „Es ist einfach perfekt." Sie lächelte. „Du hast einen unwahrscheinlich guten Geschmack. Was für Schränke willst du hier einbauen?"

„Weiße Schränke mit Glastüren. Und zwar so ein altmodisches Glas mit Bläschen und Einschlüssen. Das gibt dem Ganzen doch einen besonderen Charme, findest du nicht?"

„Du hast völlig recht", fand auch Jo. „Ich würde es genauso machen."

Pete musste sich zusammennehmen, um ihr nicht zu verraten, dass sie ihn inspiriert hatte. Er wollte sie nicht daran erinnern, wie oft sie in jenem vergangenen Sommer in Gedanken ihr Traumhaus gebaut hatten.

433

„Und wie viele Zimmer sind oben?", fragte sie.

„Fünf. Das meiste ist noch im ersten Stock und hier in der Küche zu tun."

„Ich möchte trotzdem nach oben gehen. Darf ich?"

„Natürlich."

Dieses Mal ließ er sie allein gehen. Er blieb am Küchenfenster stehen, blickte hinaus auf die Bucht und dachte darüber nach, wie viel Mühe er sich gemacht hatte, die Küche und dieses Fenster so auszurichten, dass die Morgensonne hier einfiel. Über sich hörte er Jos Schritte und hin und wieder einen begeisterten Ausruf. Ihre Begeisterung füllte sein Herz mit Freude – und ein wenig auch mit Bedauern.

Dieses Haus hätte ihres sein können. Sie hätten jedes Detail zusammen entwickeln können, aber er hatte alles allein machen müssen. Wahre Freude hätte es ihm allerdings nur gemacht, wenn sie vom Wasserhahn bis zu den Fliesen, vom Parkettboden bis hin zum Deckenventilator alles gemeinsam ausgesucht hätten.

Dennoch konnte er nicht leugnen, dass er stolz war, so etwas gebaut zu haben. Er konnte kaum ihre Reaktion auf das zweite Haus abwarten. Bei dem war er noch getreuer jenen Vorstellungen gefolgt, die sie einst zusammen entwickelt hatten. Obwohl sie seit Langem getrennt waren, hatte er bei der Fertigstellung dieses Hauses das Gefühl gehabt, Jo wäre ihm zur Seite gewesen.

„He, es ist kalt hier", rief er schließlich. „Wirst du irgendwann mal wieder herunterkommen und dich um den Job kümmern, für den ich dich angeworben habe?"

Jo kam mit glühenden Wangen die Treppe herunter. „Das ist vielleicht eine Badewanne, die du da oben für das Hauptschlafzimmer installiert hast", zog sie ihn auf.

„Groß genug für zwei", bestätigte er.

„Das Paar, das hier einzieht, kann sich glücklich schätzen."

Er lächelte. „Da hast du recht. Aber können wir jetzt nach draußen gehen?"

„Ich muss noch meinen Block aus dem Truck holen, damit ich mir ein paar Skizzen machen kann."

Pete nickte. „Wir treffen uns dort hinten bei der Eiche. Warte, bis du diesen Baum im Sommer gesehen hast. Er ist eine Wucht!"

Etwas von dem Glanz in ihren Augen erlosch. „Das werde ich wohl kaum erleben", entgegnete sie. „Wahrscheinlich bin ich da schon wieder in Boston, aber ich bin froh, dass du diesen Baum nicht gefällt hast. Viele Bauunternehmer holzen einfach alles ab." Zu seiner Überraschung stellte sie sich auf die Zehenspitzen und küsste ihn. „Es ist so lieb von dir, dass du an diesen Baum gedacht und ihn gerettet hast."

Jo war gegangen, noch bevor er reagieren konnte. Langsam ging er zu der Eiche hinüber, der er diesen unerwarteten Kuss zu verdanken hatte, und lehnte sich gegen ihren dicken Stamm. „Danke", murmelte er und kam sich vor wie ein Narr.

Obwohl die Sonne schien, war die Meeresluft eiskalt. Pete begann zu frieren, während er auf Jo wartete, und als sie nach einigen Minuten immer noch nicht auftauchte, ging er auf die Suche nach ihr.

Sie stand vor dem Truck, den Block hatte sie auf die Kühlerhaube gelegt, und mit leichter Hand machte sie Skizzen. Er ging zu ihr hinüber und schaute ihr über die Schultern.

Pete sah, dass sie Kletterrosen gezeichnet hatte, die sich die Verandabrüstung hinaufrankten. Rechts von der Veranda befand sich ein Teich, der von den verschiedensten blühenden Büschen umgeben war.

Als Jo ihn bemerkte, blinzelte sie erstaunt. „Wo kommst du denn her?"

„Von hinten. Ich hatte auf dich gewartet."

„Oh, entschuldige", erwiderte sie, „aber mich hat die Inspiration gepackt, und ich wollte meine Ideen sofort aufs Papier bringen. Ich denke an einen Wildblumengarten dort drüben und an ein Vogelbad. Das wird Schmetterlinge und Vögel anziehen, die man dann von der Terrasse aus beobachten kann. Was hältst du davon?"

„Es gibt tatsächlich Menschen, die Zeit haben, Vögel und Schmetterlinge zu beobachten?"

Sie lachte. „Wir haben das auch mal getan."

Er nickte nachdenklich und wies dann auf ihre Zeichnung. „Und was ist das?"

„Dieses Haus braucht einen weißen Holzzaun und einen Torbogen, an dem sich Blumen hochranken können. Das gibt einen schönen altmodischen Touch."

„Wenn du es sagst. Wie wäre es jetzt mit Mittagessen?", schlug er vor.

„Da meine Hände langsam zu Eiszapfen werden, halte ich das für eine ausgezeichnete Idee."

Pete nahm ihre Hände in seine, begann sie zu reiben und hauchte dann ihre Fingerspitzen mit seinem Atem warm. Zuerst sah sie ihn überrascht an, lächelte dann aber. „Ist das eine der Leistungen, die in meinem Vertrag inbegriffen sind?"

„Ja, ich sende dir sogar eine Kopie des Vertrages, wenn du möchtest."

Sie nickte. „Einverstanden, aber nur, wenn diese Leistungen ausschließlich für mich sind."

Pete lächelte. „Glaub mir, du bist die einzige Person, die für mich arbeitet, deren Hände nicht rau und schwielig sind. Du bist garantiert die Einzige, die diese Sonderbehandlung erfährt."

Als ob sie diese Unterhaltung plötzlich nervös gemacht hätte, entzog Jo ihm die Hände und steckte sie in die Taschen. Als sie zur Beifahrertür hinüberging, warf sie ihm über die Schulter ein Lächeln zu. „Das will ich schriftlich."

Pete lachte. „Gern, Liebling."

Du spielst mit dem Feuer, warnte sich Jo, als sie die heiße Fischsuppe schlürfte, die sie bestellt hatte. Es reizte sie immer wieder, Pete herauszufordern, obwohl ihr Verhalten sehr unprofessionell und vor allem sehr gefährlich war. Sie fühlte sich plötzlich wieder wie das Schulmädchen, das sie in jenem Sommer gewesen war. Genauso unbeschwert und mit diesem prickelnden Gefühl, das die starke Anziehung zu Pete in ihr weckte.

Und erinnere dich nur, was dann geschehen ist! warnte Jo eine innere Stimme.

Sie sah zu Pete hinüber und bemerkte, dass er sie beobachtet hatte.

„Du siehst aus, als ob du im Moment sehr streng mit dir ins Gericht gehen würdest", bemerkte er.

„Das habe ich auch getan", gab sie zu.

„Weswegen?"

„Deinetwegen."

„Meinetwegen?"

„Hm. Ich habe mich nur daran erinnert, dass du mein Auftraggeber bist."

Etwas flackerte in seinen Augen auf. Etwas, das schwer zu interpretieren war, doch sie glaubte, dass es ein verletzter Ausdruck gewesen sein könnte.

„Ich dachte, ich wäre mehr als das, Jo", erklärte er ruhig. „Ich dachte, wir wären Freunde."

„Wir waren Freunde", verbesserte sie ihn. „Wir waren sogar mehr als das, aber du hast das alles geändert. Und das darf ich nicht vergessen."

„Ja, ich fürchte, du hast recht. Vertrauen gewinnt man nicht so leicht zurück, wenn es erst mal zerstört ist." Er schaute sie ernst an. „Bist du fertig? Wir sollten weiterfahren."

Jo nickte nur. Es tat ihr leid, dass sie erneut den lockeren Umgang miteinander gestört hatte, aber vermutlich war das auch gut so. Sie kämen sich sonst viel zu nahe – gefährlich nahe.

Pete legte einige Geldscheine auf den Tisch und erhob sich. „Bist du bereit, dir ein neues Haus anzusehen?"

„Natürlich", meinte sie und gab sich keine Mühe, ihre Neugierde zu verbergen. Bestimmt war es ebenso schön wie das erste Haus.

Einige Minuten später bog Pete von der Hauptstraße in ein Wäldchen ab. Als er schließlich auf eine Lichtung fuhr, begann Jos Herz schneller zu schlagen. Sie erkannte dieses Haus, als ob sie es bereits tausend Mal gesehen hätte, und in Gedanken war das auch tatsächlich geschehen. Wie oft hatten Pete und sie sich dieses Haus bis in alle Einzelheiten ausgemalt?

Jo hatte bei dem ersten Haus eine ähnliche Reaktion empfunden, aber sie war längst nicht so stark gewesen wie bei diesem. Beim ersten Bauprojekt hatte sie Ähnlichkeiten erkannt, aber dieses hier war eindeutig ihr Traumhaus!

Im Gegensatz zu dem ersten Haus lagen hier alle Zimmer zu ebener Erde. Der Wohntrakt erstreckte sich entlang der Küste, um keinen Ausblick, keine Brise zu verpassen. Sie wusste schon jetzt, dass sich in jedem Raum ein Deckenventilator befand, dass die Veranda im viktorianischen Stil gebaut war und dass weiße Blumenkästen in die Brüstung eingebaut waren, aus denen im Sommer eine farbenfrohe Blütenpracht quellen sollte. Obwohl es von der Fläche her sehr groß war, hatte es doch die Gemütlichkeit und den Charme eines Ferienhauses.

Jos Kehle war wie zugeschnürt, als sie sich Pete schließlich zuwandte. „Du hast unser Haus gebaut", stieß sie gerührt hervor. „Genau wie wir es uns immer ausgemalt haben."

„Ich habe es versucht." Verlegen nickte er. „Anfangs habe ich es als eine Art Strafe angesehen", gab er zu. „Aber am Ende war ich dir dadurch noch näher gekommen. Es ist das einzige Haus, das ich fast mit meinen eigenen Händen gebaut habe. Nur die Rohre und Leitungen haben Fachleute gelegt. Ich habe gleich nach der Scheidung angefangen, es zu bauen."

„Wie bringst du es dann übers Herz, es zu verkaufen?"

„Das werde ich nicht", erwiderte Pete, sagte ihr allerdings nicht, dass er diese Entscheidung gerade eben erst getroffen hatte. „Ich werde selbst hier leben."

„Aber du hast mir beim Mittagessen doch erzählt, dass du vorhast, beide Häuser zu verkaufen."

„Das war auch meine Absicht, aber nur, bis ich gesehen habe, wie du reagiert hast. In dem Moment, als ich die Freude und das Erstaunen auf deinem Gesicht sah, war die Entscheidung für mich gefallen." Er betrachtete sie. „Möchtest du es von innen sehen?"

„Ja", stieß Jo aufgeregt hervor und verbesserte sich dann rasch. „Nein, lieber nicht."

Er betrachtete sie amüsiert. „Was nun?"

„Ich bin mir nicht sicher. Ich glaube, ich habe Angst hineinzugehen."

„Hast du Angst, dass ich mich nicht an unsere Traumvorlage gehalten habe?"

„Nein, im Gegenteil, ich habe Angst, dass du es ganz genau so gemacht hast."

„Wäre das so schlimm?"

Ja, dachte Jo, sprach es aber nicht aus. „Nein, wahrscheinlich nicht."

Sie stieg aus dem Wagen und zögerte dann erneut. „Du weißt, dass es ein Problem geben könnte, wenn ich durch diese Tür dort gehe und mich in das Haus verliebe."

Er sah sie bestürzt an. „Was denn für ein Problem?"

„Ich würde versuchen, dir dieses Haus abzuluchsen."

Pete lachte, wurde dann aber rasch ernst, als er begriff, dass sie das nicht nur im Spaß gesagt hatte.

Er zuckte die Schultern. „Da gibt es eine einfache Lösung. Du könntest mit mir hier einziehen."

Obwohl er das ganz lässig gesagt hatte, machte Jos Herz einen Satz. Diese Aussicht war einfach zu verführerisch. Sie wusste, dass sie in Versuchung kommen könnte. „Du weißt, dass das nicht möglich ist", erklärte sie schroff, eher um sich selbst daran zu erinnern als ihn.

„Natürlich ist es das", widersprach er und winkte ab. „Aber ich habe noch einige Wochen daran zu arbeiten. Du hast also genug Zeit, dich zu entscheiden."

Als Jo dann durch die Tür trat, wusste sie jedoch, dass sie eigentlich keine Bedenkzeit mehr brauchte. Sie hatte bereits das Gefühl, zu Hause angekommen zu sein.

8. KAPITEL

Es wurde Freitag, bis Pete wieder Zeit hatte, zum Rose Cottage zu fahren, und Jo musste sich eingestehen, dass sie ihn sehr vermisst hatte. Sie redete sich ein, sie wollte nur, dass die Baustelle vor dem Haus endlich wegkäme. Außerdem sagte sie sich immer wieder, dass der Schmerz über seinen damaligen Verrat noch kein bisschen nachgelassen hatte, aber all das half nicht über die Sehnsucht hinweg, die sie während seiner Abwesenheit nach ihm gehabt hatte.

„Wie läuft es bei der Arbeit?", erkundigte sie sich, als sie das emsige Hämmern endlich wieder hörte und Pete eine Tasse Kaffee hinausbrachte.

Er hielt in seiner Arbeit inne, nahm ihr die Tasse ab und nippte an dem heißen Getränk. Die Hälfte der Veranda war bereits erneuert. „Ich wäre viel weiter, wenn ich im Moment nicht noch so viel anderes zu tun hätte."

„Es hat ja keine Eile", beruhigte ihn Jo. „Hattest du denn Zeit, an den beiden Häusern zu arbeiten, die du mir gezeigt hast?"

Er lächelte. „Nein, an denen arbeite ich nur am Wochenende. Ich musste zu einigen anderen Baustellen fahren, um nach dem Rechten zu sehen. Allerdings werde ich auch an diesem Wochenende nicht weiterarbeiten können."

„Warum nicht?"

„Ich werde am Samstagmorgen nach Richmond fahren, um Davey zu besuchen", erklärte er und schaute sie prüfend an. Vermutlich wollte er wissen, ob die Erwähnung seines Sohnes sie belasten würde.

Jo gab sich große Mühe, ihren Gesichtsausdruck neutral zu halten, und wartete ab, dass er fortfuhr.

Er zuckte mit den Schultern. „Neulich Nacht ist etwas Schwieriges vorgefallen, und ich habe Davey versprochen, ihn zu besuchen."

Jo musste sich eingestehen, dass sie eifersüchtig war. Darauf, dass Pete einen Sohn hatte, und ebenso auf Davey, weil er Zeit mit Pete verbringen durfte. „Ihr beide habt bestimmt große Pläne."

„Die sind nicht notwendig, um mich auf ihn zu freuen. Die Zeit mit ihm ist immer kostbar", entgegnete er mit einer gewissen Schärfe in der Stimme.

„Ja, natürlich. Ich meinte ja auch nur …"

Er schnitt ihr das Wort ab. „Ich weiß, was du meintest. Entschuldige. Hör zu, ich werde dich nicht mit Einzelheiten langweilen, aber die Situation zwischen mir und Kelsey hat sich sehr zugespitzt. Ich muss einiges mit ihr klären. Ich freue mich nicht gerade darauf, und ich möchte eigentlich auch gar nicht darüber reden, schon gar nicht mit dir. Es wäre nicht fair."

„Wie willst du entscheiden, was fair ist", erwiderte Jo. „Ich könnte dir vielleicht helfen. Schließlich bin ich eine Frau und sehe alles aus einer anderen Sicht als du."

„Nein", entgegnete er schroff.

Der Ton seiner Stimme war endgültig, und Jo spürte, dass sie ihn jetzt nicht weiter bedrängen durfte. Sie schluckte ihre Fragen hinunter und wandte sich rasch einem anderen Thema zu.

„Macht es dir etwas aus, wenn ich zu den Häusern fahre und einige Skizzen mache, wenn du nicht da bist?"

„Natürlich nicht. Dafür habe ich dich doch eingestellt."

Sie lächelte. „Eigentlich hast du mich noch gar nicht eingestellt. Vielleicht sollte ich dir vorher sagen, was ich dir in Rechnung stellen werde."

„Was immer du willst, ich werde es zahlen", erklärte er, ohne zu zögern. „Ich will nur, dass die Gärten perfekt zu den Häusern passen. Mike sagte mir, dass du verflixt gut bist, und das reicht mir. Außerdem habe ich die Skizzen gesehen, die du neulich dort angefertigt hast. Ich weiß, dass du ein Gefühl für diese Häuser hast."

„Ich freue mich, dass sie dir gefallen, aber trotzdem sollten wir über meine Preisvorstellungen sprechen", antwortete sie. „Ich will nicht, dass es irgendein Problem gibt, wenn ich dir die Rechnung präsentiere. Mit Mike würdest du es doch genauso machen, nicht wahr?"

„Also gut. Warum setzt du nicht formlos eine Art Vertrag auf, und ich lese ihn durch und unterschreibe ihn."

Jo nickte. „Perfekt."

Amüsiert sah er sie an. „Und nur, damit du es weißt, ich werde das Kleingedruckte auch lesen. Als wir das zweite Haus verließen, habe ich das Glitzern in deinen Augen sehr wohl bemerkt. Ich will nicht, dass du irgendeine Klausel hineinsetzt, damit du mir das Haus wegschnappen kannst."

Jo lachte. „Dieser Gedanke wäre mir nie im Leben gekommen."

„Ja, ja", bemerkte er skeptisch. „Ich weiß, was du dir vorstellst. Aber nimm zur Kenntnis: Du wirst nur mit mir zusammen in dieses Haus einziehen, einen anderen Weg gibt es nicht."

Jo runzelte die Stirn. „Sei vorsichtig. Du hast gesehen, wie gut mir dieses Haus gefallen hat. Ich könnte dich beim Wort nehmen, und was wäre dann?"

„Dann wäre ich im siebten Himmel."

Der Ausdruck in seinen Augen war ernst genug, um sie erschauern zu lassen. „Pete", flüsterte sie. Es klang eher wie ein Flehen als wie ein Protest.

Ein verschmitztes Lächeln trat auf sein Gesicht. „Keine Panik, Jo, ich werde dich zu nichts drängen, wozu du nicht bereit bist."

Doch das war ja gerade Jos Problem. Obwohl sie sich immer wieder ermahnte und rügte und obwohl sie die besten Absichten hatte, sich von Pete fernzuhalten, begann sie sich genau das zu wünschen. Verzweifelt sogar. Nicht nur das Haus, sondern vor allem Pete. Ihr war mittlerweile klar geworden, dass er der einzige Mann war, den sie je geliebt hatte. Diese Erkenntnis sollte sie eigentlich erschüttern, aber mit jedem weiteren Tag wurde sie ruhiger. Statt Angst empfand sie einen wunderbaren Frieden.

Pete arbeitete bis zum Einbruch der Dämmerung und ging dann ins Haus. Jo saß am Küchentisch und wirkte sehr nachdenklich. Er konnte sie verstehen. Die Unterhaltung, die sie am Nachmittag geführt hatten, hatte ihn ebenfalls ganz schön durcheinandergebracht.

„Einen Penny für deine Gedanken", sagte er, da sie ihn so überrascht anschaute, als ob sie ihn nicht erwartet hätte.

„Ich habe dir einen ausgezeichneten Preis gemacht", erklärte sie. „Normalerweise müssen die Kunden mehr bezahlen."

Er nahm das Blatt Papier auf. „Ist das für den Gesamtauftrag?"

Sie nickte. „Ich habe es wirklich günstig gestaltet."

Pete runzelte die Stirn. „Was soll das? Ich will keine Sonderbehandlung!"

Trotzig hob sie das Kinn. „Das ist ja wohl meine Sache."

Er warf das Blatt Papier auf den Tisch. „Ändere das um."

„Das werde ich nicht. Sei nicht so stur." Sie reichte ihm den Vertrag zurück. „Guck ihn dir doch erst mal richtig an."

Sie verlangte eine nette, runde Summe, aber bei Weitem nicht genug für die Arbeit, die sie leistete. „Fair ist fair, Jo. Das ist noch nicht mal die Hälfte von dem, was Mike mir sonst in Rechnung stellt."

Einen Moment lang war sie sprachlos. „Wirklich?"

„Wirklich", versicherte er ihr. „Wenn du den Preis nicht änderst, werde ich es tun." Er nahm das Blatt, setzte neue Zahlen ein und unterschrieb dann.

„So ist es besser", fand er, als er ihr das Blatt zurückreichte.

Sie runzelte die Stirn, als sie die Zahlen sah. „Das ist nicht dein Ernst."

„Oh, doch, das ist es. Frag Mike."

„Dieser elende Schuft", murmelte sie, den Blick weiterhin auf den Vertrag geheftet.

Pete wunderte sich über ihre Reaktion und sah sie erstaunt an. „Wer ist ein Schuft? Mike?"

„Natürlich nicht. Mein Chef in Boston. Jeder hat mir gesagt, dass er ein Geizhals ist. Aber erst jetzt wird mir klar, wie sehr er mich ausgenommen hat."

„Das scheint mir ein guter Grund zu sein, nicht mehr dorthin zurückzugehen", meinte Pete.

„Ich werde zwar wieder nach Boston gehen, aber bestimmt nicht zu diesem Halsabschneider", erklärte sie energisch.

Pete lachte über ihren wütenden Ton. „Vielleicht sollte ich Mike anrufen und ihm sagen, dass jetzt ein günstiger Zeitpunkt wäre, mit dir eine Partnerschaft auszuhandeln."

Sie warf ihm einen vielsagenden Blick zu. „Es wäre geradezu der perfekte Zeitpunkt, wenn ich das richtige Haus hätte."

Er lachte. „Sehr clever, aber du hast schon das Rose Cottage. Noch ein paar Renovierungsarbeiten, und es sieht aus wie neu. Das Fundament und das Dach sind in gutem Zustand. Der Garten ist gepflegt. Was willst du mehr?"

„Aber einige Meilen von hier entfernt gibt es noch ein besseres Haus", erwiderte Jo.

Unschuldig schaute er sie an. „Das besagte Haus ist viel zu teuer für dich. Hast du mir das nicht selbst gesagt? Und für eine einzelne Person ist es außerdem viel zu groß."

„Nenn mir einen exakten Preis, und ich werde sehen, was ich machen kann."

„Es gibt Dinge im Leben, die wichtiger sind als Geld", erinnerte er sie.

„Das hast du nicht immer gesagt", erwiderte Jo. „Früher hast du immer betont, dass du ein Unternehmen aufbauen und dir einen Namen machen willst. Du warst sehr ehrgeizig."

„Aber jetzt, da ich das erreicht habe, ist mir klar geworden, dass ein Fehler in meinem Denken war", gestand Pete. „Nichts davon zählt, wenn du niemanden hast, mit dem du es teilen kannst."

Jo schaute ihn an und stieß einen Seufzer aus. „Da kann ich nicht widersprechen." Sie erhob sich und ging zum Kühlschrank hinüber. „Bleibst du zum Abendessen?"

Pete ging zu ihr hinüber und stieß die Tür zu. „Jo?"

Als sie sich zu ihm umdrehte, sah er Tränen auf ihren Wangen.

„Was ist los?", fragte er und strich mit den Daumen über die seidenweiche Haut ihrer Wangen. Er musste gegen den intensiven Drang ankämpfen, sie in die Arme zu ziehen und zu küssen.

„Nichts", erwiderte sie rasch und wollte ihm ausweichen. Doch Pete umfasste ihre Schulter und hielt Jo fest.

„Rede mit mir darüber", bat er sie. „Womit habe ich dich zum Weinen gebracht?"

„Du hast keine Schuld daran. Ich bin einfach ein Vollidiot."

„Niemals."

„Doch, das bin ich. Ich wollte immer nur Dinge, die ich nicht haben kann oder die nicht gut für mich sind."

„Und die wären?" Als sie seinem Blick auswich, fuhr er fort: „Hör zu, es gibt nichts, was du mir nicht sagen kannst. Was ist es, was du nicht haben kannst?"

Wut flammte in ihren Augen auf. „Damals wollte ich dich", stieß sie resigniert hervor. „Und ich wollte James, zumindest bis ich festgestellt hatte, was für ein Idiot er ist."

„Sonst nichts?"

Der Anflug eines Lächelns machte sich auf ihrem Gesicht breit. „Ich will das Haus."

Pete umfasste ihr Kinn und sah sie ernst an. „Ich habe es für dich gebaut", gestand er mit leiser Stimme.

Überraschung flackerte in ihren Augen auf. „Du willst es mir verkaufen?"

Vielleicht sollte Pete das tun. Es war offensichtlich, dass dieses Haus Jo etwas bedeutete, obwohl er nicht wusste, wie sie es jemals bezahlen wollte, selbst wenn er ihr einen besonders günstigen Preis machen würde. Er durfte es jedoch nicht zu schnell weggeben. Dieses Haus war für ihn vielleicht der Zugang zu ihrem Leben.

„Entschuldige, aber ich kann es dir nicht verkaufen."

Das Glitzern in ihren Augen verschwand. „Du kannst nicht, oder du willst nicht?"

„Das spielt keine Rolle, schließlich gehört es mir."

„Ich könnte dich für die zehn Sekunden hassen, in denen du mir Hoffnung gemacht hast."

443

„Füg das bloß zu deiner Liste hinzu", riet er ihr. „Es gibt gewichtigere Gründe, warum du mich hassen solltest."

„Aber ich habe daran gearbeitet, sie zu verzeihen."

Er lächelte. „Und wie erfolgreich bist du damit?"

„Im Moment nicht halb so erfolgreich wie noch vor fünf Minuten", gestand sie traurig.

„Das dachte ich mir", erklärte er und hauchte einen Kuss auf ihre Lippen. „Ich denke, ich werde das Abendessen heute auslassen. Wir beide haben noch über einiges nachzudenken. Wir sehen uns, wenn ich wiederkomme, um an der Veranda zu arbeiten."

„Vielleicht sehen wir uns, vielleicht aber auch nicht", erklärte sie würdevoll.

Pete nahm den Vertrag vom Tisch auf und wedelte damit vor Jos Gesicht herum. „Das hier sagt, du wirst. Du würdest dein Wort niemals brechen."

„Warum sollte ich nicht", antwortete sie schnippisch. „Du hast es doch auch getan."

„Aber du bist ein besserer Mensch als ich, Liebling. Jeder hier weiß das."

Und wenn er noch länger blieb, würde er ihr das beweisen, indem er sie rücksichtslos verführte. Deshalb verließ er jetzt hastig die Küche.

9. KAPITEL

Pete war in einer seltsamen Laune, als er am Montagmorgen wiederauftauchte. Es hatte mal Zeiten gegeben, in denen Jo immer gewusst hatte, was in ihm vorging, aber an diesem Morgen wurde sie einfach nicht schlau aus ihm.

Er war wieder mit einer Tüte Blaubeer-Donuts gekommen und machte wie üblich seine kleinen Späße, aber irgendetwas bedrückte ihn. Das spürte Jo, und sie hätte zu gern gewusst, was ihn so belastete. Sie wusste, dass sie nur noch weiter in sein Leben hineingezogen würde, wenn sie jetzt Fragen stellte, dennoch wunderte sie sich.

Heimlich beobachtete sie ihn, während er mit sehr viel mehr Kraft als notwendig die Nägel in die Bohlen schlug. Es war offensichtlich, dass er vor Wut kochte, und das bestürzte sie. Pete hatte nicht gesagt, warum er an diesem Tag nicht zu den Baustellen fahren musste und am Rose Cottage arbeiten konnte, und sie hatte ihn auch nicht danach gefragt. Vielleicht wollte er einfach nur mit der Veranda fertig werden, damit er sich endlich von ihr fernhalten konnte. Wenn das der Fall war, wollte Jo es lieber gar nicht wissen, es würde sie zu sehr verletzen.

Gegen Mittag war ihre Geduld jedoch erschöpft. Um ihren Seelenfrieden wiederzufinden, würde sie ihm ein paar Fragen stellen müssen.

„Das Mittagessen ist fertig", verkündete sie fröhlich und freute sich über seinen überraschten Gesichtsausdruck. Er schien ihre Einladung nicht erwartet zu haben, ja er wirkte sogar, als wüsste er gar nicht, wie viel Uhr es war.

Aus den Resten eines gebratenen Hähnchens hatte Jo Sandwichs gemacht, dazu gab es einen großen Topf hausgemachter Gemüsesuppe, deren Rezept noch von ihrer Großmutter stammte.

Misstrauisch sah Pete sie an. „Du hast dir aber viel Arbeit gemacht."

„Kaum. Du hast mir auch Suppe und ein Sandwich serviert, als du dir mal Sorgen um mich gemacht hast."

„Heißt das, du machst dir Sorgen um mich?"

„Ich mache mir Sorgen um all die teuren Bretter, für die Ashley bezahlt hat. So wie du darauf herumklopfst, splittern sie noch."

„Ich weiß, was ich tue."

„Das dachte ich auch", stimmte sie ihm zu. „Zumindest normalerweise. Ansonsten würde nicht an der Hälfte aller Baustellen in dieser Gegend dein Name angeschlagen stehen. Heute scheinst du allerdings etwas neben der Spur zu sein."

„Ich möchte nicht darüber sprechen", entgegnete er sofort.

Sie betrachtete ihn und fand, dass er aussah, als ob genau das Gegenteil der Fall wäre. Er würde jeden Moment herausplatzen mit dem, was ihn bedrückte, dessen war sie sicher.

„Heißt das, dass du generell nicht darüber sprechen willst? Oder nur nicht mit mir?"

Sein Gesicht nahm einen traurigen Ausdruck an. „Es hat mal Zeiten gegeben, in denen wir über alles reden konnten", antwortete er wehmütig.

Jo nickte. „Das können wir immer noch, selbst wenn es etwas mit deiner Exfrau oder mit deinem Sohn zu tun hat. Und das ist es doch, oder? Ist am Wochenende irgendetwas schiefgelaufen?"

Fragend sah er sie an. „Macht es dir wirklich nichts aus, wenn ich mit dir darüber rede?"

„Das weiß ich nicht, solange du es mir nicht gesagt hast."

Pete erzählte ihr, dass seine Exfrau Davey allein ließ, dass sie nicht einsichtig war und schon wieder viel zu spät nach Hause gekommen war, obwohl sie wusste, dass er eigentlich bereits gegen acht hatte nach Hause fahren wollen.

„Stell dir vor, ich hätte ihr geglaubt und wäre in der Annahme losgefahren, sie käme in wenigen Minuten nach Hause. Dann hätte Davey wieder mehrere Stunden allein sein müssen", schloss er seine Erzählung.

„Sie lässt tatsächlich einen sechsjährigen Jungen allein?", fragte Jo ungläubig. „Wie kann sie nur so verantwortungslos sein?"

„Dann reagiere ich also nicht übertrieben?"

„Nein, natürlich nicht. Was hat deine Exfrau sich nur dabei gedacht?"

„Sie hat gar nichts gedacht. Sie war mit einem Mann ausgegangen und hat getrunken. Und das passiert offensichtlich öfters."

„Dann musst du etwas unternehmen", erklärte Jo entschieden. „Du musst dein Kind schützen. Der Junge ist doch hilflos."

Seltsamerweise schmerzte es gar nicht besonders, über Petes Sohn zu reden. Jo hätte ihn sogar gern mal gesehen. Sie wusste bereits von dem Foto, dass er wie sein Vater aussah, aber was für ein Typ war er? War er eher ein fröhliches oder eher ein introvertiertes Kind? War er so klug, wie Pete es als Kind gewesen war?

„Ich würde Davey gern mal treffen", gab sie ehrlich zu, zögerte dann aber. „Oder ist das eine schlechte Idee?"

„Warum?", fragte er. „Für mich wäre das in Ordnung. Aber bist du dir wirklich sicher, dass du ihn treffen willst? Ich könnte verstehen, wenn du ihn niemals sehen wolltest."

„Wie kannst du so etwas sagen. Er hat doch keine Schuld an dem, was passiert ist. Und er ist ein Teil von dir. Natürlich wünsche ich mir, ihn kennenzulernen."

„Dann wirst du am nächsten Wochenende die Gelegenheit dazu bekommen", überraschte er sie. „Ich werde Davey am Freitag abholen, und er wird bis Montag bei mir bleiben. Wenn du willst, könnten wir am Samstag etwas zusammen unternehmen."

Ein Teil von ihr hätte am liebsten sofort Ja gesagt, aber tief in ihrem Inneren bekam Jo plötzlich Angst davor, welche Konsequenzen das nach sich ziehen könnte. Was war, wenn sie Petes kleinen Jungen in ihr Herz schließen würde? Er würde niemals ihr gehören. Könnte sie es ertragen, wenn sie ihn dann nicht mehr sehen dürfte? Und wie würde seine Mutter reagieren, wenn eine Frau an Petes Seite in das Leben ihres Sohnes trat? Und dann noch sie, Jo? Würde das zwischen Pete und ihr nicht noch mehr Probleme aufwerfen? Vermutlich wartete am Ende noch mehr Kummer auf sie.

Deshalb entschied sie sich gegen ein Treffen. „Entschuldige", flüsterte sie. „Ich glaube, es war doch eine schlechte Idee."

Jo wollte schon aus dem Raum laufen, weil Pete die Tränen in ihren Augen nicht sehen sollte, aber er hielt sie fest, bevor sie auch nur einen Schritt machen konnte.

„Ich bin derjenige, der sich entschuldigen muss", sagte er und zog sie an sich. „Für alles. Ich hätte dich nicht fragen dürfen."

Sie lächelte unter Tränen. „Es war meine Idee", erinnerte sie ihn. „Und dann habe ich plötzlich Angst bekommen."

„Vor was?"

„Dass ich Davey in mein Herz schließen und ihn dann genauso verlieren könnte wie dich."

Pete schloss die Augen und zog sie an sich. Sie konnte seinen Herzschlag hören und fühlte sich warm und geborgen.

„Denk einfach noch mal darüber nach", sagte er schließlich. „Ich schwöre, ich werde dich nicht bedrängen, aber er ist ein wirklich großartiger Junge. Ich würde ihn dir gern vorstellen. Und ich möchte auch, dass er dich kennenlernt."

„Wie willst du erklären, wer ich bin? Oder hat er bereits mehrere Frauen kennengelernt?"

„Es gab nicht viele Frauen in meinem Leben, seit ich geschieden bin, und Davey hat nie eine von ihnen getroffen. Du bist die Erste."

Ihr Herz machte einen Satz. „Warum ich?"

Ihre Blicke fanden sich. „Das weißt du nicht?"

Sie hatte Angst zu raten. „Nein."

„Du bist wichtig für mich. Du warst es immer."

Jos Herz schlug auch in den nächsten Tagen jedes Mal schneller, wenn sie an Petes Worte dachte. „Du bist wichtig für mich", hatte er gesagt. Sie hätte nie erwartet, dass Pete ihr so etwas gestehen würde. Nicht so, nicht so schnell. Sie wäre in seinen Armen beinahe in Tränen ausgebrochen. Aber was für ein Bild hätte sie abgegeben?

Ich darf nicht zulassen, dass diese spontan ausgesprochenen Worte meine Welt völlig auf den Kopf stellen, warnte sie sich in den folgenden Tagen immer wieder.

Schließlich war es nicht so, dass er ihr ewige Liebe geschworen hätte. Sie wäre ihm wichtig, war alles, was er gesagt hatte, nicht, ich liebe dich. Na also, der Buchhalter, der ihm die Bücher für die Firma in Ordnung hielt, war ebenfalls wichtig. Und ebenso waren es die Männer aus seinem Team.

Doch obwohl Jo versuchte, die Bedeutung dieser Worte abzuschwächen, hörte sie im Geiste ständig den Unterton, der dabei mitgeschwungen hatte. Und aus seinem Mund hatte es fast wie eine Liebeserklärung geklungen.

Würde ihr das aber genug Kraft geben, um dem kleinen Jungen zu begegnen? Dieses Kind, obwohl es keine Schuld traf, hatte ihr Leben für immer verändert. Wie würde sie reagieren, wenn sie Davey sah? Instinktiv spürte Jo, dass sie ihr Herz für ihn öffnen würde, und das machte ihr noch mehr Angst.

Aber sosehr sie auch befürchtete, erneut verletzt zu werden, so war ihr auch klar, dass sie keine andere Wahl hatte. Sie wollte dieses Kind sehen, ihn kennenlernen, herausfinden, wie viel von Pete in ihm steckte. Wenn Schmerz und Bedauern über verlorene Träume der Preis dafür waren, so war sie bereit, ihn zu zahlen.

Obwohl sie ihre Entscheidung schon getroffen hatte, behielt Jo sie noch eine Weile für sich selbst. Sie wollte ihre Zusage nicht mehr zurücknehmen müssen, falls sie doch im letzten Moment den Mut verlor. Allerdings spürte sie, dass ihr Schweigen über dieses Thema Pete nicht gerade glücklich machte. Trotzdem bedrängte er sie nie.

Am Donnerstag konnte Jo seinen fragenden Blick keine Sekunde länger mehr ertragen. „Also gut, ja", begann sie, als sie in der Küche Kaffee tranken. Diese gemeinsamen Momente waren schon zur morgendlichen Routine geworden, und manchmal machte ihr das auch Angst.

Pete blinzelte. „Ja?"

„Lass uns am Samstag etwas unternehmen. Du, ich und Davey."

Seine Augen leuchteten auf, und ein Lächeln trat auf sein Gesicht. Es war, als ob sie ihm einen Wunsch erfüllt hatte. Wenn sie gewusst hätte, wie viel ihre Zusage ihm bedeutete, hätte Jo sie ihm früher gegeben.

„Wirklich?", fragte er erfreut. „Bist du auch ganz sicher?"

Abwehrend hielt sie eine Hand hoch. „Mach nur keine große Sache daraus, okay? Was hast du eigentlich vor?"

Pete überlegte. „Der Wetterbericht hat fürs Wochenende Schnee gemeldet. Tagsüber könnten wir Schlitten fahren und Schneemänner bauen." Er winkte ab. „Und dann schicke ich den Jungen ins Bett, und du und ich können uns vor dem Kaminfeuer ein wenig näherkommen."

Diese Aussicht war so verführerisch, dass Jo sich zu einem kleinen Protest zwingen musste. „Das glaube ich kaum."

„Warum nicht?"

„Dein Sohn ist doch im Haus", schalt sie ihn.

Er warf ihr einen durchdringenden Blick zu, als ob sie etwas in seine Worte gelegt hatte, das nicht so gemeint war. „Und wenn er wieder in Richmond ist?", fragte er. „Können wir es uns dann so richtig gemütlich machen und kuscheln?"

Sie zögerte. „Vielleicht", gab sie schließlich ausweichend zur Antwort.

„Da höre ich nicht so viel Überzeugung heraus, wie ich es gern gehabt hätte, aber ich nehme deine Worte trotzdem als positives Zeichen", erklärte er. „Ich kann es kaum erwarten, den Jungen wieder nach Hause zu bringen. Was bin ich nur für ein Vater."

„Ein menschlicher", erwiderte sie. „Und vielleicht solltest du, wenn deine Exfrau mal wieder trinkt, daran denken, dass sie auch nur ein Mensch ist."

„Der Unterschied ist, dass ich Davey nie allein lassen würde, sosehr ich mich auch nach einer anderen Person sehne."

Jo erhob sich, ging um den Tisch herum und setzte sich auf Petes Schoß. Dann umfasste sie sein Gesicht mit ihren Händen. „Ich weiß. Das macht dich ja so besonders."

Verlangen brannte in seinen Augen. „Und ich dachte immer, du liebst nur meine Muskeln."

„Nein, dein weiches Herz", gestand sie und streichelte seine Schultern.

„Weißt du was?", bemerkte er leise. „Davey ist nicht hier."

Sie sah ihn an, und das Herz schlug ihr bis zum Halse. „Wir haben draußen aber auch keinen Schnee."

„Glaubst du, dass der notwendig wäre?"

Die Sehnsucht, die sie jetzt packte, war so unbändig, dass sie den Kopf schüttelte. „Nein, jetzt, da du es erwähnst, denke ich nicht, dass er wichtig ist."

Pete hatte diesen Moment seit Tagen herbeigesehnt, vielleicht sogar seit Wochen. Vielleicht schon seit dem Moment, in dem Jo damals nach Boston zurückgefahren war. Jetzt, da sein Traum Wirklichkeit wurde, konnte er kaum fassen, dass es geschah. Er strich mit dem Finger über Jos Wange, nur um sich zu versichern, dass er nicht träumte.

„Nein", murmelte er. „Du fühlst dich sehr echt an."

„Liebe mich", bat sie und legte eine Hand an seine Wange. „Das sollte dich überzeugen, dass ich wirklich und kein Traum bin."

Er wusste, dass er alle Fragen für sich behalten und dieses kostbare Geschenk annehmen sollte, aber er konnte sich einfach nicht zurückhalten. „Warum?"

Sie lächelte. „Warum nicht? Willst du das etwa zu Tode reden? Ich dachte, Männer wären spontaner, wenn es um Sex geht."

Sosehr Pete sich auch wünschte, ihrer Einladung impulsiv nachzugeben, wusste er doch, dass sie möglicherweise mit dieser Entscheidung einen gravierenden Fehler machten, den beide bereuen könnten. „Es ist lange her, dass wir ein Liebespaar waren, Jo. Viel ist seitdem passiert. Trotzdem, wenn ich dich jetzt nach oben ins Schlafzimmer trage, ist das nicht der Anfang irgendeiner belanglosen Affäre, sondern es bedeutet weit mehr."

Sie schluckte nervös. „Bitte, sag das nicht", bat sie mit flehendem Blick.

„Ich muss es aber sagen. Du musst verstehen, was ich empfinde. Du musst nicht das Gleiche fühlen, aber du musst wissen, wie ich zu dir stehe." Er sah ihr tief in die Augen. „Ich nehme an, dass ich dir damit die Macht gebe, mich zu verletzen. Du kannst mir zurückzahlen, was ich dir einst angetan habe, oder du kannst meine Liebe erwidern."

Zu seinem Erstaunen liefen jetzt einige Tränen über ihr Gesicht.

„Verflixt, Pete. Weißt du denn nicht, was ich empfinde? Ich liebe dich doch auch. Ich will es zwar nicht, aber ich tue es."

Er lachte. „Na, das hört ein Mann gern."

Sie stieß ihm leicht mit dem Ellbogen in die Seite. „Mache keine Witze darüber."

„Ich weiß, Liebling. Ich sollte darüber nicht lachen."

„Nein, das solltest du tatsächlich nicht."

Er legte seine Stirn gegen ihre. „Es ist also etwas Ernstes zwischen uns?"

Ihr zaghaftes Lächeln wurde zu einem Strahlen. „Glaubst du, du kannst mich tatsächlich die Treppe hinauftragen?", forderte sie ihn heraus, sprang von seinem Schoß und lief auf die Treppe zu.

Mit wenigen Schritten holte Pete sie ein und hob sie schwungvoll auf die Arme. „Mit dir komme ich überall hin", erklärte er lachend.

„Ich glaube, ich sollte deinen Muskeln mehr Bewunderung schenken", scherzte sie, während er sie in ihr Schlafzimmer trug. Pete schaute sich um. „Ich hatte noch nie die Gelegenheit, es von innen zu sehen."

Es war ein typisches Mädchenzimmer mit viel blassem Rosa und sanftem Grün, das in der Tagesdecke des Bettes wieder aufgegriffen wurde. In der cremefarbenen Tapete waren dagegen dezente burgunderfarbene Streifen, die dem Zimmer eine erwachsenere Note gaben. Genau richtig für die verführerische Frau, zu der Jo geworden war.

Er setzte sich auf die Bettkante und zog sie zwischen seine Beine.

„Weißt du, dass wir uns noch nie in einem Bett geliebt haben?", fragte sie.

Pete runzelte die Stirn. Das stimmte, sie hatten sich damals viel einfallen lassen müssen, um irgendwo allein sein zu können. Er zog sie noch näher an sich heran. „Dann ist es höchste Zeit, dass wir das ändern, nicht wahr?"

„Ich weiß nicht", meinte Jo schmunzelnd. „Es hat durchaus seinen Reiz, sich ständig darum Sorgen machen zu müssen, nicht erwischt zu werden."

„Ah, du hast es damals also nur getan, weil du dem Reiz des Unberechenbaren verfallen warst. Wenn das so ist, könnte ich ja rasch deine Schwestern anrufen. Dann kannst du damit rechnen, dass sie jeden Moment hier auftauchen."

„Um Himmels willen", stieß Jo hervor. „Sie dürfen nichts davon wissen!"

Petes Herz wurde schwer. „Warum nicht?"

„Zu deinem Schutz", erklärte sie.

„Warum solltest du mich vor ihnen beschützen müssen?"

Jo lächelte. „Denk mal nach. Wir reden über drei ältere Schwestern, die es sich zur Lebensaufgabe gemacht haben, mich zu bemuttern. Drei Schwestern, die alle im vergangenen Jahr hier ihren Mann kennengelernt und geheiratet haben. Kannst du nicht zwei und zwei zusammenzählen?"

Pete begriff, worauf sie hinauswollte, allerdings fand er die Aussicht nicht ganz so schrecklich wie offenbar Jo. „Du glaubst, sie werden versuchen, uns vor den Traualtar zu bekommen?"

„Ich weiß, dass sie es tun werden", bestätigte Jo.

„Vielleicht wäre das gar nicht so schlecht. Vermutlich hätten wir das schon vor sieben Jahren tun sollen."

„Bestimmt nicht", erwiderte sie scharf. „Das war eindeutig der falsche Zeitpunkt für uns. Entweder hättest du jetzt keinen Sohn, oder er hätte jetzt keinen Vater. Kannst du wirklich behaupten, dass eine der beiden Alternativen für dich tragbar wäre?"

„Nein", gab Pete zu. Sosehr er auch bedauerte, was geschehen war, Davey zu haben könnte er nie bedauern. Mit den Händen fuhr er sich durchs Haar und blickte ihr tief in die Augen. „Weißt du überhaupt, wie unglaublich großzügig du bist?"

„Ich?"

„Ja, du. Du bist liebevoll, großzügig, intelligent, wunderschön und sexy."

„Findest du wirklich?", fragte sie sichtlich erfreut. „Also, ich bin wirklich erstaunlich. Vielleicht bin ich zu gut für dich."

„Das bist du", bestätigte er sofort. „Und es macht mich zum glücklichsten Menschen auf der Welt, dass du bei mir bist."

Jo kam ihm so nahe, dass ihre Lippen fast seinen Mund berührten. „Dann lass uns dieses Glück genießen", flüsterte sie, bevor sie ihn küsste.

Pete spürte, wie sein Puls sich beschleunigte und sein Herz einen kleinen Satz machte. Langsam, langsam, ermahnte er sich. Genieß jeden Moment, genieß diese wunderbare Frau. Er erwiderte ihren Kuss voller Hingabe und gab sich Mühe, sein Verlangen zu kontrollieren. Doch Jo drängte sich gegen seinen Körper, bis die Lust zur Qual wurde.

„Langsam, Liebling, langsam", flüsterte er an ihren vollen, sinnlichen Lippen.

Als Antwort ergriff Jo seine Hand und führte sie unter ihren Pullover zu ihrem Busen, der noch in Satin und Spitze eingehüllt war. Sie war so heiß, so weich. Pete wollte sein Gesicht zwischen ihren Brüsten vergraben, wollte ihre hoch aufgerichteten Brustwarzen liebkosen, bis Jo vor Lust stöhnte.

Aber lieber noch nicht, sagte er sich.

Er hatte sieben Jahre auf Jo gewartet, deshalb würde er jetzt auch noch warten können. Er wollte ihr zeigen, welch ein Schatz sie für ihn war, wie viel Lust sie geben und schenken konnte. Mit zwanzig war er noch sehr ungeduldig gewesen. Er hatte sie damals auch geliebt, aber nicht gut genug – nicht mit dem Verlangen und der Geduld eines Mannes.

Dennoch zog er ihr den Pullover aus, sodass er ihre vollen Brüste bewundern könnte, die von einem aufregenden, schwarzen Spitzen-BH bedeckt waren. Früher hatte sie nur schlichte weiße Unterwäsche getragen. So aufregend diese Veränderung auch war, er bedauerte sie fast. Oder bedauerte er nur den Verlust ihrer Unschuld? Es war etwas, was er genommen hatte und ihr nie mehr würde zurückgeben können.

Mit dem Finger strich er über die Spitze und lächelte, als sie vor Erregung bebte. „Hübsch", meinte er lächelnd.

„Als ich einundzwanzig Jahre alt wurde, fanden meine Schwestern, dass ein Wechsel im Stil meiner Unterwäsche nötig wäre." Sie winkte ab. „Warte, bis du den Hauch von Slip siehst, den ich trage."

Pete stöhnte auf. „Erzähl mir nicht so etwas. Ich versuche einigermaßen, die Kontrolle zu behalten."

„Warum?"

„Weil du es verdient hast, nach allen Regeln der Kunst verführt zu werden."

„Und das schaffst du nicht mehr, wenn ich etwas von meinem winzigen Slip erzähle?"

Er hielt sich die Ohren zu. „Nein."

„Er ist auch schwarz."

Pete stöhnte.

Jo lächelte. „Gut zu wissen, wie ich dich aus dem Gleichgewicht bringen kann", bemerkte sie, öffnete den Reißverschluss ihrer Jeans und ließ sie langsam an ihren Hüften nach unten gleiten.

Pete versuchte, nicht hinzuschauen, weil er wusste, dass er dann verloren sein würde. Sie langsam und zärtlich zu lieben wäre unmöglich, wenn dieser Slip nur halb so aufregend war, wie sie ihn beschrieben hatte.

Ein Blick auf die schwarze Spitze, und Pete hätte sich beinahe verschluckt. Sie bedeckte wirklich fast nichts. Voller Verlangen sah er sie an.

„Ich habe dich gewarnt", flüsterte er, hob sie auf und legte sie aufs Bett. Dann zog er mit zwei geschickten Bewegungen seine Jeans aus und wandte seine Aufmerksamkeit dem winzigen Slip aus Spitze zu. Mit der Hand fuhr er unter den Saum des Schrittes, strich über ihren Venushügel, drang dann mit zwei Fingern in die feuchte Hitze ihrer Weiblichkeit und bewegte sie leicht. Es dauerte nicht lange, bis sie sich lustvoll bewegte und stöhnend zum Höhepunkt kam.

Das reichte, um auch den Rest seiner Beherrschung zu verlieren. Pete zog hastig seine Boxershorts aus, zerriss ihren Slip mit einem kurzen Ruck und drang mit einem heftigen Stoß in sie ein.

Dann blieb er ganz still liegen und zählte bis zehn. Er dachte an das Wetter, an Arbeit, an alles, was verhindern könnte, dass die Lust ihn zu schnell überwältigte. Sie stöhnte leise und drängte ihm ihre Hüften entgegen.

Pete schaute ihr in die Augen, sah das tiefe Verlangen, den Hunger, der seinen eigenen widerspiegelte, und begann, sich rhythmisch zu bewegen, schneller und immer schneller, bis die Hitze der Leidenschaft explodierte und ihre Körper vor erlöster Lust bebten.

Es dauerte eine Weile, bis er wieder einen klaren Gedanken fassen konnte, dann rollte er von ihr herunter und zog sie in seine Arme. Mit einem Finger hob er den zerrissenen Slip auf und ließ ihn in der Luft baumeln. „Ich werde dir ein Dutzend und mehr davon kaufen", versprach er grinsend.

„Oh, Mann", murmelte sie immer noch atemlos. „Vergiss den Slip. Ich bin völlig kraftlos. Was hast du mit mir gemacht?"

Pete lachte und bewegte sich leicht. „Das war nicht ich."

Fragend sah sie ihn an und lächelte dann. „Nein, tatsächlich nicht. Ich nehme an, es hängt von mir ab, was wir daraus machen."

Er lachte. „Nur, wenn du Lust hast", gab er zurück, verschränkte die Arme hinter dem Kopf und wartete.

Sie erhob sich und setzte sich rittlings auf ihn. Er stöhnte, als er in sie hineinglitt, und gab sich ganz der Lust hin, die diese wundervolle Frau in ihm zu wecken wusste.

Jo erwachte, als sie im Erdgeschoss eine Tür schlagen hörte. Sie drehte sich auf die Seite und erwartete, dass der Platz neben ihr leer wäre, aber Pete lag noch immer neben ihr. Er sah großartig aus, so nackt, wie er war.

Das wiederum hieß, die Tür musste von einer ihrer Schwestern geöffnet und geschlossen worden sein! Oder schlimmer noch: von allen dreien! Mit einem Satz war Jo aus dem Bett gesprungen und schaute aus dem Fenster.

Tatsächlich. Da stand Maggies Wagen, gleich hinter Petes Pick-up, aber Maggie war nirgends zu sehen. Jo saß also in der Falle. Und Pete ebenfalls.

Sie zog sich rasch etwas an und rüttelte Pete dann wach. Verschlafen blinzelte er und wollte sie wieder ins Bett ziehen.

„Nicht jetzt", flüsterte sie und schob seine Hände weg. „Schwesternalarm. Ich werde jetzt nach unten gehen. Was immer du tust, folge mir nicht! Verstanden?"

Er lächelte sie an, drehte sich um und vergrub sein Gesicht in den Kissen. Sie rollte mit den Augen, bürstete sich im Badezimmer rasch noch ihr zerzaustes Haar und tupfte auf ihre vom Küssen geschwollenen Lippen einen Hauch von Lippenstift.

Fünf Minuten später trat sie in die Küche und gähnte demonstrativ. Drei erwartungsvolle Gesichter wandten sich ihr zu.

„Hallo. Ich wusste gar nicht, dass ihr hier seid. Warum habt ihr mich nicht geweckt?"

„Wir sind gerade erst angekommen", erklärte Melanie und verkniff sich ein Lachen.

Ashley schien nicht ganz so amüsiert zu sein. „Ich hoffe, gerade noch rechtzeitig."

„Oh, bitte", fiel Maggie ein, die gar nicht erst versuchte, ihr amüsiertes Grinsen zu verbergen. „Rechtzeitig? Aber nur, wenn Jo in letzter Zeit Flanell zu ihrer Garderobe hinzugefügt hat."

Jo blickte an sich hinunter und bemerkte, dass sie in der Eile Petes Hemd angezogen hatte. Es reichte ihr fast bis zu den Knien und war so falsch zugeknöpft, dass es die Eile verriet, mit der sie es übergestreift hatte.

„Oh, nein", flüsterte sie und sank auf einen Stuhl nieder. „Ich hätte das so gern vor euch geheim gehalten."

„Was?", fragte Ashley. „Du wolltest uns etwas vormachen? Du wolltest uns anlügen?"

Stolz hob Jo das Kinn. „Ja, so ist es."

Ihre älteste Schwester sah sie bestürzt an. „Aber warum?"

„Weil ihr euch nur wieder einmischen werdet. Ich kenne euch, hast du das vergessen?"

455

„Wir lieben dich. Wir machen uns Sorgen", verteidigte sich Ashley. „Du solltest das zu schätzen wissen."

„Ich liebe euch auch, aber im Moment könnte ich sehr gut ohne euch auskommen", gestand Jo.

„Ich habe nur eine Frage an dich", sagte Ashley. „Was ist das für ein Mann, der dich allein zu uns hinuntergehen lässt?"

„Einer, dem ich strengstens befohlen habe, im Bett zu bleiben", erklärte Jo.

„In deinem Bett, nehme ich an", stellte Ashley trocken fest.

„Ja, in meinem Bett. Ich bin eine erwachsene Frau. Ich entscheide selbst, wer mit mir ins Bett geht."

„Und du willst Pete Carlett in deinem Bett?", fragte ihre Schwester, die einfach nicht lockerlassen wollte.

„Ja", antwortete Jo mit Nachdruck.

„Und das hat nichts mit dem Haus zu tun, das du willst, wie du uns erzählt hast?", fragte Ashley.

Jo sah sie bitterböse an. „Hast du überhaupt eine Ahnung, wie beleidigend das ist, was du da gerade gesagt hast?"

„Das ist es", pflichteten Melanie und Maggie ihr bei.

Ashley schien von diesem Kommentar nicht beeindruckt zu sein. „Das ist eine faire Frage. Warum ist dieser Mann in deinem Bett?"

„Verdammt, weil ich ihn liebe", schrie Jo die drei an. „So, seid ihr jetzt zufrieden?"

Wütend griff sie nach ihrer Jacke, rannte zur Tür und schlug sie hinter sich zu. Sie wollte ihren Schwestern entkommen.

Zuerst fühlte sich der kalte Wind gut an auf ihrer erhitzten Haut, aber schon nach wenigen Sekunden wurde ihr klar, dass es viel zu eisig für einen Spaziergang war. Leider hatte sie noch nicht mal ihre Autoschlüssel mitgenommen, sodass sie sich in den Wagen setzen und die Heizung hätte anstellen können. Dann dachte sie an Petes Wagen. Normalerweise ließ er die Schlüssel stecken.

„Ein Glück", murmelte sie dankbar und mit einem Blick hinauf zu ihrem Schlafzimmerfenster. Sie stieg in den Pick-up und startete den Motor. In kurzer Zeit arbeitete die Heizung auf Hochtouren, und die Scheiben beschlugen.

Als die Beifahrertür geöffnet wurde, schaute sie stur geradeaus. „Geh weg. Ich will nicht mit dir reden."

Es war jedoch Pete, der antwortete. „Nicht mal mit mir?", fragte er gelassen.

Jo seufzte. „Ich sollte wahrscheinlich noch nicht mal mit dir reden. Aber auch wenn du der Anlass bist, kannst du nichts dafür, dass meine Schwestern mich so nerven."

Er schaut sie einen Moment an und lachte dann. „Das Hemd steht dir ausgezeichnet. Ich werde es nie mehr anziehen können, ohne mit dir ins Bett zu wollen."

„Erwähn bitte nicht dieses verflixte Hemd", brummte sie. „Ich wäre von dem ganzen Theater verschont geblieben, wenn ich vorhin nicht ausgerechnet nach deinem Hemd gegriffen hätte."

„Vielleicht war es gar kein Versehen. Vielleicht wolltest du, dass sie es erfahren."

Jo warf ihm einen verärgerten Blick zu. „Glaube mir, ich wollte nicht, dass sie es erfahren."

„Bist du sicher? Vielleicht hast du gehofft, dass du die Sache mit uns abblasen kannst, wenn deine Schwestern einen Aufstand darum machen."

„Nein", erwiderte sie bestimmt. „Alles, was ich wollte, war Zeit, Pete."

„Zeit wofür?"

„Um herauszufinden, ob wir unsere Beziehung mit etwas Zeit hinbekommen."

„Oh, Liebling", flüsterte er und zog sie in seine Arme. „Wir haben alle Zeit der Welt dafür."

„Hast du die drei nicht gesehen?"

„Nein. Ich habe den feigen Weg gewählt und bin zur Hintertür hinausgegangen, als ich dich in den Truck steigen sah. Ich hatte Angst, dass du nach Montana fahren und mich hier im Stich lassen könntest."

„Keine schlechte Idee. Wenn ich an die drei Hyänen da drinnen denke, wird mir ganz schlecht. Ashley ist am schlimmsten, aber Melanie und Maggie kann ich auch nicht vertrauen."

„Dann sag ihnen, dass sie aufhören sollen, dich wie ein Kind zu behandeln."

„Das habe ich ja."

„Und deshalb lässt du dich aus dem Haus vertreiben und versteckst dich hier in meinem Truck?"

Unglücklich guckte sie ihn an. „Genau das habe ich getan, nicht wahr? Ich selbst habe ihnen erst die Macht gegeben. Wie dumm von mir." Sie stellte den Motor ab und wollte aussteigen, doch Pete hielt sie fest.

„Warte", sagte er.

„Ich muss jetzt ins Haus gehen und ihnen sagen, dass sie damit aufhören sollen."

Er lächelte. „In einer Minute."

Sie sah ihn verständnislos an. „Warum?"

„Deswegen", erklärte er und küsste sie, bis ihr schwindlig wurde. Dann ließ er sie los und lächelte. „Und jetzt, meine geliebte Kriegerin, ziehen wir in den Kampf."

„Du brauchst nicht mitzukommen", protestierte sie. „Du kannst ruhig nach Hause fahren."

„Ich bin dabei." Sein Lächeln wurde noch breiter. „Außerdem kann ich dich schlecht ohne mein Hemd verlassen, und ich bezweifle, dass du es ausziehen willst, bevor du dort hineingehst. Wer weiß, wie sie dann reagieren."

Jo lachte. „Vielleicht wäre es interessant, ihre Reaktion zu sehen. Aber vielleicht gehe ich doch lieber mit dir rein. Etwas Rückendeckung könnte ich gut gebrauchen."

Er nickte. „Ich habe schon immer gewusst, dass du ein kluges Mädchen bist."

Jo fühlte sich plötzlich so stark, als ob sie die Welt erobern könnte. Eigentlich reichte es aber, wenn sie ihren Schwestern erklärte, dass ihr Privatleben sie absolut nichts anging.

10. KAPITEL

Pete musste wirklich bewundern, wie Jo sich gegen ihre Schwestern behauptete. Sie sah sie kühl und mit hoch erhobenem Kopf an, während die drei Schwestern ihn anlächelten, dass ihm das Blut gefror. Sie ignorierten Jo einfach und konzentrierten sich ganz auf ihn.

„Hallo, Pete", grüßte Ashley frostig.

„Morgen, Ashley, nett dich zu sehen."

„Kennst du Maggie und Melanie?"

Er nickte und spielte den Gelassenen. „Vom Sehen, aber es freut mich, sie kennenzulernen." Er wusste nur zu gut, dass diese höflichen Floskeln lediglich die Einleitung für ein erbarmungsloses Verhör waren.

„Wir haben schon viel sehr von Ihnen gehört", bemerkte Melanie mit einem ironischen Lächeln.

„Aber offensichtlich nicht so viel, wie wir hätten hören sollen", mischte Ashley sich ein und warf einen bedeutsamen Blick in Jos Richtung.

Jetzt werden die Samthandschuhe ausgezogen, dachte Pete, und wartete, wie Jo reagieren würde. Er musste ihr Respekt zollen, als ein strahlendes Lächeln auf ihrem Gesicht erschien.

„Ich dachte, ihr wüsstet bereits alles, was ihr wissen müsst", erklärte sie ihrer ältesten Schwester in aller Unschuld. „Du bist doch diejenige, die Pete den Auftrag für die Veranda gegeben hat, nicht wahr? Und er hat bereits für euch gearbeitet. Ich dachte, dass du ihn mindestens doppelt und dreifach durchgecheckt hast, bevor du ihn zu mir schickst."

Ashley runzelte die Stirn. „Eigentlich war es Josh, der ihm die Aufträge gegeben hat. Ich habe dem Urteil meines Mannes blind vertraut."

„Siehst du", rief Jo triumphierend aus. „Pete muss gute Arbeit geleistet haben, sonst hätte Josh ihm nie mehr einen neuen Auftrag gegeben."

„Ich habe ihn beauftragt, die Veranda zu reparieren", erwiderte Ashley ungeduldig. „Nicht, mit dir ins Bett zu steigen. Du musst zugeben, dass dafür andere Qualitäten erforderlich sind."

„Dann kann ich mich ja glücklich schätzen, dass er in beiden Kategorien mit ‚sehr gut' abschneidet", antwortete Jo fröhlich, während Pete ein Lachen unterdrücken musste. „Wenn ihr uns jetzt bitte entschuldigen würdet, Pete und ich haben heute Morgen noch einige Dinge zu erledigen."

Ashley sah ihre kleine Schwester überrascht an. „Du willst uns hinauswerfen?"

„So kannst du es nennen", sagte Jo, ohne mit der Wimper zu zucken. „Das nächste Mal wäre es angebracht, wenn ihr anruft, bevor ihr vorbeikommt", erklärte sie ihren Schwestern. „Dann können wir derart peinliche Situationen in Zukunft vermeiden."

„Du hast dich verändert", fand Ashley. „Und ich weiß noch nicht, ob mir das gefällt." Sie runzelte die Stirn und sah Pete scharf an. „Ist das dein Werk?"

„Du meinst, dass Jo für sich selbst einstehen kann?"

„So nennst du das?"

„Für mich sieht es so aus. Aber nein, darauf hatte ich keinen Einfluss. Jo ist eine Frau, die sehr gut allein Entscheidungen treffen kann. Das hat sie schon immer gekonnt."

Ashley sah ihn scharf an. „Woher willst du das denn wissen?"

Pete spürte, dass er zu weit gegangen war. Er sah die Panik in Jos Augen und wusste, dass er diesen Patzer rasch wieder ausbügeln musste. „Ich vermute einfach, dass Jo immer so gewesen sein muss. Ich kann sie mir gar nicht anders vorstellen."

Erleichterung trat in Jos Blick.

Ashley wirkte zwar immer noch skeptisch, wandte sich jedoch trotzdem widerwillig ihren Schwestern zu. „Wollen wir aufbrechen? Wir stören hier offensichtlich."

„Eigentlich finde ich es hier viel zu interessant, um jetzt schon zu gehen", meinte Maggie, erhob sich aber. Melanie folgte ihrem Beispiel. Es gab eine kurze Verabschiedung, und Jo ließ sich erschöpft auf den Stuhl fallen.

„Du meine Güte", murmelte sie.

„Du warst großartig", lobte sie Pete.

Empört sah sie ihn an. „Großartig? Bist du verrückt geworden? Ich habe mich gerade eben so undankbar verhalten, dass sie ihre Nase nun erst recht in meine Angelegenheiten stecken werden. Und das wird anhalten, bis wir endlich den Weg zum Altar gefunden haben. Sie sind jetzt zwar ohne größere Szene gegangen, aber sie sitzen bestimmt schon wieder irgendwo zusammen und planen den nächsten Coup. Warte nur, bis sie auch noch ihre Ehemänner mit hineinziehen. Wir werden keine Sekunde mehr Ruhe haben."

„Aber wir sind ihnen durchaus gewachsen", erinnerte Pete sie, der von Jos Panik völlig unberührt zu sein schien. „Was können sie uns denn schon anhaben?"

„Sie können uns das Leben zur Hölle machen", erwiderte Jo todernst.

„Ach, komm schon. So schlimm wird es nun auch wieder nicht sein."

„Ha!"

„Willst du mit nach oben kommen? Vielleicht kann ich etwas für dich tun, damit du dich wieder beruhigst."

Sie warf ihm einen missmutigen Blick zu. „Das hat uns doch erst in diese missliche Lage gebracht."

Er schüttelte den Kopf. „Nein, was uns in diese Lage gebracht hat, ist die starke Anziehungskraft, die uns fast magisch anzieht. Wir können einfach nicht die Hände voneinander lassen, und das konnten wir noch nie. Ich denke, das will einiges heißen."

„Nein, das hätte uns schon vor sieben Jahren eine Warnung sein müssen", protestierte sie kläglich. „Und wir haben noch immer nicht dazugelernt."

„Oh doch, das haben wir", widersprach er. „Wir wissen jetzt, was wir wollen, und werden uns auch dafür einsetzen. Was willst du?"

„Die Wahrheit?"

„Natürlich."

„Das Einzige, was ich mit absoluter Sicherheit weiß, ist, dass ich das Haus will."

Petes Mut sank. Er wusste, dass sie nicht wegen des Hauses mit ihm ins Bett gegangen war, aber er hätte nie in seinem Leben vermutet, dass er mal auf einen Haufen Backsteine und Ziegel eifersüchtig sein würde.

„Vielleicht kannst du dich eines Tages dafür entscheiden, uns im Doppelpack zu nehmen", versuchte er zu scherzen.

Und genau darauf hoffte er.

Am nächsten Tag fuhr Jo eine Weile ziellos durch die Gegend, bis sie sich entschloss, ein paar Skizzen für ihren Auftrag zu machen. Arbeit half ihr normalerweise immer, ihr Gleichgewicht wiederzufinden, doch selbst das wollte heute nicht recht helfen. Jo fühlte sich so schlecht, dass sie sich fragte, welches Problem sie als Erstes lösen sollte. Da sie mit Pete noch keinen Weg sah, entschloss sie sich, zuerst Ashley aufzusuchen.

Nur widerwillig stieg sie jedoch aus ihrem Wagen, als sie vor Joshs und Ashleys Haus hielt, und nur langsam ging sie zur Tür. Sie fand ihre Schwester mit einer Tasse Tee und einem besorgten Gesichtsausdruck in der Küche.

„Wo warst du?", fragte sie, als sie Jo bemerkte. „Ich habe versucht, dich anzurufen." Dann beantwortete sie ihre Frage selbst. „Ich nehme an, du warst mit Pete zusammen."

„Nein, ich habe gearbeitet", erklärte Jo und warf ihren Block auf den Tisch. „Und auch wenn es dich nichts angeht, ich war allein."

Die Skizzen und Notizen lenkten Ashley eine Weile ab. Lächelnd sah sie sich die Blätter an. „Die sind gut", meinte sie schließlich. „Die sind wirklich verdammt gut."

„Danke, aber du sagtest eben, dass du versucht hast, mich zu erreichen. Gibt es einen besonderen Grund dafür?"

„Ja, ich wollte dich vor Pete warnen."

„Du bist doch diejenige, die ihn zu mir geschickt hat", erinnerte Jo sie. „Wenn du ihn mir nur zum Angucken geschickt hast, hättest du mir das sagen müssen. Vielleicht hättest du ein Schild ‚Nicht berühren' auf sein knackiges Hinterteil kleben sollen."

Ashley schien den Humor ihrer Schwester nicht zu schätzen. „Ich weiß. Ich dachte, dass er dich ein wenig von deinem Exverlobten ablenken würde." Sie sah Jo besorgt an. „Ich habe offensichtlich einen bösen Fehler gemacht."

„Man sollte die Medien benachrichtigen", rief Jo aus. „Ashley gibt einen Fehler zu!"

„Das ist kein Witz", erwiderte Ashley. „Ich habe herausgefunden, dass Petes Leben ziemlich in Unordnung ist. Er ist geschieden und hat einen Sohn."

„Das weiß ich."

Ashley sah sie überrascht an. „Das hat er dir erzählt? Na, immerhin."

„Hast du wirklich gedacht, das würde er vor mir verheimlichen? Wir leben in einer Kleinstadt. Irgendwann hätte ich es sowieso herausgefunden."

„Ich war mir nicht sicher. Ich kenne ihn nicht sehr gut. Wie ich gehört habe, sind er und seine Frau nicht sehr freundschaftlich auseinandergegangen. Da sind noch ziemlich viele Altlasten, die eure Beziehung irritieren könnten. Du hast doch schon so viel durchgemacht, warum willst du dir das nun auch noch antun?"

„Ich weiß deine Fürsorge sehr zu schätzen, Ashley, ehrlich. Aber du brauchst dir wirklich keine Sorgen zu machen. Mir ist absolut klar, worauf ich mich einlasse."

Wenn Ashley wüsste, wie gut Jo ihn kannte! Dann wäre sie vielleicht etwas beruhigter – oder auch genau das Gegenteil.

Ashley betrachtete sie aufmerksam und nickte dann. „Also gut, ich lasse euch in Ruhe."

Jo lächelte. „Als ob du das könntest."

„Ich werde es versuchen", verbesserte sie sich.

Jo ging zu ihrer Schwester und umarmte sie. „Danke. Jetzt lasse ich dich wieder allein."

„Was ist mit heute Abend? Möchtest du zum Essen kommen?"

„Nein, ich werde allein bleiben. Es gibt im Moment viel, worüber ich nachdenken muss."

„Kommt Pete vorbei?", fragte Ashley mit gespielter Gelassenheit.

„Es ist kaum eine Minute vergangen, und du hast dein Versprechen, mich in Ruhe zu lassen, schon wieder vergessen. Er ist in Richmond und holt seinen Sohn ab. Davey verbringt das Wochenende bei ihm."

„Ah, ich verstehe." Ashley sah sie prüfend an. „Wie fühlst du dich dabei?"

„Frag mich morgen Abend noch mal."

„Warum erst dann?"

„Ich werde morgen den Tag mit den beiden verbringen. Danach werde ich dir besser antworten können."

Ashley drückte leicht Jos Schulter. „Ich wünschte fast, ich hätte dich nicht gefragt. Jetzt werde ich mir den ganzen Tag über Sorgen machen. Glaubst du wirklich, dass es eine gute Idee ist, mit seinem Sohn zusammen zu sein? Nicht nur für dich, auch für den Jungen, meine ich."

„Siehst du, was du davon hast, wenn du ständig deine Nase in meine Angelegenheit steckst? Du schaffst dir lediglich neue Sorgen."

Ashley ging nicht auf die Bemerkung ein, sondern sah Jo nur ernst an. „Versprich mir eins."

„Alles, was du willst."

„Pass auf, dass dein Herz nicht schon wieder gebrochen wird."

Jo nickte. „Glaub mir, ich werde mein Bestes tun, damit das nicht passiert."

Das war allerdings leichter gesagt als getan.

Am nächsten Morgen wurde Pete aufgeregt von seinem Sohn geweckt.

„Dad, Dad, wach auf!"

Verschlafen blinzelte Pete seinen Sohn an. „Was ist denn um Himmels willen passiert, dass du mich um diese Uhrzeit aus dem Bett werfen willst?"

„Es hat geschneit, Dad! Ganz viel. Können wir nach draußen gehen? Bitte!"

Pete stöhnte und warf einen Blick auf den Wecker. Es war erst sechs Uhr. „Was hältst du davon, wenn wir das um eine Stunde verschieben?"

„Oh, Mann, noch eine ganze Stunde?"

„Vertrau mir, die Zeit wird wie im Fluge vergehen. Wir wollen doch noch Pfannkuchen machen und frühstücken."

Die Erwähnung der Pfannkuchen ließ Daveys Gesicht wieder erstrahlen. „Ganz viele?"

Pete rollte mit den Augen. „Wenn du solchen Hunger hast, müssen wir uns wohl schnellstens in die Küche begeben. Du kannst schon mal die Pfannkuchenmischung und eine Schüssel aus dem Schrank holen. Aber fang nicht an, bevor ich komme."

„Darf ich die Teigmischung schon mal in die Schüssel geben?", bettelte Davey.

Und auf Tisch und Boden verstreuen, dachte Pete. „Nein, warte auf mich. Ich gehe nur kurz ins Bad und bin gleich bei dir."

„Okay", meinte Davey und lief fröhlich aus dem Zimmer.

Pete lächelte. Was gäbe er darum, noch mal so unbeschwert und voller Energie zu sein. Dann griff er zum Telefon und wählte Jos Nummer. Sie antwortete verschlafen.

„Hast du gewusst, dass es in der Nacht geschneit hat?", fragte er.

„Willst du mich ärgern und mich um meinen kostbaren Schlaf bringen?", murmelte sie benommen. „Wenn das so ist, lege ich sofort wieder auf."

„Das würde dir leidtun", erklärte er. „Und nein, ich will dich nicht belästigen, sondern dir nur eine Neuigkeit mitteilen. Schnee meint, Plan B tritt in Aktion!"

„Plan B?"

„Wir müssen den Tag allerdings bedeutend früher anfangen, weil der Junge es kaum erwarten kann, nach draußen zu gehen."

Sie lachte. „Und was ist mit dem großen Jungen?"

„Ich persönlich hätte noch ein Stündchen Schlaf gebrauchen können, aber ich zähle hier im Moment nicht. Also beweg dich, Liebling. Wir treffen uns um acht Uhr bei deinem Lieblingshaus. Es sei denn, du schaffst es schneller und isst mit uns Pfannkuchen."

Jo schwieg lange, und Pete wusste, dass sie die Möglichkeiten gegeneinander abwog. Dann seufzte sie. „Ich werde um acht Uhr beim Haus sein. Werden wir einen Schneemann bauen oder Schlitten fahren?"

„Wir werden eine Schneeburg bauen. Und nur damit du Bescheid weißt: Wenn du mit dem Bauunternehmer Pete Carlett eine Schneeburg baust, dauert das länger. Also zieh dich warm an."

„Du redest mit einer geborenen Bostonerin. Wir wissen, wie wir uns für Schnee anziehen müssen."

11. KAPITEL

Obwohl Jo es ganz und gar nicht eilig hatte, war sie bereits zwanzig Minuten vor der verabredeten Zeit am Haus. Während sie im Wagen saß, betrachtete sie die schneebedeckte Landschaft und wusste, dass sie unbedingt hier leben wollte. Die Sonne war jetzt aufgegangen, und der Schnee glitzerte, als ob Feen in der Nacht Diamantstaub über dem Grundstück ausgestreut hätten.

Jo kamen völlig neue Ideen, als sie den zukünftigen Garten so sah. Sie würde unbedingt auch Stechpalmen mit ihren dunklen glänzenden Blättern und den roten Beeren sowie eine Gruppe von Tannen anpflanzen, sodass man an einem Morgen wie diesem das Gefühl hatte, eine Weihnachtskarte vor sich zu haben. Die meisten Grundstücke in der Nähe waren nicht groß genug, um eine Baumgruppe zu setzen, aber Petes Grundstück war mindestens einen Hektar groß. Es reichte vom Strand bis zum Waldsaum.

Jo machte sich gerade einige Skizzen, als ein Klopfen an der Wagenscheibe sie aus ihren Gedanken riss. Sie schaute hinaus und sah Pete. Daneben stand eine kleinere Ausgabe von ihm, die einen blauen Anorak und eine rote Mütze, Schal und Handschuhe trug. Der Junge sah sie ziemlich finster an.

„Sie befinden sich auf einem Privatgrundstück", erklärte das Kind, als sie die Scheibe herunterkurbelte. „Das ist das Haus von meinem Dad."

Pete wollte etwas sagen, doch Jo unterbrach ihn.

„Du bist bestimmt Davey", stellte sie freundlich fest und musste die aufsteigenden Tränen zurückhalten, als sie in das hübsche Kindergesicht mit der Stupsnase und den Sommersprossen schaute.

Er runzelte die Stirn. „Woher wissen Sie das?"

„Weil Pete mir erzählt hat, wie hübsch und klug sein Sohn ist. Du musst es also sein." Sie stieg aus dem Wagen aus und streckte dem Jungen die Hand entgegen. „Ich bin Jo. Ich arbeite für deinen Dad."

Davey starrte auf ihre Hand und war sichtlich zwischen Misstrauen und seiner anerzogenen Höflichkeit hin und her gerissen. Schließlich schüttelte er ihr die Hand, aber sein Blick war noch immer nicht freundlicher geworden.

„Was soll das für eine Arbeit sein?", fragte er skeptisch. „Mädchen bauen keine Häuser."

„Oh, oh", murmelte Pete, amüsiert über die Kontroverse, die sein

Sohn gerade in Gang gesetzt hatte.

Jo lächelte Davey an. Sechs war ganz bestimmt nicht zu früh, um einem Kind etwas über die Gleichberechtigung der Geschlechter zu erzählen. „Das wusste ich noch gar nicht. Wer hat dir das denn erzählt? Doch ganz bestimmt nicht dein Vater, oder?"

„Ich war es tatsächlich nicht", bestätigte Pete rasch.

„Wer war es denn, deine Mom?", fragte Jo den Jungen.

Plötzlich wirkte er weniger selbstsicher als zuvor. „Nein, die sagt immer, Mädchen können alles genauso gut wie Jungen."

„Und da hat sie absolut recht", bestätigte Jo. „Woher hast du denn die lächerliche Vorstellung, dass Mädchen keine Häuser bauen könnten?"

Der wache Junge antwortete mit einer Gegenfrage. „Hast du denn schon etwas gebaut?"

„Auf meine Art, ja."

„Auf was für 'ne Art?"

„Ich gestalte Gärten. Deswegen bin ich hier. Ich entwerfe den Garten für euer Haus. Willst du die Skizze sehen?"

Davey nickte. Jetzt war seine Neugierde geweckt, und er kam näher, um sich ihren Skizzenblock anzuschauen.

„Wow!", rief er erstaunt aus. „Das ist ja wie Weihnachten."

Jo strahlte. „Genau das war auch die Idee."

Davey drehte sich aufgeregt zu seinem Vater. „Wirst du es so machen, Dad? Bitte, es sieht wirklich schön aus."

Pete lächelte über die Begeisterung seines Sohnes und wandte sich Jo zu. „Ich nehme an, mir bleibt nichts anderes übrig, als deine Vorschläge anzunehmen. Aber leg deinen Block bitte zur Seite, denn jetzt wird es ernst. Wir werden das passende Grundstück für eine der schönsten Schneeburgen suchen, die je gebaut worden ist."

„Ja, ja", jubelte Davey, rannte erst los, blieb dann aber wieder stehen. „He, kommt doch endlich", forderte er die Erwachsenen auf. „Wir haben so viel zu tun."

„Dieses Kind hat noch Energie", meinte Pete, während er mit Jo folgte.

Plötzlich blieb Davey stehen. „Hier bleiben wir", verkündete er stolz. „Hier wird unsere Burg gebaut."

Pete sah sich anerkennend um. „Du hast mein Talent geerbt, Junge", bemerkte er humorvoll. „Besser hätte ich auch kein Grundstück für eine Schneeburg aussuchen können."

„Was werden wir als Erstes machen, Captain Carlett?", wandte sich

Jo an den Jungen und tippe mit den Fingern leicht gegen ihre Schläfe.

Davey kicherte. „Zuerst machen wir riesengroße Schneebälle, nicht wahr, Dad? Bälle, so groß wie ich."

Jo nickte. „Aber wer wird sie dann aufheben? Dein Dad?"

Davey nickte. „Klar, er ist wirklich unheimlich stark", meinte Davey stolz. „Er könnte sogar dich tragen."

Jo lachte. „Und ich bin mit Sicherheit größer als ein riesiger Schneeball."

Seltsam, dass sie sich in seiner Gegenwart sofort so wohlfühlte. Sie hatte den Jungen bereits vom ersten Augenblick an ins Herz geschlossen und ahnte, wie viel Kummer Pete hatte, weil er so oft von seinem Sohn getrennt war. Sie schaute den beiden einen Moment zu und begriff, wie wundervoll es sein musste, ein Kind zu haben. Ihr Herz wurde plötzlich ganz warm. Die Zukunft lag wie ein verheißungsvolles Paradies vor ihr. Eine Zukunft, in der Pete, sein Sohn Davey und vielleicht sogar noch andere Kinder Platz hätten.

Hör auf, so herumzuspinnen, schalt Jo sich. Alles zu seiner Zeit. Jetzt wird erst mal eine Schneeburg gebaut.

Und mit diesem Gedanken machte sie sich – zur Begeisterung der beiden Männer – daran, einen riesigen Schneeball zu rollen.

Nach einem anstrengenden Vormittag, an dem sie erfolgreich eine Schneeburg gebaut hatten, wie es weit und breit keine schönere und größere gab, gingen die drei in ein Restaurant, das bekannt war für leckere Hamburger.

Pete betrachtete seinen Sohn mit der Frau, die eigentlich seine Mutter hätte sein sollen, und wusste, dass sie drei zusammen die perfekte Familie abgeben würden. Jo ging wunderbar auf den Jungen ein, und der Kleine hatte bereits Zutrauen zu ihr gefasst.

„He, Dad, ich habe eine Idee", meinte Davey, nachdem sie sich mit Hamburgern, Pommes frites und Apfelkuchen zum Dessert gekräftigt hatten. „Du hast doch gesagt, wir könnten uns für heute Abend einen Film ausleihen. Vielleicht möchte Jo ihn auch sehen. Wir könnten es uns mit Popcorn und heißer Schokolade so richtig gemütlich machen."

Pete lächelte seinen Sohn an. „Vielleicht mag Jo aber kein Popcorn und keine Kinderfilme."

„Doch, das mag sie", behauptete Davey zuversichtlich. „Nicht wahr, Jo? Du findest das auch cool."

„Ich finde deine Idee großartig", stimmte sie ihm nun zu. „Der Film über den Fisch Nemo ist zum Beispiel mein absoluter Lieblingsfilm."

„Siehst du", sagte Davey zu seinem Vater. „Wir können sie ruhig fragen."

Pete lachte. „Ich glaube, das hast du gerade getan."

Davey machte ein lustiges Gesicht. „Ja, das stimmt. Wirst du also kommen, Jo?"

Jo sah Pete fragend an. „Na, Dad, was sagst du dazu?"

„Natürlich kommst du zu uns." Er wandte sich Davey zu. „Aber vielleicht sollten wir Jo den Film aussuchen lassen."

Davey bekam plötzlich Zweifel. „Du wirst bestimmt irgend so ein Mädchenzeug aussuchen."

„Ich weiß zwar nicht, was du mit Mädchenzeug meinst, aber ich finde, dass du mir auf jeden Fall bei meiner Entscheidung helfen solltest."

„Also gut", meinte Pete, nachdem Davey freudig genickt hatte. „Wir werden für heute und morgen Filme aussuchen, und dann werden Davey und ich einkaufen fahren. Willst du mitkommen?"

Jo lächelte und schüttelte den Kopf. „Jetzt muss ich passen. Ich habe noch einige andere Dinge zu tun."

„Aber du könntest um achtzehn Uhr zu uns kommen und mit uns essen. Wir werden Spaghetti aus der Dose essen."

„Da sage ich ebenfalls Nein, es sei denn, du lässt dich überreden, die Dosenspaghetti gegen meine Soße einzutauschen. Ich habe noch Vorrat in der Tiefkühltruhe."

„Oh, toll, mit deiner Soße schmecken Spaghetti bestimmt viel besser", rief Davey sofort.

Jo nickte. „Darauf kannst du wetten."

„Also gut, ich denke, das Abendessen wäre geregelt", meinte Pete fröhlich.

„Ich komme ein wenig früher, damit ich die Spaghetti kochen und die Soße wärmen kann."

Pete nickte. „Abgemacht."

So hatte er sich das Familienleben an einem verschneiten Samstagabend schon immer gewünscht, aber Kelsey hatte stets darauf bestanden auszugehen. Er suchte in Jos Augen nach einem Anzeichen von Enttäuschung, doch er konnte nichts entdecken. Sie schien sich genauso auf diesen Abend zu freuen wie sein Sohn.

Pete wusste plötzlich, dass sie die perfekte Frau für ihn war. Im

Grunde hatte er das immer gewusst. Und jetzt, da er eine zweite Chance bekam, wollte er sie auf jeden Fall wahrnehmen.

Es war fast Mitternacht, als Jo schließlich nach Hause fuhr. Sie war in einem solchen emotionalen Hoch, dass sie Sorge hatte, niemals wieder auf den Boden der Realität zurückzukehren. Ihre Spaghetti waren bei Davey wunderbar angekommen. Ebenso ihre heiße Schokolade. Sie hatten eine riesige Schüssel Popcorn gegessen und sich zwei Filme angeschaut. Beim zweiten Video war Davey allerdings schon nach fünfzehn Minuten eingeschlafen, und Pete hatte ihn ins Bett gebracht. Anschließend hatten sie und Pete vor dem Fernseher miteinander gekuschelt.

Beide hatten dem Film nicht viel Beachtung geschenkt, was wahrscheinlich gut war, da Pete sich diesen Film am Sonntag mit Davey ohnehin noch mal anschauen musste.

Der heutige Abend war bittersüß gewesen. Er hatte ihr einen Geschmack davon gegeben, wie alles hätte sein können. Oder wie es werden könnte, wenn sie mutig genug wäre, eine zweite Chance mit Pete wahrzunehmen.

Aber war sie mutig genug?

Jo begann daran zu glauben, aber hin und wieder stiegen immer noch Zweifel in ihr auf. Der Ursprung war stets jene gesichtslose Frau, die ihr Pete vor sieben Jahren gestohlen hatte. Kelsey hatte immer noch Einfluss auf Pete, und etwas sagte Jo, dass Kelsey diese Macht nicht so schnell aufgeben würde. Das Schlimme jedoch war, dass Davey zwischen den beiden stand.

Als das Telefon klingelte, hätte Jo beinahe gelacht. Das war vermutlich Ashley, die sich versichern wollte, dass sie ihren Tag mit Pete und Davey ohne große innere Einbrüche überstanden hatte.

„Hallo, machst du dir mal wieder Sorgen?", fragte sie, nachdem sie den Hörer abgenommen hatte.

„Woher wusstest du, dass ich es bin?", stellte Pete eine Gegenfrage.

„Das wusste ich nicht. Ich dachte, es wäre Ashley. Ich nahm an, dass du bereits tief und fest schläfst."

„Ich wollte sicher sein, dass du heil zu Hause eingetroffen bist. Liegst du schon im Bett?", fragte er hoffnungsvoll.

„Nein, ich sitze noch vollständig angezogen in der Küche. Es tut mir leid, wenn ich deine Fantasie zerstören muss."

„Ah, so schnell lässt die sich nicht zerstören."

„Heute war ein schöner Tag", sagte sie. „Danke."

„Ja, er war wirklich schön, und Davey ist ganz begeistert. Natürlich wird er ab jetzt nie mehr Spaghetti aus der Dose essen."

„Auch der Gaumen braucht Erziehung", erwiderte sie lakonisch.

„Da hast du wohl recht. Gute Nacht, Liebling."

„Gute Nacht, Pete."

Nachdem Jo aufgelegt hatte, seufzte sie. Als das Telefon praktisch im selben Moment wieder klingelte, nahm sie lächelnd den Hörer ab. „Ich dachte, wir hätten bereits Gute Nacht gesagt, Pete?"

„Also hast du gerade mit ihm gesprochen", hörte sie Ashleys Stimme. „Bist du nicht vorhin erst von ihm weggefahren?"

„Du bist aber noch spät auf", entgegnete Jo und ignorierte den scharfen Tonfall ihrer Schwester.

„Ich habe nicht darauf gewartet, dass du nach Hause kommst, wenn es das ist, was du denkst. Josh und ich waren zu einem Juristenball in Richmond eingeladen. Wir sind gerade erst zurückgekommen. Ich wollte hören, wie es dir geht, aber dein Telefon war besetzt."

„Wie war der Ball?"

„Langweilig", erklärte Ashley. „Ich habe fast vergessen, wie langweilig ein Saal voller Anwälte und Richter sein kann."

„Du lieber Himmel", stieß Jo hervor. „So kenne ich dich ja gar nicht."

„Tja, immer mal was Neues. Wie war dein Tag mit Pete und seinem Sohn?"

„Wunderbar", gab Jo zu. „Und genau das macht mir ziemlich Angst."

„Angst? Warum denn?"

„Ich liebe dieses Kind", gestand Jo. „Ich will sie beide in meinem Leben haben, aber ich weiß nicht, ob ich es verkrafte, sollte ich sie wieder verlieren."

„Warum solltest du sie denn verlieren?"

„Diese Möglichkeit besteht einfach", meinte Jo, und sie wusste, wovon sie sprach.

„Willst du, dass unsere Männer sich mal mit Pete verabreden und mit ihm sprechen?"

Allein der Gedanke erfüllte Jo mit Panik. „Nein, auf keinen Fall!", wehrte sie heftig ab.

„Es wäre ein Weg, Antworten zu bekommen."

„Ich denke, ich benutze meine eigene Technik. Aber vielen Dank."

„Normalerweise wäre ich die Erste, die dir raten würde, dass du ihn vergessen solltest", sagte Ashley.

„Aber?"

„Ich behaupte mal, dass das Schicksal es mit dem Rest von uns gut gemeint hat, nicht wahr?"

Jo lachte. „Vielleicht sollte ich auch einfach auf mein Schicksal vertrauen."

„Ich will doch nur, dass du glücklich wirst", sagte Ashley liebevoll. „Wenn du glaubst, dass dieser Mann dich glücklich machen kann, dann kämpfe um ihn."

Ashleys Worte hallten in ihrem Kopf wider, lange nachdem sie das Telefongespräch beendet hatte. Das war der große Unterschied zwischen der Vergangenheit und der Gegenwart. Damals hatte sie nicht gewusst, wie sie um Pete kämpfen sollte. Doch jetzt war sie erwachsen und sehr viel stärker, als ihr bisher bewusst gewesen war. Dieses Mal würde sie für das Glück, das sie erneut mit Pete gefunden hatte, kämpfen.

Und sie würde gewinnen, das spürte sie.

12. KAPITEL

Am Dienstagmorgen lief Jo durch den Garten des Rose Cottage und war so glücklich wie schon lange nicht mehr. Sie hatte die Nacht in Petes Armen verbracht, und sie hatten lange über das Wochenende mit Davey gesprochen. Der Junge hatte wunderbar auf sie reagiert, und Pete hatte ihr erzählt, dass Davey noch auf dem Heimweg voller Begeisterung von ihr gesprochen hätte. Leider hatte er in seiner Begeisterung auch seiner Mutter gleich von seiner neuen Freundin erzählt, und Kelsey wusste nichts Besseres, als ihn zur Rede zu stellen. Sie wird sich schon daran gewöhnen, hatte Pete sie beruhigt, und Jo glaubte ihm. Er musste diese Frau ja schließlich kennen.

Auf jeden Fall wollte Jo sich den heutigen Tag nicht mit Sorgen verderben lassen. Die Sonne schien so angenehm warm, dass es den Eindruck machte, der Frühling würde sich bereits anbahnen. Der Schnee war geschmolzen, und man sah schon die Spitzen der ersten Krokusse aus der Erde kommen.

Leichten Herzens ging Jo schließlich wieder ins Haus zurück. Vielleicht würde sie heute sogar Mike anrufen und mit ihm ein Treffen vereinbaren, um über eine eventuelle Partnerschaft zu reden. Es war an der Zeit. Sie musste zugeben, dass sie nirgendwo anders mehr leben wollte. Ihre Zukunft lag hier in Virginia. Hoffentlich mit Pete, aber selbst wenn nicht, könnte sie genauso gut hier im Rose Cottage glücklich werden.

Als das Telefon klingelte, nahm Jo mit einem fröhlichen „Hallo" ab. Doch dann wurde sie blass und ließ sich benommen auf einen Stuhl sinken. Eine Frau beschimpfte sie in einer Weise, dass es ihr die Röte ins Gesicht trieb.

Das muss Kelsey sein, dachte Jo, als ihr Verstand nach dem ersten Schock, so heftig angegriffen zu werden, wieder zu funktionieren begann.

„Ich werde mir das nicht anhören", erklärte sie ruhig und legte auf.

Wie nicht anders erwartet, klingelte das Telefon erneut. Sie überlegte, ob sie nicht mehr abnehmen sollte, entschied sich dann aber für den Versuch, diese Unterhaltung auf eine zivilisierte Ebene zu bringen. Sie hatte Zweifel, dass ihr das gelingen würde, aber sie wollte wenigstens versuchen, mit dieser Frau einen Waffenstillstand auszuhandeln.

„Hallo, Kelsey", begann sie gelassen, obwohl ihre Nerven zum Zerreißen gespannt waren. Sie war stolz, in dieser Situation so viel Fassung zu bewahren.

Offensichtlich brachte die Erwähnung ihres Namens die Anruferin völlig aus dem Konzept. Kelsey schwieg.

„Wenn Sie in Ruhe mit mir über alles reden wollen, dann ist das die Gelegenheit", sagte Jo. „Aber ich werde mir nicht Ihre Beschimpfungen anhören."

„Sie halten sich wohl für etwas Besonderes, nicht wahr?", stieß Kelsey hitzig hervor. „Dabei sind Sie nichts als ... Sie sind nicht besser als eine ..."

Jo schnitt ihr das Wort ab. „Sie fangen ja schon wieder an. Ich sagte Ihnen doch, dass ich mir Ihre Schimpftiraden nicht anhören werde. Also, seien Sie jetzt vernünftig und lassen Sie uns ruhig miteinander reden. Schon um Ihres Sohnes willen."

„Wagen Sie es nicht, von meinem Sohn zu sprechen", keifte Kelsey erbost ins Telefon. „Dazu haben Sie kein Recht. Er gehört mir, und ich will nicht, dass Sie Anteil an seinem Leben haben. Haben Sie das verstanden?"

„Ich verstehe, dass Sie etwas dagegen haben, aber Sie werden in diesem Punkt Ihren Willen leider nicht bekommen können. Ich bin mit Pete zusammen, und ich werde mit ihm gemeinsam Zeit mit Davey verbringen. Er ist ein reizender Junge. Sie haben ihn gut erzogen, und Sie sind ihm eine wundervolle Mutter."

Kelsey reagierte nicht sofort. Wahrscheinlich wusste sie einen Moment lang nicht, wie sie auf dieses Kompliment reagieren sollte. „Ich will nicht, dass Sie in die Nähe meines Sohnes kommen."

„Ich kann verstehen, dass Ihnen das Sorgen macht, aber ich verspreche Ihnen, dass ich mich nicht in seine Erziehung einmischen werde. Sie sind seine Mutter. Ende."

„Haben Sie mich nicht verstanden? Ich sagte, halten Sie sich von meinem Sohn fern. Und von Pete ebenso", verlangte Kelsey. „Sie haben meine Ehe ruiniert. Sie werden ihn nicht bekommen!"

„Das hängt nicht von Ihnen ab", erwiderte Jo kühl.

„Oh, wirklich nicht?" Kelsey lachte bitter. „Meine Liebe, Sie waren wenige Monate mit ihm zusammen, als Sie noch ein halbes Kind waren. Ich hingegen war fünf Jahre mit ihm verheiratet, und wir haben einen gemeinsamen Sohn."

„Und trotzdem kennen Sie ihn nicht", behauptete Jo selbstbewusst.

„Ich kenne ihn gut genug", verbesserte Kelsey. „Ich weiß, dass er nie etwas tun würde, was ihn seinen Sohn kosten wird."

„Natürlich nicht", stimmte Jo ihr zu.

„Sie könnten aber diejenige sein, die ihn Davey kosten wird", erwiderte Kelsey kalt. „Wen, glauben Sie, wird er unter dieser Bedingung wählen?"

Jo wurde schlagartig übel. Wie konnte diese Frau ihr eigenes Kind benutzen, um ihren Exmann zu manipulieren? Aber sie hatte deutlich gemacht, dass sie alles tun würde, um alles Schöne zwischen Jo und Pete in etwas Hässliches zu verwandeln.

„Ich hoffe, dass es nicht dazu kommen wird", antwortete Jo ruhig. „Und ich hoffe, Sie lieben Ihren Sohn genug, um ihn niemals zu etwas so Schmutzigem zu benutzen. Davey liebt Sie beide. Zwingen Sie den Jungen nicht, sich entscheiden zu müssen. Sie könnten ein Eigentor schießen."

„Wagen Sie es nicht, so zu tun, als ob Sie mein Kind besser kennen würden als ich", stieß Kelsey wütend hervor. „Ich hoffe, Sie haben die schöne Zeit, die Sie mit ihm verbracht haben, genossen, denn – glauben Sie mir – ich werde dem ein für alle Mal ein Ende setzen."

Jetzt war es Kelsey, die auflegte. Jos Körper bebte, und Tränen strömten ihr über die Wangen, als sie auflegte. Sie wusste, dass ihr nichts anderes übrig blieb, als Pete zu verlassen, bevor dieser wunderbare kleine Junge verletzt werden würde.

Denn sollte das passieren, würde es ihr das Herz brechen.

Jo saß noch immer weinend am Küchentisch, als ihre Schwestern hereinkamen. Der Zeitpunkt für ihren Besuch war denkbar schlecht gewählt. Ein Blick genügte, und die drei waren außer sich.

„Was hat er dir getan? Was hat dieser Schuft dir angetan?", wollte Ashley wissen, brachte Jo ein Glas Wasser und nahm neben ihr Platz.

„Pete war es nicht", versicherte Jo schluchzend. „Zumindest nicht direkt."

„Es ist mir egal, ob er es direkt oder indirekt war. Ich werde nicht zulassen, dass er dich verletzt", erklärte Ashley kampfeslustig. „Ich habe ihn gewarnt!"

Melanie legte eine Hand auf Ashleys Schulter. „Vielleicht sollten wir Jo erst mal ausreden lassen."

„Gute Idee", fand Maggie und setzte sich auf die andere Seite von Jo.

„Ich weiß nicht, wo ich anfangen soll", sagte Jo zögernd. Damit sie alles verstanden, müsste sie mit der Vergangenheit beginnen. Und es war wohl auch höchste Zeit, dass sie ihren Schwestern alles erzählte.

„Beruhig dich erst mal", meinte Melanie. „Wie wäre es, wenn du ein wenig Suppe isst? Hast du überhaupt schon etwas gegessen?"

„Ich glaube nicht." Nach Kelseys Angriff hatte sie das Gefühl für die Zeit verloren. „Aber ich bin auch nicht hungrig."

„Du musst etwas essen." Melanie warf ihr einen warnenden Blick zu. „Wir können später weiterreden."

Ashley runzelte die Stirn, widersprach aber nicht.

Alle schwiegen, während Melanie ihr rasch eine Suppe wärmte und Jo sie langsam löffelte. Es war eine selbst gemachte Gemüsesuppe, die Melanie aus der Gefriertruhe geholt und in der Mikrowelle aufgetaut hatte.

„Die schmeckt wirklich gut", unterbrach Jo das lastende Schweigen. „Die ist von dir, nicht wahr, Maggie? Du musst mir mal verraten, wie du sie machst."

„Klar", versprach Maggie. „Sie ist ganz einfach zu machen. Ich habe nur Großmutters Rezept ein wenig verfeinert."

„Willst du noch etwas essen?", fragte Melanie.

„Nein, danke", sagte Jo, nicht ganz ohne Bedauern. Wenn sie noch etwas hinunterbringen würde, könnte sie die kommende Unterhaltung ein wenig herauszögern.

„Du hast schon wieder etwas Farbe bekommen", bemerkte Ashley aufmunternd.

„Aber deine Augen sind immer noch ganz matt", warf Maggie ein. „Was ist heute passiert?"

„Ich habe einen Anruf von Petes Exfrau bekommen. Sie scheint nicht sehr glücklich über meine Beziehung mit Pete zu sein."

„Wie kommt diese Frau dazu, dich anzurufen?", fragte Ashley entrüstet. „Wenn sie ein Problem hat, sollte sie Pete damit konfrontieren."

„Da kann ich dir nur recht geben", sagte Jo. „Und glaub mir, sie hat bestimmt schon mit ihm gesprochen. Aber sie will ihn zwingen, sich zwischen mir und sich zu entscheiden. Sie will den Jungen als Druckmittel benutzen."

Die drei D'Angelo-Schwestern sahen ihre kleine Schwester empört an. „Das darf doch nicht wahr sein", stieß Melanie hervor.

„Damit kommt sie bei Gericht nicht durch", erklärte Ashley. „Sollte Pete juristische Hilfe brauchen, sag ihm, er soll zu mir kommen."

Jo sah sie überrascht an. „Du würdest dich für ihn einsetzen?"

„In diesem Fall? Natürlich." Sie runzelte die Stirn. „Es sei denn, du willst es nicht."

„Doch, natürlich will ich. Ich finde sogar, dass es großartig wäre. Ich will nur eigentlich nicht, dass es dazu kommt."

„Warum richtet seine Exfrau denn plötzlich ihr Interesse auf dich?", fragte Maggie.

„Davey hat zu Hause von mir erzählt, und sie muss eifersüchtig geworden sein."

Jo überlegte, ob sie die ganze Geschichte erzählen sollte, und entschied sich dafür. Es würde ihr besser gehen, wenn die Sache endlich ausgesprochen war. Ihre Schwestern hatten es verdient, alles zu erfahren. „Wisst ihr, ich kann die Frau fast verstehen", begann sie deshalb.

Die drei Schwestern sahen sie ungläubig an, also fuhr Jo fort. „Um euch das zu erklären, muss ich euch eine lange Geschichte erzählen, die bereits vor sieben Jahren begonnen hat."

Jo erzählte die traurige Geschichte ihrer ersten großen Liebe, und die Schwestern hörten aufmerksam und mitfühlend zu.

„Du hast nie ein Wort gesagt", meinte Ashley schließlich bestürzt. „Außerdem haben wir nie einen Verdacht gehabt. Und ich Idiot gehe auch noch hin und stelle ihn ein. Kein Wunder, dass du so wütend auf mich warst."

„Du wusstest es doch nicht", beruhigte Jo sie. „Und wie sich herausstellte, war es das Beste, was passieren konnte. Wir haben die Vergangenheit überwunden und konnten noch mal neu beginnen."

„Du hast ihm also vergeben?", fragte Maggie.

Jo nickte. „Ja", sagte sie leise. „Das habe ich. Aber ich bin keine Frau, die sich zwischen den Mann und seinen Sohn stellt. Ich hätte es damals nicht getan, und ich kann es heute ebenso wenig."

Ashley sah sie entschlossen an. „Dann werden wir einfach nicht zulassen, dass das passiert. Erzähl Pete vom Anruf seiner Exfrau. Sag ihm, dass ich den Fall übernehmen werde, falls seine Frau nicht vernünftig wird. Ich könnte ihr ein paar Briefe schreiben, die sie vielleicht zur Vernunft bringen werden."

„Glaubst du, das wird dir gelingen?", fragte Jo zweifelnd.

„Natürlich. Hast du schon mal gesehen, dass ich mich nicht durchgesetzt habe?"

Ein Lächeln trat auf Jos Gesicht. Zum ersten Mal an diesem Nachmittag fühlte ihr Herz sich wieder leichter an. „Nein."

„Na also, dann brauchst du dir auch keine Sorgen zu machen. Abgemacht?", fragte Ashley.

„Abgemacht."

Als Pete am Nachmittag seinen Anrufbeantworter abhörte, waren drei Anrufe darauf.

Einer von Ashley.

Einer von Maggie.

Einer von Melanie.

Aber keiner von Jo.

Er begriff sofort, dass er dringend im Rose Cottage gebraucht wurde.

Pete rief seine Sekretärin an, ließ einige Termine ändern und fuhr dann zu Jo. Als er an die Tür klopfte, war er nicht sicher, was ihn erwartete. Mit einer völlig verheulten Jo hatte er allerdings nicht gerechnet.

„Du?", fragte sie überrascht. „Wer hat dich denn gerufen?"

„Ashley, Maggie und Melanie. Genau in dieser Reihenfolge. Alle drei haben Nachrichten auf meinem Anrufbeantworter hinterlassen. Sie baten, ich sollte sie deinetwegen dringend zurückrufen. Was ist passiert?"

„Ich bin heute Morgen mit Kelsey ein paar Runden lang in den Ring gestiegen", erzählte sie. „Sie rief an und hat ihr Missfallen an unserer Beziehung nur zu deutlich ausgedrückt."

Pete spürte, wie er vor Wut zu kochen begann. „Sie hat was getan?"

Jo erzählte ihm rasch von der Unterhaltung mit ihren Schwestern. „Meine Schwestern finden, ich sollte dir sagen, dass sie mir droht. Ashley stellt sich dir gern als Anwältin zur Verfügung, um dir rechtlichen Rat zu geben. Ich hoffe allerdings, es wird nicht dazu kommen." Sie schaute ihn an. „Es tut mir so leid. Es ist alles meine Schuld."

„Warum soll das deine Schuld sein?", fragte er hitzig. „Das hier ist eindeutig Kelseys Schuld. Ich werde schon mit ihr klarkommen." Er küsste sie liebevoll. „Geht es dir wieder besser?"

Jo nickte, dabei sah sie immer noch ziemlich mitgenommen aus. Er musste die Sache mit Kelsey ein für alle Mal regeln. So konnte es nicht weitergehen.

„Ich werde mich jetzt gleich darum kümmern", erklärte er entschlossen.

Sie sah ihn besorgt an. „Was hast du vor? Du wirst doch nicht zu ihr fahren und ihr eine Szene machen, oder?"

Da er genau das vorhatte, zögerte Pete, als er die Warnung aus ihrer Stimme heraushörte. „Nein", meinte er ausweichend. „Aber ich werde mir Gehör verschaffen."

„Dann lass sie herkommen. Sag ihr, du müsstest mir ihr reden. Davey kann ja eine Nacht bei einem Freund schlafen."

„Ich will sie nicht hier haben", entgegnete Pete. „Ich will nicht, dass sie in deine Nähe kommt."

„Sie wird nicht zu mir kommen, wenn sie eine Chance hat, mit dir zu reden."

„Da hast du recht. Aber vielleicht sollten wir dieses Treffen in Ashleys Kanzlei führen. Auf diese Weise wird Kelsey nicht jedes Wort, das ich sage, uminterpretieren."

„Wenn du gleich beim ersten Gespräch eine Anwältin hinzuziehst, wirst du sie nur unnötig aufbringen. Beim ersten Mal musst du es allein versuchen."

Pete nickte und legte einen Finger unter ihr Kinn. „Ich werde sie gleich anrufen", versprach er. „Ich schwöre dir, dass ich das noch heute Abend geregelt bekomme."

„Mach noch keine Pläne", bat sie ihn eindringlich. „Richte nur deine Aufmerksamkeit ganz auf diese Sache, und löse das Problem."

„Ich werde mein Bestes tun, Liebling, das verspreche ich dir", beruhigte er sie und lächelte.

13. KAPITEL

Pete lief durch das Haus, dass er einst mit Kelsey geteilt hatte, und fragte sich zum tausendsten Mal, ob die Entscheidung, Kelsey hierher kommen zu lassen, richtig gewesen war. Allerdings war es jetzt zu spät, sich anders zu entscheiden. Sie war bereits auf dem Weg zu ihm.

Statt seine Aktion zu bedauern, sollte er sich besser überlegen, was er ihr sagen musste. Allerdings glaubte er nicht, dass er mit Worten etwas ausrichten konnte. Er hatte immer gewusst, dass sie sehr selbstbezogen war, und ihr Anruf an diesem Morgen bei Jo bewies das nur erneut.

Es war fast sieben Uhr abends, da hörte er sie schließlich in die Einfahrt einbiegen. Sein Magen krampfte sich vor Nervosität zusammen, als er ihr die Tür öffnete.

„Bist du gut durchgekommen?", fragte er.

„Kein Problem, der Berufsverkehr war längst nicht so schlimm, wie ich befürchtet hatte."

„Hast du jemanden gefunden, bei dem Davey übernachten kann?"

„Ja, bei meinen Nachbarn", sagte sie. „Du kannst anrufen, falls du mir nicht glaubst."

Auch wenn er ihr nicht vertraute, musste er sich respektvoll zeigen, sonst war das Gespräch ohnehin zum Scheitern verurteilt.

„Ich glaube dir", erwiderte er und erntete dafür einen überraschten Blick.

„Wirklich?"

„Du würdest mich niemals anlügen, wenn du wüsstest, dass ich es überprüfen kann, Kelsey."

„Ja, da hast du recht." Sie ging in das Wohnzimmer, warf ihren Mantel auf einen Sessel und sah sich um. „Hier hat sich nicht viel verändert."

Pete zuckte die Schultern. „Warum auch? Ist doch ganz okay so."

Sie runzelte die Stirn. „Ganz okay war immer genug für dich, nicht wahr?"

„Und es war nie gut genug für dich", erwiderte er, eher mit Bedauern als mit Anklage in der Stimme. Selbst wenn sie in sein Traumhaus eingezogen wären, wäre es nicht gut genug für sie gewesen. Sie hatte immer nur von einem aufregenderen Leben geträumt.

„Das stimmt wahrscheinlich", bestätigte Kelsey. „Hast du Wein im Haus? Ich könnte ein Glas gebrauchen."

„Du kannst nicht trinken, du musst doch noch nach Richmond zurückfahren."

Sie lächelte ihn verführerisch an. „Dann muss ich eben hier schlafen, nicht wahr?"

„Kelsey!"

„Ach komm, jetzt stell dich nicht so an. Schließlich haben wir bereits unter diesem Dach und in demselben Bett geschlafen. Vielleicht sollten wir das um der alten Zeiten willen noch mal tun."

„Das denke ich nicht. Unsere Beziehung ist aus, Kelsey, und zwar endgültig. Das weißt du genauso gut wie ich. Du hast es sogar so gewollt."

Sie fuhr leicht mit der Hand über seine Wange und ging dann in die Küche. „Vielleicht habe ich meine Meinung geändert", rief sie ihm über die Schulter zu, während sie offensichtlich nach einer Flasche Wein suchte.

Pete unterdrückte einen Seufzer. Er würde nicht zulassen, dass dieses Spiel der Unterhaltung in die Quere kam, die sie jetzt führen mussten. Wenn er überreagierte und wütend würde, würde er nichts bei ihr erreichen.

Sie kam mit zwei Gläsern Weißwein aus der Küche zurück und reichte ihm eines. Er stellte es zur Seite.

„Ich möchte mit dir Frieden schließen", begann er.

Ihr Gesichtsausdruck hellte sich auf. „Ich habe gehofft, dass du das sagen würdest."

„Wirklich?"

„Es ist an der Zeit, dass wir die vergangenen Jahre hinter uns lassen, Pete. Wir könnten noch mal von vorne beginnen und für unseren Sohn ein richtiges Zuhause schaffen." Ein Lächeln trat auf ihr Gesicht. „Vielleicht könnten wir ihm sogar ein Geschwister schenken."

Pete starrte sie an. „Was?"

„Warum siehst du so entsetzt aus, Liebling? Wir beide wissen, dass es das Beste für uns alle wäre. Du glaubst doch an die Familie, und ich hatte meine Freiheit. Es wird Zeit, dass wir zusammenkommen und Davey endlich das Heim geben, das er sich so wünscht."

Pete schüttelte die Panik ab, die ihn überfallen wollte. „Was genau schlägst du vor, Kelsey?"

„Liebling, ist das nicht offensichtlich? Ich will wieder nach Hause kommen."

„Du meinst, zurück in diese Stadt?", fragte Pete und hoffte, alles falsch verstanden zu haben.

Sie betrachtete ihn amüsiert. „Ich meine hierher zu dir. Das hier ist schließlich unser gemeinsames Zuhause. Vielleicht können wir auch die kirchliche Trauung nachholen und ein großes Fest feiern. Die hatten wir noch nicht."

Pete war sprachlos.

Sie stellte das Glas auf den Tisch, schlang die Arme um seinen Nacken und presste ihre Brüste gegen seinen Oberkörper. „War das nicht die Nachricht, auf die du die ganze Zeit gewartet hast?", fragte sie verführerisch. „Davey und ich werden zu dir zurückkommen."

Jo wurde halb verrückt, während sie auf Pete wartete. Sie wusste, dass sie am nächsten Morgen zusammen frühstücken wollten, aber sie konnte es kaum abwarten zu erfahren, wie das Gespräch mit Kelsey verlaufen war.

Nervös saß sie am Küchentisch und beobachtete, wie die Minuten auf der Uhr vorübertickten. Jede Einzelne von ihnen kam ihr vor wie eine Stunde.

Da sie nicht wagte, Pete anzurufen und eventuell die Unterhaltung mit ihm und Kelsey zu stören, rief sie Ashley an. „Ich werde noch wahnsinnig", begann sie.

„Warum? Was ist passiert?", erkundigte ihre Schwester sich. „Soll ich zu dir kommen?"

„Nein, ich muss nur mit jemandem reden, um nicht durchzudrehen."

„Du sprichst in Rätseln. Hör sofort damit auf, oder ich komme rüber."

Jo lachte. „Dann höre ich lieber auf. Es ist nur wegen Pete. Er spricht heute Abend mit Kelsey, um Klarheit in die Angelegenheit zu bringen."

„Das ist doch gut, oder etwa nicht?"

„Ja, ja, vorausgesetzt, sie ist vernünftig und lässt mit sich reden. Ich bin aber nicht überzeugt, dass sie das tun wird."

„Ich bin sicher, dass Pete mit ihr fertig wird", beruhigte Ashley sie. „Er war schließlich mit ihr verheiratet. Und wenn er es nicht kann, werden wir einen anderen Weg finden. Mir fällt schon was ein. Sie hat ihr Kind oft genug vernachlässigt. Das reicht, um eine Sorgerechtsklage anzustrengen."

„Er wird das erst tun, wenn es keinen anderen Weg mehr gibt", erklärte Jo.

„Aber es ist gut zu wissen, dass diese Möglichkeit existiert, nicht wahr?"

„Anzunehmen. Ich will nur nicht, dass Davey in diese Schlacht mit hineingezogen wird."

„Das beweist, dass du eine bessere Frau bist als Daveys eigene Mutter."

„Du bist voreingenommen."

„Nicht in diesem Fall", widersprach Ashley. „Die Umstände sprechen für sich. Du setzt das Wohlergehen des Kindes vor dein eigenes Interesse. Und Pete hat das damals auch für Davey getan, selbst wenn ihr beide teuer dafür bezahlt habt."

„Ich weiß", meinte Jo. „Er ist ein guter Mann, Ashley. Ich will nicht der Grund dafür sein, dass er oder Davey verletzt werden."

„Du doch nicht, Liebes. Wenn Kelsey jetzt nicht einsichtig ist, wird sie allein die Verantwortung dafür tragen müssen. Du hast dich nicht zwischen die beiden gedrängt. Diese Ehe war längst vorbei und geschieden, bevor du aufgetaucht bist. Sie war von Anfang an zum Untergang verdammt."

„Das glaube ich auch."

„Hör zu, wenn du dir so große Sorgen machst, warum fährst du dann nicht zu ihm hinüber?", schlug Ashley vor. „Pete nimmt bestimmt an, dass du schon im Bett bist, und will dich nicht wecken. Du brauchst doch nicht bis morgen zu warten."

Jo dachte nach. „Ich kann ja hinfahren und nachsehen, ob Kelseys Wagen noch in der Einfahrt steht. Wenn sie noch da sein sollte, werde ich gleich wieder zurückfahren."

„Hört sich nach einem guten Plan an", meinte Ashley. „Ich hoffe, Pete hat tolle Neuigkeiten für dich, wenn du ihn siehst."

„Das hoffe ich auch", pflichtete Jo seufzend bei.

Pete starrte seine Exfrau an. „Du willst hierher zurückkommen?", fragte er ungläubig. „Und noch mal heiraten?"

Kelsey nickte. „Es war ein Fehler, dass ich dich jemals verlassen habe, Pete. Ich würde gern noch mal von vorne beginnen. Wir haben eine Geschichte zusammen, und ich habe dazugelernt. Außerdem haben wir einen gemeinsamen Sohn. Ich weiß, dass dir Familie alles bedeutet, und du hast wirklich hart dafür gekämpft. Ich weiß erst jetzt zu schätzen, dass du damals so um mich gekämpft hast. Du hattest recht, was wir haben, ist zu wichtig, um es wegzuwerfen."

„Du hast es weggeworfen, Kelsey!", empörte er sich. „Und du kannst jetzt nicht einfach so entscheiden, dass du alles wieder zurückhaben willst. Es ist zu spät dafür."

„Es ist nie zu spät", behauptete sie, während sie sich weiterhin an ihn klammerte.

Und dann küsste sie ihn. Ihr Mund war heiß, drängend und fordernd. Einst hätte das Verlangen, das in diesem Kuss lag, ihn erregt, aber jetzt wusste er, wie es war, mit wahrer Liebe und Leidenschaft geküsst zu werden.

Pete versuchte, sie von sich zu schieben, aber sie war fest entschlossen, ihn nicht loszulassen. Sie umfasste seinen Kopf mit ihren Händen und küsste ihn so wild, bis er den Geschmack von Blut wahrnahm.

„Das reicht", stieß er hervor, packte sie bei den Schultern und schob sie zur Seite. Genau in diesem Moment hörte er draußen von der offenen Verandatür her einen leisen Aufschrei, und als er sich umschaute, sah er gerade noch Jo davonlaufen.

„Verdammt", fluchte er und rannte Jo hinterher. Kelsey und ihr lächerliches Benehmen waren vergessen. Er würde später noch ein Wörtchen mit ihr reden. Er würde es nicht erlauben, dass seine Chance auf Glück ein zweites Mal zerstört würde.

Pete holte Jo ein, als sie die Hauptstraße erreicht hatte. Sie war zu Fuß. Das war der Grund, warum er sie nicht kommen gehört hatte. Er hielt neben ihr Schritt, was nur dazu führte, dass sie noch schneller lief.

Schließlich hatte er genug von der Situation und umfasste ihren Arm. „He, Liebling, wo willst du hin?"

Tränen liefen ihr über die Wangen. „Nach Hause", stieß sie hervor. „Zurück nach Boston." Sie sah ihn enttäuscht und wütend an. „Wieder mal."

„Warum?", fragte er, obwohl er genau wusste, dass sie davonlief, weil sie die Szene mit Kelsey mitbekommen hatte. Er konnte nicht sicher sein, wie viel sie gehört hatte, aber offensichtlich genug. Oder eigentlich viel zu viel.

„Weil ich nicht zwischen dir und deiner Familie stehen will", erklärte sie mit tränenerstickter Stimme. „Wir waren uns so nahe, Pete. Aber ich mache dir keine Vorwürfe, weil du deine Familie wählst. Es ist das, was du tun musst. Offensichtlich brauchen sie dich."

Er hätte sie am liebsten geschüttelt, hätte ihr gern gesagt, was in ihm vorging, aber zuerst musste er die richtigen Worte finden. Nur sein Herz konnte ihm die Antwort geben, die er jetzt brauchte.

Fest hielt er ihre Schultern umfasst, damit sie nicht weglaufen konnte, und schaute sie an. „Guck mich bitte an, Jo."

Schließlich hob sie den Kopf.

„So, und jetzt hör mir gut zu", bat er. „Hör wirklich gut zu."

Er wartete, bis sie nickte. „Was ich brauche, das bist du", erklärte er dann. Er durfte diese Situation jetzt nicht vermasseln. Er musste die Worte finden, die sie von seiner Liebe überzeugten, egal, was sie gesehen oder gehört hatte. „Du bist es, die ich brauche, Jo, nicht Kelsey. Du bist es immer gewesen. Ich dachte, ich hätte vor sieben Jahren etwas Ehrenwertes getan. Etwas, das ich tun musste. Aber letztendlich habe ich nur alle unglücklich gemacht. Und das werde ich nicht noch mal tun."

„Aber dein Sohn", protestierte sie. „Ich weiß doch, wie sehr du ihn liebst. Kelsey hat recht. Ihr solltet eine Familie sein. Ihr gehört zusammen."

„Davey wird immer wichtig für mich sein. Und ich werde ihn niemals und für niemanden verlassen, aber das zwischen mir und Kelsey ist vorbei. Hast du gehört? Es war vorbei, bevor es überhaupt begonnen hatte. Ich habe diese Frau nie geliebt, Jo. Ich habe nur einen großen Fehler gemacht, weil ich so dumm war, meiner Verführbarkeit nachzugeben. Ich habe teuer dafür bezahlt. Wir alle haben das."

Mit dem Daumen strich er die Tränen von ihrer Wange fort. „Du bist die Familie, die ich brauche, Jo, und wir werden darin auch einen Platz für Davey schaffen. Ich werde mit Kelsey die Bedingungen dafür aushandeln, aber ich werde mich auf keinen Fall emotional erpressen lassen. Ich möchte dich heiraten, Jo. Und ich hoffe, du willst mich haben. Vielleicht kann Davey mehr Zeit mit uns verbringen, wenn es dir recht ist. Aber das mit Kelsey ist für immer vorbei. Sie ist die Mutter meines Sohnes, aber sie ist nicht die Frau, die ich liebe. Bitte", flüsterte er, „du musst auf mich hören. Ich habe nie etwas Wichtigeres gehabt als das hier."

Jo schwieg eine Weile, und er glaubte schon, alles verloren zu haben. Aber schließlich seufzte sie so schwer, dass ein Schauder durch ihren Körper lief, und ihre Augen füllten sich erneut mit Tränen.

„Wein doch nicht", bat er. „Komm, Jo, du brauchst nicht zu weinen."

„Es sind Glückstränen", sagte sie und wischte sie ungeduldig mit der Hand weg. „Bist du auch ganz sicher, dass das, was du gesagt hast, für dich so ist?"

„Dass ich dich über alles liebe und dich heiraten will?"

Sie nickte.

Er steckte die Hand in die Hosentasche und holte zwischen einigen verknitterten Notizzetteln eine kleine Samtschachtel hervor. Als er die Schachtel öffnete, sah sie einen Diamanten, der sehr schlicht in Platin gefasst war.

Pete räusperte sich. „Ich habe das hier gekauft, als ich heute das Rose Cottage verließ, um Kelsey anzurufen. Ich wollte morgen früh um deine Hand anhalten. Ich hatte gehofft, es unter romantischeren Umständen zu tun als hier auf der Hauptstraße."

Ein Lächeln umspielte ihre bebenden Lippen. „Das ist die romantischste Situation, die ich je erlebt habe", sagte sie. „Über uns sind die Sterne und der Mond, und ich kann das Rauschen der Brandung hören. Was könnte schöner sein als das?"

Pete lächelte. „Es freut mich, dass du das so siehst. Aber bekomme ich denn auch eine Antwort?"

„Ich sollte dich noch ein wenig zappeln lassen", bemerkte sie nachdenklich, während in ihren Augen der Schalk aufblitzte. „Aber ich kann es selbst kaum aushalten. Ja, Pete, ich will dich heiraten."

Er brach in Jubel aus und wirbelte Jo herum, bis ihr schwindlig wurde. „Weißt du, vor Jahren glaubte ich, dass auf Rose Cottage ein Zauber läge und dass das, was mit uns passierte, so eine Art Traum war. Es war keiner, stimmt's?"

Jo schüttelte den Kopf und betrachtete den funkelnden Diamanten, den er ihr jetzt an den Finger steckte. „Nein, die Gefühle waren so wirklich und dauerhaft, wie es überhaupt nur möglich ist. Wir sind eben einfach Menschen, die eine Menge Fehler gemacht haben. Vielleicht haben wir nicht genug an unsere Liebe geglaubt. Etwas sagt mir, dass die Magie nur wirkt, wenn wir unser Herz wirklich ganz öffnen."

„Liebling, die einzige Magie, die es wirklich gibt, ist die Liebe", meinte Pete. „Inzwischen ist mir das klar. Es geht nur um die Liebe, und das alte Haus war immer angefüllt damit. Ein bisschen davon hat jeder abbekommen, der dort ein und aus ging."

Jo lächelte verschmitzt. „Vielleicht sollte Kelsey eine Weile im Rose Cottage wohnen. Sie braucht unbedingt auch einen Mann, der zu ihr hält."

Pete lachte. „Irgendwie habe ich das Gefühl, dass sie noch nicht bereit ist, von uns Hilfe anzunehmen."

Jos Gesichtsausdruck wurde wieder ernst. „Du musst zurückgehen und es ihr sagen, Pete."

Er seufzte. „Ich weiß, aber kann ich dich nicht noch einige Minuten im Arm halten?"

„Ein paar Minuten", gab sie nach. „Aber das ist auch alles. Dann musst du ins Haus zurückgehen und die Dinge klären. Danach können wir uns für den Rest unseres Lebens umarmen."

„Das wird immer noch nicht genug für mich sein", erklärte er. „Ich will dich bis in alle Ewigkeit bei mir wissen." Stürmisch presste er einen Kuss auf ihre Lippen. „Bist du hierher gelaufen?"

„So spät am Abend? Nein, was denkst du denn?" Sie sah plötzlich geknickt aus. „Fast hätte ich mein Auto vergessen."

„Ich begleite dich jetzt zu deinem Wagen. Dann fährst du nach Hause und machst Feuer im Kamin. Gib mir eine Stunde, dann komme ich nach. Wir haben viel zu feiern, und außerdem müssen wir Hochzeitspläne schmieden."

„Glaubst du, Kelsey wird einlenken?"

Pete schaute zu seinem Haus hinüber und wusste, dass die Unterhaltung, die ihm bevorstand, nicht einfach sein würde. „Ich hoffe, sie ist kein schlechter Mensch. Sie muss nur einen Weg für sich selbst finden."

„Dann zeig ihr den Weg", riet Jo und berührte mit glänzenden Augen seine Wange. „Und dann kommst du nach Hause zu mir."

„Ah, du siehst also Rose Cottage als dein Zuhause an?"

Jo lachte, und dieses Mal klang es unbeschwert und heiter. „Nur, bis dein Haus fertig ist. Dann werde ich schnell dort einziehen, bevor du es dir überlegst und das Haus an jemand anderen verkaufst."

„Das wird nicht passieren", versprach Pete. „Dieses Haus war für dich bestimmt, seit ich den ersten Balken gesetzt habe."

„Nein", widersprach sie und küsste ihn sanft. „Es war von Anfang an für uns bestimmt."

EPILOG

Endlich erhielt Jos Mutter die Gelegenheit, eine Hochzeit in aller Ruhe vorbereiten zu dürfen. Jo und Pete hatten für die Trauung ein Datum im Juni festgesetzt, und zur großen Freude von Colleen D'Angelo wollte sich das Paar kirchlich trauen lassen. Colleen war ganz in ihrem Element, und Jo brauchte für ihre Hochzeitsvorbereitungen kaum einen Finger zu rühren.

Jo kam das ausgesprochen gelegen, denn sie hatte beruflich alle Hände voll zu tun. Nur mit viel Geschick hatte sie ein verlängertes Wochenende für ihre Hochzeit organisieren können. Die Flitterwochen würden Pete und sie nachholen, wenn es in ihrem Leben wieder etwas ruhiger zuging.

Die Familie hatte sich jetzt am Tisch versammelt, um den Ablauf des Hochzeitsessens zu proben, und Jo spürte ein Gefühl tiefer Zufriedenheit in sich aufsteigen, als sie sich in der Runde umsah. Vielleicht war es von Anfang an so geplant gewesen. Vielleicht hatten sie und Pete die lange Trennung durchstehen müssen, damit ihnen bewusst wurde, wie kostbar dieser Moment war.

Manchmal konnte Jo ihr Glück kaum fassen. Nicht nur, dass sie endlich den Mann, den sie so liebte, wiedergefunden hatte, nein, sie würde auch ihre ganze Familie in der Nähe haben. Ihre Eltern hatten nämlich entschieden, eines der Häuser von Pete zu kaufen. Allerdings wollten sie den Familienbesitz in Boston nicht veräußern. Sie planten, auch weiterhin einige Monate in ihrer alten Heimat zu verbringen. Außerdem würde das Haus in Boston natürlich allen Familienmitgliedern stets offen stehen.

Jo spürte, wie jemand sie am Arm zog, sah auf und entdeckte Davey. „Was ist, mein Liebling?"

Er verzog das Gesicht. „Du sollst mich nicht so nennen."

Sie schaute ihn mit gespielter Verzweiflung an. „Was ist denn falsch daran, wenn ich meinen Stiefsohn Liebling nenne?"

„Es ist dumm", betonte er. „Das sagt man zu Mädchen."

„So?" Jo überlegte. „Wie soll ich dich nennen? Macho?"

Daveys Augen leuchteten auf. „Das ist viel besser. Und was soll ich zu dir sagen?"

Sie hörte tiefe Besorgnis aus seiner Stimme heraus und wusste, dass sie diese Frage ernst nehmen musste. „Du hast mich bisher Jo genannt. Findest du, dass sich das ändern sollte?"

„Ich weiß nicht. Du wirst jetzt doch irgendwie meine Mom werden? Muss es sich da nicht ändern?"

„Ich werde nur zeitweise deine Mom sein", erinnerte sie ihn. „Zwischen dir und deiner Mom wird sich nichts ändern. Sie wird immer deine Mutter bleiben, und du wirst auch wie bisher mit ihr zusammenleben. Du wirst von nun an lediglich mehr Zeit mit deinem Dad und mir verbringen."

Kelsey hatte sich schließlich damit abgefunden, dass Pete wieder heiratete, und sie genoss es sogar, jetzt mehr Zeit für sich zu haben. Hoffentlich würde sie irgendwann auch einen neuen Mann finden, aber im Moment nutzte sie die Zeit noch, um einige Fortbildungskurse zu besuchen. Sie hatte gemerkt, dass sie an sich selbst arbeiten musste, wenn sie irgendwann doch noch das aufregende Leben führen wollte, von dem sie immer geträumt hatte.

„Trotzdem, du brauchst auch noch einen anderen Namen", beharrte Davey und lächelte spitzbübisch.

Dieses Lächeln erinnerte Jo daran, warum sie sich so in Davey und seinen Vater verliebt hatte. Mit den beiden würde es immer Überraschungen geben.

Davey warf ihr einen triumphierenden Blick zu. „Vielleicht sollte ich dich ,Liebling' nennen."

„Kein guter Vorschlag", wehrte sie lachend ab. „Versuch es noch mal."

„Aber mir fällt nichts ein", beklagte er sich. „Wie wäre es mit ,Mama Jo'? Kann ich dich so nennen?"

Jo traten vor Rührung Tränen in die Augen. „Nichts würde mich glücklicher machen", sagte sie und zog ihn an sich. „Ich hab dich unendlich lieb, mein Kleiner. Ich kann es kaum erwarten, morgen deinen Dad zu heiraten."

„Ich kann es auch nicht erwarten, dich zu meiner Frau zu machen", warf Pete ein und küsste sie. „Es wird die schönste Hochzeit, die es je gegeben hat."

Jo sah ihn ernst an. „Es wird die erste und einzige Hochzeit meines Lebens sein."

Zärtlich strich er ihr mit dem Finger über die Wange. „Dafür garantiere ich, Liebling."

Die Hochzeit war so, wie Jo es sich immer erträumt hatte und wie Pete und sie es sich bereits vor Jahren ausgemalt hatten. Sie waren von ihrer Familie umgeben, und sogar Petes Onkel Jeb war trotz seiner schweren Arthritis gekommen.

„Ich bin sehr froh, euch wieder zusammen zu sehen", hatte er Jo vor der Trauung gestanden, als sie auf dem Weg zum Altar kurz stehen geblieben war, um ihm einen Kuss auf die Wange zu geben. „Ich habe es immer kommen sehen. Ich wusste, dass du das Beste bist, was dem Jungen je passiert ist."

„Das wusste ich auch", pflichtete Pete ihm bei und winkte ihm zu, bevor er sich neben die Braut vor den Altar stellte.

Als Jo ihren Schwur ablegen musste, schaute sie Pete tief in die Augen und sah die Liebe, die dort bereits vor Jahren, als sie sich kennengelernt hatten, geleuchtet hatte. Nur, dass diese Liebe tiefer und reifer geworden war.

Sanft berührte sie seine Wange. „Ich gelobe dir vor unseren Familien, Freunden und im Angesicht Gottes, dass ich dich lieben werde, bis an das Ende unserer Tage. Ich weiß, dass auch Großmutter Lindsey jetzt auf uns herabschaut und uns ihren Segen gibt."

Pete wandte den Blick aufwärts. „Ich verspreche dir, dass ich Jo niemals mehr so enttäuschen werde, wie ich es einst getan habe." Dann sah er Jo wieder an. „Und auch ich gelobe vor unseren Familien, Freunden und vor Gott, dass ich dich lieben werde, bis ans Ende unserer Tage. Ich will mit dir ein Zuhause schaffen, möchte die Freude über meinen Sohn mit dir teilen und mit dir eine eigene Familie gründen. Ich liebe dich, Jo. Ich habe es immer getan. Und werde es immer tun."

Tränen schimmerten in Jos Augen. Da war es, das Versprechen auf ewige Liebe, und dieses Mal würde nichts mehr sie trennen könnte. Das wusste Jo.

„Behalte deine Augen noch geschlossen", befahl Pete.

„Sie sind bereits seit einer Ewigkeit geschlossen. So kommt es mir jedenfalls vor. Schließlich hast du mir schon die letzte Stunde unserer Fahrt die Augen verbunden", beschwerte Jo sich. „Wo sind wir überhaupt?"

„Warte bitte noch eine Minute", erklärte er. „Zügle deine Ungeduld noch ein wenig."

Sie lächelte. „Hast du etwa vor, mich ab jetzt immer so herumzukommandieren?"

Er lachte. „Würde ich denn damit durchkommen?"

„Nicht sehr lange", erwiderte sie. „So! Wann kann ich endlich die Augen öffnen?"

„Wenn alles bereit ist."

„Wir sind in einem Hotelzimmer. Was kann man da schon vorbereiten?"

Zu ihrer wachsenden Enttäuschung ignorierte Pete ihre Frage. Sie stand immer noch dort, wo er sie hingestellt hatte, nachdem er sie über die Schwelle getragen hatte, und tappte ungeduldig mit dem Fuß auf den Boden.

„Jetzt", verkündete Pete schließlich. „Du kannst deine Augen öffnen."

Jo runzelte die Stirn, bevor sie seiner Aufforderung folgte. „Es ist ein Beweis meiner Liebe zu dir, dass ich die ganze Zeit über nicht versucht habe, dich zu beschummeln."

„Es ist ein Beweis meines Vertrauens in dich, dass ich nie an deiner Integrität gezweifelt habe", erwiderte er. „Aber müssen wir jetzt über Vertrauen sprechen?"

„Nein", gab sie zu und öffnete langsam die Augen.

Sie sah einen Raum, der mit Kerzen und Blumensträußen geschmückt war. Durch geöffnete Terrassentüren wehte eine salzige Brise herein, und sie hörte das sanfte Rauschen des Meeres. Eine unglaubliche Freude erfüllte sie. „Wir sind in unserem Haus. Ich ahnte ja nicht, dass es bereits fertig ist!"

„Hast du dich nicht gefragt, warum ich so viel und so lange gearbeitet habe? Mike und ich haben uns große Mühe gegeben, dich ständig mit Aufträgen zu versorgen, die weit von diesem Haus entfernt waren. Ich wollte nicht, dass du die Fortschritte bemerkst."

„Ich hatte mich schon gewundert, warum Mike so viele Aufträge annimmt, dass wir die Arbeit kaum noch schaffen können", gestand sie und ging langsam in dem großen Raum herum. „Es ist wunderschön geworden, Pete. Es ist genau so, wie ich es mir immer vorgestellt habe."

„Vielleicht hast du dir unsere Hochzeitsnacht anders vorgestellt, aber ich dachte, wir sollten unsere erste Nacht als Ehepaar in dem Haus verbringen, in dem wir für den Rest unseres Lebens wohnen werden. Heute Nacht werden wir dieses Haus zu unserem Heim machen." Liebevoll sah er sie an. „Ich habe bewusst die Einrichtung nicht fertiggestellt, sondern nur ein paar Möbel gekauft, damit wir nicht auf dem Boden sitzen oder schlafen müssen. Wenn du willst, kannst du alles noch ändern."

„Ich werde überhaupt nichts ändern", erklärte sie bestimmt. „Wir werden den Rest zusammen einrichten. So wie wir ab jetzt alles in unserer Ehe gemeinsam entscheiden werden."

Er zog sie an sich. „Ich liebe dich, Jo."

„Ich liebe dich auch." Sie schaute ihn an. „Weißt du, ich habe etwas erkannt."

„Und das wäre?"

„Dass alles so kommen musste. Unsere Trennung war ein Segen, denn jetzt wissen wir erst, wie sehr wir zusammengehören."

„Dies ist eines der Dinge, warum ich dich so liebe", erklärte er. „Du findest in allem, was geschieht, noch etwas Gutes."

Jo schlang die Arme um seinen Hals und schmiegte die Wange an seine Brust. „Und von jetzt ab brauche ich nicht mehr zu suchen."

Er legte die Arme um sie. „Warum?"

„Weil ich ab jetzt jeden Morgen, wenn ich aufwache, das beste Geschenk, das ich je bekommen habe, vor Augen habe."

„Das Gleiche gilt für mich, Liebling. Ich werde dieses kostbare Geschenk niemals für selbstverständlich nehmen."

In diesem Moment wusste Jo mit derselben Gewissheit, mit der die Gezeiten unablässig wechseln, dass ihre Liebe ewig dauern würde.

– ENDE –

3 Romane nur 8,95 €

Band-Nr. 20005
8,95 € (D)
ISBN: 978-3-89941-687-9
416 Seiten

Sherryl Woods
Die Carltons – Liebe findet ihren Weg

Aus ihren drei Neffen sind gestandene Männer geworden. Nur in der Liebe hapert es noch ein bisschen. Also muss Destiny ihrem Namen wohl alle Ehre machen und ein wenig Schicksal spielen:

Endlich verheiratet?
Für Richard wäre Melanie genau die Richtige! Allerdings sieht der politisch ambitionierte Unternehmer das nicht so. Zeit für Destinys Plan B …

Nur ein kleines Intermezzo?
Seine Freundinnen wechselt der sportbegeisterte Anwalt Mack schneller, als er „Football" sagen kann – Verlustängste, vermutet Destiny. Bis er Beth trifft …

Glaub an die Macht der Liebe
Was soll Destiny mit dem sensiblen Farmer und Hobbykünstler Ben machen? Sie arrangiert, dass er bei einer Thanksgiving-Party der Galeristin Kathleen Dugan begegnet …

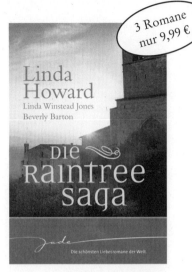

3 Romane nur 9,99 €

Band-Nr. 20037
9,99 € (D)
ISBN:978-3-86278-480-6
592 Seiten

Linda Howard u.a.
Die Raintree-Saga

Seit Jahrhunderten sind die Clans der Raintree und der Ansara verfeindet. Jetzt lebt der Hass wieder auf, und nur eins kann ihn besiegen – die Liebe:

Aus dem Feuer geboren
LINDA HOWARD
Lorna kann es nicht fassen, als sie in das Büro von Dante Raintree geführt wird. Was will dieser rätselhafte Mann von ihr? Irgendwie scheint er ihre Gedanken zu lesen – und Lorna fühlt sich wie magisch zu ihm hingezogen …

Dem Mond versprochen
LINDA WINSTEAD JONES
Gideon Raintree will den Fall allein lösen – ohne neue Partnerin. Hope ist wzar hübsch, aber damit sie nicht hinter sein dunkles Geheimnis kommt, muss er sie ablenken … vielleicht mit einem heißen Kuss?

Der Liebe geweiht
BEVERLY BARTON
Was will Judah Ansara hier? Mercy Raintree zittern die Knie, als sie ihm nach Jahren gegenübersteht. Doch sie darf ihrem Verlangen nicht nachgeben. Schließlich ist er ihr Erzfeind – und hat mit ihr eine Tochter, von der er nichts weiß …

Sonne, Sand und sinnliche Abenteuer:
Auf diesen Trauminseln werden geheimste Wünsche erfüllt ...

Band-Nr. 20039
9,99 € (D)
ISBN: 978-3-86278-514-8

4 Romane
nur 9,99 €
Erscheint im
März 2013

Carly Phillips u.a.
Wo Träume wahr werden

Ein süßes Früchtchen
JANELLE DENISON
Alexis begegnet einem echten Traummann! Warum nicht mit ihm einen Karibikurlaub voller Leidenschaft genießen?

1000 Wünsche hast du frei
CARLY PHILLIPS
Niemand auf der Tropeninsel weiß, in welchen Skandal Juliette verwickelt war. Sie will nur vergessen, am liebsten in den Armen von Doug ...

Lass dich unter Sternen lieben
JULIE KENNER
Was für ein Mann! Sein Blick verspricht heiße Nächte, als Kyra auf der Karibikinsel dem geheimnisvollen Michael begegnet ...

Lustvolle Fantasien
JANELLE DENISON
Im Inselparadies leben Nicole und Mitch ihre erotischen Fantasien hemmungslos aus ...